Zu diesem Buch

Heimlich hat die trotz ihrer 86 Jahre immer noch umsichtig und temperamentvolle Großmutter Lucilla den Kauf des anheimelnden Gasthauses am Fluß, des «Gnadenkrauts», wie es früher hieß, in die Wege geleitet. Als Pilgerherberge nahm es einst seine Bewohner schützend in Obhut, und noch immer strahlt es eine wohlige und gastfreundliche Atmosphäre aus. Inmitten eines großen Waldes mit seinen putzigen Bewohnern gelegen, lieben auch die Kinder das neue, lauschige Heim. Hier lenkt die warmherzige Großmutter, in der sich die Tradition der Eliots verkörpert, lebenserfahren die Geschicke der Familie. Immer weiß sie Rat und Tat, auch wenn ihr Lieblingsenkel David durch seine Liebe zur lebenshungrigen Nadine den Frieden der Familie zu erschüttern droht, die Zwillinge ungebärdig werden, ihr Sohn George, ein General, seltsamen Besuch bekommt oder die Hausgehilfin wieder einmal ihre Schrullen pflegt.

Süddeutscher Rundfunk: «Wie in den meisten englischen Familien- und Unterhaltungsromanen begegnen dem Leser hier zahlreiche Gestalten, oft recht eigenwillige, skurrile, ausgeprägte Persönlichkeiten, zumeist mit liebenswerten oder wohl auch schrulligen Eigenheiten. Sie alle sind geschildert mit psychologischem Feingefühl, reicher Menschenkenntnis und – was dieses Buch so angenehm und wohltuend macht – mit Warmherzigkeit und Sympathie.»

Elizabeth Goudge wurde am 14. April 1900 in Wells (England) als Tochter des Direktors eines Theologenkonvikts geboren. Sie besuchte die Kunstschule an der Universität Reading und wurde Kunstgewerbelehrerin, bis schließlich das Schreiben zu ihrem Beruf wurde. Elizabeth Goudge starb am 1. April 1984 in England.

Von Elizabeth Goudge erschienen als rororo-Taschenbücher außerdem: «Das Herz der Familie» (Nr. 4147), «Das Mädchen vom Meer» (Nr. 4296), «Der grüne Delphin» (Nr. 4472), «Das Testament des Mr. Adam» (Nr. 5673), «Enzianhügel» (Nr. 5786), «Das Erbe der Miss Lindsay» (Nr. 5955), «Regenbogen meines Lebens» (Nr. 12432), «Die Stadt der Glocken» (Nr. 12222), «Unter den Türmen von Oxford» (Nr. 12342) und «Die weiße Hexe» (Nr. 5822).

Elizabeth Goudge

Das Gasthaus am Fluß

Roman

rororo

Rowohlt

Die Originalausgabe erschien im Verlag Hodder and Stoughton, London,
unter dem Titel «Pilgrim's Inn»
Aus dem Englischen übertragen von N. O. Scarpi und Harry Kahn
Das Werk erschien erstmals deutsch 1949 unter dem Titel
«Pilgerherberge» im Morgarten-Verlag Conzett & Huber, Zürich.
Die deutsche Originalausgabe erschien 1970 im Verlag Herder KG,
Freiburg im Breisgau
Umschlagbild Detlev Nitschke
Umschlagtypographie Manfred Waller

42.–44. Tausend Juni 1989

Veröffentlicht im Rowohlt Taschenbuch Verlag GmbH,
Reinbek bei Hamburg, Juli 1977

Satz Aldus (Linotron 505 C)
Gesamtherstellung Clausen & Bosse, Leck
Printed in Germany
1080-ISBN 3 499 14085 3

Für Veronica

There's rue for you; and here's some for me;
we may call it herb of grace o'Sundays. O!
you may wear your rue with a difference.

Kreuzraute hier für Euch und da für mich;
wir mögen's Gnadenkraut benennen. Oh!
Ihr müßt die Raute auch mit Reue tragen.

Hamlet

1. Kapitel

1

Die Sonne schien durch das vorhanglose Ostfenster und weckte Sally zu einem neuen Tag. Einen langen Goldmantel breitete die Sonne über den Körper des Mädchens auf dem Bett, und die liebevolle Wärme der Strahlen drang Sally bis tief in die Seele. Sie erwachte lächelnd, rekelte sich, rieb sich kindlich die Augen, streckte ihre langen Glieder unter dem goldenen Mantel und lag wieder ganz still, glücklich und jedes Angstgefühls bar. Sie erwachte immer glücklich, weil sie glücklich auf die Welt gekommen war und anscheinend nichts dagegen tun konnte. Und sie hatte keine Angst, weil ihr noch nichts zugestoßen war, was ihr Angst gemacht hätte, und da sie an Körper, Geist und Seele vollkommen gesund und ausgeglichen war, sah sie die Dinge, die sich noch nicht begeben hatten, in ihren richtigen Ausmaßen. Doch der angenehmen Sensation ruhigen Glücks, mit der sie erwachte, folgte stets ein leichtes Schuldgefühl. Andere Leute waren nicht glücklich geboren. Andere Leute hatten Angst. Ihr eigenes Verschontsein erschien ihr als wahres Unrecht, und sie schämte sich dessen. «Es tut mir leid, es tut mir leid», flüsterte sie jetzt, und sie sprach zu all den Leuten, die nicht Sallys unirdisches Glück hatten. Wenn sie könnte, würde sie all diese Leute in ihre Arme nehmen und wiegen wie eine Mutter ihr Kind. Doch das ging nun einmal nicht, und da sie wußte, daß es nicht ging, gab sie sich plötzlich der Lebensfreude hin wie ein Vogel dem Wind, sprang vom Bett auf, der schlanke Körper in dem gelben Pyjama blitzte in der Sonne wie ein goldener Degen, sie lief ins Badezimmer, schlug die Türe zu, warf den Pyjama ab, drehte die Dusche an und begann dröhnend zu singen.

Ihr Vater war gestern abgereist, um eine Nacht in Winchester und zwei Nächte in Bornemouth zu verbringen, wo er prominente Persönlichkeiten aufsuchte, die von ihm porträtiert werden wollten; so war Sally zwei Tage allein in der Wohnung. Sie liebte ihren Vater von ganzem Herzen, aber er war schrecklich unordentlich, und sie freute sich, daß sie ein paar Tage allein sein und die Wohnung aufräumen konnte, denn ihr war Ordnungsliebe angeboren, und das Chaos in geregelte Bahnen zu lenken, war eine der größten Freuden ihres Daseins. Daß alles sogleich nach seiner Rückkehr wieder in Unordnung geraten würde, kümmerte sie wenig. Sie nahm die Dinge, wie sie kamen, und wußte, daß man für alles zahlen müsse: für die Anwesenheit ihres Vaters mit Zigarettenasche auf dem Teppich, und für die Ordnung damit, daß man nichts von ihm besaß als seinen alten Mantel, der hinter der Türe hing. Sie würde ihn heute entbehren, aber dafür würde eine rühmliche Ordnung herrschen.

Und manchmal war sie gern allein; man konnte die verschiedensten Dinge entdecken. Und sie war natürlich nicht wirklich allein, denn Mrs. Rutherford in der Wohnung im oberen Stockwerk achtete auf sie, und daran wurde Sally durch ein leises Tappen auf den Fußboden über ihrem Kopf gemahnt. Plötzlich erinnerte sie sich, daß just über ihr Mrs. Rutherfords Schlafzimmer lag und daß sie reichlich viel Lärm verursachte, wenn sie sich am frühen Morgen gehen ließ, die Dusche aufdrehte und ihre prächtige Altstimme von ‹Gloria in Excelsis Deo› zu einem ‹Negro Spiritual› hinüberwechselte.

Als sie wieder in ihrem Schlafzimmer war, fiel ihr ein, daß diesmal Mr. Rutherford just über ihr hauste und an Kopfschmerzen litt, und sie versuchte, ihre Schubfächer möglichst geräuschlos zu schließen und über nichts zu fallen. Denn wenn sie ordnungsliebend war, so war sie doch auch ein wenig tapsig. Sie war wohl einundzwanzig Jahre alt, hatte aber noch immer etwas von einem Füllen an sich. Wie alle einzigen Kinder war sie in mancher Beziehung zu alt für ihre Jahre, in anderer wieder zu jung; noch stolperte sie über die materiellen Dinge, als wäre sie fünfzehn Jahre alt, das nicht Materielle aber, wie Freundschaft, den Kummer kleiner Kinder, die Wünsche der Männer und die Eifersucht der Frauen behandelte sie mit einem instinktiven Feingefühl, das einer Frau von fünfunddreißig Ehre gemacht hätte.

Manche hielten Sally Adair für schön, während andere der gegenteiligen Ansicht waren. Sie war hochgewachsen und straff, starkknochig und muskulös, und mit vierzig mußte sie vielleicht etwas unternehmen, wenn sie nicht dick werden wollte. Derzeit aber war diese Gefahr noch nicht vorhanden. Sie betrieb eifrig Sport, wenn sie Gelegenheit dazu hatte, am glücklichsten war sie auf einem Pferderücken oder in einem Ruderboot, und nicht die leiseste Spur von Trägheit haftete ihr an. Mit ihrem kräftigen Körperbau und ihrer Neigung, über alles zu stolpern, konnte sie kaum anmutig genannt werden, und dennoch besaß sie eine Art Anmut, die ihrer grenzenlosen Unbefangenheit und der vollendeten Ausgeglichenheit ihres starken jungen Körpers entstammte. Sie hatte einen prächtigen Schopf widerspenstiger rotbrauner Locken, die weiße Haut, die solchem Haar entspricht, und goldene Löwenaugen, die einem mit Löwenmut rückhaltlos ins Gesicht schauten. Ihre Stimme war tief und schön, und die schottische Kinderfrau, die sie in ihrer frühesten Jugend behütet hatte, war schuld an dem leichten schottischen Tonfall, der die Schönheit dieser Stimme nur steigerte. Doch ihre Züge waren nicht schön zu nennen. Ihr Gesicht hatte zu breite Backenknochen, und ihr Mund war zu groß, dafür waren die Zähne klein, weiß und ebenmäßig. Auf ihrer Stupsnase gab es Sommersprossen. Ihre Hände waren wohl groß, aber schön geformt, mit langen Fingern, und zu ihrem Gram mußte sie sich mit der Schuhgröße vierzig abfinden.

Wer sie nicht schön fand, hatte leichtes Spiel; aber jene, die anders dachten, mußten sich nicht bloß auf Haar und Augen berufen, denn in Sally gab es etwas Undefinierbares, das auf ihre Bewunderer wie ein Meisterwerk der Musik oder der Malerei wirkte. Es war nichts, was sich analysieren ließ, doch ihr Vater kam der Wahrheit wohl am nächsten, wenn er sagte, es gäbe an Sally nichts Verzerrtes. Weder Vererbung, Umgebung, Unglücksfall noch Leiden hatten ihr irgendeinen Streich gespielt. Sie kam ihrer Bestimmung näher als irgendein anderer Mensch, den er kannte.

Sallys Mutter war bei der Geburt gestorben, doch das war nicht so tragisch gewesen, wie es hätte sein können, denn John Adairs ausgeprägtes Vatergefühl war das Beste an ihm und ebenso schön wie Sallys tief eingeborene Mütterlichkeit, und jede Neigung, das Kind zu verwöhnen, wurde durch die strenge Zucht Janet Gillespies ausgeglichen, der schottischen Kinderfrau, die Sally erzogen hatte, bis das Mädchen mit vierzehn Jahren in ein Pensionat geschickt worden war. Mit achtzehn hatte Sally die Schule verlassen, lehnte alle verlockenden Möglichkeiten bequemerer Kriegsdienstleistung ab und ging, ohne zu zaudern, aufs Land, wo sie heiter und gutwillig jede schwere Arbeit auf sich nahm, bis ihre außerordentliche Gabe, mit lebenden Geschöpfen umzugehen, entdeckt wurde, als sie auf den Bergen von Cumberland die Schafe hütete. In der Zeit des Lammens war Sally in ihrem Element. Mutterlose Lämmer, die sie mit der Flasche großzog, ahnten nicht, daß sie mutterlos waren.

Nach ihrer Entlassung hatte der Vater ihr Oxford, die Kunstgewerbeschule und die Königliche Akademie der Schauspielkunst angeboten, alles, wozu sie nur Lust hätte, sie aber beharrte nachdrücklich darauf, daß sie nicht mehr Verstand besitze als eines ihrer Schafe, und übernahm, zur unendlichen Freude und Zufriedenheit von Vater und Tochter, die Führung des Haushalts. Denn Sally verleumdete sich selbst, wenn sie behauptete, es fehle ihr an Verstand. Gewiß, in der Schule hatte sie ihre Prüfungen nur äußerst knapp bestanden; wenn es sich aber um das Leben selbst handelte, war sie eine kluge Frau. Sie hatte alle Menschen gern, und was sie tat, tat sie mit solcher Freude, daß ihre Beziehungen und ihre Tätigkeit von jenem Funken berührt wurden, den die Menschen Genie nennen. Sie war keine Künstlerin im üblichen Sinn des Wortes; wenn sie aber eine Mahlzeit kochte oder ein Zimmer aufräumte, war sie unverkennbar die Tochter ihres Vaters. Ein Zimmer von Sally eingerichtet, ein Mahl von ihr gekocht, ließen sich ebensowenig vergessen wie die Bilder ihres Vaters. Einfallsreiche, geschickt verteilte Nuancen da und dort waren wie das Glitzern von Licht auf dem Wasser, das sonst undurchsichtig und stumpf gewirkt hätte.

Die Erziehung durch eine streng presbyterianische Schottin und einen Vater, der schon bei ihrer Geburt in mittleren Jahren gewesen war, vier knappe Schuljahre und dann die intensive Beschäftigung mit Lämmern, das alles hatte aus Sally einen seltsam individualistischen Menschen gemacht, und sie gehörte weder der Generation ihres Vaters noch ihrer eigenen an, sondern war in gewisser Hinsicht ein wenig einsam. Sie sprach nicht die Sprache ihrer Zeitgenossen, noch teilte sie deren Enttäuschungen. Im Krieg hatte sie wohl hart gearbeitet, doch nicht selber gelitten, sondern nur die Leiden der andern mitempfunden. In Gegenwart junger Männer, die jahrelang Tag für Tag, Nacht für Nacht dem Tod ins Antlitz schauen mußten, oder jener Mädchen, die in Kriegslazaretten gearbeitet hatten und wußten, was menschliches Leiden war, schämte sie sich. Die Männer spürten dieses Schamgefühl und liebten sie darum, und ihnen gefiel auch, daß sie nicht wußte, wessen sie sich schämte; es ging etwas Beruhigendes von ihr aus. Die Mädchen aber verkannten ihre Bescheidenheit, ihre Unbefangenheit, ihre aufreizende Ehrlichkeit; sie hielten das für eine Pose. Und so fand sie in ihrer eigenen Generation mehr Freundschaft bei Männern als bei Mädchen. Und auch das mißfiel den Mädchen . . . Aber sehr weit gedieh auch die Freundschaft mit den Männern nicht, denn ihre Scheu hatte zur Folge, daß sie sich ein wenig in sich selbst zurückzog.

In ihrer Erscheinung wie auch in Sprache und Manieren war Sally anders als die andern. Eine Spur Puder auf die unseligen Sommersprossen war ihr einziges Zugeständnis an die Mode, denn ihr Vater hatte ihr mit aller Deutlichkeit klar gemacht, daß ein Mund von der Größe des ihren keiner Betonung durch einen Lippenstift bedurfte. Ihre kupferfarbenen Locken bürstete sie täglich mit aller Kraft und wusch sie jede Woche, aber das war auch alles, was sie für sie tat. Ihre Kleider machte sie meist selbst, und wenn sie auch so weit ihres Vaters Tochter war, daß ihr Gefühl für Farbe und Linie sich nicht beirren ließ, so war doch alles, was sie trug, von kindlicher Einfachheit. Nur selten legte sie Schmuck an, und wenn sie es tat, war es der altmodische Schmuck ihrer Mutter, der in einem alten Zedernholzkästchen in ihrer tiefsten Schublade lag.

2

In einem sauberen grünen Hauskleid, das Haar zu einer Flamme gebürstet, sang Sally abwechselnd ein paar Takte eines Kirchenliedes und den letzten Schlager, während sie jetzt in der blitzblanken Küche das Frühstück bereitete. Die Frühlingssonne glitzerte auf den Beschlägen des elektrischen Herdes, bestrahlte die scharlachfarbenen Geranien auf dem Fensterbrett und machte Sally vollkommen glücklich. Auch der Duft des Kaffees und des gerösteten Brotes erhöhte ihr Glücksgefühl. Sie richtete ihr Frühstückstablett sorgfältig her und setzte sich an den Küchentisch, um in aller Ruhe zu essen und sich einen Ausblick auf den beginnenden

Tag zu gönnen. Nach dem Frühstück würde Mrs. Smith kommen, man würde mit der Hausarbeit anfangen, und dann, während Mrs. Smith um elf Uhr ihre Tasse Tee trank, würde Sally zum Gemüsehändler gehen und dort die fünf Kinder treffen und sich mit ihnen unterhalten. In den Ferien kamen sie gewöhnlich um elf Uhr hin und kauften Lattich für ihre Mutter, und manchmal brachten sie auch das Pekinghündchen ihrer Mutter mit. Sie liebte die Kinder, sie liebte den Pekinesen, und sie wünschte, es wären ihre eigenen Kinder. Und dann würde sie heimkommen, beim Aufräumen helfen, zu Mittag essen, am Fluß spazierengehen, die Sonne auf dem Wasser beobachten und die Möwen kreischen hören. Danach würde sie nach Hause gehen, eine Weile lesen, ihr neues Kleid anziehen und zu Jan Carruthers' Cocktailparty gehen. Das würde sehr lustig sein. Gesellschaften waren immer lustig. Und dann würde sie wieder nach Hause gehen, einen Kuchen backen, nach dem Abendessen das Radio andrehen und an dem Sweater arbeiten, den sie für ihren Vater strickte, und dann zu Mrs. Rutherford hinaufgehen und ihr eine Weile bei der Arbeit an der Decke aus bunten Flicken helfen, bevor sie ihr gute Nacht sagte. Wenn nur nicht zu viele Leute sie besuchen wollten, weil sie etwa meinten, Sally sei einsam. Sie war niemals einsam.

Der Morgen verlief planmäßig. Sally überließ es Mrs. Smith, den Besen in der Wohnung zu schwingen; sie selbst aber nahm ihres Vaters Atelier in Angriff. Ihre Wohnung in Chelsea war das reizende, behagliche Heim eines reichen, berühmten Mannes, der die Schönheit liebte. Für Sallys Geschmack war es zu vollgestopft, doch Sally hatte eben ihre Liebe für Ordnung, Einfachheit und freien Raum nicht von John Adair geerbt. Wenn nur alles, woraus er aß, worauf er ging, worauf er saß, schön war, so störte es ihn nicht, wie unordentlich auch alles sein mochte. In seinem Atelier herrschte ein solches Durcheinander, daß Mrs. Smith, die dort ein wenig aufräumen sollte, Herzklopfen bekam und kapitulierte. Und so hatte Sally es übernommen. Sie brauchte gute zwei Stunden dazu, doch bei all ihrer Unbeholfenheit hatte sie noch nie etwas zerschlagen, und es war ihr auch stets gelungen, die Dinge, die sie von ihrem Platz rücken mußte, nachher genauso anzuordnen, wie sie vorher gewesen waren. Sie glitt durch das Atelier wie ein Lichtstrahl, alles erneuernd, nichts verändernd, und ihre langen Finger berührten Flaschen und Tuben, Leinwand, Paletten und Stoffetzen mit der Ehrfurcht eines Sakristans an heiliger Stätte.

Vor ihres Vaters Kunst fühlte sie tatsächlich Ehrfurcht. Der Ruhm und die Entwicklung seiner Technik hatten seine Urteilskraft nicht getrübt. In jeder schönen Frau, in jedem berühmten Mann, die zu ihm kamen, vermochte er immer noch das zu sehen und zu porträtieren, was Sally den geduldigen Engel nannte. Lange Zeit hatte sie nicht das richtige Wort gefunden, um jene unsichtbare Gegenwart zu beschreiben, die ihres Vaters Genie auf wunderbare Art dem Beschauer zum Bewußtsein bringen konnte, dessen Blicke an der sichtbaren Form hafteten. Dann hatte sie eines Tages einen vergriffenen alten Band, «Gedichte aus dem Portugiesischen», entdeckt, der hinter ein Regal gefallen war, schlug ihn aufs Geratewohl auf, und da sprangen ihr die Worte entgegen, nach denen sie gesucht hatte:

Weil dir die Macht und auch die Gnade eigen,
Mit deinem Blick die Maske zu durchdringen,
Daran, verwitternd, Regenjahre pochten,
Und du der Seele wahres Antlitz siehst,
Des Lebenskampfes trüben, müden Zeugen,
Weil du den Glauben und die Liebe hast,
Zu schau'n durch dieser Seele träge Wirrnis
Den Engel, der geduldig einen Platz
Erharrt in neuen Himmeln . . .

Engel schien das rechte Wort zu sein. Und doch, hin und wieder, nur gelegentlich hatte Sally in einem Porträt etwas erblickt, was sie erschauern ließ . . . Es war, als hätte der Engel zwei Gesichter, und nur das eine sei licht.

Niemals fragte sie ihren Vater über seine Arbeit aus. Im Bewußtsein ihrer abgrundtiefen Ahnungslosigkeit fürchtete sie, ihn durch plumpes Unverständnis zu verletzen. Und doch glaubte sie zu wissen, wie es zuging, daß er, bewußt oder unbewußt, dahin gelangte, den geduldigen Engel zu erschauen. Ihm genügte es nicht, seine Modelle im Atelier sitzen zu sehen; wann immer es ihm möglich war, stahl er sich unaufdringlich in ihr Leben ein, beobachtete sie, wenn sie Gäste empfingen oder eingeladen waren, wenn sie arbeiteten, aßen, lasen, vielleicht sogar schliefen. Zumeist wurden sie seines prüfenden Blickes nicht gewahr, denn sein Kommen und Gehen vollzog sich mit wohlüberlegter Unauffälligkeit. In seinem Atelier lag eine dicke Mappe voll mit raschen Skizzen, die er manchmal auf einen Papierfetzen, manchmal auf die Rückseite einer Menükarte oder eines Konzertprogrammes hingeworfen hatte, und die Modelle waren zumeist jene Männer und Frauen, deren Porträts er malte, oft aber auch irgendein fremdes Gesicht, das ihn gelockt hatte. Diese Skizzen waren so tief entblößend, daß Sally die Mappe, als sie sie zum erstenmal geöffnet hatte, sogleich wieder zuschlug, wie man die Türe eines Zimmers schließt, die man versehentlich geöffnet hat. Dann aber verlangte es sie, die Mappe abermals zu öffnen; sie war zu ihrem Vater gegangen und hatte dessen Erlaubnis erbeten.

«Gewiß», hatte er erwidert und sein kluges, häßliches Gesicht erhellte sich vor Freude über die Redlichkeit seiner jungen Tochter. «Es gibt nichts in meinem Atelier, was du nicht nach Herzenslust beschauen darfst . . . wenn du nur alles so läßt, wie es gewesen ist.» Und darum belohnte sie sich jetzt, nachdem sie mit dem Aufräumen des Ateliers fertig war, indem sie sich mit der Mappe niedersetzte und die letzten Skizzen betrachtete.

Heute gab es einen ganzen Stapel, und sie lachte entzückt über die Kühnheit und den tiefen Einblick dieser hastigen Striche. Doch da war eine Skizze, die weniger hastig hingeworfen war und bei deren Anblick Sally ein höchst eigentümliches Gefühl empfand, als hätte ihr jemand einen so heftigen Stoß in den Rücken versetzt, daß die Welt sekundenlang auf dem Kopf stand. Die Skizze war größer als gewöhnlich und offenbar in aller Muße gezeichnet. An den Rand des Blattes hatte John Adair gekritzelt: ‹D. E. bei der Probe›. Sichtlich unbemerkt mußte er im Zuschauerraum eines Theaters gesessen und diesen Mann gezeichnet haben, der oben auf der Bühne stand. Sally legte die anderen Skizzen in die Mappe zurück, ging mit dieser einen zu dem Fensterplatz, setzte sich hin und betrachtete sie eingehend. Sie hatte dieses Gesicht nie gesehen, dessen war sie sicher, und doch kannte sie es und würde es immer erkennen. Wenn sie diesen Mann in zwanzig Jahren auf der Straße treffen sollte, würde sie ihn erkennen. Das war lächerlich, aber es war wahr.

Die Skizze war leicht koloriert, wahrscheinlich aus dem Gedächtnis, als John Adair wieder in seinem Atelier zurück war und diesem Mann schlichtes, hellblondes Haar, blaue Augen, eine gebräunte Haut, einen schöngeformten Kopf und vollendete Züge verlieh. John Adair, dem herkömmliche Schönheit ein Greuel war, hatte all das gewissermaßen widerwillig zugestehen müssen, und dann mit kräftigen, genießerischen Strichen alles wiedergegeben, was in diesem Gesicht individuell war: die harten Knochen, die beinahe wild durch die straffe Haut vorstießen, die gehöhlten Schläfen, die dunklen Schatten unter den Augen, deren seltsam leerer Blick sich so eigenartig gegen die sonstige Ausdrucksfülle des Gesichts abhob, die eigenwillige Kinnlinie, den leichten Anflug von Bitterkeit um den Mund mit den Dulderzügen. Es war ein junges Gesicht, doch seine Jugend war durch die Striche zerfetzt, die John Adairs Stift erbarmungslos über die breite, niedrige Stirn und von der Nase zu dem harten Mund geführt hatte, und die Schönheit der Züge wurde durch die Schatten unter den Augen und die straff gespannte Haut beeinträchtigt. In ergreifender Schönheit hob der Kopf sich gegen einen merkwürdigen Hintergrund ab, einen Wald mit den Gestalten seltsamer Vierfüßler und Vögel, die gerade nur zwischen den Bäumen sichtbar waren. Es war die Landschaft eines Traumes, und sie hatte auch die Verschwommenheit eines Traumes, der beim Erwachen halb vergessen ist. Zunächst hatte Sally diesen Hintergrund kaum bemerkt, doch als sie ihn sah, betrachtete sie ihn lange und aufmerksam und mit einem eigentümlichen Gefühl der Vertrautheit.

Dann besah sie abermals das Porträt, und plötzlich erwachte der Zorn in ihr. Nein, ihr Vater war bestimmt nicht gerecht gewesen. Dieser Mann mußte ihm mißfallen haben, denn er hatte die Verstocktheit, die Bitterkeit, den – wie sollte sie es nennen? – fadenscheinigen Ausdruck des Gesichtes grausam unterstrichen. Dann aber, als sie nochmals hinschaute, wurde diese Grausamkeit ihr zweifelhaft. Dies war nicht allein ein Porträt von D. E., wer er auch sein mochte; es war das Porträt vieler Männer, die sie kannte. So hatten zahllose Männer den Krieg erlebt, nachdenkliche, empfindsame Männer, denen dieses ganze entsetzliche Schlachten im Grunde unerträglich war und die dennoch mit jener wilden Hartnäckigkeit durchhielten, die man an einem kleinen Hund bemerken kann, der in einer sinnlosen Rauferei unterliegt und dennoch nicht aufgibt: Männer, die so müde waren, daß ihre Augen einen anschauten, als wären sie Nachtwandler, die einen überhaupt nicht sehen; Männer, verbittert und vergrämt, weil sie jetzt, da alles vorüber war, nicht den Eindruck hatten, als sei Wesentliches vollbracht worden. So wartete also ein geduldiger Engel nicht bloß hinter jedem Menschen, sondern auch hinter jedem Menschentypus, dachte Sally, und so auch hinter jedem von uns zwei Engel, und die Jahre hämmerten in ihrem Ablauf nicht nur die Zukunft des einzelnen, sondern von etwas, das mehr war als der einzelne. Du hast nicht nur für dich selbst gelitten, sondern für alle, die der gleichen Wesensart sind, und dein Mut hat sie befreit, wie ihr Mut dich befreit hat . . . Und vielleicht hatten auch alte Häuser ihren Engel, geschaffen von den Menschen, die in all den Jahren darin gewohnt hatten . . . und Nationen . . . und . . .

‹Dummes Zeug!› sagte Sally plötzlich ärgerlich zu sich selbst und errötete bis zu den Wurzeln ihrer kupferfarbenen Haare. Es war wunderbar, welch hochstrebende Theorien über das Leiden man formulieren konnte, wenn man selber zufällig nicht litt.

Drüben in der Wohnung, als wäre es meilenweit entfernt, schlug die Tür des Schranks, darin der Staubsauger war, bedeutungsvoll zu, und dann schlug auch die Küchentür zu. Die Zeit für Mrs. Smiths zweites Frühstück war längst überschritten. Ohne einen weiteren Blick auf die Skizze legte Sally sie in die Mappe zurück, die Mappe an den gewohnten Platz, und ging dann weiter ihrer Arbeit nach.

3

Nachdem Mrs. Smith es sich mit einer Kanne dampfendem Tee und einer Scheibe Brot bequem gemacht hatte, zog Sally ihren weißen, wolligen Mantel an, nahm den Einkaufskorb, stieg in den Lift, ließ sich hinuntergleiten und machte sich auf den Weg zum Gemüsehändler. Die himmlische Schönheit des Frühlingstages ließ Sallys quecksilbernes Gemüt steigen, ihr Einkaufskorb schwang hin und her, und sie sang leise, während sie durch die Straße ging. Die schönen alten Häuser wirkten so lieblich wie Häuser in einem Märchen, ihre Fenster und die kupfernen Türklopfer blinkten in der Sonne, die Dächer und die verwitterten Steine nahmen in dem hellen, klaren Licht unerwartete Farbtöne an. Und doch wünschte sie, sie hätten ein Häuschen auf dem Land, zumal jetzt, da der Mietskontrakt ihrer Wohnung in wenigen Monaten ablief und sie ihn nicht erneuern konnten. Es würde nicht leicht sein, eine andere Wohnung zu finden; vielleicht mußten sie, wie ihr Vater vorschlug, ‹irgendwo schöne lange Ferien machen›, doch die Ferien in den übermäßig teuren Hotels, die ihr Vater vorzog, waren nicht sehr nach ihrem Geschmack. Für das einfache Leben hatte John Adair nicht viel übrig; er meinte, es sei gar nicht einfach, sondern die komplizierteste Methode, Zeit zu vergeuden. Was er liebte, war ständig fließendes heißes Wasser, ein Eisschrank, ein Lift, ein Toaströster, ein Telefon neben dem Bett, Zentralheizung und elektrische Öfen, wie überhaupt alles, was die Zeit, die man an die praktischen Fragen des Lebens verwandte, auf ein Mindestmaß herabsetzte und ihm die Muße zum Malen ließ.

Sally aber wollte keine Muße zu irgend etwas, denn es war das Leben selbst, das sie genoß. Ihr war es lieber, ein richtiges Feuer mit Scheitern und Tannenzapfen anzuzünden und das Brot auf einem altmodischen Apparat zu rösten. Und sie liebte auch den zierlichen Schwung eines alten Stiegenhauses und fand es spaßig, die Treppe hinauf und hinunter zu laufen. Und bei weitem lieber schrieb sie einen Brief und trug ihn zur Post, als das Telefon zu benützen und mit Schrecken hören zu müssen, wie ihre Stimme sie zu Dingen verpflichtete, die ihr nicht im Traum eingefallen wären, wenn sie Zeit zum Nachdenken gehabt hätte. ‹Das ist meine alberne Veranlagung›, sagte sie zu sich, ‹ich lasse mir gern Zeit. Das ist wohl auch ein Grund dafür, daß ich Kinder so gern habe. Ihnen ist es niemals eilig, etwas anderes zu tun.› Doch trotz ihrer Abneigung gegen alle Hast beschleunigte sie jetzt ihren Schritt. Ungefähr um elf Uhr erschienen regelmäßig die fünf Kinder und der Pekinese im Laden des Gemüsehändlers. Heute früh hatte sie sich verspätet, und wenn sie sich nicht beeilte, würde sie sie verfehlen.

Das Glück war ihr günstig. Als sie ankam, waren die Kinder noch nicht da, und sie ließ sich reichlich Zeit, um Lattich und Rhabarber für das Mittagessen zu kaufen, einen prächtigen Strauß flammenfarbener Tulpen für das Eßzimmer, einen Bund Spargel als Sühnegeschenk für Mrs. Rutherford, weil sie heute morgen im Badezimmer solchen Lärm gemacht hatte, und einen Veilchenstrauß, der für niemanden bestimmt war; aber die Veilchen waren so schön, wie sie in dichter Menge gedrängt in einem großen Korb lagen, daß sie nicht widerstehen konnte. Sie kaufte alles zu den höchsten Preisen und mit leisen Gewissensbissen, weil sich heutzutage doch so wenige Leute erlauben konnten, Spargel und Tulpen und Veilchen zu kaufen. Viel Zeit verbrachte sie damit, ihre

Einkäufe in ihrem Korb zu verstauen, und sie wartete noch immer hoffnungsvoll; und dann, just als sie sich zum Gehen wandte, kamen die Kinder.

Der Hund kam wie immer als erster, ein kleines, bewegliches, selbstbewußtes junges Tier mit prächtigem, schneeweißem Fell; an dem roten Lederzeug war eine rote Leine befestigt, an der der Hund in einem chronischen Zustand von Hast und Aufruhr keuchte und zerrte. Am andern Ende der Leine hingen die etwa fünfjährigen Zwillinge. Es waren schöne Kinder, und Sally, deren Vertrautheit mit Fünfjährigen noch nicht allzu groß war, hätte ihr Hab und Gut dafür gegeben, um sie ihr eigen nennen zu dürfen. Beide hatten dunkles, leicht gewelltes Haar, das des kleinen Mädchens ebenso kurz geschnitten wie das ihres Bruders, dunkle Augen und kleine, kräftige Körper. Der Junge war der stämmigere von den beiden, hatte rote Backen, spitzbübisch blitzende Augen und ein keckes Grinsen. Des kleinen Mädchens Wangen waren nur leicht rosig gefärbt, in ihren Augen aber blitzte es nicht weniger spitzbübisch. Sie waren immer ganz reizend angezogen: honigfarbene, jadefarbene oder kirschfarbene Sweater; das Mädchen trug einen kleinen Faltenrock, der Knabe nußbraune oder türkisblaue Knickerbocker. Und irgendein liebevolles, sorgsames Auge schien sie jedesmal vor dem Ausgehen genau zu mustern, denn niemals stand ein Knopf offen oder war irgend etwas zu sehen, was verborgen bleiben sollte.

Sally vermutete, daß dieses liebevolle, sorgsame Auge ihrer älteren Schwester gehörte. Sie ging immer knapp hinter ihnen, mit einem ängstlichen Ausdruck in dem kleinen Gesicht, ihre graugrünen Augen zwinkerten ein wenig, so mühsam war es, Zwillinge und Hund dauernd mit einem Blick zu umfassen. Sally hatte sie einmal gefragt, wie alt sie sei, und sie hatte geflüstert, sie sei zwölf Jahre alt, doch danach sah sie noch gar nicht aus. Sie war klein, schmal, mit Sommersprossen übersät, und ihr schlichtes blondes Haar war über der Stirne zu altmodischen Fransen gestutzt. Sie war nicht ausgesprochen hübsch, besaß aber eine gewisse Sicherheit und einen Charme, die sehr einnehmend wirkten. In ihrem pastellfarbenen Kleid war sie wie eine zierliche Blume, eine Wicke oder eine wilde Anemone. Sally hatte das Gefühl, als ob viele Ängste die Kleine bedrängten, deren sie aber keine Erwähnung tat, zum mindesten nicht in Anwesenheit jenes Bruders, der ihr im Alter am nächsten stand und sie gewiß ausgelacht hätte.

Von den Kindern mochte Sally diesen Bruder am wenigsten leiden. Er war etwa fünfzehn Jahre alt, hochgewachsen, dunkel und auffallend hübsch, mit rosigen Wangen und leuchtenden Augen wie sein kleiner Bruder und so randvoll von Lachen und Lebenslust, daß seine bloße Anwesenheit wie ein Schlag ins Gesicht war. Sally war überzeugt, er werde alles im Leben erreichen, was er nur begehrte. Zu jenen, die sich ihm nicht in den Weg stellten, würde er gut und nett sein, gegen die andern aber rücksichtslos. Doch er würde nicht einmal wissen, daß er rücksichtslos war. Er würde niemals genug von andern Leuten wissen, um auch nur zu ahnen, was sie verletzte und was nicht. Er war tapfer und aufrichtig, großmütig und zärtlich, aber mit geringem Feingefühl begabt.

Von dem älteren Bruder ließ sich das nicht sagen: er wirkte wie das verkörperte Feingefühl. Lang aufgeschossen, schmal, knochig, hatte er eine blasse Haut und glanzloses schwarzes Haar. Auf den ersten Blick meinte man, der jüngere Bruder habe alle Schönheit an sich gerissen und dem ältern überhaupt keine gelassen. Doch auf den zweiten Blick war man dessen nicht mehr so sicher. Die Bewegung verschönte ihn. Wenn er sich ruhig hielt, wirkte sein eckiger Körper fast ohne jede Grazie, doch wenn er ging, war ihm eine schwebend leichte Anmut zu eigen. Und wenn ein unvermitteltes rasches Lächeln um die schmalen Lippen huschte und seine scheuen Rehaugen freudig aufleuchteten, dann war sein Gesicht so lebensprühend, wie es sehr wenige Gesichter sind, und leuchtete förmlich vom Widerschein des in den Tiefen strömenden Lebens, aus dessen Quellen zu schöpfen so wenigen Menschen gegeben ist ... Sally hegte den geradezu verzweifelten Wunsch, die Welt möge es ihm nicht allzuschwer machen ...

John Adair vergnügte sich oft damit, Menschen in die ihnen gemäßen Jahrhunderte zu versetzen, und Sally hatte diese Gewohnheit von ihm angenommen. Bei den drei Kindern hier bot das keine Schwierigkeit. Das kleine Mädchen hatte sich aus einem Blatt von Kate Greenaway daher verirrt; der hübsche Junge war mit Drake auf Piratenfahrt gegangen und hatte sich entschieden geweigert, von dem Kapitän das Fürchten zu lernen; der ältere Knabe jedoch war aus einem viel früheren Zeitalter an diese Stelle und in diese Zeit gekommen: aus dem Zeitalter des Rittertums. Beim ersten Blick, den sie auf den Knaben geworfen hatte, war Sally ein irgendwo einmal gesehenes Bild in den Sinn gekommen, das Bild eines jugendlichen Ritters in Seide und Pelzwerk, an einem Band von der Schulter hängend ein Hifthorn, der auf weißem Roß durch einen dunklen Wald ritt, durch einen Märchenwald, bevölkert von geheimnisvollen Tiergestalten: Bären, Hunden, Hirschen. Am oberen Bildrand aber war, unter hochmütiger Verachtung aller perspektivischen Gesetze, ein See oder Fluß mit Schwänen darauf zu sehen. Der Knappe hatte sein prächtiges Roß zum Stehen gebracht und schaute nun mit Verzückung und andächtiger Gespanntheit nach etwas aus ... Mit plötzlichem Schreck ging es Sally jetzt auf, daß dieser Hintergrund, von dem sich ihr stets die Gestalt des Knaben abhob, dem ähnelte, vor den ihr Vater den Kopf des jungen Mannes auf der Skizze in der Mappe gesetzt hatte. Ihnen beiden mußte ein und dasselbe Bild vorgeschwebt haben.

Als sie ihre Einkäufe erledigt hatte, blieb sie noch stehen und sah zu, wie die Kinder einkauften; sie lächelte ihnen zu, und die Kinder lächelten zurück. Obschon sie sie fast täglich sah, hatte sie sie noch nie gefragt, wo sie wohnten und wie sie hießen. Ihre angeborene Bescheidenheit machte Sally, ihrem an sich so freundlichen Naturell zum Trotz, wortkarg, zumal gerade den Menschen gegenüber, die sie am meisten anzogen. Sie vermochte ihnen keine Fragen zu stellen oder gar sich ihnen aufzudrängen; sie hätte das für eine Entweihung gehalten. Die Kinder wußten natürlich nichts von ihren Hemmungen. Sie sahen in ihr eine uralte erwachsene Dame. Nicht so alt wie Mutter, gewiß, aber doch auf dem besten Wege dazu.

Daß sie ihre Mutter liebten, ja vergötterten, das war mit Händen zu greifen. Stets hieß es «für Mutter», bei allem, was sie auch einzukaufen schienen. Sorgfältig suchten sie für sie den knusprigsten Salatkopf aus und erkundigten sich, durchwegs vergebens, ob denn nicht eine einzige Grapefruit für Mutter da sei. Sobald der älteste Junge auch nur ein bißchen Geld hatte, schien er seine ganze Barschaft an Blumen für die Mutter zu wenden, und stets blickte er sehnsüchtig nach den Weintrauben, die sich nur Millionäre leisten konnten. Heute kauften sie wieder Salat, nahmen mit Bedauern den gewohnheitsmäßigen Bescheid entgegen, daß die Grapefruits unterwegs, aber noch nicht eingetroffen seien, und dann, als sie den Laden verlassen wollten, blieben ihre Blicke an dem großen Korb mit den Veilchen hängen. Sie stülpten ihre Taschen um, aber es war nichts Nennenswertes darin. Das tote Mäuschen in der Tasche des kleinen Buben und das Schädelskelett eines Kaninchens im Sack des Seeräubers waren zweifellos interessante Reliquien, hatten jedoch keinerlei Handelswert. Selbst der Älteste, der über einen hübschen Geldbeutel aus Schweinsleder verfügte, konnte daraus nichts zu Tage fördern.

«Du hättest Mutter nicht das Buch über das Ballett kaufen sollen», sagte der Pirat. «Es hat sie gar nicht interessiert.»

Sein Ton war von einer unbewußten Brutalität; der Ritter wurde rot, nicht so sehr dieses Tons wegen, wie Sally zu erkennen glaubte, als wegen der Erinnerung an Mutters mangelndes Interesse für etwas, was ihn vermutlich brennend interessierte. Sally langte in ihren Korb, und als ihre Hand rasch wieder zum Vorschein kam, war das Veilchensträußchen darin.

«Bitte, nimm das für deine Mutter mit», sagte sie. «Ich habe es eigentlich nur aus Lust am Kaufen gekauft, weil die Veilchen so reizend waren.»

Wie das blitzschnelle, freudige Aufleuchten eines kameradschaftlichen Gefühls huschte es über das Gesicht des Ritters. Genauso ging es auch ihm stets: er kaufte irgend etwas, weil es schön war, und wußte dann, wenn er es erstanden hatte, nicht, was er damit anfangen solle . . . Er errötete wieder und machte linkisch eine steife kleine Verbeugung vor Sally. «Das kann ich nicht annehmen», sagte er höflich. «Sie können die Blumen doch selbst tragen. Sie können sie an Ihren Mantel stecken.» Und seine Blicke gingen wohlgefällig von den Veilchen zu ihrem weißen Mantel und kupferroten Haar. Kupfer, Violett und Weiß – das geht gut zusammen, dachte er.

Da platzte mit einmal eine langbeinige Range aus dem Ladenhintergrund mit einer gewaltigen Neuigkeit dazwischen:

«Die Bananen sind da! Daddy packt sie grade aus!»

«Dann nehmt ihr eure am besten gleich mit», sagte die Ladeninhaberin zu den Kindern. «Auf jedes blaue Rationierungsbuch kommen zwei Stück, nach Recht und Gesetz, aber es sind nie so viel da, daß sie wirklich reichen; wenn ihr sie also nicht mitnehmt, sind sie im Nu weg. Bring sie rein, Vi. Sag Daddy, er soll dir zehn für die Eliot-Kinder geben. Sie haben ihre Bücher nicht da, aber das macht nichts.»

Der Ritter schaute Sally mit großen Augen an und errötete wieder; etwas wie eine scheu verhaltene Frage formte sich auf seinen Lippen; eine Frage, die, einer Dame mit genügender Delikatesse zu stellen, ihm sichtlich schwerfiel. Der Pirat aber krachte dazwischen wie eine Brandungswelle, die eine Flasche auf den Strand schleudert:

«Sind Sie über das Alter für Bananen hinaus? Na, dann nehmen Sie doch von unsern.»

Sally konnte sich nur noch ganz schwach an Bananen erinnern als etwas Seifenartiges mit fast brechreizerregendem Duft. Aber sie verstand, daß die Kinder es gern sehen würden, wenn sie das Angebot annahm. «Danke schön», sagte sie. «Jawohl, ich bin über das Alter für Bananen hinaus, und ich habe seit sieben Jahren keine mehr gekostet. Ich hätte sehr gern eine.»

«Ach, doch mehr als eine», bat der Ritter.

«Drei», entschied der Pirat. «Von jedem von uns eine, die Zwillinge abgerechnet. Wir wollen den Zwillingen ihre Bananen lieber nicht wegnehmen, sonst gibt's ein Mordsgetöse.»

«Ich möchte aber wirklich nur eine», sagte Sally.

«Zwei», sagte der Pirat, geborener Kompromißler, wie er war, und just tauchten denn auch die Bananen auf; er nahm sie Vi ab und teilte sie aus, je eine dem Ritter und dem Kate Greenaway-Mädchen; Sally, sich selbst und den Zwillingen je zwei.

«Vielen, vielen Dank», sagte der Ritter, als er die Veilchen nahm. «Ich danke Ihnen. Mutter wird – Mary! Mary, laß das! Halt, he, Mary!»

Mary, das Pekineserhündchen, hatte draußen in der Gosse einen Straßenköter erspäht, der dreimal so groß war. Mit einem plötzlichen Ruck riß es dem kleineren der Zwillinge die Leine aus den Händen und sauste, von dem hitzigen Haß erfüllt, den die unduldsame Gattung der Hundearistokratie für den Mangel an Rassereinheit empfindet, auf die Straße hinaus, um dem Köter den Garaus zu machen. Aufheulend floh der Gegner, Mary immer hinter ihm drein, und die Kinder hinter Mary her. Sally stand plötzlich allein da.

Nun, dachte sie auf dem Heimweg, zumindest weiß ich jetzt, wie sie heißen . . . Eliot . . . Und vielleicht trägt ihre Mutter die Veilchen. Sie muß eine reizende Frau sein, da sie so reizende Kinder hat; eine königliche Dame zudem, da es ihnen so natürlich scheint, ihr Geschenke zu machen. Sie ist wohl auch schwer zufriedenzustellen, sonst würden die Kinder sich keine solche Mühe bei der Auswahl der Salatköpfe gegeben haben. Aber wirklich mütterlich konnte sie nicht sein, sonst würde sie den Ältesten nicht durch ihr mangelndes Interesse an dem Buch gekränkt haben, das er ihr geschenkt hatte. Ohne vernünftigen Grund eigentlich, bloß auf solche Mutmaßungen hin, empfand Sally eine Abneigung gegen Mrs. Eliot.

4

Der Tag verlief weiterhin programmgemäß; um sechs Uhr brach Sally zu der Cocktail-Party bei Jan Carruthers auf. Sie hatte ihr neues Kleid angezogen; die Gedanken daran gingen ihr auf dem Weg im Kopf herum. Um Coupons zu sparen, hatte sie es selbst aus einem sehr schönen, weichen, feinen grauen Wollstoff angefertigt. Es hatte einen weiten fließenden Rock, der sie beim Gehen umwehte, und ein lockeres, gekreuztes Oberteil, von dem sie hoffte, es verdecke die starke Entwicklung des Brustkastens, den Preis für den tiefen Alt ihrer Singstimme. Darüber trug sie eine losegeschnittene kurze Feh-Jacke; für die dazu passenden grauen Seidenstrümpfe und die grauen Wildlederschuhe hatte sie ihre allerletzten Coupons drangegeben. An sich hinunterschielend, nahm sie wahr, daß der Rock genauso weich fiel und ausschwang, wie sie gehofft hatte, und beim Blicken in die Schaufensterscheiben mußte sie feststellen, daß sie wirklich sehr nett aussah. Doch sie stellte es nicht ohne Beschämung fest . . . Denn das Pelzjäckchen hatte einen hübschen Batzen gekostet.

Sie hatte sich mit dem Fortgehen von zu Hause ein wenig verspätet, da sie erst im letzten Augenblick bemerkte, daß sie die Reihfäden aus den Rocksäumen herauszuziehen vergessen hatte, und so kam sie mit geröteten Wangen und die Locken vom Frühjahrswind zerzaust in Jans schönem seegrünen Salon an. Jans Mann Roger war ein fast – aber doch eben nur fast – ebenso guter Porträtmaler wie John Adair, und der Salon wimmelte daher von Leuten, von denen die Salons prominenter Leute nun einmal wimmeln. Noch immer nicht ganz gewöhnt an den ununterbrochenen Lärm, den die Wohlerzogenen machen, wenn sie zusammen essen und trinken, verspürte sie einen plötzlichen Schreck. Sie hatte gemeint, es werde ein amüsanter Abend werden, aber im Moment schien es, als kenne sie keinen Menschen . . . Und außerdem hatte keine der anwesenden Damen ein selbstgenähtes Kleid an.

Jan kam auf Sally zu. Sie war brünett, ihr Haar glänzte von Lack, sie war zehn Jahre älter als Sally und auch um zehn Jahre raffinierter und intellektueller.

«Darling», schrie sie voller Leidenschaft; dabei kannten die beiden einander kaum. «Reizend, daß du da bist. Na, und so ein süßes Kleid! Selbstgemacht?»

Sally entging der scharfe Unterton in Jans Stimme, denn sie wußte ja nicht, daß Roger Carruthers nicht so ganz prominent war wie ihr Vater. «Ja», sagte sie ehrlich; weiter schien ihr nichts einzufallen.

«Du mußt etwas trinken», empfahl Jan. «Wenn es auch heutzutage nichts gibt, was sich überhaupt zu trinken lohnt. Und wenn noch etwas zu essen da ist, Darling, dann mußt du es durchs Vergrößerungsglas anschauen. Roger, bring Sally etwas zu trinken! Wo ist der Kerl nur? Muß ins Atelier abgeschwirrt sein. Ein unverbesserlicher Mensch! Charles, besorgen Sie Sally etwas zu trinken.»

Damit hatte sie ihre Pflicht gegenüber Sally erfüllt und war verschwunden. Charles jedoch, ein eleganter Jüngling in noch zartem Alter, aber mit einem unermeßlichen Selbstbewußtsein ausgestattet, wußte auf der Stelle Sallys Charme zu würdigen. Er verschaffte ihr ein kühles, bernsteinfarbiges Getränk, ein auf Hölzchen gespießtes Würstchen, sowie ein halbes Käsestängelchen und verwickelte sie alsbald in tiefe intellektuelle Konversation. Er fand sie indes der Intellektualität betrüblich ermangelnd, ließ sie deshalb aber nicht allein, denn da er ihr gegenüber saß und daher nicht beurteilen konnte, was für eine Stupsnase sie hatte, hielt er sie für hübsch . . . gefühlvoll, sinnenglühend, kurz, irgendwie trostspendend . . . Des Trostes bedurfte er nicht gerade, denn, da er sich zur Zeit noch im zarten Alter befand, war er nicht im Krieg gewesen; überhaupt hatte ihn die Welt bisher ganz anständig behandelt, aber dergleichen konnte ja nie schaden, wenn es sich mit kupferrotem Haar und lichtbraunen Augen verband. Er geruhte liebenswürdig, sich ihrem niedrigeren geistigen Niveau anzupassen, und bemerkte, es sei eine ganze Anzahl von «großen Tieren» zugegen. «Eliot ist auch da», setzte er hinzu.

Eliot? Sally hatte schon vorher Interesse gezeigt, obwohl sie ihrem Gesprächspartner nicht in die Untiefen des Surrealismus zu folgen vermocht hatte; denn es interessierte sie alles; jetzt aber horchte sie gespannt auf. Sollte das der Vater der fünf Kinder sein? Eliot war kein ungewöhnlicher Name, aber eine Möglichkeit bestand immerhin.

«Wer ist das?» fragte sie eifrig.

«Eliot? Je nun, David Eliot. Sie wissen doch . . . Er spielt wieder Theater, nachdem er jahrelang Bombenflieger war.»

«Ich weiß leider gar nichts von ihm», sagte Sally demütig. «Ich weiß überhaupt nichts über niemanden. Bedenken Sie, daß ich die letzten drei Jahre in den Cumberland-Bergen Schafe gehütet habe.»

«Mein Gott!» murmelte Charles voller Entsetzen, Mitgefühl und ebenso viel Verständnis. Kein Wunder, daß das arme Kind keine Ahnung von irgend etwas hatte. Ganz sanft umschloß er ihren Ellbogen mit seiner Hand. «Ich zeige ihn Ihnen», versprach er freundlich. «Ich bin vielleicht sogar in der Lage, ihn Ihnen vorzustellen. Mein Bruder hat einmal eine seiner Rollen in zweiter Besetzung gespielt.»

Er lotste sie durch das Gedränge und wies ihr dann beim Kamin neben einem roten Topf mit einem weißen Magnolienbäumchen einen Platz an. «Hier!» sagte er, wie zu einem Kind, das ins Kasperle-Theater mitgenommen wird, «hier ist alles gut zu sehen. Hier kommt er vorbei.»

«Welcher ist es?» fragte Sally und ließ ihre Blicke von einem Herrn in mittleren Jahren zum andern gehen, jedoch alle als der Zwillinge unwürdig verwerfend.

«Er hat mich gesehen», flüsterte Charles triumphierend.

Ein unparteiischer Beobachter hätte wohl einigen Zweifel daran hegen können, ob der Mann Charles erspäht hatte oder das freie Stückchen Kaminsims neben seinem Kopf, auf das er das leergetrunkene, hinderlich gewordene Glas stellen konnte; aber wie dem auch sei, er kam auf sie zu, stellte das Glas ab und erwiderte Charles' Gruß zwar ein bißchen obenhin, aber doch höflich.

Er war viel zu jung, um der Vater der bewußten Kinder zu sein. Sally stand kerzengerade und still da, während sie das Gesicht anblickte, das sie schon immer zu kennen gemeint hatte, als sie es auf der Zeichnung ihres Vaters zum erstenmal sah. Allein das Gesicht glich doch nicht ganz dem Gesicht auf der Zeichnung. Dort war es ein Gesicht ohne Maske gewesen. Dieses hier war zwar das gleiche Gesicht, aber es trug eine Maske. Von einer besonderen Gemütsbewegung verspürte sie nichts, nur ein bißchen wunderlich war ihr zumute, und etwas abgespannt fühlte sie sich. Sie fragte sich flüchtig, ob das bedeute, daß sie sich verliebt habe. In den Büchern hieß es, das sei ein herrliches Gefühl, wenn man sich verliebe. Sie fühlte sich keineswegs herrlich, sondern nur wunderlich und ein bißchen schlecht. Das Vorstellen schien Charles auch vergessen zu haben. Ein anderes junges Mädchen hätte seinem Gedächtnis durch einen kleinen Schritt vorwärts nachgeholfen. Nicht so jedoch Sally. Im Gegenteil: sie hatte die Empfindung, im Wege zu sein, und machte eine sanfte Geste, als ob sie das Feld räumen wollte.

Etwas von der rührenden Süße dieser nachgiebigen Geste verfing sich im Auge David Eliots; er wandte sich um. Charles besann sich auf seine guten Manieren. «Dies ist Fräulein Sally», sagte er im Ton freundlicher Gönnerhaftigkeit, «ihr Zuname ist mir nicht bekannt. Sie hütete früher in Cumberland die Schafe», setzte er als Warnung hinzu, um David gleich darüber aufzuklären, daß er, falls er Intellektualität suchte, vor die falsche Schmiede geraten sei.

David lächelte Sally charmant zu und machte eine halb ironisch gemeinte kleine Verbeugung vor ihr. «Eine Schäferin», sagte er. «Meines Wissens die erste Schäferin, deren Bekanntschaft ich mache», und die Haltung seines biegsamen Körpers, die Neigung seines hellen, leuchtenden Kopfes waren, ihm ganz unbewußt, die eines Meißner Porzellanschäfers auf einem Kaminsims, der sich vor einem Mägdlein Arkadiens verbeugt. So anmutig das gesagt, so bezaubernd es ausgeführt war – Sally war nicht wohl zumute. Es steckte gar nichts dahinter. Sie wußte, er sagte das richtige Wort, machte die gegebene Gebärde Tag für Tag, Abend für Abend, so unablässig, daß das alles rein automatisch geworden war. Sie konnte keine Erwiderung herausbringen. Sie vermochte nur stumm auf dem Fleck zu bleiben, wo sie stand, während alle Farbe aus ihrem Gesicht wich.

Ihre Stummheit, ihre Unbeweglichkeit ließen David aufmerken. Eine Minute zuvor war sie nichts gewesen als eines der vielen hübschen Mädchen auf dieser verflixten Gesellschaft, das ihn ebenfalls um ein Autogramm bitten und sich damit bloß wiederum seinem dringenden Verlangen in den Weg stellen würde, von hier zu entfliehen, bevor sein schmerzender Schädel zersprang. Warum und wozu er eigentlich hergekommen war, blieb ihm unerfindlich; der einzige Grund war der, daß er mit Roger Carruthers, der sich übrigens dünngemacht hatte, befreundet war, und außerdem höchstens noch der, daß es in dieser Zeit schlechterdings leichter schien, einfach weiterzumachen wie bisher, als sich mühsam der Tretmühle zu entwinden. Nun aber hatte die unerwartete Stille des Mädchens ihm diese Mühe abgenommen. Der Lärm, das Menschengedränge, die Hitze, das alles rann zusammen zu einem dunkel verschwommenen Gewoge, von dem sich seltsam lebensvoll die straffe, kräftige Gestalt in dem weichen grauen Kleid, der Schopf zerzauster Locken, die goldbraunen Löwenaugen mit ihrem geraden, klaren Blick und ein rosiges Gesicht abhoben, aus dem die Farbe entwich, um es so weiß wie die Magnolienblüten daneben zurückzulassen.

«Kommen Sie», sagte er rasch, nahm ihren Arm und öffnete eine von dem Magnolienbäumchen halb verdeckte Tür. Er kannte sich im Hause aus. Die Tür führte auf einen dämmrigen kühlen Gang mit einem Fenster und einer kissenbelegten Bank davor. Er schloß die Tür, und damit waren Lärm, Hitze, Rauchschwaden mit solcher Plötzlichkeit verschwunden, daß es Sally schien, als habe ein Schwertschlag eine vollkommene Trennung zwischen ihrem früheren und ihrem künftigen Leben herbeigeführt. David geleitete sie zum Fenster und machte es auf.

«Besser?» fragte er.

«Ich habe mich nicht schwach gefühlt», sagte Sally.

«Nicht? Aber es sah ganz danach aus. Verzeihung. Möchten Sie wieder zurückgehen?»

«Nein», sagte Sally mit ihrer üblichen schroffen Ehrlichkeit.

Er lachte und setzte sich neben sie. «Ich auch nicht. Ein Höllenlärm da drin. Warum müssen menschliche Wesen nur immer einen solchen Lärm vollführen? Von der ersten Sekunde an geht's bei ihnen damit los. Das erste, was ein Säugling tut, ist, daß er kreischt. Und dann wird's wohl zur Gewohnheit.»

Mit seiner hellen, fröhlichen, schönen Stimme redete er weiter allerhand charmanten Unsinn daher wie ein aufgezogener Automat. Sally gab angemessene, ruhige Antworten; einander richtige Aufmerksamkeit widmen zu können, wäre ihr lieber gewesen. Derlei Gerede legte sich wie ein Nebeldunst zwischen sie gleich dem Duftregen, den gewisse Insekten zum Selbstschutz von sich sprühen. Vielleicht war das auch der Grund, warum die Menschen dergleichen redeten: um sich zu isolieren ... Es fiel ihr ein, daß es stets kranke Tiere sind, die die Einsamkeit suchen ... Und mit einmal fand sie es nicht mehr falsch, daß ihr Vater ihm auf seiner Zeichnung die Maske weggerissen hatte. Wenn ihr alter Schäferhund krank gewesen war und sich in eine dunkle Ecke verkrochen hatte, mußte sie ihn ans Licht herausziehen und ihm eine Arznei geben.

«Sie sind eine recht schweigsame Schäferin. Woran denken Sie?»

«An meinen Schäferhund», sagte Sally, sachlich wie immer.

Er lachte vergnügt auf; die Verwandlung seines Gesichts durch ein natürliches Lachen erinnerte sie an jemanden.

«Erzählen Sie mir von Ihrem Leben bei den Schafen», forderte er sie auf. Es klang wie ein Befehl.

Sie verschränkte ihre Hände im Schoß und versuchte, dem Befehl nachzukommen. Sie erzählte ihm von der alten Farm, auf der sie gehaust hatte, von der Schönheit der Sonnenfrühen auf den Felshügeln, die hinabblicken auf die wie von Zauberschlaf umfangenen Täler in der Tiefe, von den Windsbräuten und den Schneestürmen und davon, wie schwer es oft gewesen, an den stockfinstern, bitterkalten Wintermorgen aufzustehen. Sie erzählte ihm von der Zeit, da die Mutterschafe lammen, und vom Kampf um das Leben verwaister Lämmer, vom Heldentum der Berghirten und der Klugheit ihrer Hunde, von dem struppigen Pony, das sie hatte reiten dürfen. Es kam sie nicht leicht an, einem Bombenflieger dergleichen zu erzählen; es klang so zahm. Das ihr so wohlbekannte Schamgefühl durchflutete sie wieder brennend, weil sie im Krieg nichts durchgemacht, an nichts gelitten hatte, als an Kälte, Übermüdung und der Steifheit frostklammer Finger und Zehen.

David Eliot saß bequem zurückgelehnt auf der Fensterbank und hörte Sally mit einer ganz sonderbaren Empfindung von Erleichterung zu; denn er fühlte sich geradezu erlöst – als wenn es das erste Mal seit Wochen wäre – vom Klang seiner eigenen Stimme, die ohne Unterbrechung leer und unerträglich daherplätscherte. Erstaunlich, wie beruhigend es war, mit einem Menschen zusammenzusein, der nichts, aber auch gar nichts von Krieg wußte, der, wie es schien, nicht einmal eine Bombe platzen gehört hatte. Jemand, der nicht mit den Nerven herunter, nicht todmüde war, der keinen Teil hatte an der Folterqual und dem Sterben der Unschuldigen, der sich nicht abmühte zu vergessen, und dann wieder ein selbstquälerisches oder prahlsüchtiges Vergnügen daran fand, sich zu erinnern. Der Krieg hing ihm zum Hals heraus; er wollte nichts mehr davon wissen, nicht mehr daran denken, er wollte die ganze fluchwürdige Geschichte für immer und ewig aus dem Kopf haben; aber es gelang ihm nicht, denn in jedem Gesicht, in das er blickte, außer in den Gesichtern der ganz grünen Bengel wie dieser alberne Charles, erkannte er Erinnerungszeichen, sei es ein verkrampfter Mund, sei es ein umschattetes Auge . . . oder er meinte doch, es erkennen zu können . . . Er wußte, daß der Zustand, in dem er sich befand, geradezu krankhaft war . . .

Doch der Mund dieses jungen Mädchens war wie der eines glücklichen Kindes, und ihre ruhigen Augen waren voller Licht. Aber sie war keiner von den in ihr eigenes Ich wie in ein Gefängnis eingesperrten Grünschnäbeln. So jung sie war, in ihrem Gesicht lag etwas, das ihm sagte, sie sei durch die Schönheit der Berge oder durch ihre Liebe zu Schafen, Hunden und Pferden und durch deren Pflege bereits in die Freiheit gelangt.

Da sie nichts mehr zu sagen wußte, verstummte sie, und zu seinem Entsetzen hörte er seine Stimme wieder mit den gewohnten Nichtigkeiten dahinplätschern.

«Ein eigenartiges Leben für ein junges Mädchen wie Sie. Was für ein Gefühl hat man, wenn man wieder in die Zivilisation zurückkehrt?»

Sie sah ihn verwundert an, als suche sie herauszubekommen, was er sich unter Zivilisation vorstelle. Dann lächelte sie. «Ich bin glücklich in London», sagte sie. «Und doch – Cumberland fehlt mir. Wenn ich morgens aufwache, aber noch nicht ganz wach bin, höre ich die Glocken der Schafe in den Hügeln und das Geräusch der Bäche. Sie wissen, wie es tönt, das Rauschen der Bäche, die von den Bergen herunterkommen. Und wie das in einem nachklingt!»

«Alle Geräusche des Wassers sind unvergeßlich», sagte er sanft. «Das schönste von allen ist, meiner Ansicht nach, das leise Schlagen des Wellengekräusels gegen die Wände eines Boots. Ich habe eine alte Großmutter, die drunten auf den Marschen von Hampshire wohnt. Hin und wieder fahre ich hin und stelle allerhand Unfug mit dem Boot an.»

«Fahren Sie oft hin?» fragte sie.

«Früher, vor dem Krieg, bin ich oft hingefahren. Jetzt nicht mehr so häufig. Es bleibt mir keine Zeit dazu. Nach dem Krieg seinen alten Beruf wieder aufzunehmen, das macht einem viel zu schaffen.»

«Ja, das mag nicht leicht sein», sagte sie. «Es ist wohl so ähnlich, wie wenn man wieder an einen Ort geht, an dem man als Kind glücklich war, und man meint, es sei der gleiche Ort, und er ist es doch nicht.»

Ihr Verständnis machte ihm Freude. Es war eine Höllenqual gewesen, zu einer Arbeit zurückzukehren, die man geliebt, und zu finden, daß sie ihren eigentlichen Reiz verloren hatte.

Mit einmal fiel es Sally ein, an wen David sie erinnerte, wenn er lachte. Zwischen ihm und dem kleinen Ritter bestand keine Ähnlichkeit der Züge, doch in den Augenblicken der Freude belebten sich ihre Gesichter in der gleichen Weise . . . Und hinter ihnen erschien derselbe Wald.

«Sie sind der siebente Eliot, den ich heute treffe», sagte sie. «Nein, der sechste; einer war ein Hund.»

«In unsrer Familie werden die Hunde mitgezählt», sagte David. «Sie wollen mir doch nicht erzählen, daß Sie meine kleinen Vettern und Basen samt ihrem bösartigen Pekinesen getroffen haben?»

Sie beschrieb den Ritter, den Piraten und Kate Greenaway, auch die Zwillinge und Mary. Er lachte wieder auf. «Ja, das sind sie wohl, die kleinen Vettern und Basen. Ihr Vater ist mein Onkel . . . Waren sie allein?»

In der Frage war etwas wie eine Gespanntheit, die sich Sally nicht erklären konnte.

«Sie sind immer allein», sagte sie. «Ich habe ihre Mutter nie zu Gesicht bekommen. Aber ich habe mir im Geist ein Bild von ihr gemacht. Ich denke mir, daß sie sehr schön sein muß.»

«Ja», sagte David. «Sie ist sehr schön.»

Und wieder verstand sie den Unterton nicht, mit dem er das sagte; doch es fröstelte sie bis ins Mark. Ein Gefühl der Niedergeschlagenheit überkam sie; sie stand auf. «Ich glaube, ich muß jetzt gehen», sagte sie wie ein Kind.

Sie gingen wieder in den verrauchten Salon, wo man vor Lärm sein eigenes Wort nicht hörte, so daß sie sich stumm von einander verabschieden mußten. Davids Geste des Nachwinkens in dem kurzen Augenblick, bevor er im Gewühl untertauchte, blieb Sally um ihrer Grazie willen im Gedächtnis haften, aber sie war so mechanisch, daß Sally das Gefühl hatte, als habe er sie damit sofort aus seinem Gedankenkreis ausgestoßen und die Tür hinter ihr zugeworfen. Unverzüglich ging sie nach Hause, und auf dem ganzen Heimweg kuschelte sie sich in ihren Pelz, da sie immer noch das Kältegefühl empfand. Sie hatte nicht die Absicht, David Eliot wiederzusehen, was bei der Berühmtheit ihres Vaters nicht schwer gewesen wäre. Sie gedachte nicht einmal, ihren Vater nach ihm oder nach dem Porträt in seinem Atelier zu fragen. Sally war zu stolz, an eine Tür zu pochen, die ins Schloß geworfen worden war.

2. Kapitel

1

Die Dame, die mit geschlossenen Augen in der Ecke des Coupés saß, erregte beträchtliche Aufmerksamkeit. Sie fühlte das unbestimmt, ebenso wie sie unbestimmt die Sonne fühlte, die ihr ins Gesicht schien, aber an beides war sie gewöhnt, denn sie hatte schon in der Wiege die Aufmerksamkeit der Menschen angezogen. Sie gehörte nun einmal zu diesem Frauentyp, und eben dieser Frauentyp gefiel dem Mann, der ihr gegenübersaß. Er lehnte sich behaglich in seine Ecke zurück und gab sich genießerisch dieser Anziehungskraft hin.

Seit er in Winchester eingestiegen war, hatte er ihr Gesicht noch nicht länger als knappe zwanzig Minuten betrachtet, aber schon hatte sich das Bild ihrer äußeren Erscheinung so tief in sein Gedächtnis eingeprägt, daß er überzeugt war, er werde es nie wieder vergessen. Sollte sie an der nächsten Station aussteigen – was der Himmel verhüten mochte! – so würde er doch, glaubte er, im Stande sein, es absolut getreu auf der Leinwand wiederzugeben, sobald er Lust dazu verspürte. Und er glaubte auch, daß es dazu kommen könnte. Ihr Porträt würde dann zu den anderen in die Mappe gelegt, die er als Studien zu seinen Porträtaufträgen oder auch nur aus Interesse an einem bestimmten Gesicht zu zeichnen pflegte, so wie ihn jetzt dieses Frauengesicht interessierte, wie ihn David Eliots Gesicht interessiert hatte, als er sein ahnungsloses Opfer bei der Probe überfallen, beobachtet und, was er gesehen, festgehalten hatte.

Ja, die Dame war ein großartiger Vorwurf für einen Maler. Die meisten Leute betrachteten Schönheit als ein ausschließliches Attribut der Jugend und würden daher wohl geäußert haben: «Wie schön muß sie einmal gewesen sein»; für sein Auge hatte sie den Höhepunkt ihrer Schönheit noch gar nicht erreicht. Und dahin würde sie auch nie gelangen, wenn sie nicht aufhörte, «im eigenen Saft zu schmoren», und statt dessen zu einer Entscheidung, im einen oder andern Sinn, kam. Denn in der Ruhe war ihr Mund der verkrampfte, bittere Mund eines Menschen, der «zwei Herren diente» und sich selbst bemitleidete. Der Mund war nichts weniger als vollkommen.

Sonst jedoch war alles in dem reinen Oval dieses Gesichts makellos, dem Auge des Malers machte es nichts aus, daß das helle blasse Elfenbein der Haut um Augen und Mund von einem feinen Netzwerk von Linien durchzogen war, daß auf den Lidern und unter den geschlossenen Augen Schatten lagen; denn jenes Liniengewebe war ein Wunder an Zartheit, und diese Schatten hatten eine auserlesen schöne Tönung, die ungeheuer schwer mit dem Pinsel wiederzugeben war; sie glich der Unterseite der Blütenblätter von wilden Veilchen. Der schmale Lippenbogen war stark mit Rouge nachgezogen, doch obschon dies die Härte der Lippen betonte, wirkte es nicht unangenehm, wie bei Frauen, die ihre Schönheitsmittel zu stark auftragen; denn der Kontrast zwischen dem Elfenbein der Haut und dem Dunkel des Haars war so frappant, daß die roten Lippen ihn nicht mehr überbieten konnten. Die Züge waren regelmäßig, der Hals war lang und schmal, die Figur knabenhaft schlank, wenn sie auch – wie der Betrachtende erriet – in der Bewegung gewiß von vollendeter weiblicher Grazie war.

Auch ihre Kleidung bewunderte er: das bizarre schwarze Hütchen, das mit kundiger Hand derart auf das dunkle, glänzende, an den Schläfen von feinen grauen Strähnen durchzogene Haar gesetzt war, daß es wie ein Vogel wirkte, der sich aufschwingt; Kleid und Mantel, ebenfalls schwarz, schon etwas vertragen, aber ausgezeichnet im Schnitt; der schöne Silberfuchs, die tadellosen schwarzen Schuhe und Handschuhe, die Perlenkette. Er fragte sich, ob sie Witwe sei, weil die einzigen Farbflecke an ihr das Lippenrot und das Veilchensträußchen am Mantel waren. Wenn sie tatsächlich Witwe ist, so wird sie es nicht lange bleiben, dachte er, denn sie ist durchaus begehrenswert, und er erwartete, falls sie einmal die Gnade haben würde, aufzublicken, die Augen einer Frau zu entdecken, die auch begehrte, begehrt zu werden.

Zehn Minuten danach hielt der Zug mit einem Ruck; da schlug sie die Augen auf, und ihrer beider Blicke trafen sich. Wie er angenommen hatte, waren ihre Augen dunkel und glutvoll; sie schlug sie auch vor seinem interessierten Blick nicht nieder. Eine ganze Weile hielt er ihren Blick mit dem seinen fest, denn auch er hatte es so gut wie sein ganzes Leben lang verstanden, wenn es ihn danach gelüstete, die Menschen anzuziehen, und er verstand sich noch immer darauf, wenn es ihm der Mühe wert schien. Stumm zollte sein Blick ihrer Schönheit respektvollen Tribut, und ebenso stumm nahm sie mit ihrem Blick den Tribut als ihr zu Recht gebührend entgegen, ja, dankte ihm dafür.

Dann aber wandte sie sich ab, vergaß ihr Gegenüber, zog die Handschuhe aus, öffnete ihre Handtasche und entnahm ihr einen Brief, den sie, wieder in ihre Ecke zurückgelehnt, zu lesen begann. Er nahm mit Interesse wahr, daß der Brief auf gewöhnliches Schreibpapier und mit einer ungebildeten Handschrift geschrieben war und daß die nun zum Vorschein gekommenen schönen schlanken Hände außer dem Ehering keinen Schmuck aufwiesen. Er schloß aus ihrer sichtlichen Abgespanntheit, aus den Händen – Frauen, die sich um den Haushalt kümmern mußten, machten heutzutage nicht viel mit ihren Ringen her – sowie aus dem Brief, daß sie, von Hausarbeiten, an die sie nicht gewöhnt und für die sie auch nicht geschaffen war, übermüdet, jetzt aufs Land hinausfuhr, um sich ein weibliches Wesen anzusehen, das auf ein Inserat geantwortet hatte, mit dem sie dringend einen Dienstboten suchte. Daraus schloß er weiter, sie könne nicht Witwe sein, sondern sei wohl die Frau eines mit gutem Appetit gesegneten Flegels von Ehemann, der jeden Tag eine ausgiebige Mahlzeit haben wollte, unbekümmert darum, daß seiner Frau das Hantieren mit Töpfen und Pfannen nicht an der Wiege gesungen worden war. Sie trug also Schwarz nicht aus Gründen der Trauer, sondern weil es sie kleidete. Er nahm ferner an, sie habe sich der Belastung durch Nachwuchs entzogen, denn nichts an der vollendet knabenhaften Figur war mütterlich.

Doch darin täuschte er sich; denn Nadine Eliot hatte fünf Kinder zur Welt gebracht, und sie fuhr nicht aufs Land, um sich ein Hausmädchen anzusehen, sondern eine Kinderfrau für die Zwillinge. Wenn sie endlich eine Kinderfrau für die Zwillinge hätte, dann, meinte sie wäre es ihr möglich, weiterzuleben; aber wenn sie niemanden für die Kinder bekam, blieb ihr bloß noch das brennende Verlangen, von hinnen zu scheiden. Sie bezweifelte sogar, daß sie noch auf ein Leben nach dem Tode reflektierte, wenn sie damit rechnen mußte, daß ihr den ganzen Tag Engelskinder zwischen den Füßen herumliefen. Leute, die sich keiner intimeren Bekanntschaft mit den Zwillingen rühmen konnten, äußerten zuweilen, das seien ja zwei Engelskinder; bei solchen Gelegenheiten lächelte sie ihr charmantes Lächeln, äußerte jedoch kein Wort dazu.

Sie war keine lieblose Mutter, aber natürliche Kinderliebe war ihre Stärke nicht; und außerdem war sie so entsetzlich müde. Die Geburt der Zwillinge hatte sie sehr mitgenommen; sie hatte sich nie recht davon erholt. Eigentlich hätte sie sie gar nicht mehr bekommen dürfen, denn schon nach der Geburt des dritten Kindes hatte der Arzt von weiterem Kindersegen abgeraten. Doch gerade vor Kriegsausbruch hatte sie das Zusammenleben mit ihrem Mann, von dem sie eine Zeitlang getrennt gewesen war, wieder aufgenommen; dann war der Krieg gekommen, George hatte schwer und tapfer an der Front gekämpft, bevor er infolge seiner Verwundung nach England zurückkehren mußte, wo er dann im Kriegsministerium einen sicheren Posten bekommen hatte. Sie bewunderte und bedauerte ihn, und so . . . nun, dann waren eben die Zwillinge gekommen. Es konnte noch alles gut ausgehen mit den beiden Kindern, mit ihrem an sich schwierigen Eheleben, überlegte sie, auch daß sie den drei älteren Kindern eine Mutter werden könne, wenn sie nur eine wirklich gute Kinderfrau fände. Ihr ganzes Heil hing von der wirklich guten Kinderfrau ab. Wenn man vor Erschöpfung nicht mehr aus und ein wußte, konnte man dann immer zu seinen Kindern sagen: «Geht ins Kinderzimmer, Herzblättchen», und dann konnte man eine gute Mutter sein, andernfalls nicht . . . Sie jedenfalls nicht.

Sie blickte auf den Brief hinunter, den sie in der Hand hielt. Für gewöhnlich ließ sich aus einem Brief einer nicht sehr gebildeten Frau nicht viel über die Schreiberin herauslesen; diese Frauenzimmer schienen alle die gleiche Handschrift und die gleiche geschraubte Ausdrucksweise zu haben. Doch dieser Brief war anders. Diesem hier konnte man allerhand über die Verfasserin entnehmen. Sie überflog ihn noch einmal:

‹Sehr geehrte gnädige Frau,

ich habe Ihr Inserat wegen einer Kinderfrau für Ihre Kinder gelesen. Als Ihre drei Ältesten vor dem Krieg in Damerosehay wohnten, war ich Kindermädchen bei ihnen. Sie entsinnen sich meiner wohl nicht, da Sie nicht häufig nach Damerosehay kamen. Ich hieß damals Jill Baker und heiratete dann Alf Watson, der als Gärtnergehilfe in Damerosehill angestellt war. Er ist bei Dünkirchen gefallen. Ich habe keine Kinder. Da ich keine eigenen hatte, arbeitete ich in Kindergärten. Jetzt lebe ich bei meiner Tante Rose im „Gnadenkraut", dem alten Wirtshaus in The Hard. Ihre Zwillinge kenne ich nicht, gnädige Frau, aber wenn sie Master Ben, Master Tommy und Miss Caroline von einst auch nur ein wenig gleichen, so werde ich sie sehr gern haben.

Ihre sehr ergebene Jill Watson.›

Es war ein vielsagender und zugleich recht aufregender Brief. Zunächst einmal, weil Jill die Lohnfrage überhaupt nicht streifte; schon das Fehlen dieses Punkts, und das just in einem Augenblick der englischen Geschichte, da das während des ganzen langen Krieges bewährte hochanständige allgemeine Verhalten ein heftiges Ausschlagen des Pendels nach der andern Seite bewirkt und alle Welt wieder den Erwerbssitten des Dschungels zugeführt hatte, genügte, daß es einem den Atem verschlug. Dann die Zurückhaltung und Resignation in den beiden Sätzen: ‹Er ist bei Dünkirchen gefallen. Ich habe keine Kinder› – das klang eigenartig ergreifend. Dazu die sichtliche Liebe zu Kindern. Man muß sich bloß eine Frau vorstellen, ging es Nadine durch den Kopf, die sich aus freien Stücken zur Arbeit in einem Kindergarten hergibt. Uneigennützig, zurückhaltend, liebevoll – konnte man von einer Kinderfrau bessere Eigenschaften verlangen? Es war allerdings eine Spur von Mißbilligung in dem Satz enthalten: ‹Sie kamen nicht häufig nach Damerosehay.› Aber eine Kinderfrau war ja nie zufrieden mit der Mutter. Ohne sich ihre Mißbilligung gefallen zu lassen, konnte man sich keine Kinderfrau halten. Nadine war schließlich daran gewöhnt, daß man ihr Mißbilligung entgegenbrachte, ebenso wie sie daran gewöhnt war, im Mittelpunkt des Interesses zu stehen.

Es war richtig, daß sie in der Zeit ihrer Trennung von George, als die Kinder bei dessen Mutter in Damerosehay gelebt hatten, nicht oft dorthin gekommen war; aber sie erinnerte sich doch dunkel an Jill, ein mageres kleines Wesen mit blassem Gesichtchen, selbst fast noch ein Kind, das Tommy, der Lausbub, unbarmherzig gehänselt hatte. Aber das hatte sie Tommy jetzt anscheinend vergeben und würde es gewiß auch Jeremy, dem älteren der Zwillinge verzeihen, wenn er es ebenso trieb.

Und das würde er zweifellos tun, denn Jerry war Tommy sehr ähnlich ... Bloß noch schlimmer ... Josephine, die jüngere der beiden Zwillinge, war nicht so ungezogen, dafür war ihr Einfallsreichtum geradezu bestürzend.

Jills Brief war vor zwei Tagen erst angekommen; Nadine hatte nicht lange gefackelt. The Hard war ihrer Erinnerung nach nicht allzu weit von Damerosehay gelegen, und so hatte sie ihre Schwiegermutter angerufen und sie gebeten, ihr für drei Nächte Unterkunft zu gewähren. Lucilla Eliots dringende Bitte, die Kinder und George mitzubringen, hatte sie mit der Angabe abgeschlagen, George sei im Kriegsministerium nicht abkömmlich ... Sie mußte sich einmal von George und den Kindern erholen ... Sie hatte Jill geschrieben, sie werde sie im ‹Gnadenkraut› aufsuchen. Dann hatte sie eine seit langem leidende ältere Cousine aufgefordert, sich in ihrer Abwesenheit um George und die Kinder zu kümmern, hatte die Schwelle ihres eleganten, aber dienstbotenlosen Hauses in Chelsea hinter sich gelassen und den Zug nach Hampshire genommen.

Drei ganze Nächte und zwei volle Tage war sie nun also frei von häuslichen Sorgen. Drei ganze Nächte und zwei volle Tage sollte sie in Damerosehay zubringen, und was das bedeutete, das konnte nur ein Mitglied des Hauses Eliot wirklich verstehen, wenn es auch bloß ein angeheiratetes war. Damerosehay war nicht nur das Heim von Lucilla Eliot, der vielgeliebten Großmutter, es war auch das Heiligtum der Familientradition. Hier hatte die Familie, als Einheit betrachtet, ihre Wurzeln, hier lag die Quelle ihrer Lebenskraft.

Nadine hatte den Brief für einen Augenblick in den Schoß gelegt; der vom Fenster kommende Zugwind wehte ihn auf den Boden. John Adair bückte sich höflich, um ihn aufzuheben; dabei fielen ihm die Worte am Kopf des Bogens in die Augen ... Gnadenkraut ... Er prägte sich die auffällige Adresse sorgfältig ein und überreichte das Blatt dann seinem Gegenüber; die Dame steckte es in ihre Handtasche, ließ deren Schloß zuschnappen und zog ihre Handschuhe wieder an; denn der Zug näherte sich der Station, wo sie aussteigen mußte. Dann blickte sie mit einem resignierten Seufzer zu ihrem Handkoffer empor, der im Gepäcknetz über ihr lag. Es war ein schönes Stück, aber greulich schwer; ein Geschenk aus der guten alten Zeit, da es Zofen und Träger in Hülle und Fülle gab. Der Seufzer tat die beabsichtigte Wirkung. «Gestatten Sie», sagte der Herr von gegenüber und nahm den Koffer herunter.

«Oh, danke sehr», rief sie mit entzückend gespielter Überraschung, über die er sich jedoch keinerlei Täuschungen hingab.

«Haben Sie sonst noch etwas mitzunehmen?» fragte er. Er wußte, daß das nicht der Fall war, aber er wollte ihre schöne Stimme noch einmal hören; auch ihr Lächeln war bezaubernd.

«Nein, sonst nichts; danke sehr.»

«Sehr schöner Tag heute.»

«Ja, sehr schön.»

Sie faßte ihn nun ebenfalls aufmerksamer ins Auge. Denn auch seine Stimme machte aufhorchen. Netter alter Knabe, hatte sie gedacht, als er in Winchester eingestiegen war. Doch nun erkannte sie, daß sie sich durch seine Glatze und den braunen, graumelierten Bart hatte irreführen lassen. Der Mann war nicht alt, höchstens auf die Sechzig zugehend. Er hatte eine ausgezeichnete Figur, groß, kräftig, straff. Sein Gesicht wirkte, als seien die Züge durcheinandergeschüttelt und dann wieder zusammengesetzt worden. Der große Mund saß schief, die Nase hatte bei dem Geschüttel offenbar einen Bruch abbekommen, eine der fragend hochgezogenen buschigen Brauen war noch fragender aufwärts gerichtet als die andere. Und doch war das Gesicht anziehend: vor Häßlichkeit wurde es durch den Humor und die Ausdruckskraft des Mundes, durch die Weiträumigkeit der Stirn, die Freundlichkeit und Schärfe des Blicks der goldbraunen Löwenaugen bewahrt. Sein schäbiger, lockersitzender Tweed-Anzug war einmal teuer gewesen, und er trug ihn mit einer graziösen Nonchalance, die ans Königliche grenzte. Mochte er auf die Sechzig zugehen, er war immer noch höchst anziehend und außerordentlich männlich.

Todmüde wie sie war, überfiel Nadine mit einemmal eine lächerliche Sehnsucht, sich an die Brust dieses Mannes werfen zu dürfen und ihn zu bitten, sie mit sich zu nehmen, wohin er auch gehen mochte . . . Denn sie hatte die Empfindung, er fahre in irgendein teures Hotel, eines von denen, wo man im Liegestuhl in der Sonne liegt und gar nichts tut, wo einem ohne eigene Willensanstrengung köstliche Speisen vorgesetzt werden, wo das Badewasser – ebenfalls ohne jede eigene Willensanstrengung – kochend heiß aus der Leitung läuft und wo man am Morgen mit einer Tasse Tee ins Leben zurückgerufen wird . . . Der Anblick des Mannes da, der so offensichtlich nicht dem gegenwärtigen Zeitalter angehörte, hatte sie in die Epoche zurückversetzt, in die sie gehörte, die Epoche vor dem Zweiten Weltkrieg. Großmutter würde er gefallen, dachte sie. Er ist ein Gentleman.

«Adieu», sagte er und machte ihr die Coupétür auf.

«Adieu», gab sie zurück, unterdrückte den Wunsch, sich an seine Brust zu werfen, und stieg aus, um graziösen Schrittes den Bahnsteig entlangzugehen, ihrem Schwager Hilary entgegen, der, kurzsichtig durch seine Brillengläser zwinkernd, sämtliche Wagen des Zugs absuchte, bloß nicht den richtigen.

«Hier bin ich, Hilary», sagte sie.

Er fuhr herum, lächelte ihr zu, nahm ihren Koffer in die Linke und reichte ihr so fest die Hand, daß ihr ein Wehlaut entfuhr. Nichtsdestoweniger dankte sie ihm mit dem liebenswürdigsten Lächeln, das sie aufzubringen vermochte. Nadine und Hilary hatten wenig miteinander gemein; außerdem hatten sie ein bißchen Angst voreinander. Hilary, ein unverheirateter Landpastor, ermangelte keineswegs des Muts, der alle Eliots auszeichnete, aber er hatte ausgesprochene Angst vor dreierlei: vor Frauen vom Typ Nadines, die er bei sich selbst als ‹Weltdamen› bezeichnete, vor dem Einsickern von Luxus in sein Privatleben und vor Hoffart. Nadine ihrerseits scheute, was Hilary betraf, wie ein erschrecktes Rennpferd vor etwas zurück, ohne daß sie hätte sagen können, was es eigentlich war: ihr kam es vor, als richte er eine Aufforderung an sie, irgend etwas zu unternehmen, wozu sie keine Lust hatte.

«Sehr lieb von dir, Hilary, daß du mich abholst», sagte sie.

«Ich mußte doch», sagte Hilary mit seiner üblichen rückhaltlosen Offenherzigkeit. «Das Taxi im Dorf ist wieder kaputt, und mein Wagen war der einzige in Reichweite.»

«Ich fürchte, ich störe dich sehr, indem ich dir so viel Zeit raube», murmelte Nadine, als sie auf den alten, verbeulten und verschrammten Ford zugingen.

«Aber keineswegs», sagte Hilary aufgeräumt. «Ich mußte sowieso auf die Bank. Steig nur ein, bitte. Der Anlasser ist nicht in Ordnung. Ich muß den Wagen ankurbeln. Wie geht's George?»

«Leidlich», sagte Nadine. «Aber seit dem Lungenschuß, weißt du, ist er nicht mehr der alte. Das scheußliche Asthma macht ihm sehr zu schaffen.»

«Er müßte aufs Land ziehen», sagte Hilary, die Kurbel ansetzend.

«Er hat doch den Posten im Kriegsministerium», sagte Nadine und pries im Innern den Himmel dafür . . . Das hätte noch gefehlt, dauernd auf dem Land zu wohnen.

«Er sollte den Soldatenberuf an den Nagel hängen», sagte Hilary. «Er wird nicht jünger. Wir alle werden nicht jünger. Besonders mein alter Ford nicht. Na, siehst du! Er läuft doch schon.»

Der Ford hustete zweimal, machte eine Art Luftsprung, und dann setzte, als Hilary gerade auf dem Führersitz Platz genommen hatte, der Motor wieder aus. Hilary lächelte bloß, stieg aus und drehte wieder an der Kurbel. Beim dritten Versuch klappte es schließlich, und sie kamen tatsächlich von der Stelle.

«Prächtiger alter Wagen», sagte Hilary in zärtlich-liebevollem Ton. «Dreizehn Jahre ist er alt und immer noch zu etwas nütze. Ich wüßte nicht, was ich ohne ihn anfangen sollte. Mein Sprengel liegt so verstreut, weißt du. Ohne den Wagen käme ich mit all den Besuchen nicht zu Rande.»

Hilary hatte den Ersten Weltkrieg als Feldgeistlicher mitgemacht, war schwer verwundet gewesen und hatte eine Gasvergiftung erlitten; er hatte eine dauernde Schwächung seiner Gesundheit und ein steifes, ständig schmerzendes Bein davongetragen. Deshalb war ihm eine kleine Landpfarre zugewiesen worden; seit siebenundzwanzig Jahren war er nun Vikar von Fairhaven. Er war sechsundsechzig, das älteste der fünf Kinder Lucilla Eliots und somit das nominelle Familienoberhaupt. Aber eben nur das nominelle. Die Herrschaft übte Lucilla aus. Dem Äußeren nach waren sämtliche Eliots entweder sehr schön oder sehr häßlich, je nachdem, ob sie Großmutter oder Großvater Eliot nachschlugen. Ein Mittelding gab es bei ihnen nicht. Hilary gehörte zu der zweiten Kategorie. Er war kahlköpfig, untersetzt und sah bereits wie ein Greis aus. Er besaß aber doch den von Lucilla ererbten Eliotschen Charme: die vollkommene Posenlosigkeit, eine entwaffnende Einfalt, von der man sich dennoch nicht täuschen lassen durfte, denn sie war mit einer ansehnlichen Dosis Bauernschlauheit verbunden . . . Nadine war sich stets mit einem gewissen Unbehagen bewußt, daß Hilarys freundliche braune Augen sehr viel mehr sahen, als die meisten ahnten . . . Er besaß auch einen ihm allein eigenen Charme, einen undefinierbaren Hauch aristokratischen Wesens, der das Ergebnis seiner verborgenen geistigen Siege war. In Hilary war das, was einem Mann unabhängig von Vererbung, Erziehung oder Überlieferung – obschon es in ihnen seine Wurzeln hat wie die Pflanze die ihren im Erdreich – zu eigen ist, zu ungewöhnlicher Höhe und Kraft gediehen. Die Menschen schenkten Hilary zunächst nicht viel Beachtung; aber dann merkten sie alsbald, daß er ihnen gewachsen war, ja, mehr als gewachsen.

Fairhaven war nicht Bahnstation, und da der Ort von konservativer Gemütsart war, lag ihm auch nichts daran, es so weit zu bringen; auch Läden wies er nur wenige auf. Gäste mußten in Radford abgeholt und anspruchsvollere Einkäufe ebenfalls in Radford gemacht werden, durch dessen Hauptstraße jetzt Hilarys Fordwagen holperte. Es war ein zweitklassiges modernes Küstenstädtchen, von dem Fairhaven, das sich einer alten Geschichte rühmte, immer nur das Schlimmste gewärtigte.

«Jetzt wird hier ein Ferienlager eingerichtet», sagte Hilary.

«Das mußte ja kommen», sagte Nadine.

Aber sie ereiferten sich nicht weiter darüber; denn Radford war von Fairhaven durch eine Entfernung von vier wohlgemessenen Meilen geschieden, und wenn sich etwas Gutes über diese armselige Nachkriegszeit sagen ließ, so einzig und allein, daß sie dem sogenannten Fortschritt einen Hemmschuh anlegte. Es hatte noch gute Weile damit, daß das vulgäre Radford sich bis Fairhaven ausdehnte und es verschluckte.

Fairhaven bestand aus zwei Weilern, dem Großen Dorf und dem Kleinen Dorf. Das Große Dorf lag ein paar Meilen landeinwärts, hatte eine der schönsten und ältesten Kirchen von ganz Hampshire, um die weißgetünchte Lehmhäuschen mit den Binsendächern kauerten wie weiße Küken um eine alte graue Glucke. Der ganze Ort, tief eingebettet in Obstgärten, Blumenbeete und Heudiemen, auf dem Grunde eines wohlgeschützten grünen Tälchens liegend, war jetzt so sehr ein Bestandteil seines heimatlichen Bodens, daß er nicht auf diesen Erdboden gebaut, sondern aus ihm gewachsen schien; ebenso wie das Kleine Dorf aus dem geheimnisumwitterten Marschland herausgewachsen war, das die friedliche Anmut der grünen Weiden des Binnenlands mit der schreckhaften Weite des Meeres verband. Das Kleine Dorf, bestehend aus dem roten Haus von Damerosehay, das ein vom Seewind verkrümmter Eichenwald beschirmte, dem Kaufladen, der Küstenwachstation, dem ‹Aal und Hummer›, ein paar Fischerhütten und dem Hafen, konnte sich nicht damit brüsten, weiß und golden im Sonnenlicht zu schimmern. Seine Fuchsiensträucher und Tamariskenbäume ballten sich um gediegene graue Steinmauern, und die Schatten der kreisenden Möwen sprenkelten die Schieferdächer, die die Farbe des sonnenlosen Meeres hatten, mit düsterem Blau. Das Kleine Dorf hatte sich seinen Weg durch die zauberhaft wechselnden Farben des Marschlands gebahnt, immer bewußt, daß sie durch einen Sturm von der See her weggefegt werden konnten gleich einem Regenbogen, und es hatte sich dementsprechend gewappnet wie ein Schalentier auf dem Meeresgrund.

Es war eine Temperamentsfrage, welchen der beiden Weiler man für den schöneren hielt. Abenteuerliche Naturen zogen das Kleine Dorf vor; zu ihnen gehörte auch Nadine. Sie selbst wunderte sich ein bißchen über diese Wahl; denn sie schwärmte nicht für das Ländliche, und das Große Dorf verfügte doch immerhin über mehr Annehmlichkeiten der Zivilisation als das Kleine Dorf. Aber von dem Kleinen Dorf und den Marschen ging etwas aus, das sich mit dem Besten, was einem eigen war, verband und manche Wirrnis löste. Es kam selten vor, daß sie von einem Besuch in Damerosehay nicht gekräftigt und unmerklich gewandelt wegfuhr. Während sie jetzt die Landstraße entlangholperten, hielt sie eifrig Ausschau nach dem schmalen, ausgefahrenen Weg, der zu den Marschen hinunterführte und auf dem man den ersten Hauch von Seeluft einatmen konnte.

«Wie geht's Großmutter?» fragte sie.

«Sie ist sechsundachtzig», sagte Hilary.

«Es fehlt ihr doch nichts?» fragte sie ängstlich. Großmutter war für die Familie der Eliots das, was die Radnabe für die Speichen ist. Sie hielt alles zusammen. Sie war das Herz von Damerosehay. In gewissem Sinn war sie einfach Damerosehay. Kinder und Enkelkinder wagten nicht, daran zu denken, was aus ihnen würde, wenn sie nicht mehr wäre.

«An sich nicht», sagte Hilary munter. «Geist und Gemüt sind so frisch wie immer. Wir hängen, scheint mir, so fest an ihrem Schürzenbändel wie eh und je. Aber körperlich ist sie sehr müde. Außerdem fehlt ihr Ellen sehr.»

Ellen, Großmutters Stubenmädchen, die seit ihrer Hochzeit bei ihr gewesen war, war kurz vor Kriegsausbruch plötzlich gestorben.

«Arme Großmutter», sagte Nadine. «Der Verlust von Ellen muß für sie gewesen sein, wie wenn man einen Arm oder ein Bein verliert.»

«Schlimmer», sagte Hilary einsilbig.

Der Wagen bog nach rechts in den ausgefahrenen Feldweg ab, und der kühle Salzhauch der See wehte ihnen entgegen. Sie schwiegen eine Weile. Nadine blickte aufmerksam zu der Stelle hinüber, wo der Weg zum Kleinen Dorf abzweigte und man Kornfelder sah, die bei allen heimkehrenden Eliots das Gefühl hervorriefen, nach Hause zu kommen: das bestellte, landeinwärts gelegene Feld und auf der anderen Seite vom Weg das wilde, das jedes Jahr, seit dort einmal ein Kornschiff gestrandet war, einen verkümmerten Ährenwuchs hervorbrachte, den man nicht schneiden und dreschen, sondern nur ob seiner geheimnisvollen alljährlichen Wiederkunft ehrfürchtig anstaunen konnte. Das echte Kornfeld wurde geeggt, und Hilary fuhr langsam, damit Nadine sich am Anblick der beiden alten Gäule weiden konnte, die, von einem blitzenden Möwenschwarm verfolgt, hin und her stampften.

«Entzückend», sagte sie vor sich hin.

«Eines der schönsten Bilder auf der Welt», sagte Hilary. «Erinnerst du dich, wie die Kinder immer übers Gittertor hingen, um zuzusehen?»

«Es ist ein ganz eigentümliches Gefühl, wenn man nach Damerosehay zurückkehrt und die Kinder einen nicht willkommen heißen.»

In der Vorkriegszeit, als Nadine von George getrennt lebte und in London einen Laden mit antiken Möbeln hatte, während ihre drei Ältesten, Ben, Tommy und Caroline, bei der Großmutter in Damerosehay wohnten, war es die Gewohnheit der Kinder gewesen, ihnen besonders ans Herz gewachsene Gäste an der Ecke zwischen den beiden Kornfeldern zu erwarten.

«Eigentümlich und unrichtig», sagte Hilary in entschiedenem Ton. «Kinder gehören aufs Land.»

«Ben, Tommy und Caroline sind fast das ganze Jahr über auf dem Land in der Schule», entgegnete Nadine spitz. «In den Londoner Ferientagen genießen sie den Gegensatz durchaus.»

«Und die Zwillinge», warf Hilary ein.

«Die Zwillinge gehen in einen Kindergarten in Chelsea», sagte Nadine. «Sonst brächten sie mich auch um. Auf dem Land gibt's keine Kindergärten.»

«Aber anderes», meinte Hilary. «Wenn ich recht unterrichtet bin, ist auf dem Land die Sterblichkeitsziffer der Mütter niedriger als in den Städten. Auf dem Land können die Kinder sich austoben.»

«Du hast noch nicht erlebt, was es heißt, wenn die Zwillinge sich austoben.»

Sie warf ihrem Schwager einen mißtrauischen Seitenblick zu. Wer hatte ihm in den Kopf gesetzt, daß es für Mütter wie für Kinder besser sei, auf dem Lande zu leben? Großmutter? Wenn Großmutter beschlossen hatte, sie, George und die Kinder müßten aufs Land ziehen, dann würde sie an dem bevorstehenden Besuch nicht viel Freude erleben.

«Es wird dir guttun, eine Tasse Tee zu kriegen», sagte Hilary, der etwas von ihrer Erregung spürte. Die wichtigste Erfahrung, die er mit Frauen gemacht hatte, bestand darin, daß eine Tasse Tee oder auch nur die Aussicht darauf sie jederzeit zu beruhigen vermochte.

Doch mehr als die Aussicht auf eine Tasse Tee hatte die Schönheit des Marschlands Nadine bereits ruhiger gestimmt. Es war der Augenblick vor dem nahen Sonnenuntergang, da die flammenden Flecken des Stechginsters, die Büschel des Seegrases, die wilden Marschblumen, der hochrote Moorboden, die blauen Bäche und Rinnsale, den letzten Lockungen der Sonne erliegend, noch einmal alles hergaben, was sie an Farbenpracht besaßen. Das Meer in der Ferne war grün wie Jade, der Himmel blau gleich Türkisen. Das alte Schloß auf der Landzunge, die sich gen Osten hin in die Mündung hinein erstreckte, hatte sich seiner gewöhnlichen Düsterkeit begeben, und sein altes Gemäuer war wie vollgesogen vom Schimmer einer bernsteinfarbenen Wärme. Die weißen Klippen der Insel über der Bucht drüben hatten das kreidige Aussehen verloren, das sie bei hochstehender Sonne boten, und schienen aus Perlmutter zu sein.

Und nun fuhren sie durch das Kleine Dorf, den glitzernden Hafen zur Rechten, die Häuschen zwischen Fuchsien und Tamarisken zur Linken und vor sich den alten Eichwald, der Damerosehay beschirmte und zu dem das verfallene Tor den Einlaß bildete.

«Wird das Tor nicht einmal ausgebessert?» fragte Nadine.

«Ich glaube nicht», sagte Hilary. «Es war immer so.»

«Das ist echt Damerosehay!» sagte Nadine. Aber es war mehr ein Ausruf der Freude als der Bitterkeit. Eben weil Damerosehay inmitten einer chaotischen, beängstigenden Welt, in der alles drüber und drunter ging, sich nicht veränderte, war es ein so beruhigendes Fleckchen Erde.

Dick wuchs das Moos auf der Einfahrt, und an den flechtenüberwucherten Ästen der alten knorrigen Eichbäume flammten die neuen jungen Blätter mit ihren korallenroten Spitzen wie Kerzen. Wie seltsam, ging es Nadine durch den Kopf, daß so herrlich junges und frisches Wachstum aus etwas so Altem, greisenhaft Verkrümmten wie diesen Eichbäumen sprießt . . . Das erfüllte einen mit Hoffnung . . . Zwischen dem verschlungenen Wurzelwerk der Bäume hoben ein paar verspätete Narzissen voller Stolz ihre weißen Sterne aus dem Gras, und das schöne schmiedeeiserne Tor zur Linken des Zufahrtwegs, das in die hohe rote Backsteinmauer des Gartens eingelassen war, gab den Blick auf ein himmlisches Farbenspiel frei: auf feuerrote Tulpen, Vergißmeinnicht, Goldlack und Ginster. In großen Schwaden zog der Blumenduft über die Mauer, und im Geäst der unsichtbaren Steineiche im Garten flötete eine Amsel.

Der Ford tat einen letzten Hopser, stieß an den Prellstein vor dem Portal und kam mit einem Ruck zum Stehen. Hilary war ein jämmerlicher Fahrer, aber er hatte eigentlich noch nie einen Unfall gehabt. Damerosehay konnte sich einer im achtzehnten Jahrhundert dem viel älteren Bau zugefügten Vorhalle rühmen mit einem Zimmer darüber, von dem aus man auf das Marschland hinaussah. Die Vorhalle selbst war so etwas wie ein kleines Zimmer: es standen Bänke auf jeder Seite, und sie hatte von Geißblatt umrankte Fensterchen: ein Entzücken aller Kinder, die ins Haus kamen. Die Haustür war aus wunderschönem altem Mahagoni, hatte einen Messingklopfer sowie einen großen Messingknopf und war durchbrochen von einem Schlitz für den Briefkasten. Hilary drehte den Türknopf, und dann betraten sie die dämmerige, mit Steinfliesen ausgelegte, getäfelte Diele, von der die schöne Treppe sich ins Dunkle emporschwang. Alles war wie immer: die alte geschnitzte Eichentruhe stand auf dem gewohnten Platz, ein rundes Glasgefäß mit leuchtenden Tulpen darauf; die Hundeleinen hingen am gewohnten Haken, der ein bißchen störend unter dem schönen französischen Spiegel in die Wand geschlagen war. Auch der Geruch von Damerosehay war der alte: ein Gemisch aus Holzrauch, Blumenduft, Möbelwachs, dem Geruch von Hunden und Petroleumlampen. Immer wollten die Eliots elektrisches Licht einführen, aber nie kam es dazu. Irgend etwas kam immer dazwischen: einmal war es ein Weltkrieg, ein andermal Kapitalmangel infolge der Kosten für das Entwässerungssystem der Grafschaft, das immer große Beträge verschlang und das doch nie richtig funktionierte. Außerdem hatten die Eliots das weiche Licht und den leichten Petroleumdunst ganz gern und spürten gar kein Verlangen, sich davon zu trennen, mit Ausnahme von Großmutters Tochter Margaret, die die Lampen zu füllen hatte.

«Da ist Bastard», sagte Hilary, als ein großes graues Pelzknäuel, das einem lebendig gewordenen Kaminvorleger glich, mit verzücktem Japsen und Kläffen aus dem Schattendunkel auf sie zugestürmt kam, sich zu Nadines Füßen wälzte und vor Ekstase ihre Schuhe besabberte. Nadine gab einen resignierten Seufzer von sich, denn die Schuhe waren ganz neu. Außerdem konnte sie solchen Gefühlsüberschwang nicht ausstehen und hatte wenig Verständnis für die liebevolle Zuneigung, die die übrigen Familienmitglieder für den Hund empfanden.

Er war uralt, seine gesamten siebzehn Lebensjahre hatte er in Damerosehay zugebracht. Er war ein Inventarstück des Hauses. Kein Mensch wußte, was für einer Rasse er angehörte; am nächsten kam er noch einem Schäferhund. Mit den Jahren war er übermäßig fett geworden und litt häufig an Atemnot. Er war auch so gut wie blind. Aber seine Lebenslust war unverwüstlich, und Margaret verwandte ganze Stunden darauf, ihn zu bürsten, zu waschen, mit zartem Veilchenpuder zu parfümieren, ihm allerhand Mittelchen zu verabreichen und ihm besonderes Futter zu kochen. Lebenszweck und Lebensquell war ihm die leidenschaftliche Anhänglichkeit an die Eliots; ihr Ausdruck zu geben, war eine Freude, die ihn seine Schmerzen und Schwächen wie die Würdelosigkeit seiner

Leibesfülle vergessen ließ.

Ganz anders der Chow-Chow Pooh-Bah, für den die Aufrechterhaltung seiner persönlichen Würde und die Bewahrung seiner persönlichen Schönheit ungemein wichtig waren. Darin glich er Nadine, und die beiden waren denn auch immer gut miteinander ausgekommen. Mit wirklicher Achtung und Zuneigung streckte Nadine daher, nachdem sie Bastard flüchtig getätschelt und ihre Füße von dem lastenden Gewicht seines Körpers befreit hatte, ihre Hand dem würdevollen chinesischen Aristokraten entgegen, der, mit dem Ausdruck kordialer, wenn auch keineswegs kritikloser Schätzung von Nadines Werten in seinen vornehmen Zügen, auf sie zuschritt.

Auch er war nicht mehr jung – wenn auch nicht so alt wie Bastard –, der Pelz um die Nase und die Spitze der schönen Rute waren bereits weiß, aber er war noch genauso graziös wie früher, und das Fell hatte noch immer die Farbe eines reifen, besonnten Kornfeldes. Er neigte leicht den herrlichen Kopf, um die respektvolle Liebkosung entgegenzunehmen, wie ein König die Hand gnädig zum Kusse darbietet, und dann wandte er sich würdevoll der Salontür zu, gleich einem Seneschall, der einer Königin voran schreitet, um ihr den Weg zu zeigen.

3. Kapitel

1

Großmutter saß in ihrem Lehnstuhl beim Holzfeuer im Salon. In früheren Tagen war sie stets aufgestanden, um ihren Gästen entgegenzugehen; doch nachdem sich ihr Rheuma so sehr verschlimmert hatte, vermochte sie nicht mehr, sich mit Grazie zu erheben, und so blieb sie sitzen. Sie war immer schön gewesen, war noch heute schön und hatte die feste Absicht, bis ans Ende ihrer Tage schön zu sein. Sie gönnte es sich, viel Zeit und Sorgfalt auf die äußere Schönheit zu verwenden und von ihren Obliegenheiten diejenigen auszuscheiden, die sie nicht mehr mit Grazie zu erfüllen imstande war. Ihre Kinder und Enkelkinder hatten die Empfindung, es mache ihr nichts aus, alt zu werden. Das Festhalten an der Bewahrung ihrer Schönheit hatte nichts von Verzweiflung an sich; sie schien vielmehr nur um ein ihr anvertrautes Gut Sorge zu tragen, wenn sie es auch nicht als einen integrierenden Teil von sich betrachtete.

«Nadine, mein liebes Kind, ich freue mich sehr, dich zu sehen», sagte Großmutter. Ihre Stimme war mit zunehmendem Alter tiefer geworden, hatte aber nichts von ihrer lebensvollen Wärme verloren, dagegen das musikalisch vibrierende Timbre gewonnen, das die Stimmen alter Leute annehmen, wenn sie nicht in Quengelei verfallen. «Kommst du allein, liebes Kind?»

«Ja, Großmutter», antwortete Nadine. «Hattest du es anders erwartet?»

«Ich dachte nur, daß vielleicht George und die Kinder doch noch mitgekommen wären», sagte Großmutter und gab sich Mühe, ihrem Ton keine Enttäuschung anmerken zu lassen.

«Dir mit der ganzen Familie ins Haus zu fallen, wäre wohl ein bißchen zu viel gewesen», sagte Nadine leichthin. «George kann ja auch nicht vom Kriegsministerium fort. Das sagte ich dir ja schon am Telefon. Und wie geht es dir?» Nadine beugte sich zu ihrer Schwiegermutter vor, um sie mit einem Gemisch von Liebe, Groll und Verstimmtheit zu küssen. Sie brachte Lucilla die tiefste Liebe entgegen, aber sie hatte nicht vergessen, daß Großmutter, als es in der Vergangenheit zur Auseinandersetzung darüber gekommen war, wessen Wille der stärkere sei, Siegerin geblieben war; und im Gegensatz zu der ganzen Familie gelang es ihr nicht, sich damit abzufinden, daß diese gebrechliche Greisin, die da in ihrem widersinnig altmodischen Zimmer saß und nicht einmal die Stimme erhob, die ganze Eliot-Sippe wie Wachs in ihren Händen knetete. Nadine war eine charaktervolle Frau; die Erkenntnis, daß sie, seit sie den Namen Eliot trug, kaum je hatte tun und lassen können, was sie wollte, machte sie manchmal launenhaft wie eine Katze, der man das Fell gegen den Strich gebürstet hat.

Lucilla Eliot hatte während des größten Krieges der Weltgeschichte so gut wie die meiste Zeit in ihrem Lehnstuhl am Kamin oder – an warmen Tagen – im Garten unter der Steineiche gesessen, die Schnauze des zu ihren Füßen liegenden Bastard auf einem ihrer Schuhe und Pooh-Bah neben sich. Den Kamin oder die Steineiche hatte sie nur verlassen, um zur Kirche, ins Bett und zu Tisch zu gehen oder einen Besuch bei einer alten Freundin zu machen. Der Meinung ihrer Kinder und Enkel nach hatte Großmama vom Krieg nur sehr wenig verspürt. Es war ihr nichts zugestoßen; nicht einmal, als sie Evakuierte im Haus aufnehmen mußte, war ihre äußere Heiterkeit getrübt worden, und sie hatte kaum ein Wort darüber verloren. Die Veränderungen in ihrer Erscheinung, die sich im Lauf der sechs Jahre feststellen ließen, wurden eben nur dem Lauf der Jahre zur Last gelegt. Bei alten Leuten stumpft die Eindrucksfähigkeit nun einmal ab, hieß es, und das war ja auch recht tröstlich.

In Wahrheit waren die sechs Kriegsjahre für Lucilla eine Zeit geistiger und seelischer Anspannung sowie des Leidens gewesen, wie sie kaum je eine erlebt hatte . . . Und all das hatte sie ohne Ellen, ihre geliebte Stütze, durchmachen müssen, die an allem teilgehabt und die ihr mehr bedeutet hatte, als irgend jemand ahnte, außer vielleicht Hilary.

Damerosehay, das von Lucilla vor nahezu zwanzig Jahren erworben worden war, um der ganzen Familie als Zufluchtsstätte zu dienen, wohin ein jeder kommen konnte, wenn ihm die Stürme des Lebens zugesetzt hatten, hatte in den Kriegsjahren seinem Frieden Valet sagen müssen. Der Ärmelkanal lag südlich der Marschen, das Mündungsdelta, das in einen der größten Kriegshäfen auslief, begrenzte es im Osten. Feindliche Flieger waren Tag und Nacht darüber hinweggeflogen, von der See her hatte man den Lärm der Geschütze gehört, und das alte Haus hatte unter den Explosionen der auf das Marschgebiet fallenden Bomben gebebt.

Lucilla war eine tapfere Frau; physische Gefahr hatte keine Schrecken für sie, aber Ruhe war eines der wesentlichsten Erfordernisse für ihr Wohlergehen, und so hatte ihr das unaufhörliche Getöse Folterqualen verursacht. Ganze Nächte hindurch hatte sie, die Hände neben sich in die Leintücher gekrallt, stocksteif in ihrem Bett verbracht und sich abgemüht, jeden Aufschrei zu unterdrücken, weil sie von dem Tumult aufs Furchtbarste erschöpft war. In solchen Fällen hatte sie nur den einen Wunsch, allein gelassen zu werden; aber man ließ sie nie allein. Ihre Tochter Margaret, alle Mitbewohner, Evakuierte und womöglich noch deren Dienstpersonal waren immer im Schlafrock zu ihr gekommen, um bei ihr zu sitzen, damit sie sich nicht ängstigte . . . Wenigstens hatten sie das alle behauptet. Doch sie selber hatten Angst gehabt, und sie kamen zu ihr, weil sie unbewußt Lucillas Mut bedurften, um sich daran aufzurichten. Aber damit hatten sie Lucillas Erschöpfung nur noch gesteigert. Doch sie hatte sich ihre Erschöpftheit nicht anmerken lassen. Sie hatte die ganze Nacht über gescherzt, hatte ihnen Geschichten aus ihrer Jugend erzählt, und wenn der Angriff vorüber war, hatte sie ihnen auf ihrem kleinen elektrischen Kessel Tee gekocht und sie wieder ins Bett geschickt, wo sie bis in den Morgen hinein fest schliefen, während sie selbst vor Übermüdung keinen Schlaf fand.

Doch das war alles nichts gewesen gegen die Angst, die sie in diesen Jahren gequält hatte. Im Ersten Weltkrieg hatte Lucilla zwei von ihren fünf Söhnen verloren, darunter ihren Sohn Maurice, die große Liebe ihres Lebens, und sie hatte unendliche Angst um die andern drei ausgestanden. Von diesen drei ihr gebliebenen Söhnen, Hilary, George und Stephen, hatte im jetzt beendeten Weltkrieg nur George an der Front gekämpft; aber auch zwei Söhne von Stephen, dem Rechtsanwalt, standen unter den Fahnen, und ebenso der einzige Sohn von Maurice, David, den sie aufgezogen hatte und der ihr ein und alles auf der Welt war. Stephens Söhne waren, der eine in Norwegen, der andere in Griechenland, gefallen, und Tag um Tag hatte sie darauf gewartet, die Mitteilung zu erhalten, daß David bei einem Flug den Tod gefunden habe. Der Erste Weltkrieg hatte ihr seinen Vater genommen; der Zweite würde ihr ihn nehmen. Vom Tag des Kriegsausbruches an hatte sie sich in Gedanken damit vertraut gemacht, hatte sie sich ein für alle Mal gewappnet, um einem Ereignis ins Auge blicken zu können, das wohl den schlimmsten Schlag bedeutete, der sie treffen konnte. Daß es dann doch nicht eingetreten, daß David wie durch ein Wunder heil davongekommen war, hatte nichts daran zu ändern vermocht, daß sie es sechs Jahre lang erwartet hatte. An jedem Tag dieser sechs Jahre hatte sie kein Läuten an der Tür, keinen Schritt auf der Diele vernommen, ohne sich dagegen zu stählen, daß nun ihre Welt zusammenbrechen werde. Wenn es dann wieder nur der Metzger gewesen war, der geläutet hatte, oder Margarets Schritt, die einmal früher als sonst von ihrem Hilfsdienst beim Roten Kreuz heimgekommen war, dieser ständige Stimmungsumschlag zehrte jedenfalls an ihren Kräften.

Für eine Frau mit der lebhaften Einbildungskraft und dem tiefen Liebesvermögen Lucillas waren zudem ihre persönlichen Sorgen und Ängste nicht die einzigen, die auf ihr lasteten. Bis zur Grenze dessen, was sie zu ertragen fähig war, hatte sie auch das Leid der Welt auf ihre Schultern geladen. Sie hatte wahrhaft beten gelernt. Zum ersten Mal in ihrem Leben hatte sie erkannt, daß Beten nicht das sei, was es bisher gewesen war – ‹die Beschäftigung des betenden Gemüts oder der Klang der betenden Stimme› –, sondern ein unausgesetztes Darbringen der ganzen Persönlichkeit, ein Opfern mit jedem Wort, jedem Gedanken, jeder Handlung. Und auch das war über alle Maßen ermüdend . . . Alles in allem also hatte Lucilla sechs höchst angespannte Jahre hinter sich . . . Doch wenn sie da in ihrem Lehnstuhl vor dem Feuer oder unter der Steineiche saß, immer etwas strickend, sei es für die Soldaten an der Front, sei es für die evakuierten Kinder um sie herum – sie hatte sich immer wohl gehütet, auch nur mit einem Wort oder einem Blick zu verraten, was sie durchlitt. Sie war der Ansicht, in Kriegszeiten seien alte Leute eine große Belastung, und das Beste, was sie tun könnte, sei, um jeden Preis, zumindest nach außen hin, Gemütsruhe zu bewahren und bei ihrer Strickerei zu bleiben. Sie war zu bescheiden, um ihr Verhalten während der Kriegszeit nach seinem wahren Wert zu veranschlagen.

Aber es war nicht spurlos an ihr vorübergegangen, und Nadine, die die Großmutter jetzt über ein Jahr nicht gesehen hatte, war bekümmert über die Veränderung. Lucilla mußte ihre hohe, schlanke Gestalt jetzt so steif halten, um ein Zusammensacken abzuwehren, daß sie ihre Grazie zum Teil einbüßte; ihre blauen Augen lagen tief in den Höhlen, und ihr Gesicht war stark gefurcht. Aber sie war noch immer sehr schön; die undefinierbaren Elemente ihrer Schönheit – Eleganz, Würde, strahlende Vitalität – schienen nun, da die augenfälligere Anmut geschwunden war, sich in ihrem Wesen vertieft zu haben. Ihre fast prätentiöse Gepflegtheit rührte Nadine tief, weil sie erriet, um welchen Preis sie erzielt war. Es gab keine Ellen mehr, und Margaret war das täppischste Wesen, das je auf Erden gewandelt war; Lucilla mußte ihr schönes weißes Haar also selbst so vollendet frisiert, die makellosen Spitzen selbst an Ausschnitt und Manschetten ihres einfachen schwarzen Kleids genäht haben, in dessen Falten der schwache Verbene-Geruch hing. Für ihre rheumageplagten

Hände mußte das keine leicht und rasch zu bewältigende Arbeit gewesen sein.

«Du bist genau wie immer, Großmutter», log Nadine, als sie sich über Lucilla beugte, um sie zu küssen, und sie sagte das ebensosehr, um sich selbst zu trösten, wie um die Großmutter zu erfreuen.

Lucilla lächelte, während sie Nadines Kuß erwiderte; sie legte keine Verwahrung gegen die Lüge ein, sondern beantwortete sie mit einer andern, indem sie sagte: «Du auch, mein liebes Kind.»

Dann schauten sie einander an und lachten mit ebensoviel Neigung wie Verständnis füreinander, zwei schöne Frauen, die eine sehr geringe Meinung von den bitteren Realitäten des Lebens hatten und darauf hielten, sie mit ein bißchen Spötterei zu verhüllen.

Nadine richtete sich auf und blickte sich um. Throne waren gestürzt, Heere vernichtet, Großstädte von der Erdoberfläche verschwunden, aber im Salon von Damerosehay standen sämtliche Nippsachen an ihrem Platz, Schäfer und Schäferinnen, Lämmer und Cupidos aus Meißner Porzellan wie immer auf dem Kaminsims, fröhliche Farbflecke vor der hohen geschnitzten Wandverkleidung darüber; die Sheratonstühle waren um keinen Zoll von ihren Plätzen auf den persischen Brücken gewichen; der steife Chintz aus dem achtzehnten Jahrhundert, mit dem Sofa und Sessel bezogen waren, war der nämliche; und die Blumenvasen standen genau da, wo sie immer gestanden hatten. Und doch war der Salon nicht mehr so, wie er vor sieben Jahren gewesen war: es waren sehr viel mehr gestopfte Stellen in den Teppichen, mehr Risse im Chintz, und zu den Kratzern, die die Stuhlbeine von den Fußtritten der Enkel abbekommen hatten, waren die gekommen, die ihnen die Fußtritte der evakuierten Kinder zugefügt hatten. Gleich Lucilla hatte auch der Salon etwas von seiner äußeren Schönheit verloren, aber sein Wesen war unverändert geblieben.

2

Aus der Ferne drang ein seltsames Geräusch.

«Das ist Margaret mit diesem schrecklichen Rolltisch», sagte Lucilla, und ihr feines altes Gesicht rötete sich vor Ärger.

«Ein Rolltisch?» rief Nadine. «Ein Rolltisch in Damerosehay?»

«Ja, mein Kind», sagte die Großmutter, «solange die gute Ellen am Leben war, brachte man mir jeden Nachmittag den Tee säuberlich auf einem Tablett, das auf meinen Teetisch gestellt wurde. Jetzt aber bringt Margaret den Tee, und sie hat diesen Karren gekauft. Sie hat ihn bei einer Auktion billig erstanden, ohne mir etwas davon zu sagen; sie – aber man kann ja selbst seine Gedanken nicht mehr hören.»

Das Rasseln und Knarren des Rolltischs, der über die unebenen Steinfliesen der Halle herbeigeschoben wurde, machte selbst durch die geschlossene Tür ein aufreizendes Geräusch. Lucilla erschauderte, Nadine straffte sich ein wenig, und Hilary stand auf, um mit erheitertem Zwinkern die Tür zu öffnen.

Margaret trat ein, schüchtern, mit verzeihungheischendem Blick; sie wußte, daß Lucilla den Rolltisch verabscheute – obgleich sie es niemals aussprach – wußte, daß Nadine im stillen dachte, Margaret möge doch bloß etwas für ihre Kleidung und ihre Frisur tun – obgleich auch sie es niemals aussprach – litt unter der Mißbilligung der beiden und war dennoch hartnäckig entschlossen, die beiden an den Rollwagen und an Kleidung und Frisur zu gewöhnen, die nun einmal zu ihrem Wesen gehörten. Sanfte Nachgiebigkeit gegenüber den Wünschen anderer lag wohl in Margarets Charakter, doch manchmal setzte sie auf die überraschendste Art ihren Willen durch; ein Beweis dafür war, daß sie eines Nachmittags, ohne Lucilla ein Wort zu sagen, zu jener Auktion ging, an einem ungewöhnlich häßlichen Rolltisch Gefallen fand, ihn unter Verleugnung ihres sonst so scheuen Ichs ersteigerte, über Wiesenwege nach Hause rollte – sie, die sich so sehr vor Lächerlichkeit fürchtete! – und ihn von diesem Tage an, trotz Lucillas unausgesprochener Abneigung, ständig benutzte. Lucilla vermochte solche gelegentlichen Revolten Margarets nicht zu verstehen, Margaret selbst vermochte es auch nicht ... wohl aber vermochte es Hilary. Sie war ihr ganzes Leben lang eine Sklavin Damerosehays und der Eliots gewesen, aber in diesen kleinen, erstaunlichen Ausbrüchen sowie in der Pracht des Gartens, den sie pflegte, fand sie eine gewisse Befreiung. Er öffnete die Tür sperrangelweit und lächelte seiner Schwester aufmunternd zu. Lucilla war die große Liebe seines Lebens, dann aber kam Margaret. Denn abgesehen von seinem Respekt vor ihrer Selbstlosigkeit, der auch nicht die leiseste Spur von Verbitterung oder Mitleid mit sich selber anhaftete, abgesehen von der Erheiterung, die ihre plötzlichen Anfälle von Unabhängigkeit ihm verschafften, hegte er ein tief kameradschaftliches Gefühl für sie. Sie gehörte, genau wie er, zu den häßlichen Eliots.

Margaret war jetzt dreiundsechzig, obgleich man sie nur für fünfzig gehalten hätte. Wie alle Menschen, die sich resolut mit Gartenbau beschäftigen, war sie schon in frühem Alter so verwittert, daß sich das mit fünfzig nicht mehr steigern konnte, und den kommenden Jahren blieb nichts übrig, als Margaret durch die täglich wachsende Freude an Blumen, Sonnenschein und gutem Boden jung zu erhalten. Sie war hochgewachsen, doch knochig und ungelenk, nicht sanft und anmutig wie Lucilla. Ihr kräftiges, graues Haar trug sie, verzweifelt bemüht, es zu bändigen, kurz geschnitten, und dennoch war es nie in Ordnung. Sie trug malvenfarbene Tweedkleider, verschossen von der Sonne und aus der Façon gebracht durch Wind und Regen, und dazu einen Jumper, den sie selbst ungeschickt aus hellgelber Wolle gestrickt hatte, die gar nicht zu dem Tweedkleid passen wollte. Sie strickte sehr gern, wenn auch nicht eben mit großer Kunst, und sie liebte leuchtende Farben, obgleich sie sie nicht mit sehr viel Geschmack zusammenstellte. Ihre Wollstrümpfe waren vielfach gestopft, und ihre kräftigen Schuhe machten fast ebenso viel Lärm wie der Rolltisch.

«Hilary», sagte Lucilla, «hilf Margaret, den Rolltisch zu tragen. Die lächerlichen kleinen Räder verfangen sich leicht im Teppich, und dann spritzt Milch auf das Tablettdeckchen, und wenn ich etwas nicht leiden kann, so ist es ein schmutziges Tablettdeckchen.»

Sie sprach mit tiefer Besorgnis, als ob eine neue internationale Katastrophe in der Luft läge, und Margarets Gesicht beugte sich schmerzlich gesammelt über den Rolltisch und glich dem eines Arztes, dem ein Kampf um Leben und Tod auferlegt ist. Hilarys Augen zwinkerten abermals; er hob den Rolltisch an dem einen Ende zu hoch, und eine Sturzflut kleiner Kuchen ergoß sich auf den Boden. Lucilla öffnete den Mund, um Hilary zu sagen, er habe nicht richtig achtgegeben, und Margaret daran zu erinnern, wie oft sie sie geheißen hatte, die Schüsseln nicht zu überladen, doch sie entsann sich zur rechten Zeit, daß ihre Kinder jetzt erwachsene Leute waren, beide in den Sechzig, und so sagte sie nichts ... Es war seltsam, sehr seltsam, die Mutter alter Menschen zu sein, zumal sie selbst sich so viel jünger als ihre Kinder fühlte.

«Wie geht's, Margaret?» fragte Nadine.

Margaret fuhr zusammen und wurde feuerrot, denn ihre Aufmerksamkeit galt so ausschließlich dem Rolltisch, daß sie ganz vergessen hatte, Nadine zu begrüßen.

«Mir geht's ganz gut», sagte sie mit ihrer sanften, freundlichen Stimme, einer sehr jugendlichen Stimme, die in seltsam rührendem Gegensatz zu ihren Jahren stand. «Und dir? Du siehst müde aus. Und die Kinder? Bekommt ihnen London?»

«Ausgezeichnet», sagte Nadine.

«In seinem letzten Brief schrieb George etwas davon, daß Ben gehustet hat», warf Lucilla ein.

«Ach, nur die Nachwehen einer Erkältung. Den Kindern geht's großartig», sagte Nadine entschieden und gab Margaret einen pflichtschuldigen Kuß. «Und wenn ich müde aussehe, so ist nicht London daran schuld, sondern das großartige Befinden der Kinder.»

Margaret versuchte, dem Kuß auszuweichen, nicht etwa, weil Nadine ihr nicht sympathisch gewesen wäre, sondern weil es ihr widerstrebte, das köstliche, blumengleiche Gesicht ihrer Schwägerin mit der eigenen wetterharten Wange zu berühren. Sie bewunderte Nadines Schönheit, wie sie die Schönheit der Blumen im Garten bewunderte. Nadine aber mißdeutete die Geste und war gekränkt. Wenn sie auch Margaret als ein altes, unverständliches Museumstück ansah, hatte sie doch Respekt vor ihr. Sie hätte sich aufrichtig gefreut, wenn zwischen ihnen eine echte freundschaftliche Beziehung möglich gewesen wäre. Doch sie wußte, daß es dazu niemals kommen würde.

Margaret goß den Tee in Lucillas zierliche Worcesterschalen, wobei auch ein wenig auf die Untertasse rann, Hilary klaubte die kleinen Kuchen vom Boden auf, und sie setzten sich zum Tee, während die Hunde zu ihren Füßen kauerten. Lucilla knabberte an einem von Margarets allzu dick geratenen Butterbroten und warf insgeheim ihren Kuchen Stück für Stück Bastard zu, denn sie konnte es nun einmal nicht über sich bringen, etwas zu essen, das auf dem Boden gelegen hatte; gleichzeitig gab sie sich redliche Mühe, nicht daran zu denken, wie zierlich der Tee zu Lebzeiten der guten Ellen serviert worden war. Margaret arbeitete so hart und gab sich, obwohl sie nur selten eine Hilfskraft aus dem Großen Dorf hatte, so verzweifelte Mühe, allen alles recht zu machen, daß Lucilla es nicht billig fand, der guten alten Zeit nachzutrauern . . . Nichtsdestoweniger war es schwierig, diese Gedanken zu verdrängen, wenn der Tee auf die Untertasse gegossen wurde . . .

Sie riß sich von der Trauer um Ellen los, einem Gefühl, das hartnäckig war wie Zahnschmerzen, und versuchte, ihre Aufmerksamkeit den Reden der andern zuzuwenden. Doch sie sprachen von der beklagenswerten Weltlage, von dieser schrecklichen neuen Bombe, von Hungersnot und Inflation, von Chaos und Tod, und wie ein scheues Pferd schrak sie vor ihren Gesprächen zurück. Mit ihren sechsundachtzig Jahren konnte sie schließlich nichts tun als beten, und zwischen ihren Gebeten hatte sie den Wunsch, man möge sie doch jetzt, da der Krieg vorüber war, manchmal vergessen lassen, daß nicht alles sich nach Wunsch entwickeln wollte, damit sie wenigstens jene Dinge genießen könnte, die ihr noch blieben: die Frühlingssonne, die schräg in das stille Zimmer strahlte und die Blumen beschien, die weizengelbe Tönung von Pooh-Bahs Fell, der heiße Tee, das Holz, das knisternd und duftend im Kamin brannte, die Berührung des guten alten Bastard, der auf ihrem Schuh ruhte, das Rauschen des Meeres, das die Gesprächspausen erfüllte.

«Nicht!» rief sie den anderen plötzlich zu; «kommt es denn darauf an?»

«Worauf, Mutter?» fragte Margaret, die niemals dem Gedankengang eines andern folgen konnte, wenn man ihr die Dinge nicht sorgfältig und ausführlich erklärte.

Nadine aber streckte wortlos die Hand aus und streichelte ihre Schwiegermutter. Sie beide hatten geheiratet und Kinder geboren, Lucilla wußte immer, und in ihren zahmeren Stunden wußte es auch Nadine, daß es das Heim war, worauf es ankam. Jedes Heim war ein Ziegel in der großen Mauer eines lebenswerten Daseins, die die Männer immer wieder als Damm gegen die ständig anstürmende Flut des Übels errichtet hatten. Doch die Frauen formten die Ziegel, die Dauer jeder Kultur hing von ihrer Beschaffenheit ab, und es war nicht gut, die Kraft, die man zum

Ziegelbrennen brauchte, dadurch schwächen zu lassen, daß man allzu viel an die Flut dachte.

«Du würdest die Zwillinge kaum wiedererkennen, so sehr sind sie gewachsen», sagte Nadine und spähte nach dem glücklichen Aufleuchten in Lucillas Augen, das unweigerlich auf jede Erwähnung der geliebten Enkelkinder folgte.

Das Leuchten blitzte auf und erstarb wieder. «Ich habe sie schon lange nicht mehr gesehen. Und Ben und Tommy und Caroline auch nicht», sagte Lucilla.

«Aber, Großmutter, George hat doch die älteren Kinder vor drei Monaten zu dir gebracht», sagte Nadine.

«Vor vier Monaten», korrigierte Lucilla. «Und das ist schon lange her! Und die Zwillinge hat er nicht mitgebracht.»

«Doch nur, weil sie Schafblattern hatten, Großmutter.»

«George und die Kinder hätten jetzt mit dir kommen sollen», sagte Margaret.

«Ich wollte selber mit Jill sprechen», sagte Nadine. «Und mich gleichzeitig ein bißchen von George und den Kindern erholen.»

Margaret, die den Geliebten ihrer Jugend im Ersten Weltkrieg verloren hatte und sich seither von der Ehe ideale Vorstellungen machte, sah entrüstet drein, Lucilla aber gab friedlich zu: «Ja, das braucht man.»

«Und wer sorgt für George und die Kinder?» fragte Hilary.

«Meine Cousine Pamela Lyson. Ein paar Tage tut sie das sehr gern, doch nicht länger. Sie ist nicht mehr jung. Nach vier Tagen ist sie erledigt, aber bis dahin bin ich wieder zu Hause.»

«Ich bin so froh, daß du Jill bei dir haben wirst, mein Kind», sagte Lucilla.

«Ich weiß es ja noch nicht, Großmutter. Ich will zunächst nur mit ihr sprechen.»

«Kaum hatte ich eure Annonce in der Zeitung gesehen – und es war ein glücklicher Zufall, daß ich sie gesehen habe, denn du hast mir ja nichts davon gesagt –, habe ich sofort Jill aufgesucht. Hilary hat mich hinübergefahren. Ich hatte sie als reizendes Mädchen in Erinnerung, aber ich war besorgt, der Krieg könnte sie verändert haben. Nun, das hat er nicht. Sie ist noch genau wie früher, und gerade das, was die Kinder brauchen. Ich zeigte ihr eure Annonce und sagte ihr, sie solle sogleich darauf antworten. Du hättest ihre Freude sehen sollen, als sie sich vorstellte, daß sie wieder bei Ben, Tommy und Caroline sein könnte. Die einzige Schwierigkeit, mein Kind, ist, daß sie als Landmädchen vielleicht nur ungern eine Dauerstelle in der Stadt annehmen wird. Während des Krieges war sie eine Zeitlang in London, und es behagte ihr dort nicht sehr, wie sie sagt. Mich wundert das nicht weiter. Es ist ja so laut und schmutzig dort. Ganz anders als früher. Aber ich sagte ihr, daß ihr euch, meiner Ansicht nach, über kurz oder lang auf dem Lande ansässig machen werdet.»

Nadine errötete ein wenig – sie hatte die seltsame Eigenschaft, im Zorn besonders schön zu sein –, und ihre Hände legten sich übereinander. Ihre Gefühle für ihre Schwiegermutter schwankten stets zwischen Verehrung und Erbitterung, je nachdem, ob die Selbstlosigkeit über Großmutters Herrschsucht oder die Herrschsucht über ihre Selbstlosigkeit die Oberhand gewann.

«Aber, Großmutter», sagte sie langsam und gemessen, «daß wir auf dem Lande leben, kommt überhaupt nicht in Frage. George hat doch seine Stellung im Kriegsministerium.»

«Ich weiß, daß du nicht gern auf dem Lande lebst», sagte Lucilla, «aber ich meine, daß du doch auch an George und die Kinder denken solltest. Das Stadtleben taugt niemals für Kinder, und nach dem, was George im Krieg durchgemacht hat, würde die Luft hier draußen ihm gut tun. Seine Stellung könnte er ja aufgeben.»

«Nein, Großmutter, das könnte er sich nicht leisten. Wir müssen doch auch an die Schule für die Kinder denken.»

«Mein Sohn George, liebes Kind, mag in mancher Beziehung ein dummer Kerl sein, aber in praktischen Dingen hat er immer einen klaren Kopf gehabt. Er würde schon Wege finden, um euer Einkommen auch auf dem Lande zu erhöhen. Und du weißt ja, daß ihr ein ganz nettes Einkommen zu erhöhen habt. Ihr hättet Georges Pension und die Erbschaft von deiner Tante Anne. Du hast mir übrigens nichts davon berichtet, daß deine Tante gestorben ist, und warum hättest du es schließlich auch tun sollen, ich habe sie ja nicht gekannt, aber ich habe die Anzeige in der ‹Times› gelesen, und ihr Testament war auch in der ‹Times›.»

«Es ist nicht so viel geblieben, wie du glaubst, Großmutter; bei diesen Steuern ...»

«Steuern», sagte Lucilla nachdenklich, «kommen als Vorwand oft gelegen. Wenn die Leute etwas nicht tun wollen, was sie eigentlich tun müßten, dann führen sie immer die Steuern an. Beim Kriegsmehl war das auch sehr bequem. Wenn der Kuchen nicht aufgehen wollte, hatte man immer einen Sündenbock bei der Hand.» Und verstohlen warf sie Bastard das letzte Stück ihres Kuchens zu.

Niemand war gekränkt. Neuerdings sprach Lucilla manchmal jene Gefühle aus, die sie nur zu sich selbst zu sagen glaubte. Dies war offenbar solch ein Augenblick.

«Ja, mein Kind», sagte sie lauter, denn jetzt wollte sie gehört werden, «ich habe eine Verabredung mit Jill getroffen. Sie kommt heute abend zu dir.»

«Aber, Großmutter», protestierte Nadine, «ich möchte lieber zu ihr gehen. Wenn man jemand für einen so wichtigen Posten wie den einer Kinderfrau sucht, ist es doch eigentlich netter, sie in ihrem Heim zu sehen.»

«Es ist nicht ihr Heim, sondern das ihrer Tante.»

«Ich weiß, aber sie wohnt nun einmal seit einiger Zeit dort, und ich würde viel mehr von ihr wissen, wenn ich sie in ihrer gewohnten Umgebung sehen könnte.»

«Es ist zu weit, um zu Fuß zu gehen, und das Dorftaxi ist kaputt.»

«Das weiß ich auch, Großmutter, aber ich glaubte, Hilary würde so freundlich sein, mich hinzufahren.»

«Selbstverständlich», erklärte Hilary eifrig.

«Nein, mein Kind», sagte Lucilla fest. «Wir dürfen Hilary seinen Berufspflichten nicht abspenstig machen und ihn zweimal am Tage als Taxi benutzen; das wäre nicht in der Ordnung.» Plötzlich sah sie gar nicht mehr so entschlossen drein, sondern weit eher rührend und bittend. «Ich hatte das alles schon so schön eingerichtet. Jill fährt mit dem Bäcker her und mit dem Metzger zurück. Unsere Lieferanten sind immer so nett und gefällig. Das ist eine der guten Wirkungen des Krieges – wir alle sind freundlicher zueinander. Ich habe es doch so schön eingerichtet.»

Nadine fügte sich. «Schon gut, Großmutter», sagte sie liebenswürdig, «ich werde hier mit Jill sprechen. Es war sehr lieb von dir, das alles für mich zu besorgen.»

Lucillas schöne blaue Augen erhellten sich, als sie ihrer gehorsamen Schwiegertochter liebevoll zulächelte. Die peinliche Spannung, die sich ihrer bemächtigte, wenn man ihr widersprach, lockerte sich ein wenig. Es war ein greuliches Gefühl, und man würde ihr gewiß nie wiedersprechen, wenn man wüßte, wie greulich es war.

«Sobald wir fertig sind, will ich abräumen», sagte Margaret.

«Ich werde dir beim Geschirrspülen helfen», erklärte Nadine mit der strahlenden Bereitwilligkeit des Gastes, der des Haushalts überdrüssig ist und darauf hofft, man werde sein großmütiges Angebot ablehnen.

«Bemühe dich nicht, Liebe», sagte Margaret, und das war die Antwort, die in der Familie Eliot zum Gesetz geworden war. «Nicht an deinem ersten Abend; morgen kannst du mir helfen.»

«Hilary», sagte Lucilla, «hilf Margaret, den Rolltisch über den Teppich zu heben. Ihr habt ihn vorhin in Unordnung gebracht.»

«Ja, Mutter», sagte Hilary. Eine Glocke läutete.

«Das ist Jill», sagte Lucilla. «Ich habe es so eingerichtet, Nadine, daß du sie im Eßzimmer empfängst.»

«Ja, Großmutter», sagte Nadine.

3

Das Eßzimmer im Damerosehay besaß, trotz seiner schönen Täfelung, nicht den Reiz des Wohnzimmers und war allen Eliots, abgesehen von Lucilla, Hilary und Margaret, verhaßt. Es war ein frostiger und doch stickiger Raum, und hatte man dort Fisch oder Zwiebeln gegessen, so war es noch lange nachher zu merken. Doch dieses Eßzimmer war Ellens besonderer Stolz gewesen, und darum durfte auch nichts daran verändert werden. Es blieb, was Ellen daraus gemacht hatte, ein Altar viktorianischer Wohlanständigkeit. Es hatte schwere Mahagonimöbel, schwere rote Vorhänge, einen schweren roten Teppich, schweres Silber auf dem Buffet. Ein schwerfälliges Porträt Sir James Eliots mit Perücke und Talar hing über dem Kamin, und sein schwerfälliges, gütiges Gesicht betrachtete billigend den Raum, den Ellen geschaffen hatte, um sein Andenken zu ehren. Ellen hatte große Achtung vor ihm empfunden, und ihr vor allem war es zu verdanken, daß Lucilla, die in der ersten Zeit ihrer Ehe weder ihn noch die Kinder geliebt hatte, schließlich eine vorbildliche Hausfrau und Mutter geworden war und die Tradition der Treue an eine einmal übernommene Aufgabe geschaffen hatte, jener Treue um jeden Preis, die jetzt als Tradition der Eliots in Damerosehay galt.

Nadine kannte die Geschichte von Lucillas Jugend, und diese Geschichte hatte, mehr als alles andere, dazu beigetragen, daß sie sich wieder mit George ausgesöhnt hatte. Ellens Einfluß, die ein ganzes Leben lang als Bedienstete und Kinderfrau bei den Eliots gewesen war, blieb noch in der dritten Generation tief und stark, und für Nadine war es fast wie ein Schlag ins Gesicht, als sie das verhaßte Eßzimmer betrat und Jill dort, wie eine zweite Ellen, kerzengerade und steif, geradezu ein wesentlicher Bestandteil des Raumes, unterhalb des Porträts ihres Schwiegervaters stehen sah.

Es war ihr, als hätte man sie in einer Falle gefangen. Als sie, von der Tradition Damerosehays bezwungen, mit dem Mann ihrer Liebe gebrochen hatte und zu dem ungeliebten Gatten zurückgekehrt war, hatte sie das mit einem kaum bewußten inneren Vorbehalt getan. Solange David, der sie liebte und dessen Liebe sie so verzweifelt erwiderte, lebendig und frei war und sie noch immer liebte und begehrte, war die Tür nicht geschlossen. Wenn es mit George nicht gehen wollte, wenn die Beziehung abermals völlig unmöglich werden sollte, so gab es noch immer David. Das hatte sie sich selbst nie in klaren Worten gesagt, doch der Gedanke an diese geheime Hintertreppe war immer vorhanden. Das war der Felsen, daran sie sich klammerte, wenn ihr Unglück sie zu überwältigen drohte. Und jetzt, als sie Jill ansah, war es ihr, als würde die halboffene Tür zu jener Hintertreppe sich ein wenig zu schließen beginnen. Denn dies war eine Frau ohne Vorbehalte. Jill schüchterte sie ein, so wie Hilary sie einschüchterte. Hilarys Bedrohung konnte sie sich entziehen, weil sie ihn ja nur so selten sah, Jill aber vermochte sie nicht zu entrinnen. Sie würden immer beisammen sein, Mutter und Kinderfrau, so wie Lucilla und Ellen immer beisammen gewesen waren, und Jills Offenherzigkeit wäre eine beständige Gefahr für sie, der es daran mangelte. Sekundenlang schwieg sie, wußte sie nichts zu sagen, war vielleicht zum erstenmal nicht selbstsicher, sondern verlegen. Jill war es, die zuerst sprach.

«Guten Tag, Madam», sagte Jill. Ihre Stimme war schüchtern und sanft, und bei diesem Klang verlor Nadine im Nu jene lächerliche Angst, war wieder ganz sie selbst, eine schöne, gutgekleidete, überlegene Dame von Welt, im Gespräch mit einer verschüchterten, einfachen, kleinen Bäuerin, die sich um die Stelle einer Kinderfrau bewarb ... Jill hatte schließlich nichts von Ellen; das hatte sie sich nur eingeredet.

«Guten Tag, Jill», sagte Nadine und reichte ihr huldvoll die Hand. «Ich freue mich, Sie wiederzusehen. Setzen Sie sich doch!»

«Danke, Madam», flüsterte Jill und setzte sich steif wie ein Ladestock auf die Kante eines der harten Eßzimmerstühle. Nadine setzte sich auf einen andern und entdeckte, daß sie ebenfalls steif wie ein Ladestock dasitzen mußte. Sie hatte vergessen, wie unbequem die Stühle waren. Bestimmt hatte Großvater Eliot sie ursprünglich ausgesucht, um die jungen Eliots Haltung zu lehren. Nadine seufzte, paßte ihren Rücken, so gut es ging, der Holzlehne an und fand sich damit ab, wie ein Pharao auszusehen, den Rücken steif, die Füße nebeneinander, und Jill zu mustern.

Jill war jetzt vierundzwanzig Jahre alt, doch trotz Heirat und Witwenschaft glich sie noch immer dem Kindermädchen, das Nadine vor dem Krieg in Damerosehay flüchtig gesehen hatte. Sie war mager und untermittelgroß, aber ihr hübsches, blasses Gesicht belebten zwei sehr schöne Augen von jenem klaren Grün, das unter wolkigem Himmel in der Biegung einer Welle sichtbar wird. Ihr Mund war sanft, ihr Kinn energisch. In dem sauberen, grauen Flanellmantel, dem dazu passenden Rock und einer weißen Bluse sah sie schon jetzt wie die Kinderfrau aus, die sie werden wollte. Sie trug keinen Hut, und ihr wergfarbenes, glanzloses schlichtes Haar lag, zu einer Rolle gedreht, um den schöngeformten kleinen Kopf. Die unbehandschuhten Hände hielt sie im Schoß. Nichts an ihr lenkte die Aufmerksamkeit auf sich, und einen kurzen Augenblick lang staunte Nadine darüber, daß überhaupt jemals ein Mann auf den Gedanken gekommen war, sie zu heiraten. Dann aber betrachtete sie abermals den sanften Mund und die ruhigen Hände. Sie wollte die üblichen Fragen stellen, brachte aber keine einzige heraus. Alles, was sie sagte, war: «Jill, werden Sie meine Kinder gern haben?»

«Ja, Madam», sagte Jill einfach.

«Und mir helfen, alles für sie zu tun.»

«Ja, Madam.» Verzweifelt suchte Nadine nach den Fragen, die sie sich zurecht gelegt hatte, aber sie vermochte nur eine einzige zu erhaschen. «Lady Eliot fürchtet, daß Sie nicht bereit sein werden, in London zu leben?»

«Ich bin durchaus bereit, Madam. Als Lady Eliot mich fragte, habe ich ihr gesagt, daß ich am liebsten auf dem Lande lebe. Doch ich werde natürlich überall zufrieden sein, wo die Kinder sind.»

Nadine lächelte plötzlich; sie merkte, daß Lucilla sich, um ihr Ziel zu erreichen, wenn auch nicht gerade einer Lüge schuldig gemacht hatte, denn Lucilla log nie, aber immerhin einer leichten Übertreibung.

«Ich freue mich, daß Sie so denken, Jill», sagte sie. «General Eliot arbeitet im Kriegsministerium, wir haben ein sehr nettes Häuschen in Chelsea, und so werden wir London wahrscheinlich nicht verlassen.»

«Chelsea wird mir gut gefallen, Madam», sagte Jill, «dort gibt es den Fluß – und so ist es auch in The Hard.»

«Sie haben The Hard gern?» fragte Nadine.

«Ja, Madam. Mir tut es leid, daß meine Tante Rose das ‹Gnadenkraut› verkauft.»

«Das wußte ich gar nicht.»

«Ja, Madam. Mein Onkel ist vor kurzem gestorben. Um ihr während seiner Krankheit und nachher über die Trauerzeit zu helfen, habe ich meine Stelle im Kindergarten aufgegeben. Sie glaubt nicht, daß sie das Haus allein führen kann. Sie will zu Edith ziehen, ihrer Schwiegertochter. Kennen Sie das ‹Gnadenkraut›, Madam?»

«Ich glaube nicht, Jill. Ich kenne das kleine Hotel in The Hard, aber das ist es wohl nicht?»

«Nein, Madam, es ist weiter unten am Fluß. Ein nettes, altes Haus, aber es liegt einsam und hat wenig Gäste. Im Krieg hat es nichts getragen.»

«Jetzt, da der Krieg vorüber ist, sollte es doch gehen. Die Leute werden wieder segeln wollen.»

«Ja, Madam, aber Tante meint, daß sie nicht damit fertig werden kann.»

«Das verstehe ich. Das ist der Krieg. Wir alle haben den Eindruck, daß wir mit nichts fertig werden können. Ich kann auch mit meinen Kindern nicht fertig werden. Wann würden Sie kommen, Jill?»

«Ich möchte gern Tante Rose bei Edith untergebracht wissen, bevor ich wegfahre. Nächsten Monat.»

Nächsten Monat! Nadines Mut sank. Sie hatte gehofft, es könnte nächste Woche sein. Doch Tante Roses Notlage war zweifellos ebenso groß wie ihre eigene.

«In einem Monat also», sagte sie und klammerte sich an diese Aussicht. «Ich werde Ihnen von London aus schreiben, Jill, wie Sie fahren sollen. Haben Sie schon Tee getrunken?»

«Ich will erst Tee trinken, wenn ich zu Hause bin, Madam. Sie entschuldigen doch. Ich möchte den Metzger nicht warten lassen.»

«Nein, natürlich nicht», sagte Nadine und beugte sich aus ihrer Pharaonenhaltung vor. Was man heutzutage auch war oder nicht war – man mußte sich gut mit dem Metzger stellen, sonst gab es keine Leckerbissen für die Hunde.

«Ich hoffe, daß Sie mit mir zufrieden sein werden, Madam», sagte Jill, nahm die Hand, die Nadine ihr reichte, und dann entschlüpfte sie unauffällig in den Schatten, öffnete und schloß die Tür so leise, daß Nadine ihren Abgang erst bemerkte, als sie sich im Zimmer allein sah. «Ich hoffe, daß Sie mit mir zufrieden sein werden.» Seit Jahren hatte Nadine diese altmodische Wendung nicht mehr gehört. Und weil sie sie seit so langer Zeit nicht mehr gehört hatte, fand sie sie eigentlich sehr schön. Zufrieden! Kein Mensch war es je. Die ganze Welt schrie vor Hunger, leiblichem und geistigem. Zufrieden. Jill hatte recht. Mehr konnte man nicht verlangen.

Sekundenlang blieb sie stehen, eine Hand vor den Augen, und war sich ihres eigenen, besonderen Hungers verzweifelt bewußt. Nach Ruhe. Nach Frieden. Nach David. Vor allem aber nach David, denn nur in seiner Nähe glaubte sie, auch den Hunger nach Ruhe und Frieden stillen zu können. Während des Krieges war es verhältnismäßig leicht gewesen, ihr Gefühl für David zu verdrängen. Es hatte so viel zu tun und zu ertragen gegeben, und man war völlig von dem Tun und Ertragen erfüllt gewesen. Jetzt gab es wohl noch immer viel zu tun und zu ertragen, doch man war nicht mehr davon erfüllt; der Kreis dessen, was einen brennend betraf, hatte sich vom Vaterland wieder auf das eigene Ich verengt, und die persönlichen Probleme wurden abermals unerträglich bedrängend. Und David war nicht mehr Kampfflieger, als solcher der Familie nur selten erreichbar und bei seinen kurzen Urlauben anscheinend von ihr hinweg in ein anderes Element gezogen; er war wieder zur Bühne zurückgekehrt, wieder in London, wieder an seinem alten Platz in der Familie, als Lucillas Lieblingsenkel und Georges Neffe. Sie sah ihn oft in dem kleinen Haus in Chelsea, wo sie vor dem Krieg gewohnt hatte, während ihrer Trennung von George, und wo sie sich ineinander verliebt hatten; und immer wenn sie ihn sah, wuchs das Verlangen nach der Liebe, die sie verdrängt hatte, bis zur Unerträglichkeit ... Plötzlich war alles ihr verhaßt: Damerosehay, Lucilla, George, die Kinder, ihre Pflichten ... Wie nichtig war das alles! Das Leben ging so rasch vorbei, und nie hatte sie tun können, was sie zu tun verlangte.

«Nadine!»

Es war Lucillas Stimme, die sie rief, und automatisch gehorchte sie und ging in die Halle.

Lucilla saß auf dem Stuhl neben dem Telefon und hielt den Hörer in der Hand. «Da ruft jemand an. Aber ich höre wahrhaftig nichts mehr. Am Telefon bin ich ganz taub.»

Ihre Stimme klang bekümmert. Sie haßte all diese modernen Erfindungen wie Telefon und Radio; sie machten nur Lärm und stopften einen voll mit Informationen, ohne die man sich viel besser zurechtgefunden hätte. Wenn es sich um diese Wohltaten der Wissenschaft handelte, benutzte sie gern ihre Taubheit als Vorwand, aber ihrer Familie entging es nicht, daß diese Taubheit sie nur dann zu stören schien, wenn das

Telefon läutete oder jemand die Nachrichten hören wollte.

«Es ist doch niemand krank?» fragte sie ängstlich, als Nadine den Hörer ergriff.

«Nein, ich glaube nicht . . . ach, es ist George . . . Hallo, George . . . wie geht's dir? Sind die Kinder wohl? Du hast eben erst Großmutters Brief erhalten? Was für einen Brief? Was sagst du? Du kannst ganz gut für ein paar Tage abkommen und mit den Kindern hierherfahren?»

«Ich glaube, liebes Kind, daß der Anruf eigentlich für mich bestimmt ist», sagte Lucilla milde, und höflich aber entschlossen nahm sie Nadine den Hörer aus der Hand. «Ich bin's, George», sagte sie, und dann folgte ein Schweigen, währenddessen sie Georges Worten lauschte. Just in dieser Stunde schien ihre Taubheit sie durchaus nicht zu stören. «Ja, mein Lieber», sagte sie schließlich. «Du kommst also morgen und bringst die Kinder mit. Ein wenig Ausspannung wird dir guttun, und Nadine wird sich auch freuen, dich hier zu haben. Du kannst eine Woche bleiben? Das ist nett. Ach, mein lieber Junge, ich freue mich ja so sehr.» Dann, den Hörer noch immer in der Hand, wandte sie sich zu Nadine, und ein Lächeln reinster Seligkeit erhellte ihr Gesicht wie ein Sonnenstrahl. «Ich habe George ein paar Zeilen geschrieben, meine Liebe, nachdem du am Telefon gesagt hattest, er könne leider nicht mitkommen. Ich schrieb ihm, er solle doch sein Möglichstes tun und die Kinder mitbringen. Ein paar Tage Ferien täten euch allen gut. Er hat anscheinend eben erst meinen Brief erhalten. Daran muß die Post schuld sein. Aber jetzt ist alles in Ordnung, sie kommen her – die Zwillinge und auch die großen Kinder. Morgen früh fährt George mit ihnen ab.»

Lucillas Freude war so herzerfrischend, daß Nadine es nicht über sich brachte, auch nur ein Wort zu sagen, aber das Lächeln fiel ihr schwer, denn wenn George die ganze Familie im Wagen hierher brachte, waren sie zum Mittagessen da, und ihr Friede würde nicht mehr lange andauern. Auch hatte George am Telefon etwas gesagt, das sie nicht recht verstand: ‹Habe eben erst Mutters Brief erhalten. Sag ihr, daß ich mir das alte Haus gern anschauen will.›

Das konnte sich natürlich auf Damerosehay beziehen, aber sie hatte das Gefühl, daß er etwas anderes meinte. Welches alte Haus sollte er sich auf Lucillas Wunsch anschauen? Sie beugte sich vor und nahm Lucilla den Hörer aus der Hand, so wie Lucilla es kurz vorher mit ihr gemacht hatte. «Bist du noch da, George? Ja? Liebling, bring mir doch die Flanellhosen mit. Wenn wir eine Woche bleiben, brauche ich sie. Pamela soll sich um die Sachen für die Kinder kümmern. Wiedersehen, Liebling. Vergiß die Hosen nicht!»

Sie legte den Hörer hin. Lucilla hegte einen tiefen Abscheu gegen diese Mode, und um ihre Empfindlichkeit zu schonen, hatte Nadine in Damerosehay nie Hosen getragen. Aber jetzt wollte sie es tun.

4

Ihr ganzes Leben lang hatte Lucilla sich täglich zweimal umgezogen, einmal zum Tee und einmal zum Diner, und das tat sie immer noch, obgleich das, was sie Diner nannte, nur aus einem Brei für sie selbst, Brot und Käse für Margaret bestand, und was man sonst noch etwa auftreiben konnte, wenn Gäste kamen. Bis zum Krieg hatte sie verlangt, daß auch die Familie sich umzog, jetzt aber konnte sie das nicht mehr durchsetzen. Man hatte nichts, was man zum Abendessen anziehen konnte, und welchen Sinn hätten strenge Toilettevorschriften gehabt, wenn man gleich nach dem Essen die Schürzen nehmen und das Geschirr waschen mußte? Lucilla allein, in dem schwarzen Spitzenkleid, das sie nun seit fünfzehn Jahren besaß, überbrückte den Abgrund zwischen den gepflegten Sitten der Vergangenheit und den hoffentlich nicht weniger gepflegten Sitten der Zukunft.

Denn Lucilla sah nicht hoffnungslos in die Zukunft. Sie hatte lange genug gelebt, um zu wissen, daß der Frühling immer wiederkehrt, und wenn der Frühling Blüte tragen sollte, dann mußte man seine Vorbereitungen treffen; das wußte sie auch. Und so traf sie ihre Vorbereitungen. Sie selbst, darüber gab sie sich keiner Täuschung hin, würde jenen Frühling nicht mehr schauen, aber ihre Enkel und vielleicht auch noch ihre Kinder würden es, und für sie mußte Lucilla Vorbereitungen treffen. Sie spürte in ihren Kindern und in David, ihrem erwachsenen Enkel, und bei allen seiner Generation, eine tiefe, verzweifelte Müdigkeit. Da standen sie inmitten der Trümmer, betrachteten sie hoffnungslos und wußten nicht, was sie damit anfangen sollten. Sie wußten wohl, daß sie ans Werk gehen und wiederaufbauen mußten, aber schon der Anfang schien ihre Kräfte zu übersteigen. So empfand es Lucilla. Es mangelte ihnen an Initiative. Wenn sie konnten, kehrten sie geradewegs zu ihrer Vorkriegstätigkeit zurück, wie David es getan hatte, oder in die gewohnte Umgebung, so wie Nadine in jenes kleine Haus in Chelsea zurückgekehrt war, wie eine streunende Katze sich automatisch heimwärts wendet. Doch waren sie auch wieder in der alten Furche, so fehlte ihnen doch der alte Eifer. Aus Heim und Arbeit war die wundertätige Kraft gewichen.

Was sie brauchten, waren nach Lucillas Ansicht entweder neue Heimstätten und neue Arbeit oder aber, daß neuer Geist den alten Dingen eingeflößt würde, der sie verwandeln sollte. Überall, in allem mußte es zu einer Wiedergeburt kommen, und ihr als dem Haupt der Familie Eliot, war es auferlegt, zu tun, was sie vermochte, um diese Erneuerung zu bewerkstelligen, bevor sie starb. Man hätte einwenden können, daß sie nicht weniger müde war als irgendwer von ihrer Familie und daß sie in ihrem Alter das Recht hatte, sich auszuruhen und es den andern zu überlassen, für sie Pläne zu schmieden, statt daß sie es für die andern tat; so aber sah Lucilla die Dinge nicht an. Zunächst einmal war ihr bewußt, daß die Alten in weitem Ausmaß Zuschauer bei dem Spiel sind und ihre Distanz vom Leben der Kinder ihnen eine klarere Perspektive erlaubt, als es den Jüngeren möglich ist. Und dann, so bescheiden sie war, mußte sie doch feststellen, daß sie dank der Erfahrung eines langen Lebens in einem ihrer kleinen Finger mehr Vernunft besaß als die ganze übrige Familie zusammengenommen. Und schließlich war es Lucillas Leidenschaft, die Dinge in die rechten Bahnen zu lenken; sie war zum Organisieren geboren, und so müde sie sich fühlte, ließ sie sich vom Organisieren ebensowenig abhalten wie der Vogel vom Singen. Wenn sie sich bei ihrem Wiederaufbauprogramm über den Willen der andern hinwegsetzen mußte, so tat sie es mitleidlos, denn in dem, was sie plante, war keine Spur von Selbstsucht.

Für ihr Pläneschmieden hatte Lucilla bestimmte Tageszeiten, um zwei und um halb sieben, wenn sie in ihr Zimmer ging, sich ausruhte und sich umzog. Das waren gesegnete Stunden, ohne die sie kaum weiterzuleben vermocht hätte. Das fühlte sie deutlich. Mit dem Ablauf der Jahre war ihr schönes Schlafzimmer immer mehr zu einer Art Heiligtum geworden. Hier herrschte tiefer Friede; warum, wußte sie nicht genau, vielleicht aber kam es daher, daß sie hier seit so vielen Jahren am häufigsten und innigsten gebetet hatte, und wenn sie jetzt ihre Schlafzimmertür öffnete, stieg automatisch das Gebet in ihr auf, ebenso wie es ihr erging, wenn sie die Schwelle von Hilarys Kirche im Großen Dorf überschritt.

An jenem Frühjahrsabend schleppte Lucilla sich die Treppe hinauf, ging in ihr Zimmer, schloß die Tür und sah sich um. In früheren Zeiten stand Ellen hier am Fenster und erwartete sie. Ellen half ihr in den Schlafrock, und dann legte Lucilla sich auf das Sofa und sah zu, wie Ellen das schwarze Spitzenkleid aus dem Schrank nahm, die Falten ausschüttelte und dann den dazugehörigen Unterrock, die Schuhe, das Taschentuch herbeiholte. Und währenddessen sprach sie von den Kindern, von den Enkeln, von den Hunden, von den schlechten Manieren der jüngeren Generation und davon, wohin es mit der Welt kam.

Nun, Ellen war nicht mehr körperlich anwesend, und Lucilla empfand diese Leere als unerträglich, und doch, während sie im Zimmer umherging und das tat, was Ellen einst für sie getan hatte, ertappte sie sich dabei, daß sie zu Ellen sprach, und ihre Sorgen schmolzen wie einst, als Ellen die Säure ihres gesunden Menschenverstands darüber gegossen hatte.

Auch heute folgte Lucilla ihrem täglichen Programm, zog das Kleid aus, hüllte sich in den weichen grauen Schlafrock und legte sich aufs Sofa. Sie betete kurz, und dann griff sie nach der großen, schwarzen Samttasche, von der sie sich nie trennte und die ein ganzes Arsenal enthielt – Taschentuch, Brille, ein Fläschchen Eau de Cologne, das silberne Döschen mit den Zuckermandeln für die Enkelkinder, das jetzt, da es weder verzuckerte Mandeln gab, noch Enkelkinder ständig im Hause waren, lediglich Bisodoltabletten für die Verdauung barg, und schließlich die letzten Briefe der Familienangehörigen. Sie stöberte in der Tasche und holte ihre Brille und Georges Brief hervor.

«Ich fürchte», sagte sie zu Ellen, «daß ich vielleicht nicht ganz aufrichtig zu Mrs. George gewesen bin. Ich handle hinter ihrem Rücken. Ja, das tue ich. Und mir ist es höchst zuwider, wenn die Leute das mit mir tun. Aber was soll ich machen? Ich muß doch zuerst an meinen Sohn denken.»

Es fiel Lucilla beständig schwer zu erkennen, daß ihre Kinder nicht nur erwachsene, sondern auch recht bejahrte Leute waren; im Falle ihres Sohnes George erhöhte diese chronische Schwierigkeit sich dadurch, daß er in Wirklichkeit niemals recht erwachsen war. Er war ein glänzender Soldat, ein ausgezeichneter Mathematiker, er hatte fast alle Auszeichnungen erlangt, die sich überhaupt in seinem Beruf erlangen ließen, das Victoriakreuz miteingeschlossen, und dennoch blieb etwas in ihm, das nicht ausreifen wollte. Jene Partie seines Geistes, die er den Problemen seines Berufes zuwendete, war scharf und geschmeidig wie gehärteter Stahl, die andere Partie aber, die er der Religion, der Politik und seiner Häuslichkeit gönnte, hatte sich seit seiner Schulzeit nicht wesentlich entwickelt. Er war anglikanisch, konservativ, ein treuer, liebevoller Gatte, ein gütiger, liebevoller Vater. Doch seine Religion hatte sich stets darauf beschränkt, daß er an Gott glaubte, ohne sich jemals zu fragen, was er eigentlich unter ‹Gott› verstand, und er ging pflichtgemäß in die Kirche, um dem Regiment oder den Kindern ein gutes Beispiel zu geben; in der Politik glaubte er einfach daran, daß alles, was diese verdammten Labourleute taten, ganz bestimmt katastrophal sein mußte. Die Liebe zu seiner Frau war die unerschütterliche Verehrung eines guten Hundes für seinen Herrn, und seine Liebe für die Kinder die fürsorgende, beschützende Neigung eines guten Herrn zu seinem Hund. In beiden Fällen waren seine Gefühle nicht sehr differenziert.

Er war ein sehr tapferer, sehr redlicher, sehr liebevoller kleiner Junge gewesen, und jetzt war er ein tapferer, redlicher, liebevoller Mann. Doch nur Lucilla verstand, wie stark er zu lieben vermochte und wieviel Leiden ihm das in seinem Leben verursachte; und nur sie allein war imstande gewesen, seine persönlichen Probleme an seinerstatt zu lösen, weil es nur ihr gelungen war, sie zu begreifen, ohne daß auch nur ein Wort gesprochen wurde.

Als kleiner Junge war er blond, blauäugig, frisch – denn er war einer der schönen Eliots – in ihr Zimmer gekommen, stand auf einem Bein wie ein Storch und wischte nachdenklich die Nase mit dem Rücken der linken Hand. Dann hatte sie bereits gewußt, daß irgend etwas nicht klappen wollte. Wenige, behutsame Fragen, und sie wußte, daß er schreckliche Zahnschmerzen hatte, daß er sie schon seit Tagen hatte, aber nichts sagen wollte und jetzt nur darum auf einem Bein stand und sich die Nase wischte, weil die Schmerzen völlig unerträglich geworden waren.

Wenn er jetzt zu ihr kam, war es nicht viel anders. Er stand dann neben ihr auf dem Teppich am Kamin im Wohnzimmer, mit dem Rücken zum Feuer, so daß die Wärme Lucilla nicht erreichen konnte – eine Gewohnheit aller männlich Eliots –, verlegte sein Gewicht auf das rechte Bein und rieb sich nachdenklich sein linkes Ohr. Und dann wußte sie, daß es mit dem Krieg schlechter stand als gewöhnlich, oder aber, daß es zwischen ihm und Nadine nicht gehen wollte, daß er sich um eins der Kinder Sorgen machte, oder daß sein von den Strapazen des Krieges arg mitgenommener Körper ihm die tägliche Arbeit erschwerte. Dann sprach man von diesem und jenem, und sie wußte bald, worum es ging, denn sobald er das schmerzende Thema berührt hatte, verlegte er sein Gewicht vom rechten Fuß auf den linken und hörte auf, sich das Ohr zu reiben. Und nun sprach sie hoffnungsvolle Worte zu ihm, auch wenn sie nicht imstande war, ihn zu beraten, denn es lag ihm nicht, sein Innerstes preiszugeben, und wenn es sich um Panzer handelte, besaß sie ohnehin nicht die notwendigen technischen Kenntnisse; und dennoch tröstete sie ihn und half ihm schon dadurch zu einer Klärung, daß ihre mütterliche Liebe wenigstens den Versuch unternahm, ihn zu begreifen . . . er liebte sie sehr, und so stand es auch mit den andern Kindern und Enkeln.

Man konnte ihm viel leichter helfen, wenn er einen Brief schrieb, nicht weil er etwa ein guter Briefschreiber gewesen wäre – nein, das war er nicht –, aber wenn er einmal eine Feder in der Hand hatte, mußte er doch irgend etwas sagen, und wenn er auf dem Teppich vor dem Kamin stand, war das nicht unbedingt notwendig. Sie entfaltete den Brief und las ihn nochmals aufmerksam:

Liebe Mutter,

hoffentlich geht es dir und Margaret gut. Wie steht es mit dem Rheumatismus? Hoffentlich besser. Obwohl ich mir nicht vorstellen kann, wie es bei diesem Wetter bessergehen soll. In der Stadt herrscht starker Nebel. Er legt sich einem auf die Lungen; greulicher Zustand. Stadtnebel. Ich habe mich in der letzten Zeit nicht besonders wohl gefühlt. Kein Grund zur Besorgnis, aber ich bin eben nicht mehr so jung wie früher. Für Büroarbeit hatte ich noch nie eine Vorliebe, und für das Stadtleben auch nicht. Dazu tauge ich nicht. Aber Nadine hat es gern, und so muß es eben ausgehalten werden. Es geht ihr gut, wenn sie auch sehr müde ist. Sie liebt das Haus sehr. Für sie ist es natürlich mehr ein Heim als für mich, denn sie hat hier gewohnt, während ich in Indien war, und nachher fast den ganzen Krieg hindurch, weil ich ja kaum nach Hause kam. Sie hat alles frisch malen lassen und die Möbel umgestellt. Sehr behaglich wirkt es nicht, aber ich muß zugeben, daß es künstlerisch ist. David hat die Wände gestrichen, und er hat noch einen Kollegen vom Theater mitgebracht. Den größten Teil der Arbeit haben tatsächlich die beiden erledigt. Wir sehen David ziemlich häufig. Nadine hat ihn gern, und sie haben viele gemeinsame Freunde, Schriftsteller und dergleichen;

alle viel zu gebildet für mich.

Den Kindern geht es gut, aber in den Ferien füllen sie das Haus bis an den Rand, besonders die Zwillinge. Sie brauchten einen Garten. Wie sieht der Garten in Damerosehay aus? Manchmal habe ich große Lust, hinzufahren und ihn anzuschauen und vielleicht ein wenig zu segeln und zu fischen. Ich habe noch das Recht auf ein paar Tage Urlaub. Was den Jungen und mir an dem Haus gefällt, ist, daß der Fluß sich so leicht erreichen läßt. In den Sommerferien muß man einfach aus der Stadt heraus. Ich würde die Jungen gern zum Segeln mitnehmen. Geradezu ein Verbrechen, Buben oder überhaupt irgendwen in der Stadt eingepfercht zu halten. Und Ben hustet auch ein bißchen. Nadine sagte, daß es nichts zu bedeuten hat, aber mir gefällt es nicht. Ich möchte mich am liebsten in irgendein Gasthaus an einem Fluß setzen. Dafür hatte ich immer eine Schwäche. Und die Buben auch. Bootfahren ist ihre Leidenschaft. Das haben sie von mir. Nun leb wohl, Mutter. Gib gut acht auf dich. Grüße an Margaret!

Dein Dich liebender Sohn
George

Das war der längste Brief, den George ihr je geschrieben hatte, und der einzige, der eine, wenn auch verhüllte Klage enthielt. Er fühlte sich müde, sehr müde, sehr krank. Er wollte den Dienst quittieren. Ihm war London und Nadines künstlerisch ausgestattetes Haus zuwider, darin sie so lange ohne ihn gelebt, daß er den Eindruck hatte, es sei ihr Heim und nicht seines und habe keinen Platz für ihn. Und auch der Kinder wegen war er gegen London. Und Nadines Freunde sagten ihm nicht zu . . . auch David nicht . . . mit David hatte es nie gehen wollen. Er wußte natürlich nicht, daß Nadine, als sie nach England zurückgekehrt und er allein in Indien geblieben war, sich in David verliebt hatte und er in sie, und daß sie nur auf die Scheidung wartete, die George ihr zugesagt hatte, um David zu heiraten. Lucilla war es gelungen, diese Heirat zu verhindern und Nadine wieder mit George zusammenzuführen, und sie hatte sich auch mit Nadine darauf geeinigt, daß George nichts von der ganzen Geschichte erfahren sollte. Diese verzweifelte, im Keim erstickte Liebe war ein Geheimnis zwischen Nadine, Lucilla, Hilary und David geblieben, und so sollte es auch in Zukunft sein. Aber George mußte dennoch etwas spüren. Ganz offenbar war es ihm nicht recht, daß David und Nadine so viel beisammen waren . . . und Lucilla auch nicht . . . Sie wußte nicht, ob die beiden einander noch liebten oder nicht, aber jedenfalls war es ein Spiel mit dem Feuer. Schon beim ersten Lesen des Briefes hatte sie gewußt, was zu tun war . . . Sie mußte George dazu bringen, sein Amt im Kriegsministerium aufzugeben und dann die ganze Familie auf dem Lande ansiedeln. Die einzige Schwierigkeit bestand darin, irgendwo ein Haus für sie zu finden.

Dann hatte sie in der Zeitung gelesen, daß Nadine eine Kinderfrau suchte, war zu Jill ins ‹Gnadenkraut› gefahren und hatte entdeckt, daß das alte Gasthaus am Fluß in Bälde verkauft werden sollte. George und die Jungen schwärmten für Bootfahrten und Wasser . . . es war ein schönes altes Haus und ließ sich leicht zu einem sehr behaglichen Heim umgestalten. Natürlich war es altmodisch, aber Kühlschränke und Badezimmer und dergleichen waren schließlich moderne Liebhabereien, und in Lucillas Jugend war man sehr gut ohne all das ausgekommen.

«Versprechen Sie mir», hatte sie zu Tante Rose gesagt, «daß Sie das Haus niemandem verkaufen werden, bevor mein Sohn, der General, es besichtigt hat.»

Und das hatte Tante Rose versprochen.

Und dann hatte Nadine angerufen und gefragt, ob sie kommen und ein paar Tage bleiben dürfe; und Lucilla hatte gesagt, George solle doch auch mitkommen, aber das hatte Nadine abgelehnt, ohne ihn auch nur zu fragen. Da hatte Lucilla sekundenlang rot gesehen. Sie war eine gute, zärtliche Schwiegermutter, vorausgesetzt, daß die Frauen, die ihre Söhne sich erkoren hatten, nicht versuchten, die Männer zu lenken. Denn das war ihr, Lucillas, Vorrecht. Sie sah noch immer rot, als sie an George jenen Brief schrieb, darin sie ihn anflehte, Urlaub zu nehmen und mit den Kindern zu ihr zu kommen. Sie habe die Kinder schon so lange nicht mehr gesehen, schrieb sie. Wie lange habe sie denn noch zu leben? Dieses Argument war vielleicht nicht ganz anständig, aber sie hatte bemerkt, daß sie damit Erfolg hatte. Wie nebenbei hatte sie am Ende des Briefes erwähnt, das ‹Gnadenkraut›, ein altes Gasthaus am Fluß in der Nähe von The Hard, sei zu verkaufen. Sie wisse nicht, ob George es kenne, doch es sei von großem historischem Interesse.

Vielleicht hätte sie das doch nicht hinter Nadines Rücken tun sollen. Es war im Grunde nicht richtig, Böses zu tun, um etwas Gutes zu erreichen, obgleich sich das anscheinend im Verkehr mit Schwiegertöchtern häufig nicht vermeiden ließ. Ellen hätte keine Hemmungen gehabt. Ellen hätte gesagt, daß Mr. George und die Kinder, koste es, was es wolle, ihr Heim auf dem Lande haben müßten, und daß auch Mrs. George von Master David und dem Haus in Chelsea getrennt werden sollte, wo jeder Winkel sie an die Zeit erinnerte, da sie ihn heiraten wollte. Lucilla konnte geradezu Ellens Stimme hören.

Sie lag ganz still und legte sich einen Plan zurecht, damit George und die Kinder das ‹Gnadenkraut› vor Nadine zu sehen bekamen und sich derart dafür begeisterten, daß Nadine, ohne zu ahnen, daß dem Haus sämtliche modernen Errungenschaften fehlten, nicht imstande wäre, ihrer Familie diesen Wunsch zu versagen. Das sollte weiter nicht schwer sein. Der erste Schritt war jedenfalls erfolgreich gewesen, denn Nadine hatte Jill, ganz nach Lucillas Plänen, hier empfangen und nicht dort aufgesucht.

Sie döste eine Weile, dann erhob sie sich und begann mit der langwierigen, schwierigen Tätigkeit, sich die Hände zu waschen, ihr schwarzes Spitzenkleid anzuziehen und ihr schönes weißes Haar zu frisieren. Sie nahm ihren besten, uralten Unterrock aus Satin, der einzige, der so anheimelnd knisterte, wie es keinem modernen Kleidungsstück gelingen wollte. Sie nahm das schöne Spitzentaschentuch aus der Lade, besprengte es leicht mit Eau de Cologne, puderte sorgfältig ihre Nase und steckte ein Blumensträußchen in den Gürtel.

Just als sie mit ihren Vorbereitungen fertig war, ertönte der Gong, und sie trat langsam aus der Tür und freute sich am Knistern des Satins. Draußen auf der Matte erwartete sie Bastard und folgte ihr auf ihrem feierlichen Weg die Treppe hinunter; am Fuß der Treppe erwartete sie Pooh-Bah, und die beiden Hunde folgten ihr bis zur Tür des Wohnzimmers. Dort warteten Nadine und Margaret – Hilary war nach Hause gegangen –, und ihr zuliebe hatten auch die beiden Frauen sich ein wenig herausgeputzt. Nadine hatte einen hellen Gazeshawl umgelegt und sah prächtig aus, Margaret trug statt des gelben Jumpers einen rosafarbenen und dazu ihre Perlen. Daß sie die Gartenstiefel nicht mit Schuhen vertauscht hatte, war lediglich ein Versehen, und Lucilla, die das wußte, verlor kein Wort darüber.

«Ist das Abendessen bereit?» fragte sie und lächelte ihnen liebevoll billigend zu.

«Ja, Mutter», sagte Margaret, und der Zug bewegte sich in das Eßzimmer.

Nadine war sehr müde, und ein hysterisches Lachen stieg plötzlich in ihr hoch, als die drei Frauen sich jetzt zu einem Mahl von Griesbrei und Sardinen niedersetzten. Das massive Silber auf dem Tisch, die brennenden Kerzen, die Blumen, das schöne Porzellan, Großmutters Spitzenkleid . . . und Griesbrei und Sardinen . . . Dann aber unterdrückte sie ihre Lachlust, denn Margaret hatte sich heute abend besondere Mühe gegeben. Sie hatte die Sardinen gebraten, ein paar Kartoffeln zerdrückt und Pflaumen gekocht, deren Runzeln man ansah, daß sie seit langer Zeit für einen Ehrengast aufbewahrt worden waren. Und Großmutter ließ sich mit ihrem Brei viel Zeit, damit die beiden anderen ihre zwei Gänge in aller Ruhe bewältigen konnten, und sie aß mit solch gelassener Würde, daß Nadine im Geist den Butler zu sehen glaubte, der einst hinter dem Stuhl der Hausfrau gestanden hatte. Und als sie auf ihren Teller blickte, war sie ganz erstaunt, daß gebratene Sardinen darauf lagen und keine Hühnerbrust.

«Es heißt», sagte Lucilla mit ihrer liebenswürdigen, vollen alten Stimme, «daß die Minen jetzt weggeräumt sind und die Fischer ausfahren können. Dann werden wir wenigstens wieder frische Fische bekommen. Wie schön wäre es, wenn man einmal eine richtige Seezunge von Dover kosten dürfte.»

«Da hast du recht, Großmutter», sagte Nadine herzlich und mit einem Nachdruck, den Margaret übertrieben fand. Doch Lucilla erkannte aus der Wärme, die plötzlich zwischen ihr und ihrer Schwiegertochter spürbar wurde, daß Nadine nicht bloß die Seezungen von Dover meinte. Sie entschuldigte sich ihrer unpasssenden Heiterkeit wegen, die Lucilla sehr wohl wahrgenommen hatte, und sie wollte ausdrücken, daß sie Lucillas Bemühung zu schätzen wußte, das zu erhalten, was sie waren, und zwar nicht so sehr, um unnütze Nichtigkeiten einer verlorenen Vergangenheit zu bewahren, sondern um Pflastersteine auf den Sumpf dieser Zeiten zu legen, einen Weg zu bauen, der zu einer neuen Würde führte, deren Umrisse sie noch nicht zu ahnen vermochte.

4. Kapitel

1

In dieser Nacht schlief Nadine, wie sie seit Wochen nicht mehr geschlafen hatte. Das war ein Geschenk, das Damerosehay einem so gut wie immer zu spenden vermochte. Die Zeitlosigkeit des Hauses lockerte den Krallengriff der Tagessorgen; das Schweigen nahm sie hinweg. Nadines kleines Einbettzimmer bot den Blick über die Marschen hinweg zur Bucht; nachdem sie sich ausgezogen hatte, stellte sie sich ans Fenster, betrachtete die blinkenden Lichter der Häuschen draußen auf der Marsch und folgte der Mastlaterne eines im Dunkel vorbeigleitenden großen Dampfers. Dann ging sie zu Bett und lauschte eine Weile dem leisen Rascheln des Röhrichts. Schließlich schlief sie ein und erwachte erst wieder im Morgengrauen von der gedämpft in ihr Bewußtsein dringenden Symphonie der seltsamen Kreischtöne, mit denen die Seevögel die Dämmerung begrüßten. Danach breitete sich wieder Stille aus, und Nadine schlief noch einmal ein, bis sie abermals erwachte; nun aber brannte die Sonne schon grell, und Margaret in blauem Hauskleid stellte gerade das Tablett mit dem Frühstück neben das Bett.

«Mutter frühstückt jetzt immer im Bett», sagte Margaret; «ich halte es für richtiger, daß du das auch tust. Da hast du mehr Ruhe. George und die Kinder werden um Mittag hier sein.»

Sie sahen sich an und mußten lachen.

«Und du, Margaret, brauchst du nicht auch Ruhe, bevor dieser Ansturm einsetzt?» fragte Nadine.

«Ich bin doch kräftig», sagte Margaret. «Das hat sein Gutes», setzte sie hinzu, ohne jede Ironie, nur als einfache Feststellung. «Leider nur Kaffee, Toast und Konfitüre. Ich hebe Speck und Eier für George und die Kinder zu Mittag auf. Rosinenpudding essen die Zwillinge doch wohl immer noch am liebsten?»

«Ach ja . . .» seufzte Nadine. «Erstaunlich, was Kinder vertragen.»

«Na, ich werde auch noch einen Milchpudding machen», tröstete Margaret sie. «Nun steh aber nicht eher auf, als bis du Lust dazu hast. Ruh dich gut aus. Meine Aushilfe kommt heute vormittag und räumt die Schlafzimmer auf. Fehlt etwas auf dem Tablett?»

Nadine bemerkte, daß allerhand fehlte, zum Beispiel Löffel, aber sie versagte es sich, davon viel Aufhebens zu machen. Wo wären sie wohl alle ohne Margaret?

«Hat es dich glücklich gemacht, Margaret?» fragte sie.

«Was?»

«Das Schuften für die Familie.»

«Ich bin glücklich», sagte Margaret. «Du nicht?»

«Nein», sagte Nadine und goß sich Kaffee ein.

Die beiden Frauen blickten einander an. Zwischen ihnen erhob sich die unsichtbare, ungreifbare Schranke einer ganzen Welt von Erfahrung, die zwischen einer schönen und einer häßlichen Frau besteht, zwischen einer Frau, die Mann und Kinder besitzt und was sonst die Welt noch als Glücksgüter preist, und einer Frau, die von all dem nie etwas besessen hat.

«Was fehlt dir denn zu deinem Glück, Nadine?» fragte Margaret ohne Umschweife.

«Die Gabe der Selbstbewahrung», sagte Nadine. «Etwas, was du hast und was ich nicht habe. Ein Mittel, sich auf sich selbst zurückzuziehen, sich gleichsam zusammenzuziehen. Etwas, das die Apotheker ein Adstringens nennen. Aber . . . du machst guten Kaffee, Margaret.»

Margaret errötete vor Freude und ging. Nadine nahm, in Ermangelung der Löffel, die Konfitüre mit der Messerklinge und rührte den Kaffee mit dem Messergriff um. Dann träumte sie im Schein der warmen Frühlingssonne vor sich hin. Die Gabe, die Gnade, sich bewahren, ja, sich zusammenziehen zu können . . . Sich nicht aufzulösen, nicht zu zerfließen . . . Ein Mittel . . . Ja, ein Kraut, ein Zauberkräutlein . . . Gnadenkraut . . . Kreuzraute . . . Gnadenkraut . . . Hieß so nicht ein Gasthaus? Ja, Jills Gasthaus. Jills Kräutlein . . . Das Heilkräutlein Jill. Gott sei gedankt für Jill! Ein Segen wird das sein, endlich eine Kinderfrau zu haben . . .

Herrlich langsam trank sie ihren Kaffee, verzehrte die Brotschnitten und nahm dann mit ach so beseligender Muße, ein Bad und zog sich an. Die Veilchen, die ihr die Freundin der Kinder geschickt hatte, waren zum Anstecken jetzt schon zu verwelkt, aber sie dufteten immer noch. Nein, etwas ‹Adstringierendes› haben Veilchen nicht, dachte sie; aber es waren ihre Lieblingsblumen. Sie trat aus dem Zimmer auf den Korridor hinaus. Neben dem ihren lag das kleine Zimmer über der Vorhalle, das David bei seinen Besuchen bewohnte. Sie ging an der Tür vorbei, kehrte dann aber noch einmal um und betrat die kleine Stube. Wenn irgend möglich, ließ Lucilla niemanden darin übernachten, so daß sie immer für David bereit stand. Es war eine ernste, strenge kleine Stube, die nur ein paar Kostbarkeiten enthielt: einige seltene Bücher, eine ausgesucht schöne, blaugrüne chinesische Porzellan-Plastik, ein galoppierendes Pferd darstellend, sowie eine Reproduktion von van Goghs windbewegtem Kornfeld mit der sich aufschwingenden Lerche. Das dahinstürmende Pferd, die aufsteigende Lerche vom Frühmorgenlicht überströmt, wirkten wie Sinnbilder von Lebensglück und Freiheit. Nadine überkam Verzweiflung. Lebensglück und Freiheit . . .! Beidem hatte sie den Rücken gekehrt, sowohl sie wie David.

Sie hatte die Tür offen gelassen, und nun hörte sie ein leises Rascheln hinter sich. Sie drehte sich um. In der Tür stand Lucilla; ihre blauen Augen waren voller Mitleid und Besorgnis, doch ihr feiner Mund zeigte einen entschlossenen Ausdruck. Sie äußerte indessen kein Wort des Vorwurfs darüber, daß sie Nadine auf verbotenem Gebiet antraf.

«Ich gehe in den Garten, Kind, um die Rosinen für Tommys Lieblings-Dessert zu entkernen.»

«Ich helfe dir», sagte Nadine.

«Ich lege Ben und Tommy in dieselbe Stube wie immer», sagte Lucilla, während sie, von Nadine kleinlaut gefolgt, langsam die Treppe hinunterging. «Und du hast doch nichts dagegen, daß ich Caroline in mein Ankleidezimmer nehme, wo sie als Kind immer schlief?»

«Gewiß nicht, Großmutter», sagte Nadine.

«Die Zwillinge schlafen im alten Kinderzimmer, George kann das blaue Zimmer nehmen, und du bleibst in deinem Zimmer. Jedem ein Zimmer für sich, das ist immer das Beste, wenn man müde ist. Dann kann man sich wenigstens ausruhen . . . Das habe ich in meiner Ehe immer so gehalten . . . Schnarcht George?»

«Ja, Großmutter.»

«Das dachte ich mir. Er wird ganz wie sein Vater. Nimm die Gartenstühle mit, Kind. Wir können uns wohl mit den Rosinen unter die Steineiche setzen; es ist ja so warm.»

So setzten sie sich also in den schönen Frühlingssonnenschein; die Hunde lagen zu ihren Füßen, die Vögel zwitscherten über ihnen in den Zweigen, und der Garten breitete sich in seiner Pracht und Herrlichkeit vor ihnen aus. Lucilla sprach flüchtig über dies und das; sie war sehr lieb und herzlich zu der Schwiegertochter. Doch Nadine gab sich keiner Täuschung hin, sie wußte, daß das Vergehen von vorhin nicht vergessen war und nicht ungeahndet bleiben würde. Sie sollte Recht behalten.

«Diese Rosinen zu bekommen, war ein Heldenstück», sagte Lucilla. «Ach, ich wünschte so sehr, daß David ein nettes junges Mädchen heiratet. Es wäre sehr gut für ihn. Er hat so viel durchgemacht, der arme Junge; eine nette mädchenhafte Frau, die ihn wieder jung machen würde, das brauchte er. Entkernst du gern die Rosinen mit Daumen und Zeigefinger? Willst du nicht lieber das silberne Messerchen nehmen?»

Nadines Herzschlag setzte einen Augenblick aus, aber es gelang ihr, weder ihrem Gesicht noch ihrer Stimme etwas anmerken zu lassen. «Nein, danke, Großmutter. Ich gehöre zu denen, die alles zwischen Daumen und Zeigefinger nehmen müssen. Denkst du an eine bestimmte Person?»

«Nein, Kind. Ich bekomme ja heutzutage so wenig junge Menschen zu Gesicht. Nicht einmal meinen geliebten David sehe ich allzu oft; er hat doch so viel zu tun. Du siehst ihn sicher viel häufiger als ich. Hast du bemerkt, ob er mit netten jungen Mädchen verkehrt?»

«Mit hunderten, Großmutter, aber daß er sich aus der einen mehr macht als aus der andern, habe ich nicht beobachtet.»

«Sehr schade», seufzte Lucilla, «es ist, als hielte ihn etwas fest. Als müsse er von irgend etwas freikommen.»

Nach einer kleinen Pause sagte Nadine leise:

«Freikommen?»

«Freiheit und Lebensglück liegen immer vor einem; nicht hinter einem», sagte die Alte. «Ach Kind, du hast ja die ganzen Rosinen verschüttet. Nun, laß gut sein, wir heben sie gleich auf. Was sagte ich gerade? Ach ja, von einer Heirat Davids . . . Du weißt doch, mein Kind, die ganze Familie hat sich damit einverstanden erklärt, daß David nach meinem Tode das Haus hier bekommt. Aber ich habe es mir nun einmal in den Kopf gesetzt, daß er es noch vor meinem Tode bekommen soll. Ich will ihn noch mit seiner jungen Frau hier sehen, und dann können Margaret und ich ins Große Dorf ziehen.»

Nadine war sprachlos. Sie konnte sich Lucilla in einer andern Umgebung als Damerosehay, mit dem sie untrennbar verbunden schien, nicht vorstellen.

«Ich habe mir schon alles ausgedacht», fuhr Lucilla fort. «Du kennst doch das hübsche Häuschen gegenüber Hilarys Pfarrhaus, wo Miss Marble wohnt, Lavender Cottage? Miss Marble wird jetzt recht alt, das Haus wird ihr zuviel für sie allein; sie will zu ihrer Nichte nach Bournemouth übersiedeln. Sie läßt mir die Vorhand auf das Häschen. Für Margaret, dachte ich, ist's auch besser, wenn sie nur ein kleines Haus in Ordnung zu halten hat; in dem großen hier hat sie sich für uns alle viel zu sehr abgearbeitet. Und wenn meine letzte Stunde naht, braucht sie bloß über die Straße, um Hilary bei der Hand zu haben. Und wenn ich nicht mehr bin, kann sie in Lavender Cottage bleiben oder zu Hilary ziehen, wie es ihr paßt.»

«Aber Großmutter», sagte Nadine, noch immer ein bißchen benommen, «wird es dir nicht das Herz brechen, Damerosehay und all deine schönen Sachen zu verlassen?»

«Nein», sagte Lucilla. «Ich bin nur um meiner Kinder und Enkelkinder willen, besonders um Davids willen, nach Damerosehay gekommen. Um ihretwillen habe ich hier glücklich gelebt, und um ihretwillen gehe ich glücklich fort. Ich nehme ein paar Sachen mit und überlasse David und seiner Frau das übrige.»

«Ich hoffe nur, Großmutter», sagte Nadine, deren gestauter Jammer sich in Bitterkeit Luft machte, «daß Davids künftige Frau Damerosehay und alles, was dazu gehört, auch zu schätzen weiß. Schließlich ist alles ein bißchen veraltet.»

Das war grausam; als es heraus war, hätte sich Nadine am liebsten die Zunge abgebissen. Sie wagte Lucilla nicht ins Gesicht zu sehen; aber sie merkte, wie die alte Frau ihre Schultern zusammenzog und wie sie nervös an den Rosinen herumfingerte. Es war ein Glück, daß gerade Margaret mit dem üblichen Elf-Uhr-Tee erschien. Als sie wieder gegangen war, unterhielten sich Schwiegermutter und Schwiegertochter von anderen Dingen; und als die Rosinen fertig waren, kehrten sie ins Haus zurück, wuschen sich die Hände, und dann ging Nadine in ihr Zimmer hinauf.

2

Dort beschäftigte sie sich mit Briefeschreiben, bis sie unten das Knirschen von Rädern hörte, dann wildes Hundegebell und Kindergeschrei, an dem sie erkannte, daß ihre Familie eingetroffen war; selbst jetzt beeilte sie sich nicht, um Lucillas Wiedersehensfreude nicht durch ihre Gegenwart zu beeinträchtigen; diese Sühne für ihre Grausamkeit konnte sie sich immerhin leisten. Nach zehn Minuten erst ging sie hinunter.

Alle waren sie um Lucilla und die Hunde unter der Steineiche versammelt: George, Ben, Tommy, Caroline, die Zwillinge Jeremy und Josephine, sowie Mary, der Pekinese, und alle, George nicht ausgenommen, benahmen sich wie am ersten schulfreien Tag . . . Lucilla, der Mittelpunkt all dieser entfesselten Freude, strahlte, strahlte vor Glückseligkeit . . . Aber ihre Glücksstimmung dämpfte sich, als sie Nadine herankommen sah, der sie unverzüglich den ihr nach Recht und Billigkeit zukommenden Platz überließ.

«Seht, da ist eure Mutter!» sagte sie, schob die Zwillinge von ihrem Schoß und bückte sich, um ein heruntergefallenes Wollknäuel aufzuheben.

Nach der immerhin vierundzwanzigstündigen Erholung von der Familie wurde es Nadine doch mit einem Male warm ums Herz, als sie alle um sie herum auftauchten. Mit plötzlich aufwallendem Stolz auf ihren Mann hob sie das Gesicht zu ihm empor, um seinen Kuß zu empfangen. Er sah gut aus: mit seiner immer noch aufrechten, gepflegten Soldatenfigur, seinem immer noch dichten, eisengrauen Haar, das sich in natürlichen Wellen kräuselte. Wenn sein Gesicht auch abgespannt und gefurcht war, so wies es doch keine Schlaffheit auf, und der Blick, mit dem er auf sie herablächelte, war unendlich ruhevoll und gutmütig. Er war doch wahrhaftig ein braver Mensch; sie hatte ihn ja auch eigentlich um seiner Gediegenheit willen geheiratet, nicht aber um der differenzierten Gefühlskräfte willen, die sie jetzt von ihm beanspruchte und die sie bei David so anzogen. Auch Ben besaß sie. Als sie, zu ihrem Ältesten gewandt, das plötzliche Lächeln aufblitzen und wie einen Lichtschein über sein schmales dunkles Gesicht hinhuschen sah, da fiel ihr die Ähnlichkeit des Knaben mit David auf, die Sally fast auf den ersten Blick bemerkt hatte, und der Gedanke durchzuckte sie, daß sie vielleicht einmal starken Trost an ihrem ältesten Sohn finden würde.

Dann aber vergaß sie Ben unter dem Sturm der bärenhaften Zärtlichkeit, mit der Tommy sie überfiel. Denn Tommy war ihr Lieblingskind. Sie vergötterte seine Schönheit, seine Lebensfülle und seine von ihr ererbte Abenteuerlust. Auch sein Mangel an Wehleidigkeit hatte für sie etwas Beruhigendes, denn dadurch verletzte sie ihn nie, wie sie es so oft bei Ben und Caroline tat. Und ebenso beruhigend war auch sein naiver Eigennutz, der nicht wie der seiner Mutter von Pflichtbewußtsein gehemmt und verwirrt war. Bei Tommy wußte man immer, woran man war. Er meinte, was er sagte, tat, was er wollte, und machte kein Hehl weder aus seinen Neigungen und Abneigungen noch aus seinen Nöten. Viele Nöte hatte er auch gar nicht. Er war von robuster Gesundheit, und nur wenn man seinem Willen in die Quere kam, geriet er außer Rand und Band.

«Mutter?» flüsterte Caroline, und Nadine mußte sich mit Gewalt von Tommy losmachen, um sich Caroline zuzuwenden und ihr unscheinbares, steifes, verschüchtertes Töchterchen zu küssen. Wie sie zu einem solchen Kind gekommen war, blieb ihr immer ein Rätsel. Caroline glich ihr nicht, sah aber auch, äußerlich wenigstens, George nicht ähnlich. Sie glich überhaupt niemand in der Familie. Sie sah aus wie eine Mischung aus der jungen Königin Victoria und einem Kätzchen; mehr als ein natürliches Durchschnittsmaß von Mutterliebe brachte Nadine für das Kind nicht auf, obschon es sich ihr als recht nützlich erwies. Denn die Gewissenhaftigkeit und Mütterlichkeit, mit denen Caroline auf die Zwillinge aufpaßte, waren unschätzbar.

Ach ja, die Zwillinge! Schon bei derem bloßen Anblick überkam sie Müdigkeit, obschon sie doch auch eine heiße Welle von Mutterstolz durchflutete, wenn sie sie ansah. Sie schenkten ihr keinerlei Beachtung. Jerry war bereits auf die Steineiche hinaufgeklettert, hatte den Boden seiner neuen hellblauen Hosen voll grüner Flecken gemacht und schrie, daß es einem das Trommelfell zersprengte. José aber zertrampelte, Mary auf den Armen herumschleppend, das Irisbeet.

«Jerry, komm herunter», rief George, «und gib deiner Mutter einen Kuß.»

«Ich kann nicht», rief Jerry herunter, «ich bin die Fliegeralarmsirene.»

«Tu, was ich dir sage», brüllte George, der von seinen Kindern soldatischen Gehorsam forderte, ihn aber bei seinem Jüngsten nie durchsetzen konnte. Jerrys einzige Antwort war die ohrenzerreißende Nachahmung des Sirenengeheuls.

«Vielleicht gibst du doch lieber das Entwarnungssignal, mein Herzchen», sagte Lucilla sanft, «und kletterst von deinem Posten herunter. Zum Lunch gibt's Rosinenpudding.»

Jerry stieß einen gellenden Schrei aus und purzelte vom Baum herunter, wobei sein weißes Hemd an einem Ast hängen blieb und von oben bis unten zerriß. Auf dem Boden angelangt, küßte er keineswegs seine Mutter, sondern schlug in schnurgerader Luftlinie den Weg zum Eßzimmer ein.

Worauf George, den die Nichtachtung seines Sohnes in hellen Zorn versetzte, seiner Tochter den Befehl zurief:

«José, komm her und küß deine Mutter.»

José hob nur ihr anmutiges Blumengesichtchen ein wenig über die Speere der Irisblätter hinweg und warf ihm ein nachsichtiges Lächeln zu. «Gleich», sagte sie. «Mary, bleib hier. Du bist das Moseskind. Leg dich, Mary. Kusch! Mutter, du bist die Tochter des Pharao. Komm, such das Moseskind.»

Nadine suchte und fand das Moseskind, worauf sie einen Kuß erhielt. Alles in allem war José etwas erträglicher als Jerry. Wenn man ihr ihren Willen tat, dann tat sie auch, was man von ihr wollte, während für Jerry, genau wie für Tommy, mit Erreichung seines Willens die Welt zu Ende war.

Da alle Hunger hatten und das Essen schmeckte, war die Mahlzeit von jener Harmonie verklärt, die sich einstellt, wenn jeder tut, was ihm Spaß macht. Lucilla wartete ab, bis die Kinder und George mit ihrer zweiten Portion Pudding beschäftigt waren, ehe sie den nächsten ihrer Schritte zum allgemeinen Besten unternahm.

«Nadine sieht bereits etwas erholt aus, findest du nicht auch, George?» fragte sie ihren Sohn.

George wischte sich den Schnurrbart mit der Serviette ab und betrachtete seine Frau. «Du hast wohl im Bett gefrühstückt?» fragte er.

«Margaret verwöhnt mich immer», erwiderte sie.

«Du solltest dich auch am Nachmittag noch ein bißchen hinlegen, das würde dir gut tun, mein Kind», sagte Lucilla. «Ich ruhe mich auch aus, und Margaret hat etwas vor, glaube ich. George kann auf die Kinder aufpassen, nicht, George? Du könntest sie vielleicht mit dem Wagen nach The Hard hinüberfahren, mein Lieber, und ihnen den alten Gasthof zeigen, von dem ich dir erzählt habe, das ‹Gnadenkraut›, du weißt schon. Das ist etwas für die Kinder, das Haus ist historisch interessant.»

«Hat das nicht Zeit bis morgen?» fragte George, der den ganzen

Vormittag über am Steuer gesessen hatte und müde war. «Es sieht nach Regen aus.»

«Aber nicht doch, mein Lieber, das Barometer steht hoch, ganz hoch; für morgen ist allerdings Regen angesagt. Den Kindern macht das bestimmt großen Spaß. Dort sehen sie nicht bloß den Gasthof, sondern auch die liebe gute Jill, die immer so lieb zu Ben, Tommy und Caroline war, als sie noch klein waren. Und dann ist dort auch der Fluß . . .»

Dies gab Tommy Anlaß zu einem Freudengeheul; auch Bens Gesicht leuchtete auf.

«Also schön, Mutter», sagte George.

«Dann komme ich auch mit», sagte Nadine. «Ich möchte Jill noch einmal sprechen. Ich habe einiges vergessen, mit ihr zu besprechen.»

«Schreib ihr doch ein paar Zeilen, Kind», meinte Lucilla. «George kann sie mitnehmen, nicht wahr, George? Nadine hat wirklich Ruhe sehr nötig.»

«Aber gern», sagte George. «Ich nehme die Älteren mit und so viel Zeilen, wie ihr wollt, doch was die Zwillinge angeht, so weigere ich mich entschieden. Dauernd krabbeln sie einem im Wagen zwischen den Füßen herum. Können sie nicht im Garten bleiben und spielen?»

«Das können sie schon, mein Lieber», sagte Lucilla, «aber es wäre eine hübsche Aufmerksamkeit für Jill, wenn sie ihr vorgeführt würden; sie soll doch ihre Kinderfrau werden.»

«Meiner Ansicht nach kriegt sie sie noch früh genug zu sehen, wenn sie ihren Dienst antritt. Sonst wird sie gleich abgeschreckt.»

«Aber nein, mein Lieber. Jill wird sich über José und Jerry sehr freuen.» Lucillas Hand hatte ein bißchen gezittert, als sie eine Brotschnitte nahm. Wie moderne Eltern in Gegenwart ihrer Sprößlinge von ihnen reden, ließ sie geradezu frösteln, zumal wenn es sich dabei um Äußerungen handelte, aus denen die süßen Kinderchen den Eindruck erhalten mußten, sie seien unerwünscht. Aber den Zwillingen schienen die Äußerungen ihres Vaters keineswegs zu Herzen zu gehen. Dazu waren sie viel zu sehr beschäftigt: Jerry mit seinem Pudding und José mit der Limonade, die sie, anscheinend mit voller Absicht, an ihrem blauen Kittelchen heruntersickern ließ.

«Ich nehme sie mit», sagte George resigniert. «Ruh dich aus, Nadine. Ich werde schon alles erledigen.»

Nadine gab den Kampf auf. Das Wort, das ihr am Vormittag grausam entschlüpft war, verfolgte sie noch immer. Sie ahnte nicht, weshalb Lucilla sich solche Mühe gab, ihr den Anblick des ‹Gnadenkrauts› vorzuenthalten; aber sie brachte es nicht über sich, Lucilla an diesem Tage noch einmal zu verletzen.

3

Die Zwillinge hatten sich die Äußerung ihres Vaters aus dem höchst einfachen Grund nicht zu Herzen gehen lassen, weil sie dem, was er äußerte, nie die leiseste Beachtung schenkten. Sie schenkten überhaupt keiner Äußerung, von wem sie auch kommen mochte, Beachtung. Durch eine Reihe von Jahren von Ben, Tommy und Caroline getrennt, lebten sie zu zweit in der hell glänzenden Welt ihrer eigenen Phantasien wie im Innern einer Seifenblase und hatten für die Menschen und Dinge außerhalb dieser Welt nur gelegentlich einmal einen Blick übrig. Sie waren den Menschen und Dingen draußen durchaus freundlich gesinnt, aber nichts und niemand gewann für sie Wirklichkeit, bis er, sie oder es nicht in ihre Seifenblase hineingezogen und dort einer Verwandlung, entsprechend ihrer Phantasie, unterworfen worden war. Wenn das geschehen, dann wurden sie mit einmal, wie Spinnen mit einer Fliege, die sich in ihrem Netz gefangen hat, höchst liebevoll, als wenn das Opfer mit einem Zuckerstück zum Bleiben verlockt werden müsse. Und dann meinte das arme Opfer, es habe sich bei den Zwillingen beliebt gemacht . . . Welch ein Irrtum . . . Was die Zwillinge an Liebe zu vergeben hatten – wenigstens bis jetzt –, das gaben sie einander.

Doch obschon sie überhaupt nicht auf das hörten, was der Vater sagte, mochten die Zwillinge ihn gern. Ihre Einstellung zu ihm war noch die freundlichste, die sie für irgend jemanden außerhalb der Seifenblase hegten. Sein massiger Körper war vor allem sehr gut zu gebrauchen: er ließ sich ohne Schwierigkeiten in einen Elefanten oder einen Schutzmann verwandeln; außerdem verschaffte er ihnen ein Gefühl von Geborgenheit. Wenn ein Wind aus der Außenwelt die Wände der Seifenblase zum Beben brachte, dann suchten sie bei George Schutz wie Küken unterm Gefieder der Henne. Diese Empfindung hatten sie bei Nadine nicht. Sie war für die beiden nichts anderes, als was sie immer gewesen: die Nährquelle. Ihre Bedeutung gewann sie erst bei den Mahlzeiten. George ärgerte sich darüber ganz unbewußt um Nadines willen und versuchte, den Zwillingen beizubringen, ihrer Mutter etwas mehr entgegenkommende Beachtung zu schenken. Aber das fruchtete gar nichts.

«Ich will bei Daddy sitzen!» schrie Jerry, als er nach Tisch, angetan mit einem crèmegelben Ersatzgewand für die verschmutzte blaue Hose und das zerrissene weiße Hemd vom Vormittag, die Treppe heruntergestürzt kam. Kaum hatte er vom Treppenhaus aus das Auto erspäht, war es für ihn auch schon zu einem Güterzug geworden, mit Vater als Lokomotivführer, ihm selbst als Heizer, José als Kohlentender und Ben, Tommy samt Caroline als Stückgut.

«Ich auch!» schrie José nicht minder gellend, die, obschon sie noch gar nicht wußte, daß sie zur Kohle ernannt war, bereits einen Lärm machte, der dem von Kohlehaufen auf der Schüttelrutsche in nichts nachstand.

Auch sie war jetzt in crèmegelb. Tatsächlich hatte sie die Limonade mit Absicht über ihr blaues Kittelchen gegossen. Denn wenn Jerry sich schmutzig machte, dann mußte sie es schon deshalb tun, weil sie nicht zulassen konnte, daß die Zwillinge in verschiedenen Farben auftraten.

«Ihr kleinen Kröten! Habt ihr euch gleich neben Daddy gesetzt?» sagte Tommy verbittert, denn diesen Ehrenplatz hatte er für sich in Aussicht genommen, schon weil er George beim Chauffieren zusehen wollte, um er zu lernen. Über Bens Gesicht zuckte ein Lächeln, doch nicht das liebenswürdige helle, sondern ein verächtlich dunkles, mit dem er die kleinen Enttäuschungen des Daseins aufzunehmen pflegte ...

Caroline steckte nur verstohlen ihre Hand in die des Vaters. Sie wollte bei ihm sitzen, weil sie ihn über alles liebte. George drückte das Händchen und streifte es mit einem flüchtigen Kuß. Ihre hingebende Liebe rührte ihn tief, eben darum war sie sein Lieblingskind ... Obschon es ihn wohl recht überrascht haben würde, hätte ihm jemand gesagt, diese Liebe sei weniger die einer Tochter für ihren Vater als die einer Mutter für ihr Kind ... Lucilla, die mit Nadine in der Vorhalle saß, um von ihnen Abschied zu nehmen, und die den kleinen Auftritt beobachtete, war nicht unzufrieden damit. Daß Caroline, das unansehnliche, arme Wesen, einmal heiraten würde, war wenig wahrscheinlich; dann könnte sie immer bei George bleiben und ihm eine Stütze für seine alten Tage werden.

«Ich will mein Elfchen bei mir haben», sagte George. Das war sein Kosename für seine Älteste.

Da aber brach der Sturm los! Enttäuschung und Wut der Zwillinge machten sich in einem Geschrei Luft, daß das alte Haus in seinen Grundfesten erbebte. «Ruhe! Augenblicklich gebt ihr Ruhe!» schrie George; aber seine Stimme ging in dem Getöse unter.

Nadine hielt sich die Ohren zu und schickte ein Stoßgebet zum Himmel, er möge Jill die Kraft geben, mit der entsetzlichen Ungebärdigkeit der Zwillinge fertig zu werden.

Doch Großmutter Lucilla verstand besser mit ihren Enkeln umzugehen als alle andern. «Wenn der König und die Königin ausfahren, dann sitzen sie immer im Wagenfond und ihnen zur Seite die Leibjäger. Tommy und Ben geben zwei großartige Leibjäger ab. Du, Ben, setzt dich links neben den König, dann siehst du als erster den Teich, wo die weißen und roten Wasserrosen wachsen, und später die Abzweigung nach The Hard und zum Fluß. Und du, Tommy, nimmst rechts von der Königin Platz, dann ist auf deiner Seite der Wald gegenüber vom Teich, da sind noch eine Menge Munitionskisten drin, die im Krieg versteckt wurden. Caroline, mein Herzchen, gib mir einen Kuß, bevor ihr abfahrt.»

Trotz des Lärms konnte sie sich den Kindern mit ihrer sanften Stimme verständlich machen. Das Geschrei der Zwillinge brach mit einem Schlag ab, als ob ein Hahn zugedreht worden wäre, und ehe man sich's versah, hatten sich alle auf die von Großmutter angegebenen Plätze gesetzt ...

Nadine ließ dankerfüllt die Hände in den Schoß sinken, hob das Pekineserhündchen auf und ging in ihr Zimmer. Dort streckte sie sich auf dem Bett aus, kraulte die seidenweichen Ohren des auf ihrer Brust gekuschelten Tierchens und dachte, wieviel leichter es doch mit Hunden sei als mit Kindern, wunderte sich darüber, wie Lucilla das fertigbrachte, fragte sich, ob sie als Großmutter einmal tüchtiger sein würde als heute als Mutter – und dann schlief sie ein.

5. Kapitel

1

Als der Wagen durch das Eichenwäldchen glitt, überkam George ein wohliges Gefühl von Glück und Frieden. Drei Sorgen nagten sonst Tag und Nacht an ihm gleich Zahnschmerzen: der Zustand der Welt, sein Unvermögen, der geliebten Frau ein Gatte zu sein, wie sie ihn wünschte, und sein nicht allzu befriedigender Gesundheitszustand, der ihn immer befürchten ließ, er könne plötzlich sterben und Nadine mit den Kindern allein zurücklassen; diese drei Sorgen verflüchtigten sich jetzt. Der Schönheit der unter den alten Eichen im Grase sprießenden Frühlingsblumen, dem vom Marschland herüberwehenden Duft des Ginsters, der warmen Sonne, dem Seewind – all dem vermochte der Zustand der Welt nichts anzuhaben. Sie waren widerstandsfähiger als alles, was der Mensch schaffen konnte, und George empfand, daß er, von ihnen umgeben, durchhalten werde, zumindest bis die Kinder auf den Lebensweg gebracht waren, wenn er nur stets Landluft atmen könnte. Die Kinder! Daß er, wie es ihm jetzt klar schien, als Vater gut abgeschnitten hatte, tröstete ihn über sein Versagen als Ehemann. Da war dieses drollige Elfchen neben ihm, das ihn stets liebevoll-zutraulich anlächelte, sobald er ihm einen Blick zuwarf; dann die beiden gutgeratenen Söhne dahinter, die immer noch ein bißchen schmollten, weil sie nicht neben ihm sitzen durften. Und die Zwillinge! Ihr Geschrei hatte zwar aufgehört, aber es hallte immer noch so etwas wie ein Schluchzen nach – keineswegs aus irgendeinem bestimmten Grund, sondern ganz mechanisch, weil sie nicht vorn beim Vater sitzen durften.

George reckte die Schultern, als sie auf die Landstraße einbogen, und summte «Auf, ihr christlichen Soldaten!» durch die Zähne, wie es seine Gewohnheit war, wenn er sich wohl fühlte. Die Zwillinge verbeugten sich mit zwerchfellerschütternder Würde rechts und links zum Wagen hinaus. Caroline paßte auf, wie Vater fuhr, denn sie traute seiner Fahrkunst nicht die nötige Sicherheit zu, wenn sie nicht ein Auge auf ihn hatte, und sie machte ihn immer sorgfältig auf alles aufmerksam, was um die Straßenecke im Anzug war. Tommy, der einmal Arzt werden wollte, beschäftigte sich damit, auf einem Kuvert eine Skizze seines Magens zu zeichnen, bis es soweit war, daß man die Munitionskisten im Wald sehen würde.

Ben allein ahnte, daß es mit dieser Fahrt eine besondere Bewandtnis hatte. Es handelte sich nicht bloß darum, das begriff er, Jill und den alten Gasthof zu sehen; mit dieser Fahrt mußte eine bedeutsame Veränderung ihres Lebens verbunden sein. Wieso ihm dieser Gedanke gekommen war, das wußte er nicht. Vielleicht durch Großmutter. Seit er als kleiner Bub mit Tommy und Caroline in Damerosehay gewohnt hatte, bestand zwischen ihm und der Großmutter eine enge Vertrautheit . . . Er verstand oft, ihre Gedanken zu erraten . . . Die Erwartung erregte ihn, zog ihn auf wie ein Uhrwerk, gab ihm die großartige Empfindung, zu allen und zu allem in der richtigen Beziehung zu stehen. Vor Glück und Erregung legte er den Arm um die kleine José und lächelte zu ihr hinunter . . . José aber schüttelte erbost seinen Arm ab, als sei eine Majestätsbeleidigung an ihr begangen worden, setzte sich steif wie ein Ladestock hin und nickte einem Häschen, das über die Hecke sprang, huldvoll zu. Jerry neben ihr hob seine Hand leutselig zur Mütze, um eine übers Gatter guckende Kuh zu grüßen. Tommy starrte mit finster zusammengezogenen Brauen auf das Kuvert in seiner linken Hand, während er mit der rechten heftig an seinem Brustkasten herumtastete, um sich darüber zu vergewissern, wie der Dünndarm am Magenausgang angesetzt sei . . .

Ben aber wandte indessen sein ganzes Augenmerk der Landschaft zu. Binnen fünf Minuten hatte er alles – Familie, Wagen, Ziel der Fahrt – vergessen und sah nur noch das Spiel der Farben, das weite Ausschwingen des Himmels droben, das Ziehen der Wolken, das Kreisen der Vogelflügel, die verschwimmende grüne Biegung der Wiesen . . . Das alles wollte er dann zu Hause malen oder in Versen niederzuschreiben versuchen; aber gezeigt bekam das dann weder Vater noch Mutter . . . Er hatte damit keine guten Erfahrungen gemacht . . . George, der seinen Ältesten ebenfalls Offizier werden lassen wollte, bestaunte zwar in solchen Fällen die Begabtheit seines Sohnes, aber er rieb sich doch verlegen das Ohr, und in seine Augen trat ein besorgter Blick, der nur allzu deutlich die Furcht verriet, der Junge könnte sich nicht ‹planmäßig› entwickeln; und Nadine, die ihrerseits Ben für die diplomatische Karriere bestimmt hatte, besah sich dann die Malerei oder das Gedicht mit der gleichen duldsam-amüsierten Unaufmerksamkeit, die sie für die Spiele der Zwillinge übrig hatte. Kurz, er, Ben, kam sich dann immer ganz überflüssig vor . . .

Manchmal hatte er derlei der Großmutter gezeigt, die zwar nichts von Kunst, dafür aber ihn verstand und unfähig zu einem Wort oder Blick war, mit dem sie ihm ein Leid zugefügt hätte. Sehr häufig auch zeigte er solche Sachen David, dessen intensives Interesse, wie Ben erfaßte, nicht geheuchelt war. David war nicht imstande, auch nur eine Linie zu zeichnen, aber er begriff, was es bedeutete, die Schönheit der Linie erst mit allen Poren einzusaugen und dann wiederzugeben; so sprang zwischen ihnen eine Sympathie auf, die Ben eine engere Bruderschaft dünkte als die des Bluts, die ihn mit Tommy verknüpfte. Tommy etwas von seinen Kunstversuchen zu zeigen, wäre ihm so wenig eingefallen, als sie etwa einer Pythonschlange vor Augen zu halten. Dabei vertrug er sich sehr gut mit Tommy. Sie waren sich einig sowohl in ihrer nachsichtig-belustigten Liebe zu ihrem Vater wie in der Verehrung für ihre Mutter; ansonsten ging jeder seinen eigenen Weg und ließ den andern nach seiner Façon selig werden.

Das ist doch der schönste Fleck auf Erden, dachte Ben, als er jetzt über die Felder blickte, wo die Möwen dem Pflug folgten, bis hinüber zur Insel, die, halb verborgen vom rosenfarbenen Morgennebel, jenseits der blauen Bucht lag und deren Höhenzüge eben aus dem Dämmerschleier emportauchten wie die Berge auf einem japanischen Farbholzschnitt. Wie ein großer über die Landschaft hingelagerter Drachendämon kam Ben die Insel vor. Immer stand dieser Dämon vor ihm, auch wenn er ihn nicht sah, so wie immer, ob er sie sah oder nicht, die alte Zisterzienser-Abtei vor ihm stand, deren Ruine jenseits des Flusses und The Hard aufragte . . . Die beiden beherrschten, mit der Gewalt ihrer bloßen Gegenwart, die ganze Landschaft . . . An gepflügten Feldern und grünen Wiesen flog der Wagen vorbei, an kleinen Bächen mit ihren schwimmenden Blumengärten, an den grau aufragenden Mauern einer zerfallenen Kapelle ohne Dach, an massigen alten Scheunen mit roten Backsteinwänden und goldenen Firsten, die an der Stelle erbaut waren, wo einst die Mönche ihre Rinder- und Schafzucht gehabt hatten und die immer noch die alten Normannen-Namen Bouvery und Bargery führten.

Und mit einmal waren sie mitten im tiefen Wald. Der Duft von Primeln und wildem Ampfer schlug ihnen entgegen; George verlangsamte das Tempo, damit ihre Blicke sich an dem frischgrünen Frühlingslaub zu ihren Häuptern weiden konnten, damit sie auf das Rufen des Kuckucks horchen konnten; lugen, ob sie das Aufblitzen eines Häherflügels im Geäst sehen oder in der Krone eines Baumes ein Eichhornnest erspähen konnten. Selbst Tommy schaute und lauschte – solange seine Aufmerksamkeit nicht durch die Munitionskisten in Anspruch genommen war – und die Zwillinge dachten nicht mehr daran, daß sie aus königlichem Geblüt waren, sondern waren Ratte und Maulwurf im Wald. In London hatten sie in der letzten Zeit Ratte und Maulwurf vergessen, aber jetzt fiel ihnen die Geschichte wieder ein, die Großmutter allen ihren Enkelkindern vorzulesen pflegte. Sie machten Pfötchen und Schnäuzchen und gaben die seltsamsten Laute von sich.

«Den Kleinen wird doch von der Fahrt nicht übel geworden sein?» fragte George die neben ihm sitzende Caroline.

Caroline warf einen besorgten Blick über Vaters Schulter nach rückwärts.

«Kritz-Kratz-Krutz . . .» machte José.

Carolines Gesicht heiterte sich auf. «Schon gut, Daddy. Sie spielen Ratte und Maulwurf.»

«Zwiebel-Zwabel-Zwobel», machte Jerry.

Er war immer Maulwurf und die Zwillingsschwester Ratte, weil sie, wie im Märchen ‹ein braunes Gesichtchen, niedliche Öhrchen und seidenweiches Haar› hatte. Tommy war die böse Kröte, die sich immer so aufblies, aber Ben war der biedere Herr Dachs, der sich so nett zu den Kindern benahm, und Caroline die Tochter des Kerkermeisters, im Märchen ‹eine brave, gutherzige Dirn› geheißen.

Ben hielt jetzt eifrig Ausschau nach dem Aufglänzen von Wasser, wie Großmutter ihm angeraten hatte. Und da erblickte er auch schon zwischen den Baumstämmen den anmutigen See von Frieswater. Was hatte David vom Sonnenlicht gesagt, das auf windgekräuselte Wellen fällt? Es erscheine ihm manchmal wie das Licht des schöpferischen Geistes, das geheimnisvolle Aufschimmern des Abglanzes einer Menschenseele, aus dem neues Leben entsteht . . . So oder ähnlich hatte sich David ausgedrückt . . .

Sie fuhren langsam weiter, bis Ben ausrief: «Halt, Vater! Da ist die Abzweigung nach The Hard!»

Gehorsam stoppte George, und alle blieben schweigend in das Bild versunken sitzen, das selbst Tommy über alles liebte. The Hard war ehemals ein Städtchen mit blühendem Schiffbau gewesen, aus dessen Werften einige der berühmtesten englischen Seeschiffe hervorgegangen waren. Hier war Nelsons ‹Agamemnon› und manch ruhmreicher Ostindienfahrer gebaut worden. Jetzt war davon nicht mehr vorhanden als eine einzige Märchenstraße, eine Doppelreihe von alten Backsteinhäuschen mit schiefhängenden, verwitterten roten Dächern und dazwischen ein steiler mit grünem Torfrasen eingefaßter Pfad, der zum Fluß hinabging. In früherer Zeit hatte der Ort von Lärm gedröhnt: vom Klang der Hämmer auf dem Amboß, vom Kreischen der Sägen, die die Eichenstämme zu Schiffsplanken zerschnitten, vom Genagel und Gepfeif der Männer, die an einem auf den Hellingen liegenden Schiff arbeiteten. Jetzt war das alles verstummt, nur das Sausen des Windes und das Kreischen der über dem Wasser kreisenden Möwen war zu hören. Unten am Ende der kleinen Straße wurde der Fluß sichtbar, der breite Fluß, dessen Flutwellen in der Sonne funkelten und glitzerten. Weiße Schwäne lagen ruhevoll darauf, und kleine Boote schaukelten vor Anker. Jenseits des Flusses aber erstreckte sich in herrlichem Grün und Altgold, von blauen Kanälen durchzogen, das Marschland, und an seinem Rand Wälder, die in den Horizont verliefen. Nicht weit entfernt, noch nicht sichtbar, doch immer in Gedanken vorhanden, erhob sich die Ruine der Abtei, deren Glocke in alten Zeiten weit draußen auf dem Meer von den Seeleuten vernommen worden war. Wolkenschatten, gleich großen schwarzen Schwingen, zogen über das Land dahin; unendlicher Friede lag über der Landschaft.

Tommy riß sich zuerst von dem Anblick los, und, mit den Blicken sehnsüchtig an den kleinen schaukelnden Booten hängend, stieß er heftig hervor: «Nur ganz verflixte Dummköpfe hausen in London.»

Ben sekundierte ihm mit einem Zitat aus dem Lieblingsmärchen der Kinder. «Und es gibt nichts Schöneres, als . . . in einem Boot zu liegen und sich treiben zu lassen, bloß sich treiben zu lassen . . .»

«Genug davon», sagte George scharf, denn die ganze Unterhaltung schien ihm etwas wie Heimtücke gegen Nadine zu bedeuten. «Augen rechts! Elfchen, wo ist das Gasthaus, das Großmutter uns zu besichtigen aufgetragen hat?»

Er wußte, Caroline hatte daran gedacht, nach dem Weg zu fragen. Caroline war die einzige Person in der ganzen Familie Eliot, die die Gabe solcher Voraussicht besaß.

«Man geht durch eine Gattertür zwischen einer Scheune und einem Eichbaum, und dann geradenwegs auf einem Pfad weiter», sagte sie.

Die Scheune war vor ihren Augen, und der alte, vom Sturm verkrümmte Eichbaum neigte sich über die Tür, um seine Äste auf dem Scheunendach auszubreiten und mit seinen grünen, an den Spitzen korallenroten jungen Blättern eine Art Baldachin zu bilden. Mit einem Satz war Ben aus dem Wagen gesprungen und hatte das Gatter geöffnet.

«Ich dachte immer, diese Tür führe zu einem Gutshof», sagte George, während er den Wagen anließ.

«Ich nicht», sagte Caroline leise. «Ich habe mir immer vorgestellt, sie führe zu etwas Wundersamen, aber ich fürchtete mich hindurchzugehen, um nicht enttäuscht zu werden.»

2

Ben schwang sich, als er das Gatter wieder geschlossen hatte, neben dem Führersitz aufs Trittbrett. Die Augen, mit denen er den Vater ansah, waren von Glanz erfüllt. George blickte Caroline an und sah, daß ihre Wangen vor Erregung glühten. Hinter ihm gab Tommy seine berühmte Nachahmung schnatternder Enten zum Besten, wie er das in Augenblikken großer Vorfreude zu tun pflegte, und die Zwillinge waren zu ihrer ebenfalls bestbekannten Darstellung eines Schnellzugs übergegangen, der mit Freudengeheul in einen Tunnel einfährt. So heftig das Geschrei indes gegen seinen Rücken anbrandete, George versagte es sich, es den Kindern zu verbieten. Er konnte ihnen den Jubel nicht übelnehmen; sein Herz schlug ebenfalls rascher als gewöhnlich.

Der Weg war schmal und gewunden; er bot gerade für den Wagen

Platz. Er mußte schon uralt sein, denn er war tief in die Erde eingewühlt. Zu beiden Seiten erhoben sich Grasböschungen, die mit Primeln und Hundsveilchen bewachsen und von goldgelbem Ginster überragt wurden. Auf dem unsichtbaren Feld zur Rechten wuchsen Eichen, die ihre vom Wind gezausten Äste dicht über den Köpfen der im Wagen Sitzenden ausstreckten, so daß der Weg tatsächlich einem Tunnel glich. Wenn man hochblickte, so sah man jedoch durch das in grünen Flammenzungen mit roten Spitzen brennende Laub und das graue, von Flechten überwucherte Gezweig blaue Flecke des Himmels. Hoch über ihnen trillerte wie besessen eine Lerche.

Bald bog der Weg nach links bergab und nahm eine andere Gestalt an. Rechts über der steilen Böschung mit den Schlüsselblumen erhob sich ein ganz zauberhafter Wald. Links war ein Obstgarten, darin alte knorrige Apfelbäume standen und in den ein Gatterpförtchen hineinführte. Auch die Zweige der Obstbäume hingen über den Pfad und bildeten ein Gewölbe. Hinter dem Pförtchen führte ein holpriger Feldweg, zwischen Büscheln gelber Narzissen, bergab. Am Fuß des Wegs, von den Bäumen wie von einem Bilderrahmen eingefaßt, verschmolz das Sonnenlicht mit dem Fluß zu einem einzigen Gleißen.

Alle verstummten mit einmal, sogar die Zwillinge blieben still. Der Wagen glitt den Weg hinab, in den Sonnenglanz hinein und hielt dann an. Noch immer schwiegen alle.

Vor ihnen verlief der Weg allmählich zu einem wunderschönen, fächerförmigen kleinen Strand mit feinem Kies, den die leuchtenden Zungen des Flußwassers bespülten. Rechts und links des Strandes war eine niedere feste Steinmauer gebaut, die sich nach beiden Seiten hin dem Bogen des Flußufers folgend fortsetzte. An einen Ring in der Mauer links angekettet, wiegte sich ein kleines Ruderboot auf den kurzen Wellen. In den Mauerritzen wuchsen kleine dicke Farnkräuter, und von oben hingen Girlanden von Brombeergezweig herunter. Rechts und links führten ausgetretene Stufen die Mauer hinauf, die Stufen rechts zu einem grünbemalten Pförtchen, das sich zum Wald auftat; die auf der linken Seite zu einem andern, blaugestrichenen Pförtchen, das den Garten des Gasthauses abschloß. Auf der dem Land zugekehrten Seite ging dieser Garten allmählich in den Obstgarten über und zeigte altmodische, mit Taxus eingefaßte Blumenrabatten, jetzt eine Wirrnis von duftendem Goldlack, der sich um Rosensträucher, Johannis- und Stachelbeerbüsche und Rosmarinstauden schlang, alles in voller Freiheit drüber und drunter wuchernd zu beiden Seiten des mit Steinen gepflasterten Pfads, der zum Eingang des Gasthauses führte. Das Haus selbst war ein alter Bau von ansehnlicher Größe mit weißgetünchten, stark vortretenden, von Strebepfeilern gestützten Mauern und einem steilen, unebenmäßigen Dach aus bernsteingelben Schindeln mit goldenen Stockflecken. Fenster durchbrachen die weißen Wände und auch das gewellte Dach an den merkwürdigsten und unwahrscheinlichsten Stellen. Nirgends war mehr eine gerade Linie zu erkennen, und doch machte die alte Baulichkeit nicht den Eindruck von Verfall. Im Gegenteil: sie wirkte überaus widerstandsfähig, stark wie eine Festung, sicher, freundlich, warm, vor allem aber von tiefem Leben erfüllt. Die Haustür war aus uraltem Eichenholz und sah aus, als sei sie früher einmal eine Schiffstür gewesen. Darüber war an der Wand ein gemaltes Schild angebracht. Es war verwittert und nachgedunkelt, so daß die im Wagen Sitzenden nur etwas blau und grün Verschwimmendes darauf zu erkennen vermochten. Aber sie saßen da wie gebannt; die Schönheit des Ganzen überwältigte sie. Es schien zu schön, um wahr zu sein. Sie hatten Furcht, es werde in nichts zerfließen, sobald sie eine Bewegung machten.

Wie stets kam Tommy zuerst zu sich. «Mir scheint, dort rechts um die Ecke ist ein Bootshaus», sagte er», ich kann ein Stückchen davon sehen. Durch den Wald kommt man wohl hin.»

«Es scheint niemand da zu sein», sagte Ben.

«Klopfen wir doch einmal an die Tür», meinte Caroline.

Hastig stiegen alle aus dem Wagen, liefen die Stufen zu dem blauen Pförtchen hinauf und durch den Garten. Dann gingen sie den gepflasterten Pfad entlang zu der alten Schiffstür, George mit Jerry und José fest an der Hand als letzter. Doch die Zwillinge verhielten sich erstaunlich ruhig. An das Leben ihrer selbst erfundenen Märchenwelt gewöhnt, fanden sie dieses Märchen hier, darin sie mit einmal ganz ohne ihr Zutun geraten waren, ein bißchen verwirrend.

Die Gruppe blieb vor dem Haus stehen und betrachtete das Schild. Darauf waren in feiner Pinselführung blaue Blumen und schmale grüne Blätter gemalt. Über den Blumen aber stand ‹Zum Gnadenkraut› und darunter, wo die Wurzeln der Blumen in den Boden verliefen, in kleineren Buchstaben *Maison Dieu.*

«Herrgott, ist das alt!» entfuhr es Ben. «Das ist ja eine Pilgerherberge!»

Die Geschwister blickten ihn erwartungsvoll an. Die Eliots wandten sich stets an Ben, wenn es etwas Merkwürdiges, Unbekanntes zu erklären galt. Tommy wußte stets Bescheid, wenn man etwas über Verbrennungsmotoren oder Magenfunktionen wissen wollte, wie eine Zündkerze einzusetzen oder ein Reifen zu flicken sei, aber Ben hatte alle möglichen Auskünfte über das Leben der Vögel, die Etymologie von Namen oder Quellen alter Sagen auf Lager. In London verlor er immer viel Zeit damit, in Antiquariaten oder auch in Davids Bibliothek herumzustöbern, womit er bei seinem Vetter durchaus auf Verständnis stieß.

«Na?» fragte George auffordernd.

«In der Nähe der großen Abteien und Kathedralen gab es immer Herbergen für Pilger», erläuterte Ben. «Sie hießen *Maison Dieu.* Es sind die ältesten bekannten Gasthäuser; aber nur wenige sind noch erhalten.»

«Und was bedeutet ‹Gnadenkraut›?»

«Gnadenkraut ist der alte Name der schmalblättrigen Raute, auch Kreuzraute genannt», dozierte Ben. «Die Bauern pflegten sie in den Kirchhöfen auf die Gräber zu pflanzen.»

«Warum?» fragte Tommy.

Aber da war Ben überfragt; sich diebisch darüber freuend, daß er den Bruder in die Enge getrieben hatte, klopfte Tommy fest an die Tür. Im Innern des Hauses war ein leichter Schritt zu hören, und als die Tür sich auftat, stand in grünem, mit blauen Blumen gemustertem Hauskittel, die sanften Augen von Willkommensfreude leuchtend, Jill auf der Schwelle. Ohne Zögern flog Caroline ihr entgegen. Sie hatte Jill nicht vergessen. Jills und Großmutters nie versagende Zärtlichkeit hatten Caroline in der Kindheit einen Halt gegeben, den sie sonst hätte entbehren müssen.

«Miss Caroline! Wie groß Sie geworden sind! Und Master Ben und Master Tommy auch», sagte Jill, Caroline mit dem linken Arm umschlungen haltend und die rechte Hand Ben hinstreckend. Freudig legte Ben die seine hinein. Auch er hatte Jill nicht vergessen; auch nicht, wie ihr schlichter Zuspruch ihn immer getröstet, wie ihre hingeworfenen Worte seine Aufmerksamkeit immer auf die Wahrheit der ewigen Dinge, auf Wachstum und Wind und Wetter, gelenkt hatten. Tommy lachte ihr zu, denn er seinerseits hatte es ihr nicht vergessen, daß sie ihn nie verpetzt hatte, wenn er seinen Haferbrei in den Konfitürentopf geleert hatte.

«Guten Abend, Herr General», sagte Jill zu George. «Ein wunderschöner Tag heute, nicht? Warm für diese Jahreszeit.»

«Guten Abend, Jill», sagte George; bei ihrem Anblick überkam ihn eine so außerordentliche Erleichterung, daß er mit einem Male zehn Jahre jünger aussah. «Da sehen Sie», sagte er dann und schob die Zwillinge nach vorne. Jill streckte jedem von den beiden eine Hand hin und nahm sie in Empfang, so wie ein noch unverbrauchter Rennstreckenläufer von einem bereits erschöpften zwei kostbare, aber unerhört schwere Bündel übernimmt, die zum Ziel geschleppt werden müssen, koste es, was es wolle. Es war, als reckte sie beim Anblick der Zwillinge die Schultern, und ihr Lächeln schien zu sagen, sie fühle sich der Aufgabe gewachsen.

«Jerry und José», sagte sie mit leiser Stimme und lächelte sie an. «Und ich bin Jill. Drei Jot. Wir werden uns schon gut vertragen.»

Die Zwillinge benahmen sich noch immer ungewöhnlich brav; jetzt erwiderten sie Jills Lächeln. Ihren festen Händedruck, ihre ruhige Stimme, ihren offenen Blick schienen sie zu mögen. Auf Anhieb hatte ihr Instinkt ihnen gesagt, diese Frau werde sich immer gleichbleiben, werde sie nicht in diesem Augenblick herzen und küssen und im nächsten Augenblick ohne ersichtlichen Grund schelten, sondern sei eine verständige, ausgeglichene Person, auf die man sich verlassen konnte wie auf den Boden unter den Füßen.

«Kommen Sie doch, bitte, herein, Herr General», sagte Jill auffordernd. «Das Teewasser kocht schon, und ein paar kleine Kuchen habe ich auch gebacken.»

«Wir wollten Ihnen doch keine Mühe machen, Jill», sagte George. «Wir sind bloß gekommen, um Ihnen ein paar Zeilen von meiner Frau zu bringen und Ihre Tante zu fragen, ob wir uns das Gasthaus ansehen dürfen. Es soll doch historisch so interessant sein; Lady Eliot meinte, wir müßten es uns einmal ansehen, ehe es in andere Hände übergeht.»

«Tante Rose und ich werden Sie mit Vergnügen herumführen, Herr General», sagte Jill. «Aber wollen Sie nicht zuerst eine Tasse Tee trinken? Das macht mir gar keine Mühe, und die Kinder haben bestimmt Hunger.»

George, der ihr Nadines Briefchen übergeben hatte, gefiel die Art wohl, in der sie mit ihm sprach, ohne Scheu oder Ziererei, und wie sie es sich mit Respekt, aber auch mit ruhiger Sicherheit angelegen sein ließ, die natürlichen Bedürfnisse der Kinder vor seiner Lust auf archäologische Sehenswürdigkeiten zu befriedigen.

So trat das Trüpplein denn ein, die alte Schiffstür tat sich hinter ihnen zu, und unverzüglich umfing sie die wunderbare Stimmung eines rauschenden, fürstlichen Willkomms so stark, als habe eine großartig gastfreie und herzenswarme Persönlichkeit bei ihrem Anblick einen lauten Freudenruf ausgestoßen. Unwillkürlich blickten sie um sich, aber in dem mit Steinfliesen bedeckten Gang befand sich niemand außer ihnen und Jill. Rechter Hand war die Wand vom Boden bis zur Decke mit Eichenholz getäfelt, links dagegen erhob sich eine Zwischenwand aus Eichenholz etwa bis in Ellbogenhöhe, über die hinweg man durch Eichenpfosten mit merkwürdigen Tier- und Vogelschnitzereien in den Schankraum sah, die gemütlichste Trinkstube, die George jemals erblickt hatte. Der Schanktisch, hinter dem eine Tür offenbar zur Küche führte, zog sich an der Innenwand entlang, dem breiten, in die mächtig dicke Mauer eingelassenen Fenster gegenüber, durch das man in den Garten sah. Die Decke war nicht so niedrig, wie sonst in alten Häusern oft; sie war weiß getüncht, und schwere Eichenbalken stützten sie. An der Wand gegenüber war ein offener Kamin, auf dessen Sims Porzellanhunde und vor dem zu beiden Seiten alte Lehnstühle mit purpurroten Kissen standen. Auch die Fenstervorhänge waren purpurrot, und auf dem schneeweißen Steinboden lagen rote Flickenläufer. Dann war noch eine altertümliche Standuhr da und ganz alte Messingspucknäpfe; alte Jagdstiche hingen an den Wänden; vor allem wurde Georges Blick von der Herrlichkeit der Treppe angezogen, die der Eingangstür genau gegenüber lag. Sie war aus ganz dunkler Eiche, vom Alter glattgerieben; jede Stufe war in der Mitte ein wenig eingetieft. Steil stieg die Treppe zwischen getäfelten Wänden empor, teilte sich dann, um rechts und links unter einer Nische in der Täfelung auszubuchten, wo früher einmal eine Kredenz gestanden haben mußte, und die jetzt eine seltsame kleine, im Dämmerlicht nicht genau erkennbare Skulptur enthielt. George hatte dafür kein Auge, aber Ben bemerkte wohl, daß der Grundriß des Treppenhauses mit seiner Teilung in zwei wie zum Willkommen ausgebreitete Arme ein Kreuz bildete.

«Kommen Sie, hier herein», sagte Jill und schob den Riegel einer Tür zurück, die so völlig als Teil der rechten Wandtäfelung des Gangs wirkte, daß sie sie erst bemerkten, als Jill sie geöffnet hatte. «Das ist Tante Roses gute Stube», sagte Jill voller Stolz, und trat zurück, um ihre Gäste einzulassen.

George entfuhr ein Ausruf des Entzückens. Es war eine reizende, mit grüngestrichenem Holz getäfelte Stube. Sie hatte zwei Fenster, ein kleines zum Garten, durch den sie gekommen waren, und ein großes auf einen anderen Garten voll eines Gewoges von Narzissen und auf eine niedrige Mauer, darüber hinweg man Marsch und Wald sah. Das Zimmer war erfüllt vom silbrigen Widerschein des Sonnenlichts über dem Fluß. Der Fußboden war aus dunkler Eiche, und an den Wänden waren schöne alte Kerzenarme angebracht. Dem Geschmack von Tante Rose entsprechend, war es mit einer ‹modernen Garnitur› ausgestattet, will sagen: flohbraun gepolsterten Stühlen, Spitzenvorhängen, einem scheußlichen Teppich, unzähligen gestickten Kissendeckchen und Möbelhüllen sowie goldgerahmten Bildern, auf denen sich Herren mit Federhüten vor Damen in Krinolinen verbeugten, die allesamt dieselben Seifengesichter hatten. Der Kamin war einfach schauerlich: seine Einfassung war aus bemaltem Gips, der schwarzen Marmor vortäuschen sollte, und die Wandverkleidung darüber aus rotem Plüsch; immerhin war, wie George erkannte, das Korbgitter antik . . .

Er konnte sich nicht enthalten, Ben zuzuflüstern: «Ach, was würde Mutter daraus machen», und Ben nickte . . . er hatte sich das schon die ganze Zeit vorgestellt.

«Das Haus ist ja gerade wie Damerosehay!» rief Caroline begeistert.

«Aber nicht im mindesten», widersprach Tommy verächtlich, was Caroline vor Scham erröten ließ. Ben aber faßte ihren Arm und zwickte sie wie zum Trost. «Genau», flüsterte er ihr zu. Er verstand, was sie meinte. Die beiden alten Häuser gaben einem die Empfindung, sie seien nicht bloß von außen nach innen, sondern auch von innen nach außen gebaut, als ob sie nicht nur von den Maurern und Zimmerleuten errichtet seien, sondern auch von den Männern und Frauen, die darin gewohnt hatten. Es war, als ob die Kraft ihres Bluts noch im Holz und Stein der beiden Häuser lebte und auch noch etwas von ihrem Geist darin umginge. So war es in Damerosehay, und ebenso war es hier.

«Nach welcher Himmelsrichtung liegt es?» fragte George.

«Nach Süden», antwortete Jill. «Sie sehen, Herr General, der Fluß macht hier einen Bogen, so daß das Zimmer direkt nach Süden blickt und immer Sonne hat. Die Frontseite des Gasthauses liegt nach Westen, und man sieht herrlich die Sonne über dem Wald untergehen. Bitte, hier einzutreten, Herr General. Den Tee trinken wir in der Küche.»

Sie öffnete eine Tür in der Ostwand neben dem Kamin; dann gingen sie durch eine kleine viereckige Stube mit getäfelten Wänden, die ebenfalls den Blick auf den Fluß bot. Es lag kein Teppich darin, auch stand nichts herum, als ein paar Kästen und eine Nähmaschine. «Das ist nur ein Durchgangsraum, für den wir eigentlich keine Verwendung haben», sagte Jill entschuldigend.

«Mit Büchern an den Wänden und einem Tisch am Fenster gibt das Bibliothek und Studierzimmer in einem», sagte Ben. «Zum Malen ist das Licht hier wunderbar.»

«Man kann auch Angelgerät darin aufheben», meinte George.

«Man baut eine Zwischenwand ein», sagte Tommy. «Die eine Hälfte bleibt Durchgang. Mit einer Tür aus grünem Flaschenglas fällt genug Licht in den Gang. Ich könnte meine Knochen unterbringen und am Fenstertisch Anatomie treiben.»

George und Ben versagten sich jedes weitere Wort über Malen und Angeln. Tommy setzte doch immer seinen Willen durch. Der Raum war also nur für Bücher und Knochen bestimmt.

«Es sind zwei Küchen vorhanden», sagte Jill. «Eine hinter der Schankstube, wo wir kochen, und die eine hier, in der wir wohnen.»

Sie öffnete eine Tür, und nun kamen sie über zwei abwärts führende Stufen in den großartigsten Raum des Hauses, die Wohnküche. Es war ein weitläufiger Raum mit Steinboden, weißgestrichenen Wänden und großen, über die helle Decke hinlaufenden Querbalken, von deren mittlerem eine schöne alte Öllampe herunterhing. Ein breiter Kamin, über dessen Feuer ein Kessel summte, zwei Fenster, das eine nach Süden zum Fluß, das andere nach Osten auf den Hof mit den Ställen gehend; antike Möbel: ein herrlicher Tisch aus Eiche, eine mächtige Kredenz mit blau gemustertem Porzellan, eine hohe Kommode, binsengeflochtene Stühle mit hohen Lehnen und ein Schaukelstuhl. Auf dem Boden einfarbige Bastläufer, an den Fenstern Chintz-Vorhänge und auf deren Simsen Geranientöpfe. Auf dem mit einem blauweiß karierten Tischtuch gedeckten Teetisch stand Porzellan mit blauem Weidenmuster, ein selbstgebakkener Kuchen, süße Wecken und Honig. Der ganze Raum hatte etwas freundlich Verwohntes, warm Lebendiges, kurz, unendlich Gemütliches. George und die Kinder fühlten sich vom ersten Augenblick an heimisch darin. Sie schauten einander an, konnten aber keine Silbe herausbringen.

«Tante Rose hatte eine Zeitlang daran gedacht, das Gasthaus als Familienpension zu führen», sagte Jill. «Aber sie fühlte sich dem nicht gewachsen. Dabei wäre alles sehr geeignet – der Schankraum, der Speisesaal, der grüne Salon, der Aufenthaltsraum, und dieser Raum hier bliebe für die Familie.»

«Ein sehr hübscher Aufenthalt für müde Leute, die ihre Ruhe haben wollen», sagte Caroline mit strahlenden Augen. «Ich könnte aus der Schule austreten und Mutter bei der Bewirtschaftung helfen.»

«Der Raum hier müßte natürlich so gelassen werden, wie er jetzt ist», murmelte George. «Jill, sagen Sie, sind die Möbel auch verkäuflich?»

Jill machte ein zweifelndes Gesicht. «Tante Rose hängt sehr an all den Sachen in der guten Stube», sagte sie. «Die Bilder dort sind Hochzeitsgeschenke, und die Kissendecken und Möbelhüllen hat sie alle selbst gestickt, und die schöne Garnitur haben sich Onkel und Tante zur Silberhochzeit gekauft. Aber die Sachen hier, auf die legt sie wohl keinen so großen Wert. Die sind ja alt und schäbig; sie gehörten ihrer Schwiegermutter. Auch die Sachen im Schankraum hat sie, glaube ich, nicht gar so gern. Das ist ja auch alles schäbiges altes Zeug.»

«Ich denke nicht im Traum daran, von ihrer Tante zu verlangen, daß sie sich von ihren Sachen in der guten Stube trennt», versicherte George. «Nur diese Sachen hier . . .»

«Tante ist in der andern Küche», sagte Jill. «Wir wollen sie fragen.»

So gingen sie also in die andere Küche, aber Tante Rose war nicht zu sehen. Auch diese Küche war reizend mit ihrem auf den Obstgarten hinausgehenden Nord- und dem auf den Stallhof hinausgehenden Ostfenster. Es gab ebenfalls weißgetünchte Wände und Querbalken an der weißen Decke; auch einen breiten Kamin, in dem aber hier ein Kochherd stand; der lange Tisch hatte eine Platte aus wohlgescheuerten Fichtenholzbrettern, genau wie das Buffet. Aber auf dem Sims standen kupferne Töpfe und Pfannen, von der Decke hingen Kräuterbüschel und ebenfalls eine schöne alte Petroleumlampe herunter; an der Wand tickte eine Kuckucksuhr, eigentümlich gewölbte Schränke standen da, und, was den Kindern den größten Eindruck machte: eine offenstehende Tür in der einen Ecke, die den Anfang einer in einem Steinturm ins Dunkle und Unbekannte führenden Wendeltreppe erkennen ließ.

«Tante muß hinausgegangen sein», sagte Jill und öffnete eine Tür in der Ostwand, die zu einer Vorhalle führte, gleich der in Damerosehay, einer Vorhalle wie ein Stübchen mit Sitzplätzen an jeder Seite. Sie gingen auf den Hof hinaus, wo George zu seiner Befriedigung sah, daß der schlechte Weg, der vom Obstgarten zum Hof führte, für einen Wagen von normaler Größe breit genug war und daß sich die Stallungen leicht in Garagen umwandeln ließen. Der Hof mit dem alten Kopfsteinpflaster und der grüngestrichenen Pumpe war wunderschön. Die Stallungen waren aus granatroten Ziegelsteinen gebaut und mit den gleichen gelben Schindeln gedeckt wie das Haupthaus. Das Ganze erinnerte George an die alten Londoner Stallungshöfe, die ‹Mews›; eine an die Mauer angebaute Treppe führte zum oberen Stockwerk, wo zweifellos früher einmal eine Kutscherwohnung gewesen war. Die Treppe hatte ein schönes schmiedeeisernes Geländer, das oben einen kleinen Balkon bildete; zu beiden

Seiten einer grünen Tür ging je ein Fenster auf diesen Balkon hinaus.

«Hinter den Ställen ist auch ein kleiner Gemüsegarten», sagte Jill, «mit schönen Zwiebeln drin.»

Da erschien vom Obstgarten her Tante Rose. Sie trug ein Körbchen mit Eiern von ihren Zwerghühnern. «Für die Kinder zum Tee», sagte sie mit ihrer leisen, aber scharfen Altfrauenstimme. «Die Kinderchen werden doch Hunger haben. Wie ich höre, gibt's in London nur ein Ei im Monat, und wahrscheinlich ist auch das noch faul.»

«Mrs. Spelman, meine Tante Rose», stellte Jill vor. «Der Herr General hat sich richtig in das Haus verguckt, Tante.»

«Das freut mich zu hören, Herr General», sagte die Tante. «Ich habe noch keinen Makler beauftragt und auch noch keine Annoncen aufgegeben. Lady Eliot wollte ja, daß ich Ihnen die Vorhand lasse.»

«Lady Eliot . . . hat . . . was sagten Sie?» fragte George.

«Es war mir eine Ehre, die gnädige Frau zu sehen», meinte Tante Rose. «Sie kam persönlich herüber, jawohl, um mit Jill zu sprechen, sie solle Mrs. Eliots Inserat beantworten. Sie möchte so gern, daß Sie hier in ihrer Nähe auf dem Lande leben. Jawohl, Herr General, ich sagte ihr zu, daß ich Ihnen die Vorhand lasse. Ich habe mich sehr gefreut, der gnädigen Frau einen Dienst leisten zu können. Ist der Kessel aufgestellt, Jill?»

Alle miteinander gingen sie wieder ins Haus; George als letzter wie ein Schlafwandler. Er zog sein Taschentuch und wischte sich den Schweiß von der Stirn.

Nett und liebenswürdig bewirtete Tante Rose die kleine Teegesellschaft. Sie war noch von der alten Schule und behandelte die Leute, die sie noch die ‹Gentry› nannte, mit Respekt, und eben ob dieses Respekts fühlte sie sich im Umgang mit ihnen durchaus zu Hause. Da sie nicht das Bedürfnis hatte, zu beweisen, daß sie nicht schlechter sei als andere, war sie damit zufrieden, eben sie selbst zu sein, und war glücklich dabei.

Sie war eine kleine, rundliche Frau mit rosigen Wangen und runden blauen Augen; ihr weißes Haar war oben auf dem Kopf zu einem dicken, kleinen Knoten zusammengewunden; sie war wunderlich angezogen: zu einem graubraunen Tweedrock trug sie eine hochrote Atlasbluse und hohe Knöpfstiefel. Tante Rose war nicht mit der Zeit gegangen; sie wirkte so beruhigend wie alle Dinge und Lebewesen, die der Veränderung nicht unterworfen scheinen. Sie wirkte so beruhigend wie das Haus ‹Zum Gnadenkraut› selbst.

«Mrs. Spelman, wie bringen Sie es über sich, dieses schöne Haus zu verlassen?» fragte George, nachdem er von dem heißen, starken Tee getrunken und sich dabei gewundert hatte, warum Tee aus einem braunen irdenen Gefäß immer am allerbesten schmeckte.

«Ich werde alt, Herr General; die Jahre machen mir allmählich zu schaffen. Ich freue mich auf ein bißchen Ausspannung bei der Schwiegertochter. Und was die Schönheit angeht, nun, darüber habe ich mir nie viel

Sorgen gemacht. Jill, ja, das ist so eine, die's mit der Schönheit hat; die läßt die Suppe überkochen, weil ein Regenbogen am Himmel steht; die hat ja auch für so etwas Zeit, aber ich habe vom frühen Morgen bis zum späten Abend keine Zeit gehabt, nach Regenbogen zu schauen . . . Noch ein Ei, mein Kind?»

Jerry war liebenswürdig genug, noch eines der kleinen Eier anzunehmen, und Tommy versah sich mit seinem sechsten Stück Backwerk. George mußte an das Mittagessen denken, das sie zu sich genommen hatten, und schämte sich für seine Sprößlinge.

«Schon gut, Herr General», flüsterte ihm Jill zu, die neben ihm saß. «Es ist ja genug da, und das ländliche Essen bekommt Kindern gut. Master Ben und Miss Caroline werden bald zunehmen, wenn Sie erst hierher übergesiedelt sind, und Master Ben wird auch seinen häßlichen Husten loswerden.»

«Ach, der ist nicht schlimm», sagte Ben und lächelte sie an.

George betrachtete seine beiden Ältesten. Ja ja, sie waren zu mager, zu feingliedrig. Obschon Nadine immer sagte, Bens Husten habe nichts auf sich, machte er ihm doch schon längst Sorge. Unbekümmerte Ferientage auf dem Land, ja, das war genau das, was sie alle nach den Nöten und Aufregungen der Kriegszeit brauchten. ‹Sich treiben zu lassen in einem Boot . . . ach, einfach sich treiben zu lassen . . .›

Sie aßen alles ratzekahl auf, und dann führte Tante Rose sie über die Wendeltreppe den kleinen Turm hinauf. In halber Höhe befand sich ein kleiner Türbogen in der Steinmauer. Die Tür selbst war aus altem Eichenholz und mit Nägeln beschlagen; sie sah aus, als führe sie in ein Verließ.

«Was ist darin?» fragten die Zwillinge wie aus einem Mund.

«Eine Vorratskammer, weiter nichts, Kinderchen.»

«Zeig sie uns», kommandierten die Zwillinge.

Gehorsam machte Tante Rose sich daran, einen großen Schlüssel aus ihrer umfangreichen Tasche herauszuangeln, und dann schloß sie die Tür auf. Sie war noch nicht recht offen, als die Zwillinge schon in dem Raum waren und vor Vergnügen quietschten; das hier war das Allerschönste, was sie bisher im ‹Gnadenkraut› gesehen hatten. George bemühte sich vergeblich zu verstehen, was die Zwillinge so entzückte. Das Kämmerchen hatte eine merkwürdige achteckige Form; es hatte ebenso merkwürdige schmale Spitzbogenfenster; das war aber auch alles, was daran anziehend schien; denn der steinerne Fußboden war sehr abgetreten und die senfgelbe Tapete mit dem schokoladefarbenen Rautenmuster mehr als unansehnlich. An den Wänden hingen altersschwache, verbogene und fleckige Holzgestelle, auf denen eine Unmenge schwarzer Flaschen – mit Tante Roses selbstgekelterten Weinen – und Steinguttöpfe in allen Formen und Größen standen.

«Ich schließe die Kammer immer gut ab, damit keiner an meinen Wein kann», sagte Tante Rose. «Alles Eigenerzeugung, Primel- und Holunderwein und Schlehenschnaps. Unten ist noch ein großer Keller, Herr General, für Bier und Apfelmost, soweit es das heutzutage gibt. Die Kellertür ist hinter dem Schank.»

Außer den Zwillingen schien nur Ben noch an der Kammer Gefallen zu finden; er drückte sich an der Tür herum und schaute gespannt hinein, als gäbe es darin einen verborgenen Schatz zu entdecken.

Dann stiegen sie die Treppe weiter empor. Im zweiten Stock waren noch acht Zimmer und darüber mehrere große Dachkammern. Da gab es geheimnisvolle Winkel, überraschend ansetzende Treppchen, unverhoffte Fensterluken und tiefe Wandschränke. An den Zimmerdecken spielte der Widerschein des Sonnenlichts vom Fluß her; unter den Dachtraufen nisteten Vögel, die man zwitschern hörte, und alles durchzog ein Geruch von Lavendel und Möbelpolitur. Die Wände waren mit altmodischen Tapeten beklebt, die helle, fröhliche Muster zeigten, und es standen kostbare antike Möbel herum, denen Tante Rose nicht nur keine Beachtung zu schenken schien, nein, im Gegenteil, man spürte eine gewisse Abneigung. «Das hat alles meiner Schwiegermutter gehört und ist bloß im Weg gestanden», sagte sie. Übrigens war der Preis für das Haus, den sie beiläufig erwähnte, erstaunlich mäßig. Wenn sie bloß ihre geliebte ‹Garnitur› und einige Kleinigkeiten behalten durfte, gab sie das übrige Mobiliar gern her.

George begann bereits auf einem alten Briefumschlag überstürzte Berechnungen anzustellen. Für das Haus in Chelsea wäre wohl ein anständiger Preis zu erzielen. Dann noch ein kleines Darlehen von der Bank . . . Ja, die Sache war zu machen. Als Familienpension geführt – aber das alte Wort ‹Gasthof› gefiel ihm besser –, mußte das Haus etwas einbringen. Nadine hatte großes Organisationstalent, und – redete er sich dem Wunsch als Vater des Gedankens ein – zu überarbeiten brauchte sie sich nicht, denn hier auf dem Lande waren Hilfskräfte leichter zu beschaffen als in der Stadt, und außerdem hatte sie ja seinen Beistand. ‹Sie hat meinen Beistand›, die Worte summten in ihm wie der Kehrreim eines Liedes. Miteinander arbeiten, gemeinsam Pläne machen, einander näher kommen, als es bisher in ihrer schwierigen Ehe der Fall gewesen war bei dauernder Trennung, Entfremdung, mühsamer Aussöhnung, abermaliger Trennung, abermaliger Entfremdung, mit Bitterkeit und Sorge, und dabei immer dem verzweifelten Verlangen in der Seele, daß Nadine ihn ebenso von ganzem Herzen lieben möge wie er sie . . . Er strauchelte über eines der unvermuteten Treppchen, ließ dabei sein Papier mit den Berechnungen fallen und vergaß ganz, Tante Rose zu fragen, ob ein Badezimmer vorhanden sei.

«Dürfen wir die Vordertreppe hinuntergehen, bitte?» fragte Ben, als er sich wieder in der Umgebung zurechtfand. «Ich möchte den Hirsch ansehen.»

«Was für einen Hirsch, mein Junge?» fragte Tante Rose.

«Der da in der Nische, wo sich die Treppe gabelt», sagte Ben.

«Die alte steinerne Geiß?» fragte Tante Rose. «Daran ist nichts zu sehen, mein guter Junge. Hat mein Mann einmal aus dem Zwiebelbeet herausgeschaufelt. ‹Schmeiß es doch in den Fluß, Fred›, hab ich seinerzeit zu ihm gesagt, aber er wollte es unbedingt in die Nische stellen. Wie er dann gestorben ist, wollte ich's rauswerfen, brachte das aber nicht über mich. Es war Fred so ans Herz gewachsen gewesen. Er hatte immer so eine verrückte Vorliebe für alles mögliche alte Zeug, mein Fred, jawohl. War ein komischer Kauz, aber doch ein braver Ehemann und auch ein guter Wirt, obschon er manchmal aus Geschäftsgründen ein Gläschen zuviel hinter die Binde gegossen hat. Na, da ist's ja, mein Junge.»

Sie waren in halber Höhe der so schön sich gabelnden Treppe angelangt, blieben vor der Nische in der getäfelten Wand stehen und betrachteten die Steinplastik, die Tante Rose für eine Geiß hielt. Ben aber hatte schon von unten erkannt, daß das nicht richtig war. Ehrfürchtig sah er sich die Figur an, während die andern sich seine Verzückung nicht erklären konnten. Ben streckte die Hand aus, um sie zu berühren, zog sie aber sofort wieder zurück, als sei das schon eine Entweihung. «Nehmt's doch hoch, Kinder», sagte Tante Rose ein bißchen ungeduldig. «Es beißt euch nicht. Ist ja aus Stein.»

Ben nahm das Figürchen vorsichtig und zart in die Hand. «Jawohl, es ist ein Hirsch», sagte er. «Seht doch die Biegung des Halses und das Geweih.» Mit einem Male stockte ihm der Atem. «Das Geweih bildet ein Kreuz!»

«Ach . . .?» machte George.

«Jawohl», beharrte Ben. «Seht doch!»

Seine schmalen, feinen Finger fuhren über das Figürchen wie die Finger eines Bildhauers über den Ton, und für einen Augenblick zwang er auch die andern, zu sehen, was er sah: einen herrlichen weißen Hirsch mit stolz gehobenem Nacken und einem nach der Schnauzenspitze zu verschmälertem Kopf, bekrönt von den unverkennbar zu einem Kreuz vereinten Geweihsprossen.

«Muß immerhin sehr alt sein», sagte George respektvoll.

«Hier war eine Pilgerherberge», sagte Ben und stellte die kleine Figur wieder sorgsam in die Nische. «Ich nehme an, wenn wir richtig nachsehen, finden wir unter den Tapeten Fresken aus dem Leben des Heiligen und vielleicht noch mehr solcher Figuren, die vom Dach in den Garten hinuntergefallen sind.» Er blickte Tante Rose an. «Haben Sie nicht noch mehr gefunden?»

«Fred hat beim Umgraben schon noch allerhand entdeckt, aber das hab ich nach seinem Tod weggeschmissen. Die Dinger hatten ja nicht mal mehr einen Kopf. Er hatte das Zeug bloß aufgehoben wegen so einem alten Ammenmärchen, das ihm seine Urgroßmutter erzählt hat, wie er als Junge an Scharlach erkrankt war.»

«Was für ein Märchen?» fragte Ben eifrig.

Tante Rose rieb sich die Nase und versuchte, die Geschichte wieder zusammenzubringen. «Es war etwas mit einem alten Mönch von der Abtei, der eine Vorliebe für Vögel und anderes Tierzeug hatte. Er errichtete im Wald eine Kapelle, und dort fütterte er die Tiere und pflegte sie, wenn sie krank waren. War ja bloß so eine Geschichte, um den Jungen zu beruhigen, wie er das Fieber hatte. Aber mein Mann glaubte dran. Er bildete sich ein, der alte Mönch hätte die Tiere gemacht, die vom Dach gefallen sind, und auch die Schnitzereien auf den Holzsäulen. Nur ein Mensch mit einem Herzen für Tiere könne sie so lebensvoll nachbilden, sagte Fred immer. Er hatte Tiere selbst sehr gern. Schoß nie eins . . . war ein weichherziger Mensch.»

Ben seufzte enttäuscht. «Tante Rose, Sie hätten die andern Weihbilder nicht wegwerfen dürfen, auch wenn sie keine Köpfe mehr hatten.»

«Was ist das, ein Weihbild?» fragte Jerry, mit großen Augen den Hirsch betrachtend.

«Etwas, was jemand aus Liebe zu Gott macht», sagte Ben in festem, ruhigem Ton.

George und Tommy blickten gleichzeitig auf ihre Armbanduhren. Über die Zwillinge und Ben verloren sie immer wieder die Geduld; denn die Zwillinge stellten dauernd Fragen, und Ben gab sich immer dazu her, diese Fragen nach bestem Wissen zu beantworten.

«Kann ein Haus auch ein Weihbild sein?» fragte Caroline.

«Jawohl», sagte Ben.

«Dann ist dieses Haus eins», sagte die Schwester.

«Jawohl», meinte Ben.

«Herrgott, es wird spät!» unterbrach Tommy energisch.

«Ja, wir müssen fort», pflichtete George bei. «Mutter wird sich schon ängstigen. Ich kann Ihnen gar nicht sagen, Mrs. Spelman, wie dankbar ich Ihnen für Ihre Liebenswürdigkeit und Nachsicht bin und auch für den herrlichen Tee, den Sie den Kindern vorgesetzt haben.»

«War mir ein Vergnügen, Herr General», sagte Tante Rose, während sie die Treppe hinuntergingen. «Ich hoffe, von Ihnen zu hören.»

«So bald wie möglich, gewiß. Aber ich muß natürlich erst alles mit meiner Frau besprechen.»

«Selbstverständlich, Herr General.»

Sie gingen durch den Garten, sahen vor sich den Wald vom Licht der sinkenden Sonne wie von Tausenden in den Baumkronen entzündeten Kerzen überströmt. Auch das Wasser war ein einziges Geglitzer, und die Blumen brannten in reinen, ruhigen Farben. Der Himmel über ihnen war tief blaugrün; die wilden Schwäne flogen zu ihren Nestern flußaufwärts. Kein Laut ließ sich ringsum vernehmen, nur das Rauschen von Vogelschwingen und das leise Anschlagen der Wellen an die alten Steinmauern. An der Pforte blieben sie auf der obersten Treppenstufe stehen; stumm in dem Abendfrieden, der sie umgab. Jill küßte die Zwillinge zum Abschied, und dann eilten sie zum Wagen.

3

Während der Heimfahrt setzte das aufgeregte Geplapper der Kinder keinen Augenblick aus. Aber George wurde immer unbehaglicher zumute. Was würde Nadine sagen? Wie war das um Himmels willen bloß gekommen? Wie waren sie nur auf diese verrückte Idee verfallen, das Haus ‹Zum Gnadenkraut› zu kaufen und es zu einem Gasthof zu machen? Gewiß, noch hatte er sich zu nichts verpflichtet; noch konnte er jederzeit zurücktreten. Aber dieser Gedanke stimmte ihn noch weniger froh . . . Konnte er den Kindern diese Enttäuschung bereiten? Sie waren ja außer Rand und Band vor Begeisterung! Und auch er wäre enttäuscht. Beim Betreten des Hauses war es ihm gewesen, als sei er heimgekehrt, jawohl: heimgekehrt. Aber, es kam auf Nadines Wünsche an, das war der Leitsatz seines Lebens. Und es würde keineswegs ihr Wunsch sein, im ‹Gnadenkraut› zu wohnen; davon war er überzeugt. Die erste halbe Stunde würde nicht sehr erfreulich werden. Wäre Nadine doch heute nachmittag dabei gewesen! Oder hätte sie das Haus doch vor ihm gesehen! Dann wäre es nicht zu diesem unangenehmen Gefühl gekommen . . . Ein kurioser Verdacht schoß ihm auf einmal durch den Kopf. Hatte Lucilla es vielleicht absichtlich so eingerichtet, daß Nadine sie heute nachmittag nicht begleitete? Und wie kam Lucilla dazu, Mrs. Spelman zu sagen, sie solle ihm die Vorhand lassen? . . . Zweifellos suchte seine gottesfürchtige alte Mutter wieder einmal Vorsehung zu spielen. Er war des Nachsinnens müde und machte Schluß mit seinen Grübeleien. Er würde gar nichts sagen, wenn er heimkam. Er würde den Dingen einfach ihren Lauf lassen.

Die Dinge begannen denn auch sofort ihren Lauf zu nehmen, als der Wagen in Damerosehay hielt. Aus vollem Hals schrie Jerry den Daheimgebliebenen, die zur Begrüßung der Ausflügler erschienen waren, entgegen: «Da ist ein wunderschönes Haus und ein ganz wilder Wald, und Daddy wird es kaufen, und da wohnen wir dann alle»

«Was schwatzt du da für einen Unsinn, Liebling?» sagte Nadine.

«Ist doch wahr!» kreischte José, und dann fingen alle Kinder an, durcheinanderzureden, daß kein Mensch ein Wort verstand.

«Genug jetzt, Kinder», sagte Lucilla, und es gelang ihr, den Aufruhr zu bändigen, ohne daß sie, wie das ihr Geheimnis war, die Stimme zu erheben brauchte. «Das Abendessen ist fertig. Wascht rasch eure Hände und kommt zu Tisch.»

Sie wuschen sich also die Hände und versammelten sich dann im

Eßzimmer. Es war natürlich längst Schlafenszeit für die Zwillinge; aber da sie viel zu aufgeregt waren, um einschlafen zu können, bestimmte Lucilla, sie sollten ihre Milch und ihre Biskuits mit den Großen zusammen verzehren, welch letztere sich über Kaninchenragout, Rhabarberkompott und Käsestangen hermachten, ein ungewöhnlich glanzvolles Mahl, zu dem sich Margaret zu Ehren Georges aufgeschwungen hatte. Nachdem der erste Hunger gestillt war, fingen die Kinder wieder an zu erzählen, und wieder hielt es schwer, in dem Stimmengewirr etwas zu verstehen.

«Tommy soll erzählen», schlug die Großmutter vor.

Tommys gerade mit einem Bissen Kaninchenfleisch kämpfende Kinnbacken vergaßen vor Überraschung für einen Augenblick das Kauen. Er war kein Erzähler vor dem Herrn; im allgemeinen wurde Ben aufgefordert, wenn es sich um einen zusammenhängenden Bericht handelte. Tommy war jedoch von Großmutters Vertrauen höchst geschmeichelt; und nach einer kleinen Pause, die der Entfernung eines Hindernisses aus der Mundhöhle und dessen Identifizierung als ein Splitter vom Schienbeinknochen eines Stallhäsleins gewidmet war, stürzte er sich, mit vor Aufregung glühenden Wangen und die Blicke immer auf seine Mutter gerichtet, deren Lieblings- und Schoßkind er war, in eine begeisterte Schilderung. Lucilla hatte wohl gewußt, warum sie gerade Tommys Geschütze ihre vollen Breitseiten auf das Herz seiner Mutter abfeuern ließ; denn Tommy eine Enttäuschung zu bereiten, das hatte Nadine noch nie über sich gebracht.

«Du tust ganz so, als ob alles schon abgemacht wäre, mein guter Junge», unterbrach George Tommys enthusiastische Beschreibung des Kämmerchens, in dem er seine Knochen unterbringen wollte. «Mutter hat das Haus ja noch gar nicht gesehen. Es ist doch möglich, daß sie keinen Geschmack daran findet.»

Tommy ließ diesen Einwurf unbeachtet und sprach von den Booten, die sie im Bootshaus halten könnten.

«Es klingt alles wunderschön, aber das übersteigt unsere Mittel», sagte Nadine, sobald sie Gelegenheit fand, ein Wort anzubringen. Sie war ziemlich blaß geworden, zerkrümelte ihr Brot und ließ das Fleisch auf ihrem Teller unberührt. «Das wird sich schon machen lassen, Mutter», sagte Tommy. «Vater nimmt seinen Abschied, und wir führen das Haus als Gasthof. Wir werden das Geld nur so scheffeln.»

«Ach, wirklich?» fragte Nadine. «Es ist doch wohl elektrisches Licht da, George?»

George zog die Brauen zusammen und bemühte sich, die verschwommene Vorstellung von wunderschönen Petroleumlampen, die von ebenso wunderschönen alten Balken herabhingen, zu verdrängen, wurde der Notwendigkeit einer Antwort jedoch durch Ben enthoben, der während Tommys Erzählung hastig sein Ragout verschlungen hatte und nun mit leuchtenden Augen einige Tatbestände über alte Gasthöfe zum besten gab, die er aus einem von Davids alten Büchern wußte. «Unser Haus ist eine Pilger-Herberge, Mutter. Alle Zimmer sind nach verschiedenen Heiligen benannt. In den alten Gasthäusern hatten die Stuben Namen, mußt du wissen. Die anderen Räumlichkeiten wurden meist nach Blumen benannt. Ich möchte wissen, wer unser Schild gemalt hat. Wirtshausschilder stammen oft von großen Künstlern, Mutter: von Hogarth, Moreland oder Cox. Und in den Innenhöfen der Herbergen wurden geistliche Spiele aufgeführt; die modernen Theater haben ihre Form von den Galerien übernommen, die um diese Innenhöfe herumliefen . . . Weißt du was? Nächstes Weihnachten führen wir ein geistliches Spiel im ‹Gnadenkraut› auf! Wäre das nicht toll? – Von den Gästen werden natürlich keine Trinkgelder genommen. Das gab's in alten Zeiten auch nicht. Trinkgelder kommen erst im 13. Jahrhundert auf. Das Gasthaus sollte dem müden Wanderer jederzeit Ruhe, Obdach sowie Speise und Trank bieten, der Wirt begrüßte den Gast und kredenzte ihm einen Willkommenstrunk. Das wird Vater großartig machen, und du wirst eine wundervolle Frau Wirtin sein, Mutter. Dann müssen wir noch eine Concierge, einen Kellner und einen Auto-Mechaniker haben, aber wir werden ihnen die alten Namen geben: Kämmerer, Küfer, Stallknecht.»

«Du bist der Kämmerer», fiel Caroline ein, deren Wangen nicht weniger rot waren als die Tommys. «Ich bin der Küfer und Tommy der Stallknecht.»

«Ihr werdet sehr wenig zu Hause sein», rief ihnen Nadine ins Gedächtnis.

«In den Ferien sind wir doch zu Hause», entgegnete Tommy, «und eben dann, um Weihnachten, Ostern und im Sommer, kommen doch gerade die Gäste. Wir werden schon die ganze Arbeit machen, Mutter; Vater und wir. Du brauchst gar nichts zu tun; du brauchst bloß hübsch auszusehen. Eine Köchin nehmen wir auch.»

«Woher?» meinte Nadine. «Gibt es auch ein Badezimmer?»

Darüber schien niemand im Bilde zu sein, und es ergab sich ein kurzes Schweigen, das José brach, indem sie ausrief:

«Es ist doch ein Fluß da.»

Die Mahlzeit war inzwischen beendigt; Lucilla stand, den Kindern zulächelnd, auf. «Also, Kinder», sagte sie, «Mutter wird euch morgen früh ihre Meinung sagen.»

Nadine äußerte nichts; mit weißem Gesicht und zusammengepreßten Lippen ging sie mit den Zwillingen hinauf, um sie zu Bett zu bringen. Margaret und Caroline begaben sich zum Geschirrabwaschen in die Küche und Lucilla mit Sohn und Enkeln in den Salon. Dort schlug sie sogleich eine Partie Bridge vor, so daß George keine Gelegenheit fand, sie zu fragen, was sie eigentlich im Sinn hatte . . . Nadine kam nicht wieder herunter . . . Nach einer Stunde Bridge, wobei George dauernd vergaß, was angesagt war, konnte er es nicht länger aushalten, schützte Kopfschmerzen vor, ging in den Oberstock und klopfte an Nadines Tür.

«Herein», rief Nadine.

Er trat ein. Sie saß aufrecht im Bett, ein Buch in der Hand, ein plissiertes Jäckchen um die Schultern. Im Licht der Kerzen auf dem Nachttisch sah sie übertrieben jung und höchst anmutig aus. In Georges an sich bereits schmerzenden Schläfen begann das Blut zu hämmern, und er hielt den Atem an. Er ging zum Fußende des Betts und umfaßte mit beiden Händen das altmodische Messinggeländer. «Nadine!» flüsterte er.

«Mir scheint, du hast noch nicht einmal ausgepackt, mein Lieber, oder?» sagte sie obenhin und ein wenig scharf. «Und mir scheint, Großmutter hat dir auch nicht mitgeteilt, daß sie uns getrennte Zimmer gegeben hat.»

Wie Peitschenschläge trafen ihn diese grausamen Worte; er wurde kreideweiß. Mitleid und Reue packten sie quälend. Die zweite abscheuliche Grausamkeit, die sie heute beging! Was war nur in sie gefahren? Was ging denn mit ihr vor? «George! George!» rief sie, «verzeih! Komm, Liebling, setz dich zu mir, und sprechen wir uns aus.»

Langsam trat er näher und setzte sich neben sie; sie nahm eine seiner kalten Hände und rieb sie, liebkosende Worte murmelnd, als habe sie die Zwillinge vor sich, mit ihren warmen Händen. Aber sie konnte nichts sagen, was das Gesagte ungeschehen machte. Sie hatte ihm wieder einmal zu verstehen gegeben, daß die Leidenschaft, die sein ganzes Leben erfüllte, für sie nichts anderes war als eine Bürde, die sie nun einmal tragen mußte . . . Doch er hatte sie weder durch ein Wort noch durch einen Blick je erraten lassen, welch eine Bürde sein ganzes Leben hindurch für ihn ihr Mangel an Gegenliebe sein mußte . . . Daß sie David entsagte, damit hatte sie George ein übergroßes Opfer gebracht: doch nun schien es ihr, als entwerte sie eben dieses Opfer durch ihre ständige Grausamkeit gegen ihn. Hatte nicht Lucilla, deren erste Ehezeit der ihren so ähnlich war, einem ungeliebten Gatten das höchste Glück gegeben und ihn schließlich sogar geliebt? Lucilla war erfolgreich gewesen, wo ihr, Nadine, der Erfolg versagt blieb. Was hatte Lucilla, bewußt oder unbewußt, getan, was sie, Nadine, nicht tat? Ja, es war so, wie sie heute morgen hatte denken müssen: es gebrach ihr an etwas, es fehlte ihr – ein Gnadenkraut.

«Nadine», sagte George unglücklich, «was dieses verflixte Wirtshaus angeht . . . Mutter hat da irgend etwas im Sinn, aber ich gebe dir mein Wort darauf, ich weiß nicht, was. Als ich heute nachmittag hinfuhr, hatte ich so wenig die Idee, das Haus zu kaufen wie die Nelsonsäule. Aber als ich dann dort war . . . Ich weiß nicht, was mit mir vorging . . . das Haus hieß uns so freundlich willkommen . . . es empfing uns wie altvertraut . . .»

«Ich glaube dir», sagte Nadine. «Ich weiß, daß du nie in Großmutters Pläne zu unserm Besten verwickelt warst, es sei denn ohne dein Wissen.

Dir hat das Haus gefallen?»

«Ich habe mich daheim gefühlt», sagte er kläglich.

«Dann werden wir es kaufen, und wenn du gern willst, führen wir es als Gasthof.»

Sprachlos starrte er sie an.

«Du hast nie ein Zuhause gehabt», sagte Nadine. «All die möblierten Häuser, in denen wir seit unserer Hochzeit gewohnt haben, der abscheuliche indische Bungalow, wo wir uns so furchtbar gezankt haben, das alles war kein wirkliches Heim. Das Haus in Chelsea war mein Heim, nicht deines. Das ‹Gnadenkraut› wird unser Heim werden, deines und meines. Unser erstes.»

George, von dem lächerlichen Verlangen zu weinen überfallen, schwieg, doch er preßte ihre Hände, daß sie fast vor Schmerz aufschrie. «Du hast das Haus ja noch gar nicht gesehen», sagte er schließlich leise.

«Morgen fahren wir hin. Nur du und ich.»

«Du wirst es wohl abscheulich finden.»

«Ich glaube nicht. Ich brauche es ... ein Gnadenkraut ...»

Dann begann er zu reden, zu reden wie Tommy, wie Ben, mit strahlenden Augen wie Caroline, überstürzte sich mit Pläneschmieden für das Bootshaus, das Wohnhaus, den Garten, die Obstbäume. Mit einem Lächeln des Einverständnisses hörte sie ihm zu, aber ihre zu Tod erschöpfte Seele schrie innerlich auf vor Grauen. Wie konnte sie das tun? Sie war zum Verzweifeln müde ... Und gerade erst hatte sie ihr geliebtes Haus in Chelsea neu streichen lassen ... In ihrem Gesicht mußte sich etwas von dieser Müdigkeit spiegeln, denn George sprang ganz zerknirscht auf.

«Du bist vollkommen zerschlagen», sagte er und beugte sich zu einem Kuß über sie. «Ich bin wirklich ein richtiger Egoist. Ruh dich aus, Geliebtes, dann fahren wir morgen hin und sehen uns das alte Haus an.» Munter wie ein Schuljunge ging er. Sie blies das Licht aus und starrte verzweifelt in die Finsternis. Bevor er heraufgekommen war, hatte sie den festen Entschluß gefaßt, sich zu weigern; mit aller Kraft hatte sie sich gewappnet gegen die stürmische Begeisterung, die sie niemals hätte aufkommen lassen, wenn sie mit George und den Kindern zusammen dort gewesen wäre – wie genau Großmutter das gewußt hatte! Und da hatte sie George die grausamen Worte hingeworfen, und das Entsetzen über sich selbst hatte ihr einen Streich gespielt.

‹Mit meiner eigenen Bombe habe ich mich in die Luft gesprengt›, dachte sie.

Vor dem Fenster strich der Nachtwind durch das Laub und störte mit seinem leichten Sausen die tiefe Stille der Nacht auf. Vor Müdigkeit brach Nadine in ein Weinen aus, das ihren Körper schüttelte. Doch in ihr war etwas wie eine erwartungsvolle Spannung, ein Gefühl gleich dem eines Menschen, der heimkehrt. Sie schluchzte sich in den Schlaf; doch als sie dann schlief, entspannte ein Lächeln ihre Züge.

6. Kapitel

1

Nein, es tat ihr nicht leid, stellte sie fünf Monate später fest, als sie an ihrem Schreibtisch in der Fensternische ihres kleinen Wohnzimmers im ersten Stock saß und sich über das Haushaltungsbuch beugte; es war ein reizender, kleiner Raum, zu Tante Roses Zeiten aber war er zum Abstellen von Kisten benützt und mit alten Kirchenkalendern tapeziert worden. Doch durch die Kalender hindurch hatte Nadines schneller Blick eine Täfelung entdeckt, und das erste, was im Hause getan wurde, war, die Kalender abzureißen und das Holz freizulegen. Jetzt war die Täfelung crèmefarben gestrichen und das Zimmerchen mit Nadines Möbeln eingerichtet worden, einem Schreibtisch aus dem achtzehnten Jahrhundert, einem Sheratonstuhl mit Gobelinstoff bespannt, einem bequemen kleinen Fauteuil und einer Eckvitrine mit Glastüren, hinter denen einige kostbare Stücke alten Porzellans sichtbar waren. Für weitere Möbel war kein Platz, doch auf dem glatten Eichenboden lag ein weißes Lammfell, an der Wand hing ein kleiner alter Spiegel, und auf dem Schreibtisch stand eine Vase mit den letzten Herbstrosen. Neben Nadine, in dem Korb mit dem pastellblauen Kissen, lag Mary, das weiße Pekineserhündchen, in tiefem Schlaf.

Die pastellblauen Vorhänge umrahmten eine Aussicht, die in den vergangenen fünf Monaten auf geheimnisvolle Art geradezu ein Bestandteil von Nadines Seele geworden war, und das war eigentlich seltsam, denn bisher hatten Landschaften ihr nie sehr viel bedeutet. Doch solch eine Aussicht – so meinte sie – hatte es bisher noch nicht gegeben. Sie legte die Feder nieder, stützte das Kinn in die Hand und genoß den Blick, der sich ihr bot. Der Gartenstreifen, der sich just unterhalb ihres Fensters bis zur Ufermauer erstreckte, war ein Rausch von Farben: violette und weiße Astern, scharlachrote Dahlien und frühe gelbe Chrysanthemen. Sie erfreuten sich des Altweibersommers, die Schmetterlinge sonnten sich in der warmen Sonne auf den Astern, und zwei Zaunkönige flatterten von den Blumen zum Ufer und zurück, als wären sie zu glücklich, um stillzusitzen. Der Fluß war blau, lag heute fast so still wie das braungelbe Marschland, und dahinter hoben sich die goldfarbenen Oktoberwälder zum Azur des Himmels. Durch das geöffnete Fenster drang kein anderer Laut als das sanfte Plätschern des Wassers gegen die Ufermauer und das Hämmern aus dem Bootshaus, wo Ben sich zu schaffen machte.

Nadines Züge wurden weich von Zärtlichkeit und Mitleid. Lucilla hatte darauf bestanden, daß Ben wegen seines Hustens einen Arzt aufsuchte, bevor er in die Schule kam. Seine Lungen waren nicht ganz in Ordnung.

Kein Grund zur Besorgnis, hatte der Doktor gesagt. Einige Monate Ruhe und frische Luft würden das Übel wahrscheinlich beheben. Doch es hätte immerhin Grund zur Besorgnis geben können, und dessen schämte sich Nadine. ‹Ich bin eine klägliche Mutter›, sagte sie jetzt zu sich selbst. ‹Ich bin zu müde geworden, um mich überhaupt um irgend etwas zu kümmern. Um Bens willen war es gut, daß wir hierhergekommen sind. Und auch für George; er ist ein ganz anderer Mensch.›

Ja, die Übersiedelung hatte sich gerechtfertigt, obgleich Nadine selbst, nach der Plage und Hetze der letzten Monate, wenn möglich noch erschöpfter war als zuvor. Doch war es vor allem ihr Körper, der diese Ermüdung spürte; ihr Geist, der in London so schlaff und matt gewesen war, hatte sich in diesem Haus, das jetzt ihr Heim bedeutete, wunderbar erholt. Sie wußte kaum, was sie tat, als sie jetzt eine Hand ausstreckte und auf die Täfelung legte; das Holz fühlte sich in der Sonne warm an, als wäre es von innerem Leben durchpulst. Immer mehr bestärkte sich in Nadine das Gefühl, daß dieses Haus eine eigene Persönlichkeit besaß, etwas wie einen großen Engel, der mit dem Wachstum des Hauses wuchs und mächtiger wurde – oder aber mit jenen, die darin lebten; und sie spürte auch, daß dieser Engel ihr günstig gesinnt war. Es war ein freundlicher Engel, und überdies zeigte er erstaunliche Geduld. Als sie das Haus zum erstenmal betrat und sah, was zu tun war, und spürte, wie sehr ihr die Kraft mangelte, es zu tun, da hatte sie das Haus bitter gehaßt, und es hatte ihren Haß mit der Ergebenheit eines alten Hundes erwidert, der wohl weiß, daß sein schäbiges Fell Anstoß erregt, aber ohne Hilfe nichts daran zu ändern vermag, obgleich er sterben möchte, nur um seinem Herrn gefällig zu sein. Doch ihr Haß hatte nicht lange gedauert, denn das Haus hatte auf ihren ersten Ansturm so schnell reagiert, daß ihre Erbitterung verebbte und an deren Steile die tiefe, kameradschaftliche Liebe jener getreten war, die alles miteinander zu Ehren Gottes taten.

Das war Bens Wort gewesen. «Zu Ehren Gottes!» hatte er gerufen, als er die Kalender von der Täfelung riß, und er hatte es abermals aus voller Kehle gebrüllt, als er und Tommy im Wohnzimmer die abscheuliche Verkleidung entfernt und darunter einen prachtvollen Kamin entdeckt hatten. George hatte wohl gegen diesen Kriegsruf Einspruch erhoben, aber Ben hielt daran fest. Dieses Haus war eine *Maison-Dieu*, und alles, was sich als unwürdig erwies, war zu entfernen; dagegen aber eine neue Schönheit zu erwecken, bedeutete doch eine Art Kreuzzug.

Und das Haus hatte zugestimmt und mitgearbeitet. Nadine besaß außerordentlich viel Talent für Inneneinrichtung, niemals aber hatte sie ihre Gabe mit solcher Freude verwendet wie in diesen letzten Monaten. Der Engel schien mit ihr zu arbeiten, schien ihr zu sagen, was zu tun sei und wie es zu tun sei, als wäre auch er ein Künstler . . . Und das Haus selber war es gewesen, das auch Malony, Annie-Laurie und Smith zur Hilfe herangezogen hatte. Plötzlich begann Nadine zu lachen, als sie an diese drei dachte, die, nächst Jill, ihr ein und alles gewesen waren, und in der Erinnerung kehrte sie zu jenen ersten Wochen im ‹Gnadenkraut› zurück und zu jenem gesegneten Tag ihres Einzugs.

2

Bald nach ihrer Ankunft hatte sie leidenschaftlich und erbittert erklärt, sie bleibe nicht in diesem Hause, nein, um keinen Preis, wenn kein Badezimmer installiert würde. Ferner müßte ein Lampenputzer her, und die Mäuse müßten weg. Sie sah ein, daß noch auf lange Zeit hinaus an die Einführung von elektrischem Licht nicht zu denken war, und sie war durchaus Georges Meinung, daß Lampen und Kerzen sehr schön seien; aber sie hatte nicht die Absicht, sich selber um diesen Teil des Haushalts zu kümmern. Ebensowenig wollte sie ohne Badezimmer bleiben. Und schon gar nicht mit den Mäusen zusammen hausen. Und wenn George nicht wollte, daß sie auf und davon ging, müsse er sich darum kümmern. Nachdem sie sich dieses Ultimatums entledigt hatte, stieg sie mit Kopfschmerzen in ihr Zimmer hinauf, warf sich aufs Bett und weinte. Unterdessen verbrachte George den Morgen damit, die Nachbarschaft in seinem Wagen abzuklappern, jedem Spengler zuzusetzen, dessen er habhaft werden konnte, und das alles nur, um zu hören, daß sämtliche Firmen entzückt wären, in irgendeiner unbestimmbaren Zukunft die Aufträge des Generals auszuführen, derzeit aber seien Badewannen nicht aufzutreiben. George kaufte zehn Mausefallen und kehrte niedergeschlagen heim, wo Caroline Jill bei der Vorbereitung des Mittagessens behilflich war. Ben und Tommy aber, hungrig wie Jäger nach der Morgenpirsch, deckten den Tisch, weil sie hofften, das würde den Ablauf der Dinge beschleunigen. Nadine dagegen war noch immer oben. Die Sommerferien hatten begonnen, und so waren die Kinder, mit Ausnahme der Zwillinge, zu Hause. Die Zwillinge wohnten vorderhand in Damerosehay unter der Obhut von Lucilla und Margaret, um Jill zu entlasten, die helfen mußte, das Haus instand zu setzen und mit dem Öl ihres gesunden Menschenverstands Reibungen zu verhindern.

«Wir wollen Mrs. Eliot das Mittagessen hinaufschicken», sagte sie jetzt zu dem bekümmerten George. «Am besten, Sie tragen es selber hinauf, Sir. Sie ist schrecklich herunter. Wie schön diese Mausefallen sind, Sir! So schöne habe ich in meinem ganzen Leben nicht gesehen.»

Rasch und geschickt machte sie ein besonderes, für Nadines Zustand berechnetes Mittagessen zurecht und stellte auch eine kleine Vase mit Blumen auf das Tablett. George stapfte die Treppe hinauf, trat mit schweren Schritten bei Nadine ein und stellte das Tablett auf den Tisch neben ihrem Bett. Die Blumenvase warf er bei dieser Gelegenheit um.

«Wie lieb von dir», sagte sie und wischte das Wasser mit ihrem

Taschentuch auf; jetzt schämte sie sich ihrer Tränen und ihres Temperamentsausbruchs. Vor dem Krieg hatte sie nie geweint. «Nun? Wie steht es mit dem Badezimmer?»

«Kein Glück gehabt», sagte George, «aber ich habe zehn Mausefallen gekauft.»

«Großartig», sagte Nadine. «Und was wirst du als Lockspeise verwenden? Unsere Käseration essen wir selber.»

Abermals schämte sie sich, aber George war nicht gekränkt, denn seine Aufmerksamkeit war durch einen höchst erstaunlichen Lärm abgelenkt, der von draußen hereindrang. Er schaute hinaus. «Was, zum Teufel. . . .!» rief er.

Nadine betrachtete befriedigt die tadellos gebackenen Fischfilets und dankte dem Himmel, daß Jill ebenso gut zu kochen wie kleine Kinder zu hüten wußte; jetzt gönnte sie auch dem Flußstreifen, den das Fenster einrahmte, einen Blick. Und dann verwandelte ihre Gleichgültigkeit sich in Interesse, sie schlüpfte aus dem Bett und trat neben George. Ein erstaunliches Fahrzeug kam über den Fluß daher gerasselt. Es sah aus, als sei es ursprünglich ein Kohlenkahn gewesen, obgleich er jetzt mit einem Motor ausgestattet war und statt Kohle eine Sammlung der überraschendsten Dinge trug, die Nadine je gesehen hatte. Inmitten der Barke war eine Badekabine, an deren kleinen Fenstern heitere, geblumte Vorhänge hingen. Hinter der Kabine spannte sich eine Leine, von der hellfarbige weibliche Wäsche über etwas baumelte, was sichtlich ein Gemüsegarten war, den man auf dem Achterdeck des Bootes angelegt hatte. Den Vorderteil füllten allerhand seltsame Maschinen, und darüber ragte eine Fahnenstange, an der der Union-Jack flatterte. An der Spitze der Fahnenstange hing ein eigenartig leuchtendes Bündel, das sich aus der Entfernung nicht erkennen ließ. Die Mannschaft schien aus drei Köpfen zu bestehen; einer männlichen Gestalt, halb unter den Maschinen verborgen, einer Frau, die mit der Wäsche beschäftigt war, und einer Katze, die auf dem Dach der Kabine ihren Bart putzte. Das Boot war gemächlich flußabwärts geglitten, doch beim Anblick des ‹Gnadenkrauts› verlangsamte es seine Fahrt, und die Mannschaft schien einander etwas zuzurufen. Nun steuerten sie mit viel Geräusch auf das Ufer zu und gingen an der Gartenmauer vor Anker. Der untere Teil des Bootes war den erstaunten Blicken Nadines und Georges jetzt verborgen, aber die Fahnenstange mit dem Union-Jack blieb nach wie vor sichtbar, und das blinkende Bündel an ihrer Spitze erwies sich als eine Anzahl Glocken, die sanft aneinander klangen, als das Boot festgemacht wurde. Auch die Spitzen einiger blühenden Tomatenpflanzen ragten aus dem Gemüsegarten über die Mauer, und ebenso die Katze auf dem Dach der Kabine. Jetzt erschien eine Leiter oberhalb der Gartenmauer.

«Das scheint so etwas wie ein Zirkus zu sein», meinte Nadine.

«Allmächtiger», rief George. «Die wollen zu uns!»

Zuerst kam der Mann, der mit affenartiger Behendigkeit die Mauer erklomm. Und er sah auch wie ein Affe aus. Er hatte ein braunes, bekümmertes, runzliges Gesicht und kurz geschnittenes dunkles Haar. Er war klein, schmächtig und drahtig, trug dunkelblaue Kalikohosen und einen dunkelblauen Sweater; um den Hals hatte er einen grellroten Shawl geschlungen. Nicht weniger flink war das Mädchen, das ihm folgte, obgleich sie weit besser aussah. Von weitem mochte man ihr etwa achtzehn Jahre geben; sie war sehr schlank, ihre Bewegungen anmutig, das sonnenverbrannte Gesicht lief in ein spitzes Kinn aus, wunderbar schimmerndes Goldhaar legte sich in Zöpfen um den kleinen Kopf. Sie trug ein Diminutiv von einem jadegrünen Rock, dazu einen gelben Jumper, und ihre Beine waren nackt. Als die beiden auf der Mauer waren, kratzte die Katze sich nachdenklich hinter dem linken Ohr und sprang ihnen dann mit einem Satz nach. Wie Seiltänzer wandelten die drei im Gänsemarsch über die Mauer und verschwanden auf das Tor zu. Gleich darauf wurde ein Klopfen vernehmbar, Tommy ging breitbeinig das Tor öffnen, und dann wurden Stimmen laut.

«Solltest du nicht hinuntergehen, Liebling?» fragte Nadine.

Aber George blickte wie verzaubert auf die Glocken, den Union-Jack und die Spitzen der Tomaten. Auf der Stiege erscholl Lärm, und Tommy platzte ins Zimmer.

George wandte sich brüsk um. «Mach doch keinen solchen Spektakel!» schrie er. «Denk daran, daß deine arme Mutter schreckliche Kopfschmerzen hat!»

«Tut mir leid!» schrie Tommy mit nicht geringerem Stimmaufwand. «Komm bitte herunter, Vater. Da ist so etwas wie ein Kesselflicker. Er versteht sich darauf, alles zu leimen, zu flicken, zurechtzubiegen. Wir haben ihn zum Mittagessen eingeladen.»

«Zum Mittagessen eingeladen?» brachte Nadine mühsam hervor.

«Ja natürlich, Mutter. Das Haus ist doch ein Gasthaus und keine Schenke! Wir sind verpflichtet, zu jeder Zeit Unterkunft und Nahrung zu gewähren.»

«Hat er ein Mittagessen verlangt?» fragte George.

«Nein. Er wollte ein Glas Bier haben und unsere Scheren und Messer schleifen. Ich sagte ihm, daß wir noch kein Bier haben, aber ich habe ihm Most und ‹Spam› angeboten» – eine Kriegsmischung von Schinken und Gewürzen aller Art – «Und er hat gemeint, das täte es auch. Das Mädchen ist sehr nett. Und ganz reizend!»

«Geh doch bitte mit, George», sagte Nadine und fuhr sich übers Haar, «und sieh zu, daß wir die Leute loswerden!»

«Du kannst sie nicht loswerden», erklärte Tommy entrüstet. «Wir sind doch ein Gasthaus; ich habe es dir gesagt!»

George ging, von Tommy gefolgt, hinunter. Nadine stellte ihr Tablett aufs Fensterbrett, setzte sich und begann, das Fischfilet zu essen. Danach fühlte sie sich weit besser, ja, eigentlich vollkommen erholt. Der Fisch war ausgezeichnet, aber mit einer gebratenen Tomate dazu wäre es noch besser gewesen. Nadine blickte versonnen nach den Spitzen der Tomatenpflanzen, die über die Mauer lugten. Sie wollte doch selbst einmal hinuntergehen und nachsehen, ob die Tomaten zu brauchen waren.

Während sie die Treppe hinunterstieg, hörte sie aus der Küche laute Unterhaltung und das Klappern von Messern und Gabeln. George war es offenbar unmöglich gewesen, Tommys Einladung zum Mittagessen rückgängig zu machen. Sie trat aus dem alten Tor und ging in den Garten. Als sie an der Mauer angelangt war, sah sie zu den kleinen Glocken an der Spitze der Fahnenstange hinauf. Es waren wunderschöne Glöckchen, und sie glaubte, noch immer ihren hellen, süßen Klang zu hören. Dann betrachtete sie das Fahrzeug. Es war auch tatsächlich sehenswürdig. Die Badekabine, eine ziemlich große Hütte, war so eingeteilt, daß darin eine Wohnküche und zwei winzige Verschläge Platz fanden. In der Küche war ein kleiner Petroleumofen, auf einer Etagère standen Teller und Schüsseln, mehrere blinkende Töpfe und Pfannen, an der Wand gab es einen Sitzplatz, und auch ein Bücherregal war vorhanden. In jeder der beiden Kabinen war eine Schlafstelle, die tagsüber zum Sitzen verwendet werden konnte, und von der Decke hingen Petroleumlampen. Nadine stellte fest, daß diese Lampen sauber geputzt und gut instand gehalten waren – sichtlich von jemandem, der sich auf alle Mucken und Tücken dieser Lampen verstand.

Nun wandte sie ihre Aufmerksamkeit dem Gemüsegarten auf dem Achterdeck des Bootes zu. Er hatte zwei Beete, das eine mit Tomaten bepflanzt, an denen schöne, reife Früchte hingen, und das andere mit Salat und Radieschen, das Ganze umrahmt von einer Reihe Stiefmütterchen. Die Beete waren – Nadine starrte nur so – in zwei breiten, mit Erde gefüllten Badewannen angelegt! Zwei breite Badewannen!

Im Nu waren ihre Kopfschmerzen verschwunden. Sie zauderte keine Sekunde. Sie eilte in die Küche, wo sich ihr ein gemütliches Schauspiel bot, das sie kaum gebilligt hätte, wenn in ihrem Geist für anderes Raum gewesen wäre als für die beiden Badewannen. George, ihre Kinder, Jill und die beiden Fremden saßen um den Küchentisch, tranken Cider und aßen ‹Spam› in großen Mengen, dazu Salat, und das alles von dem schönen Geschirr mit dem Weidenmuster, als wären sie alte Bekannte. Die Katze hockte unter dem Tisch und bekam ihren Teil gleichfalls in einer Schüssel des schönen Services. George blickte allerdings ein wenig verlegen drein, aber er schien sich doch recht behaglich zu fühlen. Alle waren bester Stimmung bis auf Mary, das Pekineserhündchen, das auf dem Fensterbrett saß, zur Katze hinüberäugte und ganz entsetzt darüber war, daß man ihm solch plebejische Gesellschaft zumutete. Am Ende des Tisches, George gegenüber, war ein Platz frei, und sobald Jill Nadines ansichtig wurde, stand sie auf und schob den Stuhl zurück. «Wir haben alle gehofft, daß Sie herunterkommen würden, Madam», sagte sie. «Sie haben doch kaum etwas gegessen! Hätten Sie Lust auf Toast und eine Tasse Kaffee? In einer Minute ist es fertig.»

«Ja, gern, Jill! Vielen Dank», sagte Nadine und setzte sich auf den leeren Platz. Ganz so überzeugt war sie ja nicht, daß die andern ihre Gesellschaft herbeigesehnt hatten, aber auf Jill konnte man sich verlassen; sie verstand es, über einen heiklen Augenblick hinwegzuhelfen.

«Meine Frau», sagte George mit rotem Gesicht, aber höflich. Auch nach etlichen Gläsern blieb er immer der korrekte Hausherr. «Mr . . . hm . . .»

«Jim Malony», sagte der Mann, stand auf und verbeugte sich mit überraschender Weltläufigkeit vor Nadine; seine hellen und doch bekümmerten Augen zwinkerten freundlich: «Und das ist meine Tochter Annie-Laurie.»

Annie-Laurie wandte ihr kleines braunes Gesicht der Hausfrau zu und lächelte schüchtern. Sie hatte ein seltsam schiefes Lächeln wie ein bittendes Kind, obgleich sich auf den zweiten Blick deutlich erkennen ließ, daß sie durchaus kein Kind mehr war. Ihre schönen hellblauen Augen blickten lebenserfahren, und wenn ihr Lächeln auch anziehend war wie ein Kinderlächeln, so erstarb es doch jäh, und ihre Lippen besaßen, im Ruhezustand, die Selbstbeherrschung einer erwachsenen Frau. Es war ein verschlossenes Gesicht, aber ein Ausdruck des Leidens ließ sich nicht vollständig verbergen. Nadine war keine mütterliche Natur, doch sie hatte Kinder geboren, und beim Anblick dieses Gesichtes fühlte sie einen schmerzlichen Stich im Herzen. Sie sah Jill an, die den Kaffee auf dem Küchenherd wärmte, und ihre Blicke trafen sich in verständnisvollem Mitleid . . . Unzweifelhaft war etwas an diesem Mädchen nicht, wie es sein sollte . . . und doch war gleichzeitig etwas an ihr so, wie es sein sollte, eine einfache Unmittelbarkeit in dem bittenden Ausdruck, eine Lebenskraft, die wie eine reine Flamme emporloderte. Nadine lächelte auch dem Mädchen zu, doch ausnahmsweise fand sie keine Worte.

Die peinliche Pause wurde von Tommy unterbrochen, der unter den Tisch wies. «Der Kater Smith», sagte er zu seiner Mutter, «tut sich an den Resten deines Filets gütlich.»

Dann wurde die Unterhaltung dort fortgesetzt, wo sie bei Nadines Eintritt aufgehört hatte, war lebhaft und sachlich, bezog sich auf die Probleme von Fischen, Booten, Flüssen und Gasthäusern an den Flußufern. Die Kosten trugen hauptsächlich Tommy und Jim Malony, aber auch George, Ben und Caroline stellten hin und wieder eifrige Fragen. Annie-Laurie sprach nur wenig. Sie aß mit zierlichen Manieren, und dann und wann lächelte sie ihrem Vater zärtlich zu wie eine Frau, die die Geschichten ihres Mannes schon unzählige Male gehört hat und sich dennoch freut, wenn er sie mit großem Behagen abermals wiederholt. Ihre Haltung ihm gegenüber war weit mehr die einer Frau als die einer

Tochter. Und er wirkte tatsächlich kaum alt genug, um ihr Vater zu sein, denn trotz des verrunzelten Gesichts war er offenbar noch ziemlich jung. Auch hatte sie nicht die geringste Ähnlichkeit mit ihm; unter der Sonnenbräune war sie sehr schön. Seine Empfindungen für sie waren in jedem Blick zu spüren, den er ihr zuwarf; es war die besorgte, liebevolle Art eines alten Wachhundes, der seiner Herrin völlig ergeben ist. Er war übrigens der geborene Erzähler. Scherze, lustige kleine Andekdoten, Nachrichten aus aller Welt, Geschichten von den entlegensten Gebieten hielten seine Hörer dauernd in Spannung. Er hatte eine heisere, kreischende Stimme, formte die Worte aber mit äußerster Deutlichkeit, und seine irische Aussprache war allzu betont, um ganz echt zu sein.

Und Nadine hielt sie auch keine Sekunde lang für echt. Jim Malony war, ihrer Meinung nach, ebensowenig ein Ire, wie er Kesselflicker war. Was er aber war, das wußte sie nicht. Das Paar brachte sie in Verwirrung. Sie gehörten nicht jenem Stande an, den Nadine gewöhnlich als Arbeiterklasse bezeichnete, noch gehörten sie zur bürgerlichen Gesellschaft. Was also waren sie?

«Troubadour . . .»

Ben war es, der gesprochen hatte. Er saß neben seiner Mutter, an seiner anderen Seite Annie-Laurie, und jetzt, da das junge Mädchen mit Essen fertig war, wandte er sich ihr zu und versuchte schüchtern und freundlich, eine Unterhaltung in Gang zu bringen.

«Ihr Vater ist gewissermaßen ein Troubadour», sagte er. «Wissen Sie, einer jener Männer, die in früheren Zeiten von Haus zu Haus zogen, wunderbare Geschichten erzählten und die Leute erheiterten.»

«Er ist immer heiter», sagte Annie-Laurie. Ihre Stimme war klar und einschmeichelnd, eine wohlgebildete Stimme ohne die leiseste Spur irischen Akzents, und als sie Ben zulächelte, erschien unerwartet ein Grübchen in ihrer linken Wange . . . «Dieses alte Haus scheint ganz der rechte Ort für einen Troubadour zu sein. Die Troubadoure waren die Ahnen der wandernden Schauspielertruppen. Und diese Komödianten spielten am liebsten in Gasthäusern.»

«Sie spielten auf den Galerien der Gasthäuser», wußte Ben begeistert zu betonen.

«Und traten aus den gemütlichen alten Zimmern mit den Blumennamen ‹Fleur-de-lis› und ‹Gnadenkraut› auf ihre Bühne hinaus.»

Beim Sprechen lächelte sie jetzt der Hausfrau zu, und Nadine war ganz überrascht über diese Kenntnisse und diese Anmut. «Lieben Sie Blumen, Annie-Laurie?» fragte sie. «Sie haben reizende Stiefmütterchen in dem Garten auf Ihrem Hausboot.»

«Ich liebe Blumen, Kinder und alle Tiere», sagte Annie-Laurie. «Alles, was der Pflege bedarf. Meine Stiefmütterchen sind reizend, aber in einer Badewanne kann man nicht allzu viele Blumen züchten. Weil Ihr Garten so schön ist, haben wir hier halt gemacht und hereingeschaut, und dann hat das alte Haus uns so freundlich angesehen wie ein Mensch. Und es wirkt so gesichert; ganz wie eine Festung. Wir hofften, es wäre ein Gasthaus, und darum sind wir eingetreten. Aber Sie benutzen es wohl nur für sich allein, und wir hätten gar nicht eintreten dürfen, nicht wahr?»

«Aber das macht doch nichts», beruhigte sie Nadine. «Wenn alles in Ordnung gebracht ist, soll es wieder ein Gasthaus werden. Wir sind eben erst hierher übersiedelt, und nirgends kann ich eine Wanne finden, um ein Bad einzurichten.»

«Eine Wanne?» fragte Mr. Malony. «Gott sei Dank, Madam, habe ich ihrer zwei.»

«Mr. Malony», sagte Nadine, «ich zahle Ihnen jeden vernünftigen Preis für diese Badewannen, und wenn Sie überdies so geschickt sind, daß Sie einem der ortsansässigen Klempner bei der Installation helfen können, werde ich den Preis gern verdoppeln.»

«Zehn Pfund für beide», schlug Malony ohne zu zögern vor. «Sagen wir zwanzig Pfund und die Verpflegung, und Annie-Laurie und ich bleiben da, bis das Haus völlig in Ordnung ist. Es gibt nichts, was Annie-Laurie nicht kann – kochen, Lampen putzen, waschen, bügeln, nähen – und, Gott sei gepriesen, im ganzen Vereinigten Königreich gibt es keinen Mäusefänger, der Smith das Wasser reichen könnte. Abgemacht, Madam?»

«Abgemacht», sagte Nadine.

3

Und nun waren sie noch immer hier, schliefen in ihrem Hausboot, das jetzt hinter dem Bootshaus am Waldrand vertäut lag, verbrachten dort auch ihre Abende, aßen aber im ‹Gnadenkraut› und schufteten von früh bis spät im Hause. Sie waren unbezahlbar. Malony hatte mit einem Aufwand von Takt und Humor, der jede Kränkung ausschloß, einem Klempner des Ortes geholfen, zwei Badezimmer einzurichten, eines für die Gäste, das andere für die Familie. Gewissermaßen aus dem Nichts hatte er sich Farbe beschafft und das ganze Haus vom Keller bis zum Dach frisch gestrichen. Er hatte mit Ben und Tommy im Garten gearbeitet, hatte George geholfen, die Garage in Ordnung zu bringen, hatte Böden geschrubbt, hatte gewaschen, Schuhe geputzt, Silber blank poliert, Koffer getragen, kurz, alles und jedes getan, was sein flinkes Auge als notwendig erachtete. Trotz des bekümmerten Ausdrucks seiner Züge war er stets heiter und zum Scherzen aufgelegt. Es hatte bereits vereinzelte Gäste gegeben, Freunde, die das Haus einweihen wollten, aber gelegentlich auch Passanten, Männer aus The Hard, die ein Glas trinken wollten, wenn das Tagewerk getan war, Picknickgesellschaften und Leute, die am

Ufer zu Hause waren, und Malony wußte untrüglich, wie sie alle behandelt werden mußten. Eine grüne Schürze um die Hüften gebunden, teilte er das Amt des Pförtners – nur die Kinder bestanden darauf, ‹Kämmerer› zu sagen – mit Ben, und mit einem Lederwams oder einer weißen Schürze war er Tommys bessere Hälfte, wenn es galt, in der Garage zu helfen oder bei Tisch zu bedienen. Und wenn Jill Nadine beim Kochen zur Hand gehen mußte – denn eine Köchin hatten sie noch nicht –, hütete er die Zwillinge mit einer Geschicklichkeit, die ans Geniale grenzte.

Annie-Laurie war nicht weniger tüchtig als Malony. Sie übernahm die Säuberung der Lampen und sämtliche Pflichten eines Stubenmädchens. Mit den Zwillingen wußte sie fast ebenso gut fertig zu werden wie Jill und Malony, und Mary, dem Pekineserhündchen, war sie aus ganzem Herzen zugetan. Doch bei aller Freundlichkeit blieb sie sehr zurückhaltend. Wenn man zu ihr sprach, antwortete sie höflich, aber sie selbst war durchaus nicht gesprächig, und alle, bis auf Nadine, empfanden diese Zurückhaltung als ein Hemmnis im Zusammenleben. Nadine dagegen gefiel es. Sie hatte Annie-Laurie gern und glaubte, daß Annie-Laurie dieses Gefühl erwiderte. Zwischen ihnen gab es eine herzliche, wenn auch unausgesprochene Sympathie.

Von Smith ließ sich nur sagen, daß er ein pflichtbewußter Kater war. Als Mäusefänger hatte er nicht seinesgleichen, unterzog sich dieser Tätigkeit rasch und geschickt und hatte nicht die peinliche Gewohnheit anderer Katzen, längere Zeit mit dem Opfer zu spielen. Er war sauber, würdig, wohlgesinnt, und selbst Mary entdeckte, daß seine Anwesenheit im ‹Gnadenkraut› die Gemütlichkeit des Hauses erhöhte.

Malony hatte Nadine und George seine Lebensgeschichte in kurzem Abriß erzählt. Er hatte als Klempner und Anstreicher begonnen, und so konnte er auch ein Bad installieren, aber eine schlimme Lungenentzündung hatte ihn so geschwächt, daß der Arzt ihm stärkere Seeluft verschrieb. Da hatte er denn angefangen, Badekabinen zu vermieten. Er hatte ihrer zwölf besessen und sich damit recht gut durchgebracht. Auf diese Art war er zu der Badekabine auf dem Boot gekommen.

Aber auf die Dauer hatte dieses Geschäft ihn gelangweilt. Ihn verlangte es danach, die Welt zu sehen. Einer seiner Freunde war Kahnführer gewesen, hatte das aber satt und wollte sich endlich irgendwo seßhaft machen. Da tauschten sie denn; sein Freund übernahm sechs Badekabinen und Malony den Kahn, aus dem er mit Hilfe einer Badekabine und eines Motors, den ein anderer Kumpan ihm für die fünf übrigen Badekabinen gab, ein höchst brauchbares Hausboot gemacht hatte. Smith war die Katze des Kahnführers gewesen und mit dem Kahn in seinen Besitz übergegangen.

Seither hatten er und Annie-Laurie sich ein Stück von der Welt angesehen und sich ihren Lebensunterhalt damit verdient, daß sie in den

Häusern am Ufer irgendwelche Gelegenheitsarbeiten übernahmen. Annie-Laurie war sein einziges Kind. Ihre Mutter war bei der Geburt gestorben. Und das Mädchen war geradezu ein Ebenbild der Verewigten. Sie hatte eine sehr gute Stelle in einem Modehaus gehabt, aber alles aufgegeben, um ihren Vater zu pflegen. Diese Geschichte wurde auf die amüsanteste Art erzählt, und George schluckte sie gläubig und willig, Nadine aber glaubte kein Wort davon.

Doch ihre Ungläubigkeit hinderte sie nicht, von ganzem Herzen zu zustimmen, als George vorschlug, das unbenutzte Kutscherhaus in eine bequeme kleine Wohnung umzubauen, die auch im Winter bewohnbar wäre, und Malony und Annie-Laurie aufzufordern, für immer bei ihnen zu bleiben. Wer sie auch in Wirklichkeit sein mochten, sie hatte sie gern und schenkte ihnen Vertrauen, und gestern abend hatten sie und George die Sache zur Sprache gebracht. Nach einem hastigen, eigentümlichen Blickwechsel meinten Vater und Tochter, sie würden sich den Vorschlag doch gern noch überlegen. Und bis jetzt hatten sie noch keine Antwort gegeben. Annie-Laurie war den ganzen Tag über sehr still gewesen, und auch Malony fiel es sichtlich schwer, seine unerschütterliche gute Laune zu bewahren.

Nadine sah auf die Uhr. Es war halb vier. In einer Stunde etwa sollten die ersten Gäste eintreffen, denn die persönlichen Freunde, die sich bisher eingefunden hatten, zählten nicht für voll. Diese beiden aber, John Adair und seine Tochter, waren Fremde. Und gewichtige Fremde dazu. Als John Adair kurz und geschäftsmäßig angefragt hatte, ob er für einen längeren Zeitraum Unterkunft haben könne, hatte Nadine, der dieser Name sehr vertraut war, sich veranlaßt gefühlt, in ihrem ‹*Who's Who*› nachzusehen und zu ihrem Entsetzen festgestellt, daß es sich tatsächlich, wie sie vermutet hatte, um den Maler John Adair handelte, einen reichen, berühmten Mann, der gewiß dementsprechend untergebracht sein wollte; und dabei hatte sie noch immer keine Köchin! Und das Badewasser lief nach wie vor gelbbraun aus den Rohren und wurde nicht so heiß, wie es wünschenswert gewesen wäre! Zwischen Nadines Brauen grub sich eine Sorgenfalte ein, als sie jetzt auf die Uhr sah. Sie wurde das unbehagliche Gefühl nicht los, daß Malony und Annie-Laurie von dem Angebot irgendwie beunruhigt waren und am Ende gerade jetzt davonfuhren, wo man sie am dringendsten benötigte.

Es wurde an die Tür geklopft.

«Herein», sagte Nadine.

Annie-Laurie trat geräuschlos ein und stellte sich neben Nadines Stuhl. Sie sah in dem geblümten Kittel sauber und frisch aus, aber ihr alt-junges Gesicht wirkte müde und abgespannt.

«Nun, Annie-Laurie?» fragte Nadine.

«Verzeihung, Mrs. Eliot, aber mein Vater und ich meinen, es wäre doch das Beste, wenn wir weiterfahren würden.»

«Aber Annie-Laurie, ihr werdet mich doch nicht gerade jetzt im Stich lassen, da ich Gäste erwarte?!»

«Wir könnten noch eine Woche bleiben.»

«Eine Woche ist nicht viel. Mr. und Miss Adair kommen auf unbestimmte Zeit hierher.»

«Mein Vater sagt – noch eine Woche.»

«Ihr habt also beschlossen, unser Angebot nicht anzunehmen? Ihr wollt nicht dauernd bei uns bleiben?»

«Nein.»

Traurig hing diese eine Silbe in der Luft, und als Nadine aufschaute, sah sie, daß Annie-Lauries Züge schmerzlich verzogen waren. Sie schob den kleinen Fauteuil zurecht. «Setzen Sie sich, Annie-Laurie, und sprechen Sie sich einmal mit mir aus.»

«Es ist für uns das Beste, wenn wir nicht bleiben», sagte Annie-Laurie unglücklich, aber sie setzte sich doch.

«Hören Sie, Annie-Laurie», sagte Nadine. «Ich habe Sie gern. Ich habe Sie – sehr gern, glaube ich.»

Sie hatte nicht gewußt, daß sie das sagen würde. Es war nicht ihre Art, solche Worte zu gebrauchen. Aber es war wahr. Erstaunt, bestürzt streckte sie die Hand aus, als suchte sie an der sonnendurchwärmten Täfelung eine Stütze. Und wiederum spürte sie die Gegenwart einer warmen, lebensvollen Persönlichkeit, jener Persönlichkeit, die ihr diese Worte in den Mund gelegt hatte. Sie sah Annie-Laurie an. Das Gesicht des Mädchens war kreidebleich und zeigte wieder jenen verschlossenen Ausdruck, der Nadine am Tage der Ankunft so schmerzlich berührt hatte.

«Ihr Vater würde gern bleiben. Sie sind es, die dagegen ist», sagte Nadine.

«Woher wissen Sie das?» flüsterte Annie-Laurie.

«Ich fühle es irgendwie. Warum aber, Annie-Laurie? Ich weiß, daß Sie mich auch gern haben!»

Ein seltsames Zucken glitt über Annie-Lauries versiegelte Züge, wie wenn der erste Hauch aus dem Süden über eine frosterstarrte Welt weht. Es ging vorüber, doch die alte Starre wollte sich nicht wieder einstellen. Sie kämpfte, aber Nadines Wärme hatte ihre Verschanzung durchbrochen, und das Leben dahinter wirkte schmerzlich aufgestört. Doch sie weinte nicht. Sie versenkte die schmalen Hände in das schöne blonde Haar und ließ sie dort, als schleppte sie in ihrem Kopf eine Bürde, die allzu schwer zu ertragen war; ihre Augen schienen stumm zu flehen: Ach, wenn doch Nadine sie dieser Last entledigen könnte.

«Sie müssen versuchen, mir ein wenig von sich selbst zu erzählen, Annie-Laurie», sagte Nadine sanft. «Die Geschichte Ihres Vaters, all das von seinem Beruf und den Badekabinen, habe ich keinen Augenblick lang geglaubt. Auch daß er Ire ist, glaube ich nicht. Sagen Sie mir doch die

Wahrheit!»

Annie-Lauries Hände sanken in ihren Schoß. Sie zitterten, und das Mädchen verschränkte sie krampfhaft. Aber Nadine hatte ihr über die erste Hürde geholfen, und jetzt konnte sie reden. «Er war Schauspieler. Er ist in Music Halls aufgetreten. Wir spielten zusammen. Er hat irische Lieder gesungen und ich schottische; und wir haben getanzt, und er hat spaßige Geschichten erzählt. Der irische Dialekt wurde ihm zur zweiten Natur. Bevor er zur Music Hall ging, war er Techniker gewesen. Er ist sehr intelligent. Es gibt nichts, was er nicht fertig brächte, nichts, was er nicht zu wissen scheint. Wir haben manchmal sehr viel Geld verdient. Wir hatten – alles.»

Artisten von der Music Hall! Nadine war im Grunde erstaunt, daß sie das nicht gleich erraten hatte. Ben, mit seinem gewohnten Einfühlungsvermögen, hatte Malony als Troubadour bezeichnet und war klüger gewesen als sie. Jetzt erklärte sich die bizarre Erscheinung, die Lebendigkeit, die Anpassungsfähigkeit, die Phantasie der beiden. Doch der Wechsel vom Techniker zum Artisten blieb eigentümlich.

«Warum ist Ihr Vater zur Music Hall gegangen?» fragte Nadine.

«Er konnte seine Tätigkeit als Techniker nicht fortsetzen.»

«Warum nicht?»

«Es hat ihn nicht befriedigt – und dann – er trinkt manchmal», sagte Annie-Laurie. Ihre Hände hatten aufgehört zu zittern, und ihr Gesicht war völlig ausdruckslos.

«Jetzt aber nicht», sagte Nadine.

«Nicht, seit wir hier sind», erwiderte Annie-Laurie. «Wenn's irgend etwas Neues gibt, etwas, das ihn interessiert, dann kann er sich eine Weile lang sehr gut halten. Aber wenn alles wieder zur Gewohnheit wird –»

«Und aus diesem Grunde meinen Sie, daß Sie nicht bei mir bleiben können?» fragte Nadine herzlich. «Sie glauben, er würde das Haus in Verruf bringen?»

«Nicht Jim – nicht Vater allein. Ich bin im Gefängnis gewesen. Wohin wir auch gehen, was wir auch tun mögen, es kommt immer heraus.»

Die Verzweiflung in ihrer Stimme schien einen Abgrund vor Nadines Füßen aufzureißen. Sie war beschämt. Frauen wie sie, beschützt, behütet, gesichert, geliebt, wagten es, das Leben hart zu finden; sie wagten es, sich zu beklagen, weil der Pfad, über den sie schritten, mit rosa Rosen bestreut war, während sie rote Rosen vorgezogen hätten. Sie empfand Abscheu vor sich selbst. Sie konnte kein Wort hervorbringen. «Und jetzt sehen Sie wohl selbst ein, daß wir gehen müssen», sagte Annie-Laurie.

Nadine faßte einen schnellen Entschluß. «Es ist durchaus nicht notwendig, daß ihr geht, Annie-Laurie, wenn ihr Lust habt zu bleiben.» Annie-Laurie starrte sie ungläubig an. «Was Sie auch getan haben mögen, es gehört der Vergangenheit an. Es kommt nur darauf an, was Sie heute sind, und Ihnen, wie Sie heute sind, vertraue ich. Ich vertraue Ihnen, Annie-Laurie, Ihnen und Ihrem Vater.»

Annie-Laurie holte tief Atem. «Er ist nicht mein Vater.»

Abermals streckte Nadine die Hand aus wie nach einem Halt, und abermals bot das warme alte Holzwerk Beruhigung und Sicherheit. Auch das hätte sie ahnen müssen, sagte sie sich; Malony war doch offenbar jünger, als er aussah. Und Annie-Laurie vielleicht älter, als sie wirkte.

«Wie alt sind Sie, Annie-Laurie?» fragte sie.

«Man sieht es mir nicht an, aber ich bin schon über dreißig», flüsterte Annie-Laurie. Sie hatte den Kopf gesenkt, und Nadine konnte ihr Gesicht nicht sehen. Die junge Frau sah auf ihre Hände hinunter, und Nadine folgte diesem Blick. Die Knöchel schimmerten weiß durch die sonnenverbrannte Haut. Nadine legte ihre Hand über Annie-Lauries Hände.

«Ich mußte zu Ihnen sprechen», sagte Annie-Laurie. «Ich mußte – nachdem Sie gesagt hatten, daß Sie mir vertrauen – trotz allem –»

«Schon gut», sagte Nadine. «Sie können noch immer hierbleiben, wenn Sie Lust haben. Sie würden doch gern bleiben, nicht wahr?»

«Ja», erwiderte Annie-Laurie.

«Warum?» fragte Nadine.

«Ihretwegen . . . und des Hauses wegen.»

Endlich hob sie den Blick, in ihren Augen glänzte warme Verehrung, und die Erleichterung, die sie empfand, war so groß, daß sie zunächst kein Wort hervorbringen konnte. «Er hat die ganze Zeit hindurch zu mir gehalten», sagte sie endlich.

«Können Sie ihn nicht heiraten?» fragte Nadine.

«Das geht nicht», sagte Annie-Laurie. «Aber wir – wir tun nichts Unrechtes – ich kann das nicht so erklären –»

«Hören Sie, Annie-Laurie», begann Nadine. «Was Sie mir gesagt haben, bleibt zwischen uns. Ich werde zu keinem Menschen davon sprechen – nicht einmal zu meinem Mann. Und auch zu Ihnen werde ich nicht mehr davon sprechen; wenn Sie aber irgendwann das Verlangen haben sollten, mir mehr von sich zu erzählen, dann werde ich Sie immer gern anhören.» Sie hielt inne, doch es kam keine Antwort, und Annie-Laurie sah wieder auf ihre Hände hinunter. «Um Ihretwillen – nicht um meinetwillen.»

Wortlos blickte Annie-Laurie auf, und Licht und Wärme waren aus ihrem Antlitz gewichen. Abermals waren die Züge versiegelt.

«Schön», sagte Nadine. «Das wäre also erledigt. Und geben Sie gut auf Ihren Jim acht. Wir möchten nicht, daß er wieder anfängt zu trinken.»

Annie-Laurie stand auf, sie hatte ihre Selbstbeherrschung wiedererlangt und strich ihren Kittel glatt. «Ich glaube nicht, daß er wieder anfangen wird – nicht hier.»

«Ist es hier so anders als anderswo?»

«Ja. Sie sind anders. Sie alle. Der General und die Kinder und Jill. Er hat sie alle gern . . . und das Haus.»

«Was finden Sie an dem Haus so anziehend?» fragte Nadine.

«Es hat so etwas Gesichertes», sagte Annie-Laurie. «Als wir es vom Fluß aus gesehen haben – nun – Sie wissen ja, wie es vom Fluß aus wirkt; wie es sich über die graue Mauer erhebt. An jenem Tag meinte ich – hier wäre man geborgen.»

«Sie sind hier geborgen», sagte Nadine freundlich. Annie-Laurie preßte die Lippen fest zusammen, und Nadine merkte, daß das Mädchen mit ihrer Kraft zu Ende war. «Gehen Sie jetzt», sagte sie leichthin. «Die Gäste werden bald da sein, und Sie müssen noch den Tee anrichten.»

Annie-Laurie verschwand, und Nadine wandte sich ihren Haushaltungsbüchern zu, um das, was kommen mußte, zu verdrängen. Aber es nützte nichts. Während sie die Metzgerrechnung nachprüfte, stellte die Reaktion sich ein. Was, um Himmels willen, hatte sie getan!? Aber wozu die Frage? Sie wußte ganz genau, was sie getan hatte. Sie, die ehrbare Frau eines angesehenen Mannes, Mutter von fünf halbwüchsigen Kindern, darunter zwei Knaben im eindrucksfähigsten Alter, hatte aus freien Stücken und mit voller Überlegung einen Mann in ihr Haus aufgenommen, der jeden Tag zu trinken anfangen konnte, und eine Frau, die im Gefängnis gewesen war; und die Beziehung zwischen den beiden war, obgleich Annie-Laurie versicherte, die täten ‹nichts Unrechtes›, gelinde gesagt, recht seltsam. Sie legte die Metzgerrechnung beiseite und nahm die Rechnungen ihres Fischlieferanten zur Hand, aber das half auch nichts. Es überlief sie kalt, und als sie aufschaute, stellte sie ganz erstaunt fest, daß die Sonne noch am Himmel stand. Sie war toll gewesen, vollkommen toll und wahnwitzig. Nun, jetzt war es zu spät. Was geschehen war, war geschehen, und sie mußte dazu stehen. Was würde Lucilla sagen, wenn sie es wüßte?! Das überstieg ihr Vorstellungsvermögen; sie wußte nur, daß Lucilla es niemals erfahren durfte. Kein Mensch durfte etwas ahnen. Sie war ja daran gewöhnt, Geheimnisse zu bewahren – sie brauchte nur an David zu denken. Aber wie verhaßt war ihr alle Heimlichkeit! Man fühlte sich darin wie hinter Mauern, wie im Kerker. Arme Annie-Laurie! Die junge Frau war sichtlich mit den Nerven herunter und überdies tief verängstigt, sonst hätte sie nicht so sehr betont, welches Gefühl der Sicherheit das Haus ihr gegeben hatte.

«Nun, du selber hast es getan», sagte Nadine zu dem Haus. «Du hast sie hierher gezogen, so wie du George und die Kinder hierher gezogen hast. Jetzt ist es deine Sache, uns alle zu beschützen . . . gegen alle Unbill, die dem Leib widerfahren mag, und gegen alle bösen Gedanken, welche die Seele angreifen und verletzen mögen.»

Sie merkte, daß sie betete, und war überrascht, denn Beten gehörte nicht zu ihren Gewohnheiten, und von ferne, gleichsam als Antwort auf ihr Gebet, läuteten die Glocken leise und süß. Dieses leise Geläute war bereits zu einem der Geräusche geworden, die ihrem Heim eigen waren, ein Teil von ihm, wie das Plätschern der Wellen an der Ufermauer, das Kreischen der Möwen und das Schlagen von Schwanenschwingen über ihren Köpfen. Das Geläute stammte von den Glöckchen an der Mastspitze von Malonys Boot. Hin und wieder war es der Wind, der sie aneinanderklingen ließ, und hin und wieder war es Malony, der über das Boot stapfte und es zum Schaukeln brachte. Der Klang war ausnehmend schön und hatte in solch einem Augenblick für Nadine etwas Beruhigendes.

4

Am gleichen Nachmittag sollte Nadine noch eine weitere Überraschung erleben. Kaum eine halbe Stunde später hörte sie ein Auto näherrollen, und dann erhob George seine freundliche Stimme zum Willkommensgruß. Mary bellte wütend und sprudelte in ihrem Korb wie ein Springbrunnen aus weißem Fell. Wie tief sie auch schlummern mochte – die Ankunft von Fremden wirkte jedesmal auf sie, wie wenn man ein Streichholz an eine Rakete hält. «Kusch, Mary», sagte Nadine, als Mary jetzt aus dem Korb sprang, quer durch den Raum kollerte und sich gegen die Tür warf. Aber Nadine hatte das ganz automatisch gesagt, denn Mary, einmal munter geworden, war wie einer jener altmodischen Wecker, die man unmöglich daran hindern kann, zu schrillen, bis sie abgelaufen sind. Nadine nahm Puder und Lippenstift aus ihrer Handtasche und wandte ihrem Gesicht vor dem Spiegel die nötige Aufmerksamkeit zu. Sie ließ sich niemals hetzen. Sich abhetzen machte alt. Dann öffnete sie die Tür und schritt, Mary vor sich her, mit Anmut und Würde über die prächtig geschwungene Treppe hinunter, um ihre Gäste zu begrüßen. Sie lachten und sprachen mit George im Schankraum, der jetzt Halle genannt wurde; George mixte einen Cocktail, denn ein Willkommenstrunk bei der Ankunft war eine Tradition, die George mit wahrer Begeisterung aufrechterhielt. Die Fremden schauten auf, erblickten sie und zollten ihrer Schönheit den Tribut eines überraschten Schweigens, an das sie bereits so gewöhnt war, daß sie es kaum mehr bemerkte.

«Meine Frau», sagte George, wie immer stolz auf sie.

Seltsam – Nadine erblickte zuerst das Mädchen und sah es mit einem völlig unbegründeten Angstgefühl an, dem im Nu ein ebenso unbegründetes Gefühl der Abneigung folgte. Was sollte sie an diesem Kind fürchten? Und woher kam die Abneigung? Das Mädchen wirkte durchaus sympathisch; das stellte Nadine beim zweiten Blick fest, und wenn man sie auch mit ihrer Schlaksigkeit, ihrem groben Knochenbau, ihren unregelmäßigen Zügen kaum schön nennen konnte, so mußte Nadine doch zugestehen, daß Haar und Augen ganz reizend waren. Sie hatte nichts Modisches an sich und besaß doch ihren eigenen Charme. So dachte Nadine, als sie Sally die Hand reichte. In dem goldbraunen Tweedrock und dem honigfarbenen Jumper erinnerte sie an ein anhängliches Tier, einen langhaarigen Jagdhund oder an ein Löwenjunges, das ohne den natürlichen Hang zum Fleischfressen auf die Welt gekommen war.

«Ich hoffe, daß Sie sich hier wohl fühlen werden», sagte sie zu der schüchternen Sally.

«Das Haus ist sehr schön», erwiderte Sally. «So – so originell! Es ist, als ob man in einer Ausstellung ein Bild von einem merkwürdig schimmernden Traumhaus sehen würde und in den Rahmen tritt und sich plötzlich darin geborgen findet.»

Geborgen. Auch sie gebrauchte dieses Wort. Wie schön diese tiefe Stimme klang, deren Reiz durch den leichten schottischen Akzent noch gehoben wurde. Ja, das Mädchen war reizend.

«Wir sind einander bereits begegnet, Mrs. Eliot», sagte John Adair.

Während sie mit Sally sprach, war sie sich dessen ebenfalls bewußt und mit all ihren gesteigerten Sinnen seiner bezwingenden Männlichkeit gewahr geworden. Jetzt wandte sie sich ihm zu. «Ja, in der Bahn», sagte sie. «Ein seltsamer Zufall!»

«Ich glaube nicht an Zufälle», erklärte er, hielt ihre Hand mit warmem, herzlichem Druck, und sein markantes, häßliches Gesicht faltete sich zu einem Lächeln. «Und ich überlasse die Dinge auch nicht dem Zufall.»

So war er also ihretwegen hierher gekommen! Wie aber hatte er entdeckt, wer sie war und wo sie wohnte? In ihrer Jugend war sie daran gewöhnt gewesen, das Ziel mancher fröhlichen Jagd zu sein, und sie hatte gern und mutwillig das Spiel von Lockung, scheinbarem Erliegen und Flucht mitgespielt, doch seit dem Bruch mit David, der in ihrem Herzen einen bitteren Schmerz hinterließ, hatte sie an diesem Spiel keine Freude mehr und ihre Anziehungskraft war durch ihre Gleichgültigkeit geschwächt worden. Jetzt aber erwachte etwas von dem alten Verlangen wieder in ihr. Das Lachen, mit dem sie ihm antwortete, hatte den Klang echter Heiterkeit, der so lange gefehlt hatte. George schaute verdutzt auf, dann aber verzog er sein Gesicht zu einem breiten Lächeln. Ein kleiner, netter Flirt würde Nadine gut bekommen, er hätte die Wirkung eines Tonikums. George hatte keine Angst vor John Adair und sah in ihm einen Mann, der sich seines außerordentlich erfolgreichen Aufstiegs angenehm bewußt war; und solch ein Mann, Ende der Fünfzig, sparte all seine Kräfte für dieses eine Ziel und vergeudete sie nicht an Gefühle, die ihm schaden konnten, sondern nur an solche, die ihn erfrischten und stärkten. Nadine mochte wohl glauben, daß der Mann sich in sie verliebt hatte ... Nun, offenbar war es auch so, aber wahrscheinlich nur, weil er sie gern porträtieren wollte.

Nadine entzog dem Gast ihre Hand und war im Nu die vollendete Hausfrau. «Setzen wir uns doch und trinken wir unsern Cocktail! Nachher werde ich Ihnen Ihre Zimmer zeigen. Dort ist das Wohnzimmer. Der Tee wird sofort serviert. Es ist so warm, daß Sie ihn vielleicht im Garten trinken könnten. Wir stellen Tische an die Ufermauer, wo die Astern wachsen. Zwei Tage lang sind Sie unsere einzigen Gäste, dann kommen zwei Herren für eine Woche auf Fischfang und wohl auch ein paar Leute zum Wochenende. Wir nehmen nie mehr als sechs Gäste auf, aber es kommen auch Passanten, die ein Glas trinken oder etwas essen wollen. Sie gedenken doch so lange hierzubleiben, wie es Ihnen im ‹Gnadenkraut› gefällt, nicht wahr?»

«Sie sehen zwei heimatlose Vagabunden vor sich», sagte John Adair heiter. «Unser Mietkontrakt ist abgelaufen, eine andere Wohnung konnten wir nicht finden, die Möbel haben wir eingelagert.»

«Und wie halten Sie es mit Ihrer Arbeit?» fragte George.

«Das Atelier ist mir geblieben. Ich kann jeder Zeit in die Stadt fahren. Aber ich bin gerade mit allen meinen Aufträgen fertig geworden und möchte mir ganz gern ein wenig Ferien gönnen.»

«Das soll nicht heißen, daß mein Vater aufhören wird zu malen», sagte Sally. «Das kann er gar nicht. Er will nur einfach das malen, wozu er Lust hat.»

John Adairs Blicke hafteten an Nadines Gesicht.

«Und wo wird er malen?» fragte Nadine ein wenig enttäuscht, denn sein Blick war jetzt ziemlich unpersönlich geworden.

«Haben Sie eine Dachkammer mit einem Fenster nach Norden?» fragte er.

«Ja, allerdings, das gibt es», sagte Nadine leicht gereizt, «aber –»

«Niemals ‹aber› sagen», meinte John Adair, und seine Augen blinzelten. «Das ist nicht bloß eines der häßlichsten Worte der Sprache; es ist auch ein ausnehmend bedrückendes Wort, das Unentschlossenheit verrät, und man hört es nur von den Lippen jener Leute, die mit halbem Herzen an ihre Arbeit gehen, unselige Menschen, die nie bis ans Ende durchhalten und in deren Gesellschaft ich Sie nur höchst ungern sehen möchte . . . Dieser Cocktail ist hervorragend, General, meine Anerkennung . . . nun, Mrs. Eliot, haben Sie also eine Dachkammer, die nach Norden geht?»

«Sie gehört Ihnen», lachte Nadine. «Ich hätte gern die Äpfel darin aufbewahrt, aber das geht dann eben nicht.»

«Nein, allerdings nicht.»

«Es ist ein wenig staubig oben. Aber Malony, unser Faktotum, wird das schon in Ordnung bringen.»

«Vielen Dank; noch heute? Ich möchte mich sobald wie möglich oben einrichten.»

Doch obgleich seine Worte kurz und brüsk waren, blieb der Ton höflich, und der Blick, der wiederum auf ihr ruhte, war so belebt und entzückt, daß sie die Überrumpelung nicht weiter übelnahm. Wenn man sehr müde ist, entdeckte sie, dann können despotische Menschen, die einem sagen, was man zu tun hat, recht angenehm sein.

Auf dem Weg in das obere Stockwerk zeigte sie ihnen das Wohnzimmer, dem sie eine gewisse ruhevolle Schönheit verliehen hatte. Es war sehr einfach. Sie hatte einen alten, hellgrünen Brokat für die Vorhänge aufzutreiben vermocht, die mit pfirsichfarbenem Stoff gefüttert waren. Die Fauteuils waren gleichfalls hellgrün bezogen, und den Boden bedeckten zwei Perserteppiche von Damerosehay, die Lucilla ihr geschenkt hatte. Auf dem Kaminsims standen einige alte Gläser, in einem hohen Bücherschrank reihten sich die Bücher hinter Glastüren, auch ein altes Klavier aus Rosenholz war da, und überall hatte sie Vasen mit Blumen aufgestellt. Das einzige Bild war ein Kunstwerk von Bens Händen. Er hatte es ihr nicht gezeigt, aber sie hatte es in der kleinen Kammer gefunden, wo Ben malte, wenn Tommy nicht daheim war, der sonst hier seine Sammlung alter Knochen unterbrachte; um ihm eine Freude zu machen – denn sie sorgte sich noch immer wegen seines vernachlässigten Hustens –, hatte sie es rahmen lassen und ins Wohnzimmer gehängt. Es stellte ein Rudel Rehe dar, die nachts bei Mondlicht durch eine Dorfstraße liefen . . . und das Leittier war weiß . . . es war die Straße in The Hard gewesen, die er als Modell genommen hatte, und der Kontrast zwischen den friedlichen alten Dorfhäusern, die im Mondschein träumten, und der raschen Bewegung der Rehe war ihm sehr gut gelungen. Die eilenden Wolken am Himmel schienen nicht rascher zu fliehen als das Wild, und das weiße Tier wirkte wie ein Mondstrahl; tatsächlich schien die Belichtung des Bildes mehr von ihm auszugehen als vom Mond. Nadine hielt das Bild allerdings nicht für besonders gut: die Anatomie der Rehe war da und dort doch recht eigenartig.

Aber nachdem er das Zimmer mit einem entzuckten Blick in sich aufgenommen hatte, trat John Adair vor das Bild. «Wer hat das gemalt?» fragte er.

«Ben, mein ältester Sohn», sagte Nadine. «Früher sind die Leute hier in der Gegend häufig mitten in der Nacht davon aufgewacht, daß sie das Wild durch die Dorfstraße galoppieren hörten. Das hat Bens Phantasie angeregt. Auch haben wir im Hause einen komischen kleinen Hirsch aus Stein, der im Garten ausgegraben wurde und gleichfalls auf seine Phantasie gewirkt hat. Aber ich fürchte, daß das Bild nicht besonders gut ist.»

«Es ist verdammt gut», sagte John Adair beinahe heftig.

«Aber in der Zeichnung –»

«Fehlerhaft, natürlich, er hat eben noch nichts gelernt. Aber er hat's erfaßt – das Licht.»

«Ja, das Mondlicht ist ihm gelungen», sagte Nadine.

John Adair schnippte ungeduldig mit den Fingern, denn es war nicht das Mondlicht, das er gemeint hatte. «Wie alt ist der Junge?» fragte er.

«Sechzehn», sagte Nadine.

«In der Schule natürlich.»

«Nein, er ist leider nicht sehr kräftig. Der Doktor hat verlangt, daß wir ihn aus der Schule nehmen und daß er möglichst viel frische Luft haben soll. Es ist sehr schlimm für ihn, daß er die Schule versäumt.»

«Für diesen Jungen ist es wahrscheinlich das Beste», sagte John Adair und klopfte mit dem Finger auf das Bild. «Seine Zeichenfehler werde ich ihm bald ausgetrieben haben.»

«Sie meinen –» fragte Nadine.

«Wir werden das Atelier miteinander teilen, Ihr Sohn und ich. Und Sie natürlich auch. Ich werde Sie für die nächstjährige Ausstellung malen.»

Nadine sah ungläubig drein. «Für solchen Unsinn habe ich keine Zeit», lachte sie.

«Sie werden die Zeit schon finden», versicherte er. «Als Sie mich hier gesehen haben, wußten Sie, daß ich gekommen war, um Sie zu malen.»

Sie leugnete nicht. Wozu auch? Keine herkömmliche Unehrlichkeit vermochte diesen Mann zu täuschen. «Woher wußten Sie, wo Sie mich finden konnten?» fragte sie.

«Der Brief, den Sie im Zug fallen gelassen hatten, trug den Absender ‹Gnadenkraut›. Und als Sally und ich nach einem Obdach suchten, zeigte sie mir Ihre Zeitungsannonce. Ich erkundigte mich da und dort und erfuhr, daß General Eliots Frau ungewöhnlich schön sei. So vermochte ich zwei und zwei zusammenzuzählen. Und hier bin ich.»

Sally stand am Fenster und betrachtete entzückt die Aussicht. Jetzt entfuhr ihr ein Ruf der Überraschung und Freude. «Das sind ja die Zwillinge!» John Adair und Nadine traten neben sie ans Fenster und sahen die Zwillinge, die mit Jill durch den Garten kamen. «Sie sind die Mutter meiner Kinder», sagte sie und wandte sich lebhaft an Nadine. «Vom Ritter, dem Piraten, Kate Greenaway und den Zwillingen! Ich habe sie immer beim Gemüsehändler in Chelsea getroffen.»

«Sie waren es also, die mir die Veilchen geschickt hat?» fragte Nadine.

«Ja.»

«Ich danke Ihnen», sagte Nadine. «Ist es nicht merkwürdig, daß wir alle uns hier getroffen haben? Wenn das kein Zufall ist!»

Sie sahen einander an, und Nadine gewahrte in Sallys Augen eine leise Spur von Furcht. Es war im Nu verschwunden, aber ein Irrtum war ausgeschlossen. So ängstigte sich Sally also auch ein wenig und war sich der Ursache wahrscheinlich kaum mehr bewußt als sie selbst!

«Ich wiederhole, daß es keinen Zufall gibt», sagte John Adair, der hinter ihnen stand. «Du bist in ein Bild getreten, Sally, das hast du selber gesagt, als wir in dieses Haus gekommen sind. Wie dicht auch die großen Meister ihre Leinwand bevölkern mochten, haben sie doch keine einzige Figur ohne ganz bestimmte Absicht gemalt.»

7. Kapitel

1

John Adair und Sally waren erst vierzehn Tage im ‹Gnadenkraut›, aber sie hatten den Eindruck, als sei es schon viel länger, so sehr waren sie mit dem Hause verschmolzen, und so rasch hatte Sally es verstanden, sich nützlich zu machen, wo sie nur konnte. Sie machte sich sehr gern nützlich, und ganz besonders, wenn es darum ging, die Zwillinge zu hüten. An jenem Morgen spürte sie, daß die Atmosphäre im Haus ein wenig gespannt war. Die beiden Angler waren inzwischen da, und wenn sie auch ruhige, ältere Leute waren, die nur am Fischfang interessiert waren, aßen sie doch gern auch einmal etwas anderes als nur Fische, die sie fingen. Und heute hatte sich ein Verwandter General Eliots zu Tisch angesagt, jemand, der krank gewesen war und zu Besuch bei Lady Eliot in Damerosehay weilte.

Und Nadine hatte noch immer keine Köchin . . . Sally hatte sich schon erbötig gemacht, während ihres Aufenthaltes die Küche zu übernehmen, doch das hatte Nadine fast brüsk abgelehnt, denn ihr Stolz ließ es nicht zu, daß ein Gast an allen Ecken und Enden Hilfe leisten sollte. Das begriff Sally, und so hatte sie angeboten, sich um die Zwillinge zu kümmern, während Nadine kochte und Jill Wäsche wusch. Nadines hausfrauliche Gefühle erlaubten Sally, die Blumen zu pflegen, die Zwillinge zu beaufsichtigen, sich mit Mary zu beschäftigen, weil das alles schließlich zu Ferien paßte und das Mädchen sich dabei im Freien aufhalten konnte. Überdies hatte Sally die Zwillinge sehr gern. Es sei gut, daß Sally so selbstlos und mütterlich auf die Welt gekommen sei, meinte Nadine. Sie würde ohne große Mühe eine gute Hausfrau und Mutter werden.

Zunächst erteilte Sally den Zwillingen im Wohnzimmer Unterricht. Sie legten keinen großen Wert auf irgendwelche Unterweisung und benahmen sich dabei zumeist wie kleine Teufel, aber sie verhieß ihnen, wenn sie brav wären, einen langen Spaziergang im Wald, dessen richtiger Name laut Jill ‹Ritterwald› hieß, und der Erfolg war, daß sie die recht gelungene Nachahmung eines Engelspaars lieferten. Es gab nichts, was sie nicht gern nachgeahmt hätten, wenn der Preis ein Spaziergang in den Ritterwald war – recht tief hinein. Wenn sie mit Jill gingen, so kamen sie nie weit genug; sie mußte immer nach Hause, weil sie irgend etwas zu tun hatte. Und Vater und Mutter hatten höchstens Zeit, den Waldrand zu erkunden. Und auch mit Ben wollte es nicht klappen, denn er malte irgendein Stück Wald, das ihm besonders gut gefiel, und sobald er das einmal gefunden hatte, blieb er dort kleben. Auf Sally aber, die Zeit hatte und keine Malerin war, konnte man sich verlassen; da würde man so recht bis in die Tiefe des Waldes vordringen, wo die Gestalten aus den

Märchen hausten.

Sobald der Unterricht beendet war, führte sie die beiden in ihr nettes Kinderzimmer und zog ihnen kräftige Wanderschuhe und Wolljacken an. Das hätten sie auch selber besorgen können, aber sie tat es gern. Ihr machte es Freude, die zappelnden kleinen Füße in ihren Händen zu spüren, und die Wärme der Kinderkörper in ihren Armen bewirkte, daß sie eine fröhliche Steigerung ihres Lebensgefühls empfand. Ein Kind in den Armen zu halten, das war etwa so, wie wenn man die Finger in die Erde grub oder das Pferd mit dem Maul den Zucker auf der Handfläche suchte. Ganz plötzlich fühlte man, daß das eigene Leben nichts Vereinzeltes war, sondern in allen andern Leben mitlebte, so wie die andern Leben in dem eigenen. Nirgends gab es irgend etwas, zu dem man sagen konnte: «Wir brauchen einander nicht.»

Als sie José aus den Armen ließ, schaute sie auf, und ihr Blick begegnete dem Blick Annie-Lauries, die eben die Betten der Zwillinge machte. In dem Gesicht der Älteren war ein angstvoller Ausdruck, der sogleich verschwand, als sie sich beobachtet sah; und nicht bloß Angst war zu merken, sondern ein gewisser Haß. Sally wurde es mit einemmal schwach in den Knien. Daß Nadine sie nicht wirklich gern hatte, das fühlte sie instinktiv, jetzt aber zeigte sich, daß Annie-Laurie sie geradezu haßte. Nadines Abneigung war nicht weiter erstaunlich, dieser Haß aber überraschte sie und entsetzte sie, denn sie empfand ihn wie einen jähen Einbruch nächtigen Dunkels. Dann aber, in aufwallendem Mitleid, waren Schreck und Grauen vergessen. Lebte Annie-Laurie in diesem Dunkel? Annie-Laurie hatte als Antwort auf ihr Mitleid einen Blick, der besagte: ‹Ich brauche dich nicht.› Aber das war nicht wahr. Das gleiche Bild umfaßte sie beide.

«Annie-Laurie, wollen Sie mir nicht einmal Ihr Hausboot zeigen?» fragte sie.

«Da gibt es nichts zu sehen», sagte Annie-Laurie kurz.

«Bitte», sagte Sally.

«Das Boot ist unser Heim, meines Vaters und meines. Nicht einmal Mrs. Eliot hat es gesehen.»

Diese Kränkung war so herb, daß Sally keine Antwort fand. Sie lächelte; in ihrem Gesicht war Erstaunen und auch geduldige Demut zu lesen wie bei einem Kind, das man kränkt. Sie nahm die Zwillinge bei der Hand, ging die Treppe hinunter, zog Mantel und Schuhe an und suchte Mary. Die Pflege eines schneeweißen Pekineserhündchens war auf dem Lande, wie Nadine bereits festgestellt hatte, kein bloßer Zeitvertreib. Sie hatte es derart satt, Mary nach jedem Ausflug in den Ritterwald zu waschen, daß sie ihr vier kleine Schuhe und einen seltsamen Mantel aus wasserdichtem Stoff angefertigt hatte, der ihren zottigen Bauch schützen sollte und mit Schleifen auf dem Rücken befestigt war. Mary konnte diese Kleidungsstücke nicht leiden und knurrte angriffslustig, während man sie ihr anzog, und ihr Knurren war von Blicken begleitet, die jedermann begreifen ließen, wie gut es war, daß man nicht verstand, was ihr Knurren besagte.

2

Sie machten sich zu viert auf den Weg, der Kater Smith begleitete sie ein Stückchen, aber nicht zu weit, denn er war seinem Wesen nach ein Städter und fühlte sich im Ritterwald nicht recht heimisch. Auch Sally hatte bisher nur den Waldrand erforscht, und so war sie kaum weniger erregt als die Kinder.

«Mit Jill sind wir bis zur großen Eiche gekommen», sagte Jerry. «Und mit Ben waren wir bis zu seinem Lieblingsplatz, wo der Mann ist, der Flöte bläst, aber mit dir gehen wir ganz tief hinein, an den Platz dahinter, wo dieses Märchending mit den Hörnern ist.»

Das interessierte Sally. Pan, der seine Föte blies, hatten sie wahrscheinlich aus dem Buch ‹Der Wind in den Weiden›; Ben hatte sich eine kleine Flöte geschnitzt und manchmal im Wald darauf geblasen, wenn er glaubte, es sei weit und breit niemand, der sich über ihn lustig machen konnte, und vielleicht hatten die Zwillinge diese Musik gehört; woher aber kam der ‹Platz dahinter›, und was war das ‹Märchending mit den Hörnern›.

«Wer ist dieses Märchending?» fragte sie.

«Wir haben sein spitzes Gesicht gesehen; es hat uns aus dem Wald angeschaut», sagte José. «Mehr konnten wir nicht von ihm sehen, weil es sich in einem hohlen Baum versteckt hat. Dann war es fort, und wir haben es nicht wiedergesehen. Aber gerade das möchten wir gern.»

«Was ist der ‹Platz dahinter›?» fragte Sally.

«Was die andern Plätze nicht sind», sagte Jerry mit ein wenig Ungeduld ob solch törichter Frage.

«Aber wie willst du ihn erkennen, wenn du hinkommst?» meinte Sally verstockt. «Es gibt doch so viele Plätze, die nicht so sind wie andere.»

Die Zwillinge gönnten ihr einen mitleidigen Blick. «Weil es eben nicht viele Plätze sind; es ist ein einziger Platz, mittendrin.»

Sally gab den Kampf auf und sah sich im Wald um. Es sei der schönste Wald, den sie je gesehen hatte, meinte sie; von tiefem Frieden erfüllt. Die Wälder jenseits des Flusses waren Buchenwälder, hier aber standen vor allem Birken und Erlen, am Wasser wuchsen Weiden und Brombeergestrüpp und Holzäpfel, wilde Kirschen und verkrüppelte Eichen. Die Schößlinge der Weiden bildeten goldene Wände, die Birken und Eichen glitzerten silbrig, das Brombeergestrüpp war mit leuchtenden Blättern geschmückt, Moos und Flechten glänzten wie Safran, Korallen und Jade. Der Fluß zu ihrer Linken war nur als silbernes Funkeln sichtbar, und die

Zweige über ihren Köpfen schnitten aus dem Himmel Bruchstücke von Blau, deren jedes etwas von der Herrlichkeit des Ganzen zu bewahren schien. Leise Geräusche verrieten, daß unsichtbare Geschöpfe im Unterholz ihrem Tagewerk nachgingen, auch das Rauschen von Flügeln war zu hören, doch das alles schien die tiefe Stille nur zu steigern. Solche Herbsttage besitzen eine Heiligkeit, die den Frühlingstagen mangelt. Das war Sallys Eindruck. Sie sind wie alte, abgeklärte Heilige, für die der Tod seine Schrecken verloren hat.

Jerry und José waren jetzt Ratte und Maulwurf. Sie liefen hin und her, ließen ein leises Quieken hören und warfen sich dann und wann auf alle viere. Mary war der Geist all ihrer jagdlustigen Ahnen und schoß wie eine Rakete von weißem Licht dahin; sie war hier und dort und überall, und die Witterung der Kaninchen machte sie ganz wild. Sally hatte die Hände tief in die Taschen ihres goldbraunen Tweedmantels vergraben, ihr kastanienbraunes Haar leuchtete, ihr Gesicht war von Freude gerötet. Die Kränkung, die Annie-Laurie ihr angetan, war hinter dem grünen Tor zurückgeblieben. Die Luft in diesem Wald war rein und süß zu atmen und besaß doch irgendeine seltsame Widerstandskraft; sie war gewissermaßen aus himmlischer Lieblichkeit gewoben und ließ nichts eindringen, was ihrem Wesen zuwider war. Das ‹Gnadenkraut› verlieh einem ein Gefühl der Geborgenheit gegen alles, was den Körper bedrohen mochte, hier aber fühlte man sich gegen alle schlimmen Gedanken geschützt, die die Seele angreifen und verletzen wollten. Der Wald besaß eine innere Sicherheit. Ein altes Wort kam ihr in den Sinn. ‹Das schirmende Haus des Waldes›. So hatten die frühen Christen es genannt, wenn sie vor den Verfolgungen hierher flohen. Und dennoch war man hier, wenn man den Zwillingen glauben sollte, erst im Vorhof; es gab noch einen ‹Platz dahinter›.

Plötzlich bog Mary hügelaufwärts nach rechts ab, und Ratte und Maulwurf hinter ihr her. Sally nahm die Hände aus den Taschen und lief ihnen nach. Auf einer grasbewachsenen Höhe stand eine Eiche, ein prächtiger, greiser Riese, den man offenbar zunächst verehrungsvoll grüßen mußte, bevor man sich weiter wagte, denn er beherrschte höchst königlich diesen Teil des Waldes. Sally, die Zwillinge und Mary bildeten eine andächtige Gruppe vor ihm. Gerade als sie sich abwenden wollten, blieb Sallys Blick an schmalen grünen Blättern haften, die zu Füßen der Eiche wuchsen. «Seht nur», sagte sie. «Sind sie nicht ganz wie die Blätter auf dem Schild des Gasthauses? Ist das Gnadenkraut, José?»

«Ja», sagte José. «Ben hat es uns gesagt, Kreuzraute, Gnadenkraut. Aber es hat keine Blüten.»

«Im Frühling wird es auch Blüten haben», sagte Sally und berührte die Blätter flüchtig mit den Fingerspitzen. Dann pflückte sie ein kleines Büschel und steckte es in ihr Knopfloch.

Sie liefen den Hang hinunter und gingen weiter, und durch Zauber und

Schweigen des Waldes wurde das Plätschern rauschenden Wassers laut. Jetzt kamen sie, dem Rauschen folgend, an einen Bach, der sich durch den Wald zum Fluß hinunter schlängelte. In der Sonne war das Wasser bernsteinfarben, im Schatten rotbraun, denn es war leicht eisenhaltig; dennoch blieb es so kristallklar, daß sie alle Kiesel auf dem Grund sehen konnten. Der Bach war breit, und in seiner Mitte erhob sich ein Inselchen, umrandet von Weiderich und Sumpfmyrte, bestanden mit dornigem Gestrüpp. Man konnte es mit Hilfe eines Stegs erreichen, den ein abgebrochener Ast bildete, den Farnkräuter übergrünten. Die Sonnenstrahlen fielen milde auf die winzige Insel, erhellten den dunkeln Schlehdorn, die kleinen rubinfarbenen Beeren des Gestrüpps und saugten aus Sumpfmyrte und nassen Farnkräutern den Duft.

«Das ist die Grimbartsinsel», erklärte José. «Grimbart bedeutet Dachs, sagt Jill. Hier ist Bens' Lieblingsplatz. Er malt hier. Er sagt, daß der Gott Pan hierher kommt. Und einmal haben wir wirklich Flöteblasen gehört.»

«Pan hat auch Hörner», sagte Jerry. «Aber keine so herzigen Hörner wie das Märchending.»

«Die Brücke hat Ben gelegt», sagte José, «damit wir nicht naß werden, wenn wir auf die Insel gehen. Ich glaube nicht, daß außer uns noch jemand die Insel kennt.»

Sie überquerten den Steg, bahnten sich einen Weg durch das Gebüsch und standen vor einem kleinen, natürlichen Durchlaß, den zwei alte Dornenbäume bildeten. Der Durchlaß hatte just die richtige Größe für die Kinder, doch Sally mußte sich mühsam durchzwängen; dann aber stockte ihr der Atem, denn dahinter war ein herrlicher grüner Rasen, so dicht umstanden von Bäumen, daß der Blick die Mauer nicht zu durchdringen vermochte, und über den Köpfen schlossen die Äste, mit roten Beeren geziert, sich zu einem Dach zusammen. Es war ein entzückender, heimlicher Ort und als Zuflucht für die Kinder wie geschaffen. Das Sonnenlicht drang durch das Dach und schenkte jedem Blatt und jedem Grashalm ein wenig vom eigenen glänzenden Überfluß, um es in grünem, liebevollem Kelch zu bewahren oder im Triumph auf einer Lanzenspitze hochzutragen. So schön es jetzt auch hier war, so leuchtend und reichgeschmückt, meinte Sally doch, es müsse im Frühling noch schöner sein, wenn die Primeln sprossen und die Blüten der Bäume und Sträucher das Dach rosig und weiß färbten.

«Sieh doch!» sagte Jerry.

Zwischen den Wurzeln eines alten Stamms, halbversteckt hinter Farnkräutern von blassem Gold war der Eingang zu jemandes Heim. Mary bellte wild, sprang darauf los, als wollte sie die Höhle erobern, machte aber an der Schwelle halt, kollerte in wüster Erregung über den Boden, um schließlich das Kinn auf die Pfoten zu legen, die schwarzen Augen schleuderten Blitze, der Schwanz zitterte vor Aufregung. Ratte und

Maulwurf ließen sich auf alle viere fallen und blickten mit glänzenden Augen in den Dachsbau.

«Er ist gestreift», sagte Jerry, «und hat einen Backenbart.»

«Ben hat ihn gesehen», sagte José. «Einmal, als er allein hier war.»

«Der gute Ben», sagte Sally. «Seht nur! Das Gnadenkraut wächst auch hier. Gerade neben dem Eingang des Dachsbaus.»

José legte die Hände vor den Mund und rief: «Komm heraus, Dachs! Komm heraus und spiel mit uns!»

Aber Jerry war streng. «Hör auf, José! Wenn wir Ratte und Maulwurf und Dachs spielen, dann bleiben wir den ganzen Morgen hier und kommen nie zum Platz dahinter.» Er hatte einen Ast vom Boden aufgenommen, schwang ein Bein darüber, galoppierte über den grünen Rasen, schnaufte laut und sprengte durch die Büsche nach der andern Seite. José tat desgleichen; Sally mußte hinter ihnen herjagen und erwischte sie eben noch zur Zeit, sonst wären sie in den Bach gefallen, denn auf der andern Seite der Insel gab es keine Brücke.

«Ich bin euer Pferd», sagte sie. «Ein richtiges, großes Schlachtroß. Und ihr werdet, eins nach dem andern, auf meinem Rücken durch diesen mächtigen Strom reiten.»

Das war eine gute Idee. Sally, die abgehärtet war und keine Erkältung fürchtete, zog Schuhe und Strümpfe aus und durchwatete den Bach. Beim zweiten Ritt trug sie auch Mary auf dem Arm. Dann setzte sie sich am Ufer nieder, trocknete die Füße mit ihrem Taschentuch und zog Strümpfe und Schuhe wieder an. Als sie aufsah, waren alle drei verschwunden. Natürlich. Sie waren ja jetzt Ritter hoch zu Roß. Sie ritten schnell.

3

Der schmale Pfad, dem sie gefolgt waren, war bei der Grimbartsinsel zu Ende gewesen. Durch diesen Teil des Waldes führte kein Weg, und die Bäume standen enger beieinander. Sally ging weiter, zu ihrer Linken glitzerte das Wasser. Sie hatte keine Angst; früher oder später würde sie die Zwillinge schon wiederfinden. Und es war gut, eine Weile mit all dieser Schönheit allein zu sein. Sie sah auf ihrem Weg die herrlichsten Dinge: einen Ast mit scharlachfarbenen Beeren geschmückt, die Feder eines Eichelhähers auf einem Kissen von tiefgrünem Moos, eine Schar Distelfinken auf dem Dornengestrüpp. Und wie die Schatten sich vertieften, so vertiefte sich auch das Mysterium des Ortes und das Gefühl der Heiligkeit, das dem Herbst gemäß war. Ihr Herz schlug ein wenig schneller. Ja, gewiß, irgend etwas mußte in der Nähe sein!

Der Sonnenschein wurde heller, und sie kam zu einer Lichtung. Sekundenlang schloß sie geblendet die Augen und öffnete sie dann einer

Landschaft von Phantasie oder Traum, jener gleichen Landschaft, deren sie sich von irgendeinem Bild her entsann, als sie Ben zum erstenmal gesehen hatte. Nur war es jetzt nicht eine beiläufige, verschwimmende Erinnerung, sondern ein klares, deutliches Bild. Ein zweiter, kleinerer Bach rieselte durch die Lichtung, suchte sich schweigend seinen Weg über ein weites Bett runder Kiesel. Auch hier wuchs, von Silberlicht umhüllt, die Sumpfmyrte in prächtiger Fülle gegen den tiefen Schatten des Waldes dahinter. Sie sah rund um sich die Gestalten zahlreicher Vögel: Schwäne auf dem Fluß zu ihrer Linken, einen Reiher auf seinem Flug, kleine Vögel, die im Geäst sangen. Und sie sah auch die andern Tiere mit völliger Klarheit, ein Kaninchen, einen Bären, Rehe, viele Hunde, deren einer sehr alt war und sein Haupt gleichsam ehrfurchtsvoll beugte. Und dort auf hohem, weißem Roß war der Ritter, und die Sonnenstrahlen glitzerten auf seinem Hifthorn und auf den prächtigen Farben aus Seide und Pelzwerk, das ihn umhüllte, und er blickte mit verzücktem Gesicht nach etwas, das er ansah und das sie nicht sehen konnte. Aber sein Gesicht war diesmal nicht Bens Gesicht; es war ein schönes Gesicht mit einprägsamen Zügen, das Gesicht eines weit älteren Mannes.

Farbe und Licht waren so himmlisch, daß sie nicht länger zu schauen vermochte. Wider Willen schlossen sich ihre sterblichen Augen, und als sie sie abermals öffnete, war der Schauplatz durchaus irdisch.

Doch noch immer waren die Vögel da, auf dem Wasser sah sie einen Schwan, und sie hörte den Schrei der Möwen. Und auch zwei Hunde waren geblieben: ein spaßiges altes Tier, das aussah wie ein ganz grauer, wolliger Kaminvorleger, und ein unvergleichlich majestätischer Chow-Chow. Und auch der Ritter war noch immer da und spähte völlig benommen nach etwas, das er sah, das ihr aber verborgen war. Doch das hohe, weiße Roß, das Hifthorn, die Gewänder von Seide und Pelzwerk waren verschwunden. Es war ein Mann aus diesem Jahrhundert, der zu Fuß durch den Wald ging. Sein Gesicht aber war unverändert, und sie hatte es seit eh und je gekannt.

Obgleich sie sich nicht rührte, merkte er ihre Gegenwart und drehte sich um. Zunächst war er verdutzt, dann aber dämmerte Erkennen in seinem Blick. «Haben wir einander nicht schon gesehen?» fragte er.

Sie ging auf ihn zu, die Hände in den Taschen, das Gesicht gehoben, um ihn mit der Unbefangenheit eines vertrauensvollen Kindes anzuschauen. «Ja, bei einer Gesellschaft in London. Ich bin Sally Adair. Mein Vater und ich wohnen im ‹Gnadenkraut›. Ich wußte wohl, daß ein Verwandter der Familie zum Mittagessen kommen sollte, aber ich hatte keine Ahnung, daß Sie es sind.»

«Und ich wußte, daß John Adair und seine Tochter im ‹Gnadenkraut› wohnen, aber ich wußte nicht, daß die Schäferin Sally diese Tochter ist . . . Sehen Sie nur, der alte Bastard hat sich gleich mit Ihnen angefreundet.»

Der Chow-Chow musterte sie hoheitsvoll und gelassen, war aber noch zu keinem Entschluß gekommen; doch Bastard rieb seinen Kopf an ihrem Knie. Sie streichelte sein struppiges Fell. «Er ist noch immer derselbe», sagte sie leise. «Der Hund, der seinen Kopf gleichsam ehrfurchtsvoll gebeugt hat.»

David sah verwirrt drein, und das war wohl nicht weiter erstaunlich. «Das Sonnenlicht hatte mich geblendet, und da habe ich ein seltsames Bild gesehen», erklärte sie. «Ein Bild von Vögeln und anderen Tieren aller Art in einem Wald.»

«In den Wäldern erblickt man die merkwürdigsten Dinge», gab auch David zu.

«Was haben denn Sie gesehen?» fragte Sally.

«Nichts Ungewöhnliches. Nur einen Königsfischer. Obgleich ein Königsfischer eigentlich doch ein wenig ungewöhnlich ist, nicht wahr? Ein herrlicher Vogel.»

«Was wir aber wirklich sehen sollten», sagte Sally, «sind die Zwillinge und Mary. Ich bin mit ihnen spazierengegangen, und jetzt habe ich sie verloren.»

«Die Zwillinge?» sagte David verständnisvoll. «Ich habe sie oft genug verloren. Wenn sie irgend etwas spielen, das sehr geschwind ist, wie etwa Schnellboot oder Motorrad, dann ist der Teufel los.»

«Diesmal waren sie Ritter hoch zu Roß», sagte Sally.

«Das ist nicht so schlimm wie Schnellboot», lachte David. «Ich schlage vor, daß wir bis zum Waldrand gehen, wo ich meinen Wagen gelassen habe, und singen: ‹Heim kehrt der Troubadour›, dann werden sie vielleicht meinen, es sei Zeit, aus dem Krieg nach Hause zu reiten. Kennen Sie das Lied? Großmutter hat uns mit all diesen alten Liedern erzogen, ‹Clementine› und ‹Hüllt mich in die alte Teerjacke›, und wie sie alle heißen.»

«Natürlich kenne ich sie», sagte Sally. «Meine schottische Kinderfrau hat sie mir vorgesungen, als ich klein war.» Sie gingen durch den Wald, den Hang hinauf, die beiden alten Hunde immer hinter ihnen her, und Sallys tiefe Altstimme ließ das Lied vom ‹Troubadour› erschallen. David schwieg zunächst, entzückt von dem Liebreiz der ungeschulten Stimme, dann aber stimmte er ein. Jedes andere Paar wäre sich recht lächerlich vorgekommen, wenn es mit dem ganzen Aufgebot seiner Stimmkraft eine sentimentale alte Ballade gesungen hätte, nicht aber Sally und David, die beide keineswegs verlegen waren. Sie stapften singend durch gürtelhohes Farnkraut, bis die Stämme lichter standen und sie an einen schmalen, gewundenen Pfad kamen, hoch oben an einem Hügelrand mit Blick auf ein prächtiges Muster von Wiesen und Stoppelfeldern, die sich bis zu der fernen Silberlinie der Mündung dehnten, und auf die opalfarbene Insel dahinter. Davids silbergrauer Wagen stand am Waldrand, doch von den Zwillingen war keine Spur zu sehen.

«Sie dachten, wir könnten sie herbeilocken, nicht wahr?» fragte David.

«Der ‹Platz dahinter› ist wahrscheinlich nicht die reizende Lichtung, wo wir uns getroffen haben, sondern noch weiter weg», sagte Sally und erzählte ihm von dem ‹Märchending›, das die Zwillinge an jenem Platz zu finden hofften, der anders war als andere Plätze, weil er eben der einzige Platz mitten im Wald war.

«Wie eine Radnabe», sagte David und öffnete die Wagentür. «Klingt sehr geheimnisvoll. Und ich möchte die Zwillinge nicht stören, wenn sie den geheimnisvollen Platz gefunden haben. Wir wollen uns so lange in den Wagen setzen und plaudern und von Zeit zu Zeit das Heulen der Luftschutzsirenen nachmachen, damit sie wissen, daß wir da sind. Jerry liebt das Geheul der Sirenen, aber sonst kenne ich niemanden mit dieser Vorliebe.»

«Wie sieht der Wald hinter der Lichtung aus?» fragte Sally, als sie sich jetzt auf die Vordersitze des Wagens setzten und die beiden alten Hunde es sich auf den Rücksitzen bequem gemacht hatten.

David lachte. «Das kann ich Ihnen nicht sagen. Ich kenne den Wald nicht.» Dann sah er sie mit leichtem Spott an. «Ich glaube gar, daß Sie den mysteriösen Platz der Zwillinge ernstnehmen! Sie sind enttäuscht, weil Sie nicht so weit gekommen sind, nicht wahr?»

Sally errötete, leugnete aber nicht. «Ja, das bin ich», sagte sie ehrlich. «Wenn ich auch nicht glaube, daß ich dort dasselbe zu sehen vermöchte, was die Zwillinge sehen. Kinder haben Visionen.»

«Phantasie», verbesserte David.

«Das ist dasselbe», meinte Sally.

«Nicht ganz, glaube ich. Phantasie kommt aus dem eigenen Innern und kann einen enttäuschen, aber eine Vision ist ein Geschenk von außerhalb – wie ein Lichtstrahl, der Ihre geschlossenen Lider trifft und öffnet, damit Sie das erblicken, was wirklich da ist.»

«Oder auch nur undeutlich erblicken», sagte Sally traurig. «So daß man es nicht wiederzugeben vermag.»

«Keats hatte eine gute Vorstellung von dem Unterschied zwischen dem phantasievollen Menschen und dem Visionär», sagte David. «Jedermann hängt seinen Grübeleien nach, aber nicht jedermann brütet darüber und brüstet sich, bis er sich ein falsches Bild eingeprägt hat und sich selber betrügt. Mancher kann bis an die Grenzen des Himmels reisen, und dennoch fehlt ihm das Selbstvertrauen, das unvollkommen Erspähte festzuhalten! Das dürfte bei Ihnen der Fall sein. Ich dagegen brüte und brüste mich.»

Sally lachte. «Ein Visionär, der nicht zu sagen vermag, was er gesehen hat, dürfte kaum sehr nützlich sein.»

«Feder und Pinsel und eine schöne Stimme und Schminke sind nicht die einzigen Ausdrucksmittel. Manche Menschen drücken Lieblichkeit einfach durch die Liebe aus. Und das ist der bessere Weg. Da gelangt man nicht zu jenem bitteren Gegensatz zwischen Künstler und Werk, der die Menschen so sehr abstößt.»

«Setzen Sie die Künstler nicht herab. ‹Ich würde von der Sehnsucht und der Liebe, die ich für das Schönste empfinde, auch dann schreiben, wenn die Arbeit meiner Nächte jeden Morgen verbrannt würde und kein Auge sie betrachten sollte›.»

«Schriftsteller und Maler besitzen ein Medium, das ihre Selbstverleugnung fördern kann. Schauspieler haben das nicht. Ein Schauspieler kann sich nicht hinter Papier und Leinwand verbergen. Wenn ich nicht da bin, so ist auch meine Kunst nicht da. Darum sind wir Schauspieler auch häufig so ichbezogene Menschen. Ich wollte, ich wäre Maler wie Ihr Vater.»

«Vater ist nicht selbstlos», lachte Sally. «Nichts könnte ihn dazu verleiten, ein Bild zu malen, das am nächsten Morgen verbrannt werden sollte. Er weiß materiellen Lohn zu schätzen. Er ist klug. Er besitzt eine ungewöhnliche Gabe, die Leute zu durchschauen, ihr wahres Wesen und ihre Motive zu erkennen, aber ein Genie ist er nicht.»

«Der Prophet gilt nichts in seinem Vaterlande», lachte David. «Und was ist ein Genie?»

«Ein Mensch mit Phantasie, der gleichzeitig eine Vision hat . . . oder ein Kind . . . Sie haben gesagt, Kinder hätten nur Phantasie, aber ich meine, daß sie manchmal beides haben. Und Sie haben es auch, glaube ich.»

«Nein. Ich bin zu nichts zu gebrauchen», sagte er bitter.

«Das sagen die Leute, wenn sie Ferien nötig haben», sagte Sally weise.

«Nun, ich nehme mir Ferien. Auf unbestimmte Zeit.»

«Sie sind krank gewesen, nicht wahr?»

«Ich muß zu meiner Schande bekennen, daß ich das hatte, was man einen Nervenzusammenbruch nennt. Etwas, das mir bei andern immer widerwärtig war.»

«Das tut mir leid, aber ich hoffe, daß es im Grunde nur ein verkappter Segen war», sagte Sally mit ehrlichem Mitleid. «Es hat Sie veranlaßt, richtige Ferien zu nehmen; und es lehrt einen Demut, wenn man entdeckt, daß man geistig gar nicht so widerstandsfähig ist, wie man gemeint hatte; nicht wahr? Wohnen Sie in dem Marschland, von dem Sie mir erzählt haben?»

«Ja, bei meiner langmütigen Großmutter. Die Leute sprechen manchmal dummes Zeug davon, daß die Alten eine Bürde für die Jungen seien. Meine Erfahrung lehrt mich das Gegenteil. Die Alten sind es, die einen stützen und aufrechterhalten. Meine Großmutter würde Ihnen gefallen und Sie ihr auch. Sie beide sollten sich möglichst rasch kennenlernen. Wie wär's mit heute nachmittag? Ich könnte Sie zum Tee nach Damerosehay mitnehmen und nachher wieder heimbringen. Ich habe Großmutter ohnehin versprochen, daß Ben mitkommt. Würde Ihnen das passen?»

«Ja, gern», sagte Sally. «Aber vorher müssen wir im ‹Gnadenkraut› zu Mittag essen, und wir können doch nicht ohne die Kinder nach Hause kommen!»

David ahmte das Geheul einer Luftschutzsirene nach, dann plauderten sie eine Weile über John Adairs Bilder, und Sally stellte fest, daß David ihren Vater nie kennengelernt hatte . . . So war also die Skizze während einer Probe entstanden, ohne daß David davon wußte . . . Abermals heulte die Sirene, und jetzt wurde im Walde das Trappeln kleiner Füße laut. Dann tauchten die Zwillinge auf, Blätter in den Haaren und die Lippen blau von Heidelbeeren. Sie waren von oben bis unten verschmutzt, und hinter ihnen schwebten Wolken von Ritterruhm in Gestalt von Wollflocken, die sich von ihren Jacken lösen wollten. Die Wangen waren stark gerötet und die Augen glänzten, doch seltsam ungesammelt, wie die Augen kleiner Kinder, die sich der Umwelt noch nicht angepaßt haben. Mary, ein einziges Dreckknäuel, zottelte hinter ihnen her; einen Schuh hatte sie verloren. Davids Begrüßung beantworteten die Zwillinge mit mildem, vagem Lächeln, dann kletterten sie zu den beiden alten Hunden in den Wagen, legten die Arme um sie und preßten die Wangen an die wolligen Schnauzen, und das alles mit einer Liebe, die sie ihrer engsten Familie niemals zugestanden. Mary, deren anmaßende Jugend für die Hinfälligkeit von Bastard und Pooh-Bah nur Verachtung übrig hatte, hob gebieterisch die Pfote auf das Trittbrett und bellte energisch. Sally verstand und nahm sie auf den Schoß. Mit einem Seufzer der Erleichterung setzte David den Wagen in Gang.

Sally wandte sich zu den Zwillingen. «Seid ihr hingekommen?» fragte sie eifrig.

Sie lächelten mit der zärtlichen Heiterkeit einer Mutter, deren Kind eine Frage stellt, die man seinem unerfahrenen Verstand noch nicht beantworten kann, nickten und schwiegen.

«Und wie war's?» wollte Sally wissen.

Abermals lächelten sie, gönnten ihr jedoch keine Antwort.

«Habt ihr das Märchending gesehen?»

Sie nickten und spitzten die blauschwarzen Mündchen zu dunklen Rosenknospen.

Sally blickte auf Mary hinunter. Der Körper des kleinen Tiers war heiß vor Aufregung, und sein Herz schlug hastig. Es schnellte sich zu Sallys Nase auf und küßte sie, ließ aber keinen Laut hören.

«Sie verschwenden Ihre Zeit», sagte David. «Unterhalten Sie sich lieber mit mir. Ich werde jede Frage, die Sie mir stellen, nach bestem Wissen und Gewissen beantworten.»

«Was ist eigentlich ‹Gnadenkraut›?» fragte Sally. «Warum haben die Erbauer einer Pilgerherberge ihr Haus so genannt. Warum haben in früherer Zeit die Leute das Gnadenkraut auf Kirchhöfen gepflanzt? Warum wächst es im Wald neben dem Eingang eines Dachsbaus? Was ist es eigentlich?»

«Offenbar irgend etwas, ohne das man weder Pilger noch Dachs sein kann», sagte David. «Auch nicht in den Himmel kommen. Das Gnadenkraut ist ein Kraut mit bitterschmeckenden Blättern. Es ist ein adstringierendes Mittel. Und es hat ja zwei Namen: ‹*Herb of Grace*› – Gnadenkraut – und ‹*rue*› – Raute. *Rue* bedeutet aber auch Reue, Mitleid, Trauer. – Der alte Don Quijote war der Ritter von der traurigen Gestalt, und er war auch ein Pilger, der arme Teufel.»

«Und der Dachs war mitleidig», sagte Sally. «Er war so nett zu Ratte und Maulwurf, als sie sich im wilden Wald verirrten. Erinnern Sie sich an das Märchen? Und er hat seinen Haferbrei mit den kleinen Igeln geteilt. Aber Sie haben meine Frage eigentlich nicht beantwortet.»

«Hetzen Sie mich nicht», entgegnete David. «Ich tue es schon noch. Ich bin übrigens froh, daß Sie bei dieser Gelegenheit das Märchen von dem ‹Wind in den Weiden› erwähnt haben. Adstringent – das bedeutet zusammenziehend. Bitter im Geschmack. Reuig. Mitleidig . . . jetzt habe ich es . . . wie wäre es mit Hingebungsfähigkeit?»

«Darunter habe ich mir eigentlich immer eine Art Konzentration vorgestellt», meinte Sally.

«Ja. Kontraktion – Zusammenziehung! Alles ist gesammelt, um sich hinzugeben. Vollständig. Nichts bleibt zurück. Ohne Vorbehalt. Ohne Hintertüren, durch die man zu entschlüpfen vermag. Wie jemand, der ins Wasser springt, oder wie ein Mann, der eine Tür hinter sich so zuschlägt, daß er nicht mehr zurückkann.»

«Und das kann man nicht ganz ohne bittern Geschmack tun», sagte Sally nachdenklich. «Das verstehe ich. Man muß Demut lernen, bevor man sich so völlig hingeben kann. Der Stolz vermag das nicht. Aber Mitleid?»

«Mitleid ist an der Wurzel allen Gebens; nicht? An der Wurzel aller Kunst. Man kann die Schönheit nicht in sich aufspeichern, die man eingesogen hat. Man muß sie für die Hungrigen ausströmen lassen; wenn es auch noch so schwächlich, so töricht geschieht. Man muß es einfach!»

«Und vorhin haben Sie gesagt, daß die Künstler selbstsüchtig sind!»

«Nein, das habe ich nicht gesagt; ich habe sie ichbezogen genannt. Das ist nicht dasselbe. Sie wollen lieber daran sterben, daß sie aussprechen, was sie gesehen haben, als daß sie es verschweigen; aber das Sterben eines andern interessiert sie keineswegs.»

«Ich hatte gar nicht gewußt, daß ‹Hingebungsfähigkeit› ein so komplizierter Begriff ist.»

«Das ist es auch nicht. Es ist sehr einfach. Es ist, was T. S. Eliot mit den Worten bezeichnet: ‹Der Zustand völliger Einfalt, der nicht weniger kostet als alles›.»

«Dann dürfen nur wenige das Gnadenkraut tragen», klagte Sally.

«Vielleicht mehr als Sie glauben . . . Sie tragen es ja selbst in Ihrem Knopfloch . . . man erkennt sie, wenn man sie erschaut. In ihren Augen ist ein bestimmter Blick. Haben Sie meinen Onkel Hilary kennengelernt?»

«Nein, noch nicht.»

«Er ist ein besonders auffallendes Beispiel. Aber ich möchte sagen, daß man, wenn es einem einmal, nur ein einziges Mal gelungen ist, sich rückhaltlos hinzugeben, gewissermaßen einen Fuß auf den Pilgerpfad gesetzt hat, daß einem dann ein Ausblick auf – auf irgend etwas gestattet ist.» Er hielt inne und sah sie plötzlich erheitert an. «Wenn das erst unsere zweite Unterhaltung ist – und so verhält es sich doch wohl –, dann finde ich, daß wir ziemlich viele Vorreden übersprungen haben.»

«Daran ist die Begegnung im Wald schuld», erklärte Sally. «Ich glaube, daß der Wald überhaupt auf dem geradesten Weg dorthin führt, wohin man gelangen will. Manche Örtlichkeiten haben diese Eigenschaft. Sie bringen schneller weiter.»

«Wohin?» fragte David amüsiert.

Sie hatte unter einem Impuls gesprochen und wußte keine Antwort. Er wollte ja gar nicht dorthin gehen, wohin sie gehen wollte. Das hatte sie vergessen, und darum war sie eine Zeitlang im siebenten Himmel der Glückseligkeit gewesen. Jetzt aber spürte sie einen Schmerz, einen wirklichen, physischen Schmerz, als ob ihr Herz zusammengepreßt würde. Während sie sprachen, hatte sie ihren langsamen Geist aufs äußerste angestrengt, er aber, das erkannte sie, hatte zu ihr gesprochen, wie man zu einem klugen Kind spricht, an dessen Intelligenz man seine Freude hat und das dennoch nicht auf gleicher Stufe steht. Seine Antworten erfolgten mit der Geschwindigkeit der Stöße eines Fechters . . . es war nur ein Spiel . . . Sie hielt Mary fest in den Armen und preßte, Tröstung suchend, ihre Wange an das weiche Hundefell. David sah sie an, weil ihr Schweigen ihn überraschte; unter der Sonnenbräune war ihr Gesicht erblaßt, und sie sah aus wie damals, als sie in der Hitze von Jans Salon beinahe ohnmächtig geworden wäre. Die Wanderung mußte sie sehr ermüdet haben. Sie war wohl doch nicht so kräftig, wie sie wirkte, dachte er.

Sie glitten über den lieblichen Wiesenweg, der zum ‹Gnadenkraut› führte. David sah entzückt um sich, und als sie sich jetzt dem Fluß näherten, drangen verlorene Klänge an ihr Ohr, wie das Läuten von Märchenglocken, aber sehr deutlich und mit einem Tönen, das man, einmal gehört, nie mehr vergessen konnte.

«Was ist denn das?» fragte David verdutzt. «Ich habe diesen Klang irgendwo schon einmal gehört –»

«Es sind die Glocken am Mast von Annie-Lauries Hausboot», sagte

Sally. «Sie schlagen aneinander, auch wenn das Schiff sich noch so leise bewegt.»

«Annie-Laurie? Was für eine Annie-Laurie?» fragte David scharf.

«Annie-Laurie und ihr Vater sind Säule und Stütze des ‹Gnadenkrauts›», erklärte Sally. «Sie werden vermutlich sagen, Zimmermädchen und Hausknecht, obgleich sie das, ihrem Wesen nach, eigentlich nicht sind – es sind merkwürdige Menschen. Sie hausen in ihrem eigenen Boot auf dem Fluß.»

«Ich bin froh, daß Nadine eine Hilfe hat, ob sie nun merkwürdig ist oder nicht», sagte David. Aber er sah leicht beunruhigt drein, bis sie vor dem Gasthaus vorfuhren und die Schönheit des Ortes ihn überwältigte. Er stand mit dem Rücken zum Haus und half Sally aus dem Wagen, als Nadine in der offenen Haustür erschien.

«Hier ist Mrs. Eliot», sagte Sally.

Seine Züge verhärteten sich plötzlich. Den Bruchteil einer Sekunde stand er vollkommen reglos, als wollte er sich für irgend etwas stählen. Dann wandte er sich um.

«David!» sagte Nadine. Langsam kam sie über den gepflasterten Pfad zwischen Chrysanthemen und Astern näher, schön und anmutig zugleich, und ihre Augen leuchteten gleichsam hungernd aus dem beherrschten Gesicht.

«Hallo, Nadine», rief David heiter. «Da hast du ja ein prachtvolles Haus erwischt!» Und er eilte ihr entgegen. Beide hatten vergessen, daß Sally auf der Welt war. Das Mädchen merkte das und beschäftigte sich damit, Kinder und Hunde aus dem Wagen zu laden. «Lauft hinten herum», sagte sie zu den Zwillingen, «und bittet Jill, daß sie euch wäscht und umzieht. Nehmt Mary mit!»

Sie hörte die eigene Stimme wie aus weiter Ferne und hatte ein entsetzliches Gefühl der Vereinsamung und Unwirklichkeit, als sei sie von sich selbst getrennt und stürze in einen dunklen Abgrund, wo es weder für Hand noch Fuß eine Stütze gab, sondern nichts als gähnende Leere. Sie war entsetzt. Sie begriff nicht, daß sie sich diesem Mann mit jener Vorbehaltlosigkeit ergeben hatte, von der sie eben gesprochen hatten. Sie war kopfüber hineingesprungen wie der Taucher, doch es war nichts vorhanden, um sie aufzunehmen. Dann wich der Alpdruck plötzlich, sie sah sich wieder auf dem gepflasterten Weg und wußte nicht, wie sie hierhergekommen war.

Die Kinder und Mary waren verschwunden, und der stolze Chow Chow war wahrscheinlich Nadine und David ins Haus gefolgt, aber der alte, langhaarige Bastard, der auf Anhieb Freundschaft mit ihr geschlossen und seinen Kopf an ihrem Knie gerieben hatte, blieb. Er versuchte, sich die Stufen hinaufzuschleppen, aber sein Alter und sein Rheumatismus erschwerten es ihm, zumal da er ja bereits einen langen Weg durch den Wald hinter sich hatte. Sally trat zu ihm, als er sich auf der obersten

Stufe niederließ und verschnaufte. Sie setzte sich neben ihn. Er schaute zu ihr auf, Zärtlichkeit in den Augen, über die einige Zotteln fielen, aus dem Mundwinkel hing die rosafarbene Zunge weit heraus, und er winselte, als wollte er um Entschuldigung bitten.

«Ja, das ist doch ein bißchen zu viel für dich gewesen», fand auch Sally. «Aber du bist doch immer mitgegangen. Man konnte dich nicht daheim lassen. Das sehe ich ein.» Bastard warf ihr einen hellen Blick zu, schwang die Zunge aufwärts und berührte damit ihr Kinn. So saßen sie Seite an Seite, in bester Freundschaft und überdies zutiefst geeint durch ihre Liebe für den Mann, der sie alle beide vergessen hatte; bis der Duft von gebratenem Kaninchen Bastard neu belebte und er sich mühsam erhob und im Haus verschwand.

8. Kapitel

1

Nadines Art, mit einem Kaninchen umzugehen, grenzte schon ans Geniale, und wenn sie es mit Pflaumen gefüllt und mit Kräutern aller Art gewürzt hatte, dann war das Kaninchen kaum noch als solches erkennbar und verdiente den prunkvollen französischen Namen, mit dem sie seine bescheidene Herkunft bemäntelte. Auch die Apfelcrème auf dem Nebentisch sah verlockend aus, und George war es gelungen, irgendwo einen ganz vorzüglichen Sherry aufzutreiben. Beim Mittagessen unterhielt man sich angeregt, denn John Adair und David wußten eine Menge zu erzählen und erzählten es mit viel Witz, und die beiden bejahrten Angler erwiesen sich als kluge, erfahrene Männer. Nadine und Sally waren ungewöhnlich lebhaft, und selbst Ben, der sich seit John Adairs Ankunft unendlich glücklich fühlte, warf hin und wieder ein Wort ins Gespräch. George war als Hausherr immer in seinem Element, sprach wenig, strahlte aber vor fröhlicher Gastfreundschaft, und Annie-Laurie und Malony bedienten mit der üblichen Gewandtheit; das Zimmer war zudem erfüllt von Blumen und dem milden, freundlichen Licht eines herrlichen Oktobertages.

Und dennoch wollte irgend etwas nicht stimmen, und John Adair spürte das mit allen Sinnen. Seine scharfen Augen glitten von einem Gesicht zum andern, und nicht der Schatten eines Ausdrucks entging ihnen. Seine Ohren spitzten sich, um den leisesten Klangwechsel einer Stimme wahrzunehmen, der ihm den Weg zu den Gefühlen dieser Menschen weisen, ihm zeigen könnte, welchen Platz sie auf dem Bilde innehatten, das die alten Mauern des ‹Gnadenkrauts› umrahmten. Doch während er beobachtete und lauschte, ergoß sich der lässige Strom seines Gesprächs funkelnd in die Unterhaltung und lenkte sie nach seinem Willen.

Vater ist wieder einmal auf dem Kriegspfad, dachte Sally. Er ist in einer seiner Detektivstimmungen.

Ein verdammt kluger Kerl, dachte David unbehaglich. Er war es so gewöhnt, mit allen Menschen gut auszukommen, daß dieses Unbehagen ihm zu schaffen machte. Instinktiv erkannte er, daß John Adair, im Augenblick jedenfalls, eine Abneigung gegen ihn empfand. Er erwiderte diese Abneigung durchaus nicht. Im Gegenteil, der Künstler gefiel ihm außerordentlich. Ihm gefielen die eigenwilligen Züge, der wilde rote Bart, die klaren braunen Augen. Wenn man mit diesem Mann einmal ernstlich aneinandergeriet, so stieß man auf einen Löwen!

Worauf du dich verlassen kannst, junger Mann, dachte John Adair grimmig, wenn du meiner Sally ein Leid zufügst. Wenn du meinem Kind weh tust, dann breche ich dir sämtliche Knochen im Leibe. Er war selbst erstaunt darüber, daß die Erkenntnis von Sallys Liebe zu dem jungen Mann so heftige Wirkungen in ihm auslöste. Die Entdeckung, daß Nadine und David einander liebten, machte ihm weiter keine Sorgen, obgleich er sich selbst von Nadine angezogen fühlte. Aber es war nie seine Gewohnheit gewesen, sich von seinen Neigungen ernstlich stören zu lassen. Solange die Liebe seiner Kunst dienlich war – und seine Schwäche für Nadine befähigte ihn, ein gutes Porträt von ihr zu malen –, ließ sich nichts dagegen einwenden; sobald eine Empfindung aber drohte, die grenzenlose Hingabe an seine Kunst zu gefährden, zertrat er diese Empfindung unverzüglich und gründlich – und manchmal gleichzeitig auch den Menschen, dem sie galt. Keine Frau, die je seinen Weg gekreuzt hatte, war einen falschen Strich eines Pinsels auf einer Leinwand wert ... Bis auf Sally – obgleich er das bis zu diesem Augenblick noch nicht gewußt hatte ... Sally war Blut von seinem Blut, Fleisch von seinem Fleisch, und er wußte jetzt, daß er seine rechte Hand hergeben werde, die rechte Hand eines Malers, und für den Rest seiner Tage an Kunst und Körper verstümmelt sein wollte, wenn er sie nur vor diesem Schmerz bewahren könnte. Welch ein Kind sie war, welch ahnungsloses Kind ... sie konnte es nicht verbergen ... sie war nicht einmal klug genug, zu merken, wie sie gerade dadurch, daß sie Davids Blick vermied, daß sie gleichgültig blieb, wenn er zu ihr sprach, alles verriet, weil sie es so gekünstelt tat. Doch was sie bot, war eine gute schauspielerische Leistung, und er war stolz auf sie. Sie zwang sich, ungewöhnlich lebhaft zu sprechen, und sie war rührend höflich und ehrerbietig der Frau gegenüber, deren Hartnäckigkeit ihr den Weg zum Glück verschloß.

Hartnäckigkeit. Er war unversehens über dieses Wort gestolpert, doch nun fand er, es sei das richtige. Mit einem Male kam ihm zum Bewußtsein, daß Nadine diesen Mann gegen seinen Willen festhielt. Zunächst hatte er nur wahrgenommen, daß die beiden einander liebten, und hatte über die Tiefe dieser Liebe nachgedacht. Beide waren offenbar einer echten Leidenschaft fähig; Nadine verriet es in jedem ihrer Züge, und David hätte andernfalls nicht der Schauspieler sein können, der er war. Und dennoch sah er in ihnen nicht Liebhaber und Geliebte. Der Ausdruck in Nadines Augen war der Hunger einer unbefriedigten Frau, und David Eliot war gewissermaßen von einer Strenge umweht, die diese Bezeichnung ausschloß. Sie hatten anscheinend auf eine aussichtslose Liebe verzichtet, der Mann mit klarem, sauberem Entschluß und mit der Kraft, die sichtlich ein Teil seines Wesens war, die Frau aber nicht ganz ohne Vorbehalt. Wußte sie, daß sie noch immer an ihm festhielt? Dessen konnte John Adair nicht sicher sein. Wußte sie, daß der Mann seine Freiheit wiederhaben wollte? Anscheinend nicht, sonst hätte sie sie ihm gewährt, denn ihr Stolz war nicht gering. Sie war eine Frau, gewohnt, begehrt zu werden, nicht zu begehren.

Ihre Verblendung überraschte ihn, denn bei genauer Betrachtung konnte wenig Zweifel am Seelenzustand des jungen Mannes bleiben. Er liebte sie, gewiß, und würde sie wahrscheinlich bis zu seinem Tode lieben. Doch wenn er sie ansah, war in seinen Augen die gleiche Art von Geduld, die John Adair in den Augen von Menschen gesehen hatte, die, mit zerschmetterten Gliedern, im Gipsverband die Befreiung erwarteten. Nach Meinung des Malers war er so treu, daß es nicht in seiner Macht lag, sich selbst zu befreien. Ein prächtiger Kerl, stellte John Adair plötzlich fest, und er hätte ihm auch nicht mißfallen, wenn er dem Charme dieses Kindes gegenüber nicht so gleichgültig gewesen wäre, das Blut von John Adairs Blut, Fleisch von seinem Fleisch, ja, ein Stück von ihm war.

«Egoismus», sagte er zu einem ganz anderen Thema und verfiel in einen dozierenden Ton, «ist der Grundstein unserer heutigen sogenannten Kultur. Wir haben den ganzen Bau auf einer Moral errichtet, die auf Eigennutz gegründet ist, und wir sind erstaunt, wenn wir entdecken, daß der Grundstein sich in so viele Partikel zersetzt, wie wir Einzelwesen sind, und das Gebäude mit ihm.»

«Und ohne Hoffnung?» fragte einer der Angler und nahm sich noch eine Portion Apfelcrème.

«Man könnte es einmal mit Gnadenkraut versuchen», schlug David vor.

«Hm?» fragte George.

David lächelte Sally zu. «Miss Adair und ich haben heute früh festgestellt, daß das Gnadenkraut einem zur Hingebungsfähigkeit verhilft. Die Hingabe des Ichs zu größeren Zwecken.»

«Hingabe des Ichs», sagte John Adair, strich sich nachdenklich den Bart und schaute zu Nadine hinüber.

«Annie-Laurie», sagte Nadine und befreite sich gelassen von diesem Blick, «in der Speisekammer steht noch eine Schüssel Apfelcrème. Bringen Sie sie, bitte.»

«Ja, Madam», sagte Annie-Laurie.

Ihre Stimme durchbrach jenes gewisse Schweigen, das ganz plötzlich einzutreten pflegt, und David sah ihr nach, als sie das Zimmer verließ. Ein Gedanke schien ihn zu bedrängen, aber er wußte sich rasch zu fassen. John Adair hatte bemerkt, daß der junge Mann verblüfft dreingeschaut hatte, als er Annie-Laurie zum erstenmal sah, und daß er von da an vermied, sie ein zweites Mal anzusehen. Jetzt aber, als er ihre Stimme hörte, durchfuhr es ihn sichtlich. Was wußte er von dem Mädchen? Auch sie war von seinem Anblick tief betroffen gewesen, so tief, daß die Züge des verschlossenen Gesichtes sich schmerzlich verschärften. John Adair vergaß vorübergehend Sally und zupfte behaglich an seinem Bart. Wer hätte erwartet, in diesem verlorenen Winkel eine solche Menge interessanter Menschen anzutreffen? Denn seit er Malony und Annie-Laurie gesehen hatte, fühlte er sich von ihnen angezogen. Das maskenhafte Gesicht des Mädchens, die tragikomische Affenähnlichkeit Malonys: es lockte ihn, beide zu malen, sobald er mit Nadines Porträt fertig war.

«Können Sie mir heute nachmittag eine kurze Sitzung gönnen?» fragte er sie, als sie im Garten an der Ufermauer saßen und Kaffee tranken.

«Heute bin ich leider nicht frei», sagte sie. Sie lag im Liegestuhl, die Hände umklammerten dankbar die Wärme der Kaffeetasse, ein leichtes Lächeln spielte um ihre Lippen. David saß neben ihr, und die Sonne überflutete sie. Der Hunger war aus ihrem Gesicht gewichen, und zum erstenmal, seit John Adair sie kannte, sah sie glücklich aus. Ihre Sorgen waren von ihr abgefallen, die Sonne wärmte sie, und David war da. John Adair wußte, was ihre Antwort zu bedeuten hatte; heute war Davids Tag.

Und David wußte es auch und tat, was er konnte. «Willst du mir das Haus zeigen, Nadine, bevor ich weg muß?» fragte er.

«Weg?» sagte sie halblaut, aber mit einer gewissen Schärfe. «Du bleibst doch zum Abendessen, oder nicht?»

«Ich habe Großmutter versprochen, ihr Ben zu bringen, und ich habe Sally gefragt, ob sie mitkommen will. Sie würde Großmutter sehr gefallen, glaube ich. Ich werde beide wohl rechtzeitig zum Abendessen wieder zurückbringen können.»

«Und dann bleibst du?»

«Das kann ich nicht, Nadine. Hilary kommt zum Abendessen nach Damerosehay.»

«Für jemanden, der angeblich einen Nervenzusammenbruch erlitten hat, lebst du ja ein ziemlich heiteres Gesellschaftsleben.»

Er lachte. «Ich bleibe längere Zeit hier, Nadine.»

Es war ein kurzes, halblautes Gespräch, das durch eine laute, entrüstete Erörterung über die Ungerechtigkeit der Einkommensteuer übertönt wurde. George, John Adair und die beiden Angler beteiligten sich daran.

Aber John Adair vermochte mit dröhnender Stimme gegen die Einkommensteuer loszuziehen und dennoch gleichzeitig mit dem abstehenden rechten Ohr die kurze Unterhaltung der beiden in sich aufzunehmen. Er warf Nadine einen Seitenblick zu. Das Glück in ihren Zügen war verblichen, und an seine Stelle trat ein Ausdruck der Erbitterung, als sie jetzt Sally ansah, die auf der Mauer saß und mit Ben plauderte. Für einen so erfahrenen Mann hatte David sich tatsächlich ungewöhnlich taktlos benommen, und der Grad seiner Taktlosigkeit ließ sich daran ermessen, wie gleichgültig er sich jetzt Sally gegenüber verhielt. Abermals ärgerte sich John Adair über den Burschen.

2

Doch trotz Nadines zähem Sichfestklammern war er nicht imstande, eine Spur von Abneigung gegen sie zu empfinden, mochte es auch um Sally gehen. Zu seiner Überraschung merkte er, daß er sogar aufrichtiges Mitleid mit ihr empfand. Er hätte viel darum gegeben, um jenen glücklichen Ausdruck in ihrem Gesicht wiederzusehen, wenn sie auch als unglückliche Frau vom Standpunkt des Malers interessanter gewesen wäre. Ja, innerhalb der Grenzen, die Vernunft und Alter zogen, liebte er sie.

«Noch immer heute nachmittag besetzt?» fragte er, als sie eine Stunde später am Gartentor standen und David, Sally und Ben nachblickten und George mit den beiden Anglern an den Fluß ging.

«Noch immer.»

Er griff nach ihrem Arm. «Unsinn! Die Zwillinge sind bei ihrer Kinderfrau. Annie-Laurie und ihr Vater kümmern sich um das Haus. Kommen Sie nur!»

Sie sah zu ihm auf, ihr Blick begegnete dem hellen Blick seiner braunen Augen, und sie wußte, daß er wußte. Für den Bruchteil einer Sekunde überkam sie Zorn, dem aber im Nu ein höchst überraschendes Gefühl tiefen Friedens folgte. Sie beantwortete seinen Blick mit einem Blick, darin ein stilles Zugeständnis lag. Wieder, wie bei ihrem ersten Zusammentreffen, spürte sie das unsinnige Verlangen, sich ihm an die Brust zu werfen und irgendwohin führen zu lassen – nur um sich von allem zu befreien.

«Eines meiner Modelle, eine Katholikin, sagte einmal, eine Sitzung in meinem Atelier sei beinahe ebenso befreiend wie eine Stunde im Beichtstuhl», sagte er, als sie jetzt über die anmutig geschwungene Treppe neben der kleinen Figur des weißen Hirschs hinaufstiegen.

«Wieso?» fragte Nadine.

«Ich hatte selbst den Eindruck, daß das ein wenig weit hergeholt war. Wahrscheinlich meinte sie, daß sie ihrer Sorgen und Sünden gewissermaßen ledig wurde, wenn sie sich auf der Leinwand dargestellt sah.»

«Sie besitzen einen ungewöhnlichen Scharfblick, nicht wahr?»

«Ja, ich glaube wohl. Aber ich weiß ihn mit Diskretion zu verbinden. Und noch mit etwas mehr. Es gibt das Geheimnis des Beichtstuhls und das ärztliche Berufsgeheimnis, und so hat auch das Atelier seine Ehre. Ein Maler darf nicht von dem sprechen, was er in den Gesichtern liest, die er malt.»

Nadine antwortete nicht. Sie stiegen die Treppe zur Dachkammer hinauf und standen vor der Tür des Ateliers. Er öffnete sie und ließ Nadine eintreten. Es war ein geräumiges Zimmer mit zwei Dachfenstern, die nach Norden über den Obstgarten blickten. Die Wände und das schräge Dach waren gekalkt und geweißt, die alten Eichenbalken aber waren unangetastet geblieben, und von dem einen hing eine Petroleumlampe herab. Der Raum war in wilder Unordnung, mit Ausnahme der Ecke, die Ben zugeteilt worden war und wo er sein Gerät sorgfältig aufgestapelt hatte. Es sah aus, als hätte John Adair schon seit Jahren hier gearbeitet. Und bei allem war hier die Schönheit daheim. Reiche Farben leuchteten von den Leinwänden, und über den Wandschirm hinter dem Platz des Modells fiel ein prächtiges Stück grüner Samt herab, der Hintergrund für Nadines Porträt. Sie betrachtete das Bild. Auf ihre ungeübten Augen wirkte es beinahe beendet. Er hatte sie keineswegs schonend behandelt, und der Jugendlichkeit des blauen Leinenkleides entsprach das Gesicht durchaus nicht. Die Linien um ihre Augen, das Grau in ihrem Haar, das alles war fast betont, und jetzt, da er davon gesprochen hatte, vermochte sie die ‹Sorgen und Sünden› in ihrem Gesicht zu erkennen. Und dennoch hatte er ihr eine Schönheit verliehen, die sie gar nicht zu besitzen glaubte. Sie war sich ihrer Reize sehr wohl bewußt, hier aber war etwas, gewissermaßen ein Letztes, Endgültiges an Schönheit, das sie nicht an sich kannte.

«Es stimmt nicht ganz», sagte sie.

«Nein. Ich habe die Zeit vorweggenommen. Das passiert selbst dem Fotografen manchmal. Im Augenblick, da man jemanden fotografiert, ist die Ähnlichkeit nicht gelungen, zwei Jahre später aber stellt sie sich ein. Es ist seltsam, daß dergleichen bei einer derart mechanisierten Kunst wie der Fotografie eintreten kann. Bei einem gemalten Porträt aber ist es sehr verständlich.»

«Warum?»

«In uns allen ist ein geduldiger Engel; der Geist, der sich formt. Und er hat zwei Gesichter. Er ist, was immer Sie machen mögen, das Eine und das Andere. Manchmal sieht man das Eine aus dem Fenster schauen, manchmal das Andere.»

Sie sah zärtlich erheitert zu ihm auf. Wie lächerlich kindlich auch der klügste Mann hin und wieder sein konnte! «Und jene unerreichte Schönheit, die Sie mir verliehen haben?»

«Sie werden sie noch erreichen. Als ich Sie im Zug zum erstenmal sah, da sagte ich zu mir: ‹Sie hat ihre Höhe noch nicht erreicht.› Sie wartet, diese Schönheit, sie wartet auf den Verzicht, um den Lippen die innere Heiterkeit, den Augen die Güte zu schenken.»

«Was für ein Verzicht?»

«Sie wissen oder sollten doch wissen, was Sie aus Ihrem Leben herausschneiden müßten. Wahrscheinlich irgend etwas ganz Triviales, vielleicht nicht mehr als irgendeinen geistigen Vorbehalt. Aber es genügt.»

«Es genügt?»

«Um Sie in Ihrem eigenen Saft schmoren zu lassen, um Sie dahin und dorthin zu zerren und nirgendshin gelangen zu lassen. Reißen Sie es aus, diesen Vorbehalt oder was es sonst sein mag, und Sie werden frei sein und andere wahrscheinlich auch. Wir sind in dieser komplizierten Welt so sehr aneinander gebunden, daß die geistige Verfassung eines jeden von uns ebenso ansteckend ist wie die Masern.»

«Ach, Worte, Worte!» rief Nadine ungeduldig.

«Ja. Setzen Sie sich, bitte, und wir wollen anfangen.»

Sie setzte sich vor den grünen Samt, und eine Stunde lang, während er arbeitete, blieb ihre Unterhaltung in den Niederungen jenes müßigen Plauderns, das einem warmen, verschlafenen Nachmittag entsprach. Sie vermied es, die ‹Ehre des Ateliers› dazu auszunützen, um ihm irgend etwas von sich mitzuteilen. Das hatte er im Grunde auch nicht erwartet; dazu war sie viel zu stolz. Und er liebte diesen Stolz. Obgleich er darin eine Bedrohung für das Glück seiner Sally sehen mußte, liebte er ihn. Mit welcher Würde hatte sie sich damit abgefunden, daß er von ihrer unseligen Liebe zu David wußte. Sie hatte ihn nicht angefleht, ihr Geheimnis zu bewahren, hatte nicht versucht, sich zu rechtfertigen, nahm das Unvermeidliche in königlicher Haltung hin. Zweifellos war Größe in ihr, und doch – vermochte sie diese Haltung zu bewahren? Konnte eine so stolze Frau sich jemals eingestehen, daß ein Mann, der sie einmal so tief geliebt hatte, heute danach verlangte, sich von ihr zu befreien, wenn ihm dieses Verlangen auch bis jetzt unbewußt war? Wie gern hätte er ihr das alles erleichtert, hätte ihr einen Halt gegeben, an den sie sich klammern könnte, während ihr Stolz unter ihr zusammenbrach. Ja, seine eigene Liebe war da, aber ihr fehlte die Leidenschaft, sie war ein armseliger Ersatz für das Feuer, dessen Nadine stets bedurft hatte. Doch was er geben konnte, das sollte sie haben. Und sie besaß die Fähigkeit zum Mitgefühl; dafür zeugten viele Kleinigkeiten, vor allem ihr Benehmen zu der armen kleinen Annie-Laurie. Mit dem Verzicht würde die Kraft des Mitgefühls wachsen. Das war unvermeidlich.

In Gedanken mochte er Mitgefühl für eine lobenswerte Eigenschaft halten, für seine Modelle aber hatte er keins. Während der Sitzung hatte die Frau, die er zu lieben glaubte, aufgehört, für ihn als Frau zu existieren. Den Pinsel in der Hand, war er wie ein heidnischer Priester vor einem Opferaltar. Ehe er das Feuer ausgehen ließ, warf er lieber alles mitleidlos hinein – Sally vielleicht ausgenommen, die er als ein Stück seines Selbst ansah. Nadine war fast völlig erschöpft, bevor er es bemerkte, und er merkte es auch nur, weil er sie plötzlich nicht mehr als malenswert empfand.

«Müde?» fragte er erstaunt.

«Natürlich nicht», sagte Nadine, hob die Hand an die Stirn und spürte, daß die Finger feucht wurden. «Aber es ist Zeit, daß ich mich um das Abendessen kümmere.»

Ganz verdutzt sah er auf die Uhr. «Haben wir denn schon Tee getrunken?»

«Nein», sagte Nadine.

«Es ist auch ganz überflüssig», erklärte er. «Die Franzosen tun es nie.»

«Ich bin keine Französin», meinte Nadine, «ich bin eine halbe Russin, und die Russen trinken ständig Tee.»

Er trat auf sie zu, reichte ihr die Hand, und sie trat von dem Podest herunter; jetzt endlich, da seine Kunst ihn freigegeben hatte, erkannte er, wie müde sie war. «Ich bin ein roher Kerl», sagte er, doch ohne die leiseste Spur von Reue, und schloß sie in die Arme. Nun war sie dort, wo sie so sinnlos begehrt hatte zu sein, und hielt dankbar still. Immer fester wurde sein Griff. «Ich liebe Sie, mein Kind», sagte er.

Sie begann zu lachen. «Und das soll ich glauben?»

Er hob ihr Gesicht, schaute es lange an und küßte sie. «Ja, Sie sind eine schöne Frau, und Sie wissen es.»

Sie lachte noch immer. «Und Sie machen mir aus irgendeinem ruchlosen geheimen Grund den Hof. Habe ich Sie durchschaut?»

«Nun, was ich auch für einen Grund haben mag – es stimmt. Sie sind eine verdammt schöne Frau.»

Lachend stiegen sie die Treppe hinunter. Mehr als er ahnte, hatte er ihr Leid erleichtert.

9. Kapitel

1

«Sie bleiben lange aus», sagte Lucilla zu Margaret. «Ich hoffe nur, es ist ihnen nichts zugestoßen.»

«Es ist erst halb fünf», sagte Margaret. «Du weißt doch, David kommt immer zu spät.»

«David muß Ben zeitig zurückbringen. Mit seiner schwachen Brust soll er am Abend nicht so lange im Freien bleiben.»

«Wird alles geschehen, Mutter. David wird Ben schon rechtzeitig zurückfahren. Zum Abendessen erwarten wir ja Hilary.»

«Ja, mein Kind, das weiß ich», meinte Lucilla mit einem scharfen Unterton. «Ich habe Hilary ja selbst gebeten, um David vom Nachtessen im ‹Gnadenkraut› abzuhalten. Abends wird man zu leicht gefühlvoll. Geht die Uhr richtig, Kind? Wenn sie nicht bald kommen, dann werde ich nicht viel von meinem lieben kleinen Ben haben. Ich habe David gesagt, er solle um vier zurück sein. Ist auch bestimmt genug zum Tee da, mein Kind?»

«Von ‹genug› kann heutzutage nie die Rede sein», erwiderte Margaret. «Es ist so viel da, wie eben da sein kann. Erst morgen gibt es die neue Fettzuteilung, aber wir müssen anscheinend immer am Tag davor Gäste zum Tee haben statt am Tag danach. Ich habe das letzte Restchen Margarine und das letzte Krümelchen Zucker aufgebraucht. So etwas habe ich noch nicht gesehen, wie David reinhaut. Dabei sieht er so vergeistigt aus.»

«Das kommt von den Nerven, mein Kind. Nerven wollen ernährt sein. Wie spät ist es jetzt?»

«Immer noch halb fünf. Machst du dir über irgend etwas Sorgen, Mutter?»

«Ja, über David.»

«Aber es geht ihm doch schon besser, scheint mir.»

«Das weiß ich. Viel besser; obschon er selbst es nicht merkt, der arme Junge. Aber um seine Gesundheit ist mir nicht so bange.»

«Worum denn sonst, Mutter?»

«Meine liebe, gute Margaret . . .» sagte Lucilla. Die Begriffsstutzigkeit ihrer Tochter ließ Lucilla immer wieder staunen. Vor dem Krieg hatte sich hier in diesem Hause, vor Margarets Augen, zwischen David und Nadine ein Liebesdrama abgespielt, aufwühlend wie ein Erdbeben, aber ihre Tochter hatte davon nichts bemerkt. Nun, eben deshalb kam man ja auch so gut mit ihr aus. Ohne jede Neugier und frei von allem Hochmut, wie sie war, stellte sie keine Fragen und erhob auch keinen Anspruch darauf, zum Familienrat zugezogen zu werden.

«Was finge ich wohl ohne dich an, Margaret», sagte Lucilla liebevoll.

Margaret legte ihre Hand auf die der Mutter. Wenn es auch nicht immer ganz friedlich zwischen ihnen zuging, waren sie einander in den letzten Jahren doch näher gekommen. Margaret drängte nicht weiter in die Mutter, warum sie sich um David Sorgen mache. Ja, sie hatte bereits vergessen, daß sie danach gefragt hatte. Sie war im Grunde auch sehr überarbeitet, und das machte sich in der Form geltend, daß sie, wenn es sich nicht um Essen handelte, keine zwei Minuten hintereinander ihre Gedanken zusammenhalten konnte . . . Und natürlich auch, wenn es sich um den Garten drehte . . . Während ihre Hand noch immer auf der der Mutter lag, schaute Margaret zum Fenster hinaus nach ihren herrlichen, in purpurnen, violetten und weißen Farben prangenden Astern, ihren schönen japanischen Anemonen und den ersten, kräftigen Blüten ihrer

Chrysanthemen. Gern hätte sie noch vor dem Dunkelwerden ein bißchen im Garten gearbeitet, aber da mit Hilary noch ein Gast zu Tisch kam, war das wohl kaum möglich . . . Die schönen Herbsttage waren so kostbar . . . Aber um Himmels willen, was sollte es zum Frühstück geben?

Geschieht mir schon recht, dachte Lucilla, weil ich Nadine so behandelt habe. Ich wollte sie von David und London entfernen, und schon bekommt David, nachdem er monatelang nicht in Damerosehay war, einen Nervenzusammenbruch und bleibt Gott weiß wie lange . . . Geschieht mir schon recht . . . Aber George geht's im ‹Gnadenkraut› gesundheitlich viel besser, und glücklich fühlt er sich auch.

«Es gibt für mich nichts Ermüdenderes, als auf jemanden zu warten, der nicht kommt», sagte sie zu Margaret, «für dich nicht auch?»

«Meiner Ansicht nach ist es schlimmer, wenn jemand kommt, den man nicht erwartet hat», meinte Margaret. «Denn dann ist nicht genug zu essen da.»

«Du mußt dem Essen nicht solche Wichtigkeit beimessen, mein Kind. Es gibt noch andere wichtige Dinge im Leben.»

«Nein, Mutter. Ohne Essen gibt's überhaupt kein Leben.»

«Da sind sie!» rief Lucilla, und ihr Gesicht färbte sich rosig wie das eines jungen Mädchens; sie hatte wirklich Todesängste ausgestanden, es könne ein Unglück geschehen sein.

Margaret hatte nichts gehört; aber das überraschte sie nicht. Die Nähe Davids spürte Lucilla mittels eines sechsten Sinns. Tatsächlich ließ sich im nächsten Augenblick das Geräusch des Wagens vernehmen, dem der Hall von Schritten in der Diele, freudiges Gebell der Hunde und Bens Stimme folgten. Dann war auch Davids helle Stimme zu hören sowie die eines Mädchens, das ihm antwortete, eine schöne tiefe Altstimme; die Harmonie der beiden zusammenklingenden Stimmen ließ Lucillas Herz vor Entzücken höherschlagen, so wie es schlug, wenn die Zeit der Lerchen wiedergekommen war und sie im dämmernden Frühlingsmorgen mit dem Gefühl erwachte, daß wieder einmal das richtige Ding zur richtigen Zeit sich eingestellt hatte.

«Wer ist das?» fragte sie und merkte dabei, daß ihr Herz rascher schlug. Sie erhob sich von ihrem Stuhl. «Margaret», flüsterte sie erregt, «sieht das Zimmer anständig aus? Bin ich in Ordnung?»

«Aber ja doch, Mutter», sagte Margaret erstaunt.

Lucilla nahm sich zusammen; sie richtete sich zu ihrer ganzen stolzen Schönheit auf und wartete; schon stieg ein Stoßgebet des Danks zum Himmel.

Sie traten ein. «Großmutter!» rief David erstaunt aus, «du wirst mit jedem Tag schöner.» Dann kam er auf sie zu, umarmte und küßte sie, alles um sich her vergessend. Keine andere Frau war mit ihr zu vergleichen. Nie würde eine mit ihr zu vergleichen sein. Liebe kam und ging, aber die ihre hatte Bestand seit der Stunde, da er geboren war.

«Von deiner Lebensart kann man das nicht sagen, David», meinte sie.
Auflachend ließ er sie los. «Das ist Sally Adair, Großmutter. Sie wohnt bei Nadine.»

«Sehr lieb von Ihnen, eine alte Frau zu besuchen, mein Kind», sagte Lucilla. Das war immer ihre Spieleröffnung bei jungen Leuten; aber als sie den klaren, unverstellten Blick sah, mit dem Sally dem ihren begegnete, hatte sie mit einemmal die Empfindung, daß das eigentlich eine recht törichte Redensart sei. So schien es auch Sally zu empfinden. «Wieso?» fragte sie. «Die Menschen werden mit dem Alter immer netter. Genau wie Häuser. Wie alles auf der Welt.»

«Wenn es von Anfang an echt ist», warf Ben mahnend ein.

«Portwein vom richtigen Jahrgang», sagte David. «Was immer besser werden soll, muß die Sonne gern haben und guten Saft geben, wenn es in die Kelter kommt . . . Das ist Tante Margaret.»

Sallys Augen hatten sich Margaret bereits mit demselben sanften, bescheidenen Blick zugewandt, mit dem sie Lucilla begrüßt, dem Blick, der Lucilla so tief gerührt, als ob das Kind vor ihr gekniet und ihr die Hand geküßt hätte. Es war, als neigte Sallys überströmende Gesundheit und Kraft sich in Verehrung vor der Gebrechlichkeit und Müdigkeit der Greisin, als erfüllte sie unbewußt eine Dankespflicht, indem sie wie alle, die das Leben lieben, mit Freuden nehmend, auch mit Freuden geben, denen geben mußte, welche die Notwendigkeit zwingt, die Gabe der Liebe anzunehmen. Sie ist aus Gold, aus echtem Gold, sang es in Lucillas Herz. Laut aber sagte sie:

«Liebes Kind, Sie sind sehr hübsch.»

Sally errötete tief und warf ein Mahagoni-Tischchen um. Um ihres Errötens wie um ihrer Ungeschicklichkeit willen liebte Lucilla sie nur um so mehr; sie mochte die hartgesottenen jungen Dinger nicht, die jedes Lob als ihnen gebührend entgegennahmen und nicht ungefährdet durch den Krimskrams der Alten hindurchsteuerten, als ob sie nur Verachtung dafür übrig hätten.

«Hoffentlich habe ich es nicht beschädigt», sagte Sally und fuhr behutsam mit dem Finger über den Rand des Tischchens wie um das Gesicht eines Kindes. «Es ist reizend und so hübsch eingelegt. Ist es sehr alt?»

«Ja, es gehörte meiner Urgroßmutter. Setzen Sie sich zu mir, Kind, nehmen Sie Ihren Mantel ab. Hier ist's warm. Ich bin eine alte Frau, und darum muß ich Feuer haben, wenn ihr Jungen wahrscheinlich noch keines braucht. David, nimm Sally den Mantel ab . . . Ich darf Sie doch Sally nennen? Ben, mein lieber Junge, wenn du den Tee eingeschenkt hast, komm auch her und setz dich zu mir und Sally.»

David und Margaret hatten sich nebeneinander gesetzt und unterhielten sich über Belanglosigkeiten, während sie die drei am Feuer mit Wohlgefallen betrachteten. «Ein neues, frisches Gesicht tut Mutter gut», sagte Margaret leise. «Ich wußte, sie würden sich verstehen», gab David zurück. Lucilla sah über alle Maßen glücklich aus; noch hatte ihr Gesicht einen rosigen Schimmer, der wie ein Widerschein von Sallys Erröten war.

Ben verzehrte ein Brot mit Honig und fühlte sich ebenfalls glücklich, wie stets, wenn er mit Großmutter oder David zusammen war. Merkwürdig war, daß er, so sehr er seine Mutter vergötterte, sich beim Zusammensein mit ihr nicht am glücklichsten fühlte. Dazu war Mutter ein irgendwie zu anspruchsvoller Mensch; sie schien von allem und jedem Just etwas mehr zu verlangen, als man aufbringen konnte. Großmutter und David schienen von ihm nie etwas anderes zu verlangen, als das, was er war; er schien ihnen zu gefallen, wie er nun einmal war. Was Tante Margaret anging, nun, das war eben die gute, alte, schnurrige Tante Margaret. Und Sally war eines der beruhigendsten Wesen, die er je kennengelernt hatte. Im allgemeinen mochte er junge Mädchen nicht, aber sie war nicht wie ein junges Mädchen. Er nahm an, es würde sie schrecklich beleidigen, wenn sie wüßte, daß sie ihn an die Wolfsmutter im ‹Dschungelbuch› gemahnte, die sich des kleinen Mowgli annahm. Er sah sie vor sich, umgeben von einem Rudel von Wolfsjungen, die sich an sie kuschelten, während Mowgli in der Biegung ihrer buschigen Rute schlief. Die Widersinnigkeit dieser Vorstellung brachte ihn mit einmal dazu, hell aufzulachen.

«Was ist denn so lustig, Ben?» fragte David.

«Sieh dir Bastard an.» Die Antwort war nur eine halbe Ausrede, denn ehe in ihm dieses verrückte Bild von Mowgli in Sallys Rutenbogen aufgestiegen war, hatte Ben schon über Bastards Lage in sich hineingelacht. Es war Bastards Gewohnheit, mit der Schnauze auf Lucillas Füßen dazuliegen, als wolle er seine Herrin an dem Fleck festhalten, wo sie seiner Ansicht nach bleiben mußte. Diese übliche Lage hatte er zwar auch heute eingenommen, dabei aber eine seiner dickbepelzten Vorderpfoten von sich gestreckt und auf Sallys Schuh gelegt; sein Schweif, der aussah wie eine alte, von Motten zerfressene Straußenfeder, klopfte langsam, wie bekräftigend, auf den Fußboden. ‹Die zwei hier› schien er sagen zu wollen, ‹gehören mir, ihnen gehört meine Liebe, und der Kamin gehört auch mir, und solange ich mitzureden habe, bleiben sie auch da, als Herrinnen meines Herzens und Hüterinnen des Feuers. Amen›.

«Mitgegangen, mitgefangen», sagte David zu Sally. «Für immer und ewig an Damerosehay geschmiedet.»

«Darüber bin ich gar nicht böse», sagte Sally. «Es ist das Märchenhaus mit den schönen Giebeln.»

«Ach, Sie liebes Kind!» rief Lucilla entzückt aus. »Sie hatten also auch eine Großmutter, die Ihnen den ‹Wind in den Weiden› vorgelesen hat.»

«Mir hat es meine schottische Kinderfrau vorgelesen», sagte Sally. «Ich hatte keine Großmutter. Das heißt: ich kann mich an meine Großmutter nicht erinnern. Beide starben, als ich noch nicht geboren war.»

«Das tut mir leid für die Großmütter, mein Kind», sagte Lucilla. «Ich habe einmal gelesen, und es ist auch ganz richtig: um zu wissen, was vollkommenes Glück ist, könne eine Frau wohl Mutter, müsse sie aber Großmutter sein.»

«Mir hat eine Großmutter entsetzlich gefehlt», sagte Sally.

«Vielleicht», sagte Lucilla und legte ihre Hand auf Sallys Hand, «vielleicht können Sie mich – adoptieren?»

Sallys Gesicht rötete sich wieder, und ihre Augen leuchteten im Feuerschein so, daß Ben das Glitzern darin für Tränen gehalten haben würde, wäre er nicht der festen Überzeugung gewesen, Sally gehöre nicht zu denen, die ‹ans Wasser gebaut› haben.

«Tante Margaret», sagte David, «ich habe allerhand Zweifel, ob wir hier sehr erwünscht sind. Soll ich abwaschen helfen?»

«Sei vorsichtig mit dem Rolltisch auf den Teppichen, Kind», sagte Lucilla.

Als sie zehn Minuten später mit der Reinigung des Worcester-Services beschäftigt waren – Margaret die Tassen und Untertassen spülend und David sie, bei einem von Margaret mit geheimer Seelenqual aufgenommenen Vortrag über Ibsen, oberflächlich und unzulänglich abtrocknend –, gesellte sich Ben zu ihnen, nahm ein Tellertuch vom Nagel und sagte: «Ich werde auch abtrocknen. Großmutter zeigt Sally das Haus.»

«Nein!» schrie Margaret verzweifelt auf. «Warum hast du das erlaubt, Ben? Sie wird ja todmüde werden und sich außerdem erkälten. Oben sind sämtliche Fenster auf.»

«Großmutter wird nicht müde und erkältet sich niemals, wenn sie etwas tut, was sie gern tut», erklärte Ben, ohne sich aufzuregen.

«Tante Margaret», sagte David, «geh ins Wohnzimmer, leg deine Füße hoch und lies die ‹Times›. Ben und ich waschen fertig ab und schälen dann die Kartoffeln fürs Abendessen. Aber geh um Gottes willen nicht in den Garten und fang an zu jäten. Ruh dich aus.»

Davids sanfte Höflichkeit war durchaus irreführend. In Wahrheit war er eine genau so herrische Natur wie Lucilla. Margaret mußte gehorchen; sie setzte sich auch ins Wohnzimmer und legte die Füße hoch, aber die Zeitung ließ sie, ohne sie aufzuschlagen, auf dem Schoß liegen und wartete bloß angstvoll auf das Geräusch von klirrendem Porzellan. Lucilla hatte allerdings den Befehl erlassen, die Enkelsöhne müßten zu guten Ehemännern erzogen werden, selbst auf Kosten des Porzell ... Da, es krachte schon! Noch einmal! Dem Geräusch nach mußten es mehrere Teller sein ... Nun war das Schlimmste geschehen, sie brauchte also nicht mehr angestrengt zu horchen, sondern konnte sich ein bißchen ausruhen und einen Blick in die Zeitung werfen ... Doch sie überflog nur die Schlagzeilen; dann schlich sie sich, so leise es ging, hinaus in den Garten und machte sich, außer Sicht vom Küchenfenster her, ans Unkrautjäten.

2

Lucilla, die sich mit Sally im oberen Stockwerk befand, hörte das Splittern ebenfalls. «David und Ben haben wohl das Abwaschen übernommen, um Margaret zu helfen», sagte sie gleichmütig. «Wenn jeder das für sich allein tut, kann man ihnen trauen, denn sie haben beide eine Vorliebe für schöne Dinge, aber nicht, wenn sie zusammen sind. Die beiden stehen sehr gut miteinander, haben immer Themen zu besprechen, die sie interessieren; das ist zum Tellerspülen natürlich nicht das richtige.»

«Sie gleichen einander sehr», sagte Sally, während sie Lucillas schönes Schlafzimmer verließen.

«Ja, mein Kind», meinte die Großmutter. «Das war auch immer meine Ansicht; aber Sie sind die erste, von der ich das ausgesprochen höre. Sie müssen beide sehr gern haben, daß Sie die Ähnlichkeit bemerken.»

«Ja, ich habe sie gern», sagte Sally einfach. «Ich habe Sie alle gern. Ich habe das Haus gern.»

«Es wird einmal Davids Haus sein», sagte Lucilla. «Der Gedanke, daß er einmal hier mit Frau und Kindern wohnen soll, macht mir Freude.» Bei diesen Worten warf sie einen unmerklichen, ängstlich forschenden Seitenblick auf Sally, um nach einem Anzeichen dafür zu spähen, ob sie damit vielleicht auch bei Sally an eine freudig erklingende Saite gerührt habe; denn es hatte sie jetzt doch ein wenig die Furcht überkommen, ihre Überzeugung, Sally und David seien wie füreinander geschaffen, werde von den Betroffenen selbst nicht geteilt. Doch das junge Mädchen neben ihr lächelte weder, noch errötete sie, als sie stumm von dem schönen Zimmer Lucillas Abschied nahm; ihr Gesicht zeigte nur etwas wie plötzliches Ermatten, als ob eine geheime Last, die sie trug, sie schwerer als sonst drückte. Lucilla überlief es kalt vor einem entsetzlichen Verdacht. Wenn ihr irgend etwas verhaßt war, so war es der Gedanke, daß sie David ernstlich zürnen müßte. Sie hatte gehofft, nie mehr dazu gezwungen zu sein, denn sie war nun doch zu alt, um die Qual einer Entzweiung mit dem ihr liebsten Menschen auf Erden noch einmal zu erdulden . . . Aber es müßte so kommen, wenn er es sich einfallen ließe, diesem Kind hier weh zu tun.

«Dieses Zimmer nennen wir immer die Sakristei», sagte sie, eine andere Tür öffnend. «Hier haben Ben und Tommy als Kinder geschlafen.»

Die kleine, zum Garten hinausgehende Stube hatte zwei schöne bunte Glasfenster, deren eines den heiligen Christophorus mit dem Christuskind zeigte, das er über die tosenden Wasser trug, das andere Tiere, die sich fröhlich in einem Wald tummelten, und Vögel, die im Gezweig über ihnen ihre Lieder schmetterten. «Das Haus hier hat seine Geschichte», sagte Lucilla, «und diese Fenster sind damit verwoben. Sie müssen David bitten, Ihnen das Ganze zu erzählen. Er hat das alles herausgefunden.»

Sally erinnerte das Bild an jenes, das sie früher irgendwo und heute im Ritterwald gesehen hatte. «So schön, so wunderbar», sagte sie. «Alle beide, aber besonders das mit dem Wald. Was ist das nur mit dem Wald, daß ... er einen ängstigt und man ihn doch so liebt ... daß er einen so ergreift wie nichts sonst ... nicht einmal das Gebirge?»

«Für mich, mein Kind, ist der Wald etwas wie die Vorahnung vom Begriff des Paradieses. Bäume, Blumen, Pflanzen, Tiere, alle wirken im Wald wie in ihrem glücklichsten Zustand, so als seien sie schon von jeder Erdenschwere erlöst. Im Wald hat auch alles so viel Ausdruck. Ein Vogel, der einem im Wald etwas zupfeift, ein Reh, das seinen Kopf nach einem wendet, sie locken einen weiter und weiter, immer noch ein Stück, irgendwohin, zu einer Lichtung ... Es ist eigentümlich: wenn ich an geniale Menschen denke, Männer oder Frauen, an Künstler und Heilige, immer ist es mir, als sähe ich ihre Gestalten sich vor einem Wald bewegen.»

Vor Freude über diese Gemeinsamkeit der Gedanken mit Lucilla lachte Sally glücklich auf. «Hat es damit zu tun, weil diese Menschen immer ein bißchen weiter gehen als wir anderen, daß sie dem weißen Hirsch der Sage ein wenig weiter folgen?»

«An der Lichtung dort im Wald, da sind die Schatten so klar», sagte Lucilla. «Sie aber sehen die klaren Umrisse, bringen sie mir zurück und malen sie für uns, und das macht es leichter für uns, an das Wesen der Dinge zu glauben. ‹Alle Wahrheit ist Schatten außer der letzten Wahrheit. Aber alle Wahrheit ist Wesenheit an ihrem Platze, mag sie auch an anderm Platze nur Schatten sein. Der Schatten aber ist echter Schatten, und das Wesen ist wahres Wesen!›»

«Das ist schön», sagte Sally. «Es führt einen weiter und weiter. Von wem ist das?»

«Von Isaac Pennington. Aber ich gerate ins Schwatzen, Kind. Das ist das Alter, und ich wollte Ihnen doch noch den Weißzeugschrank zeigen. Und Davids Zimmer.»

«Wird er nichts dagegen haben?» fragte Sally schüchtern.

«Nein, mein Kind. Er ist einer der wenigen Männer, die Ordnung halten können.»

In Davids nüchtern-ernster Stube betrachtete Sally stumm und regungslos die wenigen Kostbarkeiten, die sie bot: die Aussicht durch das Fenster auf die weiten Wiesen, Davids Bücher, das seegrüne chinesische Porzellanpferd, die Reproduktion des van Goghschen Kornfelds mit der auffliegenden Lerche. Lucilla fragte sich besorgt, was das Zimmer der Betrachterin über den freiheitsdurstigen Geist dieses Menschen sagen mochte, der nicht vom Willen eines andern erobert und bezwungen werden konnte, sich aber wohl einer selbstgewählten Disziplin zu unterwerfen bereit war. Die tiefe Stummheit und Reglosigkeit des Mädchens neben ihr beruhigte sie. Schmerz war darin, aber auch ein Sich-Fügen;

wenn Sally liebte, so suchte sie nicht zu besitzen.

«Haben Sie einmal Meredith gelesen, Sally?» Sie stieß die Frage unvermittelt heraus, denn das Schweigen bedrückte sie, belastete sie gewissermaßen mit Sallys Leid; sie mußte ihm ein Ende machen. «Wohl kaum. Er gehört zu meiner, nicht zu eurer Generation.»

«Daddy liebt Meredith sehr; er hat mir schon einzelne Stellen vorgelesen», sagte Sally, während ihr Blick sich von dem van Gogh abkehrte und lächelnd Lucilla zuwandte. «Sagt er nicht einmal, die Lerche drücke mit ihrem Gesang die Liebe zur Erde aus?»

«Ja», sagte Lucilla und zitierte:

‹Liebe zur Erd' ist's, die sie singt,
wie sie sich immer höher schwingt;
ein überströmender Pokal,
liegt um sie golden unser Tal;
sie füllt den Becher bis zum Rand,
uns mit sich reißend hoch ins Land . . .›

«Nun, Kind, wir gehen wohl jetzt wieder hinunter. David muß Sie und Ben zurückbringen und dann wieder selbst pünktlich zum Abendessen hier sein. Sie besuchen mich doch bald wieder, Sally?»

Sally konnte sich eines demütigen Staunens über den erregten Beiklang in Lucillas Stimme nicht erwehren, wie auch über die Zuneigung, die sie so plötzlich aneinander gekettet hatte. Als sie so voreinander standen, beide hochgewachsen, und sich in die Augen blickten, merkten sie, daß sie von gleicher Größe waren. Aus dem gleichen Impuls heraus küßten sie sich. «Es gibt wenige junge Mädchen», sagte Lucilla, «die sich mit einer alten Frau anfreunden können, ohne sie fühlen zu lassen, daß sie alt ist.»

«Sie sind nicht alt», sagte Sally, ohne schmeicheln zu wollen, sondern als einfache Feststellung. «Sie lieben ja das Leben.»

«Sie auch, mein Kind. Und darum, scheint mir, sind Sie nie in dem rohen, besitzwütigen Sinn des Wortes jung gewesen. Wer in das Leben verliebt ist, der bleibt in seinem Herzen stets ein Kind, mit allen Verzauberungen und Entzückungen der Kindheit, doch ohne ihre zupackende Gier.»

3

Nach dem Abendessen hob Lucilla diesmal die Tafel mit ganz besonderer Würde auf und sagte großartig zu Sohn und Enkel: «Margaret und ich überlassen die Herren ihrem Wein.» David war nämlich mit einer Auswahl von Flaschen auf dem Rücksitz seines Wagens in Damerosehay angekommen. Was Flaschen anging, hatte er eine glückliche Hand; er zauberte sie geradezu hervor. Es war wie in der guten alten Zeit, dachte Lucilla bei sich, während sie, mit Margaret im Kielwasser, aus dem Speisezimmer rauschte – sie hatte zu Ehren der Flaschen ihren besten seidenen Unterrock angezogen. Es war jetzt schon viele Jahre her, daß sie nicht mehr die «Herren ihrem Wein überlassen» hatte, und sie genoß dieses kleine Intermezzo weiblichen Friedens im Salon nach dem Essen, währenddessen man sich so schön ausruhen und auch ein bißchen traurig sein konnte, wenn es einem drum zu tun war. Lucilla war in der Tradition erzogen, die der Frau die Pflicht auferlegt, die Männer in ihren Mußestunden zu erheitern; aber keiner ihrer Söhne oder gar ihrer Enkelsöhne hatte erlebt, daß sie nicht in froher Stimmung der Tafel vorsaß oder am Kamin die Unterhaltung leitete . . . Diese kleine Pause, bei der man sich ein bißchen zusammenreißen und wieder mit neuem Vorrat an Frohmut versehen konnte, hatte sie immer zu schätzen gewußt, doch wenn man die Männer mit nichts Anregenderem als künstlichem Orangensaft allein ließ, störten sie einen zu rasch wieder.

«Nimm dir doch von dem Portwein, Onkel Hilary», sagte David.

«Wo hast du den her?» fragte Hilary und goß sich mit einem Blick, in dem es zu leuchten begann, ein bescheidenes halbes Gläschen ein. Außer einer Flasche moussierenden Ingwerbiers zu Weihnachten war Wasser das einzige Getränk, das auf den Tisch des Pfarrhauses kam; aber wenn er eingeladen war, trank er gern ein Glas Portwein. Das war etwas anderes. Dem, was einem geboten wird, anerkennend zuzusprechen, gehörte zu den Pflichten eines Gastes.

«Von einem Freund am Hof», sagte David und goß des Onkels Glas nach, bis es randvoll war. «Wie geht's dir eigentlich, Onkel Hilary?»

«Danke der Nachfrage, sehr gut», antwortete Hilary wohlgelaunt.

David glaubte ihm nicht recht. Hilary sah sehr alt aus, hatte weniger Haare denn je, wirkte gedrungener denn je, und die Furchen im Gesicht hatten sich vertieft. Aber auch die Aura von Seelenfrieden, die ihn umgab, hatte sich verstärkt. Allein mit Hilary, da es im Hause so ruhig und still geworden war wie das Gemüt des Mannes, bei dem er saß, ließ Davids Nervenüberreizung mit einem Male nach. Das eiserne Band, von dem er seinen Kopf eingezwängt fühlte, lockerte sich etwas. Seine Stimme, die ihm so lange wie die Stimme eines verhaßten anderen vorgekommen war, die aus irgendeinem tiefen, seiner Herrschaft entzogenen Schacht seines Gemüts gräßliche, gereizte Ungereimtheiten hervorstieß, sie war wieder sein eigenes Organ. Auch seine Gliedmaßen gehörten wieder ihm selber, waren nicht die an straffen Drähten gezogenen Extremitäten einer Marionette. Er preßte die Hand gegen das Holz der Tischplatte und empfand sie als segenspendende Wirklichkeit. Das schreckliche Gefühl der Vereinsamung, des Abgeschnittenseins von jeder echten Berührung mit irgend etwas oder irgendwem, von allen Folgeerscheinungen seines Nervenkollapses die am schwersten erträgliche, war, für den Augenblick wenigstens, verschwunden. Der grausige Zustand trat zwar zwangsläufig immer wieder auf, aber die Pausen seliger Ruhe wurden jetzt länger. Sie stellten sich jetzt ganz ungezwungen in Gegenwart von Menschen ein, die friedlich in sich beruhten, ohne ichbezogen zu sein ... Hilary ... auch Sally ... Sie war ein solches Kind, diese Sally, und dennoch hatte sie das gleiche ruhevolle, ruhespendende Wesen, das dem alten Hilary ein langes Leben geschenkt hatte. Unwillkürlich stieß er einen Seufzer der Erleichterung aus.

«Das mußte kommen, David», sagte Hilary.

«Was?»

«Dieser kleine Knacks. Ich habe nach dem letzten Krieg dasselbe gehabt, sogar ganz schlimm. Es geht vorüber – das heißt: wenn du stets daran denkst, daß es vorüber geht. Du hast noch Glück, daß es nicht schlimmer gekommen ist.»

«Mordsglück», gab David hitzig zu. «Ich hätte völlig den Verstand verlieren können.»

«Was geht dir im Augenblick im Kopf herum?» fragte Hilary.

David mußte lachen. Hilary galt in der Familie als begriffsstutzig, denn da er niemals ungebeten einen Rat erteilte, verstand niemand, daß er das, worüber er den Mund hielt, längst bemerkt hatte. David aber kannte ihn besser; er wußte, dem alten Hilary entging nicht leicht etwas. Und sein Rat, wenn man ihn darum bat, hatte Hand und Fuß.

«Nichts Persönliches», sagte David. «Ich dachte an die Leute – einen Mann und ein Mädchen –, die im ‹Gnadenkraut› die Hausarbeit machen.»

«Jawohl. Ich bin ihnen schon begegnet. Ein Ire mit seiner Tochter.»

«Er ist kein Ire, und sie ist nicht seine Tochter.»

«Das überrascht mich nicht. Weder der Akzent noch die Blutsverwandtschaft sind echt.»

«Vor ein paar Jahren stand Annie-Laurie – ihr eigentlicher Name ist Doris oder so ähnlich – wegen Mordes vor Gericht.»

«Gott sei meiner Seele gnädig», sagte Hilary. Aber er sagte es ganz ruhig. Er nahm alles ruhig auf, bis er jeder Sache auf den Grund gegangen war. «Sie ist doch wohl freigesprochen worden, sonst wäre sie jetzt nicht im ‹Gnadenkraut› ... Und mit Recht freigesprochen», setzte er in bestimmtem Ton hinzu. «Ich mag das Mädchen gern.»

«Bei der Verhandlung hatten die Zuschauer allerhand Zweifel», meinte David düster. «Sie waren der Ansicht, sie habe eine sehr gnädig gesinnte Geschworenenbank und einen ausgezeichneten Verteidiger gefunden.»

«Sie hat sich natürlich für nicht schuldig erklärt?»

«Jawohl.»

«Wen sollte sie denn ermordet haben?»

«Ihren Mann ... Und nun ist sie im ‹Gnadenkraut› bei Nadine und den

Kindern . . . Und bei Sally Adair.»

«Und bekommt ihnen nur gut», sagte Hilary entschieden. «Ich wiederhole: mir gefällt das Mädchen. Und auch Malony. Geh, schlag dir die Sache aus dem Kopf.»

«Das kann ich ja eben nicht. Ich kenne von der Geschichte nur die äußeren Fakten.»

«Dann erzähl sie mir doch.»

«Es war die übliche Dreiecks-Geschichte, wie sie in jedem Boulevardblatt zu lesen ist. Als ganz junges Ding war Annie-Laurie mit Malony verlobt – Malony ist natürlich auch nicht sein wahrer Name, aber das ist egal –, doch sie gab ihm den Laufpaß, um irgendeinen gut aussehenden Nichtsnutz zu heiraten, dessen Name mir auch entfallen ist . . . ich kann mich zur Zeit auf nichts mehr besinnen . . . mein Gehirn kommt mir vor wie aus Watte . . .»

«Das sind alle Gehirne», sagte Hilary. «Mach dir deswegen keine Sorge. Das ist eine Folge der Kriegsernährung. Nennen wir ihn mal Harold.»

«Danke. Er machte Annie-Laurie das Leben ziemlich zur Hölle, und dann ließ er sie sitzen und ging nach Spanien und nahm am Bürgerkrieg teil. Er war ein hitziger Kommunist. Für seine politische Überzeugung war ihm kein Leiden zu schwer. Ein verwegener Kerl war er jedenfalls. Er wurde als gefallen gemeldet, und so heiratete Annie-Laurie doch Malony und bekam ein Kind von ihm.»

«Na, und dann folgte die Enoch Arden-Geschichte, wie? Das wiederholt sich in Kriegszeiten immer wieder.»

«Ja», sagte David. «Er war nur schwer verwundet gewesen und kam in kläglicher Verfassung heim. Annie-Laurie ging wieder zu ihm und nahm auch das Kind, das sie von Malony hatte, mit. Sie lebten in London in einer kleinen Wohnung, und sie scheint ihn aufopfernd gepflegt zu haben.»

«Und Malony?»

«Der ging einfach seinem Beruf weiter nach. Er war ein bekannter Schauspieler, trat in Revuen, in Music-Halls und im Radio auf. Annie-Laurie arbeitete auch wieder. Solange sie verheiratet waren, traten sie gemeinsam auf, aber als sie zu ihrem ersten Mann zurückging, waren sie vernünftig genug, sich auch beruflich zu trennen. Doch Annie-Laurie blieb bei ihrem Fach. Sie mußte ja, die Arme; sie hatte für einen kranken Mann zu sorgen, brauchte dringend Geld, aber ohne Malony wurde es nichts Rechtes. Dann fing er an, sie gelegentlich zu besuchen und half ihr, soweit sie ihm das erlaubte. Ihm kann man keinen Vorwurf machen. Er liebte sie noch immer, und sein Kind war bei ihr. Aber natürlich führte das zu Reibereien zwischen Annie-Laurie und ihrem Mann. Dann starb das Kind.»

«Armes Ding!» murmelte Hilary.

«Danach schien zwischen ihnen alles schiefzugehen, obschon sie noch immer für ihn sorgte. Er schlief schlecht, bekam Schlafmittel. Eines Nachts gab sie ihm seine Tabletten, und am andern Morgen war er tot. Sie holte eine Nachbarin, erzählte, ihr Mann habe eine zu starke Dosis von dem Schlafmittel genommen. Ihr Hausarzt war damals verreist; aber die Nachbarn bestanden darauf, daß ein anderer Arzt geholt wurde. Der besah sich die Tabletten und konstatierte, daß kein Arzt, der seine fünf Sinne beisammen hatte, sich getraut haben würde, einem so schwachen Menschen ein Mittel von dieser Stärke zu verordnen. Er hängte die Sache an die große Glocke, und es sah böse aus für Annie-Laurie. Sie war mit einer Apothekersfrau um die Ecke eng befreundet, war oft bei ihr und half in der Apotheke mit aus, denn der Apotheker bekam keinen Provisor, und Annie-Laurie hatte früher einmal in einem Krankenhaus die Arzneimittel unter sich gehabt. So wußte sie in der Apotheke genau Bescheid.

Am Abend vor dem Tod ihres Mannes war sie auch wieder dort gewesen, um noch Tabletten zu holen. Der Apotheker hatte versprochen, sie auf den üblichen Platz zu legen. Es war nach Ladenschluß. Da Fliegeralarm war, hatten die Apothekers-Eheleute den nächsten Luftschutzraum aufgesucht, so daß Annie-Laurie sich ganz allein in dem Laden befand. Nun nahm sie nicht das Schächtelchen mit den vorbereiteten Tabletten an sich, obschon es ihr an dem gewohnten Platz hätte in die Augen fallen müssen, sondern holte die Schlüssel zum Arzneischrank aus der Schublade und nahm eine Packung mit sehr viel stärkeren Tabletten heraus. Auf dem Schlüssel wie auf dem Schrank wurden ihre Fingerabdrücke festgestellt. Natürlich sagte sie aus, in der Aufregung des Luftangriffs habe sie die richtige Schachtel nicht gesehen, habe darum den Schrank aufgemacht und die Tabletten herausgenommen, die sie für die gleichen hielt wie auch sonst. All das machte jedoch einen verdächtigen Eindruck, um so mehr als sie am selben Abend mit ihrem Mann einen Streit gehabt hatte, den sogar die Mieter in der Wohnung darunter mitbekommen hatten. Ja, sie wollten gehört haben, daß sie Drohungen gegen ihn ausgestoßen habe.»

«Eine Frau, die kaltblütig einen Mord plante, hätte sich wohl gehütet, ihre Fingerabdrücke auf dem Schrank und dem Schlüssel zu hinterlassen», meinte Hilary.

«Das hat auch ihr Verteidiger vorgebracht, ein ausgezeichneter Anwalt. Er bekam sie denn auch schließlich frei.»

«Wieso hast du an all dem so starkes Interesse genommen?» fragte Hilary. «Es war doch noch Krieg.»

«Ich habe den Prozeß in der Zeitung verfolgt», sagte David. «Die Sache interessierte mich wirklich außerordentlich. Nun . . . ich kannte sie von früher; als Künstlerin war sie unvergeßlich.»

«So gut war sie?»

«Ja. Malony ebenfalls. Ich sah sie in Varieté-Nummern und in Revuen, bevor sie sich verkrachten. Er war eigentlich nur ein sehr begabter

Schauspieler, aber sie war . . . nun, sie war etwas, was weit darüber hinausging. Wenn man sie sah, so gemahnte sie an eine gleich einer hochgestreckten Hand aufzüngelnde Flamme. Ihre Stimme war nicht groß, aber sie sang mit einer Schlichtheit, die einem ins Blut ging. Sie sang niemals Kitsch; vorwiegend schottische und irische Balladen, doch manchmal auch unerhört packende kleine Lieder, die, wie ich vermute, von ihr selber stammten. Sie konnte so komisch sein, und dann auch wieder so traurig; und immer war es echte Traurigkeit, manchmal geradezu wilde Trauer, aber nie wurde sie sentimental. Auch ihre Tänze waren sehr einfach, aber sie hatte eine luftige Leichtigkeit, wie wehendes Herbstlaub, und alles hatte immer einen originellen Zug.

Einer ihrer Tänze ist mir unvergeßlich. In einer Revue war sie als Christbäumchen kostümiert, während Malony im Hintergrund als wahnsinnig komischer Nikolaus herumhumpelte. Sie hatte ein dunkelgrünes, mit Flitter besetztes Kostüm an, Christrosen im Haar und Glöckchen um die Taille, die ertönten, wenn sie tanzte. Wo sie die her hatte, weiß ich nicht, denn ihr Klang war von einer ganz besonders zarten Lieblichkeit. Sie hat sie noch immer; sie hängen am Mast des Hausboots. Bei Ende des Tanzes sank sie zu Boden, hielt ihre Hände an ein imaginäres Feuer und sang . . . etwas über Glocken; die Worte weiß ich nicht mehr, aber die Melodie habe ich noch immer im Kopf.»

«Du hast alles noch erstaunenswert im Kopf, bis ins kleinste Detail», sagte Hilary ein bißchen trocken.

David lachte. «Ja ja . . . Es war eben unvergeßlich. Es war ein Geniefunke drin. Ich brauche kaum zu erwähnen, daß sie keinen gar so großen Erfolg hatte. Ihre Kunst war zu zart für die ganze Darbietung. Malony riß sie heraus und trug sie. Er würde sie mit auf den Gipfel des Ruhms getragen haben, wenn sie zusammengeblieben wären. Es ist mir nicht ganz klar, warum sie nicht wieder anfingen, als ihre Zerwürfnisse vorbei waren. Auch nicht, warum sie diese Komödie von Vater und Tochter spielen, statt als Mann und Frau aufzutreten.»

«Hat Annie-Laurie dich wiedererkannt?»

«Ich denke es beinahe. Einen Augenblick lang war sie wie vom Donner gerührt. Aber ich glaube nicht, daß ich mich verraten habe. Sie weiß wohl auch nicht, daß ich sie erkannt habe. Aber was, zum Henker, was soll ich jetzt mit ihr anfangen?»

«Ich sehe die Notwendigkeit nicht ein, daß du überhaupt etwas anfängst», sagte Hilary, abermals in seinem gelassenen Ton und trank wieder ein Schlückchen von dem Portwein, denn da er nicht beabsichtigte, sich den Luxus eines zweiten Glases zu gönnen, wollte er an diesem so lange wie möglich zehren.

«Aber George würde doch der Schlag treffen», sagte David, «wenn er erführe, daß eine Frau mit dieser Vergangenheit tagaus tagein in engstem Kontakt mit seiner Frau und seinen Kindern lebt.»

«Das natürlich», pflichtete Hilary bei. »Er reagiert immer auf alles konventionell. Aber wenn du ihm nichts sagst, wie soll er es dann erfahren?»

«Aber Onkel Hilary, Annie-Laurie hatte doch zur gleichen Zeit zwei Ehemänner, und, meiner Ansicht nach, hat sie den einen umgebracht.»

«Daß sie zur gleichen Zeit zwei Ehemänner hatte, das ist nicht ihre Schuld. Und du hast sie bloß im Verdacht, aber keinerlei Beweise. Wer bist du, daß du den ersten Stein werfen darfst? Ich kann mich noch einer Zeit erinnern, da du ernstlich mit dem Gedanken an eine, milde gesagt, unerquickliche Verbindung mit Nadine umgingst. Du darfst kein Urteil fällen, ohne die Beweggründe zu kennen. Es kommt nicht so sehr darauf an, was wir tun, als darauf, warum wir es tun, verstehst du? Unser Tun ist nur der Buchstabe. Worauf es wirklich ankommt, das ist der Geist.»

«Man kann es auch andersherum auffassen. Wenigstens ist das Großmutters Anschauung. Systematisches Handeln schafft sich auf die Dauer den dazu gehörigen Geist.»

«Drang ist ein besseres Wort dafür als Geist, der innere Drang, dem du durch ein bewußt gerichtetes Handeln Gewalt antust; tief unter beiden aber befindet sich der Beweggrund, der Geist, die Unruhe in der Uhr.»

«‹Und alles wird gut sein und ein jegliches Ding wird gut sein, so es geläutert ist durch den Beweggrund in der Tiefe unseres Flehens›», zitierte David.

«Das Flehen», sagte Hilary sanft, «der Aufschrei gleicht dem Sprießen des grünen Schößlings aus der Ackerkrume, das Emporzüngeln der Flamme aus dem verkohlten Holz. So lange ein Schrei aufsteigt aus einer Seele, mag sie auch nicht wissen, warum sie schreit, so lange ist sie nicht verloren.»

«Wir kommen vom Thema ab», warf David ein.

«Nein; unser Thema ist, daß es um Annie-Laurie wohlbestellt ist. In ihr ist die aufzüngelnde Flamme. Das hast du in ihrer Kunst erkannt und es nicht vergessen. Und ich habe es erkannt an ihrer Zuneigung zu Nadine.»

«Sie empfindet Zuneigung für Nadine?»

«Jawohl. Und Nadine für sie. Das heißt: wenn meine Beobachtung mich nicht täuscht. Überlasse die Sache Nadine. Das geht sie an und auch mich, nachdem du mir jetzt davon gesprochen hast. Dich geht es nichts an. Merkwürdig, wie die Künstlernatur immer den Leidenden glauben machen will, jedes Problem des Weltalls müsse von ihr gelöst werden. Wahrlich eine Form der Hoffart.»

«Du hast doch gerade Annie-Laurie auf dich genommen», entgegnete David.

«Alle Sünde und Wirrnis schlägt ins Fach des Priesters. Wenn das nun wiederum hoffärtig klingt, so ist es doch kein persönlicher Hochmut. Wir handeln nach Befehlen doch nicht unter eigenem Dampf.»

Wiederum überkam David Trübsinn. Die Eisenklammer legte sich wieder um sein Haupt. Wieder irrte er umher im Dunkel der eigenen Überflüssigkeit, der augenfälligen Überflüssigkeit alles dessen, was sie in diesen letzten Jahren geleistet und gelitten hatten. «Verlierst du nie den Mut?» fragte er Hilary unvermittelt. «Ich möchte wissen, wozu das alles gut ist in dieser Welt, in der alles, was man tut, zwecklos ist . . .»

«Nur wenn ich Bronchitis habe», sagte Hilary heiter. «Das Böse ist nur zahlenmäßig überlegen, nicht dem Wesen nach. Außerhalb der Zeit hat die Zahl keine Bedeutung, nur das Wesen. Aber wir sollten wieder zu Mutter und Margaret gehen. Der Portwein hat mir sehr gut geschmeckt.» An der Tür blieb er noch einmal stehen und warf durch seine dicken Brillengläser einen scharfen Blick auf den Neffen. «Diese Empfindung des Überflüssigseins, das hat auch Ben. Es hat damit gar nichts auf sich; das ist nur die Kehrseite des Strebens; es ist unvermeidlich, genau wie Fehlschläge unvermeidlich sind. Gib auf beides nicht acht. Was können wir von all unserm Streben erhoffen, wenn wir doch bleiben, was wir sind? Der Kampf an sich ist göttlich, doch zu verlangen, daß er von Sieg gekrönt sei, das heißt, ein Zeichen verlangen, das denen versagt ist, die nur im Glauben dahinwandern. Jedes neue Aufzüngeln der Flamme aus dem kohlenden Holz gibt dir Licht, daß dein Schritt sich weiter taste in der Finsternis. Ach, mein Gott, was für ein langweiliger Kerl bin ich doch! Das war die Predigt, die ich vorigen Sonntag gehalten habe. Die ganze Gemeinde schlief wacker ein, und ich dankte Gott für die schöne Erholung, die ich ihnen verschafft hatte.»

Sie begaben sich ins Wohnzimmer und spielten eine unerfreuliche Partie Bridge; denn Lucilla und David beherrschten das Spiel ausgezeichnet, während Hilary und Margaret dafür so unbegabt waren, daß ihre Partner Folterqualen litten. Aber auch das machte Hilary Spaß, wie ihm das Glas Portwein ein Genuß gewesen war. Die milde Wärme des Südweins, die Freude am Spiel, der Anblick von Lucillas schönem Greisinnenantlitz im Feuerschein und von Davids feingliedrigen Händen, die die Karten hielten, Margarets liebenswerte Einfalt, die Zufriedenheit der beiden vor dem Feuer dösenden Hunde . . . Lauter kleine Freuden des Lebens. Doch für Hilary war keine Freude klein: jede hatte ihr eigenes Geheimnis, erglühend von Gottes Ruhmesglanz. Als aber die Uhr zehn schlug, erhob sich Hilary mit Gepolter und wünschte allerseits gute Nacht. Sein Leben war so genau geregelt wie das eines Mönchs. Margaret begleitete ihn zur Haustür; Lucilla und David blieben allein.

«Mein guter alter Hilary», sagte Lucilla. «Es beglückt ihn so, dieser Heimweg unterm Sternenhimmel. Und ebenso beglückt ihn das Gebet, das er in seinem zugigen kalten Studierzimmer für uns alle spricht, bevor er zu Bett geht. Und wenn er vor Rheuma die halbe Nacht nicht schlafen kann, so macht ihm das auch nicht viel aus, denn dann hat er ein paar Stunden des Wachseins mehr, in denen er Gott lobpreisen kann. Wenn mich beim Gedanken an die Söhne und Enkel, die ich in die Welt gesetzt habe, damit sie in diesen grauenhaften Kriegen getötet oder verstümmelt werden können, wenn mich bei diesem Gedanken Niedergeschlagenheit ergreift, dann sage ich mir immer: ‹Nun, zumindest einem glücklichen Mann habe ich das Leben geschenkt›.»

Ihre Stimme hörte sich traurig an; David verstand, was ihr Gram war: daß er, ihr ein und alles auf Erden, krank und unglücklich war; aber er war zu verstört von seinem Elend, um sich ein Trostwort für sie ausdenken zu können. Um ihr und sich selbst über die nächsten Minuten hinüberzuhelfen, griff er nach dem Buch, das neben ihr auf dem Tisch lag und fragte:

«Was hast du da gelesen, Großmutter?»

Sie gewann sofort ihre Heiterkeit wieder, tief beschämt, daß sie ihr für einen Moment abhanden gekommen war.

«Meredith», antwortete sie. «Während der Ewigkeit, die ihr bei eurem Portwein zugebracht habt, habe ich das Gedicht vom Liebhaber des Lebens gesucht. Das reizende junge Ding, das du zum Tee mitgebracht hast, Sally . . . sie ist ein Mensch, der in das Leben verliebt ist.»

David schlug das Gedicht auf und las es ihr vor:

‹Wer das Leben liebt, der hält's in der Hand
wie seiner Liebsten Ring;
wer das Leben liebt, von Furcht ist er frei;
wer das Leben liebt, der hält's in der Hand
wie die Berge das Licht.

Doch wer das Leben ergiert, schwenkt es gleich einem Brand als ein hoffärtig Ding;
das Leben erstirbt vor der Lebensgier Schrei:
ja, die Gier hegt das Leben gleich einem Brand
Luft und Glanz kennt es nicht.

Um des Lebens will'n,
denn es ist ihm so lieb,
der nach Leben giert,
krallt sich dran wund.

Um des Lebens will'n,
denn ihm ist es schön,
der das Leben liebt,
wirft's in die Rund.

Wer das Leben liebt, kennt die göttliche Müh'
und hat Frieden darin; wer das Leben ergiert, jagt spät und früh
nach des Lebens Gewinn.

Wer das Leben ergiert, erkaltend in Lust,
wird dem Tode zum Raub;
wer es liebt, dem ist Gnad' der Atem der Brust
und die Flamme im Staub.›

Er nahm kaum auf, was er las, doch der Rhythmus der Worte wirkte beruhigend auf ihn, ebenso wie Hilary beruhigend auf ihn gewirkt hatte . . . und Sally.

«Liebling, du mußt zu Bett gehen», sagte Lucilla mit einem besorgten Blick auf ihn.

Er stand auf, zündete die Kerzen für sie beide an und löschte die Lampe aus. Er legte den Arm um die Schultern der Großmutter, und so gingen sie, von den alten Hunden gefolgt, zusammen die Treppe hinauf. Auf ihre alten Tage fühlten sich die beiden Hunde einsam, wenn sie nicht in Lucillas Nähe schliefen; jetzt hatten sie weich ausgelegte Körbe vor Lucillas Schlafzimmertür. Als sie in Lucillas Zimmer waren, umarmte David die Großmutter, küßte ihre Lider, ihr Haar, ihre Wangen wie ein Liebhaber. Er verabscheute sich selbst zutiefst, weil er ihr mit seinem jämmerlichen Zustand eine weitere Last auf die Seele legte. Aber er vermochte nichts dagegen zu tun. Unvermittelt, wortlos verließ er sie, aus Angst, seine Selbstbeherrschung zu verlieren und Lucilla mehr denn je zu betrüben.

Während er, aus Furcht vor dem Zudrang der Alptraumbilder, die ihn während seiner schlaflosen Nächte ansprangen wie Bluthunde, steif ausgestreckt im Dunkel lag, schalt er sich selbst einen Toren. ‹Das ist genau das, was man einen Nervenzusammenbruch nennt. Kein Mensch macht sich darüber viel Gedanken. Das geht vorüber. Wenn du bedenkst, daß es vorübergeht, wirst du nicht wahnsinnig und stürzt du dich nicht aus dem Fenster. Während des Abendessens war es für zehn Minuten lang vorbei. Wenn der Morgen kommt, geht es wieder vorbei. Hilary hat nach dem vorigen Krieg dasselbe durchgemacht, und nun preist er Gott ganze Nächte lang. Es geht vorüber.› Er versuchte, sich zu entspannen, warf sich aber immer wieder ruhelos von einer Seite auf die andere, indes sein Geist in die Vergangenheit zurückschweifte. Nadine! Nadine! Warum konnte sie nicht davon loskommen? ‹Die Lebensgier, sie klammert sich fest.› Sie hatten einander geliebt, so tief wie ein Mann und ein Weib nur vermögen, und dann hatten sie sich entschieden, voneinander zu lassen und darüber hinwegzukommen. Doch noch immer blickte sie über die Schulter zurück und hielt ihn mit ihrem Blick fest. Laß los! Laß los! Laß mich los! Laß mich meiner Wege gehen! Dann kommt vielleicht ein neues Morgengrauen . . .

‹Dunkel der Hang,
der Kamm reicht zum Stern,
stumm der Lerche Gesang,
und ich bin noch lang
meinem Ziele fern.›

Der Rhythmus von Merediths Versen beruhigte ihn nicht mehr, sondern folterte ihn wie das Ticken der verwünschten Kuckucksuhr draußen auf dem Korridor. Er bemühte sich, seine Gedanken von dem stumpfsinnigen Wiederholen der Worte zu befreien, sich loszumachen von dem eintönigen Ticktack der Uhr, von den noch eintönigeren Viertelstundenrufen des Kuckucks und daran zu denken, wie er am Morgen Sally im Wald begegnet war. Es hatte ausgesehen, als sammle sich das Licht um sie; der alte Bastard hatte seinen Kopf an ihr Knie gelegt. Sie hatte nie dem Tod ins Auge gesehen, niemals getötet. Während er mit ihr zusammen gewesen war, hatte er die Welt mit ihren Augen angeschaut, und sie war wie vom Licht eines Sonnenaufgangs überströmt gewesen. Sein vorhangloses Fenster blickte nach Osten über das Marschland hin. Wenn er lange genug wartete, ging die Nacht vorbei, und das dunkle Viereck mußte sich erhellen: zu zwielichtigem Grau zuerst, dann zu Silber und schließlich zu Gold.

10. Kapitel

1

Die zwei Angler reisten ab, und das Wetter schlug um. An einem Tag sah es so aus, als ob St. Lukas, der Schutzheilige der Maler, siegreicher denn je das Szepter schwänge: der Himmel prangte in reinerem Blau, der Wald in herrlicherem Gold, die Stille war tiefer und andächtiger; am nächsten Tag aber, einem Sonntag, trat eine leise Veränderung ein. Zwar schien die Sonne am Morgen noch immer von einem wolkenlosen Himmel herab, aber es lag eine kaum merkliche Kühle in der Luft; die Konturen verschärften sich, der Vogelsang verstummte; mit Einbruch der Nacht schwebte ein grauer Schleier über dem Himmel, und es wurde so kalt, daß Malony in der Diele ein prasselndes Holzfeuer anzündete. Statt wie sonst in den Salon zu gehen, setzten sich nach dem Nachtessen alle vor das Feuer, an dem Ben für sie Kastanien briet. George und John Adair rauchten ihre Pfeifen, Nadine und Sally strickten etwas für die Zwillinge.

Es war für die Eliots ein ungewöhnlicher Abend, ein Abend des Übergangs sozusagen. Bisher war Haus ‹Gnadenkraut› für sie ein Sommeraufenthalt gewesen; sie hatten es nur von Sonnenlicht und Blumenduft durchströmt, mit weit offenen Fenstern und Türen gekannt. Jetzt aber waren die Fenster geschlossen, die Vorhänge zugezogen, um dem Blick auf die traurige graue Dämmerung zu wehren. Statt des Plätscherns des Wassers an die Flußmauer hörten sie das Knistern des Feuers, statt des Dufts der Blumen rochen sie den der bratenden Kastanien, der brennenden Apfelbaumscheiter, des Kaffees, der Petroleumlampen, der Möbelpolitur, kurz, das ganze Durcheinander häuslicher Gerüche. Dieses Vertrautwerden mit dem Hause vertiefte sich mehr und mehr und mußte sich, je näher der Winter rückte, immer mehr verstärken. Über die Schulter auf den Feuerschein blickend, der das dunkle Holz der Täfelung erleuchtete, und auf die Schatten, die sich in den Ecken sammelten, gewahrte Nadine mit Staunen, wie das alte Haus, vom Tageslicht geschieden, gleichsam zusammenschrumpfte und die Menschen umhegte, eng umgriff.

«Gleich einem alten Mann, der seinen Mantel um uns schlägt», sagte Ben.

«Hm?» machte George schläfrig fragend.

«Als wir einzogen, war es Sommer, und wir brauchten seinen Schutz nicht so nötig, da stand er nur da und breitete aufnahmebereit die Arme aus. Da kam er nicht sehr nahe heran. Jetzt ist er uns auf den Leib gerückt.»

«Hm?» machte George wieder, diesmal schon etwas verdrossen.

«Ben spricht von dem Eindruck, den das Haus vom Eingang her bietet, mein Lieber», erklärte Nadine begütigend. «Es sieht ja auch so aus. Wie die Treppe sich teilt, das hat etwas von Armen, die sich ausbreiten.»

George schob die linke Manschette zurück und schaute auf die Uhr. «Schon Zeit für die Nachrichten?»

«Noch nicht ganz», sagte Sally ein wenig aufatmend. Die Radio-Nachrichten waren ihr verhaßt, obschon sie sie aus Pflichtgefühl regelmäßig einmal am Tag hörte. Man mußte sich ja wohl auf dem laufenden halten; man durfte den Kopf nicht in den Sand stecken wie der Vogel Strauß.

«Wenn Sie mit dem Bild von der Grimbart-Insel fertig sind, Ben, könnten Sie eigentlich das Porträt von dem alten Mann malen», meinte John Adair. «Bisher haben Sie sich noch nie an einem Porträt versucht, soweit ich weiß. Jedenfalls nicht an dem eines Menschen. Der weiße Hirsch im Salon ist allerdings sehr ähnlich geraten.»

«Wem ähnlich?» fragte George, jetzt doch ein bißchen besorgt dreinschauend; John Adairs rasche Bewegung mit seiner Pfeife, um auf das Steinfigürchen in der Treppennische hinzudeuten, schien ihm auch nicht weiterzuhelfen.

«Ich kann ihn noch nicht malen», sagte Ben, der mit untergeschlagenen Beinen vor dem Kamin saß; sein vom Feuerschein erleuchtetes Gesicht hatte einen versonnenen Ausdruck. Ich sehe ihn noch nicht ganz deutlich. Zumindest nicht sein Gesicht. Es ist noch unter der Kapuze verborgen. Ich habe noch keinen Anhaltspunkt dafür, wie er aussieht.»

«Sie haben doch das Haus», sagte John Adair.

«Das ist sein Körper. Den sehe ich auch, genau wie seine Gestalt, seine Haltung. Aber nicht sein Gesicht.»

«Du wirst es bald erkennen, Ben», sagte Sally tröstend. «Sommer – der Bau des Körpers; Herbst – die Empfindung des Mantels; Winter – das Antlitz.» Sie blickte sich in der Runde um, betrachtete sie alle mit fragenden Augen. «Winter. Weihnachten im ‹Gnadenkraut›! Wo werden wir alle sein, wenn die Christzeit kommt?»

«George, stell die Nachrichten ein», sagte Nadine voller Mitleid mit ihrem armen Mann. «Mir scheint, es ist Zeit.»

Das Geläut von Big Ben erfüllte den schweigenden Raum. George lächelte beim Anhören der gemütvollen, vertrauten Klänge, doch Bens unwillkürliches Zusammenfahren drückte die Empfindung der anderen sehr deutlich aus. Abend für Abend bedeutete dies Geläut den Auftakt zur Verkündung so vieler zerstörter Hoffnungen. So nahe ihm der Zustand der Welt ging, um den er sich mehr Sorge machte als manch einer, gehörte George doch zu den Leuten, auf die es höchst beruhigend wirkt, wenn ein anderer Mensch die Tatsachen laut ausspricht. Dann empfand er seine Besorgnisse als gerechtfertigt, und die davon herrührende Hebung seines Selbstbewußtseins stärkte seine Fähigkeit, sich von ihnen nicht unterkriegen zu lassen. Auf die Nachrichten folgte ein Vortrag über Atom-Energie. Danach schienen sie einander nicht in die Augen sehen und auch kein Wort finden zu können, das sich zu sagen lohnte.

«Geh ins Bett, Sally», rief John Adair seiner Tochter ein wenig barsch zu. «Du siehst ja ganz erschöpft aus.»

«Ja, ja», pflichtete George ihm bei und sah sie besorgt an. Er hatte Sally gern. Kein fauler Zauber an ihr, und sie sitzt großartig im Sattel. Am Nachmittag war sie mit David ausgeritten, der ihr jedoch seiner Meinung nach zuviel zumutete. «Es nimmt sie zu sehr her», murmelte er.

«Jawohl», sagte John Adair leise, aber erbost. David ging ihm gerade jetzt absolut gegen den Strich. Er holte aus Sally heraus, was sie nur zu geben imstande war, ohne selbst auch nur das geringste zu geben. Vielleicht war er sich dessen nicht bewußt; möglich. Er war ein Kranker, und die Kranken trampeln ja immer auf den Gesunden herum, ohne daß sie es wissen. Trotzdem fühlte er einen Haß gegen David.

Wenn auch erschrocken, gehorchte Sally, rollte ihre Strickerei zusammen und sagte gute Nacht. Alle sahen der hochgewachsenen Gestalt nach, als sie langsam die Treppe hinaufging. Nach dem Ritt hatte sie ihr

Reitkostüm mit einem pfauenblauen Hauskleid vertauscht. Der feine weiche Wollstoff fiel in langen Falten bis zu den Füßen; um die Hüfte trug sie einen goldenen Gürtel. Auf ihrem hellen Scheitel spielte sanft der Lichtschimmer. Als sie bei dem weißen Hirsch in der Nische angekommen war, drehte sie sich um und lächelte noch einmal hinunter, als bedaure sie, daß sie die andern verlassen mußte; dann ging sie weiter, und die Schatten verschluckten ihr Blau und ihr Gold. Der Raum schien dunkler geworden. Es blieb ein kurzes Schweigen.

«Sie sieht aus wie einer der Engel von dem . . .» sagte George. «Na, von dem . . . wie heißt er doch gleich . . . hat was mit einer Flasche zu tun . . . einer Bouteille . . .» Er blickte hilfesuchend seine Frau an, deren Gedächtnis unter dem Nachkriegszustand nicht so stark gelitten hatte wie seines.

«Botticelli?» sagte Nadine.

«Ich mag die Botticelli-Gesichter nicht immer», meinte Ben ablehnend. «Als sie sich umdrehte, sah sie mehr aus wie Julia auf dem Balkon.»

John Adair schnaufte spöttisch, aber er war immerhin geschmeichelt. «Viel zu stark entwickelte Muskeln für Julia.»

«Ich meinte ihr Gesicht, als sie sich verabschiedete», beharrte Ben. «Sie erinnern sich: ‹Gut' Nacht, gut' Nacht. So süß ist Trennungswehe›. Ich wollte, David hätte sie da auf der Treppe gesehen. Sie wissen doch, er hat den Romeo millionenmal gespielt.»

Bei diesen mit kindlicher Harmlosigkeit gesprochenen Worten an seiner Mutter Knie gelehnt, wunderte er sich über den plötzlichen Schauer, der durch ihren Körper lief, und wunderte sich auch über den Blick, den John Adair ihr zuwarf, einen Blick des Bedauerns, aber auch der Erbarmungslosigkeit.

«Ja, sie sieht erschöpft aus», wiederholte George besorgt. «Vielleicht braucht sie ein Stärkungsmittel; meinen Sie nicht?»

«Das überlasse ich Mrs. Eliot», sagte John Adair ebenso höflich wie unerbittlich.

Nadine konnte es nicht länger aushalten. Sie wickelte ebenfalls ihr Strickzeug zusammen. «Ben, es ist längst Zeit zum Schlafengehen. Ich gehe auch zu Bett.»

Sie gingen miteinander die Treppe hinauf, Nadine, schlank und graziös wie eine Weidengerte, Ben, fast ebenso groß wie sie, den Arm um die geliebte Mutter gelegt. George sah ihnen nach.

«Glücklicher Mann», sagte John Adair.

George beugte sich vor und warf einen Scheit ins Feuer; vom Lichtschein übergossen, sah er mit einemmal alt und verhärmt aus. «Ich mache sie nicht glücklich», sagte er vor sich hin. «Ich habe irgendwie nicht das Zeug dazu.»

«Das werden Sie schon noch bekommen», sagte John Adair ruhig. «Sie werden fragen, woher ich das weiß. Na, in der Hauptsache: Intuition;

aber auch die Empfindung, daß in diesem Hause hier etwas wie eine starke Schöpferfreude pulsiert. Das ständige verdrossene Sich-Umwenden nach der Vergangenheit, dieses Nach-Zuflucht-Suchen vor dem Gefühl einer mehr oder minder großen Schuld, die wir an dieser Zeit tragen, das ist nicht die natürliche Reaktion auf das, was dieses Haus von uns verlangt. *Maison Dieu.* Hier werden wir zum Schaffen vorwärtsgedrängt, zu einem Ziel, das für uns alle gut ist.»

George lächelte. Der Mann da redete wie ein Buch, wie eins von den Büchern, für die George an sich nichts übrig hatte, aber trostreich war er immerhin, der Mann . . . Er wirkte, als habe er Gott und die Welt fest in der Hand.

«*Apropos:* Botticelli . . .» sagte der Gast. «Wie wär's mit der Bouteille Whisky, die David mitgebracht hat?»

George holte die Flasche, und der Rest des Abends ließ sich erfreulich an.

2

In der Nacht tobte von See her ein wilder Südwestwind. Er setzte so plötzlich ein, daß alle außer den Zwillingen aufwachten.

«Annie-Laurie!» entfuhr es Nadine, als sie ein schwaches Läuten wie von Märchenglocken vernahm, das der Wind durch das offene Fenster hereintrug. «Wir hätten darauf dringen müssen, daß sie ins Haus übersiedeln.»

«Das Boot ist sicher», murmelte George verschlafen «Was du dir wegen des Mädchens für Sorgen machst! Mehr als um deine eigenen Kinder», setzte er eifersüchtig hinzu.

«Die sind im ‹Gnadenkraut› gut aufgehoben», sagte Nadine. «Mach das Fenster zu, George. Der Regen schlägt direkt herein.»

«In Damerosehay muß es schön zugehen bei dem Wetter», sagte George, während er das Fenster schloß.

Er legte sich wieder ins Bett und schlief gleich ein. Nadine aber blieb wach liegen und dachte an Damerosehay. Dort bekamen sie die ganze Gewalt des Windes zu spüren; das alte Haus mußte beben und krachen, mochten auch die alten Eichen ihre Arme noch so schützend darüber halten . . . David war wohl auch wach . . . In einer Nacht wie der heutigen hatten sie vor dem Krieg beide wachgelegen und hatten ihren Willen für die Trennung gestählt. Als wenn es gestern gewesen wäre, so lebhaft standen ihr die unseligen Stunden vor Augen, die sie in jener Nacht durchlebt, und wie sie am Morgen geglaubt hatte, sie sei siegreich aus dem Kampf hervorgegangen. Und dann war sie zu George zurückgekehrt. Aber ihre Liebe zu David hatte nicht aufgehört. Lucilla hatte ihr versichert, die Liebe zu ihrem Mann werde sich auf die Dauer schon einstellen, wenn sie nur ein Leben führen wollte, dessen Voraussetzung eine solche Liebe war. Aber es war nicht so gekommen, weil sie David zu sehr liebte, um von ihm loszukommen, zu sehr, um den Gedanken zu ertragen, daß er eine andere heiraten könne. Ohne daß er im Hintergrund ihres Lebens stand, noch immer seiner Liebe, seiner Treue gewiß, vermochte sie nicht zu leben. An diesen Gedanken klammerte sie sich noch immer wie an eine Religion: daß er wartete ... daß David auf sie wartete ... Wenn George stürbe ... David wartete ... Aber wartete er jetzt vielleicht nicht gegen seinen Willen?

Die Frage fraß sich wie ein Brand in ihr Denken ein. In der sturmdurchtobten Finsternis lag sie da; immer wieder stellte sie sich die Frage. Sie haßte John Adair, der sie gezwungen hatte, sich diese Frage zu stellen. Was er von ihr forderte, das war die letzte Verleugnung ohne Rückhalt und damit verbunden das letzte Opfer, ebenfalls ohne Rückhalt. Er verlangte Einheit, Ganzheit, Zusammenfassung – das Gnadenkraut.

Mit welchem Recht verlangte er das von ihr? Was wußte er von der Liebe, die jahrelang zwischen ihr und David gewesen war? Was er Liebe nannte, das war ein Genuß des Gefühls, dem Schmausen eines an sich wohlgenährten Leibes vergleichbar, das nichts zu tun hatte mit dem Stillen des Heißhungers nach dem Brot des Lebens. Das Brot des Lebens, das war für John Adair seine Kunst. Was würde er wohl zu der Forderung sagen, die Kunst aus seinem Leben zu reißen? Er hatte kein Verständnis dafür, wie übergroß das war, was er von ihr forderte, aus Selbstsucht forderte. Denn was er im Grunde wollte, das war, David freizubekommen – für seine Sally.

Auch diesen Gedanken hatte sie ins Auge gefaßt. In den letzten Wochen hatte es ein ständiges Kommen und Gehen zwischen Damerosehay und Haus ‹Gnadenkraut› gegeben, und es hatte sich allmählich bei sämtlichen Erwachsenen der beiden Häuser die Empfindung eingestellt – die Empfindung, die Lucilla im ersten Augenblick wie ein Blitz des Erkennens durchzuckt hatte –, daß der Anblick von Sally und David beim gemeinsamen Spaziergang, beim Ausritt, beim Segeln, durchaus und nur zu begrüßen sei, weil die beiden Menschen eben zueinander paßten. Diese allseitige Befriedigung hatte noch nicht den Punkt erreicht, wo sie offenen Ausdruck fand. Die beiden selbst waren ihrer wohl noch kaum gewahr geworden, um so mehr jedoch Nadine; sie spürte sie in jedem Nerv, und sie wurde auch der Tiefe und Reife von Sallys Liebe zu David gewahr. Es war eine Liebe, die sie, Nadine, abschwächen zu können niemals hoffen durfte. Eine derbe, besitzwütige Liebe oder auch eine romantische Liebe, in der Art, wie man sie einem jungen Mädchen bei seiner ersten Leidenschaft hätte zutrauen sollen, die würde Nadine bekämpft haben. Doch hier hatte Kampf keinen Sinn: es gab keine zärtlichen Schmeichelreden, nichts, was Grund geboten hätte, mit Ironie dagegen anzugehen.

Aber sie konnte dem Mädchen nicht gram sein, das sein Glück mit so ruhigem Vertrauen – ohne es vielleicht selbst zu wissen – in die Hände der älteren Frau gelegt hatte. Denn so stand es doch. Nur mit sich beschäftigt, in seinem unseligen Zustand aufgehend und sich an das Vergangene klammernd wie sie alle, war David nicht der Mann, um sich von der Treuepflicht gegen eine alte vertraute Beziehung freizumachen, mochte diese Bindung für ihn auch zu einer Gefangenschaft geworden sein, es sei denn, daß sie selbst, Nadine, sich Gewalt antat und ihn freigab.

Nun wohl denn, in Selbsttäuschung war sie nicht mehr befangen. John Adair hatte dafür gesorgt, daß sie sich nicht mehr der Ausrede der Unwissenheit bedienen konnte. Die Bäume im Ritterwald bogen sich und ächzten unter dem Sturmwind, schrien mit tausend Stimmen. Wie sie den Laut des Tosens haßte, das in den Kronen wühlte: bald Rauschen von Riesenschwingen, bald unvermittelte, nur von säuselnder Klage unterbrochene Stille, und dann wieder lautes Schrillen und Schreien, all das war von einer alpdruckartigen Gewalt, riß an den Nerven und ließ sie erzittern und sich spannen vor dem geheimnisvollen Angstgefühl, das es dem Herzen der Welt entrang. Abermals und abermals! Wieder eine Nacht wie damals die in Damerosehay! Die Selbstverleugnung war nicht zur Vollendung gelangt. Nun aber mußte es sein.

Auf der Flucht gleichsam vor dem Unwiderrruflichen glitt sie aus dem Bett und griff nach ihrem Schlafrock und ihren Hausschuhen. Wenn sie noch länger dem Sausen des Windes und dem Schnarchen Georges zuhören mußte, würde sie einem Schreikrampf verfallen . . .

Sie ging zur Tür und schlich sich in den dunklen Korridor hinaus. Hier war es stiller; das Tosen des Windes schien hier aus weiter Ferne zu kommen; hier wußte man, daß die wuchtigen Böenstöße dem unendlich widerstandsfähigen Hause nichts anhaben konnten. Es war warm und sicher. Sie tastete sich den Korridor entlang, bis zum Absatz der zum Giebelgeschoß führenden Treppe. Ohne richtig zu wissen, was sie tat, stieg sie die Stufen hinauf und stand plötzlich vor der Tür John Adairs Atelier. Sie drehte den Türknopf um, trat ein, suchte nach Streichhölzern und zündete, als sie sie gefunden hatte, die Lampe an. Dann nahm sie aus dem Kasten eine Zigarette, steckte sie an und setzte sich, eines von den bunten Tüchern, die herumlagen, über die Knie breitend, auf einen Stuhl. Vor dem Krieg war sie zu wohlerzogen gewesen, um zu rauchen, aber jetzt veranlaßte die Nervenüberreizung sie oft dazu.

Hier in dem nach Norden gehenden Raum war es ruhiger als in ihrem nach Süden liegenden Schlafzimmer. Allerdings machten sich auch hier die sturmbewegten Bäume bemerkbar. Denn John Adair liebte leidenschaftlich Bäume, und so waren auf verschiedenen seiner Bilder wie auch auf Bens Studie von der Grimbart-Insel Bäume zu sehen. Die Grimbart-Insel selbst kannte sie nicht, denn sie war bisher nie über den Rand des Ritterwalds hinausgelangt. Sie hatte für Wälder nichts übrig, obgleich

David ihr in einem Wald seine Liebe gestanden hatte ... David ... Gewaltsam riß sie sich los von der schmerzlichen Erinnerung und betrachtete ihr eigenes Porträt: vor dem Hintergrund eines Waldes, mit kleinen blauen Blumen zu ihren Füßen, die Gestalt einer Frau von außergewöhnlicher Schönheit, einer Schönheit, deren Vollendung sie im Leben noch nicht erreicht hatte.

Ein leichter Aufschrei der Bitterkeit entfuhr ihr; sie stand auf und trat zu dem Bild hin. Adair hatte den Hintergrund verändert, ohne ihr etwas zu sagen; statt des grünen Prospekts zeigte sich jetzt als Hintergrund ein Wald gleich jenem, in dem Davids Liebe zum Ausbruch gekommen war. Und die um ihre Füße sprießenden Blumen, deren Farbe das Blau ihres Kleides wiederholte, waren die nämlichen Blumen, die auf dem Hausschild zu sehen waren, die Blüten der schmalblättrigen Raute. Was erlaubte er sich!? Wie konnte er es wagen, sie so schonungslos darzustellen, herrlich anzusehen trotz den grauen Fäden im Haar und den Linien im Gesicht, gegen den Hintergrund der heißen Liebe gestellt, die er sie abzuschwören zwang, und mit dem bittern Kraut zu ihren Füßen ... Sie setzte sich wieder auf den Stuhl und rauchte ihre Zigarette erbost zu Ende. Dann drückte sie den Stummel aus und zwang sich zu ruhiger Überlegung. Was konnte er denn überhaupt von dem Wald und von David wissen? Nichts konnte er wissen. Er war bloß, wie alle hier im Haus außer George und ihr selbst, besessen von diesem widerwärtigen Ritterwald. Und daß er zu Füßen der Herrin von Haus «Gnadenkraut» die Blüten des Schildes anbrachte, das lag eigentlich nahe. Sie nahm sich noch eine von den Zigaretten des Malers, rauchte sie ruhiger als die erste und schaute sich dabei im Raume um, als suche sie in der Betrachtung der zu ihm gehörenden Gegenstände den Trost seines männlichen Wesens ... Eigentümlich, wie seine ruhige, leidenschaftslose Liebe sie in diesen Tagen stützte ... Ach, was für ein wahnsinnig unordentlicher Mensch er war! Die Bücher lagen im ganzen Raum verstreut. Eines lag neben ihrem Stuhl auf dem Boden. Sie hob es auf. Meredith! Aus der Mode. Sie hatte keine Zeile von ihm gelesen. Eine Häherfeder lag als Buchzeichen zwischen den Blättern, die sich infolgedessen von selbst aufschlugen. Ein Gedicht stand auf der so gekennzeichneten Seite. Betroffen las Nadine die Verse, und sie glaubte, jedes Wort zu vernehmen, als ob es von John Adairs Stimme ausgesprochen würde.

‹Stirbt deine Liebe einmal,
o grab sie ein, wo die duftenden Waldblumen blühn,
wo ohne Seufzer der Qual
leichte Winde hinziehn,
und fremder Fuß Leid und Schmerz nicht errät, die darunter verglühn.

Stirbt deine Liebe einmal,
o wandre wiederum zu der Bienen Bereich,
wo durchs Laub, heilger Gral,
siehst das Rund blau und bleich,
wo zuerst aufrauschte dein Herz sturmdurchwühltem Baum gleich.

Stirbt deine Liebe einmal,
o verrat's nicht! Laß lächelnd der Rose den Dorn!
Singt die Lerch' im frühen Strahl,
scheint kein Ding mehr verlor'n, –
grab sie ein, grab sie ein, da wo sie gebor'n.›

Das also war es, dachte sie bitter, darum hatte er sie vor dem Waldhintergrund gemalt. Das sollte sie tun: zum Ritterwald hinausgehen, in seinem Dickicht die Vergangenheit begraben und lachend zurückkommen . . . Wie leicht sich das anhörte . . .

Mit einmal bekam alles ein unwirkliches Aussehen. Die Dinge um sie herum rückten mit Windeseile von ihr ab, wurden immer ferner . . . Hastig stand sie auf, schraubte die Lampe herunter, tastete sich im Finstern zur Tür und die Treppe hinab. Dieses gespenstische Gefühl kannte sie seit langem. Es kündigte Augenblicke der Verzweiflung an, Augenblicke, da sie das Leben nicht länger ertragen zu können meinte und doch wußte, daß sie unfähig war, ihm ein Ende zu machen; daß sie auch wußte, es sei hauptsächlich ihre tödliche Müdigkeit, die diesen Zustand hervorrief, verschaffte ihr keine Erleichterung.

Sie gelangte wieder in ihr Zimmer, das immer noch vom Geräusch des Sturms und dem friedlichen Schnarchen Georges erfüllt war. Sie legte sich ins Bett und erwartete die böse Stunde . . . Doch sie stellte sich nicht ein . . . Sie vernahm wieder die fernen Glockentöne . . . Annie-Laurie . . . Was lastete auf dem Herzen des Mädchens, das dort draußen im schaukelnden Hausboot lag? Was immer es sein mochte, die Last mußte schwerer sein als ihre eigene. Wenn sie an Annie-Laurie dachte, schämte sich Nadine. Welch lächerliches Getue machte sie um etwas, was heutzutage jedes Menschen Aufgabe war, zu jeder Stunde, in jeder Sekunde fast seines Lebens: zweien Herren zu dienen und sich doch zu sammeln, dem einen sich zu versagen, dem andern sich zu gewähren, ohne je wahrhaften Zweifel zu hegen, welche Wahl zu treffen sei, so lange sich dem Flehen der Seele der Beweggrund nicht erfüllt. Es war ein Prozeß, der kein Ende finden konnte, solange die schließliche Erlösung der Seele noch eine Möglichkeit, die Qual des unausgesetzten Mühens lediglich eine Frage des Grades war und sich nicht von Augenblick zu Augenblick im Wesen veränderte. Man lebte, und es war nun einmal so. Nimm es hin, finde dich ab . . . Sie schlief ein.

11. Kapitel

1

Am Morgen ging der Regen nieder wie ein dichter Vorhang. Beim Erwachen schauten die Zwillinge nach dem Wetter aus, dann schauten sie einander an und waren sich wortlos darüber einig, was sie an diesem Vormittag beginnen würden. Und zwar etwas ganz Schlimmes. Sie sahen sich in die Augen und lachten sich quietschvergnügt zu. Heute wollten sie es einmal bitterbös treiben. Und gleich sollte es damit losgehen. So war das immer mit ihnen. Dachten sie sich einen Streich aus, sagen wir mal: für den Mittag, dann wirkte dieses Vorhaben rückwärts und vorwärts; ihr starker komödiantischer Sinn zwang sie, dafür Sorge zu tragen, daß ihr Verhalten den ganzen Tag über den Stil des Höhepunktes wahrte.

Als Jill daher in ihr Zimmer kam, fand sie die beiden nicht in ihren Betten. Diese Feststellung regte Jill nicht weiter auf; daran war sie gewöhnt. «Ich möchte doch bloß wissen, wo jetzt José und Jerry sind», sagte sie laut, während sie in der kleinen, mit Blumen bemalten Kommode kramte, um der so traurig veränderten Wetterlage entsprechend warme Sachen herauszusuchen. Dann horchte sie, in der Hoffnung, unter dem Bett einen Bären brummen oder einen im Kleiderschrank versteckten Löwen brüllen zu hören. Aber kein Bär und kein Löwe ließ sich vernehmen; es war überhaupt kein Laut zu hören. Genauere Durchforschung des Kinderzimmers ergab, daß es vollständig leer war von Mensch und Getier; nur zwei niedliche Pyjamas lagen säuberlich gefaltet im Kamin. Jill ging auf den Korridor hinaus, stellte fest, daß der General bereits hinuntergegangen war und dabei die Tür zum Schlafzimmer sperrangelweit offengelassen hatte, und rief laut hinein:

«Madam!»

Matt und mit schweren Lidern, aber untadelig hergerichtet wie stets, erschien Nadine. «Ja, Jill?»

«Die Zwillinge sind verschwunden, Madam», rief Jill mit lauter Stimme. «Zu schade! Gerade heute gibt's ihre Lieblingsspeise zum Frühstück: Zwerghühnereier und Brot mit Honig.»

Nadine kannte Jills Technik, der Zwillinge Herr zu werden, und ging bereitwillig darauf ein. Sie ging auf alles ein, was Jill tat oder vorschlug, und half ihr dabei. Bei der ersten Zusammenkunft damals in Damerosehay hatte sie gefürchtet, sie werde nun für immer und ewig die Gefangene der hohen Maßstäbe werden, die Jill anlegte. Und diese Furcht hatte sich als berechtigt erwiesen, denn das sanfte, aber ungewöhnlich willensstarke Persönchen hatte sie jetzt ebenso fest in der Hand wie die Zwillinge. Aber ihre Fesseln machten sie nicht mißmutig, weil sie sie gar nicht bemerkte. Auch Jill bemerkte davon nichts. Denn sie übte ihre Tyrannei ganz unbewußt aus.

«Nun, Jill», meinte Nadine mit ebenso vernehmlicher Stimme, «dann können sie eben leider überhaupt nicht frühstücken. Wirklich schade! Lassen Sie die Eier den Erwachsenen servieren. Mr. Adair wird sie mit Vergnügen essen.»

John Adair konnten die Zwillinge nicht leiden. Als er sie eines Tages im Atelier dabei ertappte, wie sie seine Farbentuben ausdrückten, hatte er sie nach allen Regeln der Kunst verprügelt.

«Sehr schön, Madam», sagte Jill und ging gelassen den Korridor hinunter dem Türmchen zu, durch das die Treppe in die Küche lief. Als sie am Leinenschrank vorbeikam, wurde die Tür aufgestoßen, und Jerry und José purzelten, so gut wie nackt, aus dem obersten Fach heraus und stürzten sich auf Jill.

«Der alte Biber soll nicht unsre Eier kriegen!» riefen sie wie aus einem Mund. «Jill! Jill! Der alte Biber soll nicht unsere Eier kriegen!»

Mit sanftem, aber festem Griff packte Jill je einen Arm der beiden. «Jerry und José, ich habe euch schon oft gesagt und sage es euch noch einmal, ihr sollt nicht ohne Kleider im Haus herumlaufen. Das ist unanständig.»

«Wir mußten ohne Kleider gehen», sagte Jerry laut. «Wir sind ausgeschlüpft.»

«Ja, aus dem Brutofen», erklärte José. «Kücken kommen immer nackt raus, wenn sie geboren werden.»

«Keineswegs», sagte Jill, sie mit fester Hand zum Kinderzimmer führend. «Es sieht bloß so aus, weil sich ihre Flaumfederchen noch nicht aufgerichtet haben.»

«Hat Mama uns im Ei gelegt?» schrie Jerry.

«Nein», sagte Jill. «Euch hat ein Engel gebracht und zu beiden Seiten von Mama gelegt, während sie schlief. Ihr seid geradenwegs vom Himmel gekommen, wenn das auch niemand glauben möchte, der sieht, wie ihr euch jetzt benehmt. Außerdem schreit man nicht so herum übers Geborenwerden. Über solche Sachen sprechen feine Herren und Damen ganz ruhig.» Im Kinderzimmer angekommen, führte Jill die beiden mit bekümmerter Miene zum Kamin. «Und schaut, wo ihr eure Pyjamas hingetan habt. Das ist kein Platz für Pyjamas.»

«Das ist ein Nest. Wir haben unsere Jamas dahin gelegt, um es weich zu haben zum Eierlegen.»

Jill merkte bereits, daß ein schwieriger Tag bevorstand. Ohne weitere Worte zu verlieren, steckte sie die zwei in ihre wollenen Hemdhöschen. Mit Kindern wie diesen hatte sie bisher noch nie zu tun gehabt. Es war wohl das Künstlerblut, sagte sie sich. Mrs. Eliot war künstlerisch veranlagt. Und von der andern Seite her Mr. David. Und der gute Ben natürlich war auch künstlerisch veranlagt.

Ben war auch ein schwieriges Kind gewesen mit seinen Phantastereien und seinem Asthma, aber doch ein liebes, zärtliches Kind. Erstgeborene Kinder sind meistens zärtlich, hatte Jill festgestellt, vermutlich weil Vater und Mutter noch ineinander verliebt waren, die Flitterwochen sozusagen noch nicht den Glanz verloren hatten und sie das Kind haben wollten. Die zwei Kinder da waren nicht lieb und zärtlich. Bitternis mußte ihre Mutter im Herzen gehabt haben, während sie sie trug, und sie hatte sie keineswegs bekommen wollen; weswegen man sie allerdings nicht tadeln konnte, die Arme, denn sie war nicht kräftig genug dazu, ist auch nie wieder kräftig geworden und wird es nie mehr werden.

Mit einmal kniete Jill hin und legte ihre Arme um die beiden warmen Körperchen. Sie würden vielleicht doch noch zärtlich werden, mit der Zeit, unter ihren Händen. Wenn man Kindern zärtlich entgegenkam, konnte man ein Echo in ihnen wecken, das war ihre Erfahrung. Und nie hatte sie Kinder so lieb gehabt wie diese beiden. Sie waren zu ihr, der Kinderlosen, gekommen, die auch keine Hoffnung mehr auf eigene Kinder hatte – denn ihr Alf war tot, und einem andern Mann hatte sie nie auch nur einen Blick geschenkt –, hatten das Herzeleid und die Leere ihres Lebens von ihr genommen und ihr eine Freude gebracht, wie sie keine mehr erhoffen konnte. Und wenn sie auch zwei recht herzlose Geschöpfchen waren, so war doch etwas an ihnen, was Jill bei andern Kindern ihres Alters noch nicht wahrgenommen hatte. Es gab kein anderes Wort dafür als Intuition, schien ihr, obschon sie sich über die genaue Bedeutung dieses Ausdrucks nicht so recht klar war. Sie schienen gewisse Dinge ganz von selbst zu wissen, ohne sie erfahren oder gelernt zu haben. Was sie wußten, das vermochten sie nicht auszudrücken, aber hier und da fiel einmal ein Wort aus ihrem Munde, wie ein paar Blütenblätter von einem Kirschbaum herabwehen, der seine Wipfel hoch außer Sichtweite zum Himmel hebt, Worte, die die Ahnung von einem den Blicken verborgenen Reichtum gaben.

«Jills liebe kleine Kinderchen», sagte sie vertrauensvoll zu ihnen. «Jills gute kleine Zwillinge», fügte sie hoffnungsvoll hinzu. Und sie legte ihre Arme um sie gleich den Schwingen der Barmherzigkeit und drückte sie fest an sich. Und einen Augenblick lang war die Suggestion dieser Liebeskraft stark genug, um in den Zwillingen etwas wie ein Echo zu wecken. Überschwenglich küßten sie Jill aufs Ohr und halfen willig beim Anziehen ihrer beiden kleinen Personen mit den klatschrosenroten Pullovern, die Jill dem düstern Tag für angemessen hielt.

«Heute nehmen wir aber keine Schulstunde», sagte José.

«Selbstverständlich nehmt ihr sie», sagte Jill.

«Halt den Mund!» sagte Jerry.

«So spricht man nicht mit seiner Schwester», sagte Jill streng.

«O. K.», meinte Jerry leutselig.

Dann gingen sie die Wendeltreppe durch das Türmchen hinunter, an der Tür zur Vorratskammer vorbei, zum Frühstück in die warme, vom Kaminfeuer erhellte zweite Küche, die jetzt der Familien-Aufenthaltsraum war, und taten sich gütlich an Zwerghühnereiern, Brot mit Honig und Milch, bis die Klatschrosen-Pullover sich vorwölbten wie der Schmerbauch eines Dorfschulzen. Als sie fertig gegessen hatten, räumte Jill den Tisch ab, gab ihnen ein Zusammensetzspiel für die Zeit, bis die Schulstunden beginnen sollten, und ging in die andere Küche, um die Heringe für das Frühstück der Erwachsenen zu braten. Die Zwillinge wechselten einen Blick miteinander und beugten dann ihre glatten schwarzen Köpfchen scheinheilig über ihr Spielzeug. Jill schaute noch einmal zu ihnen hinein, ehe sie die Heringe und den Kaffee durch die Diele trug, und überzeugte sich, daß sie eine weitere halbe Stunde stillsitzen würden, so daß sie rasch hinaufgehen und Annie-Laurie beim Bettenmachen helfen konnte.

Als sie aus dem Zimmer war, blickten die Zwillinge einander wieder an, rutschten von ihren Stühlen herunter und liefen in die Wohnküche. Sie wußten, wo Mutter den Schlüssel zum Vorratsraum verwahrte: in der rechten Schublade der großen Fichtenholz-Kredenz. Sie holten den Schlüssel heraus, dazu noch einen Küchenlöffel, huschten dann die Stiege hinauf zu der kleinen Bogentür, schlossen sie auf, flitzten hinein und . . . waren in Sicherheit . . . hihi . . . in Sicherheit . . . Vor diebischer Freude lachten sie laut auf.

Sie waren nicht bloß wegen der Konfitüre heraufgekommen, auch nicht, weil sie keine Schulstunden nehmen wollten, sondern weil das Kämmerchen eine ganz besondere Anziehungskraft auf sie ausübte. Sie hatten die Empfindung, es sei das Herz des Hauses, da sitze man ganz tief drin; es war so wie der ‹Platz dahinter› im Herzen des Ritterwalds. Dieses Kämmerchen enthielt etwas, was in andern Zimmern und Kammern nicht enthalten war. Die andern Räume, die waren eben einer von vielen; zwar nach Größe und Form verschieden, gehörten sie doch zueinander wie die Blütenblätter eines Gänseblümchens; doch dieses Kämmerchen war etwas für sich, so wie das Herz der Gänseblume auch etwas für sich ist. Man kann die weißen Blättchen abzupfen, aber das goldene Herz bleibt unversehrt, einer glühenden kleinen Sonne gleich; doch reißt man das Herz aus dem Kranz der Blütenblättchen heraus, dann ist überhaupt keine Blume mehr da.

Nun waren sie also da, wo sie immer einmal hatten allein sein wollen, und die Konfitüre war auch da. Die Zungenspitzen zwischen den halbgeöffneten Lippen, schauten die zwei sich in dem achteckigen Kämmerchen mit seinen drei Spitzbogenfensterchen um. Seit Tante Roses Tagen war hier eine Veränderung vorgegangen, aber, wie die Zwillinge meinten, nicht zum Guten. Nadine war nicht sehr entzückt gewesen von der knalligen senfgelben Tapete mit dem schokoladebraunen Rautenmuster und hatte die Wände von Malony mit einer crèmegelben Temperafarbe übermalen lassen. Auch die altersschwachen Gestelle mit den Fleckenspuren ehemaliger Schmausereien hatten ihr nicht zugesagt, und sie hatte saubere, weiße Regale anfertigen lassen, auf denen nicht wie früher Steinguttöpfe mit Eingemachtem wie Kraut und Rüben durcheinanderstanden, sondern Einmachgläser gleicher Größe und mit reinlich beschrifteten Etiketten angeordnet waren, enthaltend die Marmeladen, Gelees und Essigfrüchte, die Nadine und Jill im Sommer eingekocht und eingelegt hatten, sowie ein militärisch ausgerichtetes Heer von Patentgläsern mit sterilisierten ganzen Früchten, und, nicht zu vergessen, eine Batterie von Töpfen mit golden schimmerndem Honig.

«Honig?» erkundigte sich José.

«Hatten wir zum Frühstück», sagte Jerry. «Erdbeerkonfitüre.»

Er bückte sich vor, die Hände auf die Knie gestemmt, und ließ José auf seinen Rücken klettern, die ihm ein Glas Erdbeerkonfitüre herunterreichte. Schmierfinken waren sie nicht; wie hätte die großartig gepflegte, so außerordentlich heikle Nadine Kinder mit dieser Veranlagung in die Welt setzen können ...? Wohlweislich hatten sie einen Löffel mitgebracht, damit sie nicht die Finger in die Töpfe zu stecken brauchten, und so saßen sie einträchtig nebeneinander auf dem Fußboden, aßen wohlerzogen, immer gerecht abwechselnd, einen Löffel nach dem andern, bis nichts mehr im Gefäß war. Auch Vielfraße waren sie nicht. Sie erwogen nur noch den Angriff auf eine Marmelade aus Brombeeren und Äpfeln, aber nach stummer Verständigung ließen sie den Plan fallen.»

«Stell das Glas wieder dahin, wo du es geholt hast», kommandierte Jerry, der nicht nur ordnungsliebend veranlagt war, sondern auch der festen Überzeugung huldigte, Gott habe das Weib ausdrücklich zu untergeordneten Arbeiten geschaffen; er bückte sich wieder und ließ die Schwester auf seinen Rücken steigen. Dabei fiel sein Blick auf etwas unter dem untersten Querbrett des Gestells. «Steig runter», kommandierte er wieder. José gehorchte unverzüglich, dann legten sich beide bäuchlings auf den Boden und betrachteten mit Genuß, was es da zu sehen gab.

Malony hatte nicht genug von der Temperafarbe gehabt, um die Wände bis ganz zum Fußboden hinunter zu streichen, und so war unter dem Gestell ein Stück Tapete unbedeckt geblieben; aber was noch erfreulicher war: wo Wand und Steinboden zusammenstießen, hatte sich die Tapete gelöst und rollte sich zusammen wie Herbstlaub. Jerry packte ein Ende davon, riß es nach oben, was einen Platzregen von Kalkstaub der abblätternden Temperatünche hervorrief. Unter der Tapete kamen jetzt Rosen auf grünem Grund zum Vorschein, die sich ebenfalls zusammenkräuselten und von der Wand lösten. Vor Aufregung quietschend, ergriff José einen dieser Kringel und zerrte daran; worauf beide die Mäulchen aufmachten, um ihren Spezialschrei der in den Tunnel tauchenden Lokomotive auszustoßen, den sie in Momenten nicht mehr zu überbietender Beglücktheit loszulassen pflegten; doch sie brachen mittendrin ab, aus

Angst gehört und entdeckt zu werden. Dann arbeiteten sie stumm weiter und erinnerten sich nur hin und wieder daran, was Ben beim Abreißen der Tapete von der Täfelung in Mutters Zimmer sowie Ben und Tommy beim Abschlagen der schwarzen Talmi-Marmorverkleidung im Wohnzimmer ausgerufen hatten; und so stießen sie denn auch hin und wieder den unterdrückten Kriegsruf aus: «Zur Ehre Gottes, beherzte Mannen! Ho-ruck, Mannen, zum Ruhme Gottes!»

«Hier ist ein Häschen», sagte José ganz gelassen, als ob die Aufstöberung eines Häschens das gewöhnlichste Vorkommnis von der Welt wäre.

Sie hatte eine große Stelle freigelegt, und da ließ sich auch wirklich auf dem grünen Hintergrund etwas Braunes erkennen, das genau aussah wie ein auf seinen Hinterbeinen sitzendes Häschen. «Ein Osterhäschen», berichtigte sich José. Aber Jerry rief nur in befehlendem Ton:

«Kratz-kritz-krutz.»

Sie kratzten und schabten und zupften denn, daß es nur so eine Art hatte, und wurden für ihre Mühe dadurch belohnt, daß sie noch ein ganz merkwürdiges Rotkehlchen entdeckten sowie eine scharlachrote Blume auf einem langen grünen Stengel.

«Unter der rosa Tapete ist ja noch eine», sagte Jerry.

«Nein, das ist gemalt», sagte José.

«Kritz-kratz-krutz», kommandierte Jerry wieder, «zur Ehre Gottes, wackere Mannen, zum Ruhme Gottes.»

2

Das Wetter war John Adair und Ben gleichgültig. Ihr Atelier war ihr Königreich; was sich jenseits seiner Grenzen zutrug, kümmerte sie nicht. Als das Frühstück zu Ende war, zwinkerte John mit hochgezogener rechter Augenbraue Ben zu, und Ben, vor Freude errötend, nickte. Dieses Hochziehen der Braue bedeutete, daß der große Mann in der Laune war, eine kleine Unterrichtsstunde zu erteilen. Wenn er nicht in der Laune war, arbeiteten sie manchmal, durchaus im Bewußtsein guter Gesellschaft, aber in einem Schweigen, das durch eine heftige Gebärde oder gar mit einer Bemerkung zu unterbrechen, Ben sich wohl hütete.

Der großen Ehre, die ihm damit angetan wurde, war sich Ben bis in den tiefsten Grund seines bescheidenen Herzens bewußt. Einer der berühmtesten Künstler des Jahrhunderts hatte sich herbeigelassen, den unreifen, unerfahrenen, unbedeutenden Anfänger sozusagen aus dem Schmutz aufzulesen, ihn auf die Beine zu stellen, ihn zu unterrichten, zu ermutigen, einen Mann aus ihm zu machen. Denn nichts anderes hatte John Adair vollbracht. Er behandelte Ben niemals als Kind, wie George und Nadine es taten, und wenn er ihm etwas beibrachte, so sprach er nie herablassend, nachsichtig oder mit Schmeichelei zu ihm; er behandelte ihn als Mann, als seinesgleichen, brüllte ihn manchmal an oder machte ihn herunter, daß Bens Ohren zu beiden Seiten des Kopfs herabhingen wie zwei knallrote Flaggen; aber stets hielt er an dem Band fest, das zwei Männer verknüpft, die gemeinsam ein Handwerk ausüben, das sie das köstlichste Geschenk der Welt dünkt.

Manchmal auch betrachtete John Adair, ohne daß Ben es merkte, mit einem sonderbar demütig-respektvollen Blick die Arbeit des Jungen; dann strich er sich den Bart, trat zu Ben hin, legte ihm die Hand auf die Schulter und rüttelte ihn liebevoll, um dann wieder mit einem unterdrückten Wutausruf an seine Arbeit zurückzukehren. Als Ben einmal, von Röte übergossen, vor Nadines Porträt stehend, zu murmeln wagte: «Das ist was Großes!» hatte Adair ihn wütend angefahren: «Was Großes?! Du junger Esel! Ich weiß, wer und was ich bin, Junge: eine Kreuzung zwischen einem Detektiv, einem Psychiater und einem Modezeichner. Ich hätte mein Schild gescheiter an ein Haus in Harley Street, wo die bekanntesten Ärzte Londons wohnen, hängen oder bei dem Modezeichner Norman Hartnell Haute Couture lernen sollen!» Dann hatte er sich brüsk nach Bens ungelenker Wiedergabe einer Sommerabenddämmerung umgedreht, die sich in die verborgenen grünen Winkel der Grimbart-Insel einschleicht.

«Wo hast du das her?» fragte er leise. «Diesen Klang von Flöten in der Luft, den Dufthauch des Taus – und dann die Baumstämme wie Lakritzenstangen und dieses blödsinnige Karnickel da, wie nie ein Karnickel gebaut war, seit die Tiere aus der Arche Noah kamen. Hast du noch nie aufgepaßt, wenn du einen Schenkelknochen von einem Kaninchen abgenagt hast?»

«Tommy tut das», grinste Ben. «Er will ja Chirurg werden.»

«Chirurg, sagst du? Da werden wir zwei Detektive und Mörder uns ja gut verstehen.»

Heute war er wieder einmal in forscher, kritischer Stimmung. «Also, los jetzt», drängte er Ben. «Laß die Herumpatzerei mit der Grimbart-Insel. Ich kann sie schon nicht mehr sehen. Das Bild wird mit jedem Pinselstrich, den du daran machst, einem Reklameplakat ähnlicher. Wirf es weg und fang etwas Neues an! Mach dich mal an den Kerl! Wenn du sein Gesicht noch nicht gesehen hast, kennst du doch seine Gestalt . . . das hast du gestern abend gesagt. Also, fang mal an. Bei deiner Begabung für Anatomie tätest du besser daran, den Knochenmann aufzuhängen.»

Ben ging zu einer langen, in einer Ecke verborgenen Kiste und brachte daraus ein etwas beschädigtes Skelett zum Vorschein. Es war sein alleiniges Eigentum. John Adair hatte es auf einem seiner Abstecher nach London aufgetrieben und Ben zum Geburtstag geschenkt. Außer ihnen beiden wußte niemand im ‹Gnadenkraut› vom Vorhandensein des Skeletts.

«Wenn Tommy in den Ferien heimkommt, soll ich ihm etwas davon erzählen?» fragte Ben.

«Natürlich nicht; laß das Knochenmännlein versteckt. Ich kenne diese Chirurgen. Im Handumdrehen ist das ganze Ding in seine Bestandteile zerlegt.»

Ben hatte bereits ein großes Stück Papier auf seinem Reißbrett befestigt und eine Kreide ausgewählt. Er wollte diesmal in Öl malen – die Grimbart-Insel war in Wasserfarben gemalt gewesen –, aber doch vorher eine Skizze in farbiger Kreide machen.

«Ruf mich, sobald du für eine verheerende Kritik gewappnet bist», sagte John Adair.

«Hm, hm», machte Ben.

Lächelnd drehte der Maler dem Jungen den Rücken. Und dann herrschte eine Stunde lang absolute Stille in dem Raum, in den jetzt hin und wieder Sonnenschein fiel. Der Regen hatte aufgehört.

Als ein leichter Schritt auf der Treppe zu hören war, rief Ben erschrokken: «Mutter!» und drehte mit einem raschen Griff die Skizze mit der bemalten Seite gegen das Staffeleigestänge. Ebenso geschwind nahm John Adair das Skelett vom Nagel und verstaute es irgendwo außer Sichtweite. Dann rief er «Herein.»

«Sind die Zwillinge hier?» fragte die eintretende Nadine.

«Nein, Mutter», antwortete Ben.

«Weißt du nicht, wo sie sind?»

«Nein.»

«Sie sind vollkommen verschwunden», sagte Nadine matt, eine Sorgenfalte zwischen den Brauen. «Jill hat sie in der Küche mit ihrem Zusammensetzspiel allein gelassen; da waren sie ganz brav, und nun sind sie einfach wie vom Erdboden verschwunden.»

«Na, wenn schon», sagte John Adair unbeeindruckt. «Dann haben wir alle einen schönen ruhigen Vormittag.»

«Wenn meine Kinder vielleicht ertrunken sind?» sagte Nadine entrüstet. «Jill hält im Ritterwald nach ihnen Ausschau, und George sucht das Flußufer ab, und Sally schaut auf dem Weg nach The Hard nach ihnen aus. Ich weiß wirklich nicht, wieso ich dem Kauf eines Hauses an einem Fluß zustimmen konnte. Ich komme um vor Aufregung, wenn ich die Zwillinge nicht immer vor Augen habe oder bei Jill weiß.»

John Adair betrachtete sie wohlwollend interessiert. Sie war doch mütterlicher veranlagt, als er geglaubt hatte.

«Soll ich mithelfen suchen, Mutter?» fragte Ben pflichtbewußt, wenn auch ein wenig verstimmt. Gerade war es wie eine Erleuchtung über ihn gekommen, wie er sein Bild anlegen sollte, und wenn er jetzt aufhören mußte, bekam er das, was ihm vorgeschwebt hatte, nie mehr zu fassen.

«Ganz unnötig», warf John Adair schnell ein, denn er hatte an Bens Ton gemerkt, wie es mit ihm stand. «Unkraut vergeht nicht, und zäheres Unkraut als die zwei Rangen ist mir noch nicht untergekommen.»

Nadine warf den beiden Künstlern einen vernichtenden Blick zu. Dann sagte sie: «Ich habe auch meinen Schlüssel zur Vorratskammer verlegt; es gibt also heute Grießpudding zum Lunch statt Omelett confiture. Und bitte, denkt daran, daß heute früher zu Mittag gegessen wird. Ich muß zum Friseur und will auch den Zwillingen die Haare schneiden lassen. Das heißt: wenn sie bis dahin wieder aufgetaucht sind.»

Die zwei Künstler brummten. Grießpudding und frühe Tischzeit, beides war ihnen gleich verhaßt. Gekränkt und abgestoßen von dem lieblosen Eigennutz der Künstlernatur, verschwand Nadine. John Adair hängte den Knochenmann wieder an seinen Nagel, Ben drehte seine Skizze wieder um, und abermals breitete sich Stille im Atelier aus. Nach einer Weile seufzte Ben tief auf. John Adair wußte, was dieser Seufzer bedeutete.

«Deine Mutter ist natürlich gerade im unrichtigsten Augenblick gekommen», sagte er. «Du hast diesmal wohl recht gehabt, deine Skizze umzudrehen. Aber tu das im allgemeinen nicht. Halte mit deiner Arbeit nicht hinterm Berge. Was du gemacht hast, hast du gemacht, und die Folgen mußt du auf dich nehmen.»

«Ich kann es nicht leiden, wenn man meine Sachen ansieht», murrte Ben.

«Hast du Angst, ausgelacht zu werden? Na und? Niemals sich gegen negative Kritik sperren. Spott, Gleichgültigkeit, Mißverständnis, immer her damit! Kritik an unserm Werk ist so ungefähr das gleiche wie Kritik an uns selbst, verstehst du? Dein Werk ist ja eine Auswirkung deines Selbst, und es geht nichts über schneidende, auf die Person gemünzte Kritik, um den Menschen Bescheidenheit beizubringen. Ein eingebildeter Mensch ist noch nie ein großer Künstler geworden. Wie sollte er auch? Wenn man mit sich zufrieden ist, bleibt man hocken, wo man sitzt.»

«Aber auch der bescheidenste Künstler krümmt sich vor Schmerz, wenn sein Werk heruntergemacht wird», wandte Ben ein. «Es ist doch wohl noch etwas anderes dabei als bloß ... Auswirkung des eigenen Selbst.»

«Allerdings. Die Vision, die dir geschenkt wird, die hat nichts mit dir selbst zu tun. Auf sie zielende Spötterei, das scheint dir ein Frevel, eine Entheiligung. Aber auch das mußt du nicht allzu schwernehmen, denn die Verspottung einer künstlerischen Vision ist nur möglich, wenn ihre Darstellung fehlerhaft ist. Kleidest du sie in ein lächerliches Gewand, so bist du selbst der Frevler, nicht der Spötter.»

«Ja», gab Ben zu. «Ich wollte, ich hätte den weißen Hirsch im Salon nicht so verzeichnet.»

«Ja, ja, war auch schade. Vom technischen Standpunkt ist es eine deiner schlechtesten Arbeiten. Er ist der Bote des Himmels, nicht?»

«Ja, die andern Hirsche laufen hinter ihm drein, das Licht kommt von ihm. Ohne ihn würden die andern Tiere nicht wissen, in welche Richtung sie laufen sollen oder, wenn sie es wissen, würden sie nicht den Weg finden.»

«Das soll wohl des Menschen natürliche Kräfte darstellen?»

«Ja; konnten Sie das erraten, als Sie mein Bild gesehen haben?»

«So habe ich mir jedenfalls den Sinn deines offenbar allegorischen Kunstwerks gedeutet.»

Er sagte das mit einem leicht amüsierten Unterton, der Bens Ohren wieder rot anlaufen ließ. «Ich muß Ihnen ja als ein unbeschreiblicher Esel erschienen sein», sagte er leise.

«Nein. Wenn ich gelächelt habe, dann ebensosehr über mich wie über dich. Wir sind alle Hals über Kopf hinter dem weißen Hirsch her, jeder bildet sich in seinem Hochmut ein, er wird ihn zuletzt doch einholen. Aber wem gelingt das? Den meisten von uns gibt er nur die Richtung an. Das ist alles.»

«In diesem Leben», sagte eine Stimme. Doch eine stimmlose Stimme. Es war der Mann in Bens Bild, der sprach. Ben fuhr zurück und starrte auf das Bild. «Ich glaube, ich muß eine Pause machen», sagte er.

«Schön», meinte John Adair. «Im übrigen könnte ich mir denken, daß zwischen dem Verschwinden der Zwillinge und dem Verschwinden des Speisekammerschlüssels ein Zusammenhang besteht.»

«Ja, natürlich, gewiß! Daran habe ich ja noch gar nicht gedacht. Und Mutter auch nicht.» Ben fuhr herum.

«Darf ich deine Arbeit ansehen, während du weg bist?»

«Ja, gewiß, Mr. Adair. Aber ich habe wirklich noch keine Zeit gehabt . . .»

«Keine Ausreden!» fiel ihm Adair ins Wort. «Du hast haufenweise Zeit zu einem guten Anfang gehabt. Wenn du sie nicht ausgenutzt hast, so ist es deine Schuld. Kein ‹Aber›! Du weißt, wie ich das Wort hasse.»

3

Lachend lief Ben davon, die Wendeltreppe hinunter, versuchte in die Vorratskammer zu gelangen, aber die Tür war verschlossen. Er legte das Ohr ans Schlüsselloch. Von drinnen wurde Gequietsch und Gekratz, Schnauben und Niesen vernehmlich, als wenn kleines Getier herumhuschte.

«He, ihr! Ratte! Maulwurf!» rief er leise. «Hier ist Dachs. Laßt den Dachs herein!»

Das Gekrabbel und Gezappel hörte auf, aber nicht das Niesen. «Nur der Dachs allein?»

«Jawohl, Dachs ganz allein.»

Die Tür wurde aufgetan und Ben eingelassen. «Ja, um Himmels willen, was ist denn das?» fragte er. Der Fußboden war mit abgeblätterter

Temperakruste und Tapetenfetzen bedeckt. Die Zwillinge waren über und über bepudert mit weißem Staub, ihre Gesichter und Hände waren verschmutzt. Aber sie strahlten vor Glück. «Schau, Dachs, schau!» schrien sie und packten und zerrten ihn. «Unter dem Gestell. Da ist ein Wald, und Blumen wachsen darin. Und ein Häschen macht Männchen. Schau!»

Ben mußte von dem weißen Staub ebenfalls niesen, während er zu Boden gezogen und unter das Gestell geschoben wurde. Zwei Stunden lang hatten sie gekratzt und geschabt, teils mit Hilfe des eisernen Schlüssels, teils mit ihren kundigen Fingernägeln, und hatten ein großes Stück der Wand freigelegt, wie sie sich ursprünglich dargeboten hatte. Das aufrecht hockende Häschen war jetzt für ein einbildungskräftiges Auge deutlich zu erkennen, ebenso ein kleines Häuflein roter Sternblumen, ein Rotkehlchen und eine Baumwurzel. Ben rutschte unter dem Gestell zurück; sein Gesicht war weiß vor Aufregung. Er blieb ein paar Minuten auf seinen Hacken sitzen und dachte nach, worauf er sich schließlich den Kleinen zuwandte und sagte:

«Jetzt hört mal zu, Ratte und Maulwurf. Ich gebe jedem von euch einen Schilling, wenn ihr keinem Menschen eine Zeitlang etwas von dem Häschen und den Blumen an der Wand sagt.»

«Warum nicht?» fragte Jerry.

«Ratte und Maulwurf», sagte Ben mit Nachdruck, «unter der Tapete ist ein Bild gemalt. Ein sehr altes Bild, wahrscheinlich Hunderte von Jahren alt. Ich will noch mehr davon aufdecken, bevor wir jemandem etwas davon erzählen.»

«Wir werden das schon aufdecken», sagte José. «Jerry und du und ich.»

«Das dauert zu lange, und außerdem könnten wir das Bild mit unsern Nägeln zerkratzen», sagte Ben. «Dazu braucht es einen Sachverständigen, um das richtig zu machen, jemanden wie den alten Biber.»

«Aber das ist doch unser Bild. Wir haben es gefunden», sagten die Zwillinge entrüstet.

«Ja, das weiß ich, und das war blitzgescheit von euch. Später werde ich allen Leuten erzählen, wie gescheit ihr das angefangen habt. Aber jetzt müßt ihr eure Schnäuzchen halten, Ratte und Maulwurf. Versprecht ihr's? Jedem einen Schilling!»

Die Zwillinge niesten und machten mißtrauische Mienen.

«Ratte und Maulwurf, habt ihr gewußt, daß Mutti euch heute nachmittag im Wagen mit nach Radford nehmen will zum Haarschneiden? Wenn ihr zwei Schilling habt, könnt ihr euch bei Baxter alles mögliche kaufen.»

Jerry und José wechselten einen Blick. Bei Baxter gab es Feuerwerk zu kaufen, das man bekanntlich zum Gedenktag der Pulververschwörung braucht, und es war gar nicht mehr lang bis zum 5. November. Aber, zwei Schilling . . . ein bißchen wenig . . . Es bedurfte zwischen den beiden

Partnern keines Gedankenaustauschs über die Transaktion.

«Nein», sagte Jerry, «es ist unser Bild, und wir sagen sowieso niemand was davon.»

Ben gab sich nicht geschlagen. Er versuchte es auf andere Art. «Wenn ich jetzt ein Glas Konfitüre zu Mutti hinunterbringe, dann gibt es zu Mittag Omelett confiture; aber wenn ich keine Konfitüre mitnehme, dann gibt es Grießpudding.»

Die Zwillinge gaben Geräusche tiefster Seelennot von sich. Sie verabscheuten Grießpudding noch leidenschaftlicher als John Adair und Ben. Aber sie blieben fest. John Adair hatte recht: zäh waren sie.

«Nein», sagte José.

«Also eine halbe Krone zusammen.»

«Nein», sagte Jerry.

«Drei Schilling.»

«Nein», sagte José. «Mehr.»

Ben war der Verzweiflung nahe. Sein ganzes Vermögen bestand aus drei Schilling sechseinhalb Pence. «Ihr verflixten kleinen Krämerseelen», rief er. «Ich biete euch drei Schilling sechseinhalb Pence.»

«Fünf Schilling zusammen», sagte Jerry. «Und ein Topf Erdbeerkonfitüre für die Omeletts.»

«Gemacht», sagte Ben bitter. «Jetzt kommt mit ins Badezimmer und macht euch sauber; aber wenn ihr einen einzigen Laut ausstoßt, während ich euch abwasche, dann hau ich euch so, wie euch der alte Biber verprügelt hat, als ihr seine Farben auf den Boden gequetscht habt. Gilt's?»

«Topp», sagten die Zwillinge.

Ben nahm ein Glas Erdbeerkonfitüre vom Gestell, schob die Zwillinge aus der Kammer hinaus, schloß ab und steckte den Schlüssel in die Tasche. Geräuschlos huschten sie die Wendeltreppe hinauf und dann ins Badezimmer, wo Ben den Zwillingen den Staub aus den Haaren und vom Pullover bürstete, ihre Hände und Gesichter schrubbte, bis sie quiekten, aber nur ganz leise; denn sie waren Kinder von Wort. Dann überließ er es ihnen, sich selbst abzutrocknen, und raste hinauf ins Atelier. John Adair, der mit ruhiger Sammlung Bens Skizze betrachtete, sah sich überrascht um.

«Na, brennt's?»

«Nein. Könnten Sie mir einen Schilling fünfeinhalb Pence borgen? Ich würde Sie nicht darum angehen, aber es ist sehr wichtig. Ja, und bitte, darf ich einmal von Ihrem Zimmer aus telefonieren? Wenn ich das unten am Apparat tue, dann hören alle, was ich sage, und das möchte ich nicht.»

«Du willst wohl eine Pferdewette abschließen?» fragte John Adair und suchte mit erbitternder Langsamkeit einen Schilling und fünfeinhalb Pence aus einer Handvoll Kleingeld zusammen. «Oder kaufst einen Ring für deine Herzallerliebste? Na, ich bin nicht neugierig; aber bevor ich mich von so einer Riesensumme trenne wie einem Schilling und fünfeinhalb Pence . . .»

«Ich erzähle Ihnen alles später», sagte Ben, packte das Geld und eilte damit zu den Zwillingen. Zusammen mit ihnen ging er in die Diele hinunter. «Ahoi!» schrie er. «Vermißte gefunden!»

Nadine kam aus dem Salon heraus. «Jerry! José! Wo wart ihr denn? Ihr habt Mutti einen Todesschrecken eingejagt, und die arme Jill läuft draußen herum, um euch zu suchen, und wird ganz naß. Und Daddy und Sally auch.»

«Sie haben in der Vorratskammer gespielt, Mutter», sagte Ben. «Sie haben dort nichts angestellt. Ich habe wieder abgeschlossen. Und hier ist auch ein Topf Konfitüre für die Omeletts.»

«Selbstverständlich haben sie dort Gott weiß was angestellt», sagte Nadine. «Wieviel Konfitüre habt ihr genascht?»

«Einen Topf Erdbeer», bekannte José.

«Ihr Leckermäulchen», sagte Nadine. «Gib mir den Schlüssel, Ben, dann nimm die Tischglocke und läute vor der Haustür draußen; das habe ich mit den andern verabredet für den Fall, daß alles in Ordnung ist.»

«Nein, ich läute!» schrie Jerry, riß Ben die Glocke aus der Hand, während dieser, den Schlüssel in der Hosentasche umklammernd, rasch nach oben lief.

Atemlos setzte er sich in John Adairs Schlafzimmer an den Schreibtisch und rief in Damerosehay an. Er hatte Glück: David war selbst am Apparat. «Jaa?» sagte er in kaltem, gelangweiltem, unverbindlichem Ton. Aber Ben war viel zu erregt, um sich irgendwelche Gedanken darüber zu machen.

«David! Ich bin's.»

«Wer?»

«Ich! Ben . . . David, in der Vorratskammer ist ein Fresko!»

«Was ist in der Vorratskammer? Verschnaufe erst einmal, Junge. Ich verstehe kein Wort.»

«Ein Fresko. F wie Freddy, R wie Richard, E wie Ernst, S wie Salomon, K wie Kitty . . .»

«Ach, ein Fresko.» Davids Ton wurde interessierter. «Wie hast du das entdeckt?»

«Die Zwillinge haben es entdeckt. Sie haben ein Stück von der Tapete abgerissen. Mutter und die Zwillinge fahren heute nachmittag nach Radford, und Vater geht mit Sally die Abtei anschauen, wenn das Wetter weiter aufklart, und Malony und Annie-Laurie haben mit dem Umzug in die Wohnung über der Garage zu tun; sie sind in der Nacht beinahe von ihrem Hausboot heruntergeblasen worden. Komm also heute nachmittag herüber, damit wir mit dem alten Biber in Ruhe alles anschauen können.»

«Die Familie weiß noch nichts davon?»

«Nein! Ich konnte noch nichts sagen. Es ist eine Art Geheimnis, eine

Privatabmachung . . . ich kann das jetzt nicht erklären. Es muß unter uns dreien bleiben.»

«Was ist denn bis jetzt zu sehen?»

«Ein Hase und Blumen.»

«Na, das kommt mir aber mehr wie eine Abbildung aus einem Kinderbilderbuch vor, die Tante Roses Schwiegermutter an die Wand geklebt hat.»

«Nein!» schrie Ben erbost. «Kein solches Karnickel!»

«Also kein sentimentales Karnickel? Vielleicht ein symbolisches?»

«Nein. Ein ganz richtiger, wirklicher Hase. Er lebt auf der Wand dort . . . man sieht gerade das Hinterteil», fügte er ganz matt hinzu.

«Nur Ruhe, Junge. Ich komme», sagte David, zuletzt ganz ernst. «Und besten Dank, daß du mir dein Vertrauen geschenkt hast.»

Er hatte abgehängt. Ben legte den Hörer ebenfalls auf die Gabel, dann blieb er erst noch einen Augenblick stehen, lief wieder ins Atelier hinauf und schüttete dem alten Biber, der immer noch versonnen vor Bens Staffelei stand, sein Herz aus.

John Adair nahm die Kunde nicht gerade mit überschwenglicher Begeisterung auf, aber doch immerhin interessiert. «Kann schon sein», gab er zu. «Die Kammer ist achteckig, sagst du, gotische Fenster, nicht wahr? Und das Haus war eine Pilgerherberge. Das kann die Kapelle gewesen sein.»

«Eine Kapelle in einer Herberge? Ist das denkbar?»

«Wenn der Herr Wirt ein Mönch war, wie du anzunehmen scheinst, der für die zur Abtei ziehenden Pilger zu sorgen hatte, schon möglich.» Er wies auf die Skizze, vor der er stand. Ben schaute seine Kreidezeichnung an, die vor einer halben Stunde noch sein ein und alles gewesen war und die er in den letzten zwanzig Minuten vollständig vergessen hatte. «Ich habe ihn mir gar nicht als Mönch vorgestellt», sagte er verwirrt. «Nur in einen dunklen Mantel gehüllt wegen der dunklen Täfelung und Treppe. Außerdem wirkt er zu robust für einen Mönch; bestimmt!»

«Die Zisterzienser waren ausgezeichnete Landwirte», sagte John Adair. «Sie verstanden sich auf Ackerbau und Viehzucht. Der Bursche, den du da gezeichnet hast, ist ein Laienbruder der Zisterzienser. Mir gefällt er so weit ganz gut; allerdings möchte ich gern auch sein Gesicht sehen. Und woher zum Henker kommt eigentlich das Licht? Die einzige Stelle, von der es kommen kann, wenn man im Hauseingang der Herberge steht, ist die offene Haustür; aber in deinem Bild ist die Lichtquelle hinter der Figur.»

Sein Ton war streng: Bens Ohren liefen wieder rot an. Er hatte einen kräftig gebauten, großen Mann entworfen, der auf der Treppe der Herberge stand und die Arme ausbreitete. Die Gestalt war über die kreuzförmige Struktur der sich gabelnden Treppe komponiert, so wie die Gestalt Jesu am Kreuz befestigt ist, daß sie eine Einheit damit bildet. Aber außer in der Kraftanstrengung, die in der Haltung lag, so als straffte sich der Mann gegen das Holz des Kreuzes, und der unendlichen Geduld, die sich in den fest auf den Boden gepflanzten Füßen ausdrückte, gab die Figur nicht die Vorstellung des Leidens. Die ausgebreiteten Arme stellten ein allumfassendes Willkommenheißen dar, und das von der Kapuze bedeckte Haupt war in den Nacken geworfen, als lachte der Mann. Hinter diesem Haupt eben war die Lichtquelle, und sie verlieh sowohl dem Kopf wie den Schultern scharfe Konturen, die in frappantem Kontrast zu dem Rest der Figur standen, wo die herabfließenden Gewandfalten sie kaum vom Holz der Treppe unterscheidbar machten.

«Das Licht kommt aus der Nische dahinter», sagte Ben mit einmal. «Aus der Nische mit dem weißen Hirsch. Man kann den Hirsch nicht sehen, aber er muß da sein gleich einer schimmernden Lampe.»

«Hast du das während der Arbeit so gesehen?»

«Nein, ich habe nur daran gedacht, daß man den Kopf und die Schultern deutlich erkennen muß.»

«Es ist natürlich besser», meinte John Adair langsam, «wenn man vorher eine klare Vorstellung hat von dem, was man macht, als hinterher die Begründung für das, was geworden ist, zusammenzustoppeln.»

Er brachte dies alles sehr zögernd heraus, denn Kraft und Schönheit der Skizze Bens hatten ihn so tief aufgerührt, daß er eigentlich nicht recht wußte, was er sagen sollte. Er hatte Angst, zu viel zu loben, um Ben nicht selbstzufrieden zu machen; aber er scheute sich auch, zu streng zu kritisieren, um den jungen Menschen nicht zu entmutigen. Vor allem aber wußte er nicht recht, was, ob und wie er ihm raten solle, das Bild weiter auszuführen, da er befürchtete, dessen zarte Schönheit, die in ein paar sicheren Strichen und ein paar edlen Kontrasten von Licht und Schatten eingefangen war, könne durch übermäßiges Eingehen auf das Detail verlorengehen, mit dem Ben in den letzten Phasen der Arbeit unbewußt die Lückenhaftigkeit seiner Technik zu verdecken suchen würde. Er kam sich vor wie ein Mann, der zusieht, wie ein Schmetterling gegen eine Fensterscheibe flattert, dem Tierchen gern den Weg ins Freie zeigen möchte, sich aber scheut, es anzugreifen, um die zarten Flügel nicht zu verletzen. Er entschloß sich dazu, den Jungen und sein Bild völlig in Ruhe zu lassen. Als Ben zaghaft fragte: «Ist es bis jetzt recht?» antwortete er kurz angebunden: «Ja. Mach keinen Versuch mit dem Gesicht, bis du es nicht deutlich vor dir siehst, und laß das Ganze so einfach wie möglich.»

«Ich stelle es einmal beiseite, denke ich», sagte Ben. «Ich werde es erst fortsetzen, wenn wir das Fresko aufgedeckt haben.»

Die Glocke rief zum Mittagstisch, und sie gingen ins Erdgeschoß, um sich an Shepherds Pie und Omelett confiture zu laben.

12. Kapitel

1

Nach dem Mittagessen wendete alles sich zum Guten. Der Regen hörte auf, und die Sonne brach durch. Nadine, Jill und die Zwillinge fuhren im Wagen nach Radford, George und Sally zur Abtei, und Malony und Annie-Laurie hatten auf ihrem schwankenden Haus zu tun. Als John Adair und Ben sich vor die Haustür in die Sonne setzten, um David zu erwarten, war das Haus hinter ihnen leer.

«Nun, da sind wir», sagte John Adair. «Ratte und Maulwurf draußen. Biber und Dachs im Bau. Und was ist David?»

Ben hatte nicht gewußt, daß dem Maler bekannt war, welchen Spitznamen man ihm gegeben hatte. Er wackelte unglücklich mit den Ohren. «David hat keinen Namen.»

«Placidus», schlug John Adair vor.

«Placidus?»

«Er hängt in der Nationalgalerie, vor Jahrhunderten von Pisanello gemalt. Placidus und dein Vetter – sie haben das gleiche Gesicht. Merkwürdig. Auf Holz. In Tempera. Durch einen Wald reitend. Du mußt das Bild ebenso gut kennen wie ich.»

«Ich bin nie in der Nationalgalerie gewesen», sagte Ben beschämt. «Im Krieg waren die Bilder ausgelagert, und dann sagte David, er werde mich hinführen. Aber später hatte er zu tun und hat es vergessen. Und ohne ihn wollte ich nicht gehen.»

«Mein Gott!» rief John Adair. «Ist es also einem unwürdigen Farbenkleckser vorbehalten, dir die großen Meister vorzustellen?»

Ben lachte und umfaßte sein Knie mit den Händen. Der gute Biber in fröhlicher Laune gefiel ihm. Wenn der Maler einen neckte, war das ein Zeichen seiner Zuneigung. Plötzlich fiel Ben ein, daß der Biber David niemals geneckt hatte.

«Mögen Sie ihn?» fragte er unvermittelt. Es war ihm schrecklich, wenn Leute, die er mochte, einander nicht gern hatten.

«Wen? Placidus? Vor ihm als Künstler ziehe ich meinen Hut; vor ihm als Mensch halte ich mit meinem Urteil noch zurück. Es ist etwas Zauderndes an ihm, das mich geradezu wild macht.»

«Das ist nicht recht», sagte Ben schnell. «Ich höre übrigens seinen Wagen.»

Gleich darauf stieg David die Stufen herauf und schloß langsam den Riegel der blauen Gartentür.

«Nur sich nicht beeilen», rief John Adair scharf.

David sah auf und lächelte. Der scharfe Ton traf ihn sichtlich; genauso wäre es Ben gegangen. «Komme ich zu spät? Das tut mir leid.»

Er sprach genauso liebenswürdig, wie Ben gesprochen hätte, mit der gleichen Bereitschaft, sich kritisieren zu lassen, die beiden eigen war. Die Ähnlichkeit zwischen den beiden zeigte David den Maler plötzlich von einem neuen Blickwinkel aus; er sah ihn in Verbindung mit Ben und nicht mit Sally. Sobald Sally einmal nicht mehr mit auf dem Bild war, wirkte David völlig anders, und der Maler empfand seine eigene Erbitterung als recht abscheulich. David sah noch immer krank aus und verstört, als habe er den Kompaß in dieser neuen Welt verloren, die so gar nicht das war, wofür er und seine Generation gekämpft hatten.

John Adair hatte ihn damals, als er ihn im Theater zeichnete, recht gut begriffen, wenn auch gewissermaßen unpersönlich. Jetzt erst, als er diesen Mann an Leib und Seele krank erblickte, merkte er bestürzt, daß sein Verständnis ungenügend gewesen war. Lediglich unpersönliches Verständnis mochte genügen, um ein guter Maler zu sein, aber für menschliches Empfinden reichte es nicht. Er fühlte einen Widerwillen gegen sich selbst. David bedurfte jeder Unze Energie, die er besaß oder deren er in seiner Umgebung habhaft werden konnte, um durchzuhalten; derzeit etwas anderes von ihm zu verlangen, war unmöglich. Die Natur wußte, was sie tat, wenn sie den neugeborenen Geschöpfen das Augenlicht verweigerte, bis sie Kräfte gesammelt hatten, und dies war ein Mann, der die schmerzhafte Periode einer Wiedergeburt durchmachte. Und Sally wußte, was sie tat, wenn sie alles gab, was sie besaß, und nichts verlangte. Nur er, John Adair, war ein eigensüchtiger, kindischer Greis! Plötzlich, wie vom Blitz erleuchtet, verstand er diesen Mann. Er sprang auf, ging ihm mit ausgestreckter Hand entgegen, und seine Augen leuchteten. «Verzeihen Sie den beiden Musketieren, die auf den dritten gewartet haben, ihre Ungeduld!»

Die ungewöhnliche Wärme seines Tones überraschte David, die überströmende Güte in diesen Augen, der herzhafte Druck der Hand, das alles schien um Vergebung zu bitten, aber David wußte nicht recht, was er zu vergeben hätte. Und plötzlich war die Ähnlichkeit zwischen dem alten Biber und Sally auffallend. Bisher hatte er nicht mehr als die recht oberflächliche Ähnlichkeit der unregelmäßigen Züge bemerkt, jetzt aber erinnerten die geistige Kraft, die Großherzigkeit, die wärmende Gegenwart des Mannes ihn so sehr an Sally, als wäre auch sie hier in diesem Kreis anwesend. Jetzt, da er sie in ihrem Vater erblickte, wie sie sich ihm, in der Person ihres Vaters, zu nähern versuchte, was sie in der eigenen Person niemals getan hatte, fühlte er sich ihr näher denn je, näher als er sich überhaupt jemandem seit einer Zeit gefühlt hatte, die ihm heute wie ein Jahrhundert erschien, und endlich befreit von der bedrückenden Vereinsamung. Jetzt wäre er vielleicht fähig, ebenso zu geben wie zu nehmen; denn das hatte er als das Schlimmste von allem empfunden, dieses endlose Nehmen . . . Die Erleichterung dieses Augenblicks war so plötzlich, daß er ganz betroffen war und zunächst kein Wort hervorzubringen vermochte . . . Und all das, weil der alte Biber mit einem Male umgänglich geworden war.

John Adair kam ihm zu Hilfe. Er ließ seine Hand unter den Arm seines Sohnes gleiten und steuerte ihn über den Pfad zu Ben, der vor Ungeduld auf der Türschwelle auf und ab hüpfte. Ja, sein Sohn. Selbst wenn David dauernd an Nadine gebunden blieb, niemals Sally lieben, sie niemals heiraten würde, sah er in ihm doch seinen geistigen Sohn, weil er ihn an jenem Tage im Theater so tief begriffen hatte, als er in ihm den Typus jener vielen erschaute und sein Gesicht mit Liebe und Verständnis zeichnete. Und mehr noch um dieses heutigen Augenblicks der klaren persönlichen Erkenntnis willen. Danach sehnten sich die Männer, wenn sie sich nach einem Sohn sehnten.

«Kommt doch!» bat der arme Ben. «So kommt doch endlich!»

2

Ben war sich nicht im geringsten bewußt, daß er eine Krise heraufbeschworen hatte, als er dem alten Biber enthüllte, daß er, Ben, aus dem gleichen Stoff gemacht war wie David. Jetzt führte er die beiden Männer in den Vorratsraum. «Hier», sagte er, «ein richtiges Bilderbuch!»

David zog, ehe er vor dem Gestell niederkniete, sorgfältig die Hosen über den Knien hoch und brachte Ben mit dieser Vorsichtsmaßregel fast zum Wahnsinn. John Adair, der an Rheumatismus litt, wartete Davids Urteil ab, um sich unnötige Schmerzen zu ersparen.

«Es mag vielleicht eine genauere Untersuchung lohnen», meinte David.

Der kühle Ton dieses Verdikts empörte Ben. «Vielleicht!? Kannst du denn den Hasen nicht sehen?»

«Ja, jetzt, wo du es sagst, sehe ich etwas, das ein Hase sein könnte.»

John Adair seufzte und ließ sich ebenfalls vor dem Gestell nieder. Sein Urteil war weit günstiger als das Davids. Nach einigem Brummen war plötzlich die Begeisterung da. «Bei meinem Bart, ich glaube, der Junge hat recht! Aber das verfluchte Gestell ist im Wege. Hol doch mal den Werkzeugkasten, Ben. Rasch, rasch!»

Ben beeilte sich, und als er zurückkam, hatten die beiden Männer ihren Rock abgelegt und räumten Nadines Konfitüren aus dem Gestell. Drei Stunden lang arbeiteten sie fieberhaft. Sie trugen alle Gläser in die Küche, wobei natürlich einige zu Bruch gingen, und rückten die Gestelle von der Wand. Sie stöhnten, als sie die Nägel herauszogen, die sich durch die Tapete hindurch in das bohrten, was dahinter sein mochte. «Eine Entweihung!» sagte John Adair, «eine verdammte Tempelschändung!» Dann machten sie sich an die Arbeit und entfernten von der Farbe und der Tapete, was sie nur konnten. Es ging leichter, als sie erwartet hatten. Der kleine Raum war feucht; die Farbe schuppte sich bereits, und zwei Lagen Papier ließen sich in breiten Streifen abreißen. Darunter bildeten Flecke von Feuchtigkeit und Leim eine dünne Schicht auf der Wand, aber nun war kein Zweifel mehr möglich, es war ein verborgener Schatz, der zum Vorschein kam.

«Nicht anrühren!» schrie John Adair Ben zu, der versuchte, den Kleister mit den Fingern zu entfernen, «nicht anrühren, junger Vandale! Diesen Dreck muß man mit den richtigen Mitteln entfernen, wenn das Fresko keinen Schaden leiden soll! Derzeit können wir nichts mehr tun, aber weiß Gott, wir haben gute Arbeit geleistet. Seht euch das an, Jungens! Seht es nur an! Sechzehntes Jahrhundert, schätze ich. Vom Boden bis zur Decke! Seht nur diese Farben hier, das Blau und das Grün! Wenn wir das sauber kriegen, dann wird es so frisch sein wie am ersten Tag. Es dürfte einen Wald darstellen oder einen Garten. Gelobt sei Gott, der mir diese Stunde beschieden hat!»

«Ist diese Gestalt nicht ein Mann auf einem Pferd?» fragte David. «Was für ein Fund!»

«Und hier!» schrie Ben. «Das ist ein Kreuz!»

«Wo?»

«Hier, an der Ostwand. Dort dürfte der Altar gewesen sein. Das war eine Kapelle!»

Sie setzten sich auf die Gestelle und schauten mit ungläubigem Staunen und angehaltenem Atem. Erst wenn die Wände einmal kunstgerecht gereinigt waren, würden sie das ganze Ausmaß der Herrlichkeit ihrer Entdeckung kennenlernen. Aber daß eine wahre Herrlichkeit sich hier erschloß, das wußten sie bereits.

«Je länger man es betrachtet, desto mehr erkennt man», sagte David. «Das ist bestimmt ein Mann auf einem Pferd, glaube ich – weiß dürfte es sein, wenn es einmal sauber ist. Umgeben von Hunden? Und er hat auf seine Kleidung gehalten, scheint mir. Dieses Rot und Blau dort, wo sein Rock sein muß.»

Plötzlich schrie Ben auf. «Es ist der weiße Hirsch! Der Hirsch in der Nische! Der weiße Hirsch, der das Kreuz zwischen dem Geweih trägt!»

«Wo?» fragte David.

«Hier! Hinter dem Altar!»

«Der Wunsch ist des Gedankens Vater», brummte John Adair.

«Nein, Sir. Sehen Sie doch nur! Sie können seinen Hals erkennen, die Schnauzenspitze. Er hat den Kopf gewandt, um den Mann anzusehen, und der Mann hält sein Pferd fest und betrachtet den Hirsch. Vor einer Minute war das Pferd noch in vollem Galopp. Sehen Sie doch die Beine! Es wurde ganz plötzlich zurückgerissen, und seine Hufe gleiten auf dem feuchten Gras des Waldes aus. Die andern Tiere und Vögel des Waldes gehen ihrer gewohnten Beschäftigung nach und kümmern sich um nichts. Nein, sehen Sie doch den alten Hund! Er hat den Kopf gebeugt. Er ist in Anbetung versunken. Und der Mann auch, obgleich er den Kopf aufrecht trägt. Nein, er sieht nicht den Hirsch an, er sieht nach dem Kreuz!»

Die beiden älteren Männer blickten wohl aufmerksam hin, konnten sich aber nur wenig zusammenreimen.

«Wenn du es sagst», knurrte John Adair. «Ich habe meine Brille nicht bei mir.»

«Daran zweifle ich nicht. Er hat sehr scharfe Augen.» Irgendwo im Haus hörte man ein Rufen. «Jetzt können wir wohl auch die Familie hierher kommen lassen.»

«Nein», sagte Ben scharf. Der Gedanke, daß jedermann Zutritt zu diesem Ort haben sollte, war ihm unerträglich. Wenn Vater oder Mutter oder Malony oder sonstwer behaupteten, die Wände seien schmutzig – er wäre wohl imstande, sie zu ermorden!

«Läßt sich nicht verhindern», sagte David. «Was wird deine Mutter sagen, wenn sie heimkommt und findet ihre Konfitürengläser auf dem Küchenboden?»

«Ach, verflucht! Wenn es doch bloß nicht ausgerechnet die Vorratskammer gewesen wäre!» klagte Ben.

David erhob sich ruhig und verließ den Raum. Es war George gewesen, der gerufen hatte, aber er glaubte, auch Sallys Stimme erkannt zu haben. Er lief die Turmtreppe hinunter und ging durch die Küche in die Halle. George hatte sich in einem Fauteuil ausgestreckt und paffte seine Pfeife. Der Spaziergang in Gesellschaft eines reizenden, verständnisvollen Mädchens hatte ihm gutgetan und ihn glücklich gemacht. Daß Sally ihn gern hatte und es rückhaltlos zeigte, war für ihn eine Quelle der Genugtuung. Er war anscheinend doch nicht so stumpf und langweilig, wie er sich, angesichts Nadines stummer Duldung, vorkam.

Sally, im goldenen Tweedkleid, arrangierte eben Steineichenzweige in einer blauen Vase. Sie hatte nicht gewußt, daß David heute kommen sollte, und in ihrer Überraschung machte sie unwillkürlich ein paar Schritte auf ihn zu, die Freude leuchtete ihr aus den Augen, ihre Wangen waren so rot wie die Beeren, ihre Begrüßung war so spontan wie die ihres Vaters drei Stunden vorher. Hatten ihre Züge sich immer so erhellt, wenn er kam, und hatte er es bisher nicht bemerkt, fragte sich David, oder hatte seine eigene Befreiung auch sie befreit? Hatte sie ihn immer geliebt und hatte er es erst erkannt, als ihres Vaters herzlicher Willkomm sie ihm so nahe gebracht hatte? Er war ein blinder, eigensüchtiger Narr gewesen!

Ohne George zu beachten, ging er auf sie zu und griff nach den Aufschlägen ihres Mantels. Er mußte seine Hände irgendwie beschäftigen, sonst hätte er die Arme dankbar und zerknirscht um das Mädchen gelegt; dankbar für ihre Gradlinigkeit, die Gesundheit, die Kindlichkeit, die ihn durch diese furchtbaren Wochen der Einsamkeit begleitet und bis zu jener letzten Befreiung draußen im Garten geführt hatte; zerknirscht, weil er bis zu dieser Stunde nicht gesehen hatte, was sie war, was sie getan hatte und was sie gab. Vermochte auch er zu geben? Er wußte es nicht. Sie stand lächelnd vor ihm und verlangte nichts. Das war das Herrliche an ihr. Er war immer der Ansicht gewesen, es gebe keine peinlichere Situation für einen Mann, als von einer Frau geliebt zu werden, deren Liebe er nicht erwidern konnte. Durch seine lange Bindung an Nadine und auch mit dem Fluch seines anziehenden Äußeren beladen, hatte er sich häufig in dieser Lage befunden. Sally gegenüber war es irgendwie nicht peinlich. Er vermochte die Gabe ihrer Liebe ebenso gern hinzunehmen, wie er jede andere Gabe von ihr hingenommen hätte, weil es eine freie Gabe war, die zu ihr zurückkehrte und sie bereicherte. Und dennoch durchzuckte ihn ein Schmerz um ihres Schmerzes willen; wenn er sich jetzt nicht befreien und in seiner Ganzheit Sally gehören konnte, dann würde er sich selbst zum Greuel sein bis zu seinem letzten Tage.

«Wir haben Ihnen etwas zu zeigen», sagte er schnell. «Wir haben etwas entdeckt – Ihr Vater, Ben und ich. Kommen Sie. Du auch, Onkel George. Ich bin froh, daß ihr die ersten seid, die es zu sehen bekommen.»

George stand schwerfällig auf. In seine Tabakwolke gehüllt, hatte er nichts bemerkt. David legte seine Hand in Sallys Arm und zog sie mit sich fort. Sie ließ es lachend geschehen. Sie erfaßte nicht genau, was sich eigentlich ereignet hatte, sie wußte nur, daß David ihr plötzlich näher war als je und daß die ganze Welt in hellem Licht leuchtete. Sie liefen die Turmtreppe hinauf, George stapfte hinter ihnen her. «Hier!» sagte David vor der Tür der Vorratskammer und zog seine Hand aus ihrem Arm.

Während die andern nicht die Fresken betrachteten, sondern Sally, stand sie in der Mitte des kleinen Raumes, war sich keines andern Menschen Gegenwart bewußt, ihre Wangen glühten und ihre Augen glänzten, im Arm hielt sie noch immer die Steineichenzweige, und sie sah sich um, nicht eigentlich verblüfft, weil sie noch immer jene höchste Freude der Kinderzeit kannte, die Erwartung herrlich unwahrscheinlicher Dinge, die sich jederzeit ereignen konnten, und doch überrascht und entzückt, die erwartete Unwahrscheinlichkeit tatsächlich vorzufinden.

«Das ist der Ritter auf seinem Roß, der durch den Ritterwald reitet», sagte sie. «Es gleicht dem Bild, von dem ich Ihnen erzählt habe, David, das ich einmal gesehen hatte, ohne mich entsinnen zu können, wo. Gewöhnlich sah ich den Wald hinter Ben, und dann sah ich ihn an jenem Tage hinter Ihnen im Ritterwald. Sie spähten nach einem Königsfischer aus. Wonach schaut er? Könnten es die Zwillinge sein? Das Märchending mit den Hörnern?»

Georges Stimme ließ sich vernehmen. «Wovon, um Himmels willen, sprechen Sie denn, Sally? Und was wird Nadine zu diesem Schmierkram sagen?»

«Dieser Schmierkram, General, dürfte ein unschätzbar wertvolles Fresko aus dem sechzehnten Jahrhundert sein», sagte John Adair, der noch immer auf einem Gestell saß und jetzt eine Pfeife rauchte, um sich zu beruhigen. «Natürlich müssen wir die Geschichte erst reinigen lassen, bevor wir unserer Sache völlig sicher sind. Aber ich wäre sehr erstaunt, wenn ich mich geirrt haben sollte. Und Sally, ich muß mich deiner schämen. Du bist seit deiner frühesten Kindheit, mit Kleidchen und Zöpfchen, als Kind, als Mädchen, als Frau mit mir in der Nationalgalerie gewesen und hast dort gewiß zwanzigmal Pisanellos Placidus gesehen; und sonst scheinst du dich doch der Dinge, die du einmal gesehen hast, recht gut zu erinnern. Dieses Fresko stellt die gleiche Szene dar wie Pisanellos Meisterwerk. Es war ein sehr beliebtes Thema für die Maler des Mittelalters. Die Unwissenheit der sogenannten gebildeten Leute ist erschreckend!»

«Wann haben Sie selbst es denn erkannt, Sir?» grinste Ben. «Ihnen ist auch erst ein Schimmer aufgegangen, als Sally davon sprach, daß sie David als Placidus gesehen hat. Und das ist erst zwei Minuten her.»

«Halt den Mund, junger Mann. Setzen Sie sich, General. Es ist gar nicht so unbequem, wie es ausschaut. Das waren einst die Gestelle der Vorratskammer.»

«Aha!» sagte George. Das war das einzige, was er sah. Es hatte ihn und Malony viel Zeit und Mühe gekostet, die Gestelle aufzurichten. Die Wände waren, soweit er das beurteilen konnte, einfach unsäglich schmutzig, und mit dem besten Willen vermochte er nicht zu begreifen, wovon die Rede war.

«Wer war denn eigentlich Placidus?» fragte David.

«Schade, daß Sie versäumt haben, Ben durch die Nationalgalerie zu führen. Andernfalls hätten Sie Placidus gesehen. Oder auch nicht.» John Adair ließ Rauchringe steigen und lachte. «Die Menschen Ihrer Generation bemerken erst dann etwas, wenn es explodiert. Sie sind wahrscheinlich in der Kathedrale von Wells gewesen, ohne die Gestalten der Heiligen an der Westfront zu bemerken, und in Chartres, ohne sich noch an die Fenster zu erinnern, und in Abeville, ohne auch nur festzustellen, daß es dort keine Fenster gibt, und in der Kirche St. Eustache in Paris . . .»

«Eustache!» unterbrach ihn David. «Pisanellos Vision des heiligen Eustachius! Sie haben mich irregeführt, weil Sie ihn Placidus nannten.»

«Seine Mutter gab ihm den prächtigen Namen Placidus. Eustachius nannte er sich erst, als er getauft wurde. Auch das ein Beispiel für den beklagenswerten Verlust an ästhetischem Geschmack, jener häufigen Begleiterscheinung von Bekehrungen. Eustachius – ein schrecklicher Name. Man denkt doch gleich an das Halsband eines Pfarrhundes. Und jetzt werde ich euch von Placidus erzählen . . .»

«Das wirst du nicht», unterbrach ihn Sally energisch und setzte sich auf den Boden. «Es gibt keinen Menschen, der schlechter Geschichten erzählt als du. Das ist meine Sache, und ich werde die Geschichte erzählen. Ich erinnere mich nicht mehr ganz genau, aber das, worauf es ankommt, weiß ich noch.»

«Los!» sagte Ben und setzte sich neben sie auf den Boden. David kauerte neben George und John Adair auf den Gestellen und betrachtete die beiden Kinder auf dem Boden, von denen das eine eine Geschichte erzählt, während das andere zuhört, und so war es zu allen Zeiten gewesen. Das Licht verblich jetzt, und in der Dämmerung schienen alle Dinge zusammenzufließen, Vergangenheit und Gegenwart, Liebe und Leid; Leben und Tod verschmolzen in eine unendliche Sehnsucht, jene Sehnsucht, die so viel Streben, Suchen, Märtyrertum aneinanderkettet und sie eins werden läßt, die Einheit aller Wünsche schafft, das Ziel, die Krönung.

3

«Er lebte in Italien», sagte das Kind Sally, das dem Kind Ben eine Geschichte erzählte. «Er war ein römischer Adliger, ein großer Jäger, reich wie ein Märchenprinz, ritt, prächtig angetan, auf seinem großen weißen Roß aus den Seiten eines illustrierten Meßbuches hervor, die Sporen an den Schuhen, das Hifthorn über der Schulter, das Jagdmesser im Gurt, den Speer in der Hand, seine Gewänder glänzten heiter, waren üppig mit Pelz besetzt, und seine Hunde umsprangen ihn.

Und eines Tages ritt er in Pracht und Herrlichkeit zu dem Wald vor den Toren Roms, dem dunklen Wald, wo es der wilden Tiere in Hülle und Fülle gab, die ein tapferer Mann erlegen konnte, Bären und Eber, so wie auch Rotwild und die flinken Hasen. Doch nicht nur der guten Jagd halber ritt Placidus durch den römischen Wald; er ritt auf der Suche nach etwas anderem, jenseits von Erregung und Gefahr, etwas Unbekanntem, dem seine Zunge keinen Namen und seine Phantasie keine Gestalt zu geben wußte. Und er ritt allein, denn wer das Unbekannte sucht, muß einem Pfad folgen, schmal wie der eigene Körper, einsam wie der eigene Schmerz, dunkel wie die eigene Unwissenheit, und sein Weg ist sein eigener Weg, und kein anderer kann ihn teilen.

War aber der Wald auch dunkel und gefährlich und der Pfad schmal, so war er doch auch voll von einem Glitzern und Blitzen, das wie Kerzen längs des Weges leuchtete und Placidus immer weiter zu irgend etwas lockte, für dessen Dasein er keinen anderen Beweis hatte als sein eigenes Suchen, das er aber – er wußte es gewiß – in jeder Verkleidung erkennen würde, in der seine Beute bereit war, sich zu zeigen, wenn die Reise ihr Ziel erreicht hatte.

Und so ritt er weiter und freute sich der Blumen, die unter den Bäumen schimmerten, der liederreichen Vögel in den Zweigen, der Bäche und der blassen Weiher und des Raschelns unsichtbar eilender Tiere.

So verlief der Tag, und noch immer ritt Placidus, ohne zu wissen wohin, einem Ziel nach, das er nicht kannte.

Und dann endlich erblickte er es: einen weißen Hirsch, das vollendetste Geschöpf, das er je gesehen, mit mächtigem Geweih, den prächtigen Kopf stolz erhoben, den makellosen Leib zur Flucht gestrafft. Sekundenlang begegneten die Blicke des Tieres seinen eigenen, es war ein Befehl in ihnen, und dann enteilte der Hirsch, die silbernen Hufe stampften den Grund, der herrliche Leib war ein weißer Blitz, das Geweih schwankte dahin und dorthin, verfing sich aber niemals in den Zweigen, winkte, trotzte, forderte ihn heraus. Placidus ließ sein Horn einmal hell erklingen, und dann streckte sich auch sein Roß zu vollem Galopp, die mächtigen Hufe dröhnten über den Boden des Waldes, und hinter ihm rannten die Hunde. Placidus beugte sich tief im Sattel, drohte und schmeichelte, unbekümmert um Zeit und Raum, Leben und Tod, denn er wußte nur eines – daß er dem Hirsch folgen mußte bis zuletzt.

Und so ging die wilde Jagd weiter. Aber er konnte das Tier nicht einholen, es blieb ihm immer ein Stück voraus. Das Roß brach fast zusammen. Seiner eigenen Brust entrang der Atem sich keuchend, einige der Hunde mußten aufgeben, doch noch immer ritt er weiter. Und dann hob der Boden sich steil, und vor dem versagenden Blick von Roß und Reiter türmten sich die Felsen eines mächtigen Gebirges. Der Hirsch sprang aufwärts, schnell, doch ohne Hast, als hätte er Schwingen. Placidus konnte nicht folgen. Er hielt sein Roß an, auf daß es nicht an den Felsen zerschellte, und beugte beschämt den Kopf. Er, der unbesiegbare Jäger, mußte sich geschlagen bekennen.

Und da, in dieser Minute seiner Beschämung ereignete sich das Wunder. Der Hirsch blieb stehen, wandte sich ihm zu, hob das stolze Haupt, und das Geweih formte sich zu einem schimmernden Kreuz, das eine menschliche Gestalt trug, zu jenem seltsamen Sinnbild der Christen, das er häufig gesehen hatte, ohne weiter darüber nachzudenken. Immer hatte er sich abgewandt und war seines Weges gegangen. Jetzt aber konnte er sich nicht abwenden, denn der Hirsch, die Erscheinung, die ihm gesendet worden war, hatte ihn gerade darum bis hierher geführt. Sein Weg war durch dieses ungangbare Gebirge und den Ruf des Kreuzes versperrt.

Da gab es nur eines, was er tun konnte, und das tat er. Er sprang vom Pferd und kniete nieder. Und eine laute, in den Wäldern widerhallende Stimme rief: ‹Placidus, warum willst du mir Schaden tun? Ich bin Jesus Christus, dem du seit langem in Unwissenheit gedient hast. Glaubst du an mich?› Und Placidus erwiderte: ‹Herr, ich glaube.› Und abermals erscholl die Stimme, diesmal aber klangen die Worte ganz leise in seiner eigenen Seele wie zur Warnung: ‹Manchen Kummer wirst du erdulden um meinetwillen, manche Versuchung wird dich anfallen, sei aber guten Mutes, ich werde immer bei dir sein.›

Bangigkeit erfaßte Placidus, und doch zauderte er nicht, denn er wußte, daß er noch nicht am Ende seiner Reise war; wie er die Erscheinung des Tieres bis zur Erscheinung des Kreuzes verfolgt hatte, so mußte er jetzt dem Bild des Kreuzes folgen zu etwas, das dahinter lag. Was es war, das wußte er noch nicht, doch trotz seiner Angst wußte er, daß er, um das Ziel zu erreichen, alles hingeben würde, was er besaß, bis zum letzten Tropfen seines Blutes. ‹Herr, ich bin es zufrieden›, sagte er, ‹gib mir nur die Geduld, alles für dich zu ertragen.› Und als er wieder aufblickte, war der Hirsch mit dem Kruzifix im Geweih verschwunden, und der Wald sank in nächtliches Dunkel.»

«Gar nicht schlecht, Sally», sagte ihr Vater, als sie innehielt. «Obgleich ich sagen möchte, daß ich es noch besser getroffen hätte.»

«Es klingt wie die Geschichte von Paulus auf dem Weg nach Damaskus», sagte Ben. «Weiter, Sally! Was ist dann geschehen?»

«Es ist immer dieselbe Geschichte. Er gab alles hin, was er besaß. Er verlor seinen Reichtum und seine Macht, und schließlich wurde er auf Befehl des Kaisers Hadrian in Rom verbrannt. Es gibt zahlreiche Legenden aus seinem Leben als Christ, aber daran erinnere ich mich nicht mehr genau. Nur der erste Teil ist mir so lebhaft im Gedächtnis.»

«Ein seltsames Ding, das Gedächtnis», sagte David. «Wie ein Lagerraum voll mit Schränken. Irgend etwas bewirkt, daß eine Tür aufgeht, und da fällt eine Menge Zeug heraus, das man vollkommen vergessen hatte.»

«Ich weiß ganz genau», sagte eine klare, schöne, aber eisige Stimme, «daß in diesem Vorratsraum mehr Gläser standen, als ich jetzt auf dem Küchenboden finde. Habt ihr sie zerschlagen?»

Es war Nadine, die auf der Schwelle stand, die Hände in den Taschen des langen, kirschroten Mantels, der sie besser kleidete als irgendein anderes Stück ihrer Garderobe. Sie trug keinen Hut, der dunkle Kopf war stolz erhoben, das Gesicht blaß vor Müdigkeit und Zorn. Sie wirkte schön, aber einsam und verzweifelt. All seine alte Liebe für sie, alles, was so lange zwischen ihnen gewesen war, schien David jetzt quälend zu überfluten. Wann hatte er Sally kennengelernt? Vor wenigen Wochen erst. Und seit ebenso vielen Jahren war Nadine für ihn die einzige Frau auf der Welt gewesen. Er sprang auf und trat zu ihr. «Verzeih uns, Nadine. Wir hatten nicht das Recht, diesen Raum in deiner Abwesenheit derart zuzurichten.»

Von diesem Gesichtspunkt aus hatte bisher niemand, außer George, die Angelegenheit betrachtet. Jetzt erkannten sie beschämt, daß etwas Richtiges daran war, und umdrängten Nadine mit Bitten und Entschuldigungen: Es tue ihnen schrecklich leid. Sie hätten wenigstens warten sollen, bis sie da war. Aber sie seien so aufgeregt gewesen. Sie wüßten, was sie angestellt hatten. Und doch – meinte sie nicht auch, daß es gelohnt hatte? Sei ihr jemals etwas Lieblicheres vor Augen gekommen als diese bemalten Wände?

Nadine sah sich um, konnte aber nichts erkennen als Schmutz und

Unordnung. Ihr Blick begegnete dem ihres Gatten; auch er war sichtlich wütend, um ihretwillen erzürnt über die andern . . . sie lächelte leicht, doch das galt nur George, dem sie sich seltsam nahe fühlte. «Nun», sagte sie mit einer Selbstbeherrschung, die die Sünder tiefer traf als ein Temperamentsausbruch, «was geschehen ist, ist geschehen, und hoffentlich erweist sich euer Fund wenigstens als lohnend. Es ist fünf Uhr vorbei, und Annie-Laurie bringt eben den Tee in das Wohnzimmer. Ich selbst werde oben Tee trinken; ich habe ein wenig Kopfschmerzen.» Und sie drehte sich um und verließ sie; die schlanke helle Gestalt stieg die Turmtreppe aufwärts wie ein Engel, der zum Himmel schwebt und die armen Erdenkinder ihrer Verdammnis überläßt.

4

Sie trat in ihr kleines Zimmer und schloß die Tür, aber sie setzte sich nicht. Die Hände noch immer in den Taschen, stand sie am Fenster und sah hinaus. Das kurze Aufleuchten der Sonne war vorüber, und vom Meere her wallte Nebel auf. Sie erschauerte, als sie in das kalte, undurchsichtige Grau blickte. Ihr war zumute, als schaute sie auf ein unheimliches graues Gebirge. Sie war in einer Sackgasse.

Draußen wurde ein leichter Schritt vernehmbar, und jetzt pochte es an die Tür. Sie glaubte, es sei Ben, der sich noch einmal entschuldigen wollte. Sie hatte nur das eine Bedürfnis, allein zu sein; aber sie hatte sich noch immer nicht verziehen, daß Bens Gesundheit durch ihre Schuld vernachlässigt worden war, und darum konnte sie ihm nichts versagen. «Herein», rief sie.

Doch es war David, der eintrat, beinahe der gleiche David wie vor sieben Jahren mit plötzlich neugeborener Liebe, und seine sonst so dienstfertige Zunge war unfähig, der Beschämung und der Wirrnis in seiner Seele Ausdruck zu verleihen. «Nadine – Nadine – es tut mir so leid.»

Jetzt hatte sie es in der Macht. Ihre Stunde war da. Er war in der richtigen Stimmung. Sie konnte ihn völlig an sich binden oder aber freigeben. Es war nicht so schwer, denn sie hatte in der letzten Nacht ihre Wahl getroffen. Schritt für Schritt war sie dahin gelangt; dies war nur der letzte Schritt von vielen. Sie trat zurück, die Hände noch immer in den Taschen. «Du brauchst dich nicht zu entschuldigen», sagte sie kalt.

«Doch, doch! Ohne dein Wissen, in deiner Abwesenheit solche Unordnung in deinem Haus anzurichten, war völlig unverzeihlich. Und es war meine Schuld. Ben und der alte Biber waren ganz blind vor Begeisterung. Ich hätte sie zurückhalten sollen. Ich habe mich schlecht gegen dich benommen, Nadine.» Und nicht nur in diesem Fall, sagte sein beschämter, liebevoller Blick.

«Unsinn», sagte sie kurz. «Was für ein Kind du bist, David. Du schaust drein wie ein unartiger kleiner Junge, den seine Mutter dabei erwischt hat, wie er Zuckerzeug aus dem Buffet stiehlt. Ich hatte mich nur im Augenblick über die zerbrochenen Konfitüregläser geärgert.» Sie erzwang ein Gähnen. «Ich bin todmüde, das ist alles. Ein Friseurbesuch macht mich immer müde. Morgen werde ich mich ebenso über die Fresken freuen wie du und Ben. Und was wird Tommy sagen, wenn er heimkommt!»

Sie reihte ihn gewissermaßen unter ihre Kinder ein; dann wandte sie sich zum Spiegel, zog die Hände aus den Taschen und richtete ihr schönes Haar. Er sah ihr Gesicht im Spiegel; offenbar war ihr nur das Ergebnis des Friseurbesuchs wichtig, und die kleine Falte um ihren Mund erschien ihm als der Ausdruck ihrer Verachtung. Auch sie erblickte ihn im Spiegel, und alles, was sie zu tun vermochte, war, daß sie sich nicht umwandte und ihn in ihre Arme schloß. Statt dessen drehte sie sich zur Seite und zog den Mantel aus.

«Es ist schon gut, mein Lieber», sagte sie in einem Ton, der ihn auf die Stufe der Zwillinge verwies. «So viel Lärm um nichts!» Sie gähnte abermals. «Ich sehne mich nach einer Tasse Tee. Wenn Annie-Laurie noch beschäftigt ist, dann sag doch, bitte, meinem guten George, er möchte mir den Tee bringen.»

Wortlos wandte er sich ab und ging. Sie tastete sich zu dem kleinen Fauteuil. Es war geschehen. Sie hatte verzichtet. Es war vorüber ... Nein, es war nicht vorüber ... darin hatte sie sich vorher geirrt. Es gab nie einen letzten Schritt, sondern nur einen Schritt mehr. Nichts ist jemals vorüber; alles dauert immer weiter an. Sie lehnte sich im Fauteuil zurück, schloß die Augen und unterwarf sich; irgendwie war es anscheinend eine persönliche Unterwerfung unter eine persönliche Macht, eine Wiederbesinnung auf sich selbst ... Ja, sagte sie ... und was jetzt? Das abscheuliche Gedicht, das sie in John Adairs Zimmer gelesen hatte, kam ihr in den Sinn. Sie hatte verzichtet. Jetzt mußte sie in diesen verhaßten Wald hinausgehen und lachen lernen.

13. Kapitel

1

Der Winter brach über sie herein mit Sturm und Regen und Nebeltreiben von der See her; hin und wieder gab es auch einen stillen, friedlichen Tag mit kaum spürbarem Frost, und dann wirkte das Blau des Himmels, das letzte Gold der Bäume und das Grün des regenfeuchten Grases, trotz allen Glanzes, so wesenlos, so lieblich und so vergänglich wie das Spinngewebe, das am frühen Morgen seine funkelnden Fäden im kahlen Obstgarten von Ast zu Ast spannte.

Der Ritterwald hatte in den Stürmen wohl die meisten Blätter eingebüßt, nicht aber den Zauber, den er auf Ben und die Zwillinge ausübte. Im Gegenteil, seine Anziehungskraft wuchs nur noch mehr. Die Bäume, sagten die Zwillinge, hätten jetzt durchwegs Gesichter und Finger und Zehen. Sie gruben ihre Zehen tief in den Boden, wenn der Wind blies; sie reckten die Arme zum Himmel auf, zogen mit den langen grauen Fingern die Wolken herunter und machten violette Mäntel daraus, mit denen sie die kahlen Glieder umhüllten, wenn die Nacht sich eisig über sie senkte.

Am Rande des Waldes hatte eine alte weiße Eule ihren Wohnsitz aufgeschlagen, und in der Dämmerung saß sie auf dem grünen Tor und schaute wohlwollend zum ‹Gnadenkraut› hinüber, als wollte sie es während der Nacht unter ihre besondere Obhut nehmen. Sie glich einem riesigen Nachtfalter, wenn sie schwer und schwankend durch die Lüfte glitt, als wären ihre Flügel mit dem Gewicht von Träumen beladen, aber ihr schimmernder Körper bewegte sich völlig geräuschlos. Die kleinen Vögel waren jetzt verstummt, bis auf leise, gurgelnde Unterhaltungen hinter den Büschen, aber die Eule, wenn sie nachts um das Haus strich, hatte eine sehr beruhigende Art zu schreien; es klang wie der Ruf des Nachtwächters. Die Möwen lärmten, wenn sie über dem Fluß hin und her flitzten. Als das Hausboot für den Winter zugedeckt wurde, hatte Annie-Laurie die Glocken von der Mastspitze abgenommen, um sie nicht im Salzwind rosten zu lassen, doch das trockene Schilf ersetzte ihr Läuten mit seinem Rauschen. So war das ‹Gnadenkraut› sozusagen immer von Musik und Schönheit umschwebt. Die Ferienzeit war vorüber, und es kamen keine Fremden mehr. Seine Bewohner spürten, daß sie derzeit auf seltsame Art den Kontakt mit der Außenwelt und ihren Schrecken und Leiden verloren hatten. Sie kümmerten sich nur um das Haus und umeinander. Sie mußten hier in diesem Hause ein Gewebe schaffen, darein ihre Hoffnungen und Sorgen, ihre Liebe und Freude rund um die Schönheit der Kapelle im Herzen des ‹Gnadenkrauts› gewoben wurden.

Diese Kapelle war jetzt der Mittelpunkt von allem. Ein Freund John Adairs, ein Sachverständiger, war gekommen, hatte die Fresken besichtigt und genau erklärt, was zu tun war, und nun arbeiteten John Adair und David, Ben und Sally immer eifriger daran, die Wände wieder in ihren alten Zustand zurückzuversetzen, indem sie den Schmutz von Jahrhunderten sorgsam von den leuchtenden Farben entfernten. Die Fresken waren von erstaunlichem Reiz. Der Wald als Hintergrund war mit einer Üppigkeit und Leidenschaftlichkeit gemalt, die alle begeisterten, aber zu Bens größtem Entzücken hatte der Künstler von Perspektive und Anatomie ebensowenig verstanden wie er, und die Ähnlichkeit war ihm so gleichgültig gewesen wie einem Kinde. Er hatte nicht gezaudert, seiner hingebungsvollen Liebe für Bäume, Vögel, Vierfüßler, Schmetterlinge und Blumen mit einem Überschwang Ausdruck zu geben, daß es dem Beschauer den Atem benahm. Die Bäume des Ritterwaldes hatte er im vollen Glanz ihres sommerlichen Blattwerks an die Wände gebannt, die knorrige Kraft ihrer Wurzeln griff tief in Moos, das dicht mit all seinen Lieblingsblumen bestanden war. Bienen und Schmetterlinge schwirrten darüber, schlürften ihren Honig ohne Rücksicht auf Jahreszeit oder Boden oder Zugehörigkeit, denn nur eines galt für den Künstler – das Verlangen, zu Gottes Preis jede Blume und jedes Insekt zu malen, die Gott geschaffen hatte und die sich irgendwie in dem vorhandenen Raum unterbringen ließ.

Ben mutmaßte, daß der Maler mit den Blumen und Schmetterlingen begonnen und dann auf dem Waldboden keinen Platz mehr für Vögel und Vierfüßler gefunden hatte. Doch das hatte ihn wenig gekümmert. Oben, in jedem kleinen Spalt des Laubes, wo man erwartete, einen Fleck blauen Himmels zu sehen, erblickte man statt dessen das winzige, von Blättern umrahmte Bild eines Tieres, das sich seines Lebens freute. Hier war eine Möwe im Flug, dort ein Schwan, der über blaues Wasser segelte. Hier äste ein Hirsch, dort schlief eine Hindin, ein Königsfischer stieß auf seine Beute herab, ein Rotkehlchen baute sein Nest, ein Dachs verschwand eben in seiner Höhle, ein Kaninchen kroch aus seinem Loch, ein Eichhörnchen knackte Nüsse, eine Feldmaus saß auf ihren Hinterbeinen und putzte ihre Öhrchen, und so gab es der Tiere ebenso viele, wie es Lücken im Blattwerk gab, die man mit ihnen ausfüllen konnte. Den Himmel erblickte man nirgends, weil einfach kein Platz für ihn übrig war, doch die ganze Szene war in ein so liebliches, klares Licht getaucht, so ruhig und doch so leuchtend, daß man erkannte, das heiße Blau des Hochsommertages gehe just in einen goldenen Sonnenuntergang über, eine leichte Brise schwebe durch den Wald und die Stimmen der Vögel erhöben sich zu einem Danklied.

Durch den Wald ritt Placidus auf seinem weißen Roß im goldenen Geschirr, er selbst in feuerrotem Wams und blauem Mantel, umkreist von seinen Hunden. Die Gefahr, daß die Pracht des Waldes den Glanz, der von Placidus ausging, beeinträchtigen könnte, war dadurch beseitigt, daß Mann und Roß und Hunde im Verhältnis zum Wald überlebensgroß dargestellt waren.

Und noch einen anderen auffallenden Gegensatz zwischen den Gestalten der Sage und dem Hintergrund gab es, vor dem sie sich bewegten. Die Blumen und all die kleinen Geschöpfe auf den Bäumen verharrten in eigenartiger Reglosigkeit. Sie waren nicht geschäftig unterwegs. Sie hatten ihre Erfüllung erreicht, und das genügte ihnen. Die Hunde aber streckten sich im vollen Lauf, das Pferd, jäh zurückgerissen, stampfte den Boden, Placidus, wenn auch im Augenblick in Verehrung und Staunen erstarrt, war doch gestrafft wie ein Bogen; die ganze Gruppe schien vor

Leben und Bewegung zu zittern, ein vollständiger Gegensatz zu der Ruhe des Waldes und der Ruhe der Bilder auf der Ostwand.

Es wirkte aufrührend, wenn man sich von der leuchtenden Bewegtheit des Waldes zu dem erhabenen Glanz der Ostwand kehrte. Die große reglose Gestalt des Hirsches, der, schimmernd weiß, das Kruzifix im Geweih erhob, hatte keinen blumigen Hintergrund, sondern den nackten Hang eines violetten Berges. Obgleich im Walde noch Tageslicht herrschte, senkte sich über den Berg bereits die Nacht; Dunkelheit verhüllte ihn, und hoch über den obersten Spitzen blitzten einige Sterne. Aber sie spendeten nur geringes Licht. Der Hirsch war von dem Licht erhellt, das die Gestalt am Kreuz ausstrahlte, ein Glanz, so hell, daß die Umrisse der Gestalt sich darin verloren. Die Reglosigkeit dieser Bilder war ihrer Art nach sehr verschieden von der Reglosigkeit des Waldes. Es war nicht die Stille der Erfüllung, sondern der Tiefe. Sah man die Gestalten an, so war es, als blickte man über den Rand eines Bootes in ein stilles Meer; man wußte, daß weit jenseits der Reichweite menschlichen Blicks unvorstellbare Dinge waren.

Und all das war jahrelang hinter Lagen schmutziger Tapeten versteckt gewesen! Je länger sie arbeiteten, desto tiefer wurde ihre Ehrfurcht und auch ihre Beglücktheit. Der Gedanke an diese Pracht, die so lange auf ihre Wiedergeburt gewartet hatte, verlieh in diesen Tagen voll Angst und Sorge neue Kräfte. Es war eine Prophezeiung, und als solche nahmen sie es auf.

Alle schienen es so zu empfinden. Lucilla, Margaret und Hilary kamen beständig in dem Ford herüber, um zu sehen, wie weit man war und um sich an einem eben bloßgelegten Büschel Primeln zu erfreuen oder an einem Schmetterling, der sich auf Stiefmütterchen sonnte. Malony und Annie-Laurie sprachen wohl nicht viel und besuchten die Kapelle nur selten, wenn sie es aber taten, dann betrachteten sie die Wände mit einer seltsamen Art ungestillten Hungers, als böte sich ihnen hier etwas, mit dem sie sich noch nicht abzufinden wußten. Die Zwillinge wimmelten dauernd umher und störten unerträglich, und Jill, die sie wegbringen sollte, konnte sich vor ständig erneutem Staunen darüber gar nicht fassen, daß die Schwiegermutter von Tante Roses Schwiegermutter, jene, die man verdächtigte, die erste Tapete geklebt zu haben, nicht gemerkt hatte, welche Schätze unter dem Schmutz an der Wand verborgen lagen. George und Nadine beteiligten sich nicht an der Arbeit und blieben von allen Hausbewohnern der großen Entdeckung gegenüber am gelassensten; George, weil er und Malony hart genug daran gearbeitet hatten, die Gestelle zu zimmern und aufzurichten, und weil er trotz allem den Eindruck hatte, sie seien mit ihrer Nützlichkeit und Zweckmäßigkeit ebenso viel wert gewesen wie diese verdrehten Bilder, und Nadine, weil sie in einem eigentümlichen Zustand von Abgekehrtheit und Erschöpfung lebte und ihr stärkstes Gefühl ein völlig unbegründeter Haß gegen den Wald war.

An dem Tage, als Lucilla, Margaret und Hilary aufgefordert wurden, die neueste Entdeckung zu besichtigen, eine grüne Kröte mit einem Edelstein auf dem Kopf, die auf dem Moos saß und lachte, beschloß Hilary, Malony und Annie-Laurie zu besuchen. Seinem Gefühl nach waren Malony und Annie-Laurie, George und Nadine gerade jetzt im ‹Gnadenkraut› ein wenig verloren; man hatte sie bisher nicht völlig in die Gemeinschaft einbezogen. John Adair und Ben dagegen, David und Sally gelangten unbewußt zu höchst befriedigenden Beziehungen untereinander, und das wohl durch die Arbeit in der Kammer; doch die andern vier schienen von Arbeit und Beziehung ausgeschlossen. Vor Nadine hatte Hilary viel zu große Angst, um auch nur den Versuch zu wagen, sie den andern näher zu bringen, und George stand sozusagen automatisch auf ihrer Seite. Vor Malony und Annie-Laurie aber hatte er keine Angst. Leute wie Malony hatte er während des Ersten Weltkrieges gründlich kennengelernt, und Annie-Laurie war – das hatte er in den ersten fünf Minuten ihrer Bekanntschaft festgestellt – einfach ein tapferes Frauenzimmer in einer schlimmen Lage. Tapferkeit übte auf ihn stets eine große Anziehungskraft aus, und schlimme Lagen witterte er geradezu von weitem wie ein altes Schlachtroß den Pulvergeruch.

Nachdem er die juwelengeschmückte, lachende Kröte pflichtschuldig bewundert hatte, ließ er die übrige Gesellschaft in der Kapelle und humpelte über die Turmtreppe in die Küche hinunter. Die beiden alten Hunde, Pooh-Bah und Bastard waren ebenfalls mitgekommen. Pooh-Bah blieb bei Lucilla, als wollte er an der liebenden Sorge, mit der die alte Frau umgeben wurde, seinen Anteil haben, Bastard aber watschelte, obgleich er sein Alter spürte, hinter Hilary her. Er witterte ein gewisses Zielbewußtsein bei Hilary, und er wollte gern dabei sein, wenn etwas Wichtiges unternommen wurde.

Jill war in der Küche beim Plätten, und unter dem Tisch kauerten die Zwillinge in zwei großen Pappschachteln. Hilary lächelte ihr zu; er sah sie immer gern, denn er hatte den Eindruck, keine Frau seiner Bekanntschaft, von Lucilla abgesehen, sei Gott so nahe wie Jill. Sie erwiderte sein Lächeln freundlich, denn sie wiederum fand, Reverend Hilary sei eine gute alte Seele, wenn sie auch nicht begriff, wie ein Sohn von Lady Eliot so häßlich und schwerfällig sein konnte.

«Plätten», sagte Hilary und schnüffelte befriedigt. «Der schönste Geruch auf der Welt, abgesehen von dem Duft von Bratwürsten – Vorkriegswürsten natürlich.»

«Ja, Sir», lächelte Jill. «Und wie steht's heute mit Ihrem Rheumatismus?»

«Es ist ein Hexenschuß», sagte Hilary. «In der Nacht hat es umgeschlagen. Ich liebe die Abwechslung. Sie erhält einen jung.»

«Versuchen Sie's mit Salz», sagte Jill, «Kochsalz auf dem Herd gewärmt, in ein warmes Flanelltuch gewickelt und auf die schmerzende Stelle gelegt. So hat meine Tante Rose den Onkel immer behandelt. Vor seinem Ende hat er viel leiden müssen.»

«Wirklich?» sagte Hilary, und da er merkte, daß Jill in gesprächiger Laune war, lehnte er sich ans Buffet und zündete seine Pfeife an. Malony und Annie-Laurie konnten fünf Minuten warten.

«Armer Teufel. Woran ist er schließlich gestorben?»

«Der Doktor nannte es Peritonitis», sagte Jill.

«Und was war es wirklich?» fragte Hilary, dem nicht unbekannt war, daß die Bauern es stets besser wissen wollten als der Doktor.

«Heidelbeertorte. Er wollte unbedingt Heidelbeertorte essen.»

«Nach Michaelis?»

«Ja. Nach Michaelis.»

Hilary schüttelte traurig den Kopf. Nach Michaelis hat der Teufel seine Finger in den Heidelbeeren, das ist wohlbekannt. «Schade», sagte er. «Er war ein netter Mensch. Ich kannte ihn; sein Tod ist mir nahegegangen.»

«Es mußte eben so sein», sagte Jill philosophisch.

«Hoffentlich fühlt Ihre Tante sich bei ihrer Schwiegertochter wohl», sagte Hilary.

«Nein, Sir. Sie kommt nicht so gut mit ihr aus, wie sie gedacht hatte. Edith ist recht herrschsüchtig, und überdies kann sie nicht kochen und will nichts lernen. Und es kränkt die Tante, wenn sie zusehen muß, daß ihr Sohn nicht ordentlich zu essen kriegt. Und er nimmt natürlich Ediths Partei. Dabei hat die Tante gemeint, es würde ihr guttun, ein wenig Ruhe zu haben, nachdem sie doch ihr ganzes Leben lang so hart hat arbeiten müssen.»

«Warum kommt sie denn nicht hierher zurück und übernimmt die Küche?» fragte Hilary. «Für Mrs. Eliot ist es ohnehin zuviel.»

Jill stellte ihr Plätteisen hin, und ihre schönen graugrünen Augen hafteten überrascht und entzückt an Hilarys Gesicht. «Ja, auf diese Idee bin ich wahrhaftig noch nicht gekommen!»

Ein panischer Schrecken ergriff Hilary. Er hatte ohne Überlegung gesprochen. Würden Tante Rose und Nadine, die frühere und die jetzige Herrin des ‹Gnadenkraut›, auch miteinander auskommen?

«Nicht daß für Tante Rose dieses Haus sonderlich viel bedeutet hätte», sagte Jill, die seinem Gedankengang zu folgen vermochte. «Sie hat sich nie was draus gemacht; für sie gab es nur die Küche. Vielleicht wäre es anders gewesen, wenn sie nicht die ersten zwanzig Jahre als verheiratete Frau mit ihrer Schwiegermutter hätte zusammenleben müssen; dadurch hat sie sich nie richtig daheim gefühlt.»

«So geht's mit Schwiegermüttern», brummte Hilary.

«Wenn man ihr in der Küche freie Hand ließe und ihr eine der großen Dachkammern einräumte, wo sie ihre Möbel und vor allem ihr Messing unterbringen kann, dann wäre sie glücklich wie eine Königin und würde das Haus ebenso liebgewinnen wie wir alle. Und Mrs. Eliot würde ihr bestimmt in der Küche freie Hand geben; ich kenne sie, sie mischt sich nie ein.»

Und Jills Blicke glitten von Hilarys Gesicht unter den Tisch. Nadine hatte der jungen Frau die Zwillinge völlig überlassen. Hilary folgte ihrem Blick und gewahrte erst jetzt die erstaunlich schweigsamen und regungslosen Insassen der Schachteln.

«Was spielen die denn?» fragte er interessiert.

«Ganz genau weiß ich es nicht», erwiderte Jill. «Aber jedenfalls ist es ein erfreulich ruhiges Spiel.»

Die Großvateruhr schlug drei, ein durchdringendes Kreischen erhob sich, und die beiden Pappschachteln flitzten unter dem Tisch hervor, schoben sich durch die Küche, und dazu gab es ein entsetzliches Pfeifen, Brüllen und Toben. Der Kater Smith, der auf dem Herd geschlafen hatte, sprang für alle Fälle auf die Fensterbank, und Mary, die auch nicht weit war, kroch unters Buffet. Bastard, der an der offenen Tür zur Veranda lag, überschlug sich wie ein Delphin und brachte sich in Sicherheit.

«Der Drei-Uhr-Schnellzug von Paddington», mutmaßte Hilary. Eine Weile lang bewunderte er die Zwillinge, denen es gelang, mit geschickten Körperbewegungen die Schachteln im Schwung zu halten. Doch da eine weitere Unterhaltung unmöglich geworden war, lächelte er Jill zu und ging zum Stall hinüber.

2

Ein schöner Besitz, dachte er und sah sich um. Es war ein stiller Tag und der Himmel von schwachem Dunst verhüllt, so daß das Sonnenlicht wie ein silbriger Glanz wirkte. Das Moos zwischen den Steinen war smaragdfarben, und die granatroten Mauern und die steilen, bernsteinfarbenen Dächer der Nebengebäude strahlten Wärme aus. Hinter den silbernen Stämmen der alten Apfelbäume leuchteten einige Chrysanthemen bronzen und golden. Irgendwo auf dem Feld brannte ein Feuer, und sein scharfer Geruch mischte sich mit dem Duft der nassen Chrysanthemen, dem Plättgeruch aus der Küche und dem Geruch frisch gebackenen Kuchens durch die offene Tür dort oben, die auf Malonys Terrasse ging.

Hilary überquerte den Hof so rasch, wie sein Hexenschuß es ihm erlaubte, und Bastard watschelte immer hinter ihm her. Er hatte früh und nicht gerade üppig zu Mittag gegessen – Eipulver, zähen Speck und ein Stück Käse, das in besseren Vorkriegstagen der Mausefalle vorbehalten geblieben wäre. Seine Haushälterin war treu und ergeben, aber zu alt, als daß ihr etwas anderes eingefallen wäre als Eipulver, Speck und Käse, sobald die mikroskopische Fleischration der Woche verzehrt war, und dann Eipulver und Käse, wenn es keinen Speck mehr gab, und schließlich, wenn auch der Käse aufgebraucht war, nur noch Eipulver. Der Kuchenersatz, den der Bäcker herstellte, zerfiel beim bloßen Anschauen in Kreide. Hilary legte die Gabel auf das schöne, schmiedeeiserne Geländer und zog sich über die alten ausgetretenen Stufen hinauf, seine Lippen waren vor Schmerz zusammengezogen, dagegen öffneten sich seine Nasenflügel dem Duft, der ihm entgegenströmte. Bastard folgte ihm verzagt. Auf halber Höhe hielt Hilary inne, holte tief Atem, bat Gott, er möge ihm seine Naschhaftigkeit vergeben, die, wie ihm scheinen wollte, mit wachsendem Alter zunahm, dann flehte er um die göttliche Hilfe bei der Aufgabe, die er sich vorgesetzt hatte, flehte, daß es ihm gelingen möge, den Rest dieser verdammten Stufen ohne Katastrophe zu überwinden, wischte sich den Schweiß vom Gesicht und setzte seinen Weg, die Hand auf dem Geländer, mühselig fort. Und ebenso mühselig und ebenso hartnäckig folgte ihm Bastard.

Er war in kläglichem Zustand, als er endlich an der offenen Tür anlangte und sich einer Annie-Laurie gegenüber sah, die ihren Ärger kaum verhehlte. Gäste in ihrem Winterquartier waren ihr ebenso unerwünscht, wie sie es auf dem Hausboot gewesen waren. Sie verschanzte sich in ihrem Heim, wo es auch sein mochte, und dann war sie wie eine Löwin in ihrer Höhle. Sie mußte sich sicher fühlen – etwas anderes war ihr unerträglich.

Mit einem Blick auf ihre Züge erfaßte Hilary das. Natürlich, so mußte sie empfinden, und er war ein alter Narr, daß er das nicht vorher bedacht hatte.

«Verzeihen Sie, Annie-Laurie», keuchte er. «Ich wollte Sie und Malony gern einmal aufsuchen, und da ist es mir gar nicht in den Sinn gekommen, daß ich eigentlich Ihre Aufforderung hätte abwarten müssen.» Er hielt inne, um Atem zu schöpfen. «Wenn man nämlich einmal ein halbes Leben lang Pfarrer im selben Sprengel gewesen ist, dann gewöhnen sich die Pfarrkinder daran, daß man uneingeladen bei ihnen erscheint wie ein alter Hund und lassen sich dadurch nicht aus der Ruhe bringen.» Abermals hielt er inne und sah sie mit einem drolligen Blick an, der um Vergebung bitten sollte.

«Und ich lasse mich dadurch auch nicht aus der Ruhe bringen», sagte Annie-Laurie unvermutet herzlich. Wahrhaftig, wie er da keuchend auf der Schwelle stand, glich er einem alten Hund; und die beiden bildeten tatsächlich ein Paar, er und das alte grauwollige Geschöpf, das sich hinter ihm herschleppte. Und nach den Treppen waren sie alle beide in recht schlechter Verfassung. Es war lächerlich, daß sie dieses Wagnis unternommen hatten, doch da es nun einmal geschehen war, blieb nichts anderes übrig, als ihnen eine Weile Ruhe zu gönnen, bevor sie wieder hinunterstiegen. «Nur herein», sagte sie und trat zur Seite. «Alle beide!»

«Beide?» fragte Hilary, und als er wieder halbwegs bei Atem war, bemerkte er Bastard, der hinter ihm keuchte wie eine alte Dampfmaschine. «Armer alter Bastard! Ich hatte gar keine Ahnung, daß er mitgekommen ist. Was ist ihm nur eingefallen? Er weiß nicht, was er sich in seinem Alter noch zumuten darf und was nicht. Er muß Sie besonders gern haben, Annie-Laurie.»

«Ich werde ihm ein wenig Wasser geben», sagte Annie-Laurie. «Ja, er hat mich gern. Ich habe Hunde lieb, und das wissen sie. Der da ist solch eine gute alte Promenadenmischung, nicht wahr? Hauptsächlich Waliser Schäferhund, glaube ich.»

Hilary meinte, der Wunsch müsse wohl des Gedankens Vater sein. Er selbst hatte kein Zeichen von Waliser Abstammung an Bastard bemerkt. Aber er ließ sich dankbar auf den nächsten Stuhl sinken und sah Annie-Laurie zu, die eine blaue Schale für Bastard mit Wasser füllte. Als der Hund getrunken hatte, breitete sie ihm ein kleines Stück roten Stoffs vor dem Kamin aus; er legte sich hin, und sie kraulte ihn hinter den Ohren. Er ließ einen Seufzer des Behagens hören und legte seinen Kopf auf ihr Knie. Hilary hatte den Eindruck, daß Bastard gewußt haben mußte, weshalb er seinem Herrn gefolgt war. Seine Gegenwart hatte unzweifelhaft einen besänftigenden Einfluß auf Annie-Laurie.

Hilary sah sich um. Malonys Geschicklichkeit hatte aus den alten Räumen eine reizende Wohnung zu machen verstanden. Die Wohnküche lag in der Mitte, und links und rechts lagen die beiden Schlafzimmer. Die Wände bestanden lediglich aus einfachen Brettern; aber sie und die roh gezimmerten Türen waren in der gleichen Farbe gestrichen wie die schönen, alten Dachsparren, und sie wirkten durchaus dazugehörig. Ein altes halbverfallenes Nebengebäude hatte Malony hinreichend mit schönen, granatfarbenen Ziegeln versorgt, aus denen er einen Kamin gebaut hatte, in dem jetzt ein mächtiges Holzscheit flammte. Links vom Kamin stand ein Korb mit Holz, rechts ein selbstgemachtes Regal, auf dem einige Bücher ihren Platz gefunden hatten. Ferner war ein ansehnlicher alter Tisch auf geschwungenen Beinen vorhanden, ein paar alte Stühle, ein Buffet mit geblümtem Porzellangeschirr, ein Petroleumkochherd, heitere Vorhänge an den Fenstern und Kissen auf den Fensterbänken. Der Boden war in der Farbe der Dachsparren gestrichen und, bis auf zwei kirschrote Teppiche, unbedeckt.

«Ein freundlicher Raum, Annie-Laurie», sagte Hilary gutmütig.

Annie-Laurie lächelte ihm zu. «Ja. Die Einrichtung im Hausboot ist eingebaut, und so hat Mrs. Eliot uns den Tisch, die Stühle, das Buffet und den Kochherd gegeben. Und auch die Möbel für unsere Schlafzimmer. Alle Stücke sind alt. Sie hat sie irgendwo in London erstanden. Mrs. Eliot ist sehr gut zu mir gewesen.»

«Sie hat Sie sehr gern, Annie-Laurie – wie wir alle.»

Annie-Laurie hob mit sanfter Hand Bastards Kopf von ihrem Knie und stand auf. Ihr Gesicht, das entspannt und kindlich-glücklich gewirkt hatte, während sie sich mit Bastard beschäftigte, sah jetzt mit einmal wieder alt aus. Unruhig ging sie ans Buffet und nahm Geschirr heraus. «Trinken Sie eine Tasse Tee?» fragte sie.

«Sollen wir nicht auf Malony warten?» fragte Hilary.

«Er ist nach Radford gefahren. Er wird wohl erst spät heimkommen. Ich weiß nicht, was er vorhat.» Sie hatte Hilary den Rücken zugedreht, aber ihrem Ton war zu entnehmen, daß sie es nicht billigte, daß Malony nach Radford gefahren war.

«Hätten Sie diesen Kuchen ein wenig früher gebacken, so wäre er wahrscheinlich nicht in Radford», meinte er.

«Der Kuchen ist gerade fertig.» Sie lächelte ihm über die Schulter zu; aber sie war besorgt. «Er wird noch zu warm sein.»

«Wenn ich auch bei Jahren bin und mit verschiedenen Leiden behaftet, so darf ich doch dem Himmel dafür danken, daß mein Magen noch alles verträgt», sagte Hilary eifrig. «Ich will Ihnen nicht verhehlen, Annie-Laurie, daß ein Kuchen für mich niemals zu heiß sein kann.»

Annie-Laurie lachte herzlich. Was war das doch für ein komischer Kerl. Er wollte einfach schwatzen; schwatzen und ein Stückchen Kuchen essen und sich vielleicht vorübergehend von der ein wenig luftleeren Atmosphäre innerhalb des ‹Gnadenkraut› befreien, wo alle, bis auf den General und Mrs. Eliot, ganz verrückt mit diesen getünchten Wänden waren. Jetzt, da sie festgestellt hatte, weswegen er eigentlich gekommen war, fühlte sie sich recht froh und behaglich in seiner Gesellschaft. Man spürte, daß er vielleicht auch seine Wirrungen erlebt hatte, daß sie aber jetzt jedenfalls überstanden waren. Er hatte den Frieden eines Schiffs in der Nähe des Hafens, und wie das Schiff glitt er sanft und still hinein.

Während sie Wasser aufsetzte, Brot und Butter aufschnitt, den Kuchen aus dem Ofen nahm und den Tisch deckte, plauderte Hilary unbefangen über Hunde; aber seinen kurzsichtigen Augen hinter den dicken Gläsern entging keine Einzelheit des Raumes. Von dem stärksten der Dachbalken hingen schöngeformte Glocken herab. Auf den Fenstersimsen standen Herbstpflanzen in den Töpfen. Unter den Büchern auf dem Regal bemerkte er die Gedichte von Yeats, einige Dramen von Ibsen, Barrie, J. M. Synge und Sean O'Casey und die Gedichte und fast alle Romane der Mary Webb.

«Der Tee ist fertig», sagte Annie-Laurie.

Hilary schlürfte seinen Tee mit großem Behagen. Er aß langsam, schwatzte mit leichter Zunge und erzählte Annie-Laurie amüsante Geschichten aus dem Leben der hiesigen Bauern. Auch von den Bräuchen des Landes wußte er zu berichten und von Pflanzen und Tieren. Er fühlte sich belohnt, als er merkte, wie ihre Wangen sich röteten und ihre Augen leuchteten, während seine anscheinend absichtslosen Reden zu dem führten, was, nach Davids Auskünften, die Wurzeln ihres Wesens waren. Auch sie begann zu sprechen, sagte wohl nicht viel, enthüllte aber hin und wieder durch ein sachkundiges Wort, daß er richtig vermutet hatte und auch sie ein Landkind war.

«Die Hügel von Shropshire?» fragte er. «Die Hügel gegen Wales zu? Sind Sie dort aufgewachsen?»

Sie sah verdutzt auf. «Wie? Ja –»

«Sie sehen auch aus wie ein Gebirgskind», meinte er lächelnd. «Sie lieben Waliser Schäferhunde und, wie ich Ihren Büchern anmerke, auch Mary Webb.»

«Ich bin eine Waliserin», gab Annie-Laurie zu. Hilary nickte. Das hatte er sich gedacht. Irgend etwas in der Stimme verriet es. Und sie war eine typische Keltin.

«In meiner Jugend war ich ein leidenschaftlicher Wanderer», sagte Hilary. «Jetzt sieht man mir das wohl nicht mehr an. Aber ich bin durch ganz Shropshire gewandert; es war meine Lieblingslandschaft. Und ich habe auch ein gutes Stück von Wales gesehen.»

Er sprach weiter und beobachtete, wie ihre Augen aufleuchteten, wenn er irgendeinen Ort erwähnte, an dem sie besonders zu hängen schien. Nach und nach gab sie auch einiges aus ihrem Leben preis. Sie war auf einer Farm geboren und hatte ihre Kindheit auf den Hügeln verbracht, als einziges Mädchen in einer Familie von lauter Jungen; sie hatte ihre Freude an den Hunden und an den andern Tieren gehabt. Vor allem liebte sie die Schafe, und zur Zeit des Lammens ließ der alte Schäfer sich von ihr helfen. Er hatte ihr die kleinen Glöckchen geschenkt, die seit Generationen in seiner Familie aufbewahrt worden waren, und manchmal machte sie sich den Spaß, den Schafen die Glocken um den Hals zu binden. Als Kind war sie sehr glücklich gewesen; weniger glücklich, als sie aufwuchs und merken mußte, welch harter Mann ihr Vater war und wie ihre Mutter ihn fürchtete. Nach dem Tode ihrer Mutter hatte sie sich daheim nicht mehr wohl gefühlt und einen harten Kampf gekämpft, um sich frei zu machen.

«Ein Stipendium?» fragte Hilary.

«Ja . . . Möchten Sie noch eine Tasse Tee?»

«Ja, gern», sagte Hilary. Es war seine dritte Tasse, und er hatte gar keine Lust zu trinken; doch alles war ihm recht, was den Zeitpunkt des Abschieds hinauszögerte.

Die Fäden begannen langsam in seiner Hand zusammenzulaufen, das fühlte er wohl; aber es blieb ein schwieriges Unterfangen. Nach dem letzten ‹Ja› hatte sie den Mund geschlossen wie eine Muschel ihre Schalen. So hatte sie also ein Stipendium erreicht. War in eine gute Schule gegangen. Hatte eine gute Erziehung erhalten. Zwischen andern Mädchen, fern von den Brüdern, die sie neckten, hatte sie ihre Gaben entdeckt: die Singstimme, die Schönheit, das dramatische Talent. Sie hatte den ruhelosen, stolzen Geist mit den Werken der keltischen Dichter genährt und ihre Ziele hochgespannt; doch als Farmerstochter mußte sie erst den Wert harter Arbeit schätzen lernen. Sie hatte, nach Davids Aussage, in einem Krankenhaus gearbeitet. Das mochte bald nach der Schule gewesen sein; aber es konnte sie nicht lange befriedigen; sie hatte sichtlich schwer gearbeitet und gespart, um sich die dramatische Ausbildung zu ermöglichen. Der nächste Schritt ließ sich an der Auswahl ihrer Bücher ablesen.

«Und nachher sind Sie zum Theater gegangen?» fragte er freundlich.

Das war schon zuviel gewesen. Sie war zu höflich, um gegen seine Fragen zu protestieren; aber sie beantwortete sie nicht. Sie stellte die Teekanne langsam und sorgfältig auf den Untersatz und verschränkte die Hände im Schoß. Sie sah ihn nicht an; aber er merkte Zorn und Furcht in ihr. Da gab es keine Wahl, er mußte aufgeben oder den Stier bei den Hörnern packen. Gab er auf, so hatte er ihr überflüssiges Leid zugefügt, hatte Angst und Ärger in ihr geweckt. Er mußte auf seinem Wege weitergehen.

«Annie-Laurie», sagte er, rührte entschlossen in seinem Tee und sagte leise und ruhig, als spräche er zu sich selbst: «Sie müssen versuchen, einem verbauerten alten Mann, wie ich es bin, seine Neugier zu vergeben. Es war mir immer seltsam zumute, wenn ich daran dachte, daß ich solch ein stumpfer Tölpel bin, während andere Mitglieder meiner Familie so große künstlerische Begabung zeigen. Ich habe diese Gaben immer geliebt, beinahe verehrt – die Schönheit meiner Mutter, Davids Kunst. Allen Künstlern, allen Schöpfern von Schönheit habe ich Staunen und Ehrfurcht entgegengebracht . . . das gilt auch für Sie . . . es macht mir Vergnügen, mit Künstlern zu sprechen, sie von ihren Kämpfen erzählen zu hören, zu entdecken, auf welche Art sie ihre Stellung in der Welt erobert haben; und das macht mich vielleicht allzu neugierig. Sie müssen mir verzeihen. Ich habe Sie nie auf der Bühne gesehen, und das tut mir leid. Aber ich habe gehört, wie reizend Sie gewesen sind.» Er sah zu den Glocken auf, die von den Balken über ihren Köpfen herabhingen. «Waren das die Glocken, die Sie getragen haben, als Sie den Christbaumtanz tanzten? Und das Glockenlied sangen? Das war doch wohl das Schönste in Ihrer Laufbahn, nicht wahr? Niemand, der es gesehen oder gehört hat, konnte es je vergessen.»

Sie erhob sich brüsk, ging ans Fenster und wandte ihm den Rücken. Ihre Not schien in Wellen durch den Raum zu fluten. Hilary sprach ruhig weiter.

«Sie haben von Ihrer Jugend in den Bergen guten Gebrauch gemacht; Ihre Leistungen haben dadurch Frische und Einfachheit gewonnen. Sie hatten viel zu geben. Ich kann aber nicht verstehen, Annie-Laurie, warum Sie nicht zur Bühne zurückkehrten, sobald diese ganze unglückliche Geschichte einmal erledigt war. Hatten Sie denn gar keine Lust dazu?»

Annie-Laurie hatte ihre Selbstbeherrschung wiedererlangt und drehte sich um. Sie sah wie eine alte Frau aus. Das wenigstens war Hilarys Eindruck. «So hat David Eliot mich also erkannt», sagte sie ganz ruhig. «Und hat mich preisgegeben!»

«Wie hätte er Sie nicht erkennen sollen? Er hat Sie auf der Bühne gesehen, und Sie hatten großen Eindruck auf ihn gemacht. Er war es, der für Ihre Kunst das Wort ‹unvergeßlich› gebrauchte.»

«Es ist immer dasselbe», sagte Annie-Laurie. «Wohin ich auch gehen mag, verfolgt es mich. Wir können uns nicht davon befreien, Jim und ich; alles, was ich ersehne, ist, mich frei zu machen und mich geborgen zu fühlen. Hier wußte man nichts – Mrs. Eliot mußte ich wohl einiges erzählen, das war nur korrekt, aber ich habe ihr nicht allzuviel erzählt. Ich wollte gern hier bleiben, verstehen Sie? Und Jim auch. Hier fühlt man sich so geborgen. Und ich habe Mrs. Eliot sehr gern – ich dachte, wir könnten bleiben –» Ihre Worte verloren sich in unzusammenhängenden Satzfetzen.

«Und warum sollen Sie nicht bleiben können?» fragte Hilary. «Alle wollen Sie hier behalten. Hat auch nur einer im Hause sein Benehmen verändert, nachdem mein Neffe Sie erkannt hat?»

Sie sah ihn an und überdachte, was er gesagt hatte; und als sie die Zusammenhänge erkannte, vollzog sich in ihrem Gesicht eine Veränderung, die ihm ans Herz griff. Sie wurde langsam wieder jung. Es war wie ein Sonnenaufgang. Während er sie beobachtete, begriff er ein wenig von dem Jammer, den sie durchgemacht haben mußte; dieses prächtige Geschöpf schleppte seine Geschichte mit sich herum, wohin es auch ging, besudelt und gehemmt wie eine verkrüppelte Möwe, die im Schlamm stecken geblieben ist; und jetzt diese Freude! Ehrenwerte Menschen, Leute, denen sie ihrem Wesen nach verwandt war und in deren Mitte sie sich glücklich fühlte, kannten ihre Geschichte und trugen sie ihr nicht nach, ließen sie als das gelten, was sie heute war, und nicht als das, als was sie gegolten hatte, da der Schatten ihrer Geschichte über sie gefallen war. Wie viele Jahre mochte sie auf diese Stunde gewartet haben, und bis zu welchem Grade war ihre Seele durch die scheinbare Hoffnungslosigkeit vergiftet gewesen?

Dann aber schämte sich Hilary. Was er getan hatte, sah er jetzt als seine schlimmste Dummheit an. Und zudem war es eine Sünde gewesen. Er hatte gelogen; nicht in klaren Worten, aber in Andeutungen. Er hatte in ihr den Glauben erweckt, daß nicht nur David und er selbst, sondern die ganze Familie ihre Geschichte kannte. Und doch, angesichts ihrer Freude, brachte er den Mut nicht auf, diesen Fehler rückgängig zu machen, denn seine unbeabsichtigte Lüge hatte einen der giftigsten Stacheln aus ihrer kranken Seele gezogen. Alles, was er jetzt tun konnte, war, seine Sünde in den Rahmen aller übrigen Dinge aufzunehmen und, nach Möglichkeit, etwas Gutes daraus zu machen. Das ist wohl das einzige, was wir mit unseren Sünden und Irrtümern anfangen können, dachte er, wir armen, sündigen, irrenden Menschen.

«Dann können Jim und ich also bleiben?» sagte Annie-Laurie endlich und atmete tief auf. «Wir können bleiben? Und man wird nicht mehr davon zu mir sprechen! Das ist schön gewesen, daß die Menschen hier alles gewußt und doch nicht zu mir davon gesprochen haben. Ich – ich kann nicht davon reden.»

«Nein, niemand wird mit Ihnen davon sprechen», vermochte Hilary mit voller Überzeugung zu versichern. «Und ich werde es von heute an auch nicht mehr tun.»

Annie-Laurie setzte sich auf die Fensterbank und lächelte ihm zu. «Ich bin froh, daß Sie es heute getan haben, denn sonst hätte ich nie gewußt –»

«Daß Sie hier bleiben können; geborgen, so lange Sie wollen.» Er hielt inne, denn er wußte nicht recht weiter. Ihre Furcht war das schlimmste Gift. Sie war davon besessen. Mit tiefem Mitleid kam ihm zum Bewußtsein, wie viele Ängste sie durchlebt haben mußte: die Angst vor dem Tode, vor der Schande, vor der Öffentlichkeit. Doch ohne jenes volle Vertrauen, das sie ihm offenbar nicht schenken wollte, vermochte er auch nicht zu erraten, von welcher Furcht sie jetzt gepeinigt wurde. Befürchtete sie irgendein Unglück von außenher, oder war es in ihrem Innern? Er hatte Fälle gekannt, da nicht eingestandene Sünden einem noch nicht verhärteten Sünder solches Grauen vor sich selbst eingeflößt hatten, daß er geisteskrank geworden war. Annie-Laurie war sichtlich nicht sehr kräftig, und es fehlte ihr die geistige Ausgeglichenheit. Doch daß er nichts wußte, benahm ihm die Macht, ihr auch weiterhin zu helfen. Abermals überkam ihn die Scham. Er hatte sich in eine schlimme, wenn auch unbeabsichtigte Lüge verstrickt, und darüber hinaus hatte er anscheinend nicht viel erreicht. Die Blicke beschämt auf die rheumatischen Hände gesenkt, die auf seinen Knien lagen, überdachte er jetzt ihr Gespräch, um irgendein Wort, irgendeinen Satz zu finden, die ihm als Wegweiser für seinen nächsten Schritt dienen könnten. Und plötzlich blitzte es in ihm auf. ‹Ich habe Mrs. Eliot sehr gern›. Diese ruhigen Worte hatten weit mehr ausgedrückt als eine oberflächliche Neigung. Nadine bedeutete für dieses Mädchen weit mehr als alle übrigen zusammen. Er hatte recht gehabt, als er zu David sagte, dies sei Nadines Sache. Der nächste Schritt war offenbar, zu Nadine zu gehen, vor der er eine so lächerliche Scheu hatte, und ganz offen mit ihr zu reden. Es war gewiß eine Hilfe, daß sie bereits einiges von der Geschichte wußte, dennoch konnte er nicht voraussehen, wie sie es aufnehmen würde; er kannte sie ja so wenig.

«Ich danke Ihnen, Annie-Laurie, für den besten Tee, den ich je getrunken habe.» Er erhob sich, sie trat lächelnd auf ihn zu, und er ergriff ihre Hand. «Sie wissen natürlich, was jedes einsichtigen Mannes und jeder einsichtigen Frau Überzeugung sein muß, wenn sie nur einen Blick auf Sie werfen – daß der Freispruch durchaus berechtigt war.»

Das mochte wohl das Schlimmste sein, was er gesagt haben konnte. Ihre blauen Augen blickten plötzlich schwarz aus einem fahlen Gesicht. Für zehn Minuten hatte er ihr ihre Jugend und ihr Glück wiedergegeben, und jetzt, mit diesem einen Satz, hatte er seine Gabe so grausam vernichtet, daß es besser gewesen wäre, er hätte ihr nichts gegeben. Und dennoch brachte er es fertig, gelassen zu bleiben. Seine Blicke hafteten an ihren Augen, trotz allem, was er darin gesehen hatte, und sein Lächeln war gütig wie zuvor, er lobte den Kuchen und bat sie, auch Malony seine Grüße zu bestellen. Dann sagte er nochmals, wie reizend die Wohnung eingerichtet sei, pfiff dem Hund, und noch von der Treppe her machte er eine lustige Bemerkung über das Wetter. Im Hof wandte er sich um und winkte zurück, für den Fall, daß sie aus dem Fenster schauen sollte. Erst als er im Schatten der Veranda war, gaben die Knie unter ihm nach, und er fiel auf den nächsten Sitz. Auch Bastards Beine versagten den Dienst, und er legte sein Kinn auf Hilarys Stiefel. Zehn Minuten dauerte dieser klägliche Zustand, dann aber hob Hilary plötzlich den Kopf und holte tief Atem, als sei eine Last von ihm genommen worden. ‹Und trotzdem›, sagte er zu sich. ‹Wenn sie es auch getan hat, so ist sie dennoch unschuldig.›

3

Das Bügelbrett war weggeräumt worden, und Jill saß mit den Zwillingen am Tisch. Es war ein erfreulicher Anblick. Die Zwillinge hatten blaue Lätzchen umgebunden mit Hasen darauf, und ein Sonnenstrahl entlockte Jills schlichtem Haar unerwartete goldene Lichter. Es gab Honig und Brötchen. Die Zwillinge tauchten die Nasen in die Milchschalen und nahmen ihren Onkel nicht zur Kenntnis, Jill aber sah lächelnd zu ihm auf. Sie hatte einen Schreibblock neben sich und einen Bleistift in der Hand und schrieb, während sie aß. «Nur zwei Zeilen an Tante Rose; der Brief soll noch mit der nächsten Post abgehen», erklärte sie Hilary. «Bevor ich mit Mrs. Eliot spreche, möchte ich doch bei meiner Tante anklopfen.»

«Ja, ja, tun Sie das, Jill», meinte Hilary. «Es wäre mir höchst unangenehm, wenn irgend etwas überhastet würde, weil ich eine zufällige Bemerkung habe fallen lassen.»

«Manche guten Dinge entstehen durch Zufall», sagte Jill. «Jerry, trink deine Milch leise. Es ist gar kein Grund, solchen Lärm beim Trinken zu machen.» Jerry schmatzte nach wie vor geräuschvoll. «Jerry, Liebling, «hast du gehört, was ich gesagt habe?»

Jerry senkte die Schale ein wenig, und seine Augen blitzten über den Rand zu Jill hinüber, doch das Geräusch wurde nur immer lauter.

José stellte ihre leere Schale auf den Tisch, wischte sich den Mund mit ihrem Lätzchen ab und erklärte: «Er ist eine Ente und quakt.»

«Er ist keine Ente», sagte Jill, «er ist ein ungezogener Junge und macht häßlichen Lärm, Jerry, hör sofort auf!» Sie erhob die Stimme nicht, sie sah Jerry an, und er sah sie an. Er quakte noch lauter. Mit einer raschen, geschickten Bewegung zog Jill ihm die Schale weg, ohne daß ein Tropfen Milch vergossen wurde. Sie ließ nicht die leiseste Gereiztheit merken, sondern lediglich ruhige Entschlossenheit. Jerry kollerte wie ein Truthahn, und José i-a-te wie ein Esel. Jill griff auch nach dem Honigtopf und brachte ihn in Sicherheit. «Ich habe es euch gestern gesagt», erklärte sie, «daß ihr keinen Honig kriegt, wenn ihr Spektakel macht.»

Ihre Schutzbefohlenen brachen sogleich in ein ohrenbetäubendes Gebrüll aus. Ihre Gesichter wurden feuerrot und verzerrten sich wie die Knospen von Mohnblumen, die sich schließen, aber es gab keine Tränen. Entweder hatten sie die Augenlider so fest zusammengepreßt, daß kein Tropfen den Weg ins Freie fand, oder aber war ihre Kraftanstrengung kein Ausdruck von Kummer, sondern nur von Ärger über die Entziehung des Honigs. Wie dem auch sein mochte – Hilary stellte fest, daß die Teestunde in Gesellschaft von Kindern kein so reines Vergnügen war, wie er angenommen hatte. Er lächelte Jill zu und trat, von Bastard gefolgt, einen hastigen Rückzug in Richtung Turmtreppe an. Noch einmal wandte er sich um und sah, daß die Gesichter der Zwillinge jetzt Fuchsien glichen; schon fürchtete er, ein Blutgefäß in diesen Kinderköpfen könnte platzen, aber Jill schien diese Angst nicht zu teilen. Sie schrieb friedlich weiter.

Hilary stieg mühsam die Stufen zur Kapelle hinauf und entdeckte zu seinem Erstaunen, daß niemand da war außer Nadine. Sein Herz wollte aussetzen. Wenn er auch den Entschluß gefaßt hatte, so bald wie möglich mit Nadine zu sprechen, war doch eine leise Hoffnung in seinem Herzen wach geblieben, daß diese Unterredung sich heute als unmöglich erweisen würde; morgen, meinte er, wäre ein geeigneter Tag. Doch da war nun nichts zu ändern. Er hatte schon vorher bemerkt, daß Gott dazu neigt, einen einmal gefaßten Entschluß mit einer verwirrenden Plötzlichkeit, die fast etwas Spöttisches an sich hat, auf die Probe zu stellen. «Kann ich ein Wort mit dir sprechen, Nadine?» fragte er jäh und ließ seiner Courage nicht die Zeit, abzuebben.

Dann aber, als er seine Schwägerin ansah, vergaß er plötzlich alles andere. In ihrem einfachen dunklen Kleid stand sie still und entrückt da und wollte gar nicht jener Nadine gleichen, die er kannte. Er hatte sie in einem Augenblick überrascht, da sie sich allein glaubte, und wenn sie sich auch gleich bei seinen Worten ihm zuwandte, war es doch mit der langsamen Bewegung eines halbwachen Träumers geschehen, der noch nicht weiß, wer ihn aufgestört hat. Auch jetzt blieb sie völlig reglos, und ihr Gesicht wirkte rührend jugendlich wie das Gesicht eines erschrockenen kleinen Mädchens, das aus dem Schlaf erwacht und völlig vergessen hat, daß heute der Tag des Zahnarztes ist. Plötzlich wußte Hilary, daß er

Nadine niemals gekannt hatte. Eine Dame von Welt hatte er sie genannt und hatte Angst vor ihr gehabt, doch war ihm niemals richtig aufgegangen, was er mit diesem Klischee meinte. Der Ausdruck war bei näherer Betrachtung bedeutungslos wie die meisten Klischees, und dadurch, daß er ihn verwendete, hatte er sich der geistigen Trägheit aller Klischeebenutzer schuldig gemacht. Wenn sie eine Dame von Welt war, so war er schließlich auch ein Mann von Welt, beide aber nur dem äußeren Anschein nach. Ihr wahres Wesen wurzelte in der Welt, war aber nicht von der Welt; was von der Welt war, das waren die Masken, die sie trugen, Masken, geschaffen durch die Lebensformen, denen sie verhaftet waren; Nadines Maske war die der raffinierten Dame, während er die Maske der Weltabgekehrtheit trug. Und doch waren es nur Masken. Sie sahen einander an, und wie vom Blitz getroffen erblickte jeder im anderen das erschrockene, unwissende, einfache Kind. Sie lächelten, gingen aufeinander zu, und die gewohnte familiäre Beziehung war wiederhergestellt; und doch mit einem Unterschied.

«Ich hatte gerade an dich gedacht», sagte Nadine. Ein niedriger Holztisch war in die Kapelle geschafft worden, darauf sich alles häufte, was zum Reinigen der Wände benötigt wurde. Sie setzte sich auf den Rand des Tisches und machte auch für Hilary einen Platz frei. Sie hatte keine Angst mehr vor ihm. Bisher hatte sie in ihm stets den Mann gesehen, der getan hatte, was sie nicht zu tun wagte, und das hatte sie als Herausforderung empfunden; doch damit war es vorbei.

«An mich?» fragte Hilary erstaunt.

«Ich hatte mich danach gesehnt, so glücklich zu sein wie du. Und wie der Mann, der diese Wände bemalt hat.»

«Ja, er hat sichtlich einen Genuß dabei empfunden», sagte Hilary und betrachtete die Wände. «Nicht, daß das von Belang wäre.»

«Du meinst – nicht glücklich zu sein, ist belanglos?»

«Ja. Was sollte es zu bedeuten haben? Wenigstens nicht jene Art von Glück, an die du wahrscheinlich nicht denkst: der persönliche Genuß. Das ist in weitem Maße eine Sache des Temperaments und der Gesundheit, Dinge, die man mit dem gesunden Menschenverstand beherrscht, aber nichts, was man sich aussucht.»

«Gibt es denn auch Dinge, die man sich aussuchen kann?»

«Ja. Am besten umschreibt man sie, wenn man sagt, daß es darauf ankommt, welchen Gebrauch man von seinem Unglück macht. Das klingt sehr negativ, aber in Wirklichkeit ist es das nicht.»

«Ich weiß, was du meinst», sagte Nadine. «Mitleid ist durchaus nichts Negatives.«

«Und jene, die auf die erste Art glücklich sind, scheinen niemals eines echten Mitleids fähig zu sein. Und das bringt mich auf das Thema, über das ich mit dir sprechen wollte. Annie-Laurie. Die Arme ist in einer sehr schlimmen Gemütsverfassung; sie bedarf dringend des Mitleids, der

Hilfe.»

«Hast du mit ihr gesprochen?» fragte Nadine.

«Ja, und ich hätte kaum etwas Schlimmeres anrichten können. Das ist ein Fall für dich, Nadine, nicht für mich.»

«Es ist schwierig», sagte Nadine. «Sie ist nicht so kindlich, wie sie wirkt, und sie ist mir gegenüber nur bis zu einem gewissen Grade aufrichtig.»

«Ich habe verschiedenes herausgebracht, was dich interessieren dürfte. Keine sehr vergnügliche Angelegenheit.»

«Das macht nichts. Sprich nur!»

Er erzählte ihr die Geschichte, die er von David erfahren hatte, berichtete auch, wie seine Unterhaltung mit Annie-Laurie verlaufen war und was er daraus schloß. «Meine arme Annie-Laurie», murmelte Nadine, und sie erschauerte leicht. Diese beiden Männer! Annie-Laurie mußte sich zwischen den widersprechenden Wünschen der beiden wie zerrissen gefühlt haben! Und das Kind. Und der Tod des Kindes. Eine Weile lang dachte sie schweigend nach. «Wenn es sich so verhält, wie du sagst, und sie ist schuldig und dennoch irgendwie gerechtfertigt, so muß es des Kindes wegen gewesen sein. Das Kind war der entscheidende Beweggrund.»

«Hast du den Eindruck, daß sie mütterlich wirkt?»

«Auf ihre Art ebenso wie Sally. Wenn ich die beiden mit den Zwillingen sehe, dann beneide ich alle beide. Ich bin anders veranlagt, das weißt du. Das ist einer der Mängel, die mein Leben mit George so schwierig gemacht haben. Und ich habe bemerkt, daß Annie-Laurie eine Antipathie gegen Sally überwinden muß.»

«Darin kann ich eigentlich keinen Beweis eines mütterlichen Fühlens entdecken.»

«Doch. Es muß Annie-Laurie klar sein, daß Sally in einer Gesellschaftsklasse aufgewachsen ist, die darauf hoffen läßt, eine höchst ehrenvolle Verbindung zu schließen und Kinder in die Welt zu setzen, denen man unter normalen Verhältnissen eine glückliche Zukunft voraussagen darf. Bei Sally wird es niemals etwas Unsauberes, Häßliches geben.»

«Ja, das ist richtig», sagte Hilary langsam. «Arme Annie-Laurie! Eifersucht ist eine der schlimmsten Plagen. Wir haben immerhin dadurch etwas gewonnen – mag es auch durch eine Lüge gewonnen worden sein –, daß sie glaubt, du wüßtest mehr von ihrer Geschichte, als sie dir selbst erzählt hat.»

«Ja, das ist ein großer Vorteil. Das wird sie veranlassen, aufrichtig mit mir zu sprechen. Hoffentlich! Aber ich kann erst dann etwas für sie tun, wenn sie zu mir kommt . . . Hilary, kannst du irgendeinen Zusammenhang zwischen Wäldern und Lachen erkennen?»

Er war ein wenig verblüfft über den jähen Wechsel des Themas. Dann aber war er dankbar dafür. Es war eine von Nadines Gaben, daß sie ein

Gespräch, das abgeschlossen war, nicht durch weiteres Gerede in Verwirrung bringen ließ.

«Dieser Mann hier», sagte Nadine und betrachtete die Wände, «hat einen Wald gemalt, und du kannst ihn beinahe lachen hören. Und meine Familie kehrt immer lachend aus dem Wald zurück.»

«Für viele Menschen», sagte Hilary, ist der Wald ein Symbol des Paradieses, glaube ich, und man meint allgemein, daß im Paradies sehr viel gelacht wird . . . wo sind denn übrigens die andern?»

«Im Wohnzimmer. Ich wollte hinaufgehen und die neuen Wintermäntel der Zwillinge holen, um sie Großmutter zu zeigen, und da bin ich für eine Minute hier eingetreten.»

«Und dann habe ich deine Zeit über Gebühr in Anspruch genommen», sagte Hilary und stand auf. «Geh jetzt die Mäntel holen, und ich werde dich bei Großmutter entschuldigen.»

Nadine stand auf und sah ihn lächelnd an. «Es war durchaus keine ungebührliche Beanspruchung. Es waren sehr nützliche zwanzig Minuten. Ich danke dir, Hilary. Mir ist, als hätte ich dich in diesen Minuten besser kennengelernt als in den ganzen vergangenen Jahren. Ich hatte im Grunde Angst vor dir.»

«Vor mir?» stotterte Hilary erstaunt. «Ich wußte nicht, daß du überhaupt vor jemandem Angst haben könntest.»

«Ich bin gar nicht so mutig, wie ich aussehe.»

«Das sind wir alle nicht», meinte Hilary. «Und hast du nicht den Eindruck, daß es seltsam lächerlich ist, wenn wir Menschen gleich verängstigten Hasen, die wir alle im Herzen sind, Angst voreinander haben?»

«Zumal heutzutage», sagte Nadine. «Hast du heute, bei dem Verderben, das über der Welt zu hängen scheint, nicht das Gefühl, als wären wir alle wie Hasen zur Erntezeit, die sich in der Mitte des Feldes zusammendrängen, wo das Korn noch hoch steht, während die Mähmaschine näher und näher kommt?» Sie standen jetzt in der Tür, und Nadine legte die Hand auf die mächtige Steinmauer neben sich, wie sie sie einst auf die warme Täfelung in ihrem Zimmer gelegt hatte, um Ruhe und Zuversicht wiederzufinden. «Diese alte Herberge ist das Korn, das noch hoch steht.»

«Es ist ein gutes Symbol, dieses Haus», sagte Hilary, «wie eine Burg.» Dann wandte er sich, um die Turmtreppe hinunterzuhumpeln. Nadine hörte, wie er vor sich hin murmelte: «Ich will sprechen zu dem Herrn: Meine Zuversicht und meine Burg, mein Gott, auf den ich hoffe.» Obgleich Nadine glaubte, daß sie nie betete, setzte sie doch die Worte des Psalms fort, während sie die Treppe hinaufstieg: «Er wird dich mit seinen Fittichen decken, und deine Zuversicht wird sein unter seinen Flügeln . . . Denn der Herr ist deine Zuversicht, der Höchste deine Zuflucht. Es wird dir kein Übel begegnen, und keine Plage wird zu deiner Hütte sich nahen.» Sie genoß eine beglückte Minute. Irgendwie war doch, trotz des Verhängnisses, alles in Ordnung. Die Burg stand nicht wie das Korn. Sie war eine Arche, die ihre Menschen zum Heil trug.

4

Nach dem Tee hatte David sich in den Ritterwald verzogen, um ein Alleinsein mit Sally zu vermeiden. Es war seltsam, daß er Sally jetzt aus dem Wege ging, nachdem er sich wochenlang an sie geklammert hatte wie ein Ertrinkender an einen kräftigen Schwimmer. Doch dann, während der letzten Wochen, war dieses Sich-Anklammern unbewußt geworden. Jetzt kam es ihm wieder zum Bewußtsein, und er hatte jäh aufgegeben, auf die Gefahr hin, daß er sie ebenso wie sich selber in seinem Elend ertränken konnte. Er erkämpfte sich den Weg zurück zu leiblicher und geistiger Gesundung; doch dort war er noch nicht angelangt; just als er sich für genesen hielt, versank er wieder in Hoffnungslosigkeit; und die dunkelsten Stunden waren es, vor denen Hilary ihn gewarnt hatte – wenn er glaubte, die Nacht ginge niemals zu Ende. Heute war eine dieser Stunden. Er hatte den Eindruck, er werde seine Arbeitsfähigkeit nie wiedergewinnen; und wenn nicht – was dann? Darauf fand er keine Antwort.

An dem Tage, als sie die Fresken entdeckt hatten, war jenes furchtbare Gefühl der Vereinsamung für immer gewichen. Er hatte es als einen Segen empfunden, jetzt aber war er dessen nicht mehr so sicher; denn jetzt wurden ihm die Gefühle der andern Menschen schmerzlich bewußt. Vorher schienen die Leute rings um ihn sich wie Gestalten in einem Traum zu bewegen, und er hatte gekämpft, um sich ihnen zu nähern, es war ihm aber nicht gelungen. Jetzt war das Umgekehrte eingetreten; sie umdrängten ihn, und alles, was sie fühlten, fühlte er auch, und es erstickte ihn beinahe. Überdies empfand er jetzt bis zur Unerträglichkeit das Gewicht von Sallys Sorge um ihn, das in ihrer Liebe eingeschlossen war. Er hatte gehofft, er würde sich befreien, würde zum Leben zurückkehren, sie lieben, ihr ebensoviel geben können, wie sie ihm gab. Nun, das vermochte er nicht. Nadine hatte ihn freigegeben; auf brutale Art, wie er meinte; denn er schwankte noch immer unter dem Schlag, war noch immer betäubt und kraftlos. Er hatte nichts, was er Sally geben könnte. Nichts außer der Bürde, die er selbst war.

Und doch – wie verzweifelt er sich nach ihr sehnte, wie sehr sie ihm fehlte! Bei der Arbeit waren sie natürlich zusammen; aber das war eine Kameradschaft ohne jede Vertraulichkeit; denn ihr Vater und Ben waren auch dabei, und die Arbeit nahm sie alle völlig in Anspruch. Dafür hätte er dankbar sein müssen; denn es hatte ihm ermöglicht, auf die gemeinsamen Spaziergänge und Ritte ohne irgendwelches Aufsehen zu verzichten. Aber er war nicht dankbar. Er sehnte sich nach diesem Mädchen, das er nicht liebte . . . es war sehr seltsam.

Nichts als Ichsucht natürlich. Das hatte er sich gesagt, als er sie in London kennengelernt hatte; es sei kein Weg vorhanden, um die Kraft und den klaren Blick des Kindes wiederzuerlangen. Und doch, während der Wochen, die er mit Sally verbracht hatte, glaubte er, es gebe diesen Weg. Und dieser Weg war, mit einem starken, klarblickenden Kinde zusammen zu sein und dessen Kraft und Klarsicht zu teilen. Das hatte er mit Sally erlebt – beinahe . . . Es wäre so weit gekommen, wenn er sich nicht selbst von ihr getrennt hätte.

Vor langer Zeit, in Damerosehay, als er zum erstenmal die Straße von Verzicht und Leid gewandelt war, hatte er etwas entdeckt: daß es tatsächlich eine Straße war und kein Sumpfboden, eine wirkliche, harte, gangbare Straße, die irgendwohin führte. Er hatte das Vorhandensein von Weg und Ziel entdeckt, und mochte er mannigfache Höllen durchschritten haben, so hatte der Glaube an diese Wirklichkeit ihn nie verlassen. Es war gewissermaßen eine Wiedergeburt gewesen. «Was vom Fleische geboren ist, ist Fleisch, und was vom Geiste geboren ist, ist Geist.» Diese Worte waren der Wegweiser. Er hatte sein Fleisch unterdrückt und seinen Geist entdeckt . . . Jenen Tag würde er niemals vergessen. Er hatte im Garten von Damerosehay gestanden, das Blaukehlchen in der Hand, und es war seiner Hand singend entflogen.

Und nun stand er wieder vor dem Kreuzweg; aber er fühlte sich nicht vom Leben durchpulst wie zuvor; er war wie ein blinder, gelähmter Mensch. Wäre er imstande gewesen, zu erkennen, welcher Straße er folgen sollte, so hätte ihm das auch nichts genützt; denn er wäre nicht fähig gewesen, ihr zu folgen. Da war nichts zu machen, als sich von einem Tage zum andern weiterzuschleppen, die Hölle der Ungewißheit und Untätigkeit zu erdulden, so gut es eben ging, die Bürde seines Ichs selbst zu tragen und auf Sally zu verzichten. Das war alles, was er tun konnte.

Auch im geringsten uneigennützigen Entschluß liegt eine Befreiung vom Ich, und plötzlich merkte David, daß seine Augen sich dem Walde öffneten. Kein Wald in der Welt würde ihm je so viel bedeuten wie dieses Stückchen Eichenwald von Damerosehay, doch es war auch ohne diese Beziehung ein prächtiger Wald und an diesem stillen Frühwintertag besonders schön. Er ging sehr langsam und wurde sich des unermeßlichen Alters dieses Waldes bewußt. Es war derselbe Wald, den der Maler vor Jahrhunderten in der Kapelle gemalt hatte . . . Derselbe Wald . . . Vor Jahrhunderten, und noch immer ertrug er ‹die Sonnengluten und des Winters Sturm, den Blitzstrahl und des Donners furchtbar Dröhnen›. Shakespeare bedeutete ihm so viel, daß er immer wieder, ohne es zu merken, in Shakespeares Worten dachte. ‹Die Fröste fühlt' ich, dunkle Tage schaut' ich! Die Kahlheit des Dezembers überall!› Jetzt schien der alte Wald zu ihm zu sprechen, erzählte ihm von Unendlichkeit und von

Geduld. Geduld! Die letzten Zeilen des Sonetts von der Geduld kamen ihm in den Sinn:

‹Bis einst der Stern, der meines Lebens Kreise
Regiert, zu günst'ger Stunde mich beglückt
Und mein armselig Lieben festlich schmückt,
Daß ich mich würdig deiner Huld erweise,
Dann darf ich stolz dir meine Liebe zeigen,
Doch jetzt muß ich vor deinem Blick mich neigen.›

Armselig Lieben! Das war der richtige Ausdruck für seine Liebe zu Sally. Keine richtige Liebe, nichts, was wert gewesen wäre, daß er es ihr gab. Noch konnte er den Bann der ungünstigen Sterne nicht brechen. Er mußte warten. Geduld. Sie umgab ihn in diesem stillen Walde, lächelte über seinen Kummer, wartete wieder einmal auf den Frühling, wie das bemalte Holz im ‹Gnadenkraut› so lange Jahre auf seine Wiedergeburt gewartet hatte.

14. Kapitel

1

Aufgeregt saß Caroline auf ihrem Platz in der Eisenbahn und vermochte vor Freude kaum Atem zu holen. Es hatte sich etwas unerhört Herrliches ereignet. Sie hatte in der Schule die Masern gehabt und war vierzehn Tage früher nach Hause geschickt worden. Der Dezember hatte eben erst begonnen. Die Weihnachtsferien verlängerten sich um volle zwei Wochen. Sie durfte zwei Wochen früher heimfahren als Tommy, heim zu Mutter und Daddy, zu Ben, Jill und den Zwillingen, zu Großmutter und Tante Margaret und Onkel Hilary, zu David, zu Malony, zu Annie-Laurie. Die Räder des Zuges rasselten das begeisternde Wort . . . heim . . . heim . . . das erste Weihnachtsfest im ‹Gnadenkraut› . . . es war wirklich ihr erstes Heim. In dem Haus in Chelsea hatte sie sich nie wohl gefühlt. Es war klein und dunkel gewesen und hatte auch keinen Garten gehabt. Und man hatte auch nicht das Gefühl gekannt, daß es einen willkommen hieß. Immer schien es ein wenig zurückzuweichen, als fürchtete es, sein schmucker Anstrich könnte verkratzt werden. Und in ihrer Erinnerung war es mit Luftangriffen und dem Gefühl der Unsicherheit verbunden. Insgeheim hatte Caroline vor vielen Dingen Angst; aber im ‹Gnadenkraut› fühlte sie sich immer geborgen. Es war wie eine starke Burg, und es begrüßte einen mit lautem Lachen.

Sie öffnete die Augen, die sie geschlossen hatte und schaute fröhlich aus dem Fenster. Sie war allein im Wagen, denn dies war nur eine wenig benutzte Nebenlinie. Bis zur letzten Umsteigstation hatte die Schulvorsteherin sie begleitet, und dann durfte sie das letzte Stück allein fahren. Darüber war sie sehr froh; denn es war das erste Mal, daß sie von der Schule nach Hause ins ‹Gnadenkraut› fuhr, und sie wollte allein sein, um sich die Merkmale der Gegend gut einzuprägen. Caroline machte sich nicht viel aus der Schule; sie gehörte im Grunde, ihrem Wesen nach, der victorianischen Zeit an und war gewissermaßen irrtümlich ins zwanzigste Jahrhundert versetzt worden. Ihrer Ansicht nach war der Platz der Frau das Heim . . . insbesondere wenn dieses Heim das ‹Gnadenkraut› war. Ein Lichtsignal glitt am Fenster vorbei, und sie sah eine Reihe Häuser. Ach Gott, jetzt war sie fast da. Sie sprang auf; hatte sie auch alles beisammen? Ihren Koffer hatte man vorausgeschickt; aber im Gepäcknetz lag eine kleine blaue Handtasche und eine Tüte mit einigen Sandwiches. Sie war zu aufgeregt gewesen, um sie zu essen, und hatte sie für Mary aufgehoben. Daneben lag noch ein zweites, zierliches, abgenutztes Handköfferchen, das die Vorsteherin ihr geliehen hatte, und das die Weihnachtsgeschenke für die Familie enthielt. Da war ein Taschentuch für Mutter, ein Zigarettenetui für Vater, eine hölzerne Schachtel für Bens Pinsel, eine größere Schachtel für Tommy, darin er Knochen aufbewahren konnte, ein Nähkästchen für Jill, zwei wollene Kaninchen für die Zwillinge, ein Eierwärmer für Großmutter, ein Nadelkissen für Tante Margaret, ein frommes Lesezeichen – fromm weil es violett war und ein eingesticktes Kreuz trug – für Onkel Hilary, ein kleiner Strauß Kunstblumen für Annie-Laurie, ein Federwischer für Malony. All das hatte sie in der Handarbeitsstunde selber angefertigt; da sie Angst hatte, ihr Koffer könne verlorengehen, hatte sie sich von der Vorsteherin ein Handköfferchen ausgeliehen. Wenn sie auch keine besonders aufgeweckte Schülerin war, so besaß sie doch geschickte Finger und handarbeitete gern. Eins, zwei, drei! Ja, sie hatte alles beisammen. Sah sie auch ordentlich aus? Es konnte doch sein, daß Mutter sie abholte, und Mutter hielt sehr darauf. Im Wagen gab es keinen Spiegel; aber sie klopfte den Ruß von ihrem grauen Schulmantel, zog die langen, grauen Wollstrümpfe glatt und setzte den grauen Filzhut fester auf das schimmernde, schlichte blonde Haar. Dann öffnete sie das Fenster und beugte sich hinaus. Schon konnte sie den Bahnsteig sehen und die heimliche blaue Dämmerung dahinter und die Gestalten, die sich bewegten. Da stand einer, der größer war als die andern. War er's? War er's? Ja, er war es! Vor Entzücken schrie sie laut auf. Es war Daddy in seinem dicken braunen Mantel, die Hände tief in den Taschen, den gelben Shawl, den sie ihm zum Geburtstag gestrickt hatte, um den Hals geschlungen. Sein Filzhut saß ein wenig schief, ganz so, wie sie es gern hatte und wie er ihn immer trug, wenn sie da war, um ihr eine Freude zu machen. Seine Augen spähten mit einem Eifer, der kaum geringer war als ihr eigener, in die Wagenfenster.

«Daddy!» schrie sie; aber das konnte er nicht hören, weil der Zug so laut ratterte. Sie öffnete die Wagentüre und schrie abermals, und diesmal hörte er sie. Er hob den Hut, dann eilte er auf sie zu, breitete die Arme aus, und der Zug hatte noch nicht angehalten, als sie schon in seine Arme gesprungen war.

«Hallo, mein Elfchen! Hallo, mein kleines Elfchen, Herrgott, wie du gewachsen bist!» Er hielt sie in den Armen, und lachend schmiegte sie sich an ihn und verbarg ihr Gesicht an seinem Mantel, um den vertrauten Tabakgeruch zu wittern. Er ließ sie auf den Boden gleiten und hielt sie ein Stück von sich ab; er sah, wie ihr sonst so blasses Gesicht sich vor Freude rosig färbte, und ihre grauen Augen leuchteten, während sie in seinem Griff auf und nieder hopste. Nur wenn sie heimkam und nur wenn sie mit ihm allein war, gab sie sich so völlig ihrer Freude hin. Daheim angelangt, würde dieses Glück sich in ruhigeren und gemäßigteren Bahnen bewegen. Er zweifelte daran, daß es außer ihm überhaupt jemanden gab, der ihr solchen Überschwang zutraute. Das war etwas, das sie anscheinend nur ihm offenbaren konnte, ebenso wie auch er nur Caroline die ganze Tiefe seiner Zärtlichkeit merken ließ. Sie wußte, daß er sie nicht auslachen würde; er wußte, daß sie bei ihm keine übertriebene Gefühlsseligkeit mutmaßte. Bei Nadine und Tommy gab es immer eine leichte Neigung zum Spott, bei Ben eine gewisse Strenge, und beides verhinderte ein Zurschaustellen der Empfindungen. Doch wenn George mit seiner Tochter allein war, dann durften sie ihren Gefühlen Ausdruck verleihen, und das bedeutete eine Genugtuung für sie.

«Meine Sachen!» schrie Caroline und sprang in den Waggon zurück.

«Ich werde sie tragen», sagte George und nahm ihr das Gepäck ab. Er behandelte sie stets wie eine erwachsene Dame, zog den Hut vor ihr und trug ihre Sachen. Ihre Hand umklammerte die Tüte mit den Sandwiches für Mary, und so tänzelte sie neben ihm auf den Wagen zu. Er brachte sie sorglich auf dem Sitz neben sich unter, und langsam rollten sie durch die Hauptstraße von Radford. Die Lichter brannten jetzt, und in den Auslagen erblickte man bereits bunte Papiergirlanden, Kalender und Weihnachtskarten, reizend geschmückte Pappschachteln, die vorerst noch leer waren. Caroline hatte kaum mehr eine Erinnerung an die prächtige Vorkriegsbeleuchtung, und schon diese bescheiden erhellten Auslagen begeisterten sie. «Wie schön!» rief sie. «O Daddy, wie schön das ist! Und da gibt's ja schon Weihnachtsgeschenke in den Schaufenstern!» Sie senkte ihre Stimme zu vertraulichem Geflüster. «Daddy, in diesem kleinen braunen Köfferchen sind auch Geschenke. Lauter Sachen, die ich selber angefertigt habe.»

George wußte, was von ihm erwartet wurde, und hielt den Wagen neben einer Straßenlampe an. «Zeig sie mir!» bat er.

Caroline kniete auf ihrem Sitz, langte in den Handkoffer auf dem

Rücksitz, öffnete ihn, zog das Zigarettenetui für George hervor und versteckte es schnell; dabei schielte sie ängstlich zu ihm hinüber – wenn er nur nichts gesehen hatte! Aber George schaute sichtlich mit brennendem Interesse nach der andern Straßenseite hinüber, und so ging der gefährliche Augenblick vorüber. «Hier!» rief Caroline und setzte sich wieder; den offenen Handkoffer hatte sie triumphierend auf dem Schoß. «Das habe ich alles selber gemacht. Das ist für Mutter. Glaubst du, daß es ihr gefallen wird?»

«Nein, so was!» rief George. «Das alles hast du selber gemacht? Ja, aber, Liebling, ich hatte überhaupt keine Ahnung, daß du so geschickt bist. Das ist für Mutter? So was Hübsches habe ich überhaupt noch nicht gesehen. Ist gut genug für jedes große Diner. Und das für Großmutter? Sie wird ganz begeistert sein. Ich bin stolz auf dich, Elfchen, weiß Gott, ich bin ganz stolz. Nie hätte ich geglaubt, daß so eine Künstlerin in dir steckt!»

Seine Bewunderung war echt. Er gehörte zu jenen Vätern, die sich über die Fähigkeiten ihres Nachwuchses vor Entzücken gar nicht zu fassen wissen. Ihm kam es unglaublich vor, daß dieses Geschöpf, das er einst als kleines weißes Bündel im Arm gehalten hatte, sich zu solch einem Ausbund von Schönheit und Geschicklichkeit entwickelt hatte . . . denn er gehörte zu den Vätern, die ihre Kinder schön finden, mögen sie auch noch so häßlich sein . . . Nadine war anders geartet; es waren ihre Kinder, und sie liebte sie, und gerade darum steckte sie ihnen die Ziele sehr hoch. Das mochte in späteren Jahren sehr nützlich sein, derzeit aber bedeutete es eine harte Prüfung. Und sie hielt sie nicht für schön, wenn sie nicht schön waren. Sie und George bildeten auf diese Art zusammen kein schlechtes Elternpaar.

Caroline war kein eitles Kind. Die Bewunderung ihres Vaters stieg ihr nicht zu Kopf; aber es wärmte und ermutigte sie, zu ahnen, daß sie für ein menschliches Wesen auf Erden so außerordentlich viel bedeutete. Sie schloß den Koffer, lächelte George zu und freute sich mit ihm an den Wundern, die ihr gelungen waren. Sie selbst war ebenso erstaunt über ihre Leistungen wie er. Vor zwei Jahren hatte sie bestenfalls einen Überzug in Kreuzstich für den Griff des Teekessels fertiggebracht.

«Habt ihr sie wieder daheim? Das ist gut.»

Mit einiger Mühe ließen George und seine Tochter sich voneinander ablenken und warfen einen Blick auf die Gestalt neben dem Wagen. Es war Hilary, der sie durch seine dicken Gläser strahlend ansah. Den Hut hatte er nicht eben kleidsam auf den Hinterkopf geschoben, und der Kragen seines schäbigen Mantels war aufgestellt und reichte bis zu den Ohren. Sie lächelten ihm zu. Sie hatten ihn sehr gern. Er war solch ein einfacher Mensch. Ganz wie sie selber. Ihn machte es glücklich, Vater und Tochter vereint zu sehen, und das ließ er auch deutlich merken.

«Willst du mitkommen?» fragte George.

«Danke nein; ich habe hier noch zu tun, und mein alter Ford ist in der Garage.» Er senkte die Stimme. «Ist Malony zurück?»

«Nein», sagte George.

«Hm», machte Hilary. Dann hob er seine Stimme wieder. «Ich freue mich, dich wieder daheim zu sehen, Caroline. Du fehlst uns sehr.» Er zog den Hut vor ihr, denn er behandelte sie immer wie eine Erwachsene, und trat einen Schritt zurück. Man rief einander noch einen Abschiedsgruß zu, und dann rollte der Wagen weiter.

«Ist Malony fort?» fragte Caroline.

«Nur für ein oder zwei Tage», sagte George. «Und jetzt sind wir bald zu Hause. Frierst du auch nicht?»

«Umm!» flüsterte Caroline wunschlos glücklich und rückte so nahe an ihn heran, wie es nur möglich war.

Die Heimfahrt war wundervoll; im Westen lagerte noch die letzte Glut des Sonnenunterganges, und die Hecken rechts und links der Straße waren schwarz und geheimnisvoll. In den Fenstern der Dorfhäuser glänzte Licht, und da und dort hatte man vergessen, die Vorhänge zuzuziehen, und dann sah man das Flackern des Kaminfeuers, die blonden Köpfe der Kinder, die um den Tisch saßen und aßen, einen Mann, der, die Pfeife im Mund, seine Zeitung las, oder eine Frau, deren Kopf sich über eine Näharbeit beugte. Auch das war für Caroline neu, denn sie war Jahre hindurch an die Verdunklung gewöhnt gewesen. Es war reizvoll und ganz zauberhaft, als schlüge man die Seiten eines Buches um und jedes neue Fenster sei eine neue Geschichte.

«The Hard», sagte George, und sie setzte sich aufrecht und spähte nach den unregelmäßigen Dächern der alten Bauernhäuser, die sich schwarz vor dem Abendhimmel abhoben und nach dem rosigen Licht in den Fenstern mit den roten Vorhängen. Die Straße senkte sich steil zu dem fahlen Schimmer des Flusses hinab. Auf dem Wasser tanzten Lichter von einer unsichtbaren Laterne, und als der Wagen vor der Zauntür hielt, die zu ihrer eigenen Zufahrtsstraße führte, hörte sie ein sanftes Klingen himmlischer Musik. Vielleicht war es nur das Radio in einem der Bauernhäuser, aber es tönte so unirdisch, daß sie beinahe erwartete, Bens Rotwildrudel über die Straße galoppieren zu sehen, den weißen Hirsch an der Spitze.

Jetzt waren sie auf ihrem eigenen Weg, und die Scheinwerfer des Wagens ließen die steilen Böschungen, bewachsen mit Stechginster, aufblitzen und zeigten ihr die Eichen, deren Äste über ihnen zusammenwuchsen. Sie fuhren um eine Biegung, und die Strahlen enthüllten einerseits ein klein wenig von dem Mysterium des Ritterwaldes und andrerseits den alten Obstgarten. Eine Eule ließ aus den Tiefen des Waldes einen leisen Schrei erschallen, und am Ende des Weges tanzten abermals Lichter auf dem Wasser, diesmal von den Laternen herrührend, die zum Willkommgruß auf der Ufermauer leuchteten.

Sie hielten am Fuß der Steinstufen, die zu der blauen Tür führten; die Eingangstür stand weit offen, Helle strömte ihnen entgegen, und Mutter kam rasch den Gartenweg hinunter, in ihren Pelzmantel gehüllt, denn es war sehr kalt, und ein Lichtband dehnte sich hinter ihr, als wäre es ein goldener Teppich, unter ihre königlichen Schritte gebreitet. Und hinter ihr kamen die Zwillinge und brüllten aus Leibeskräften, und Mary bellte wie rasend, und Jill und Annie-Laurie. Und dann wußte sie kaum, wie ihr geschah. Sie lag in Mutters Armen, an den weichen Pelz geschmiegt, sog den süßen Veilchenduft ein, spürte Mutters glatte, kalte Wange an der ihren. Sie umarmte die Zwillinge, deren Geschrei sie beinahe betäubte, sie nahm Mary in die Arme und ließ sich von ihr das Gesicht ablecken. Sie umarmte Jill und küßte Annie-Laurie. Sie war im ‹Gnadenkraut›, die Tür hatte sich hinter ihr geschlossen, das Kaminfeuer erhellte getäfelte Wände, hier war Wärme und Geborgenheit, und sie war daheim.

2

Hilary dagegen war nicht daheim, so aufrichtig er das auch gewünscht hätte. Das kalte Wetter tat seinem Rheumatismus nicht gut, und er fühlte sich draußen gar nicht wohl. Und welchen Sinn hatte es eigentlich, so fragte er sich selber, daß er durch Radford wanderte und in alle Schenken spähte? In keiner konnte er Malony entdecken, obgleich aus den Antworten der Wirte hervorging, daß er im Laufe des Nachmittags praktisch überall gewesen war. Es war nun bereits das zweite Mal. Das erste Mal war es passiert, als Hilary Annie-Laurie aufgesucht hatte und Malony nicht dagewesen war. George hatte ihm später erzählt, Malony sei gegen Mitternacht nach Hause gekommen, in leider keinem guten Zustand. Diesmal aber war es beunruhigender, denn Malony war bereits am Nachmittag des Vortags verschwunden. Hilary hatte im ‹Gnadenkraut› zu Mittag gegessen, und alle Bewohner des Hauses waren sehr niedergeschlagen gewesen. Malonys Fernbleiben hatte ihnen deutlich gemacht, daß sie mehr an ihm hingen, als sie geglaubt hatten, aber vor allem, daß seine Tüchtigkeit, sein Humor, seine Uneigennützigkeit die Hauptstütze des Hauses bildeten. Ohne ihn wollte nichts zusammenhalten.

Hilary hatte immer Achtung vor dem tapferen kleinen Mann empfunden. Er fand es schwer, Malonys Ausbrüche mit dessen Charakter in Einklang zu bringen, denn in Malony war die Straffheit einer Bogensehne, und man konnte sich kaum vorstellen, daß er der Schwäche des Fleisches derart unterworfen war. Seiner Ansicht nach waren Malonys seltene Ausbrüche mit Margarets Anfällen zu vergleichen, wenn sie einen Rolltisch kaufte und durch die Wiesen nach Hause rollte oder sich diese schrecklich unkleidsamen Jumper strickte.

Die leuchtenden Farben von Margarets Jumpers, die seltenen Fälle, da sie nach irgendeinem heißersehnten Gegenstand griff, und die Wichtigkeit, die sie dem Schönen beilegte, waren typisch für ihr Geschlecht und ihren Stand, meinte Hilary. Die Wünsche von Malonys Klasse – denn Malony mochte, zum Unterschied von Annie-Laurie, aus niedersten Klassen stammen – waren aus der Unsicherheit und Härte des Lebens geboren; sie waren auf Vergessen, Wärme, Geborgenheit gerichtet. Ein Unterschied im Rang, aber dem Wesen nach war es doch das gleiche, das Ergebnis jener lächerlichen Illusion, die so schwer auszutreiben war, daß nämlich persönlicher Genuß irgendwie von Bedeutung sei.

Hilarys Forschungsreise durch die Schenken war ergebnislos verlaufen, und nun hinkte er in die Garage. Wie töricht war er doch; wenn er Malony gefunden hätte, so wäre das für den armen Teufel nur peinlich gewesen. Er hatte seine Zeit vergeudet, und sein Rheumatismus hatte sich verschlimmert. Wie viel von der Tätigkeit eines Dorfgeistlichen wirkte wie bloße Zeitvergeudung! Nicht daß ihm das Kummer bereitet hätte. Er ließ es als eine der Funktionen seines Amtes gelten und maß dem äußeren Anschein keine Wichtigkeit bei. Je älter er wurde, desto mehr wuchs in ihm die Überzeugung, daß alles mehr oder weniger illusorisch war – bis auf jene Flamme, jenen Beweggrund in der Seele, von dem er mit David gesprochen hatte. Alles übrige war nichts als Dunst.

Er fand seinen klapprigen Ford, kletterte hinein und fuhr nach Hause, wo er überrascht feststellte, daß es der freie Nachmittag seiner Haushälterin war und daß das Feuer in seinem Arbeitszimmer nicht mehr brannte. Es war seine eigene Schuld. Er hatte ihr gesagt, er werde zum Tee zu Hause sein, und statt dessen hatte er diese alberne Jagd nach Malony unternommen. Seine alte Mary verbrachte den Abend bei der Theatervorstellung des Frauenvereins und würde erst spät heimkommen. Aber bevor sie ging, hatte sie alles erledigt, was sie nur erledigen konnte, um es ihm behaglich zu machen. Sein Tee, sein Stückchen Sägemehlkuchen und drei dicke Brotscheiben mit Margarine standen vor dem erloschenen Kaminfeuer bereit; und sein Abendessen war auf dem Tisch im Eßzimmer angerichtet, daneben eine Schachtel Streichhölzer, um den Gaskamin anzuzünden.

Hilarys geräumiges Pfarrhaus war nach Norden gelegen und wurde niemals richtig trocken. Das merkte er selten, aber heute abend spürte er es. Die Kälte des Hauses traf ihn wie ein Schlag und bewirkte, daß er eine seltsame Bedrücktheit empfand, ein Gefühl, das ihm recht ungewohnt war. Und als er sein Abendessen mit in sein Studierzimmer nahm, um aus Tee und Abendessen eine einzige Mahlzeit zu machen, wurde er sich plötzlich eines unbehaglichen Gefühls im Magen bewußt. Und auch dieses Gefühl war ihm ungewohnt . . . Es müsse an der Kälte liegen, meinte er und kniete vorsichtig nieder, um das Feuer im Kamin anzuzünden.

Aber Hilary war in praktischen Dingen sehr unbeholfen. Zwanzig Minuten später war er noch immer mit dem Feuer beschäftigt. Da läutete es. Er erhob sich mühsam, wischte die schmutzigen Hände sauber und ging zur Tür. Auf der Schwelle, in einen schäbigen Mantel gehüllt und zitternd vor Kälte, stand Malony, stumm und ganz wie ein kranker Affe aussehend.

«Kommen Sie rasch herein, Mann», sagte Hilary heiter. «Verzeihen Sie, daß ich Sie in solch einem Zustand empfange. Aber meine Haushälterin hat Ausgang, und ich kann das Feuer in meinem Studierzimmer nicht zum Brennen bringen.»

Wenn Malony gezaudert hatte, einzutreten, so bewirkten diese letzten Worte eine völlige Sinnesänderung. Er trat rasch ein und schloß die Tür hinter sich. Hilary sah mit einem Blick, daß der Anfall vorüber war; Malony war völlig nüchtern, obgleich sichtlich noch erschöpft und niedergeschlagen. Auch geistig war er wieder wie gewöhnlich und nahm die Sorge um Hilarys Kaminfeuer mit seiner normalen Bereitwilligkeit auf sich. Im Nu war er im Studierzimmer, und im Nu loderte die Flamme auf.

«Malony», sagte Hilary, «Sie sind der tüchtigste Mensch in meiner Bekanntschaft.»

Malony stand auf und betrachtete verächtlich die Speisen auf dem Tisch. «Wollten Sie gerade zu Abend essen, Sir?»

«Wenn Sie mit mir essen wollen . . .»

«Wenn Sie gestatten, Sir, werde ich dieses Zeug in die Küche tragen und Ihnen etwas Warmes bringen», sagte Malony und räumte die wenig appetitlichen Speisen auf das Teetablett. Dann hob er das Tablett mit der einen Hand, schob mit der anderen Hilarys alten Lehnstuhl ans Feuer. «Sie sehen aus, als ob Sie Ruhe brauchten, Sir . . . ist im ‹Gnadenkraut› alles in Ordnung?»

Hilary sank dankbar in seinen Lehnstuhl. «Ja, ja, in schönster Ordnung. Caroline ist heute nach Hause gekommen.»

«Ich frage nur, Sir, weil mein Freund, der Wirt von der ‹Krone›, mir gesagt hat, daß Sie sich nach mir erkundigt haben.» Die dunklen Augen blickten besorgt aus dem runzligen Affengesicht. «Da bin ich hergekommen, um . . .»

«Ja, ja, es geht ihnen allen gut. Sie sind es, um den wir in Angst waren.»

«Mich haben Sie gesucht, Sir?» fragte Malony ungläubig.

«Sie gehören doch zur Familie, nicht wahr, Malony? Sie können nicht so einfach auf und davon gehen und uns einfach sitzenlassen.» Er streckte die Hand nach dem Telefonhörer auf seinem Schreibtisch aus. «Jetzt gehen Sie in die Küche und machen Sie uns ein ordentliches Abendessen zurecht, und ich werde drüben anläuten und sagen, daß Sie hier sind. Zweite Tür rechts. Heißer Kaffee wäre ausgezeichnet, aber ich weiß nicht, wo Mary ihn hingetan hat.»

«Ich werde ihn schon finden, Sir», sagte Malony höflich und verschwand mit jener geräuschlosen Flinkheit, die zu seinem Wesen gehörte.

Hilary rief George an und sagte ihm, er werde Malony nach Hause schicken, sobald er mit ihm gesprochen habe. Dann setzte er sich wieder in seinen Lehnstuhl und streckte die Füße behaglich ans Feuer. Das Zimmer erwärmte sich prächtig, und schon stahl sich der Duft von Kaffee und irgend etwas frisch Gebratenem herein. Hilary schnupperte erfreut und gab sich sekundenlang der vergnüglichen Vorstellung hin, er wäre auch einer jener alten Knacker, die vor dem Krieg in luxuriösen Stadtwohnungen gehaust hatten, betreut von einem ergebenen Diener. Dann aber schob er diese Träume entrüstet beiseite und erinnerte sich, daß er sein Abendlied noch nicht gesungen hatte. Er zog das Gebetbuch aus der Tasche, sammelte sich und begann, aber die Küchendüfte wurden immer verlockender und drängten sich zwischen ihn und seinen Gott, und so steckte er das Buch wieder in die Tasche und gab auf; es wäre doch nichts Rechtes geworden.

Er war tief gedemütigt. In seinen jungen Tagen hatte er geglaubt, das Alter würde Befreiung von der Schwäche des Fleisches mit sich bringen, und nun saß er da, und seine Seele hing an einer Bratpfanne. Immerhin war die Demütigung heilsam. Das war das Beste an den reifen Jahren, daß sie einem nicht viel übrig ließen, wozu man sich gratulieren konnte.

Malony kam mit hoch beladenem Tablett zurück. Er hatte einen zweiten Teller mitgebracht und stellte ihn zögernd auf den Tisch. «Sie meinten, Sir . . .»

Hilary stand auf und schob einen Stuhl heran. «Natürlich meinte ich. Und jetzt lassen Sie alle Förmlichkeiten, wie Sie auch den irischen Akzent fallen gelassen haben. Entledigen Sie sich für eine Weile all Ihrer Verkleidungen. Das wird Sie beruhigen. Sie erweisen mir eine große Ehre. Ich habe nicht jeden Tag einen berühmten Schauspieler zu Gast und noch seltener als Diener. Oho! Was haben Sie da Köstliches gebraten!»

Wie ein Schuljunge beugte er sich über die Platte, die vor ihm stand. Malony hatte mit Eipulver knusprige kleine Pfannkuchen gebacken, Würste dazugetan und mit Zwiebeln, Petersilie und Kartoffeln war ihm ein wahres Kunstwerk gelungen. Er hatte Toast geröstet und einen duftenden Kaffee gekocht. Hilarys dicke Brillengläser waren vom Dampf, der von der Schüssel aufstieg, angelaufen; er nahm sie ab und lächelte Malony zu.

Der Mann ihm gegenüber schwankte zwischen Ärger und Erleichterung, weil seine Verteidigungsstellung durchbrochen war, und seine Nerven zitterten noch, doch gleichzeitig war er ganz betroffen von der außerordentlichen Schönheit von Hilarys Augen ohne Brille, von ihrem tapferen, ehrlichen Blick und von der Wärme, die aus seinem beinahe demütigen Lächeln strahlte. Die überwältigende Kraft dieses Wohlwollens, vereint mit so viel Demut, wirkte wie ein plötzlicher, unerwarteter Angriff, der Malonys Deckung durchbrach, bevor er noch wußte, wie ihm geschah. Er wollte einem nichts Gutes erweisen, dieser Mann – dazu war er zu bescheiden; er wollte einfach neben einem dahintrotten, wollte einem ein wenig Gesellschaft leisten, weil er wußte, daß man vom Pech verfolgt war, und weil er meinte, so ein bißchen Kameradschaft würde einem nicht ungelegen kommen. Und er war aufrichtig. Er würde nichts sagen, was er nicht meinte. Und was er soeben von der ‹Ehre› gesagt hatte, war aufrichtig gemeint. Und er besaß gesunden Menschenverstand. Was man ihm sagte, wäre bei ihm gut aufgehoben.

«Ich möchte nicht behaupten, daß es keine Erleichterung ist, für eine Weile wieder einmal Jim Harris zu sein», sagte er plötzlich und griff zu. «Obgleich ich mich seinerzeit unter so vielen Verkleidungen verborgen habe, daß ich sie an- und ablegen kann wie Anzüge. Und daß ich Sie mit ‹Sir› anrede, das ergibt sich ganz von selbst – ich stamme nicht wie Annie-Laurie aus gutem Bauerngeschlecht. Ich bin in einem Armenviertel in Clerkenwell auf die Welt gekommen. Mein Vater hatte dort eine Schenke. Dort habe ich mir auch das Trinken angewöhnt, das der Fluch meines ganzen Lebens gewesen ist.»

Hilary hatte seine Brille abgewischt und griff reichlich zu. «Es hängt an Ihnen wie eine tote Henne, die man einem Terrier um den Hals bindet», sagte er mitleidig. «Läßt einen nicht locker. Ich kenne das! Bei mir ist es gewissermaßen ein Wühlen in Selbstverachtung, ein Stolz mit verkehrtem Vorzeichen. Wenn mein Glaube ins Wanken geraten will, dann verfalle ich dieser Sucht wie Sie dem Trinken.»

«Wenn Ihr Glaube ins Wanken gerät?» fragte Malony. «Daß ein Mann wie Sie daran leiden sollte, klingt wahrhaftig seltsam. Ich meinte, der Glaube sei das, wovon der Geistliche lebt.»

«So ist es auch», sagte Hilary. «Es ist das, wovon jedermann lebt. Aber Sie wissen, wie es einem an dunklen Tagen geht; daß einen scheinbar das verläßt, wovon man lebt, macht einen hoffnungslos. Natürlich nur scheinbar, denn schon die Tatsache, daß man unglücklich ist, weil man meint, man habe seinen Glauben verloren, bedeutet, daß man ihn recht gründlich besitzt. Wenn Sie keinen Glauben hätten, dann wäre Ihnen das doch alles gleichgültig, nicht?»

«Ich weiß nicht», sagte Malony mit düsterer Genugtuung. «Ich habe keinen Glauben.»

«Und doch tragen Sie alle Merkmale des Glaubens an sich. Sie sind ungefähr der uneigennützigste Mensch, den ich je kennengelernt habe. Wenn Sie nicht an die Möglichkeit von etwas Göttlichem im Menschen glauben – warum sollten Sie sich dann so plagen, wie Sie es tun? Wie sind Sie überhaupt zum Trinken gekommen?»

«Es war alles so häßlich. Ich war ein romantischer junger Mann. Ich dachte, das Leben müßte doch anders ausschauen, als es war. Und dann hat ein Freund mich hereingelegt.»

«Jetzt haben wir's», sagte Hilary gemütlich. «Sie hatten an Schönheit, an Treue geglaubt. Wenn Sie betrunken waren, dann konnten Sie noch immer daran glauben. Andernfalls hätten Sie wohl nicht getrunken. Noch eine Tasse Kaffee! Und stellen Sie die Schüssel dorthin!»

Plötzlich lachte Malony zufrieden. Er hatte so verzweifelt gefroren, jetzt aber, mit dem Kaffee und vor dem Kaminfeuer, war ihm warm geworden. Und er hatte sich so entsetzlich unglücklich gefühlt, hatte sich nicht vorstellen können, daß überhaupt noch jemals ein Lachen möglich war; doch Hilarys drollige Erscheinung, das spärliche, wirre graue Haar, die angelaufenen Brillengläser, die aufgestützten Ellbogen, als er sich heiter und behaglich über sein Essen hermachte, das alles kitzelte seine komödiantische Ader. Nicht daß er sich über diesen Mann lustig gemacht hätte; das hätte er niemals getan, nachdem er einmal, als Hilary die Brille abnahm, dessen wahres Wesen erkannnt hatte. Aber er entdeckte überrascht, daß er gemeinsam mit Hilary über die törichte Großtuerei der menschlichen Natur lachte. Natürlich waren Glaube und Leben gleichbedeutend, und Hilary hatte recht, als er Malonys anmaßende Behauptung widerlegte, man könne das eine ohne das andere besitzen, ebenso wie Hilary recht hatte, wenn er ganz unverhohlen zugab, daß ein Mann Gottes sich auch am Essen erfreuen dürfe. Zurückhaltung lag nicht in Malonys Natur, wenn sie ihm auch in den letzten Jahren aufgezwungen worden war. Sie fiel von ihm ab, als er sich jetzt noch eine Tasse Kaffee einschenkte, die Stiefel ans Feuer streckte und sich mit unendlicher Erleichterung in seinem Lehnstuhl zurücklehnte, beinahe wie ein Mann, den man von einem Schmerz befreit hat. Hilary, der die Hand nach der Kaffeekanne ausstreckte und um göttliche Führung flehte, blieben diese Zeichen nicht verborgen. Jetzt sollte er Malonys Geschichte erfahren, und aus der Darstellung der bloßen Tatsachen mußte er das Gerippe bauen, das er aus eigener Erfahrung und Einsicht mit Fleisch und Blut des lebendigen Menschen zu umhüllen hatte; wenn ihm das mißlang, dann konnte er dem Mann nicht helfen. Er aß keinen Bissen mehr, sondern goß sich auch eine Tasse Kaffee ein.

3

Malonys Vater war als echtes Londoner Kind aufgewachsen, die Mutter war die Tochter eines Italieners, der einen Delikatessenladen besaß. Er hatte seine Mutter sehr geliebt; sie war heiter und liebenswürdig gewesen, aber früh gestorben. Sie war zuviel umhergestoßen worden und empfand alle Dinge, die frohen wie die traurigen, allzu intensiv. Aber sie hatte ihrem Sohn ein Erbteil hinterlassen. Von ihr hatte er die musikalische Begabung, die Frohnatur, und zudem blieb ihm ein in Clerkenwell ungewöhnlicher Respekt vor dem weiblichen Geschlecht.

Der Kamerad, der ihn hereingelegt hatte, war der Anlaß gewesen, sozusagen das Sprungbrett, von dem aus er in die Welt gesprungen war. Er hatte den Zug genommen und war nordwärts gefahren, wo der Himmel fast immer bewölkt war und die Leute breiter sprachen und weniger verschwenderisch mit ihrer Freundschaft waren, dafür aber zuverlässiger.

Er hatte in Maschinenfabriken gearbeitet. Er war intelligent, und sein Witz, seine Schlagfertigkeit, sein unerschöpfliches Repertoire von Schlagern machten ihn überall beliebt. Und dennoch kam er nicht recht vorwärts. Irgendwie wurde er immer wieder hereingelegt, und dann trank er, und so wurden ihm Vertrauensstellungen verweigert, zu denen er sich sonst hätte aufschwingen können. Und die Industrie war zu starr und unpersönlich, um ihn auf die Dauer zu befriedigen. Er hatte das Gefühl, bei dieser Arbeit zu verkümmern, und die wiederholten Enttäuschungen bewirkten, daß er ständig die Stelle wechselte.

Zuletzt war er Elektriker, Kulissenschieber und Mädchen für alles bei einer kleinen Schauspieltruppe in Wales geworden. Und da entdeckte man sein Talent, und er durfte kleine Rollen spielen. Endlich fühlte er sich glücklich. Die Kameradschaftlichkeit der kleinen Truppe, die Beliebtheit beim Publikum, das vor Lachen brüllte, wenn er auftrat, und ihn mit keltischer Wärme ins Herz schloß, bot ihm alles, wonach er sich gesehnt hatte. Er durfte freudig geben, was er an Talent besaß, es wurde freudig angenommen und mit jener Herzlichkeit erwidert, ohne die er nicht leben konnte. Doch all das reichte nicht bis in die Tiefe. Bei allem Glück fühlte er sich nicht völlig befriedigt. Und dann schloß sich Annie-Laurie der Truppe an.

Im Nu hatte er sich in sie verliebt. Bisher hatten Frauen nicht im Mittelpunkt seines Lebens gestanden; aber Annie-Laurie erfüllte ihn vollständig. Ihr bloßes Vorhandensein entsprach allem, wonach er sich sehnte. Was nur einem einzigen Mann, einer einzigen Frau unter Tausenden widerfährt, war ihm geschenkt worden – die restlose Hingabe an ein menschliches Wesen, ein Gefühl von solcher Kraft, daß es bis zum Ende aller Zeiten nicht verlorengehen konnte.

Einige Male in seinem Leben war Hilary solch einer Liebe begegnet, und er wußte, daß sie etwas Erschreckendes war und die Menschen in kaum erträglichem Maße konnte leiden lassen. In geringerem Grade, entsprechend der geringeren Intensität seiner Natur, empfand der gute George solch eine Liebe für Nadine . . . und die arme Sally mochte sie für den anscheinend undankbaren, ahnungslosen David empfinden . . . Und diese Leidenschaft konnte manchmal ebenso erbarmungslos gegen den Liebenden wie gegen den Geliebten sein. Ihr Ansturm war für die junge, unerfahrene Annie-Laurie zu gewaltig gewesen. Sie war fortgerissen worden, und ehe sie wußte, wie ihr geschah, war sie mit Malony verlobt.

Sie wußte nicht, daß sie ihn täuschte, denn das Gefühl der Dauerhaftigkeit und Stärke seiner Liebe verlieh ihr eine Sicherheit, die sie sehr beglückte. Obgleich sie wußte, daß ihre Mutter ihren Vater gefürchtet hatte, wußte sie doch nicht, daß Furcht in ihren Charakter verwoben war und daß sie sich ihr ganzes Leben lang mehr nach Geborgenheit als nach irgend etwas anderem sehnen sollte. Sie hielt ihr Glück für Liebe. Sie blühte darin auf wie eine Blume, in kürzester Zeit wurde sie eine ausgezeichnete Schauspielerin, und die Hauptrollen fielen ihr zu. Sie liebte ihre Kunst, sie glaubte Malony zu lieben, und sie hielt sich für wunschlos glücklich.

Doch in ihr brannte das Feuer ihrer Rasse, und es verschonte sie nicht. In jenem Frühjahr sollte ein neues zugkräftiges Stück einstudiert werden, dessen Hauptrolle ihr besser lag als alle andern Rollen, die sie bisher gespielt hatte. Aber im Ensemble war keiner recht geeignet, ihr Partner zu sein. Der Direktor versprach sich sehr viel von diesem Stück, und so ließ er einen Freund aus London kommen, Luke Redmayne, einen ausgezeichneten Schauspieler und einen Mann von großer Anziehungskraft. Er und Annie-Laurie waren mit eigentümlicher Vollendung aufeinander eingespielt, jedes Wort und jede Geste brannten vor Überzeugungskraft, hinter der Liebe, die sie darstellten, hatte sich eine wirkliche Liebe entzündet, und so wirkte ihr Spiel ebenso blendend wie buntes Glas, hinter dem die Sonne leuchtet. Das Stück wurde in London aufgeführt, auch dort spielten die beiden die Hauptrollen, Annie-Lauries Verlobung mit Malony wurde gelöst, und binnen kurzem hatte sie ihren Partner geheiratet.

Malony war bei all seiner Leidenschaftlichkeit gerecht und versuchte nicht, den Mann herabzusetzen, der ihm Annie-Laurie genommen hatte. Luke Redmayne war vornehmer Herkunft und gebildet, und so fühlte Annie-Laurie sich durch seine Wahl ebenso geehrt, wie Malony durch Annie-Lauries Wahl geehrt gewesen war. Aber er war ein Mann ohne Erbarmen, weder mit sich, noch mit andern. Das gehörte, wie Malony zugestehen mußte, zu seinem Charme. Er war eine biegsame Klinge, schnell, geschmeidig, schön, aber eiskalt und mit einer scharfen Schneide, die nach Blut dürstete. Und er war auch von einem Verlangen nach Macht besessen, das ihm keine Ruhe ließ. Es war die Sucht nach Macht, die aus ihm einen Schauspieler, einen leidenschaftlichen, aber unbeständigen Liebhaber gemacht hatte; und auch einen fanatischen Kommunisten. Seine politische Richtung war seine Religion. Er sah im Kommunismus eine Möglichkeit zur Beherrschung der Welt durch eine Idee, die ihn blendete und begeisterte. Er war der geborene Tyrann. Malony hielt ihn geistig nicht für völlig normal. Und doch war Luke vollkommen aufrichtig. Er gab leichten Herzens eine vielversprechende Laufbahn auf, verließ eine reizende Frau, um in Spanien für seine Überzeugung zu kämpfen.

Von jener Zeit, da Annie-Laurie ihn Lukes wegen verlassen hatte, sprach Malony nur wenig. Hilary begriff, daß er durch die Hölle gegangen war, daß er wieder begonnen hatte zu trinken, daß man ihn entlassen hatte und er nach London übersiedelt war. Er hatte nicht beabsichtigt, Annie-Laurie zu belästigen, er versuchte nicht einmal sie zu treffen, aber schließlich durfte er doch in der Stadt sein, wo auch sie lebte, und sie dann und wann auf der Bühne sehen. Das war schon etwas. Doch auch zu diesem Zweck mußte er irgendwie sein Leben verdienen, und so riß er sich zusammen und suchte wieder eine Beschäftigung. Er hatte nun einmal festgestellt, daß er sich auf der Bühne glücklicher fühlte als an der Drehbank. Er ging zur Music Hall über, und nach hartem, aber verhältnismäßig kurzem Kampfe errang er einen Erfolg, der ihm allerdings, von Annie-Laurie getrennt, nichts bedeutete.

Annie-Lauries Laufbahn verlief nur so lange erfolgreich, als sie zusammen mit Luke auftrat. Wenn sie auch eine hochbegabte Künstlerin war, reichte ihre Ausbildung doch für London nicht aus, und ohne die Hilfe ihres Gatten vermochte sie die Stellung nicht zu behaupten, die sie errungen hatte. Weder er noch sie hatten etwas erspart. Und so folgten schwere Zeiten bis zu dem Tag, da die Nachricht von Lukes Tod eintraf und Malony wieder in ihrem Leben auftauchte. Sie wollte kein Geld von ihm annehmen, aber sie war bereit, mit ihm aufzutreten und mit seiner Hilfe den Weg zum Erfolg zu finden. Aber erst zwei Jahre nach Lukes Tod war sie bereit, ihn zu heiraten. Sie hatte Luke geliebt, und auch seine Grausamkeit und Unbeständigkeit hatten diese Liebe nicht zu töten vermocht. Sie liebte Malony nicht, aber sie wußte, wie verzweifelt er sie brauchte, und sie hatte ihn gern; auch verlieh ihr seine unerschütterliche Treue jenes Gefühl der Geborgenheit, dessen sie zutiefst bedurfte. Dann hatten sie ein Kind, ein kleines Mädchen, und da ergab es sich, daß sie eine jener Frauen war, denen die Mutterschaft ein naturgemäßes, freudenvolles Erlebnis bedeutet. Malony war ganz außer sich vor Entzücken, und eine Zeitlang waren sie vollkommen glücklich.

Dann aber kam Luke zurück; als kranker Mann. Er war schwer verwundet worden, man hatte ihn lange Zeit in den spanischen Bergen verborgen gehalten, Bauern hatten für ihn gesorgt, und er hatte nicht mehr gewußt, wer er war, noch wo er war. Er verlangte nicht, daß Annie-Laurie zu ihm zurückkehren solle; er bot ihr die Scheidung an. Aber er bedurfte ihrer, er war zu krank, um sein Brot zu verdienen, und besaß nichts. Sie wiederum meinte, er brauche sie noch nötiger als Malony. Und so kehrte sie zu ihm zurück.

«Damals konnte ich das nicht einsehen», sagte Malony zu Hilary. «Ich fand, sie sei mir stärker verpflichtet als ihm, denn ich war am Ende ein treuer Mann gewesen und er nicht . . . und wir hatten doch ein Kind . . . es kam mich verdammt hart an, alle beide zu verlieren.»

«Sie hätten doch das Kind behalten können», sagte Hilary.

Malony schüttelte den Kopf. «Nein, sie vergötterte Midge.»

Weder er noch sie . . .

. . . hatten etwas erspart, und so folgten schwere Zeiten. Alles andere wäre ja auch ein Wunder gewesen.

Nicht, daß Erspartes alles erleichterte, aber es nimmt einem doch vieles ab.

Du trägst sehr leicht, wenn du nichts hast, aber Reichtum ist eine leichtere Last – fand schon Goethe.

«Sie doch auch.»

«Ja, aber ich hatte das Kind nicht geboren. Annie-Laurie hatte schlimme Zeiten erduldet, als die Kleine auf die Welt kam. Und Midge brauchte sie. Sie war ein sehr zartes, kleines Ding. Aber dabei war sie immer so vergnügt. Wir hatten ihr Annie-Lauries Glöckchen ans Bett gebunden, und wenn man sie lachen hören wollte, mußte man nur die Glöckchen klingen lassen.» Er brach jäh ab.

Sie waren jetzt mit dem Abendessen fertig und rauchten. Hilary zog an seiner Pfeife und sagte nichts. «Midge ist an einer Bronchitis gestorben», fuhr Malony fort. «Wenn Annie-Laurie mir erlaubt hätte, ihr ein wenig mehr zu helfen, so wäre es nie dazu gekommen. Hätten sie bequemer wohnen können, dann hätte die Kleine sich wahrscheinlich nicht erkältet. Und damit hatte es angefangen. Aber nachdem Annie-Laurie einmal wieder bei Luke war, wollte sie so gut wie nichts von mir annehmen – gerade nur eine Kleinigkeit für Midge, das war alles. Sie hatte schwer zu kämpfen, denn sie wollte nicht mehr mit mir zusammen auftreten, und sie war zu müde und zu entmutigt, um sich allein durchzusetzen. Ich erfuhr erst später, wie hart sie zu kämpfen hatte. Ich habe sie ja kaum zu sehen bekommen. In ihre Wohnung konnte ich nicht gehen, weil Luke, der arme Teufel, verflucht eifersüchtig war. Hin und wieder trafen wir uns im Park oder sonstwo, wenn sie den Wagen ausfuhr. So konnte ich auch das Kind sehen. Das war alles. Aber sie wollte nicht viel reden – sie meinte wahrscheinlich, das wäre nicht anständig gegen Luke. Es war eine verfahrene Lage. Dann starb Midge, und nach dem Begräbnis wollte Annie-Laurie mich überhaupt nicht mehr sehen.

Und dann brach der Krieg aus. Ich meldete mich, aber sie wollten mich nicht haben. Da veranstaltete ich Vorstellungen für die Soldaten. Das war das einzige, wozu ich taugte. Ich konnte nur vermuten, wie es nach Midges Tod um sie bestellt war, und von andern Leuten, nicht von ihr, hörte ich, daß es zwischen ihr und Luke nicht mehr klappen wollte; sie schrieb mir nicht einmal.»

«Wahrscheinlich hätte sie das auch für unkorrekt gegen Luke gehalten», sagte Hilary begütigend. «Wenn ich Annie-Laurie richtig verstehe, so sind in ihr viele gute Eigenschaften vereinigt – Treue, Aufrichtigkeit, der rechte Stolz . . .»

«Ja, stolz ist sie», sagte der arme Malony düster. «Stolz wie Lucifer. Und ehrlich. Ich glaube, sie würde eher sterben, als auch nur den Schimmer einer Lüge zu sagen. Und wenn es sie das Leben kosten sollte. So verängstigt sie während dieses verdammten Prozesses war – und wenn man's ihr auch nicht ansieht, sie hatte immer gegen ihre Angst zu kämpfen –, so hat sie sich doch im Kreuzverhör niemals widersprochen, hat nichts verdreht, sondern immer die gleichen, einfachen, wahrheitsgemäßen Erklärungen abgegeben. Ihr Anwalt hatte eine große Mühe, sie davon abzubringen. Sie wollte sich ihm nicht anvertrauen. Das Wenige, was sie wahrheitsgemäß aussagen konnte, das hat sie gesagt, aber kein Sterbenswort mehr. Es sah so aus, als könnte sie nicht die ganze Wahrheit sagen, aber sie wollte die Lücken nicht mit Lügen ausfüllen; nicht einmal um ihr Leben zu retten.»

«Ihnen hat sie natürlich die ganze Wahrheit erzählt?»

«Nein. Bis zum heutigen Tage hat sie mir nichts anderes gesagt als das, was sie schon bei der Verhandlung gesagt hatte.»

«Wie hat sie erklärt, daß sie ihrem Mann das falsche Schlafmittel gegeben hatte?»

«Sie sagte, es sei eben ein Irrtum gewesen. Obgleich die richtige Schachtel für sie bereit lag, hat sie sie doch nicht gesehen. Sie glaubte, der Apotheker habe vergessen, ihr die Schachtel bereit zu legen, und so machte sie den Schrank auf und nahm heraus, was sie für das richtige Mittel hielt.»

«Bei der Verhandlung wurde doch festgestellt, daß die richtige Schachtel an demselben Platz wie auch sonst lag und daß es kaum möglich war, sie nicht zu sehen.»

«Ja, aber da kam Fliegeralarm. Sie hatte schreckliche Angst vor den Luftangriffen, wenn sie auch so viel Selbstbeherrschung besaß, daß sie es keine Seele merken ließ. Sie hat sich nie gehen lassen; auch wenn sie allein war nicht. Gefährliches Spiel, das! Da glaubt man, daß man sich immer in der Gewalt hat, und dann bei einer Krise sind die Nerven geschwächt und der gewohnte Tastsinn und das Auge versagen. Man ist verwirrt, betäubt. Und Annie-Laurie kann Lärm nicht vertragen. Ein Luftangriff hat sie immer ganz wirr gemacht. Ich kenne sie, und darum weiß ich, daß sie die Schachtel sehr wohl zwischen den Fingern und vor den Augen haben konnte und sie weder gefühlt noch gesehen hat. Als sie sagte, daß sie die Schachtel nicht gesehen habe, hat sie die Wahrheit gesprochen.»

Und Sie meinen, daß damit die ganze Geschichte erklärt ist?»

«Nein. Es gibt noch ein bißchen mehr, was Annie-Laurie aber zu keiner Seele gesagt hat. Sie können ja selbst sehen, daß sie unglücklich und aus dem Gleichgewicht ist. Manchmal denke ich, wenn sie es nicht schafft, sich einmal alles von der Seele zu reden, wird sie bald den Verstand verlieren.»

«Haben Sie sie aufgefordert, Ihnen alles zu sagen?»

«Nein. Das wäre der sicherste Weg, ihr für den Rest des Lebens die Zunge festzubinden. Sie kennen Annie-Laurie nicht. Sie ist verdammt hartnäckig. Sie läßt sich nicht zwingen. Wenn man's versucht, flieht sie genau in die entgegengesetzte Richtung. Sie wird's mir sagen, sobald sie dazu imstande ist. Ich warte eben. Sie weiß, daß es mir gleich ist, was sie getan hat oder was sie nicht getan hat. Was sie auch getan haben mag, war ganz gewiß in Übereinstimmung mit dem, was sie ist. Und nur darauf, was sie ist, kommt es mir an; wozu also die ganze Geschichte? Sie weiß, daß ich an sie glaube – wie an die Sonne. Keine Wärme, kein Licht, kein Leben ohne sie.»

«Sie trägt keinen Ehering.»

«Sie meint, daß sie kein Recht darauf hat. Wenn's um die Heirat geht, dann dreht sie vollends durch. Weil sie gleichzeitig mit zwei Männern verheiratet war, glaubt sie, daß sie im Grunde mit keinem von beiden verheiratet gewesen ist.»

«Warum aber habt ihr nach Lukes Tod nicht wieder geheiratet?» fragte Hilary.

«Eines Nachts, als es ihm besonders schlecht ging und er glaubte, es sei mit ihm zu Ende, da hat er ihr das Versprechen abgenommen, daß sie nie wieder meine Frau sein wolle.»

«Dieser Teufel!» rief Hilary heftig.

«Er war krankhaft eifersüchtig. Und nicht ganz bei Sinnen, der arme Kerl!»

«Meiner Ansicht nach», erklärte Hilary, «ist solch ein Versprechen am Sterbebett nicht bindend. Es war ein Versprechen, das er nicht verlangen und sie nicht geben durfte.»

«Für Annie-Laurie ist ein Versprechen ein Versprechen.»

«Und wie steht es mit dem Versprechen, das sie Ihnen gegeben hat, als sie Sie heiratete? Nach Lukes Tod war es ganz bestimmt dieses Versprechen, das gehalten werden mußte.»

«Ihr erstes Wort vor dem Altar hatte sie Luke gegeben. Das Versprechen, das sie mir gab, war, ihrer Meinung nach, durch Lukes Rückkehr ungültig geworden.»

«Man kann es auch so ansehen. Armes Geschöpf! Was für eine Wirrnis! Und doch kann ich sie nicht verstehen. Bei ihrem redlichen Charakter hätte ich gedacht, daß es ihr weniger schuldhaft erscheinen müßte, das Wort zu brechen, das sie Luke gegeben hat, als mit Ihnen zu leben, ohne mit Ihnen verheiratet zu sein.»

«Wir leben nicht miteinander», sagte Malony düster.

Hilarys Unterkiefer sank herab, und seine Pfeife fiel hinter das Kamingitter. «Sie wollen sagen – daß –»

«Genau das, was ich sage», erwiderte Malony, und seine Züge verdüsterten sich noch mehr. «Die Frauen – sie begreifen nicht, wie hart das für einen Mann ist. Ich habe nie eine andere Frau angeschaut, seit ich Annie-Laurie kenne. Aber von Zeit zu Zeit trinke ich eben.»

«Jetzt ist meine Pfeife entzwei», sagte Hilary. «Na, ich bin doch froh, daß ich Sie richtig kennengelernt habe. Ich habe im Laufe der Zeit viele prächtige Kerle kennengelernt; aber ich möchte doch sagen, daß keiner sich mit Ihnen vergleichen läßt. Nun, ich habe so ein Gefühl, als wäre das Ende nicht mehr fern. Sie sagen, daß Sie einfach warten? Nun, warten Sie noch ein wenig länger. Sie werden damit fertig werden.»

«Wir werden anscheinend niemals damit fertig werden», sagte Malony unglücklich. «Wir müßten zur Bühne zurück. Das ist unser Beruf, und dafür sind wir geschaffen. Aber dort weiß jeder Mensch alles von uns, und das ist zuviel für Annie-Laurie. Sie ist eingeschüchtert, die Arme. An sich denkt sie gar nicht so sehr. Sie hat mich angefleht, ich solle sie doch verlassen und allein zur Bühne zurückgehen. Ich würde das tun, wenn ich glauben könnte, es sei auch für sie das Beste. Aber das wär's nicht. Sie ist noch immer an Leib und Seele krank, und bei mir fühlt sie sich geborgen. Das ist es, was sie vor allem braucht – Geborgenheit. Und so schleppen wir uns eben mit einer Verrücktheit nach der andern weiter.

Ich dachte, das Hausboot würde ihr guttun; sie wäre im Sommer an der frischen Luft, ihre Nerven könnten sich beruhigen. Und so war's auch. Und ein wenig Spaß war auch dabei. Auf dem Hausboot war sie gut gelaunt. Und mir hat es auch Vergnügen gemacht. Ich konnte mich wieder als Schauspieler fühlen, der auf diesem Hausboot den Narren spielt.» Er lächelte in der Erinnerung. «Ben nannte mich einen Troubadour, als wir damals im ‹Gnadenkraut› auftauchten. Ich bin ihm noch heute dafür dankbar. Ohne etwas zu ahnen, hat er doch den Schauspieler in mir erkannt.»

Und noch mehr, meinte Hilary bei sich. Malony wußte wahrscheinlich nicht, daß einige der ersten Troubadoure mehr waren als wandernde Sänger. Auf ihren Fahrten von Land zu Land, von Burg zu Burg waren sie die Verbindungsglieder zwischen den Angehörigen einer Geheimgesellschaft, die mystischen Lehren anhing. Die Worte ihrer Lieder waren symbolisch; nur die Eingeweihten vermochten sie richtig zu deuten. Entdeckung bedeutete den Tod, doch diese Troubadoure fanden sich damit ab, und es gehörte zu ihrem Tagewerk. Malony sei solch ein Troubadour, meinte Hilary. Er gehörte zu der geheimen Bruderschaft vom ‹Gnadenkraut›.

15. Kapitel

1

Diesmal war Tommys Heimkehr fällig. Er war aufgeregt, aber doch nicht so aufgeregt, wie Caroline es gewesen war; der Unterschied war so groß, daß er es sogar über sich brachte, die Reise um zwei Tage zu verschieben, um das Wochenende bei einem Freund zu verbringen und sich in den Besitz eines nicht ganz neuen Motorrades zu setzen, dessen der ältere Bruder seines Freundes nicht mehr bedurfte. Ein Motorrad sein eigen zu nennen, war das höchste Ziel seiner Wünsche gewesen, aber Anspielungen in dieser Richtung waren bisher bei seinen Eltern auf taube Ohren gestoßen. George hatte erklärt, er könne es sich derzeit nicht leisten, seinen Söhnen Motorräder anzuschaffen. Nadine wiederum meinte, Motorräder seien gefährlich, und selbst wenn man in der Lage wäre, eines zu kaufen, würde sie doch keine ruhige Minute mehr haben, sobald Tommy mit solch einer Höllenmaschine außer Sicht wäre. Nach mehrfachen Ablehnungen hatten sie die Sache als erledigt angesehen. Nicht so Tommy. Er verbrachte eine Woche seiner Sommerferien bei seinem Freund und lernte insgeheim fahren. Und nun gehörte es ihm. Natürlich war noch eine Kleinigkeit zu regeln – die Zahlung. Aber dafür würde sich später Rat finden. Von der Schule aus hatte er seiner Mutter eine Postkarte geschickt:

‹Eintreffe Mittwoch. Schicke Koffer voraus. Ihr könnt ihn auspacken, wenn's Euch Spaß macht. Dein und Vaters Weihnachtsgeschenk bringe ich mit; wenn ihr sonst noch was für mich habt, kann's bis zum Geburtstag liegen bleiben. Freue mich, daß Tante Rose jetzt bei Euch als Köchin ist. Wie wäre es mit einem Rumauflauf zum Abendessen? Und wir könnten auch Wildente haben, wenn Vater eine erwischt; mit Brunnenkresse dazu. Und nachher geröstete Käseschnitten. Gruß, Tommy.›

Und jetzt stand er an einem dunklen frostigen Wintermorgen auf dem Hof seines Freundes, in einen Overall gehüllt, der viel zu groß, aber als Zugabe zu dem Motorrad gespendet worden war, richtete die Schutzbrille – auch eine Zugabe – und schaute fröhlich zum Himmel auf. Man erwartete ihn natürlich mit dem üblichen Abendzug, aber er wollte ihnen eine Überraschung bereiten. Wenn er so früh am Morgen abfuhr, konnte er zum Mittagessen zu Hause sein. Das würde ein Aufsehen geben! Und sie hätten ihn um fünf Stunden länger, als sie erhoffen konnten. Das war doch gewiß eine Freude für sie! Er zog die Lederhandschuhe an, bestieg sein kostbares Rad, und mit einem greulichen Rattern und Rauch und Gestank – die Maschine war schon recht bejahrt – flitzte er aus dem Hof und auf die stille Landstraße hinaus. «Töfftöff!» schrie er lustig. So mußte man reisen! Eine menschenwürdigere Art gab es überhaupt nicht! Heute hier – morgen schon in der nächsten Woche! Weiler verschluckt, Dörfer und Städte übersprungen – immer was anderes am Horizont! Ach, verflucht, wie schön!

Und es ging heim! Heim ins ‹Gnadenkraut›! Heim zu dem fröhlichen alten Haus, wo der Fluß an der Gartenmauer leckte und wo man sich den ganzen Tag im Boot herumtreiben konnte. Jetzt war Winter. In den alten Stuben brannten die Scheiter. Er würde mit Vater auf die Jagd gehen. Und das sollte eine Jagd werden! Irgendwo würde er sich auch ein Pferd beschaffen. Und dann war ja auch noch das prächtige Motorrad da! ‹Sohn des Donners› sollte es heißen! Und Tag für Tag wollte er auf dem ‹Sohn des Donners› durch die Gegend streifen. Natürlich gab es auch das Problem des Benzins, aber während der Ferien benützte Vater seinen Wagen nur selten. Ihm würde es nur guttun, wenn er ein wenig mehr zu

Fuß ging. Ach, wie schön war das Leben auf dem Lande. Viel besser als in der Stadt. Und wie gut, daß sie das ‹Gnadenkraut› gekauft hatten. Ein nettes altes Haus, das ‹Gnadenkraut›. Ein wirkliches Heim. Er hatte bereits den Weihnachtsbaum bestellt. In Chelsea hatten sie keinen gehabt, da war kein Platz gewesen. Jetzt aber sollte es einen geben. Einen großen in der Halle. Das würde eine Pracht sein. Und Geschenke für alle sollten daran hängen. Schade, daß er keine Geschenke für die Familie hatte. Alle hätten etwas bekommen sollen, aber das Leben in der Schule war teuer gewesen, und jetzt war er völlig pleite. Das war weiter nicht schlimm. Er würde es ihnen erklären, und sie würden es ihm nicht übelnehmen. Dafür hatten sie ja ihn selber. Und war es nicht nett, ihn fünf Stunden früher zu haben als erwartet?

Er malte sich ihre Freude aus und lachte. Ihm machte es Spaß, wenn er den Leuten Freude bereiten konnte. Dann, als das weiße Band der Straße unter ihm dahinglitt, schrie er laut vor Vergnügen und gab seine berühmte Nachahmung des Entenquakens zum besten. Guter, alter Sohn des Donners! Er mochte alt sein, er mochte einen höllischen Gestank hinter sich zurücklassen und einen teuflischen Lärm machen, aber er lief hervorragend. In diesem Tempo würde er noch früher daheim sein, als er geglaubt hatte.

Es war ein herrlicher Morgen. Die letzten vierzehn Tage waren kalt gewesen, jetzt aber war das Wetter schön, beinahe wie im Frühling. Das gab wahrscheinlich grüne Weihnachten. Über ihm auf dem blaugrünen Himmel glänzte noch ein großer Planet mit einem kleinen Satelliten, der zu seinen Füßen kniete.

Nun graute der Morgen; nicht jener flammende Himmel, der Sturm verkündete, sondern eine goldene Dämmerung, die unendlich verheißungsvoll war. Vom Osten her flogen die Vögel in Keilformation, und der Dunst hob sie in weichen, sonnendurchglänzten Windungen. Die Welt gewann wieder Farbe. Das Gras war so leuchtend grün, als loderte es aus irgendeinem in der Erde verborgenen Feuer hervor; die fernen Wälder trugen das erstaunlich tiefe Rot und Violett ihres Winterkleides zur Schau; die Böschungen waren mit Flechten und Moos besetzt wie mit Edelsteinen, und darüber schimmerten die nassen Hecken im Licht.

Es kann auch im Winter auf dem Lande heiter sein. Im ‹Gnadenkraut› zum Beispiel. Der Fluß wird silbern blitzen, und wenn die Sonne hinter dem Ritterwald untergeht, wird alles wie mit Kerzen erhellt sein. Ganz wie am ersten Abend.

Wenn er auch nach einer Stunde Fahrt hungrig wie ein Jäger war, machte er doch nicht halt. Einmal in Gang gebracht, raste der Sohn des Donners dahin wie der Wind, aber es bestand immerhin die Gefahr, daß er, nach einer Unterbrechung, nicht wieder anspringen würde. Kein Zweifel, bei seinem respektablen Alter war der Sohn des Donners launisch geworden. Auch wollte Tom keine Minute verlieren, denn wenn er etwa um halb zwölf zu Hause ankam, konnte er noch Weisungen fürs Mittagessen erteilen. Es wäre doch sehr verlockend, wenn er sich Dorschfilet und Makkaronipudding bestellen könnte!

Die Sonne stieg immer höher, und die Meilen entflohen unter ihm. Durch den Rausch der Geschwindigkeit fühlte er sich in Hochstimmung. Und wie das immer geschieht, wenn man längere Zeit im Freien ist, hörten Sonne und Wind auf, unpersönliche Elemente zu sein, und wurden seine Freunde. Der Wind lachte an seinem Ohr, und die Strahlen der Sonne waren wie eine Liebkosung; wie das Streicheln der zarten Hand seiner Mutter . . . So begrüßte sie ihn immer, wenn er heimkam, ihre Hand fuhr kosend über seine Wange, als wollte sie ihm zum Bewußtsein bringen, daß er zu Hause war . . .

Als ihm dieser höchst sentimentale Vergleich in den Sinn kam, errötete er heftig. Dann lachte er voller Entzücken. Mutter! Noch eine Stunde, und er war bei ihr. Sie war doch eine prachtvolle Frau. Wenn er mehr Gas gab, konnte er schon in vierzig Minuten bei ihr sein. Und Vater war übrigens auch ein Prachtkerl. Kein alter Knacker! Und Ben war ein guter Junge, wenn auch ein wenig verrückt. Caroline und die Zwillinge waren auch nicht so schlimm. Nein, er hätte es mit seiner Familie auch schlechter treffen können. Er fuhr jetzt zu schnell, das wußte er, aber der Verkehr war gering. Und wenn er in die Nähe menschlicher Siedlungen kam, würde er verlangsamen, denn er legte gar keinen Wert darauf, dem Hüter des Gesetzes in die Arme zu fallen. Er besaß noch keine Fahrerlaubnis.

Das Glück war mit ihm. Es gab kein Hindernis und keine Polizei, und so langte er durch ein Wunder an Schnelligkeit um elf Uhr zehn in Radford an, und ein weiterer Glücksfall war es, daß die Zauntür zu ihrem Zufahrtsweg offenstand. Die letzte Meile war von der Furcht verdüstert, er werde den Sohn des Donners anhalten müssen, um die Tür zu öffnen, und nachher könnte es Schwierigkeiten mit dem Motor geben, und er wollte doch nicht genötigt sein, den Renner zu schieben. Das wäre nicht die Ankunft gewesen, die ihm vorgeschwebt hatte. Doch irgendeine gute Seele hatte die Tür geöffnet. Und ohne Halt ratterte er fröhlich über den Weg. Ihren Weg. Er war daheim!

Zu seiner Überraschung entdeckte er, daß er sich an jeden Ast der alten Eichen erinnerte, als wären sie Bekannte. Er bog um die Ecke, und sein Herz pochte, als er jetzt den Ritterwald zur Rechten und den Obstgarten zur Linken begrüßte und unten am Ende der Zufahrt das freundliche Glitzern des Flusses. Dann beschleunigte er das Tempo und raste mit einer Geschwindigkeit den Hügel hinab, die ihn mitten in den Fluß zu reißen drohte. Doch es gelang ihm, seine Maschine just vor den Gartenstufen anzuhalten. «Ich bin da!» brüllte er. «Ich bin da!» Und dann ließ er sein Entengequake erschallen.

Tumult, Gestank, Geschrei lockten sämtliche Hausbewohner aus dem

‹Gnadenkraut›. George voran, die Zwillinge dahinter, die Expreßzug spielten, dann Jill und Caroline, Annie-Laurie und Malony, nicht aber Nadine. War Mutter krank? Einen kurzen Augenblick lang fühlte Tommy sich ganz elend . . . das mußte wohl vom Rütteln der Fahrt herkommen . . . Er nahm die Brille ab und hob ein plötzlich gereiftes Gesicht dem Vater entgegen, der mit langen Schritten auf ihn zukam. George erriet die Frage auf den geöffneten Lippen. «Mutter ist ganz wohl. Sie sucht die Brunnenkresse, die du dir zum Abendessen bestellt hast. Ich habe vorgestern die Wildente geschossen.» Seine Hand legte sich mit festem Griff auf die Schulter seines Sohnes. Ihre Blicke begegneten einander, und sie lächelten. Tommy sah wieder ganz wie ein Schuljunge aus. «Ben geht's auch ganz gut», sagte George. «Er treibt sich irgendwo herum.» Aber Tommy hatte sich schon beruhigt, bevor er erfuhr, daß auch Ben ganz wohl war. «Ja, was ist denn das da?» fragte George und musterte den Sohn des Donners.

«Hat Mutter dir meine Postkarte nicht gezeigt?» fragte Tommy. «Das ist euer Weihnachtsgeschenk für mich, deins und Mutters. Ein Gelegenheitskauf. Ich habe Clive gesagt, daß du ihm einen Scheck schicken wirst. Großartig, nicht wahr? Jerry, du Vorwitz, wirst du deine Hände bei dir behalten? José! Maulwurf, Ratte! Wenn eins von euch den Sohn des Donners auch nur mit einem Finger anrührt, ziehe ich euch die Haut bei lebendigem Leibe ab! Caroline! Jill! Nehmt sie weg! Jerry, du kleiner Teufel! Malony, reißen Sie ihm die Ohren aus!»

Ein Höllenlärm war ausgebrochen, als jetzt die Zwillinge den Sohn des Donners umschwärmten. Georges Bemerkung blieb unhörbar. Er rieb sich das Ohr, dann verzog er das Gesicht zu einem Lächeln; nein, um den irdischen Erfolg dieses seines Sohnes mußte er sich keine Sorgen machen. Und über die materielle Wohlfahrt seiner Kinder gingen Georges väterliche Besorgnisse nicht hinaus. Sich um ihr geistiges Wohl zu kümmern, überließ er Nadine; alles, was er zu tun hatte, war, ihre Schule zu bezahlen.

Malony wurde geschickt mit den Zwillingen fertig und übergab sie Jill, die sie, trotz ihres Gebrülls, ins Haus schaffte. «Prächtige Maschine, Sir», sagte er zu Tommy. «Ich werde sie in den Hof bringen und sauber machen.»

Tommy war ganz froh, daß er wieder festen Boden unter den Füßen hatte. Er stützte sich gern auf die Hand, die sein Vater ihm unter den Ellbogen gelegt hatte, während sie den Gartenpfad hinaufgingen. Vor ihnen hüpfte Caroline. Annie-Laurie, die ins Haus geeilt war, kam jetzt in ihrem Tweedmantel heraus. «Ich will Mrs. Eliot suchen und ihr sagen, daß Tommy angekommen ist», erklärte sie. Tommy grinste ihr zu, als sie an ihm vorbeilief. Sie sah verändert aus. Nicht mehr wie ein Dienstmädchen, fand er. Eher wie eine Schwester.

«Am besten ist's, wenn du gleich einen Sherry trinkst und einen Bissen ißt», sagte George. «Caroline, dort in der Dose sind Biscuits. Bring sie, und hole den Sherry. Da sind wir.»

Sie waren jetzt im ‹Gnadenkraut›, und, ganz wie Tommy es vorausgesehen hatte – im Kamin loderte ein mächtiges Feuer und die Flammen spiegelten sich warm in der Täfelung. Die schöne, gegabelte Treppe erhob sich vor ihm und schien ihre Arme zum Gruß auszubreiten, als wäre sie ein lebendiger Mensch, und der kleine weiße Hirsch in der Nische glänzte im Feuerschein wie eine Lampe. Sein Vater legte ihm den Arm um die Schulter. «Schön, dich wieder zu Hause zu haben», sagte er. «Und jetzt der Sherry!»

Tommy fuhr sich mit dem Arm über die Stirn und strich erleichtert das Haar zurück. Er seufzte tief auf. Ja, er war daheim.

2

Zwanzig Minuten später war er wieder ganz er selbst; er hatte eine halbe Monatsration Biscuits verzehrt, das kleine Glas Sherry, das George ihm bewilligte, bis zum letzten Tropfen geleert, und nun verzog er sich in die Küche. Er riß die Tür auf und trat mit der Würde eines Herrschers ein. Tante Rose arbeitete am Küchentisch, und ein köstlicher Alkoholduft kämpfte nicht erfolglos gegen den Geruch von rohen Dorschfilets. Sie war gerade dabei, den befohlenen Rumauflauf zu bereiten. Tommy hatte sie erst ein einziges Mal gesehen, aber sie war ihm lebhaft in Erinnerung geblieben, und zwar als Frau nach seinem Herzen; kein Firlefanz, sachlich, erfreulich anzusehen und eine gute Köchin. Für ihn gehörte sie bereits zum ehernen Bestand des ‹Gnadenkrauts›, und als sie während seiner letzten Ferien nicht da war, hatte er sie sehr vermißt. Auch war es ihm zuwider gewesen, seine Mutter in der Küche schuften zu sehen. Irgendwie war das nicht in Ordnung. Sie war keine Frau, die sich die Hände schmutzig machen durfte; auch hatte sie hin und wieder dazu geneigt, ein wenig knauserig zu sein und von Rationen und Rechnungen zu sprechen, und das war seinen eigenen großzügigen Instinkten nicht gemäß. Jetzt aber war Tante Rose zurück, auf dem Platz, der ihr gebührte, heiter und nett mit ihren rosigen Wangen, den blauen Augen und dem weißen Haar, das wie ein Pfannkuchen oben auf dem Kopf zusammengeknotet war. Sie trug eine violette Schürze mit gelben Sonnenblumen und sang vor sich hin, während sie die eingemachten Kirschen mit der verschwenderischen Hand dessen, der sie nicht bezahlt hat, auf dem Pudding verteilte. Er machte zwei Schritte auf sie zu, schlang die Arme um sie und gab ihr auf jede der beiden rosigen Wangen einen schallenden Kuß.

«Jetzt ist das Haus erst wieder, wie es sein soll», sagte er. «Was ist in dem Auflauf? Rum?»

Sie lachte verschmitzt und holte vom Buffet her eine funkelnde rote, gerillte Büchse mit einem Bild der Königin Victoria, das sie auf ihrem ganzen Lebensweg begleitet hatte. Darin war ein Kuchen, der buchstäblich gestopft voll mit Früchten war. Tommys Augen funkelten bei diesem Anblick; solch einen Kuchen hatte er seit seiner Kindheit nicht mehr gesehen. «Hier», sagte Tante Rose, schnitt ein tüchtiges Stück ab und stellte die Büchse neben ihn, der sich auf den Küchentisch geschwungen hatte und seine Beine baumeln ließ. «Früh heimgekommen, nicht wahr? Und auf einem Motorrad? Ich hab's ganz gut gehört. Sie müssen ja verhungert sein. Ich werde Ihnen eine Tasse Kaffee wärmen. Vom Kuchen können Sie essen, soviel Sie wollen. Wir haben Obst genug. Ich habe einen Neffen in einem Gemüsegeschäft; ja, Junge, im Auflauf ist Rum. Fred, mein Neffe, hat mir für Weihnachten ein kleines Extra zugeschanzt.»

«Tante Rose, haben Sie sich mit Ihrer Schwiegertochter gezankt?» fragte Tommy kauend.

«Kümmern Sie sich um Ihre eigenen Angelegenheiten, junger Mann», sagte Tante Rose zwinkernd. Und sie stellte eine große Tasse Kaffee und die Zuckerdose vor ihn hin. «Ich bin da, um Ihrer Mutter über Weihnachten zu helfen. Und dann wird's eben kommen, wie es kommen mag. Und jetzt gehen Sie von meinem Tisch herunter und lassen Sie mich an mein Nudelbrett. Ich koche einen Makkaronipudding, aber jetzt, wenn Sie auch da sind, muß ich wohl noch ein paar Apfelküchlein machen.»

«Gesponnenen Zucker und Rosinen drin?» schmeichelte Tommy, den Kopf an eine Seite gelegt. «Tante Rose, dieser Kuchen ist gottvoll. Tante Rose, ich liebe Sie.» Er glitt vom Tisch herunter, wandte seine Blicke dem Dorsch zu und schnüffelte fragend.

«Mit Sauce Tartare», sagte Tante Rose. «Es sollte nur eine einfache Sauce werden, weil ich keine Zeit habe, aber jetzt . . .»

Tommy, nachdem er mit Kuchen und Kaffee fertig war, schälte Äpfel für Tante Rose und aß mit großem Behagen vom rohen Teig. Tante Rose beobachtete ihn und bemerkte, daß er nicht besonders gut aussah . . . unterernährt wahrscheinlich! Sie kam zu einem raschen Entschluß. Sie wollte im ‹Gnadenkraut› bleiben. So dankbar sie auch dafür gewesen war, daß sie von ihrer Schwiegertochter weg konnte, hatte sie eine dienende Stellung im ‹Gnadenkraut› doch nicht ganz nach ihrem Geschmack gefunden. Dann aber hatte sie ihr Herz an den General und an Ben verloren, und Mrs. Eliot war der verkörperte Takt gewesen, hatte ihr alles anvertraut und sich niemals eingemischt, und die Möbel und das Messingbett würden ausgezeichnet in das Zimmer im Dachstock passen. Dennoch war sie nicht ganz sicher gewesen, ob sie bleiben sollte. Durch Tommy war ihr Entschluß zur Reife gelangt. Denn er mußte gut genährt werden, und dann wußte er ihre Künste auch zu schätzen. Ben dagegen merkte kaum, was er aß, und der General, der gute Herr, hatte einen schwachen Magen und konnte nur wenig vertragen, Tommy aber brachte die Entscheidung; ja, sie wollte bleiben!

«Und jetzt sehen Sie zu, daß Sie weiterkommen», sagte sie entschlossen. «Ich muß das Fleisch für die Weihnachtspasteten hacken und Kuchen zum Tee machen. Wenn Sie Master Ben noch nicht guten Tag gesagt haben – er ist oben im Atelier bei Mr. Adair.»

«Was, beim alten Biber? Verdammt, da muß ich gleich mal zu ihm», sagte Tommy und sprang die Turmtreppe so unbeschwert hinauf, als hätte er heute noch keinen Bissen gegessen. Aus einem Augenwinkel erblickte er die geschlossene Kapellentür, doch die konnte warten. Tante Rose als Köchin, John Adair und die Kapelle waren seit den letzten Ferien zu Bereicherungen des ‹Gnadenkrauts› geworden, und er fand sich mit ihnen in der Reihenfolge seines Interesses ab: Essen, Rum, Religion; er war ein Hedonist, und für die Religion hatte er bisher noch kein Interesse bei sich entdeckt.

Er klopfte an die Ateliertür, wartete aber keine Antwort ab, sondern stürmte hinein. «Hallo», sagte er und sah sich um; seine funkelnden dunklen Augen hatten mit einem einzigen raschen Blick das Wesentliche der Szene erfaßt: die beiden Künstler, die aufgestapelten Bilder, das Porträt seiner Mutter, irgendein braunes Durcheinander von einem Bild, an dem Ben arbeitet, und – Horaz.

«Puh!» flüsterte er, und dann gab es ein Schweigen, ein Schweigen so voller Ekstase, als wäre er Dante, der Beatrice zum ersten Mal sieht, oder Balboa beim Anblick des Golfs von Darien.

Doch John Adair hatte sich als erster gefaßt; mit zwei Schritten durchquerte er den Raum und nahm Horaz vom Haken. «Hübsch?» fragte er und hielt das Skelett auf Armeslänge vor sich. «Mein Privatbesitz. Heißt Horaz. Darf ohne meine Erlaubnis diesen Raum nicht verlassen, kann aber jederzeit aus wissenschaftlichem Interesse hier besichtigt werden. Du bist wohl Tommy?» Und er hielt ihm die freie Hand hin.

«Ja, Sir», sagte Tommy und ergriff sie herzlich und mit einem entwaffnenden Grinsen, dem er aber, wenn nötig, auch ein gewisses Pathos verleihen konnte. «Danke. Ich will nämlich Arzt werden, Sir.»

«Ausgezeichnet», sagte John Adair überströmend. «Wann du Lust hast, aber nur wenn ich dabei bin.»

«Natürlich, Sir. Hallo, Ben!»

Die Brüder lächelten einander mit sorgfältig gedämpfter Begeisterung zu. Beide waren überrascht, wie sehr es sie freute, einander zu sehen, und beide hüteten sich ängstlich, das zu zeigen.

«Hallo», sagte Ben. «Du hast dein Motorrad gekriegt, was? Ich hab's schon deiner Karte angemerkt, daß so was im Gange war. Ist die Zauntür noch offen gewesen?»

«Hast du sie aufgemacht?» fragte Tommy.

Ben nickte. Tommy trat neben ihn vor die Staffelei und betrachtete das bunte Durcheinander.

«Nett», sagte er. Doch das war durchaus nicht seine Ansicht. Er fand, es sei einfach ein schreckliches Durcheinander. Aber von Ben war es anständig gewesen, die Zauntür zu öffnen.

Doch als er länger hinschaute, dämmerte ihm etwas auf. «Ach, das ist ja das Treppenhaus!» sagte er. «Genau so hat es ausgeschaut, als ich vorhin eingetreten bin – wie ein Mensch – vorher hatte ich das noch nie bemerkt!» Aus Dankbarkeit für die offene Tür blieb er stehen. «Mir gefällt sein Gesicht. Sieht ganz aus wie Pickwick oder der ‹Punch› in der Weihnachtsnummer oder wie Johnny Walker auf der Whiskyflasche; wie einer von diesen feuchtfröhlichen Burschen.»

John Adair stand hinter den beiden Jungen und betrachtete über ihre Schultern hinweg das Bild. Jetzt war es keine Kreidezeichnung mehr, sondern ein richtiges Bild in Öl. Erst in der letzten Woche hatte Ben wirklich am Gesicht gearbeitet, ihn aber noch nicht aufgefordert, sein Urteil abzugeben. Doch nun hatte Tommy das Bild sozusagen enthüllt, und John Adair konnte es besichtigen. Er hatte Freude an Ben. Der junge Mann hatte das Bild nicht umgedreht wie damals, als Nadine unerwartet eingetreten war, wenn man auch sehr wohl merken konnte, daß der Vergleich mit feuchtfröhlichen Burschen ihm ganz und gar nicht behagte; doch er gehorchte den Lehren, die er erhalten hatte, und nahm die Folgen seines Tuns geduldig auf sich. Er lachte sogar. «Die Nase ist zu rot geraten», sagte er bescheiden. «Und das Lächeln zu selbstgefällig.»

«Das finde ich nicht», sagte John Adair sehr ruhig. «Es ist nicht die Gesichtsfarbe eines Betrunkenen, sondern eines gesunden Mannes in mittleren Jahren, der eben von einem Gang durch den Winterwald heim kommt. Und das Lächeln – es hat etwas Hochgestimmtes, aber das stammt nicht vom Bier, sondern von der Pracht, die sein Künstlerauge in den Wäldern erschaut hat. Es ist nicht selbstgefällig. Die Pracht eines Winterwaldes macht einen nicht töricht, sondern sie hebt einen. Was man tut, wenn man davon erfüllt ist und es wiedergibt, das mag auf den ersten Blick ein wenig töricht wirken, so wie diese ausgebreiteten Arme oder wie die Tierbilder in den Baumkronen auf den Fresken der Kapelle, nicht aber auf den zweiten Blick. Schau nur noch einmal hin, Tommy!»

Tommy sah noch einmal hin. Die Augen des Mannes waren braun und leuchtend und hatten einen durchdringenden Blick, als vermöchten sie sehr viel zu erschauen, und um diese Augen waren die Fältchen von Seeleuten oder Bauern, die das Wetter beobachteten und im Beugen der Grashalme und in den Ballungen der Wolken verborgene Anzeichen entdeckten. Er hatte einen komischen braunen Bart, der gewissermaßen eifrig vorwärts strebte. Er lachte wohl nicht, aber der humorvolle Ausdruck, der um Augen und Mund lag, ließ den Betrachter fühlen, daß ein herzliches Gelächter unterwegs war, und verlieh dem Gesicht jenen fröhlichen Ausdruck, der sich in Tommys Gedanken mit Pickwick und Johnny Walker verband. Aber der Blick des zukünftigen Arztes bemerkte auch die Bereiche Breite des Gesichts von Schläfe zu Schläfe, die ausgesprochen friedvoll wirkte, und die herbe Strenge von Backenknochen und Kiefern. Und zwischen den buschigen braunen Augenbrauen war eine Falte tiefer Selbstbesinnung. Tommy empfand großen Respekt vor Bens künstlerischen Gaben. Wenn er selber eine solche Falte gezeichnet hätte, so hätte das ausgesehen, als wäre der Mann schlecht aufgelegt; diese Falte aber war die Falte eines Mannes, dessen ganzes Wesen sich auf ein einziges Ziel konzentrierte. Er wußte mit einem Male, daß diesem Mann seine Heiterkeit nicht in die Wiege gelegt worden war wie Johnny Walker, sondern daß er darum gekämpft und sie erobert hatte. Nein, Fröhlichkeit war falsch, es war . . .

«Guter Wille», sagte John Adair leise. «Kein Mensch hält sich dabei auf, nachzudenken, was das zu bedeuten hat. Nichts Leichtes! Wenn ein sündiger Mensch den Mut hätte, ehrlich nachzuforschen, was er unter der Oberfläche wirklich anstrebt, würde er eine böse Überraschung erleben. Etwas sehr Seltenes; ebenso selten wie Friede. Wenn ein Mensch beides besitzt, so singen und tanzen die Engel. War es nicht geweissagt worden, Ben, daß die Weihnacht dir das Gesicht dieses Mannes zeigen würde?»

«Die Weihnacht und die Kapellenwände», sagte Ben. «Er hat sein ganzes Herz in die Fresken gelegt.» Er hielt inne und sah besorgt zum Maler hinauf. «Ist es gut?»

»Ja, es ist gut. Das ist der Wirt einer Pilgerherberge und der Maler, wie sein Werk ihn uns zeigt. Die Farbgebung bedürfte hier und dort –»

Das Gespräch wandte sich technischen Fragen zu, und Tommy verzog sich, um seinen Inspektionsgang durch das Haus fortzusetzen. Er sprang die Turmtreppe hinunter, öffnete die Tür des einstigen Vorratsraums und trat ein. «Puh!» rief er erstaunt. Die Wände waren jetzt in Ordnung gebracht, und der kleine Raum war als Kapelle eingerichtet worden – sehr einfach, um die Aufmerksamkeit nicht von der Pracht der Fresken abzulenken, lediglich mit einem Eichentisch unterhalb der Fresken der Ostwand und ein paar Bänken. Schöne, schmiedeeiserne Kerzenleuchter standen auf dem Tisch und ein Gefäß mit immergrünen Zweigen, an deren Arrangement Tommy die Hand seiner Mutter erkannte. Verblüfft betrachtete er die Wände, lachte über die komischen Vierfüßler und Vögel, über die seltsamen Blumen, und dennoch spürte er auch Ehrfurcht vor der Schönheit dessen, was er sah, und vor dem Mysterium des Ritters hoch zu Roß und des Hirsches, der das Kruzifix trug. Das alles war so erstaunlich, daß er sich hinsetzen mußte, um es in aller Ruhe zu betrachten. Dieser Hirsch und der andere in der Nische, Bens Bild und die Treppe, was hatte das alles zu bedeuten? Er wußte es nicht, aber der Wert seines Heims hatte sich in seinem Gefühl durch all das vertieft, dessen er jetzt im ‹Gnadenkraut› bewußt wurde. Es war, als hätte er einen Freund gehabt, ohne ihn richtig zu schätzen, und plötzlich hätte dieser Freund ihn in sein Herz sehen lassen. Der Mann – das Treppenhaus – hatte sein Herz in diese Fresken gelegt. So hatte Ben es gedeutet. Und diese Kapelle war das Herz des Hauses, so wie der Ort, wo der Hirsch stand, das Herz des gemalten Waldes war, der dem Ritterwald so sehr glich. Plötzlich sprang er auf. Mutter war im Ritterwald, suchte Brunnenkresse zu der Wildente, die er sich zum Abendessen bestellt hatte! Er wollte sie suchen gehen.

3

Nadine war an jenem Morgen beim Aufwachen erstaunlich leicht ums Herz. Tommy kam heute nach Hause, und dann hatte sie alle ihre Kinder unter ihren Fittichen versammelt. Sie hatte sich immer gefreut, wenn sie alle daheim waren, gewiß, aber niemals war ihr so beschützend-mütterlich zumute gewesen wie heute früh. Sollte dieses Gefühl jetzt endlich in ihr erwachen? Wie kam das? Der letzte, schmerzliche Bruch mit David mochte etwas damit zu tun haben. Mit dem Abschied von David hatte sie auch Abschied von ihrer Jugend genommen, hatte akzeptiert, daß sie heute eine Frau in mittleren Jahren war, für die eine Liebe außerhalb der Ehe nur peinlich und töricht gewesen wäre, die Liebe innerhalb ihrer Ehe aber tiefste Vernunft. Alter bedeutete stärkere Verwurzelung und darum auch genauer abgegrenzte Neigungen. Und ihre Wurzeln lagen jetzt in diesem Hause, das nach und nach zu dem besten Heim geworden war, das sie je gekannt hatte; weit mehr ein Heim als das Haus in Chelsea, das aufgeben zu müssen ihr fast das Herz gebrochen hatte, ohne Zweifel hatte die schützende Geborgenheit ihr Muttergefühl gesteigert. Doch vor allem hing es mit Annie-Laurie zusammen. Seltsam, daß das Kind einer anderen Frau für sie etwas zu tun vermocht hatte, wozu ihre eigenen Kinder nicht imstande gewesen waren. Vielleicht hatte Annie-Laurie ein stärkeres Bedürfnis nach Mütterlichkeit als ihre eigenen Kinder. Vielleicht gab es ein Band zwischen ihnen, das sie noch nicht erkannt hatte.

Während sie sich ankleidete, hörte sie auf, an sich zu denken, und wandte ihre Gedanken Annie-Laurie zu. Vor einigen Tagen war Hilary gekommen, um die fertige Kapelle zu besichtigen, hatte Nadine ausgefragt, hatte seine Nase gerieben und in aller Bescheidenheit die Hoffnung ausgesprochen, es möge doch Nadine bald gelingen, irgendwie Annie-Lauries volles Vertrauen zu gewinnen. «Das läßt sich nicht erzwingen», sagte er. «Es wäre verhängnisvoll. Aber wenn du irgendeinen Weg finden könntest – ich habe mit Malony geredet, und ich merke, daß er sich große Sorgen um sie macht.»

«Wäre es ein Vertrauensbruch ihm gegenüber, wenn du mir erzählen würdest, was er dir gesagt hat?» fragte sie und fügte dann, als sie sein Zaudern bemerkte, hinzu: «Ich bin gewiß verschwiegen, das weißt du.»

Er lächelte liebenswürdig. «Das weiß ich. Und ich muß dir natürlich die Tatsachen mitteilen, denn du wirst sie brauchen. Aber sie werden dich nicht sehr weit bringen; was Annie-Laurie so bedrückt und zugrunde richtet, ist etwas, das sie Malony nicht gesagt hat.»

Er erzählte ihr die Geschichte, und sie lauschte aufmerksam. «Ich werde mein Bestes tun», sagte sie.

Doch es hatte sich bisher keine Gelegenheit ergeben, mit Annie-Laurie allein zu sprechen, und heute morgen mußte sie Brunnenkresse suchen gehen. Sally hatte ihr vor zwei Tagen von einer Stelle im Ritterwald erzählt, wo es an einem Bach, hinter Bens Grimbart-Insel, Brunnenkresse geben sollte. Sie hatte angeboten, selbst dorthin zu gehen, war dann aber mit den Vorbereitungen ihrer Reise nach London beschäftigt gewesen, wo sie Weihnachtsgeschenke einkaufen wollte. Darum hatte Nadine erklärt, sie werde selbst gehen. Sie war niemals in die Tiefe des Ritterwalds eingedrungen, und sie wußte, daß ihr das auferlegt war; nicht bloß, weil das Gedicht von Meredith ihr so großen Eindruck gemacht hatte, sondern weil der Ritterwald jetzt auch im Haus aufgetaucht und irgendwie zu einem Teil des ‹Gnadenkraut› geworden war; und sie mußte ihr Haus bis in die letzten Winkel kennen.

Nachdem sie die nötigen Weisungen für den Haushalt erteilt hatte, nahm sie ihre starken Schuhe und den kirschfarbenen Mantel, hängte einen Korb über den Arm und wollte sich auf den Weg machen. «Soll ich mitkommen?» fragte George. Es war unfreundlich, seine Begleitung abzulehnen, das spürte sie, aber andererseits wußte sie, daß sie allein in den Ritterwald gehen mußte. «Nein, George. Ich fürchte, es ist zu feucht, wie leicht kannst du einen Asthmaanfall bekommen. Und das würde die ganze Weihnachtsfreude verderben.»

«Aber ich könnte mitgehen, Mummy», bat Caroline. «Du weißt doch nicht, wie Brunnenkresse aussieht.»

«Doch, das weiß ich. Ich habe sie oft genug gekauft.»

«Im Wald sieht sie ganz anders aus als in den Geschäften.»

«Mein Kind, ich bin vielleicht doch klüger, als du zu glauben scheinst. Ich gehe ganz allein.»

«Nicht einmal mit Mary?»

«Ja, ja, Mary kommt natürlich mit.»

Von der Eingangstüre aus sahen George und Caroline der schönen Gestalt nach, die jetzt die Stufen zu dem grünen Tor emporstieg und in den Wald trat; Mary, die Nase hoch in der Luft, war ihr hart auf den Fersen.

«Ich mag Mary nicht», sagte Caroline mit einer bei ihr ganz ungewöhnlichen Heftigkeit.

George lachte und legte den Arm um die Schultern seiner Tochter. «Deine Mutter ist eine schweigsame Frau, Elfchen, und das Gute an Hunden ist, daß sie einem Gesellschaft leisten, ohne Fragen zu stellen.»

«Bist du schweigsam, Daddy?» fragte Caroline. «Bin ich's?»

«Wir beide haben nicht viel zu verschweigen», sagte George leicht verstimmt. «Wir sind einfache Leute, du und ich, Elfchen. Und darum passen wir auch so gut zueinander. Nimm deinen Mantel und komm mit nach The Hard; ich muß mit Hitchcock wegen des Düngers sprechen.»

Caroline sang laut, während sie ihren Mantel holte. In Wirklichkeit ging sie viel lieber mit Daddy, der sich um den Dünger kümmern mußte, als mit Mutter, die Brunnenkresse suchte. Sie hatte weder für Mutter noch für den Ritterwald viel Verständnis; alle beide schüchterten sie ein wenig ein.

Nadine ging rasch durch den Wald, und Mary sprang jetzt lustig vor ihr her. Der Boden, im Frost erstarrt, war angenehm elastisch und weich, und die Sonne strahlte durch die kahlen Zweige auf ihr erhobenes Gesicht. Es spricht immerhin für ein Klima, dachte sie, wenn es einem mitten im Winter solche Tage schenken kann. Es war Weihnachtszeit, aber in diesem Wald merkte man es kaum.

Im Gehen fiel ihr ein, daß der Künstler, der die Kapelle ausgemalt hatte, nicht sehr weit von der Wirklichkeit abgewichen war, als er die Blumen aller Jahreszeiten gleichzeitig in seinem Walde blühen ließ, denn in diesem hier waren die Farben so heiter und vielfältig, als blühten Frühling, Sommer und Herbst im Schoß des Winters. Die Flechten an den Baumwurzeln hätten Primeln sein können, die tiefblauen Schatten Glockenblumen. Die Weidenzweige hatten die Farbe der Brustfedern eines Rotkehlchens, und an den Steineichen glänzten noch einige rote Beeren. Als sie den Waldrand hinter sich gelassen hatte, den sie gut kannte, und in einen Teil des Waldes trat, der ihr neu war, entdeckte sie erstaunt, daß einzelne Blüten sich zur Unzeit hervorgewagt hatten, die zarten Sterne der Erdbeeren, des Immergrüns, hier und dort wuchs Schöllkraut, und auch eine einsame blasse Primel zeigte sich. Sie erblickte Nieswurz in voller Blüte, deren Zeit eigentlich erst im Februar kommen sollte. Das erinnerte sie an ihre Christrosen, und sie blieb stehen und betrachtete die Pflanze. Ben hatte ihr erzählt, Nieswurz heile Geisteskrankheiten. Er hatte zitiert:

‹Wirksames Kraut, die Adern rein zu spülen
Von Schwermut und das Herze zu befreien
Von schwarzen Dünsten, die ihm Schmerz bereiten.›

Auch ihr Herz fühlte sich beim Anblick dieser Blüten befreit; in dieser Triebkraft mitten im Winter war, bei aller Zartheit und Vergänglichkeit, doch etwas Triumphierendes. Zu ihrer Linken flitzte ein Königsfischer auf das schimmernde Wasser nieder, und sie hätte laut auflachen mögen. Sie hatte Scheu vor diesem Wald empfunden, und jetzt spürte sie überrascht, daß sie ihn genoß. Bis zum heutigen Tage hätte sie das nicht für möglich gehalten, doch ihre neu errungene Leichtigkeit des Herzens war im Einklang mit seiner Heiterkeit. Sie freute sich, daß ihr Mantel zu den roten Beeren der Steineiche paßte, daß Mary solch ein blumengleiches kleines Geschöpf war und daß ihre braunen Schuhe aus schwedischem Leder die Farbe der guten Erde hatten, deren federndes Schwingen ihr bei ihrem Gang zu helfen schien. Sie war nicht auf dem Lande aufgewachsen, und dieses Gefühl der Kameradschaftlichkeit mit der Erde hatte sie bisher nie empfunden. Aber jetzt beglückte es sie sehr.

Als sie an die Eiche kam, zu deren Füßen das Gnadenkraut wuchs, und den Hintergrund erkannte, den John Adair für ihr Porträt gewählt hatte, spürte sie, nach der ersten Überraschung, ein seltsames Behagen, als käme sie heim. Sie blieb stehen, und ihr Herz schlug schneller. Jetzt entsprach sie der Frau auf dem Bilde. Sie hatte einen ihrer Meilensteine erreicht.

Sekundenlang bedeckte sie das Gesicht mit den Händen und versuchte die Vision des Lebens festzuhalten, die sich ihr wie in einem Blitzstrahl gezeigt hatte, des Lebens als einer Reihenfolge von Tod und Wiedergeburt, jedes vorherbestimmmt, so daß man darin, war es einmal erreicht, etwas erkannte, das den Menschen erwartet hatte, und doch war ein jedes gleichzeitig auch das Ergebnis einer Wahl, und ob man mit Freude oder Schmerz dazu gelangte, war des Menschen eigenes Tun; ja, das war ein Paradoxon, das den Verstand verwirrte, dessen Wahrheit das Herz aber deutlich fühlte. Sie erinnerte sich daran, daß die alten Meister auf ihren Bildern die Seele manchmal als schmächtiges Kindlein darstellten. Irgendwo hatte sie ein Bild gesehen – es mochte ein Fra Angelico gewesen sein –, darauf Gott hinter einer Bahre stand, ein lächelndes Kind in den Armen. Die alten Meister hatten ihr Handwerk verstanden. Sie hatten die Kühnheit besessen, das Unausdrückbare in menschlichen Begriffen auszudrücken, so wie Gott selbst es in der Weihnacht getan hatte.

Sie nahm die Hände von den Augen, bückte sich, pflückte ein paar Blätter der Kreuzraute – des Gnadenkrauts – und steckte sie in das Knopfloch ihres Mantels. Sally hatte einmal dasselbe getan; aber Sally hatte gehandelt, ohne nachzudenken, hatte mechanisch nach etwas gegriffen, das ihr bereits gehörte, so wie eine Frau irgendeinen Tand von ihrem Toilettentisch nimmt. Nadine pflückte die Blätter sehr bewußt, in Opferstimmung. Während sie weiterging, war ihr, als habe sie irgend etwas hinter sich gelassen, das in den Staub gesunken war, und als trüge sie etwas Neugeborenes mit sich. ‹Stirbt deine Liebe einmal . . .› Die alte, sinnliche Liebe war gestorben, ja, und lag unter dem Laub begraben. Mit dieser neuen Liebe wollte sie das Leben lieben, das Leben, wie es innerhalb der Wände ihres Heims geborgen war.

‹Wer das Leben ergiert, erkaltend in Lust,
Wird dem Tode zum Raub;
Wer es liebt, dem ist Gnad' der Atem der Brust
Und die Flamme im Staub.›

Sie lächelte im Gehen, wie das Kind auf dem Bilde gelächelt hatte.

Sie ging weiter, bis sie zu der Grimbart-Insel kam, mit den wilden Obstbäumen und dem Dachsbau. Diese Stelle war für Ben das Herz des Waldes; denn hier hatte er zum erstenmal, von John Adair ermutigt, gemalt, es war das erste Bild, bei dem ihm bewußt geworden war, daß er sich der Kunst geweiht hatte. Sie bewunderte die Schönheit des Ortes; aber sie war doch weniger tief aufgerührt als von dem Anblick des alten Eichenstamms, zu dessen Füßen das Gnadenkraut wuchs. Ben hatte inzwischen einen zweiten kleinen Steg von der Insel nach dem andern Ufer gebaut, und sie und Mary überquerten den Bach und gingen weiter und kamen zu dem Fluß bei der Lichtung, die für Sally das Herz des Waldes war, weil sie hier David wiedergesehen hatte. Obgleich Nadine auch diese Schönheit zu würdigen wußte, blieb sie ziemlich unberührt; denn für sie war immer noch die Eiche das Herz des Waldes, der Ort von Vision und Weihe, der weiße Hirsch und das Kruzifix . . . der ‹Platz dahinter› war für die Zwillinge das Herz des Waldes, und keiner außer ihnen war jemals dort gewesen . . . Nadine ahnte nicht, daß es dergleichen überhaupt gab, sie setzte ihren Weg nicht fort, sondern wandte sich um und ging langsam am Fluß entlang, um Brunnenkresse zu suchen.

4

Leichtfüßig lief Annie-Laurie durch den Wald. Sie war schon im Ritterwald gewesen, und sie liebte ihn; heute aber hatte sie keine Zeit zum Verweilen; denn sie wollte so rasch wie möglich Nadine die frohe Nachricht von Tommys vorzeitiger Heimkehr bringen. Sie wußte, daß er Nadines Lieblingskind war, und ihre Augen strahlten vor Glück, weil sie wußte, daß sie Nadine eine Freude bereiten würde. Sie liebte Nadine so beseligt, wie sie noch kaum jemanden geliebt hatte – nur vor langer Zeit ihre Mutter und vor weniger langer Zeit ihr Kind. Ihre Leidenschaft für Luke, die sich gegen ihren Willen und ohne, daß sie es verhindern konnte, in so furchtbaren Haß verwandelt, das Vertrauen und die Dankbarkeit, die sie für Malony empfunden hatte, das alles war nur eine Quelle von Schmerz und Erniedrigung gewesen. Als Tochter und als Mutter hatte sie mehr Glück gekannt denn in ihren Beziehungen zu Männern. Und dieses Glücksgefühl einer Mutter gegenüber hatte sie in ihrer Liebe für Nadine wiedergefunden.

Sie ging an der Eiche vorüber, und die Blicke des geborenen Landkinds bemerkten die schmalen Blätter, die auch auf dem Wirtshausschild und zu Nadines Füßen auf dem Porträt zu sehen waren; sie kam zu der Insel und erkannte, daß Ben sich hier die Eingebung zu einem seiner Bilder geholt hatte; sie lief durch den Wald, gelangte zu der Lichtung, und ganz unverhofft stieg der Gedanke an Sally in ihr auf. Und dann erblickte sie etwas, das sie mit unerträglichem Schmerz durchzuckte, etwas, das nur für sie von Bedeutung war. Zu ihrer Linken mündete der Bach in den Fluß, die Zweige der Sumpfmyrthe schlossen sich zu einem Bogen zusammen, und wie in einem Rahmen sah sie einen weißen Schwan auf einem silbrig funkelnden Fluß. Das Lieblingsspielzeug ihres Kindes war ein Zelluloidschwan gewesen, den es überallhin mitnahm, in die Badewanne, ins Bett, beim Ausfahren im Kinderwagen. Der Spielzeugschwan hatte anfangs fast so lebendig gewirkt wie der Schwan hier auf dem Wasser; aber die Zeit und die stürmischen Liebkosungen des Kindes hatten ihn verbeult und unansehnlich gemacht, bis man in ihm kaum noch den Schwan erkennen konnte. Doch das hatte Midge nicht gestört. Ihre Liebe ließ sich nicht von der Zeit narren. Sie hatte wahrscheinlich überhaupt nicht bemerkt, daß ihr Schwan seine ursprüngliche Schönheit so radikal eingebüßt hatte. Er hatte in ihrem Bettchen gelegen, als sie starb, und Annie-Laurie hatte ihn auch in den kleinen Sarg gelegt.

Annie-Laurie mußte sich plötzlich niedersetzen. Ihr schwindelte. Alles war wieder da, der Alptraum, der Wahnsinn – gerade, als sie geglaubt hatte, sie sei jetzt auf dem Wege der Heilung. Der Gram und dann die furchtbare Entdeckung und endlich das Entsetzliche, das sie getan hatte . . . und dann die Angst . . . das alles war doch jetzt schon so lange her. Warum konnte sie nicht vergessen? Sie hatte schon gedacht, sie könnte vergessen, und dann bei irgendeinem unerwarteten Anblick oder einem Geräusch war alles wieder da, und sie war genauso übel dran wie eh und je. Sie bahnte sich einen Weg zwischen den Myrthenbüschen hinaus in den Sonnenschein und setzte sich am Ufer nieder, den Kopf auf die Knie gesenkt. Sie weinte nicht; denn es war ihr Unglück, daß sie kaum je zu weinen vermochte; aber eine wohlbekannte eisige Kälte durchströmte ihren Körper, und in ihren Schläfen pochte es schmerzlich. Jetzt war es wieder soweit. Wieder würden schlaflose Nächte kommen und jene Verzweiflung, die schlimmer zu ertragen war als irgendein Schmerz; sie würde den armen Malony quälen, und eine Woche lang würde das Leben für sie beide zur Hölle werden.

Ein Arm legte sich um ihre Schultern, und sie schaute auf. Nadine saß in ihrem kirschroten Mantel neben ihr, einen Korb mit Kresse neben sich. Sie sah entzückend aus, und ihr Gesicht hatte jetzt, als sie lächelte, einen Ausdruck neuer Mütterlichkeit. Annie-Laurie entrang sich unbewußt ein Seufzer der Erleichterung, wie es geschehen mag, wenn ein frostschauernder Körper in die Nähe des Feuers kommt, dann aber zwang ihr Stolz sie, sich in der wohltuenden Umarmung zu straffen. Nadine zog den Arm zurück; sie waren beide keine Frauen, denen viel an Liebkosungen gelegen war.

«Ich habe Sie gesucht», sagte Annie-Laurie. «Tommy ist früher heimgekommen, als Sie ihn erwartet hatten . . . es geht ihm sehr gut», setzte sie schnell hinzu. «Er sieht großartig aus. Ich wollte es Ihnen nur sagen, weil ich dachte, daß Sie doch keinen Augenblick verlieren wollen.»

Nadine lachte. «Das war sehr verständig von Ihnen. Aber es macht mir nichts aus, wenn ich einige Augenblicke verliere. Ich bin's nicht gewöhnt, durch den Wald zu wandern, und so tut es mir ganz gut, wenn ich eine Weile hier sitzen und mich ausruhen kann. Sie haben es doch auch nicht eilig?»

«Die Wäsche –»

«Die kann warten. Es ist lieb von Ihnen, Annie-Laurie, daß Sie den langen Weg gemacht haben, um mir zu sagen, daß Tommy gekommen ist. Aber das ist nur natürlich. Mütter verstehen einander.» Die junge Frau neben ihr erschauerte; doch wie ein guter Arzt fuhr Nadine unerbittlich fort: »Haben Sie nicht gerade jetzt an Ihr Kind gedacht?»

«Sie hatte einen kleinen Schwan aus Zelluloid», sagte Annie-Laurie, und ihre Blicke hafteten an dem prächtigen Tier, das über das Wasser glitt. «Sie hat ihn überallhin mitgenommen. Er war schon ganz verbeult.»

«Caroline hatte eine klägliche Stoffpuppe mit einem Flicken auf der Nase. Aber sie hat kein anderes Spielzeug anschauen wollen. Ich glaube, daß sie die Puppe noch immer hat. Ich habe nie ein Kind verloren; aber ich kann mir vorstellen, wie das bis zum Ende aller Tage schmerzen muß.»

«Besonders wenn man selber schuld ist», sagte Annie-Laurie.

«Sie wollen sagen, daß Sie sich selbst die Schuld an dem Tod Ihres Kindes geben?»

«Ja. Sie hatte eine Bronchitis. Ich bin eines Abends weggegangen, zu meiner Arbeit. Ich mußte es doch tun – ich habe unsern Lebensunterhalt verdienen müssen; denn Luke, mein Mann, war damals zu krank, um arbeiten zu können. Er sagte, er würde sich um das Kind kümmern. Aber ich hätte nicht fortgehen sollen. Sie durfte nicht ohne mich bleiben. Es war eine kalte Nacht, und er öffnete das Fenster neben dem Kind.»

Es gab eine Pause; dann fragte Nadine ruhig: «Absichtlich?»

«Ja.»

Zwei Tage lang hatte Nadine über die Geschichte nachgegrübelt, die Hilary ihr erzählte. Vieles war ihr unklar geblieben, vor allem aber, wie es gekommen war, daß Annie-Lauries Liebe zu Luke sich in Haß gewandelt hatte. Natürlich mußte es etwas mit dem Kind zu tun haben. Sie hatte schon vorher vermutet, daß hier das Motiv des Dramas liegen mußte. Sie sah Annie-Laurie an und merkte, daß die Augen der jungen Frau in unverkennbarem Grauen auf sie gerichtet waren. Dieses kurze

‹Ja› war ihr durch Nadines ruhige Art entrissen worden. Sie hätte alles in der Welt darum gegeben, dieses Wort ungesagt zu machen.

«Annie-Laurie, jetzt, da Sie mir auch das gesagt haben, könnte es Ihnen vielleicht helfen, wenn Sie mir alles erzählten. War Ihr Mann sehr krank? Dann war er vielleicht nicht ganz bei Sinnen, als er das Fenster öffnete.»

«Nein, das war er nicht. Und er war auch wahnsinnig eifersüchtig – auf den Vater meines Kindes – auf Jim. Und auf Midge, weil sie Jims Kind war. Wir wünschten uns ein Kind, Luke und ich; aber wir hatten keins.»

«Versuchen Sie, mir alles zu erzählen, Annie-Laurie, genau so, wie Sie es Ihrer Mutter erzählt hätten. Versuchen Sie, nichts auszulassen. Es ist niemals korrekt, einem andern nur die halbe Wahrheit zu sagen. Es ist eine Form der Lüge, und es macht ein klares Urteil unmöglich.»

Wenn Annie-Laurie bisher gezaudert hatte, so war es jetzt damit zu Ende. Ihr ganzes Leben lang hatte sie zu der Wahrheit gestanden. Stück für Stück erzählte sie tapfer alles, und Nadine lauschte geduldig und fügte das, was sie bereits gewußt, mit dem zusammen, was Annie-Laurie bisher verschwiegen hatte. Und nun blieb nichts mehr im Dunkel.

Obgleich Annie-Laurie des offenen Fensters wegen wütend gewesen war und Luke bittere Vorwürfe gemacht hatte, war ihr doch nicht in den Sinn gekommen, daß es etwas anderes als grobe Fahrlässigkeit gewesen sein könnte. Bis zum Abend seines Todes, als er ihr erklärte, er habe es mit voller Absicht getan. Sie hatten sich Malonys wegen gestritten, und er achtete nicht auf seine Worte; ihm war nur darum zu tun, sie recht tief zu treffen. «Er hatte so viel gelitten, daß er nicht ganz bei Verstand war», wiederholte sie. «Man konnte ihm keinen Vorwurf daraus machen. Er wußte nicht, was er tat oder sagte. Und es war für ihn ein furchtbarer Schlag gewesen, als er heimkam und mich mit einem anderen Mann verheiratet fand. Wir hatten einander doch so sehr geliebt. Ich konnte ihm meine Gefühle für Jim nicht verständlich machen. Ich habe Jim nie so geliebt wie Luke – und werde es auch nie – aber bei ihm fühlte ich mich geborgen. Ich war ihm dankbar, und er brauchte mich. Es war entsetzlich – jener Abend, als Luke mir sagte, daß er Midge – beinahe – ermordet hätte. Es brachte mich völlig aus dem Gleichgewicht. Nachher war ich selbst kaum bei Sinnen. Ich schrie: ‹Ich hasse dich, Luke! Ich hasse dich so, daß ich dich umbringen könnte!› Und das schrie ich so laut, daß die Leute in der Wohnung neben uns es hörten.»

Aber dennoch hatte sie nicht beabsichtigt, die falschen Tabletten vom Apotheker zu bringen. Malonys Erklärung ihres Verhaltens war richtig gewesen. Erst als Luke die erste Tablette nahm, bemerkte sie, daß es die falschen waren, und dann, mit vollem Bedacht, ebenso wie Luke mit vollem Bedacht das Fenster geöffnet hatte, sagte sie kein Wort und sah zu, wie er auch die zweite schluckte. Sie hatte natürlich nicht gewußt, was er einnahm; sie hielt die Tabletten für völlig harmlos. Aber sie gab sich nicht die Mühe, das festzustellen. Auch als sie ihn in tiefem Schlaf fand, machte sie sich weiter keine Sorgen.

«Was er mir gesagt hatte, war wie ein Schlag gewesen», sagte sie zu Nadine. «Ich war richtig betäubt. Erst am nächsten Morgen kam ich zur Besinnung. Und so war das Urteil, das mir die Freiheit gab, falsch. Ich hatte Luke getötet.»

So hatte sie sich endlich dessen entledigt, was ihr Leben vergiftete und ihren Verstand bedrohte. Jetzt sank sie zusammen, und es war, als sei der letzte Funke Kraft ihr entflohen.

«Ich bin überzeugt, daß ich dasselbe getan hätte», sagte Nadine rasch. «Und ich glaube, daß das für jede Mutter gilt.»

Dann blieb sie schweigend neben Annie-Laurie sitzen, ohne sie auch nur mit einem Finger zu berühren; aber sie hoffte, die Wärme ihres Verständnisses würde sich auf die junge Frau übertragen. «Und bewahre uns vor dem Bösen, das unserem Leib zustoßen mag und vor den schlimmen Gedanken, die unsere Seele befallen und verwunden können», hatte sie einst in ihrem Zimmer im ‹Gnadenkraut› gebetet, als Annie-Laurie zum erstenmal mit ihr gesprochen hatte. Die alte Herberge verlieh ein beruhigendes Gefühl physischer Geborgenheit; doch dieser Wald schenkte ihr noch etwas mehr: ein Gefühl geistiger Geborgenheit, einer Befreiung von der Bürde quälender Gedanken . . . hier wuchs die Nieswurz, die Geisteskrankheiten heilte . . .

Nach einer Weile straffte Annie-Laurie sich wieder und strich sich das Haar mit einer Geste so unverkennbarer Erleichterung aus der Stirn, daß Nadine wußte, die Befreiung war da. Endlich hatte sie gesprochen.

«Ich hätte bei der Verhandlung alles sagen sollen», begann Annie-Laurie. «Aber ich hatte Angst. Was hätten Sie mit mir gemacht?! Ich habe immer Angst – ich weiß nicht, warum. Aber ich versuchte, nicht zu lügen. Ich dachte damals nicht daran, was Sie vorhin gesagt haben –, daß die halbe Wahrheit eine Form der Lüge ist. Vielleicht müßte ich es Jim sagen. Meinen Sie nicht auch?»

«Ja, das meine ich. Er verdient gewiß, daß Sie ihm nichts vorenthalten. Warum haben Sie nicht schon früher mit ihm gesprochen? Hatten Sie Angst, Sie könnten seine Liebe verlieren?»

«Nein, ich glaube nicht, daß irgend etwas, was ich tun würde, mich um seine Liebe bringen könnte – so ist er nun einmal. Um Lukes willen habe ich nicht gesprochen. Er hätte wissen wollen, warum ich Luke mit einemmal so haßte. Und ich wollte nicht, daß er erfuhr, was Luke mit Midge getan hatte. Verstehen Sie mich recht, ich habe Luke geliebt und – Sie werden das seltsam finden –, als er tot war, liebte ich ihn wieder.»

«Doch, das kann ich verstehen. Der Tod kann den Haß auslöschen. Und er tut noch mehr als das; er läßt uns die Dinge besser begreifen. Es ist eigentümlich; aber wenn die Menschen tot sind, entdecken wir, daß wir mehr Verständnis für sie haben. Es gibt ein Gedicht, darin heißt es:

‹Was die Toten uns verschwiegen,
Da sie noch am Leben waren,
Können sie als Tote sagen.›

Vielleicht ist das wahr. Ich weiß es nicht. Wenn Sie aber Malony erzählen, was Luke Midge angetan hat, werden Sie wahrscheinlich entdecken, daß Malony keinen Haß mehr gegen ihn empfindet. Er wird begreifen, daß Luke nicht wußte, was er tat . . . Annie-Laurie, warum haben Sie sich nicht wieder mit Malony verheiratet? Sie hätten jetzt ein Kind . . .»

Sie ahnte den Grund, wollte aber, daß Annie-Laurie selbst davon sprach.

«Ich habe es Luke versprochen», sagte Annie-Laurie. «Einmal, als er nachts sehr elend war und zu sterben glaubte, nahm er mir das Versprechen ab. Ich wollte ausweichen; aber dann mußte ich es ihm doch geben, um ihn zu beruhigen. Und dann, als er wirklich starb, weil ich – weil ich – da hatte ich das Gefühl, daß ich mein Versprechen halten müsse. Es war die einzige Sühne, die mir blieb.»

«Dieses Versprechen durfte Luke nicht von Ihnen verlangen. Und Sie haben keine Verpflichtung, es zu halten.»

«Ich mußte zu meinem Wort stehen», sagte Annie-Laurie hartnäckig. «Sie haben selbst eben erst von der Bedeutung der Wahrheit gesprochen.»

«Es ist schwierig», sagte Nadine gütig. «In meinem eigenen Leben waren das immer die schwersten Entscheidungen. Wann man die Wahrheit aussprechen und wann man dem andern seinen Seelenfrieden bewahren soll. Ob es besser ist, jemanden mit einer Wahrheit zu verwunden oder mit einer Lüge glücklich zu machen. Es ist furchtbar schwierig. Im allgemeinen dürfte das in das Gebiet der Barmherzigkeit gehören. Wer die Welt verläßt, hat kein Recht, den Lebenden seinen Willen aufzuzwingen; das ist ein furchtbar selbstsüchtiges Streben nach Macht. Und kein Mensch hat das Recht, sein Gewissen auf Kosten des Glücks eines andern zu erleichtern; auch das ist selbstsüchtig.»

Nadine strich sich mit einer Geste der Verzweiflung übers Haar. Sie taugte nicht zu solchen Dingen. Sie übernahm sie auch nur höchst widerwillig. Hilary hätte das tun sollen. Es war abscheulich von ihm, daß er sie damit belastet hatte. Doch die Zuneigung, die sie für Annie-Laurie empfand, zwang sie, fortzufahren: «Sie können Malony doch am Gesicht ablesen, daß er tief unglücklich ist. Er braucht ein Eheleben, er braucht Kinder, er braucht ein Heim. Weil es Ihr Gewissen erleichtert, Luke Ihr Wort zu halten, haben Sie kein Recht, Malony auf die Folter zu spannen.»

«Ja, aber», sagte Annie-Laurie langsam, «es ist Luke, den ich wirklich liebe.»

Nadine sah sie an. Das also war die Ähnlichkeit zwischen ihnen. Annie-Laurie konnte ebensowenig von Luke lassen, wie sie vermocht hatte, von David zu lassen. Sie war mit Malony gegangen, wie Nadine mit George gegangen war, aber nicht mit einem eindeutigen Entschluß. «Lassen Sie diese Liebe absterben», sagte sie scharf, beinahe wild. «Schneiden Sie sie heraus wie ein Krebsgeschwür! Trennen Sie sich von Ihrer Vergangenheit. Versuchen Sie es mit allen Kräften, zu vergessen. Menschen, die ihre Gefühle teilen, sind tief unglücklich und machen auch die andern unglücklich. Finden Sie sich damit ab, daß es Malony sein muß und Malony allein, wie Sie ihn kennen und wie er ist, von jetzt an und bis zum Ende.»

Annie-Laurie rang die Hände; es war eine unwillkürliche Geste, die tiefes Elend verriet. «Es wäre, als würde ich Luke noch einmal umbringen!»

«Unsinn! Das ist reine Sentimentalität. Als ich sagte, daß Sie Ihre Liebe absterben lassen sollen, so meinte ich, aus Ihrem bewußten Denken, aus jenem Teil Ihres Wesens, den das tägliche Leben ausfüllt. Tief in Ihrem Innern wird sie natürlich weiterleben. Das tut alles, was wir je gehabt haben und gewesen sind. Vielleicht werden wir es irgendwie nach diesem Leben wiederfinden. Das weiß ich nicht. Ich weiß aber, daß es jetzt und hier nur auf das Glück jener ankommt, mit denen wir leben. Ich habe kein Recht, so zu sprechen, Annie-Laurie; ich selbst habe nicht getan, was ich predige. Aber ich werde es versuchen – wenn auch Sie es versuchen wollen.»

Annie-Laurie sagte kein Wort, und Nadine sah sie nicht an. Sie lehnte sich an den Felsen hinter ihr und schloß die Augen. Sie war mit ihrer Weisheit zu Ende. Wahrscheinlich hatte sie jetzt alles verdorben. Sie war richtig wütend auf Hilary. Er hätte das selber übernehmen müssen!

Im Wald wurden Schritte vernehmbar und die Stimme eines Knaben, der laut rief.

«Tommy ist Ihnen nachgegangen», sagte Annie-Laurie. Nadine öffnete die Augen; wie lange mochten sie hier gesessen sein, ohne zu sprechen? Annie-Laurie war sehr blaß, sah aber seltsam friedlich drein; jetzt stand sie auf und griff nach dem Korb. Auch Nadine stand auf und merkte, daß Annie-Laurie sich umschaute, als sähe sie diesen Ort zum erstenmal. Der kleine Rasenfleck, von Thymian durchduftet, zwischen den Felsblöcken und wohlbehütet von dem Myrthengebüsch, war solch ein guter, stiller Ruheplatz gewesen! Klar und bräunlich rieselte der Bach fröhlich über die glatten Steine, um sich in den Irisblättern zu verlieren, die den Fluß säumten, ein Silberband unter den Sonnenstrahlen. Annie-Laurie sah sich aufmerksam um, denn für sie war dies das Herz des Waldes, und dann ging sie bachaufwärts voran. Nadine folgte ihr und wußte, daß auch ohne ein weiteres Wort alles sich bald zum Guten wenden würde.

Sie erreichten die Lichtung gleichzeitig mit George, Ben und Tommy.

«Wir hatten schon Angst um dich, Nadine», sagte George, und die Sorgenfalten in seinem Gesicht glätteten sich, als er sie erblickte.

«Die Mittagszeit ist längst vorüber», erklärte Ben.

«Und die Apfelküchlein werden ganz zäh, wenn man sie aufwärmt, Mutter», sagte Tommy vorwurfsvoll, aber seine Augen funkelten, mit zwei Sprüngen war er bei ihr und umarmte sie wie ein junger Bär. Wenn es auch schmerzte, war sie doch sekundenlang stolz auf seine junge Kraft; dann aber überwog der Schmerz seiner ungestümen Liebkosung den Stolz, sie befreite sich und strich sanft mit dem Finger über seine Wange. «Verzeih uns, Liebling. Aber wir hatten keine Uhr bei uns, und so haben wir uns verplaudert. Die Sonne war so warm und freundlich, daß wir das Mittagessen ganz vergessen haben. Dafür habe ich deine Brunnenkresse gefunden. Sieh her!»

«Riesig nett von dir, Mutter», sagte Tommy, stöberte im Korb und gönnte ihr dann eine zweite Umarmung.

Auch Ben musterte den Inhalt des Korbes und sah seine Mutter mit lachenden Augen an. «Das ist keine Brunnenkresse, Mutter; das ist Wasserpastinak und ganz ungenießbar. Man nennt es auch Narrenkresse, weil – nun –» er grinste, «weil die Leute die beiden Pflanzen manchmal verwechseln.»

Tommy lachte, daß es im Wald widerhallte. «Trotzdem riesig nett von dir, Mutter. Riesig nett!»

16. Kapitel

1

Auch Sally, die ein paar Tage in London gewesen war, kehrte ins ‹Gnadenkraut› zurück, und genau wie Carolines Köfferchen wollte auch ihr Koffer platzen, so voll war er mit Geschenken für alle. Viele Stunden war sie von Geschäft zu Geschäft gelaufen, um die richtigen Gaben auszusuchen, und sie waren durchwegs schön und kostspielig und den Wünschen der Empfänger so gut angepaßt, wie Sally das eben mit liebevollem Verständnis fertigbrachte, und das bedeutete nicht wenig. Denn Sally gehörte nicht zu den Menschen, die den andern das kaufen, was sie sich selber wünschen; sie sah völlig von den eigenen Wünschen ab, und ihre Kenntnis von dem, was den andern gefiel oder mißfiel, war tiefer, als sie wußte. Es hatte ihr gar keinen Spaß gemacht, für Tom ein Buch mit anatomischen Zeichnungen zu kaufen; sie war, wie das bei Angehörigen eines Malers nicht weiter erstaunlich ist, vom Anblick des nackten Körpers übersättigt, sie konnte die enthüllte menschliche Gestalt kaum mehr sehen – zumal wenn die Enthüllung bis auf das Skelett ging, aber sie hatte das Buch dennoch sorgfältig geprüft, um auch gewiß zu sein, daß es seinen Zweck erfüllte, und dann hatte sie es gekauft, obgleich es schrecklich teuer war. Und das Parfum für Tante Rose entsprach auch nicht ihrem eigenen Geschmack, denn es verletzte eine empfindsame Nase ebenso sehr, wie Tante Roses schimmernde Satinblusen ein empfindsames Auge verletzten. Auch das hellrosa Briefpapier mit Initialen, für Caroline bestimmt, hätte sie nie für sich gekauft. Dann aber gab es auch manche Geschenke, die ihr ebensogut gefielen, wie sie den Beschenkten gefallen würden, so vor allem das reizende kleine Segelschiff in der Flasche für Ben und zwei Lämmchen aus Rockinghamporzellan für Annie-Laurie. Als Hilary Eliot bei seinem letzten Besuch im ‹Gnadenkraut› beim Tee neben ihr saß, hatte er scheinbar ganz unbefangen gesagt: «Sie und Annie-Laurie sollten eigentlich viel Gemeinsames haben. Wußten Sie, daß auch Annie-Laurie Schafe gehütet hat!» Und dann hatte er leise mit liebenswürdiger Dringlichkeit hinzugefügt: «Versuchen Sie doch, sich mit Annie-Laurie anzufreunden.»

Und sie hatte klar und ehrlich erwidert: «Ja, das will ich.» Doch das hatte sich am Tag vor ihrer Abreise begeben, und bisher war noch keine Gelegenheit dazu gewesen. Wenn sie aber jetzt nach Hause kam, wollte sie all ihren Mut zusammenraffen und einen zweiten Versuch wagen – obgleich der erste Versuch fehlgeschlagen war –, denn in Hilarys Blick war deutlich zu lesen, daß er sich von dieser Freundschaft viel für Annie-Laurie versprach. Sally vermochte nicht recht einzusehen, was es nutzen sollte, wenn Annie-Laurie doch kein Verlangen danach trug, aber vielleicht mochte Annie-Laurie anderen Sinnes werden, wenn Sally ihr die Lämmer schenkte. Ein solcher Stimmungsumschlag vollzog sich manchmal, wenn eine Gabe glücklich gewählt war, und der Beschenkte schloß dann mit der Gabe auch den Geber ins Herz.

Daß es auch bei David dahin kommen könnte, wagte sie nicht zu hoffen. Sie fürchtete, daß das Geschenk für ihn nicht richtig gewählt war. Sie hatte nicht recht gewußt, was sie ihm schenken sollte. Sie war in einem Dutzend Geschäften gewesen, war stundenlang dahin und dorthin gegangen, aber nichts, was sie sah, war das geeignete Geschenk, das eine Frau dem Mann, den sie liebte, geben konnte, wenn dieser Mann ihre Liebe nicht erwiderte. Diese erschöpfenden Kreuz- und Querwege ihres Körpers waren einigermaßen der Widerhall der ermüdenden Kreuz- und Querwege ihrer Gedanken in diesen Tagen. An jenem Nachmittag, als sie die Fresken entdeckten, schien er ihr mit einem Male so wunderbar nahe gekommen zu sein. Eine wilde Hoffnung war in ihr aufgeflammt und hatte etwa eine Woche lang hell gelodert, während sie miteinander an der Reinigung der Wände arbeiteten. Dann aber, als die Zeit verstrich und David immer mehr und mehr in der Beschäftigung mit der Kapelle aufging und darin jenen Anreiz und Trost fand, den ihm vorher die Freundschaft mit Sally gewährt hatte, war die Hoffnung erstorben und hatte einem qualvollen Gefühl der Beschämung Platz gemacht.

Sie erschrak vor ihrer eigenen Anmaßung. Wer und was war sie denn, daß sie erwarten durfte, dieser hervorragende, berühmte Mann würde sie lieben? Sie war viel jünger als er und konnte sich mit ihm weder an Talent noch an Schönheit vergleichen. Und dennoch, wenn sie ihrer Gewohnheit gemäß versuchte, die Dinge so zu sehen, wie sie wirklich waren, und sich dessen gewahr wurde, daß dieses übertriebene Minderwertigkeitsgefühl ihr Urteil ebenso verzerrte wie eine übertriebene Anmaßung, wußte sie, daß sie geboren war, seine Frau zu werden. Jene Erkenntnis, die ihr blitzartig gekommen war, als sie die Skizze ihres Vaters betrachtet hatte, sagte ihr: ‹Das ist dein Schicksal, dafür bist du geschaffen, ergib dich!› Aber man konnte sich nicht ergeben, wenn der andere einen nicht haben wollte.

Und an diesem Punkt stießen ihre Gedanken an Hamlets Wort: ‹In Bereitschaft sein ist alles›, und klammerten sich daran wie an einen Felsen. Mit diesem einen Wort war alles gesagt. Das war die einzig mögliche Haltung dem Leben und dem Tode gegenüber. Und auch der Liebe. Man mußte in Bereitschaft sein, erwählt oder verworfen zu werden, und es kam nicht darauf an, wenn man nur bereit war, sich dem Schicksal zu beugen wie das Rohr im Wind.

Und so begriff sie auch, daß es nicht wirklich darauf ankam, ob David sie als seine Gefährtin erkannt hatte, obgleich sie selbst wußte, daß er der ihr bestimmte Gefährte war. Das war das Große im Leben, daß es für jenen, der sich beugte, niemals eine dauernde Leere gab. Es hieß, daß selbst in der Einsamkeit physischer Erblindung am Ende neues Verstehen und neue Kräfte sich einstellen. Mochte David sie auch nie an den Platz in seinem Leben rufen, der ihr rechtmäßig gehörte, so würde doch etwas anderes schließlich die Leere ausfüllen, irgendeine Steigerung seiner künstlerischen Kraft oder eine andere Liebe. Und wenn sie selbst es fertigbrachte, den Kummer ebenso bereit hinzunehmen wie die Freude, würde der Kummer sie ebenso geschickt zu jenem Maß an Vollendung erhöhen, das überhaupt in ihrer Reichweite war . . .

Doch an diesem Punkte angelangt, geriet ihre vernünftige Überlegung ins Wanken, und sie sah sich wieder dort, wo sie begonnen hatte, beschämt und elend und ohne eine Ahnung, was sie David zu Weihnachten schenken sollte. Und in dieser Stimmung hatte sie heute früh, bevor sie zur Bahn ging, ein venezianisches Glas gekauft, ohne Protest den sehr hohen Preis bezahlt und das Päckchen in ihre Tasche gesteckt. Seither hatte sie es nicht wieder geöffnet. Jetzt war es mit den anderen Geschenken im Handkoffer. Sie erinnerte sich nicht einmal mehr deutlich, was es war, etwas wie ein Pokal, und den Griff bildete der gebogene Körper irgendeines Tieres; es war aus Kristall, blau und grün schimmernd wie klares Wasser. Sie hatte es sehr hübsch gefunden; venezianische Gläser waren ja fast immer schön.

Nun war sie sehr müde und hatte Kopfschmerzen; das war bei ihr ein recht ungewöhnlicher Zustand. Doch was lag daran? Sie fuhr ja heim nach dem Flecken Hampshire zwischen Fluß und See, wo jetzt für sie der teuerste Ort auf Erden war, ihr wirkliches Heim. So empfand sie es wenigstens. Sie wußte, daß sie nie wieder so an einem Haus hängen würde wie an dem ‹Gnadenkraut› und an Damerosehay. In der letzten Zeit war sie häufig zu Lucilla gegangen, und je häufiger sie hinging, desto mehr liebte sie Lucilla und das Haus. Jedesmal, wenn sie Abschied nehmen mußte, war es ihr, als risse sie sich selbst mit den Wurzeln aus. Sie hatte auch ihren Vater zu Lucilla mitgenommen, und, wie Nadine längst vorausgesehen hatte, Lucilla fand Gefallen an ihm. Und er auch an ihr. Und das schien sie noch fester an das Haus zu binden, das Davids Heim war.

Das war natürlich der Grund, weshalb sie das Haus und Lucilla so sehr liebte. Sie gehörten zu David; sie hatten ihn geformt. Und Sally ging so völlig in ihrer Liebe zu David auf, daß jede Faser ihres Wesens davon durchdrungen war und nichts für sie Wert hatte, was nicht mit David zusammenhing . . . Wie sollte sie mit dem Rest ihres Lebens fertig werden, wenn . . . Sie riß sich zusammen und streckte hilfesuchend die Arme nach Hamlet aus, aber es schien, als könne sie seiner nicht habhaft werden; sie war zu müde . . .

Sie erschauerte, obgleich der Tag nicht besonders kalt war, und wickelte sich fest in den langen, weichen braunen Pelzmantel. Sie nahm den Hut ab, lehnte sich auf ihrem Eckplatz zurück und schloß die Augen. Wenn ihr Kopf auch zu sehr schmerzte, als daß sie ihren Gedanken länger nachzugehen vermocht hätte, war sie doch imstande, freundliche Bilder vor sich zu sehen: die Hügel von Cumberland, die Lämmer, ihre Kinderfrau, die sie gelehrt hatte, wie man sich von seinen Gedanken loslösen konnte. «Wenn du krank oder bekümmert bist, Kind», hatte sie gesagt, «dann denk, so fest du nur kannst, an etwas anderes. Das kann man erlernen. Fang früh an, und du wirst es schon fertigbringen.» Und nachdem sie die Gedanken gezwungen hatte, in ihre Kindheit zurückzuschweifen, Nanny in dem blauen Kleid mit der weißen Schürze vor sich gesehen hatte, wie sie mit hochgekrempelten Ärmeln das Wasser für das Bad einließ und ein kleines Lied summte, geschah das Erstaunliche – sie schlief ein.

2

Unterdessen sagte Lucilla ihrem Lieblingsenkel ihre Meinung. Margaret war ausgegangen, und sie tranken sehr früh Tee, weil John Adairs Wagen in Reparatur war, George mit seinem Wagen die Jungen zu einer Weihnachtsfeier bringen mußte und ein SOS-Ruf aus dem ‹Gnadenkraut› David verständigt hatte, daß sein Wagen die letzte Möglichkeit darstellte, Sally noch abends heimzubringen.

Wenn Lucilla wirklich in Hitze geriet, dann konnte sie ihren liebsten Angehörigen derart ihre Meinung sagen, daß sich die Seelen der Betroffenen unter den Hieben zu krümmen schienen. Diese geistige Tracht Prügel behielt sie aber nur denen vor, die sie liebte; denn, wie sie zu sagen pflegte, nur bei Menschen, die man liebt, kann es einen schmerzen, wenn sie sich schlecht aufführen. Lucilla war ja durchaus nicht blind für die Fehler ihrer Lieblinge. Ganz im Gegenteil. Je mehr sie einen Menschen liebte, desto klarer sah sie seine Fehler und desto nachdrücklicher arbeitete sie daran, sie auszumerzen, ungefähr so, wie man mit Schmirgelpapier den Rost von einem blinkenden Degen abreibt.

Jetzt saß sie straff und aufrecht auf ihrem Stuhl am Feuer, die eine Hand hielt einen zierlichen Fächer zwischen ihr und der Glut, die andere stützte sich auf die Armlehne des Stuhls; denn wenn sie auch kein Zeichen von Schwäche in Stimme und Verhalten merken ließ, waren doch solche Szenen für sie ebenso anstrengend wie für ihre Opfer. Bastard lag zu ihren Füßen, das Kinn auf ihrem Schuh, Pooh-Bah lag vor dem Kamin, das Kinn auf den ausgestreckten Pfoten. Sie lagen wohl still wie aus Stein gemeißelt, aber sie schliefen nicht, und ihre Augen funkelten. Sie wußten, daß David jetzt seine Strafpredigt zu hören bekam. Sie waren sozusagen die Schiedsrichter, die darauf zu sehen hatten, daß alles korrekt zuging. Lucillas Teetasse war unberührt, und sie aß keinen Bissen. David dagegen trank eine Tasse nach der andern. Bei solchen Gelegenheiten beschäftigte er sich eben, so gut er konnte. Das hielt ihn aufrecht.

«Du mußt dich entschließen, David», sagte Lucilla. «Du mußt Sally entweder bitten, deine Frau zu werden, oder aber ihr den Weg freigeben. Du weißt ganz gewiß, daß du ein sehr anziehender junger Mann bist, und weißt ganz gewiß, daß sie dich liebt; und ständig mit ihr zusammen zu sein, sich ständig auf ihre Jugend und Kraft zu stützen, ihr Mitgefühl auszubeuten und nichts dafür zu geben, ist so feige und so selbstsüchtig, daß ich den Mann, der du jetzt bist, nicht mit dem Mann in Einklang zu bringen vermag, als den ich dich bisher gekannt habe. Ich weiß wirklich nicht, was über dich gekommen ist, David. Ich weiß es wahrhaftig nicht.»

«Wie kommst du darauf, Großmutter, daß Sally mich liebt? Hat sie es dir gesagt?»

«Mach dich nicht lächerlich, David! Natürlich nicht! Sie würde eher sterben, als mir oder einem andern ein Wort zu verraten; niemals würde dieses Mädchen freiwillig zulassen, daß ein Kummer, der sie quält, einen andern Menschen belastet. Aber wenn ich auch eine alte Frau bin, so habe ich, Gott sei Dank, noch immer meine Augen und meine Vernunft klar beisammen. Die jungen Menschen – und Sally ist sehr jung – können das, was in ihnen vorgeht, nie so geschickt verbergen, wie sie glauben. Und jetzt flunkere nicht, David. Kannst du wirklich hier sitzen und mir vormachen, es sei dir ganz unbekannt, daß Sally dich liebt?»

David setzte die Teetasse nieder und sah ihr offen in die Augen. «Nein, Großmutter, ich sitze hier nicht, um dir etwas dergleichen vorzumachen. Ich wußte es eine Zeitlang nicht, und dann – es war der Tag, als wir die Fresken entdeckten – wußte ich es mit einem Male. Aber ich wußte auch, daß ihr kein Schaden geschieht, wenn ihre Liebe nicht erwidert wird. Sie ist ein so prachtvolles Geschöpf, daß sie auch durch eine Enttäuschung nicht verbittert werden kann.»

«Wahrhaftig, David», sagte Lucilla tief entrüstet, «du bist ein ungewöhnlich harter Mensch. Ich wüßte nicht, wann ich je eine zynischere, anmaßendere Bemerkung zu hören bekommen hätte. Ist es heutzutage Sitte, durchs Leben zu gehen, die andern leiden zu machen und sich dann an der ausgezeichneten Wirkung zu erfreuen, die das Leiden auf ihren Charakter haben wird? Hat dieser furchtbare Krieg einen Sadisten aus dir gemacht?»

Damit hatte sie ihn getroffen. Er wurde kreideweiß und vermochte nicht zu antworten. All diese Jahre war das eine der Fragen, die ihn gepeinigt hatten ... werde ich mich an dieses Morden gewöhnen ... werde ich mich daran gewöhnen, Leiden zu verursachen, und das alles nicht mehr beachten? Doch obgleich Lucilla den Schlag, den sie ihm versetzt hatte, ebenso schmerzlich empfand wie er selbst, fuhr sie doch unerbittlich fort.

«Es ist mir vollkommen unverständlich, daß du Sally nicht heiraten willst.»

«Aber ich will sie doch heiraten, Großmutter. Mit Herz und Seele will ich nichts anderes!»

Lucillas eiskalte Selbstbeherrschung schmolz im Nu. Ihr Fächer fiel zu Boden, und mit einer kindlichen, um Verzeihung bittenden Geste streckte sie ihm beide Hände hin. «Aber dann, David, verstehe ich nicht, mein Liebling, warum, im Namen allen gesunden Menschenverstands, aller Liebe und Barmherzigkeit – David, gib doch acht, was du mit diesem unglückseligen Rolltisch tust!»

David hatte es jetzt aufgegeben, sich mit der Teetasse zu beschäftigen, und den Rolltisch ungeduldig zur Seite geschoben. Der Tisch hopste über eine Teppichfalte gegen ein kleines Gestell mit Büchern, das samt seiner Last umfiel. «o. K.», sagte David gefühllos. «Nichts zerbrochen!» Ja, er konnte, wie Lucilla gesagt hatte, manchmal ungewöhnlich hart sein.

«Ich kann amerikanische Ausdrücke ebensowenig leiden wie Rolltische», sagte Lucilla, «aber beides ist mir nicht annähernd so zuwider wie verbrecherische Dummheit.»

«Großmutter, ist es verbrecherische Dummheit, an Sallys Glück zu denken? Kann ich sie glücklich machen? Ich bin viel älter als sie. Nicht besonders gesund. Meine Nerven sind in kläglichem Zustand. Und das Schlimmste – ich liebe sie nicht wirklich. Habe ich irgendeine Aussicht, sie glücklich zu machen? Ich habe nicht den Mut, auch nur den Versuch zu wagen. Ich habe überhaupt kaum noch den Mut zu irgend etwas.»

«Wie kannst du sagen, daß du sie nicht liebst, wenn du doch eben erklärt hast, daß du mit Herz und Seele nichts anderes wünschest, als sie zu heiraten?»

«Meine Gefühle für sie sind nicht so, wie sie früher für – andere Frauen gewesen sind.»

«Für eine einzige andere Frau», stellte Lucilla richtig. «Nadine. Fühlst du dich noch immer an Nadine gebunden, David?»

«Nein!» sagte David leise, aber mit einer gewissen Heftigkeit. «Sie hat mir ganz klar und sehr entschieden den Abschied gegeben.»

Lucilla zollte ihrer Schwiegertochter wortlos ehrliche Anerkennung. Vor ihren Augen wurde es hell. So hatte Nadine es also schließlich doch getan! Restlos und vollständig! Aber sie hatte es zu brüsk getan, so wie man im allgemeinen alles zu brüsk tut, was einen verzweifelt hart ankommt. David mochte wohl begehrt haben, frei zu werden; aber diese Plötzlichkeit, diese scheinbare Brutalität, die keine echte Brutalität war, sondern der rasche Schnitt des Chirurgenmessers, hatte ihn dennoch tief verwundet. Vielleicht fühlte er sich auch gedemütigt. Er war stolz. Er hatte gewünscht, weggeschoben zu werden, und doch, als er erhielt, was er wünschte, fühlte er sich tief gekränkt. Wie typisch für die armselige Natur des Menschen! Sie lächelte ihm zärtlich zu. Selbstverständlich brauchte er jetzt Zeit, um sein Gleichgewicht wiederzufinden.

«Liebling», sagte sie und war plötzlich reuig gestimmt. «Es war wohl nicht ganz gerecht von mir, als ich sagte, daß du dich auf Sally gestützt und ihr Mitleid ausgenützt hast. Das hast du gewiß nicht absichtlich getan.»

«Nein, ich habe es nicht absichtlich getan; aber daß ich es getan habe, erkenne ich jetzt ganz deutlich», sagte David. «Ich war damals wie ein Blutegel; auch dir gegenüber. Nachher bin ich vorsichtig geworden. Die Fresken halfen mir dabei. Seit jenem Tage, von dem ich dir erzählt habe, sind Sally und ich kaum noch miteinander allein geblieben; wir haben die ganze Zeit mit ihrem Vater und mit Ben an den Wänden gearbeitet. Sie war eifriger bei der Sache als wir andern. Sie hatte keinen Gedanken mehr für mich übrig.»

«Wirklich?» sagte Lucilla trocken. Aber sie lächelte ihm noch immer zu, und David merkte, daß das Schlimmste vorüber war. Bald würde sie jetzt völlig schmelzen, und später würde der Gram sie überwältigen, wenn sie sich an ihren Zornesausbruch erinnerte, und dieser Gram war für beide Beteiligten nicht weniger schwer zu ertragen, als es ihr Zorn gewesen war. Soweit aber war es noch nicht. «Wir müssen das klarstellen, David», sagte sie. «Du glaubst, daß du Sally nicht liebst, weil du für sie nicht die gleiche Leidenschaft fühlst wie für Nadine. Auf diese Art wirst du nie mehr fühlen. Die Natur weiß, was sie tut, und sie erlaubt uns nicht, uns von Leidenschaften zerreißen zu lassen, denen wir nicht gewachsen sind. Du bist zu alt und zu müde für dergleichen.»

«Da hast du's mit dürren Worten ausgesprochen, Großmutter. Sally ist es aber nicht; sie ist jung und lebenshungrig.»

«Nicht so, wie du das meinst. Verstehst du denn gar nichts von Frauen? Merkst du denn nicht den Unterschied zwischen einer Frau wie Nadine und einer Frau wie Sally? Nadine – sie kann nichts dafür, die Arme – ist hungrig und unbefriedigt geboren. Ihr ständiges Verlangen nach Vollkommenheit ist ein sehr liebenswürdiger Zug an ihr; aus diesem Grund wird ihr Heim ebenso wie sie selbst immer ein erlesenes Kunstwerk sein; aber alle normalen Beziehungen erscheinen ihr unvollkommen und enttäuschen sie, und sie späht über sie hinaus nach dem Glück aus. So wenigstens war es bis jetzt. Vielleicht ist ihr übrigens in der letzten Zeit ein Schimmer von Vernunft aufgegangen. Sally – auch sie kann nichts dafür – ist ganz entgegengesetzt geartet. Sie verlangt keine Geschenke vom Leben; sie liebt es seiner selbst wegen, und ihre Demut bewirkt, daß sie den Eindruck hat, alles, was ihr gegeben wird, sei zuviel. Und dir gegenüber hat sie das gleiche Empfinden wie dem Leben gegenüber. Du wirst sie nicht enttäuschen.»

«Ich gäbe meine rechte Hand dafür, wenn ich dessen sicher sein könnte», sagte David kläglich.

«Ganz überflüssig, so dramatische Dinge zu tun», meinte Lucilla nüchtern. «Du brauchst dich nur auf mein Urteil zu verlassen.»

«Großmutter», sagte David lächelnd, «du meinst wahrscheinlich, wenn die ganze Welt sich auf dein Urteil verlassen wollte, wäre das Paradies angebrochen.»

«Wahrscheinlich», sagte Lucilla ruhig. «Ich bin nicht umsonst fünfundachtzig Jahre alt geworden. Dieser moderne Fimmel, jungen Leuten allzu große Autorität einzuräumen – Schulleiter mit dreißig, Bischöfe ohne ein graues Haar auf dem Kopf, Generale, die noch kaum ein Rasiermesser benötigen – seit das eingerissen ist, geht es mit der Welt beständig abwärts. Aber wir kommen von der Sache ab, mein Kind . . . um wieder von Sally zu reden – sie ist die geborene Mutter. Du wünschst dir doch Kinder, nicht?»

Diese Frage packte ihn so plötzlich, daß er ebenso plötzlich antwortete: «Mit Leib und Seele – weit sehnsüchtiger, als ich es sagen kann. Doch vom Verstand her – nein. Darf man in eine Welt wie diese Kinder setzen? Das ist auch eine Erwägung, die mich zurückhält.»

«Eine sehr feige Erwägung, mein Kind. Lediglich eine Flucht vor der Verantwortung. Es ist natürlich eine schwere Verantwortung, eine doppelte Verantwortung – für die Kinder ebenso wie für die Welt, in der sie leben müssen. Aber ich kenne keinen besseren Antrieb für den Aufbau einer anständigen Welt als Kinder, die in der Welt leben müssen, die ihr erbaut.»

«Du sprichst, Großmutter», sagte David hinterlistig, «als sei der Aufbau einer neuen Welt eine Angelegenheit der Jungen oder der Leute in meinem Alter.»

«Natürlich. So ist es auch.»

«Aber eben hast du doch gesagt, daß nur die Alten –»

Doch Lucilla ließ sich nicht fangen. «Nicht mit einem Wort habe ich gesagt, daß die Jungen sich hinsetzen und nichts tun sollen. Natürlich müssen sie aufbauen; aber sie sollen sich auf das Urteil der Alten stützen.»

«Ich verstehe.»

«Ich wünschte nur, du würdest es wirklich verstehen, David», seufzte Lucilla.

«Großmutter, es wäre sehr beschämend für mich, wenn ich von Sally so viel annehmen und ihr so wenig geben würde.»

«Es wird dir gar nicht schaden, wenn du dich schämen mußt. Das wird dir nur gut tun. Du bist viel zu stolz; das habe ich dir eben erst gesagt.»

«Und dann – mein schlechter Gesundheitszustand. Ich fürchte, daß sie es nicht leicht mit mir haben wird.»

«Das ist auch meine Meinung; ich hatte es ja auch nicht leicht mit dir. Und doch war es die Freude meines Lebens, daß ich deine Großmutter bin.»

Er kniete neben ihr und umarmte sie, wie er es als kleiner Junge getan hatte. Nun überflutete sie die Reue. Wie häßlich war sie zu ihm gewesen! Wie häßlich! «Habe ich dir weh getan, Liebling? Ach, David, verzeih mir! Bitte, verzeih mir!»

«Nichts zu verzeihen», sagte David. «Ich freue mich immer, wenn du mich auszankst. Das reinigt die Luft. Eine richtige Katharsis! Was mich weniger freut, ist, daß du dir nachher Vorwürfe machst.»

«Ja aber, Liebling, ich habe dir doch die schrecklichsten Dinge gesagt. Dazu hatte ich kein Recht. Ich habe es auch nicht so gemeint.»

«Dann soll ich mich also nicht auf dein Urteil verlassen?»

Sie schob ihn von sich, ihre Reue war wie weggeblasen, und sie sah gereizt auf die Uhr. «Ja, Liebling, natürlich, schau doch auf die Uhr. Du kniest hier auf dem Boden und stellst mir törichte Fragen. Sollst du nicht Sally abholen?»

David sprang auf. «Reichlich Zeit, wenn ich ordentlich Gas gebe. Doch wie sieht das Zimmer aus! Als ob ein Wirbelsturm darin gewütet hätte, dabei war es doch bloß eine kleine häusliche Szene!»

«Laß nur, Kind, Margaret bringt das schon in Ordnung. An allem ist ja ihr unglückseliger Rolltisch schuld. Nur schnell, David!»

David öffnete gerade das Haustor, da stand Lucilla neben ihm. «Du weißt, was für ein Kind sie ist, wenn es sich darum handelt, Geschenke zu machen. Oder du weißt es vielleicht nicht; aber ich weiß es. Schlimmer als Caroline. Sie wird jedem ein Weihnachtsgeschenk mitbringen. Und du hast gar nichts für sie, nicht wahr? Du läßt immer alles auf den letzten Augenblick –» Sie streckte die Hand aus. Auf der Handfläche lag der wundervolle Smaragdring, ihr kostbarster Schatz, den sie ihr Leben lang getragen hatte. Er nahm ihn und küßte die offene Hand. «Großmutter, du bist der günstigste Stern, der mein Lieben festlich schmückt!»

«Ich weiß nicht, wovon du sprichst, Liebling. Aber glaub mir, David, was du tust, ist richtig und angemessen. Sei mit ganzem Herzen dabei, und du wirst es bald selber erkennen.»

Er war weggefahren, und sie schloß das Tor hinter ihm. Als sie sich umdrehte, sah sie, daß die beiden alten Hunde ihr aus der Halle bis hierher gefolgt waren. Ihre Augen funkelten hell, und sie wedelten mit den Schwänzen.

3

Ein kräftiger Ruck, und der Zug hielt an. Sally erwachte. Radford! Beinahe hätte sie verschlafen. Ihr Kopf schmerzte noch immer, und sie war ganz betäubt von Müdigkeit. Sie griff hastig nach den beiden Handkoffern im Gepäcknetz, fiel mehr aus dem Waggon als daß sie ausstieg, und ließ Hut, Handschuhe und Tasche liegen. Die Koffer waren schrecklich schwer, und sie war so müde, daß sie an der frischen Luft fror. Sie stellte die Koffer nieder und hüllte sich fest in den Pelzmantel. Ihre Blicke suchten besorgt den Bahnsteig ab. Wo war Daddy? Er hatte doch versprochen, sie abzuholen! Sie sehnte sich so sehr nach ihm. Ganz wie Caroline eine Woche vorher sich nach George gesehnt hatte. Aber er war nicht da. Er war nicht gekommen. Es war überhaupt kein bekanntes Gesicht zu sehen. Und Nanny, von der sie noch vor drei Minuten so selig geträumt hatte, war tot. Sally, die Erwachsene, die Mutige war jetzt mit einem Male hilflos wie ein fünfjähriges Kind. Sie schluckte die Tränen hinunter, sah sich mit Jammermiene um und wußte nicht, was sie tun sollte. Ihr Lockenkopf war zerrauft, ihre Hände hielten den Mantel fest – ach, die Welt war sehr kalt!

David kam zu spät, obgleich er von Damerosehay bis hierher ein Schrecken für die anderen Verkehrsteilnehmer gewesen war, so wie jetzt für die Reisenden, als er über den Bahnsteig raste; er sah sie, bevor sie ihn erblickt hatte. Aber so hatte er sie noch nie gesehen; sie war ein armes, verfrorenes kleines Mädchen. Irgend etwas schien plötzlich in ihm aufzubrechen, irgendeine harte Schale von Mitleid mit sich selbst, die sich um sein Elend geformt hatte und es umschloß, so daß es sich nicht verlieren konnte. Wenn er an Sally und sich dachte, war stets er es gewesen, der litt, der nahm, und sie, immer so glücklich, so stark, war es, die geben mußte. Jetzt erkannte er plötzlich, daß es nicht immer so sein würde. Auch die Stärksten, die Glücklichsten hatten ihre Stunden, da sie schwach wurden und Stütze bei jenen suchten, denen sie sonst Stütze gewesen waren; und diese Stütze auch fanden. Im Nu stieg in ihm ein Gefühl der Erhöhung, der Befreiung auf, er glühte förmlich vor Entzükken, vor Erleichterung. Seltsames Paradoxon! Er war glücklich, weil die Geliebte litt!

«Sally!» rief er und stürzte auf sie zu. «Sally!»

Sie sah sich um, und ihr blasses Gesicht rötete sich vor Freude. Sie machte ein paar Schritte, stolperte über einen ihrer Handkoffer, er ergriff noch rechtzeitig ihren Arm; aber der Handkoffer kippte um.

«Sally, was ist mit Ihnen?» fragte er. «Fühlen Sie sich nicht wohl?»

«Doch, doch», lachte sie. «Ich bin nur noch müde. Ich war im Zug eingeschlafen und bin gerade noch rechtzeitig aufgewacht, und – wo ist mein Hut?»

«Nicht zu sehen», sagte David. «Nichts ist da als Sally und zwei Handkoffer.»

«Er ist weitergefahren», sagte Sally und sah dem verschwindenden Zug nach. «Meine Handschuhe auch. Und mein Täschchen. Und alles ist darin. Das Rationsbuch und die Fahrkarte und alles!»

«Das ist ganz unwichtig», tröstete David und griff nach den beiden Handkoffern. «Jetzt, da Sie zurück sind, ist nichts anderes wichtig. Ich werde anrufen, sobald wir zu Hause sind. Sind Sie auch richtig aufgewacht? Ich habe keine Hand frei, um Sie festzuhalten.»

«Ich bin ganz wach», sagte sie und folgte ihm über den Bahnsteig. Doch als er sich nach ihr umdrehte, sah er, daß sie wieder ganz blaß war und blinzelte, als täte das Licht ihren Augen weh. Mit dem zerrauften Lockenkopf ähnelte sie weniger dem jungen Löwen, mit dem er sie zu vergleichen pflegte, als einer zu früh erwachten Eule mit aufgeplustertem Gefieder. Doch solche Vergleiche, meinte er, seien unter diesen Umständen kaum passend. Er müßte sie eigentlich mit einer Blume vergleichen. Aber sie hatte nichts von einer Blume, seine teure, junge Geliebte. Selbst halbtot vor Müdigkeit, war sie noch zu sehr erfüllt von Leben und Liebe, um mit einer Blume verglichen zu werden.

Am Ausgang wußte er den Beamten so zu behandeln, daß Sallys fehlende Fahrkarte gar nicht erwähnt wurde, und dann half er ihr in seinen Wagen und wickelte sie in eine Decke.

«Daddy?» fragte sie besorgt.

«Alles in Ordnung. Aber der Wagen nicht. Der Magnet. Ein Glücksfall für mich. Ihre Handkoffer habe ich auf den Rücksitz gelegt.»

«In dem Koffer, den ich umgeworfen habe, waren meine Weihnachtsgeschenke», sagte Sally bekümmert. «Einige waren zerbrechlich. Wenn ich doch nicht so ein plumper Bär wäre!»

David hielt neben einer Straßenlampe, wie auch George angehalten hatte, als er mit Caroline gefahren war. Die Männer in der Familie Eliot wußten leidlich gut, was von ihnen erwartet wurde. «Wollen Sie den Koffer öffnen und nachsehen, ob alles in Ordnung ist?»

«Ja, bitte, David. Den blauen.»

Er hob ihn auf ihre Knie, und sie öffnete ihn. «Ich habe für Ben ein Schiffchen in einer Glasflasche», sagte sie; aber er bemerkte, daß ihre Finger hastig und angstvoll über ein kleines Päckchen glitten, das in Seidenpapier eingeschlagen war. Ein leiser Schrei entrang sich ihr.

«Zerbrochen?» fragte David mitleidig.

«Ja», sagte sie.

«Bens Flasche? Das ist doch wohl zu klein dafür.»

«Nein – es war – für Sie!»

Sie war viel zu müde, um ihr Unglück oder ihre Liebe oder irgend etwas zu verbergen. Im Geiste warf David einen raschen Blick auf den Mann, der noch vor kurzem bezweifelt hatte, daß er Sally genügend lieben könnte, um sie zur Frau zu begehren, dann nahm er ihr sanft das Päckchen aus der Hand und öffnete es. Ein paar Splitter von feinstem Glas fielen heraus wie welke Lilienblätter; aber der gebogene, blaugrüne Henkel war unversehrt. Es war ein schön geformter kleiner Löwe, der Löwe von Venedig.

«Sally!» rief David. «Ein Löwe! Ein prachtvoller kleiner Löwe. Sehen Sie doch, es ist ihm nichts geschehen. Sally, dich selbst hast du mir geschenkt. Sally!»

Er stellte den Koffer wieder auf den Rücksitz, den Löwen aber legte er in die Ablage im Armaturenbrett, und dann raste er mit höchster Geschwindigkeit durch die Straßen von Radford. Als sie den Ort hinter sich hatten, hielt er den Wagen an und legte den Arm um sie. «Sally, möchtest du mich heiraten? Ich sehne mich schon so lange nach dir. Bitte, Sally. Ich bin nicht wert, dir die Schuhriemen zu lösen. Aber bitte!»

Sally fand eine Antwort überflüssig. Sie hätte auch nicht antworten können. Sie weinte vor Glück und schmiegte sich an ihn wie ein kleines Kind. Zehn Minuten später fuhren sie weiter, schwatzend und lachend. Mit der Spannkraft ihrer Jugend hatte Sally die Müdigkeit, ihr Leid und die Kopfschmerzen überwunden. Sie war wieder ganz sie selbst, warm, lebensvoll, beherzt; und doch nicht ganz sie selbst, meinte David. Diese letzten zehn Minuten hatten ihr eine neue Bereicherung gebracht, einen hellen Glanz, wie er aufleuchtet, wenn der Regen einen verdorrten Garten erfrischt. Doch der Regen war jetzt vorbei.

«Verzeih mir, Sally», bat er.

«Was soll ich verzeihen?»

«Eine ganze Menge!»

«Ich wüßte nicht, was», sagte Sally. Und sie wußte es wirklich nicht. Sie würde nie wissen, wenn sie ihm etwas zu verzeihen hätte, denn was er auch tun mochte – sie würde es als das Rechte ansehen. Plötzlich dachte er erheitert, es sei doch gut für sein Seelenheil, daß Lucillas Liebe anders geartet war.

«Warum lächelst du, David?»

«Ich denke an Großmutter.»

«David», flüsterte Sally. «Fahren wir nicht nach dem ‹Gnadenkraut›! Fahren wir nach Hause!»

«Nach Hause?»

«Nach Damerosehay! Zu Großmutter! Ich möchte heute zu Hause bleiben. Daddy wird's mir nicht übelnehmen. Wir können ihn ja anrufen.»

David vermochte kein Wort zu sagen; er bog ab und schwenkte in die Straße durch das Marschland ein, die Straße, über die alle Eliots heimkehrten. Als sie zwischen den beiden Feldern fuhren, dem seltsam wilden im Marschland zur Rechten und dem wohlbestellten zur Linken, wehte der Seewind ihnen entgegen. Das Meer war eine ferne silberne Linie unter dem aufsteigenden Mond, und die Sterne glänzten bereits am Himmel. Für David war es ein Ort, den Erinnerungen belebten . . . hier hatte er einst auf der Heimfahrt Nadine getroffen . . . er grüßte sie im Geiste und dankte ihr, und dann war seine Kraft nur noch auf ein einziges Ziel gerichtet: das Mädchen neben ihm sollte in dieser Heimkehr nichts als Glück finden.

«Ich schlage etwas vor, Sally», sagte er lustig. «Wir wollen uns im Eichenwald feierlich verloben. Eigentlich sollte es der Ritterwald sein, die Stelle, wo wir einander getroffen haben und du an das Bild von Pisanello gedacht hast. Aber ich liebe den alten Eichenwald.»

«Ich auch», sagte Sally. «Mir ist immer, als wäre er ein Teil des Ritterwaldes. Vermutlich sind alle Wälder überall in Wirklichkeit nur verschiedene Teile eines einzigen Waldes, der durch die Erde in die Höhe strebt, so wie die einzelnen Teile des Himmels, die durch die Wolken schimmern, auch nur ein und derselbe Himmel sind. Und der Eichenwald ist dein besonderes Stückchen Wald; für dich ist er das Herz des Waldes. David, wie schön ist es heute abend! Sieh nur die alte Burg! Wie ein starkes, altes Tier, das sich duckt und die Marschen bewacht! Und die Insel dort! Ganz aus Ebenholz und Silber!»

«Heute ist es friedlich», sagte David. «Aber manchmal kann es auch furchtbar stürmen. Hier ist man weniger geborgen als im ‹Gnadenkraut›. Wird dir das nicht fehlen?»

«Nein! Damerosehay hat so starke Mauern. Und dann ist ja auch der Eichenwald zwischen uns und dem Meer.»

Jetzt waren sie im Wald. Die alten, verkrümmten Stämme nahmen sie auf, wie sie so viele heimkehrende Eliots aufgenommen hatten und wie sie auch diese beiden und in kommenden Jahren ihre Kinder aufnehmen wollten. Lautlos glitt der Wagen über den bemoosten Boden. Dann machten sie halt.

«Und jetzt, Mrs. Eliot, strecken Sie, bitte, die Hand aus!»

Sally gehorchte, und er steckte ihr Lucillas Ring an den Finger. Sally fand kein Wort. Sie küßten einander, sanft, ohne glühende Leidenschaft, aber sie gehörten einander rückhaltlos. Trotz einer gewissen Trauer, die David noch irgendwo pochen spürte, wußte er, daß jetzt alles war, wie es sein sollte.

17. Kapitel

1

Jill und die Zwillinge hatten es übernommen, die Steineichenzweige für die Weihnachtsfeier zu beschaffen, und wenige Tage vor dem Fest wanderten sie, mit einem großen Korb bewaffnet und von Mary gefolgt, pünktlich um zwei Uhr in den Ritterwald. Das Wetter war immer noch überraschend mild. Hin und wieder stürmte es vom Meer her, doch das ging vorüber, die Sonne schien wieder, und der Himmel war blau. Die Vögel ließen sich dabei überraschen, wie sie ein paar Takte aus ihren Frühlingsliedern probierten. Im Ritterwald war es, wie immer, zauberhaft.

«Aber wir dürfen keine Zeit verlieren», erklärte Jill fest. «Nach euren Angaben haben wir einen weiten Weg vor uns, und ihr müßt rechtzeitig zum Tee zurück sein. Wenn ihr glaubt, daß wir die schönsten Zweige an der Stelle finden, die ihr kennt, dann gehen wir dorthin und wollen uns unterwegs nicht aufhalten. Und wenn dort nichts zu finden ist, dann sammeln wir auf dem Rückweg, was wir brauchen. Was man hier sieht, ist auch gar nicht so übel.»

Die Zwillinge hatten nur verächtliche Blicke für die Steineichengebüsche, an denen sie vorüber kamen. Es war kein gutes Jahr für Steineichen, und die roten Beeren zeigten sich nur in geringer Zahl.

«An dem ‹Platz dahinter› gibt's eine Menge Beeren», sagte José.

«Das könnt ihr gar nicht so bestimmt wissen», sagte Jill. «Ihr seid nur ein einziges Mal mit Miss Adair dort gewesen, und das ist schon lange her.»

«Wir sind nicht mit Sally dort gewesen», korrigierte Jerry. «José und ich und Mary sind allein hingegangen. Sally ist an ihrem Platz geblieben.»

«Ihrem Platz?» fragte Jill.

«Dort, wo sie David getroffen hat», erklärte José. «Sie hatte nachher Augen wie Kerzen, und Mummy und Annie-Laurie hatten auch Augen wie Kerzen, als sie mit der Brunnenkresse aus dem Wald kamen, die überhaupt keine Brunnenkresse war.»

Wie scharf sie beobachten, dachte Jill; nichts bleibt ihnen verborgen.

«Werden jetzt im Wald wieder Kerzen angezündet? Es ist doch beinahe Weihnachten!» fragte Jerry.

«Nein, Kind», erwiderte Jill. «Im Wald gibt's nie Kerzen. Die Kerzen brennen nur an Weihnachtsbäumen, und in den Augen der Menschen, wenn sie glücklich sind, aber nicht im Wald.»

«Als wir zum erstenmal hier waren, haben wir welche gesehen.»

«Den Sonnenuntergang hinter den Bäumen vielleicht», sagte Jill. «Es war damals ein herrlicher Sonnenuntergang; ich erinnere mich noch daran. Ich habe damals Tante Rose geschrieben. Habe ich nicht auch einen eigenen Platz im Wald?»

«Neben unserem Platz», sagte José und griff nach Jills Hand.

Jill hielt die kleine Hand fest. Noch vor wenigen Wochen hätte José sich nicht ungebeten zu solch einer Geste herabgelassen. Monatelang hatte Jill diesen kleinen Rangen unaufhörlich alles gegeben, was sie besaß, und jetzt endlich spendeten sie ihr hin und wieder die kargen ersten Blüten ihres Frühlings.

«Dort ist die Eule!» sagte Jerry.

Jill sah auf und erblickte die freundliche helle Erscheinung zwischen den Bäumen schwanken. Doch ihr Schwanken war nur scheinbar, denn sie stieß nirgends an. «Was tut sie denn jetzt, zu dieser Tageszeit da draußen?» meinte Jill. «Wir kriegen sie doch zumeist nur am Morgen und am Abend zu sehen. Sie muß bestimmt zu einer Weihnachtsfeier fliegen.»

«Ratte und Maulwurf gehen auch hin», sagte José.

Und tatsächlich flog die Eule vor ihnen her, als hätten sie alle eine Verabredung an derselben Stelle.

«Das Ding mit den Hörnern geht auch hin», sagte Jerry. «Und vielleicht auch der mit der Flöte – aber das weiß ich nicht ganz bestimmt.»

«Nein, der nicht», meinte José. «Er bleibt den Winter über im Bett. Wie die Eichhörnchen.»

«Ja, aber die Hasen», sagte Jerry, «und die Feldmäuse und die Vögel und die Kröten und die Frösche. Und der Dachs.»

Jill achtete nicht mehr auf diese Reden. Die Zwillinge hatten zahlreiche Phantasiegeschöpfe als Gefährten ihres täglichen Lebens, und sie versuchte gar nicht, all den unsichtbaren Persönlichkeiten nachzuspüren, die mit ihnen Milch tranken, spazierengingen, im Badewasser planschten, unter ihren Betten schliefen. Gelegentlich hatten diese Kreaturen recht unliebsame Lebensäußerungen. Der Mann mit der Flöte, zum Beispiel, fand, an schönen Tagen seien Unterrichtsstunden reine Zeitvergeudung, und als die Zwillinge dagegen rebellierten, daß man ihnen eine gewisse Bildung beibringen wollte, lieh er ihnen seine moralische Unterstützung, und das bewirkte, daß es weit schwerer war als sonst, mit ihrem Gebrüll und Gestrampel fertig zu werden . . . Jill hörte gern, daß er derzeit das Bett hütete. Auch Ratte und Maulwurf waren außerordentlich schwierige Kumpane. Sie wollten keinen Milchpudding essen. Und da ihre geistige Gemeinschaft mit Jerry und José von einer Intimität war, die über Jills Verständnis ging, wollten auch die Zwillinge keinen Milchpudding essen, wenn Ratte und Maulwurf da waren. Aber das Ding mit den Hörnern übte einen ausgesprochen günstigen Einfluß aus; und wenn es bedauerlicherweise seltener erschien als die anderen Herrschaften, war es Jill darum doch sehr sympathisch. Natürlich gab es auch zwei Darstellungen von ihm im Hause. Auf Bens Gemälde im Wohnzimmer und auf dem Bild in der Kapelle; und überdies die kleine Skulptur in der Nische. Die Zwillinge hatten Jill niemals darüber aufgeklärt, daß das Ding mit den Hörnern und der weiße Hirsch ein und dasselbe waren, doch das begriff Jill ohnehin.

«Dort gehen die Hasen und die Vögel», sagte José. «Sieh nur!»

Jill sah die weißen Hinterteile von zwei Hasen, die just vor ihnen vorüberflitzten. Es stimmte auch, daß die Vögel unterwegs zu sein schienen, und zumeist in die gleiche Richtung.

Bald kamen sie an der Eiche vorüber, die Nadines Platz war; das war noch nicht tief im Wald. Dann überquerten sie den ersten kleinen Steg zu Bens Grimbart-Insel und den zweiten kleinen Steg in den Wald dahinter. Und sie kamen zu dem Bach, der Sallys Platz war, mit der Lücke in dem Myrthengebüsch zur Linken, wo es zu Annie-Lauries Platz ging, und dann waren sie in jenem Teil des Waldes, wo keiner der andern je gewesen war. Selbst Jill, die doch als kleines Mädchen oft im Ritterwald gespielt hatte, war seit vielen Jahren nicht mehr so weit gewesen, und sie sah sich um wie ein Reisender in einem fremden Land.

Sobald sie einmal den Bach hinter sich gelassen hatten, veränderte sich der Charakter des Waldes. Er wurde tiefer und geheimnisvoller. Da gab es keine Birken mehr, keine Holzapfelbäume, keinen Hagedorn. Eichen waren wohl noch da, aber sie waren weit größer, und zwischen ihnen ragten die prächtigen Ritter des Waldes, die Buchen. Die Stechpalmen, sichtlich noch aus der Zeit Wilhelm des Eroberers, wuchsen hier zu stattlicher Höhe auf; sie trugen viel mehr Beeren, und in ihren schimmernden Blättern spiegelte sich das Licht. Der Boden war hoch mit verwesenden Blättern bedeckt. Hier, in den tieferen Gründen des Waldes wuchs keine jener zarten Winterblüten, die Nadine so entzückt hatten; doch die Flechten, aus denen das Landvolk in früheren Zeiten seine Heilmittel zu machen pflegte, waren hier überreichlich vorhanden, und um die Eichen sammelte sich violettes Licht. Noch immer schienen Vögel und Vierfüßler in großer Zahl sie zu umgehen, und noch immer war es, als schlügen alle Tiere die gleiche Richtung ein.

Ein bunter Farbfleck schoß plötzlich an ihnen vorüber. Es war ein

Buntspecht, der zwischen zwei riesigen Buchen hindurchflog, deren Kronen, ineinander verschlungen, einen Bogen formten. Jill und die Kinder folgten. Jenseits dieses Durchlasses schien der Wald abermals sein Wesen ein wenig zu verändern. Die Bäume standen viel dichter beisammen, es war dunkler und stiller. Wie leicht konnte man sich hier verirren! Doch jetzt entdeckte Jill, daß sie einem Pfad durch den Wald folgten. Wo der Pfad begonnen hatte, wußte sie nicht, noch wie sie ihn gefunden hatten, aber er war da, eine Andeutung von einem Pfad wohl nur, doch leicht zu verfolgen.

«Jetzt weiß ich's», sagte sie plötzlich zu den Zwillingen und Mary, die vor ihr herliefen. «Einmal als Kind bin ich diesen Weg gegangen. Er führt zu dem alten Futterplatz, wo man im Winter die Rehe zu füttern pflegte. Das ist lange her. Jetzt gibt es kein Rotwild mehr im Wald.»

Doch dessen war sie bald nicht mehr so gewiß. Sie waren zu einem grünglänzenden Steineichengebüsch gekommen, dem gegenüber Farnkräuter neben einem bemoosten Felsen wuchsen, und als sie sich bückte, um ihr Schuhband zu binden, glaubte sie schwache Hufspuren auf dem Pfad zu erblicken. Sie war auf dem Land aufgewachsen und erkannte sogleich, daß dies keine der ihr vertrauten Spuren waren. Sie beugte sich darüber, und ihr Herz schlug lebhafter. Sie waren so flüchtig, so seltsam, und die Feuchtigkeit, die sich in ihnen gesammelt hatte, spiegelte das Licht mit so silbrigem Glanz, daß man sie leicht für Blumen halten konnte. Sie wirkten gewissermaßen fröhlich. Jill war überzeugt, daß das Tier, das sie hinterlassen hatte, nicht behaglich gegangen, sondern munter gesprungen war. Und doch wie schwerelos mußte es gewesen sein, um so luftige Spuren zu hinterlassen!

Noch immer betrachtete sie sie und versuchte sich der längst entschwundenen Zeit zu entsinnen, da sie selbst diesem Pfad bis zum Futterplatz gefolgt war. Sie erinnerte sich, daß sie ihn gefunden hatte, doch, seltsam genug, sie konnte sich nicht mehr daran erinnern, was ihr dann zugestoßen war. Zum mindesten war es nichts, was sie in Worte zu fassen vermochte. Es war nichts von dem gewesen, was einem an andern Stellen zustößt, und eben dieses Besondere hatte jeden Vergleich unmöglich gemacht, und so waren die Worte, mit denen man sonst seine Erlebnisse schildert, hier unzureichend. Die leuchtenden Spuren im Boden glitzerten so, daß sie die Augen schließen mußte.

Sie war nicht imstande, die Dinge in Bildern vor sich zu sehen, aber sie konnte sie fühlen. Es war ein warmes Glühen, das sie empfand, wie flutenden Sonnenschein, und es prägte sich nicht nur ihrem Körper ein, sondern ihrem ganzen Wesen, und das Wunder des Lichts hob Zeit und Ferne auf. Alle Dinge waren ihr gegenwärtig, alle Dinge und alle Menschen, denen sie in bewußter Liebe verbunden war, und alle, denen ihre Liebe sich zuwandte, ohne daß ihr begrenztes Denken ein Symbol in ihnen erblicken konnte. Das alles erlebte sie wärmend und leuchtend in dem winzigen Bruchteil der Zeit zwischen dem Schließen und Öffnen der Augen und dem Heben des Kopfes in erneuter Willenskraft. Die Erneuerung änderte nichts an ihrer Auffassung, gab ihrem Leben keine neue Richtung, sondern stärkte lediglich alles, was sie hatte und war. Sie sollte sich später nicht sehr genau an diesen Augenblick erinnern, obgleich sie die leuchtende Steineiche nie vergessen sollte, die sich neben dem Pfad erhob, und die Farnkräuter und den moosigen Fels.

Sie sah sich um. Die Spuren waren nicht mehr da. Das überraschte sie nicht weiter. Sie wußte, daß es seit vielen Jahren im Ritterwald kein Rotwild mehr gab. Da sie sich nach so langer Zeit an ihre Kindheit erinnert hatte und sich jetzt dem Futterplatz der Tiere näherte, war es nur natürlich, daß ihre Phantasie sie getäuscht hatte. Auch die Zwillinge und Mary waren verschwunden, doch das überraschte sie ebensowenig und machte ihr auch keine Sorgen. Sie waren zu dem Futterplatz gegangen. Sie waren, ihren Angaben nach, schon früher dort gewesen und kannten den Weg. Jill wollte ihnen nicht bis zu einer Stelle folgen, die nur den Kindern zu gehören schien. Sie wollte sie hier erwarten und dieses Steineichengebüsch für das Weihnachtsfest im ‹Gnadenkraut› plündern. Solch einen Busch, wie diesen hier, der im Herzen des Waldes grün loderte, hatte sie noch nie gesehen.

2

José, Jerry und Mary liefen eifrig den Pfad entlang. Als sie das letzte Mal hier gegangen waren, war es Herbst gewesen, aber jetzt war das Weihnachtsfest nahe. Heute würde es anders sein. Nicht, daß sie sich wirklich daran erinnern konnten, wie es damals gewesen war – aber jetzt mußte es anders sein. Zu Weihnachten war alles anders.

Zu beiden Seiten hob sich der Boden steil, und so liefen sie über den schmalen Pfad zwischen zwei Wänden von knorrigen Buchenwurzeln und mächtigem Farnkraut. Ein Hase hoppelte vor ihnen her, und ein Eichelhäher glitt vorüber. Dann senkte sich der Pfad, als führte er in eine Schlucht. Und dann machte er eine scharfe Biegung nach rechts und endete an einem ausgedehnten Bollwerk von Stechpalmengesträuch, das den Raum zwischen den Böschungen vollständig ausfüllte. Der Hase ließ sich nicht entmutigen; sie sahen sein weißes Hinterteil unter dem dichten Gestrüpp verschwinden. Und auch sie selber waren nicht so leicht zu entmutigen. Sie waren schon das letzte Mal durchgekommen, daran erinnerten sie sich jetzt deutlich, geführt von einer Amsel, und obgleich sie ihre Kleider schlimm zugerichtet hatten, hatte Jill sie doch nicht gescholten. Sie schalt nie, wenn die Kleider zerrissen und schmutzig waren. Sie wußte, daß sich das nicht vermeiden ließ, wenn man irgend etwas Vernünftiges tat. Sie legten sich flach nieder, und Jerry voran, dann José und Mary als Nachtrab erkämpften sich den Weg durch den schmalen Tunnel, den alle Tiere geformt hatten, die zwischen Futterplatz und Wald hin und her wanderten. Es war sehr stachlig, feucht, dunkel und unbequem, doch darauf achteten sie nicht. «Kratze, krabble, scharre, Ratte!» sagte Maulwurf an der Spitze ermutigend, und Ratte hinter ihm kratzte, krabbelte, scharrte.

«Wie kommt das Ding mit den Hörnern hinein?» fragte José laut, als sie innehielten, um Atem zu holen und die Stacheln zu entfernen. «Hier könnte es doch nicht durch!»

«Es springt darüber», sagte Jerry. «Es ist ja ein Märchengeschöpf. Es kann bis zum Mond springen.»

«Und vor hundert Jahren, als alle Rehe hierher kamen und gefüttert wurden, sind sie auch darüber gesprungen?»

«Nein», erklärte Jerry, «damals hat es noch Lücken in der Hecke gegeben. Seither ist alles gewachsen. Vorwärts!»

Sie kratzten, krabbelten, scharrten weiter, immer bergab, und plötzlich waren sie da. Sie rollten einen grasbewachsenen Hang hinunter, ganz wie sie es damals getan hatten, setzten sich auf und öffneten die Augen.

Wie Jerry richtig vermutet hatte, war in den letzten hundert Jahren ein mächtiger Wall rund um den Futterplatz aufgewuchert und bewachte ihn, so daß keines Menschen Fuß ihn betreten konnte. Der oder jener von den älteren Bewohnern der Gegend oder auch einige jüngere Leute, die, wie Jill, als Kinder den Weg gefunden hatten, wußten noch ungewiß, daß es diesen Futterplatz irgendwo im Ritterwald gab, aber das war auch alles. Er gehörte jetzt den Tieren allein. Einst hatten die Forstleute im Winter hier die Tiere gefüttert, jetzt aber längst nicht mehr. Und doch war es, als sorgte man hier noch immer für sie. Kein kalter Wind vermochte in diese geschützte Schlucht einzudringen; Beeren gab es im Überfluß, auch Gras und Wasser. Hier legten die Menschen ihnen keine Fallen und näherten sich ihnen auch nicht mit dem Graus ihrer Jagdflinten.

Ein Erwachsener, der sich hierher verirrte, hätte einen prächtigen grünen Rasen inmitten des Waldes erblickt, eine jener Rasenflächen, derentwegen dieser Teil des Landes berühmt ist, einen Bach, der das Grün durchrieselte, und an seinen Ufern der Trümmer eines alten Steingebäudes, das eine Waldkapelle gewesen sein mochte oder auch eine Einsiedelei, deren die Mönche der Abtei sich bedienten, und später vielleicht eine Zuflucht für die Forstleute, wenn sie hierher kamen, um das Rotwild zu füttern.

Drei der Mauern standen noch mit schmalen Spitzbogenfenstern, doch die vierte Mauer und das Dach waren nicht mehr vorhanden. Immerhin bot die Ruine noch hinreichenden Schutz, denn mächtige Buchsbäume wuchsen rund herum, streckten einander die Zweige entgegen, die sich zu einem dichten grünen Dach verwoben. Grünleuchtende Stechpalmen bewachten den Eingang, im Gras waren die Wurzeln von Primeln, Veilchen und Fingerhut, am Bach hob die Iris ihre hohen spitzen Degen, Brombeerdickicht wucherte da und dort, und die langen dornigen Äste der Heckenrosen ließen ahnen, welch ein Feenschloß von Blüten sich hier im Frühling und Sommer erheben mußte. Der Bach mochte dort, wo er sich zu Weihern erweiterte, von Farben strahlen und auf seinen Brüsten schwimmende Inseln von Blumen tragen, Wasserrosen und Salzbunge.

Obgleich jetzt Dezember war, fehlte es nicht an Farben auf dem Futterplatz, denn da wimmelte es von Vögeln: Rotkehlchen und Meisen, Gimpel, Häher, Goldammer, ein Königsfischer-Paar und der grüne Buntspecht. Auch die weiße Eule war da und saß schön und reglos auf einem Ast des Buchsbaums, der sich wie ein Balken oberhalb des Steinbaus am Ufer des Baches streckte. Alle Vögel des Ritterwaldes schienen sich an diesem Nachmittag hier ein Stelldichein gegeben zu haben, und ihre schimmernden Flügel woben ein farbiges Netz in der klaren Luft. So golden war die Luft, so leuchtend und warm, daß es war, als füllte bernsteinfarbener Wein die Futterstelle wie einen Pokal.

Die Vierfüßler ließen sich weniger blicken als die Vögel, doch ein leises Rascheln im Gras, ein Aufblitzen funkelnder Augen im Gebüsch, ein kaum wahrnehmbares Huschen kleiner, pelzbedeckter Körper verriet ihre Gegenwart. Sie waren in großer Zahl vorhanden, und sie waren offenbar auch nicht furchtsam, denn sie ließen sich durch die Anwesenheit der Kinder nicht verscheuchen. Irgendein mächtiger Einfluß, seit Jahrhunderten dauernd, hatte diese Stelle zur Freistatt erhoben, so daß die Tiere hier einander nicht anfielen. Und mehr noch – zur Weihnachtszeit schien hier der Ort zu sein, wo sie einander nicht bloß nichts antaten, sondern wo sie zusammenströmten, um Heilung zu suchen, wenn sie verwundet waren. Ein Hase hoppelte auf drei Beinen an den Kindern vorbei, hielt das vierte in die Höhe, das verletzt war, und verschwand in der kleinen Ruine, auf der die Eule saß. Und ein wenig später flatterte ein Vogel mit wunder Schwinge in unbeholfenem Flug hinter ihm her. Und ihm folgte ein Dachs, ja, wahrhaftig, ein richtiger, gestreifter Dachs. Und die Kinder sahen auch andere kleine Geschöpfe durchs Gras hasten und mit ihren Wunden in der Ruine verschwinden.

«Sind wir das letzte Mal auch hineingegangen?» fragte Jerry José und sah die Ruine an, auf der die Eule saß.

«Kann mich nicht erinnern», sagte José verdutzt.

«Gehen wir jetzt!» schlug Jerry vor.

Doch zunächst blieben sie ganz still Hand in Hand stehen und schauten nur ehrfurchtsvoll und scheu. Die Sonne neigte sich jetzt, und der Glanz blendete sie.

«Ist da ein Licht?» flüsterte José und rieb sich die Augen.

«Ja», flüsterte Jerry. «Es ist jemand drin.»

Sie sahen einander fragend an.

«Wir sind aber nirgends verwundet», meinte José.

«Wird schon irgendwas geben, wovon wir nichts wissen», erklärte Jerry hoffnungsvoll. «Die Leute haben was am Herzen und fallen um und wissen gar nicht, daß sie was haben, bis sie nicht tot aufwachen.»

Der Sonnenuntergang hüllte alles rund um sie in tiefes Geheimnis. Der Himmel oben, den safranfarbene und rosige Wölkchen fiederten, beugte sich über sie wie die Schwingen eines Vogels, und im Bach spiegelte sich diese Herrlichkeit in jedem Blatt, in jedem Grashalm. Die irdischen Vögel unter den mächtigen Schwingen sangen leise, und der Glanz ihres Gefieders vertiefte sich im goldenen Licht. Es schwebte ein Wohlgeruch in der Luft, als hätten die Flammen des Sonnenuntergangs aus dem Herzen der Dinge eine stille Ehrfurcht gekeltert, und hinter den klaren Stimmen der Vögel innerhalb des großen Schweigens fühlte man einen unhörbaren Rhythmus wie das Pochen des Herzens. Die Beeren an den Steineichenbüschen zu beiden Seiten des Eingangs in die verfallene Kapelle leuchteten wie tausend Lampen und drinnen schien das Licht immer heller und heller und formte einen Strahlenpfad von der Tür bis zu den Füßen der Kinder.

Hand in Hand wanderten sie durch die warme, goldene Luft über den leuchtenden Pfad und kamen zu der Tür der Kapelle, und Hand in Hand traten sie ein.

3

Als Jill ihren Korb mit Steineichenzweigen gefüllt hatte, setzte sie sich nieder und wartete auf die Zwillinge. Sie fand dieses Warten gar nicht langweilig, denn sie gehörte zu jenen glücklichen Menschen, die niemals hasten und niemals ruhelos sind. In ihrem ganzen Leben hatte sie keine Unrast gefühlt. In allem, was sie tat, in allem, was sie sah, war sie sich eines Wunders bewußt, das aus den Tiefen aufsprang, als hätte sie es zum erstenmal getan oder gesehen. Sie war mit einem Geist gesegnet, der nicht zurückblickte, noch Angst kannte; Vergangenheit und Zukunft zerrissen sie nicht zwischen Gewissensbissen und Furcht, und jeder neu erstehende Augenblick bot sich ihr in seiner vollen lieblichen Frische dar.

Während sie auf dem Felsblock saß, dachte sie nicht mehr bewußt an das Mysterium jener Sekunde, da sie die leuchtenden Hufspuren auf dem Pfad zu erschauen geglaubt hatte. Sie beobachtete einen Specht, der wie eine kleine Maus an dem Stamm des Baumes ihr gegenüber hinaufeilte, lauschte auf das Klopfen seines Schnabels, freute sich an dem Glanz der roten Beeren; doch weil sich jenes Mysterium begeben hatte, vermochte sie ein wenig tiefer in die Schönheit von Vogel und Beeren zu blicken, hörte eine Musik in dem Pochen, die sie vorher nicht wahrgenommen hatte. Und so sollte es für den Rest ihres Lebens bleiben.

Die Musik des Spechts verlor sich in der Musik kleiner, eilender Füße, und die Zwillinge samt Mary waren wieder bei ihr, unglaublich schmutzig, Blätter in den Haaren, Gesichter und Jacken mit Schlamm bespritzt, aber mit hochroten Backen und ‹Kerzenaugen›. Jerry trug einen großen Steineichenzweig, dessen Beeren so lieblich leuchteten, daß selbst die Beeren in Jills Korb daneben verblichen, und José hielt – ein wahres Wunder im Dezember – ein Sträußchen wilder weißer Veilchen in der Hand. «Drinnen wachsen sie», sagte sie. Und Jill fragte nicht, wo dieses ‹drinnen› war; sie fragte nicht, wo sie gewesen waren und was sie gesehen hatten. Sie wußte, wie verwirrend, ja, wie peinigend manchmal die Fragen der Erwachsenen für Kinder sein können, deren Erlebnisfähigkeit doch ihre Fähigkeit, das Erlebte wiederzugeben, weit übersteigt. Und später im Leben ist es genau umgekehrt, meinte Jill; die erwachsenen und gebildeten Leute schienen so wenig Wichtiges zu erleben und wußten doch so viel und so langweilig darüber zu schwatzen. Und jedenfalls, fand sie, seien Fragen zudringlich. Was die Leute einem nicht freiwillig von sich erzählten, ging einen nichts an.

«Vorwärts jetzt, Kinder», das war alles, was sie sagte. «Wir müssen uns beeilen, damit wir noch vor Dunkelheit zu Hause sind.»

Aber sie erlebte doch eine Überraschung. Bevor sie noch von ihrem Felsen aufstehen konnte, hatte José sich ihr in die Arme geworfen. So weit ließ Jerry sich nicht herab, aber er legte ihr seinen Kopf an die Schulter, und dann lächelte er sie aus seinen Kerzenaugen an. Mary sprang unterdessen vom Felsen auf ihre Schulter, legte sich an ihren Hals wie eine schmutzige weiße Federboa und leckte ihr Ohr. Jill, mit José im Arm, angelächelt von Jerry, abgeleckt von Mary, war es, als sei sie von Wärme und Licht umhüllt. Es hätte ein feuriger Mantel sein mögen, den sie trug, nur verbrannte er sie nicht, noch blendete er sie; dieses Gefühl hatte sie seit jenen Tagen nicht mehr gekannt, da Alf sie in den Armen gehalten und geliebt hatte. So liebten also diese Drei sie auch!

Doch der überraschende Zärtlichkeitsanfall endete so brüsk, wie er begonnen hatte. Mit einem Male entsann Jerry sich der Kuchen, die ihn erwarteten, und schlug augenblicks den Heimweg ein; seinen Steineichenzweig schwenkte er wie eine Fackel. Mary sprang von Jills Schulter und lief hinter ihm her, und nur José war zwar von Jills Schoß hinuntergeklettert, verhielt sich aber noch immer ganz still. «Für dich», sagte sie und hielt Jill den Veilchenstrauß entgegen.

«Für Mummy», schlug Jill vor.

«Nein», sagte José. «Für dich!»

«Für Mummy», drängte Jill. «Ich habe euch ja den ganzen Nachmittag gehabt und Mummy nicht. Drum soll Mummy die Veilchen kriegen.»

José widersprach wohl noch, aber schließlich kapitulierte sie, denn wenn sie spazierengingen, war sie daran gewöhnt, daß Jill irgend etwas Hübsches fand, das José Mummy bringen sollte. Dann lächelte sie plötzlich und lief hinter Jerry her. Die Veilchen hielt sie sorgfältig in der Hand. Diesmal hatte sie selbst etwas Hübsches gefunden. Das war ein völlig neues und sehr verblüffendes Gefühl, aber jedenfalls sehr angenehm, und es verlieh ihren Füßen Schwingen. Jill folgte zufrieden.

Am Tor des ‹Gnadenkrauts› machten sie halt und blickten zurück. Es war jetzt beinahe dunkel, und die Sterne begannen zu funkeln. Die letzten Flammen des Sonnenuntergangs loderten noch im Westen, und tausend Kerzen waren an den Bäumen entzündet worden, die ihre Schatten tiefer und tiefer in den dunklen Wald streckten.

18. Kapitel

1

Alle Erwachsenen im ‹Gnadenkraut› und in Damerosehay hatten beschlossen, daß dieses Weihnachtsfest den Kindern gehören sollte, und es sollte so schön werden, wie sie es in ihrem jungen Leben noch nicht kennengelernt hatten. Mit Heldenmut nahmen die großen die Plage auf sich, und wie sich herausstellte, nicht vergebens, denn als die Zeit da war, wurde das Fest für alle, für die Großen wie für die Kinder, ein Tag des reinsten Entzückens, einer jener zauberhaften Tage, die man sein ganzes Leben lang nicht vergißt, ein Tag, an dem anscheinend nichts schiefgehen kann, als würde der menschlichen Unvollkommenheit eine Hilfe von oben zuteil, die nur ein einziges Mal dazu beitragen durfte, alles zur Vollendung zu bringen, was auch versucht werden mochte. Als John Adair später zurückblickte, erinnerte er sich, daß er von allem Anfang an den Pulsschlag schöpferischer Freude im Hause gespürt hatte. So groß war dessen Kraft, daß der Maler eigentlich nicht überrascht sein durfte, als diese Freude die Kruste der Dinge durchbrach und sich ihrer bemächtigte.

Und dennoch war er überrascht, denn in der Woche vor Weihnachten war er, wie übrigens die andern Erwachsenen auch, in einem Zustand tiefster Erbitterung. Wie sollte man ein festliches Mahl zubereiten, wenn es kaum Zucker, viel zu wenig Butter gab, wie einen Weihnachtsbaum schmücken, wenn kein silberner Stern, keine Spur von Flitter aufzutreiben war, wie Weihnachtsgeschenke kaufen, wenn man keinen Coupon mehr hatte und sämtliche Bücher, die man bestellte, vergriffen waren. Ben hatte verkündet, daß Theater gespielt werden müsse, und nicht bloß Theater, sondern es müsse auch die Kapelle eingeweiht werden, die jetzt doch kein Vorratsraum mehr war, sondern eine richtige Kapelle.

«Müssen wir beides tun?» hatte Nadine geduldig gefragt; es kostete sie große Mühe, ihre Abspannung nicht merken zu lassen, als sie und George, David, Sally und Ben eines Tages, kurz nach dem Ausflug der Zwillinge zu dem Futterplatz, um den Tisch am Feuer beim Tee saßen. «Würde die Feier in der Kapelle nicht auch ohne Theaterspielen genügen?»

«Aber als wir hier eingezogen sind, haben wir doch gesagt, zu Weihnachten müsse Theater gespielt werden», erinnerte sie Ben. «Hast du das schon vergessen? In alten Gasthöfen hat man das immer getan. Die Schauspieler benutzten die Galerie, und die Zuschauer saßen unten im Hof.»

«Wenn du vorhast, uns mitten im Winter im Hof sitzen oder auf Malonys Terrasse einherstolzieren zu lassen, so sag es lieber gleich, mein Junge, und ich werde einen großen Leichenwagen für uns alle bestellen», meinte George resigniert.

«Nein, das heben wir uns für den Sommer auf», tröstete Ben. «Diesmal spielen wir hier in der Halle. Die Bühne verlegen wir an den Fuß der Treppe, und die Treppe selbst dient für Auftritte und Abgänge. Einen Teil des Stücks werden wir auf der Treppe selbst spielen, wo sie sich vor der Nische gabelt. Das wird ungeheuer wirkungsvoll sein. Du und Vater werden gar nichts damit zu tun haben. Tommy und ich und Caroline und die Zwillinge besorgen schon alles. Sally wird die Weihnachtslieder mit uns einstudieren, nicht wahr, Sally? Du bist doch so furchtbar musikalisch. Und David muß natürlich irgend etwas Aufsehenerregendes zu tun kriegen. Und Sie, Sir –», er wandte sich schüchtern und höflich zu John Adair, – «Sie werden mir helfen, die Kostüme zusammenzustellen, ja?»

Nur Sally zeigte sich von der ihr zugewiesenen Aufgabe begeistert. John Adair ließ ein Knurren vernehmen, doch in seinem Auge glänzte ein Schimmer von Interesse, denn mochte es auch peinlich sein, daß er seine Arbeit eine Woche lang ruhen lassen und sich mit bunten Papierfetzen abgeben sollte, so war er doch neugierig, zu sehen, welche Einfälle sein Schüler Ben für den Entwurf der Kostüme aufbringen würde. Aber David knurrte ohne jeglichen Schimmer von Interesse; ihm war es, als echtem Berufsschauspieler, höchlichst zuwider, sich mit Amateuren abgeben zu müssen.

«Was soll man denn da anfangen, Junge?» fragte er mißlaunig. «Es wird verdammt schwierig sein, sich auf dieser Treppe zu bewegen. Der Raum ist völlig unzureichend.»

«Wir können die bewegten Szenen auf der unteren Bühne spielen. Zuerst kommt eine Dramatisierung von dem ‹Wind in den Weiden›, die ich zusammengestoppelt habe. Ratte und Maulwurf und so weiter. Dazu genügen wir fünf, und du brauchst dich nicht darum zu kümmern. Und nachher könntest du mit Sally die Balkonszene aus ‹Romeo und Julia› spielen.»

«Was?!» unterbrach David ihn entsetzt.

Sally war bei dem Gedanken an die Weihnachtslieder entzückt gewesen, jetzt aber wurde sie ganz blaß und verstört. «Nein, das kann ich nicht, Ben, das kann ich einfach nicht!»

«Warum nicht?» fragte Ben.

«Ich bin zu lang für eine Julia», rief Sally. «Und ich kann auch nicht spielen. Und mit David –»

«Willst du David nicht als Partner haben?» fragte Ben erstaunt. «Ihr seid doch verlobt, nicht wahr?»

«Gerade darum», stöhnte die arme Sally.

«Wenn du dich über ein Balkongeländer beugst, sieht man nicht, wie lang du bist», sagte Ben unerbittlich. «Wir bauen den Balkon auf der Treppe vor dem Alkoven, und hinter deinem Kopf im Alkoven wird eine Lampe brennen, und dein Haar wird golden glänzen. Das wird großartig aussehen. Ich habe mir das alles schon überlegt.»

John Adair grinste in seinen Bart.

«Es ist einfach unmöglich, mein Lieber», sagte David fest. «Ich bin zur Erholung hier.»

«Die hast du schon gehabt», erklärte Ben herzlos. «Und den Romeo solltest du schon im Schlaf spielen können.»

«Laßt alle Hoffnung fahren, ihr zwei», sagte John Adair. «Habt ihr noch nicht bemerkt, daß alles, was Ben befiehlt, früher oder später geschehen muß? Ben wird sein ganzes Leben lang seinen Willen durchsetzen. Das ist kein Egoismus, durchaus nicht, sondern er ist ganz einfach fest davon überzeugt, daß sein Weg der richtige ist. In dieser Beziehung lebt seine Großmutter in ihm. Wenn ein Mann einen starken Willen besitzt und dazu die Überzeugung, daß er recht hat, kann aus ihm ein ganz gewöhnlicher Diktator werden. Gesellt sich aber zu Wille und Überzeugung der Umstand, daß er dank einer glücklichen Vision wirklich recht hat, so besteht die Möglichkeit, daß ein großer Mann aus ihm wird. Die Zeit wird lehren, ob Ben –»

Aber Ben wartete das Ende nicht ab. «Mutter, dein alter Pelzmantel, weißt du, der gestreifte, wäre ein großartiges Kostüm für den Dachs. Und Großmutter hat einen alten Sealmantel, der für die Ratte geeignet wäre. Du wirst uns bei den Kostümen helfen, Mutter, du bist doch so geschickt!» Nadine, die sich an Bens Erklärung, sie und George würden unbehelligt bleiben, geklammert hatte wie an eine Rettungsleine, ließ die Leine los. «Und Vater wird sich um die Beleuchtung kümmern, nicht wahr, Vater?»

«Malony macht das viel besser als ich», schlug George schüchtern vor.

«Ich weiß, aber Malony und Annie-Laurie müssen bei der Vorstellung mitwirken.»

«Großer Gott!» rief David. «Was sollen sie aufführen?»

«Irgendeine ihrer Nummern. Sie müssen einfach mitmachen. Sie sind ja Troubadoure!»

«Hast du sie schon aufgefordert?»

«Nein. Ich dachte, das könntest du tun.»

«Nicht um die Welt!» erklärte David heftig.

«Dann wird es Sally tun», meinte Ben friedfertig. «Sie werden es Sally gerade jetzt, zu ihrer Verlobung, nicht ablehnen.»

«Nein, Ben!» flehte Sally.

Ben reagierte zunächst nicht auf diese Weigerung, sondern wandte sich wieder der Kostümfrage zu. «Du wirst dieses Botticellikleid anziehen, nicht wahr? Du weißt schon, das grünblaue –»

«Ach, Ben!» jammerte Sally hilflos.

David griff unter dem Tisch nach Sallys Hand. Diese Scheu, ihre Liebe zur Schau zu stellen, rührte ihn. In den letzten Tagen, seit sie den großen Entschluß gefaßt hatten, war ihre Haltung den neuen Situationen gegenüber immer so richtig und liebenswert gewesen. Es gab nie einen falschen Klang. Mit jedem neuen Tag liebte er sie mehr und mehr und fühlte sich nicht nur Sallys immer sicherer, sondern auch seiner selbst. Ja, er würde imstande sein, sie glücklich zu machen. Großmutter hatte völlig recht gehabt. «Doch still, was schimmert durch das Fenster dort? Es ist der Ost, und Julia die Sonne!» deklamierte er, sein Lächeln verriet Ben, daß er sich in sein Schicksal ergeben hatte, und seine Hand schloß sich fester um Sallys Hand. Sie hatte eben seinem Dasein einen Sinn verliehen, durch sie kannte sein Leben jetzt einen neuen Morgen, eine Wiedergeburt. Und sie war so glücklich, daß sie kaum wußte, wie sie es ertragen sollte. Auch sie lächelte Ben zu. «Gut, Ben.»

Nadine entging weder der Tonfall in Davids Stimme noch das Licht auf Sallys Zügen. Aber auch sie hatte den großen Entschluß gefaßt, und so lächelte sie ihnen von ganzem Herzen zu. Und George sah Nadine mit tiefem, liebevollem Mitgefühl an; weil sie bei dieser verdammten Theaterspielerei mittun mußte, natürlich. Und John Adair sah Nadine mit tiefer, liebevoller Bewunderung an, weil sie gelächelt hatte. Die Liebe dieser beiden bejahrten Herren war ihr plötzlich sehr kostbar geworden.

«Wenn wir alle mitmachen sollen, deine armen, alten Eltern nicht ausgeschlossen», sagte George zu Ben, «frage ich mich nur, wer eigentlich das Publikum sein wird.»

«Großmutter, Tante Margaret, Onkel Hilary, Jill, Tante Rose und alle Leute in der Gegend, die nett zu uns gewesen sind», erklärte Ben. «Was wollt ihr eigentlich? Ist das nicht ein Gasthaus? Wenn wir bei unseren ersten Weihnachten nicht gastfreundlich sind, dann verdienen wir gar nicht, daß wir hier wohnen dürfen.»

«Aber die Leute werden doch auch etwas zu essen haben wollen», meinte Nadine entsetzt.

«Ach, nicht viel, Mutter. Ein paar Sandwiches und irgend etwas zum Trinken. Es ist großartig, was Tante Rose aus dem Laden ihres Neffen herausholen kann, wenn Tommy ihr schmeichelt.»

Und so ging es weiter wie ein Schneeball, der den Hang hinunterrollt. Die erschöpften Eltern wären diesen Orgien der Vorbereitungen erlegen, wenn das Lachen von Tommy und Ben, Caroline, José und Jerry sie nicht aufrechterhalten hätte, das von früh bis spät durchs Haus hallte.

2

Eines Tages nach dem Tee nahm Sally eine Schachtel, die mit einem roten Band verschnürt war, aus ihrer Schublade, schlüpfte in ihren Pelzmantel und ging über den Hof und die Treppe zu der Wohnung über dem Stall. Sie hatte diese Stunde gewählt, weil sie wußte, daß Annie-Laurie allein war. Sie klopfte an die Tür und wartete, ein wenig verängstigt. Sie begriff Annie-Laurie jetzt besser, denn David hatte ihr einiges von der Geschichte der jungen Frau erzählt, aber sie hatte keine Ahnung, wie Annie-Laurie ihren Überfall aufnehmen würde. Sie hatte auch keine Ahnung, was sie selbst sagen oder tun sollte. Sie gehorchte einfach Hilary oder Ben, den beiden sanften Eliots, die mit ihrer Sanftmut alles erreichten, was sie sich in den Kopf gesetzt hatten. Die Tür öffnete sich, und Annie-Laurie und der Kater Smith standen auf der Schwelle, und dahinter brannte freundlich die Lampe, und im Kamin loderte Feuer. Die junge Frau trug ein geblümtes Hauskleid, und Bügelgeruch stieg Sally angenehm in die Nase.

«Darf ich für ein paar Minuten zu Ihnen kommen, Annie-Laurie?» fragte Sally schüchtern. «Oder haben Sie zu viel zu tun.»

Gewohnheitsmäßig hatte Annie-Laurie sich zu einer Abwehrhaltung gestrafft, als sie den ungebetenen Gast sah, der in ihr Heiligtum eindrang, dann aber ließ sie sich erweichen und lächelte.

«Kommen Sie nur», sagte sie. «Ich bin eben fertig. Wollen Sie nicht Ihren Mantel ablegen?»

Sally schämte sich ihres Pelzmantels, als sie jetzt sah, wie Annie-Lauries Hand unwillkürlich das Fell streichelte. Der Mantel hatte in der Halle gelegen, und sie hatte ihn gedankenlos angezogen. Es sah aus, als wollte sie vor Annie-Laurie mit ihrem verhaßten Wohlstand prunken. Sie hätte in den Boden sinken mögen, als jetzt der Feuerschein ihren Smaragdring aufblitzen ließ, ihr blondes Haar erhellte, die robusten Wölbungen ihres kräftigen, gesunden Körpers betonte. Neben Annie-Lauries zartem Äußeren kam sie sich wie eine überreif aufgeblühte Dahlie vor, die neben einem Schneeglöckchen aufragt. Sie besaß alles. Jetzt sogar David. Es gab nichts, was sie nicht erreicht hatte. Als Annie-Laurie den Mantel über einen Stuhl gelegt hatte und sich ihr wieder zuwandte, waren Sallys Wangen rot vor Scham, und ihre Augen blickten so kläglich wie die eines Kindes, das dabei erwischt wird, wie es Konfitüre nascht. Und sie stand da wie ein Kind, schüchtern und aufrecht, die weiße Schachtel in der Hand, die sie Annie-Laurie geben wollte, und wußte nicht, wie sie sich anstellen sollte. Annie-Lauries schmerzende Eifersucht war im Nu verschwunden. Nein, so schüchtern war sie selbst nie gewesen, auch in ihren Anfangsjahren nicht. Sie merkte, daß sie ihrem Gast die Situation erleichtern mußte.

«Gefällt Ihnen mein Zimmer?» fragte sie. «Mrs. Eliot hat mir diese schönen alten Möbel gegeben, und ich habe die Vorhänge und die Kissen gemacht.»

Sally sah sich bewundernd um. «Es ist ganz reizend, Annie-Laurie. Sie haben alles so gut einzurichten verstanden. Das werde ich nie fertigbringen.»

«Doch, doch, gewiß», lachte Annie-Laurie. «Ich habe Ihnen ja noch gar nicht gratuliert, nicht wahr? Ich freue mich sehr für Sie.»

Die Worte fügten sich noch mit einer gewissen Schwierigkeit, doch während sie sie aussprach, merkte sie zu ihrer größten Erleichterung, daß sie sie ernst meinte. Zum großen Teil war ihr seelisches Elend durch die Verbitterung verursacht worden, die ihr von Natur freundliches Wesen gegen ihren Willen erfüllt hatte. Seltsam war es, dachte sie, wie das, was sie getan, obgleich keine Menschenseele davon gewußt hatte, in ihr gelegen war wie ein häßlicher Felsblock inmitten eines Gewässers und alle andern Verfehlungen und Sünden auf sich zog, so daß es den natürlichen Verlauf ihres Daseins hemmte. Jetzt, nachdem sie Nadine und Malony alles gestanden hatte, war dieses Hindernis anscheinend gewichen und ihre Regungen waren wieder, wie sie ihrer Natur entsprachen – oder doch beinahe so.

Sally setzte sich auf einen der beiden Stühle vor dem Feuer, die weiße Schachtel noch immer in der Hand. «Ich bin auch sehr froh», sagte sie einfach. «Ich wußte nicht, daß man so glücklich sein kann. Und dennoch habe ich Angst, ob ich meiner Aufgabe auch gewachsen sein werde. Ob ich David helfen kann. Sie verstehen, was ich meine. Wenn Damerosehay auch unser wirkliches Heim sein wird, so müssen wir doch während der Saison eine Wohnung in der Stadt haben, und ich werde eine gute Hausfrau sein müssen und –»

«Sie werden es schon schaffen», beruhigte sie Annie-Laurie, setzte sich ihr gegenüber und lachte leise, denn sie genoß die echte, hemmungslose Freundlichkeit, die jetzt von einer zur andern strömte. Seit Jahren hatte sie nicht mehr mit einer andern Frau vor dem Kamin gesessen und von all den Alltäglichkeiten gesprochen, die dem Leben seine Wärme verleihen. Jetzt spürte sie, wie all die Dinge darauf warteten, daß sie an die Reihe kamen: Möbel, Ausstattung und alles übrige. «Wird es eine große Hochzeit geben? Im weißen Kleid?»

«O nein», rief Sally entsetzt. «So still wie nur möglich. In Onkel Hilarys Kirche, und er wird uns trauen. Und nicht in Weiß. In Weiß sehe ich noch größer aus als sonst.»

«Blau?»

«David will goldbraun – die Löwenfarbe. Er findet, daß ich aussehe wie ein Löwe. Und Ben meinte heute früh, daß ich ihn an Mowglis Wolf erinnere. Sehr schmeichelhaft ist das eigentlich nicht; von beiden nicht!»

«Ich weiß, was sie damit meinen», lächelte Annie-Laurie. «Sie werden natürlich einen Hut aufsetzen müssen, nicht einfach ein Tuch um den Kopf binden, wie Sie das gewöhnlich tun.»

Die Unterhaltung zog eine Weile lang ihre Kreise still und fröhlich um Nichtigkeiten, Sally war nicht mehr schüchtern und schämte sich auch nicht länger; aber noch immer wagte sie nicht, von der Schachtel anzufangen, die auf ihrem Schoß lag. Wie immer, wenn sie Geschenke brachte, plagten sie böse Ahnungen; daß sie nicht richtig gewählt, daß das Geschenk nicht so hübsch war, wie sie geglaubt hatte, daß sich irgendwo ein Sprung oder ein Fleck zeigen werde und die Freundin verletzt sein könnte, weil die Gabe so gering war, oder aber, daß ihr Geschenk allzu prunkvoll wäre und aus der Geberin eine Gönnerin machte, daß schließlich Schenken überhaupt nur ein Vorwand sei, um seinem Hang zum Geldausgeben zu frönen, und man es deshalb besser unterließe. Annie-Laurie erkannte all das in Sallys naiven, unverheuchelten Zügen – ja, sie war durchsichtig wie ein Kind, dachte sie, und David Eliot würde viel zu tun haben, um sie vor jeder Ausnutzung zu schützen. Und so fühlte sie sich gedrängt, dem jungen Mädchen zu Hilfe zu kommen.

«Was ist in dieser Schachtel?» fragte sie mit einem schelmischen Ausdruck, der Sally sehr überraschte, und das war auch nicht weiter verwunderlich, denn die Fähigkeit zu raschem Stimmungswechsel, der leichte Ton, der Humor, alle die Eigenschaften, die Annie-Laurie einst im Leben wie auf der Bühne eigen gewesen waren, hatten sich längst verflüchtigt und waren allen jenen unbekannt geblieben, die sie nur im ‹Gnadenkraut› kennengelernt. Die rasche, heitere Frage entsprach völlig dem roten Band um die Schachtel und den arkadischen Lämmern darin. Mit einem Seufzer der Erleichterung beugte Sally sich vor und legte die Schachtel auf Annie-Lauries Schoß. «Es ist für Sie. Zu Weihnachten. Es sind zwei Lämmchen aus Rockinghamporzellan. Onkel Hilary hat mir nämlich erzählt, daß Sie in Ihren Bergen die Schafe gehütet haben. Und ich habe in Cumberland während des Krieges auch Schafe gehütet.»

Annie-Laurie lächelte und flüsterte Dankworte, während sie sich das Vergnügen gönnte, sorgsam das rote Band zu lösen, den Deckel zu heben und die Lämmer vorsichtig aus der Watte zu wickeln. Sie liebte schöne Dinge, aber das hatte sie im Lauf der Jahre vergessen. Mit einem Ausruf des Entzückens hielt sie die Lämmchen in der Hand. Sie waren schneeweiß und hatten blaue Bänder und Glocken um den Hals, und Annie-Laurie fühlte sich im Nu in ihre Kindheit zurückversetzt. «Sie sind ja herrlich, Sally!» rief sie. «Und Glocken! Zu Hause habe ich den Lämmern immer Glöckchen um den Hals gebunden. Das hat den alten Schäfer ganz wütend gemacht. Aber er konnte nicht so mit mir zanken, wie er es gern getan hätte, denn er selbst hatte mir ja die Glocken geschenkt. Schöne alte Glocken.» Sie sah zu dem schimmernden Bündel auf, das vom Balken herabhing. «Das sind sie.»

«Ich habe an Ihre Glocken gedacht, als ich die Lämmer kaufte», sagte Sally beglückt. «Sind das die Glocken, die Sie bei dem Weihnachtstanz getragen haben, von dem David mir erzählte?»

«Ja, das sind sie.»

«Annie-Laurie!» rief Sally impulsiv. «Ich wünschte, Sie und Malony würden wieder zur Bühne gehen. Es wäre reizend, wenn wir Sie beide in London hätten. Wir wären Freundinnen und könnten einander helfen.»

Annie-Laurie hatte den Eindruck gehabt, daß ihre Reaktionen wieder normal seien . . . beinahe . . . nicht ganz. Jetzt packte sie das alte Entsetzen wieder, die Furcht, die Scham, das Gewisper hinter ihrem Rücken. «Nein, Sally, das könnte ich nicht! Unmöglich! Ich kann nie wieder zurück, Sally! Nie!»

Sallys Wangen röteten sich; sie hatte sichtlich eine Dummheit gemacht. «Das tut mir schrecklich leid, Annie-Laurie. Verzeihen Sie mir, bitte! Ich bin manchmal so furchtbar tolpatschig.»

Annie-Laurie hatte sich rasch wieder in der Gewalt, stand auf und stellte die Lämmer auf den Kamin. «Nein, das sind Sie nicht. Sie sagen ehrlich heraus, was Sie im Sinne haben, und gerade das liebe ich an Ihnen. Ich weiß, ich müßte zurück – schon Jims wegen; aber ich kann nicht.» Sie setzte sich wieder. «Erzählen Sie mir doch von Damerosehay. Ich bin noch nie dort gewesen.»

Sie erkämpften sich den Weg zurück zu den wärmenden Alltäglichkeiten und saßen behaglich beisammen, bis die Uhr sechs schlug.

«Ach, diese Weihnachtslieder», rief Sally. «Um sechs Uhr müssen wir eine Probe abhalten. Komen Sie mit? ohne Ihre Stimme wird nichts daraus werden.»

«Das liegt mir nicht», sagte Annie-Laurie bedrückt. Dann lächelte sie wieder. «Es heißt immer, daß aus schwierigen Proben eine gute Vorstellung wird. Wenn es bei den Proben zu glatt geht, dann gibt es abends einen Durchfall.»

«Wenn nur nicht all die Leute von draußen kommen würden», seufzte Sally und zog den Mantel an. «Ben möchte immer noch mehr Publikum haben – und die Julia in der Balkonszene wird immer schlechter und schlechter.»

«Arme Julia!» lachte Annie-Laurie. «Und wie geht's mit dem Tierstück der Kinder?»

«Ben sagt, daß es schrecklich ist», berichtete Sally. «Sie bemühen sich, eine verkürzte Form vom ‹Wind in den Weiden› zusammenzubringen, aber es will nicht kürzer werden.»

Annie-Laurie löschte die Lampe aus, und unterdessen sah Sally zu den Glocken auf, die über ihrem Kopf hingen; jetzt raffte sie all ihren Mut zusammen, um Bens Befehl zu gehorchen und die Troubadoure um Hilfe zu bitten. Sie vermochte es nur, weil ihr Vater bemerkt hatte, Ben sei fest davon überzeugt, daß sein Weg der richtige ist.

«Annie-Laurie, tanzen Sie doch Ihren Weihnachtstanz für uns, Sie und Malony! Ganz am Ende des Programms. Auf der Bühne unten am Fuß der Treppe. Das wäre so reizend! Wenn alles andere fehlschlägt, wird diese eine Nummer wenigstens einwandfrei sein. Sie müssen, Annie-Laurie!»

Sie hatte unwillkürlich die Arme um Annie-Laurie gelegt und konnte ihr Gesicht nicht sehen, doch sie fühlte, wie ihr Körper sich straffte. Diesmal aber bat Sally nicht um Entschuldigung. Ben hatte immer recht, und ihr eigener Instinkt befahl ihr, nicht nachzugeben.

«Ja, Annie-Laurie. Bitte! Das sind Sie dem ‹Gnadenkraut› schuldig!»

Annie-Laurie liebte im allgemeinen keine Liebkosungen dieser Art, aber die Kraft dieser Arme, die Herzlichkeit der Geste wirkten wie ein Naturausbruch, wie ein Wehen des Frühlingswindes, der einen fast umwirft, oder wie ein Sonnenstrahl, der plötzlich die Wolken zerreißt. Sallys Umarmung war eine Seltenheit, wenn es aber dazu kam, dann verwandelten sich die Dinge endgültig. Annie-Laurie fühlte sich in diesen Armen warm und geborgen, wie damals, als sie zum erstenmal das ‹Gnadenkraut› betreten hatte. Das sind Sie dem ‹Gnadenkraut› schuldig. Ja, so war es. Sie empfand es auch. Und sie entzog sich sachte der Umarmung und griff nach ihrem Mantel, der an einem Haken neben der Tür hing.

«Schön», sagte sie. «Ich bin einverstanden.»

Sie gingen miteinander in das Mondlicht hinaus und über die Treppe in den Hof hinunter. Beide wußten, daß sie einander unentbehrlich waren und Freundinnen bleiben würden bis ans Ende ihrer Tage.

3

Bens Dramatisierung des ‹Windes in den Weiden› wollte nach wie vor nicht klappen. Seine Kostümentwürfe waren wunderbar, und die Ausführung, die er, Nadine und John Adair übernommen hatten, gelang ebenfalls hervorragend. Überdies steckte er voller Ideen, aber sein Ensemble, Tommy, Caroline und die Zwillinge, vermochte sie nicht auszuführen. Tommy und Caroline konnten ihre Rollen erlernen, aber es fehlte ihnen an Theaterblut. Jerry und José wiederum besaßen Theaterblut, vielleicht sogar ein wenig zu viel davon, aber sie waren in ihrem zarten Alter noch nicht fähig, eine Rolle zu lernen; oder sie wollten wohl auch nicht. Geduldig wiederholte Ben die einfachen, kurzen Sätze mit ihnen, aber wenn sie sie nachsagen sollten, begnügten sie sich mit den zwei Worten: «Heiße Würste!» Niemand wußte, was sie damit meinten, aber man mußte sich damit abfinden, daß sie beschlossen hatten, nicht bloß nicht mitzuarbeiten, sondern geradezu Obstruktion zu treiben. Schließlich, zwei Tage vor Weihnachten, gab Ben verzweifelt den Kampf auf, und David wurde um seinen fachmännischen Rat gebeten. John Adair war neugierig, wie der berühmte Schauspieler die Situation meistern würde. Wie zu erwarten, war David ziemlich nervös.

«Streichen!» lautete sein Rat. «Viel zu schwierig, Junge. Du hast deine Ziele zu hoch gesteckt. Fang ganz von vorne an. Warum nutzt du die Schweigsamkeit dieser verflixten Zwillinge nicht aus und läßt sie Pantomime spielen?»

Neuer Mut belebte die sinkenden Lebensgeister von Ben, Tommy und Caroline. Die Zwillinge, die heute früh Seehunde waren, hörten auf, über den Fußboden der Halle zu rutschen, und lagen mit trägen Flossen auf dem Bauch, um zuzuhören. David warf ihnen einen Blick zu. Langsam hoben und senkten sich die Flossen oder hob sich die Nase und zog Luft ein. Sie lagen auf leicht gekräuselten Wellen und ließen ihre Rücken von der Sonne bescheinen. Eine seltsame Sekunde lang sah auch David das Wasser glitzern und spürte die Sonne; das war ein merkwürdiges Erlebnis. Und dann blitzte es in ihm auf. Es hatte keinen Zweck, das Genie mit Peitsche und Zügeln zu behandeln. Es mußte seinen Weg selber finden. Er wandte sich zu ihnen.

«Jerry und José!»

«Heiße Würste!» sagte Jerry.

«Heiße Würste!» sagte José.

«Schluß damit!» sagte er streng. «Das Leben ist eine ernste Sache, besonders in einer so schrecklichen Krise, wie sie jetzt über uns hereingebrochen ist. Wenn ihr nicht in dem hübschen Stück mitspielen wollt, das Ben für euch geschrieben hat, was wollt ihr sonst?»

«Heiße Würste», sagte Jerry.

«In dem kleinen Haus», sagte José.

«In welchem kleinen Haus?» fragte David.

«An dem ‹Platz dahinter›«, sagte Jerry. «Der Mann hat ihnen heiße Würste gegeben.»

«Und hat sie verbunden», sagte José.

In David rührte sich die Erinnerung. «Der ‹Platz dahinter›! Dort seid ihr im Herbst gewesen, als Sally euch verloren hatte und ich euch im Wagen nach Hause fuhr. Das ist im Ritterwald, nicht wahr?»

«Ja», sagte Jerry, «aber dahinter.»

«Hinter was?» fragte John Adair.

«Hinter dem, wo ihr andern hingeht.»

«Wie war der Mann?» fragte Ben.

«Groß», sagte Jerry. Seine Blicke wanderten zu John Adair und hafteten an seinem Bart. «Ein Biber. Und er hat gelacht. Er hat einen Schlafrock angehabt.»

Woher wißt ihr, daß es heiße Würstchen waren, was er ihnen gegeben hat?» fragte Tommy, dessen Interesse für Eßwaren stets rege war.

«Es war gut», sagte José. «Es hat ihnen geschmeckt.»

«Der Ausdruck ‹heiße Würste› wird sichtlich symbolisch verwendet», meinte John Adair. «Ein anderer hätte die Nahrung, die diese unbekannte Persönlichkeit reichte, als Honigtau und Milch des Paradieses bezeichnet. Das ist eine Verdauungsfrage. Der Dichter Coleridge hatte wahrscheinlich einen schwachen Magen. Er hätte sich angewidert von dem Gedanken an heiße Würste abgewandt. Es war gerade das Unmaterielle am Honigtau – was ist das übrigens? –, das ihn gelockt haben mochte. Und Milch des Paradieses klingt sozusagen vorverdaut.»

Die Kinder hörten dem alten Biber niemals sehr aufmerksam zu, wenn er von der Sache abschweifte. «Wer waren denn die Kerle, denen der Mann die heißen Würste gegeben hat?» fragte Tommy viel sachlicher.

«Das waren keine Kerle», erwiderte Jerry.

«Tiere?» fragte Ben eifrig.

«Ja», sagte José.

«Auch Vögel?» fragte Caroline.

«Ja», sagte Jerry.

«Und er hat ihnen die verletzten Füße und Pfoten verbunden und ihre gebrochenen Flügel kuriert?» fragte Ben.

«Ja.»

«War sein Bart braun und hatte der Schlafrock eine dunkle Kapuze, die er über den Kopf zog?»

«Ja.»

«Hat er ausgeschaut wie der Mann auf dem Bild, das ich gemalt habe?»

«Ja.»

Ben taumelte fast vor Erregung. «Der Mann, der die Kapellenwände ausgemalt und diese Pfosten geschnitzt und den kleinen weißen Hirsch in der Nische gemeißelt hat und der Wirt des ‹Gnadenkraut› gewesen ist? Und ihr habt ihn draußen im Walde gesehen?»

«Ja.»

«Hatte er den weißen Hirsch bei sich?»

«Ja. Das Ding mit den Hörnern.»

«Sie sagen ‹ja› wie Papageien», meinte David. «Du machst sie ganz wirr.»

«Die kann man überhaupt nicht wirr machen», sagte Tommy. «Sie sind es, die uns wirr machen. Sie haben das alles natürlich erfunden. Sie haben das aus Tante Roses Geschichten zusammengestellt.»

«Was für Geschichten?» fragte David.

«Ach, irgendwelche Geschichten, die Tante Roses Fred von seiner Urgroßmutter gehört hat, als er noch ein Kind war. Ben wird sich daran erinnern.»

«Ein Mönch aus der Abtei», sagte Ben rasch und leise, «liebte alle Tiere. Er baute eine Kapelle draußen im Wald und fütterte sie dort und pflegte sie, wenn sie krank waren. Das ist eine Legende, die von Generation zu Generation weitererzählt worden sein muß. Freds Urgroßmutter hat sie wahrscheinlich von ihrer Urgroßmutter gehört. Tante Rose hat sie uns erzählt. Wenn sie es nicht getan hätte, wäre die Geschichte verloren gegangen.»

«Nun wir werden darauf achten, daß sie nicht verloren geht», erklärte David. «Wir werden sie zu ihrem Ausgangspunkt zurückführen. Hat Tante Roses Fred etwa in unserem Mann hier den Mönch im Walde erkannt?»

«Ja. Er sagte zu Tante Rose, daß nur ein Mann, der die Tiere liebte, diese Pfeiler geschnitzt und den weißen Hirsch gemeißelt haben könnte. Fred mußte den Mann erkannt haben, weil er hier im Hause gelebt hat. Genau wie wir. Fred war auch ein großer Tierfreund. Tante Rose sagt, daß er nie ein Tier geschossen hat.»

«Du auch nicht», sagte Caroline. «Nicht wie Tommy!»

«Die Dynastie geht weiter», sagte John Adair. «Und die Söhne eines Mannes müssen nicht immer von seinem eigenen Fleisch und Blut sein.»

«Was vor allem weitergehen sollte», sagte David, «sind die Proben.» Aber sein Blick begegnete John Adairs Blick; er hatte den eigenen Vater sehr früh verloren, doch in diesen letzten Wochen war der Verlust wettgemacht worden. «Jetzt nimmt die Sache Gestalt an. Wir werden die Bühne in Form eines L herrichten, und über die Treppe und durch die Tür zum Wohnzimmer erfolgen die Auftritte. In dem Winkel steht der Weihnachtsbaum. Schreib die Legende in Blankversen nieder, Ben, wenn du Lust hast, und dann kannst du als Dachs unter dem Baum sitzen und sie vorlesen. Die Szene stellt den Ritterwald dar. Die Treppe führt zum ‹Platz dahinter›, dort wo die Nische ist. Unser Mönch wird dort sein und hinter ihm der weiße Hirsch in der Nische. Die Tiere treten durch das Wohnzimmer auf, steigen die Treppe hinauf, und er verteilt heiße Würste. Die Zwillinge werden uns zeigen, wie er das machen soll. Mr. Adair wird den Mönch spielen.»

«Um keinen Preis», erklärte John Adair. Und die Zwillinge waren durchaus seiner Ansicht. «Sein Bart ist ganz falsch», schrien sie gekränkt.

«Dankt Gott, daß er überhaupt einen Bart hat», sagte David, «und stoßt euch nicht an der Farbe. Und jetzt müssen wir arbeiten wie der Blitz. Nur zwei Tage. Wo ist Ben?»

Ben hatte sich bereits ins Wohnzimmer zurückgezogen und schrieb in seinen schönsten Blankversen die Legende nieder.

19. Kapitel

1

Durch den bläulichen Dunst eines wunderschönen Weihnachtstages fuhren die Gäste zum ‹Gnadenkraut›. Die Zauntür stand für sie offen, und die Eichen beugten sich freundlich über die Wagen, die vorbeiholperten. Die Scheinwerfer beleuchteten einige wenige Blüten an den Ginsterbüschen, jenem englischen Ginster, der den ganzen Winter über etliche goldene Blüten trägt, selbst unter einer Schneedecke. Doch heute abend gab es keinen Schnee, obgleich Frost eingesetzt hatte. Der Himmel war wolkenlos, und die ersten Sterne, die sich hervorgewagt hatten, blinkten sehr hell und versprachen einen herrlich gestirnten Himmel. Bei der Wegbiegung hörten sie die Eule aus dem Ritterwald rufen, denn die gespenstigen Bäume der Zufahrt schwiegen, denn es war eine völlig windstille Nacht. Laternen brannten auf den Mauern, und am Ende des Weges konnte man ihren Widerschein auf dem Wasser glitzern sehen.

Aus dem ‹Gnadenkraut› strömte Licht aus jedem Fenster und aus der offenen Tür, und es war ein jauchzendes Licht, das von dem Glück des Tages berichtete, dessen die Bewohner sich erfreut hatten. Die Leute in den Wagen fanden zumeist, die Welt sei ein recht düsterer Ort, aber beim Anblick dieser Helle hoben sich ihre schweren Herzen ein wenig. Es gab noch immer Kinder auf der Welt, und solange es Kinder gab, würden Männer und Frauen nicht ablassen, darum zu kämpfen, ihren Kindern die Geborgenheit eines Heims zu schaffen, und solange sie kämpften, war Hoffnung.

Diese Männer und Frauen konnten nicht besser symbolisiert werden als durch George und Nadine, die, von ihren Kindern umgeben, an der Tür standen und die Gäste willkommen hießen. Und drinnen im Hause waren Lucilla, Hilary, Margaret, John Adair, Sally und David, Männer und Frauen von echtem Wert und die richtige Gesellschaft, um sich an einem Weihnachtsabend wohl zu fühlen. Doch vor allem kam es auf die Kinder an. Heute waren die Kinder der Mittelpunkt von allem.

Nachdem die Gäste ihre Mäntel abgelegt hatten, standen sie entzückt in der weiten alten Halle mit dem Julscheit, das im Kamin loderte, und den bekränzten Lichtern, die längs der Wände in den Kerzenhaltern brannten.

In dem Winkel, den das L der Bühne bildete, stand ein herrlicher Weihnachtsbaum, den brennende Kerzen erhellten. An dem Ende, das den Ritterwald darstellte, gab es keine andere Dekoration als die Kerzen, die bei Sonnenuntergang im Walde leuchteten. Und es bedurfte auch keiner andern Dekoration, denn die Kerzen flammten so wunderschön, daß die Eliots sie nur anzuschauen brauchten, um alle Mühe zu vergessen, die es verursacht hatte, diese Kerzen zu befestigen. Die Bühne war mit grünem Tuch und den immergrünen Zweigen aus dem Ritterwald bedeckt, und immergrüne Zweige verbargen auch die Rampenlichter. Die alten, geschnitzten Pfosten zur Linken des Eingangs waren mit Efeu umsponnen und wirkten wie aufragende Bäume.

George und John Adair und David reichten Cocktails – Sally und die Kinder waren auf geheimnisvolle Art verschwunden –, und da diese Zeremonie möglichst lang hingezogen wurde, kam den Gästen der herzliche Glanz der gastfreundlichen Wärme zum Bewußtsein, die sie umhüllte; die meisten führten das wohl auf die Wirkung der kunstvoll gemixten Getränke zurück, doch einige bemerkten auch die Form der Treppe und glaubten, eine große, dunkle Gestalt zu erblicken, deren Arme sich zum Willkomm ausbreiteten. Sie alle sahen die Nische dort, wo die Treppe sich gabelte, und das seltsame kleine Tier darin, das von einer geschickt versteckten Lampe so erhellt wurde, daß es selbst zu leuchten schien. Immer deutlicher wurden sie dieses leuchtenden Steinbilds gewahr. Sie wußten nicht, was es vorstellte, aber es schien sie an sich zu ziehen und festzuhalten.

Dann allerdings wurde ihre Aufmerksamkeit durch die Musik abgelenkt, die auf sie einströmte. Irgendwo in den Tiefen des alten Hauses sangen junge Stimmen das ‹Adeste fideles›.

«Wollen Sie mir folgen?» sagte Nadine und führte sie durch die Halle in die mit Immergrün geschmückte Küche und über die Turmstiege in die Kapelle. Sie hatten bereits von der Entdeckung der Fresken gehört, und nun hielten sie den Atem an. Die Kerzen in den vielarmigen Leuchtern auf dem Altar brannten, die Töpfe waren mit Steineiche und Fichtenzweigen gefüllt, und über ihnen erhob sich wunderbar die Gestalt des großen weißen Hirsches mit dem Kruzifix im Geweih, der die Kapelle beherrschte wie die kleine Steinskulptur das Treppenhaus.

Sie setzten sich auf die Bänke und blickten entzückt auf die Bäume und Blumen, die Tiere aller Art und auf den jungen Ritter, der durch den Wald sprengte, während hinter ihnen Sally, Annie-Laurie, Malony, Jill und die Kinder zu beiden Seiten der Tür standen, ihr ‹Adeste fideles› beendeten und nun ‹Die erste Weihnacht› anstimmten, und das mit einer Vollendung von Tongebung und Rhythmus, wie sie sie während der schrecklichen Probenwoche nicht zu erhoffen gewagt hatten. Die Kraft der Überzeugung verlieh ihren Stimmen so mächte Schwingen, daß schüchterne Versuche der Gäste, mitzusingen, sich bald einschmelzen ließen, und der Klang voll und herrlich aufstieg. Das erlaubte Sally, sich, gefolgt von David, insgeheim fortzustehlen.

Nun übernahm Annie-Laurie die Führung, und ihre süße, klare Stimme ließ ein Weihnachtslied nach dem andern ertönen. Sie alle waren so von dem zauberhaften kleinen Raum und dem Gesang hingerissen, daß nur Malony einen Blick für Annie-Laurie hatte. Und er konnte die Augen nicht mehr von ihr abwenden; aufrecht stand sie da, die Hände auf dem Rücken, ihr Gesicht strahlte Ruhe und Glück aus. Genau so, mit dieser Vollkommenheit, dieser Einfachheit hatte sie einst gesungen. Sein Herz pochte vor Freude. Sie fand sich wieder, seine Liebste. Endlich fand sie sich wieder. Dieses Haus, dieses gesegnete Haus hatte sie geheilt.

Er konnte nicht weitersingen, so eng war ihm der Kragen. Er riß ihn ungeduldig auf und krächzte wie ein Rabe. Annie-Laurie hörte ihn und wandte sich um, ihre Augen glänzten heiter und zärtlich. Es war ein süßer Blick, den sie ihm, über die Köpfe der Zwillinge hinweg, schenkte, einen jener Blicke, wie sie sie ihm geschenkt hatte, als Midge noch ganz klein gewesen war. Reverend Hilary hatte recht gehabt. Er hatte vorausgesagt, es würde schon alles ins reine kommen, und so hatte es sich wirklich gefügt. Seine Blicke hafteten an Annie-Laurie, und da fand er plötzlich seine Stimme wieder und sang genauso laut wie alle andern. Dies war das letzte Lied. Als es zu Ende war, öffnete Annie-Laurie die Tür, und dann stieg man hinunter, lachte und schwatzte in der Küche, sprach über die Fresken und aß hausgemachte Kuchen, bis eine Glocke ertönte und Nadine die Gäste wieder in die Halle führte.

2

Was sollte jetzt kommen, fragten sich die Gäste, als sie ihre Plätze einnahmen, die Lichter an den Wänden ausgelöscht wurden und statt dessen die versteckte Fußrampe die Szene erhellte. Diese Eliots wußten wahrhaftig, wie man Gäste unterhielt. Was kam jetzt? Es gab einen Augenblick höchster Spannung, und dann öffnete sich die Wohnzimmertür und Romeo in silbergrauem Wams und Beinkleidern, einen kurzen orangefarbenen Mantel über der Schulter, erschien. Das Licht haftete an seinem silberblonden Kopf. Es gab ein bewunderndes Rauschen, und dann wurde es still. Das war mehr, als man je erhofft hätte. Sie sollten einen der berühmtesten Schauspieler der Zeit in einer seiner besten Rollen sehen, und es kostete sie keinen Penny. Nur ein leises Wispern durchbrach die Stille. Es war ein braver alter Herr in der ersten Reihe, der hinter der vorgehaltenen Hand seiner Tochter zuflüsterte: «Fünfzehn Schilling kostet heute ein Parkettsitz.» Und ‹Psst›! erwiderte die Tochter streng. Aber er hatte ausgedrückt, was alle fühlten.

«Der Narben lacht, wer Wunden nie gefühlt.
Doch still, was schimmert durch das Fenster dort?
Es ist der Ost, und Julia die Sonne!»

Die vertrauten Worte strömten wie Musik durch den Raum. Die unvergleichliche Schönheit dieser goldenen Stimme, die silbrig schimmernde Erscheinung, das alles griff den Hörern ans Herz. Davids Familie, mit Ausnahme Lucillas, spürte jetzt, als sie ihn auf der Szene sahen, eine plötzliche Erschütterung. War das ihr David, der sonst so reizbar, so schwierig und, bei aller Liebe, die sie alle für ihn fühlten, solch eine harte Prüfung für seine nächste Umgebung sein konnte? Dieser außerordentliche Zusammenklang von Stimme und Geste, dieses völlige Aufgehen des Künstlers in seiner Kunst, das ihr eine Tiefe verlieh, die, selbst wenn er ging und sprach, innere Ruhe ausstrahlte, diese selbstverständliche Anmut und Schönheit, dieses erregende Gefühl verhaltener Kraft – all diese Kennzeichen des großen Schauspielers verbanden sich zu einer Vollendung, die diese Gestalt weit über das irdische Maß hinaushob. Es war unmöglich, diesen David mit dem andern vereinbar zu finden. Und mit einem Male gaben sie auch den Versuch auf. Dies war Romeo, nicht David. Die beiden hatten nichts miteinander zu schaffen.

Nur Lucilla bildete eine Ausnahme. Sie saß zwischen Nadine und George in der letzten Reihe, wohin die Familie sich zurückgezogen hatte, um die Wärme des Kaminfeuers von den Gästen abzuhalten. Sie war sich dessen nicht bewußt, wie schön sie in dem alten, aber gutgearbeiteten, faltenreichen, schwarzen Samtkleid aussah. Zugluft vertrug sie nicht, und darum hatte sie einen schwarzen Spitzenshawl über das weiße Haar und die Schultern geschlungen. Sie saß aufrecht da, die blauen Augen schauten den Mann auf der Bühne an, und die Hände lagen ruhig in ihrem Schoß gefaltet.

Lucilla sah keinen Widerspruch zwischen David, ihrem Enkel, und David, dem Schauspieler, denn für sie vollzog sich die Wandlung des einen in den andern nicht plötzlich, begann nicht mit David und endete mit Romeo, sondern war ein Vorgang, der viel früher begonnen hatte und sich viel weiter erstreckte; er begann in ihrem eigenen Ich und erstreckte sich durch die Existenz ungeborener Kinder auf ungeahnte Zeiten hinaus. Ihr Körper hatte nur zum Teil mitgeholfen, den Körper des Mannes auf der Szene zu schaffen, aber sie wußte, daß es ihr Geist allein war, der sein Genie geschaffen hatte. Davids Vater war ihr Lieblingssohn gewesen, geistig das Kind von Liebe und Opferfähigkeit. Weil sie sich selbst aufgegeben hatte, war Maurice geboren worden. Davids Schönheit war Maurices Schönheit, aber sein Genie war die Blüte ihres Opfers und die Wiederauferstehung ihres Sterbens. Jetzt, am Ende ihres Lebens, wußte sie, daß dies stets der Weg war.

Vielleicht würde dieses Genie auch in einem seiner Kinder oder Enkel wieder aufblühen und dann in den Kindern dieser Enkel, und so würde es weitergehen, aber das alles würde Licht von dem einen Licht sein. Sie empfand keinen Stolz, nur demütige Dankbarkeit dafür, daß sie diesen Tod gestorben war. Nirgends fand sie einen Widerspruch. Es war nur natürlich, daß die Lampe ein zerbrechliches irdisches Ding war im Vergleich zu dem Licht darin, denn nicht die Lampe hatte es geschaffen, und sie bewahrte es auch nur eine kurze Spanne Zeit . . . Wie die Nische dort oben die schimmernde Gestalt des weißen Hirsches bewahrte, wie dieses Haus einen Geist umschloß, dessen Kraft Lucilla an diesem Weihnachtsabend zutiefst empfand und den sie grüßte.

«O Romeo, leg deinen Namen ab,
Und für den Namen, der dein Selbst nicht ist,
Nimm meines ganz!»

Mit einem Seufzer löste sich Lucillas Spannung, und sie blickte zu dem Balkon auf, von dem die warme, tiefe Stimme herabflutete. Sally hielt sich gut, das liebe Kind, aber sie konnte das Publikum doch nicht dazu bringen, sie selbst zu vergessen. Sie war nicht Julia, sondern einfach Sally Adair, die nach bestem Können die Julia spielte. Aber sie sah reizend aus. Ein Stück scharlachroter Brokat, über die Treppe gespannt, war ihr Balkon; die erhellte Nische ihr Fenster. Ihr pfauenblaues Kleid war ein wunderbarer Farbfleck, und das Licht hinter ihr ließ ihr Haar aufleuchten. David hatte ihr die Rolle sehr sorgsam einstudiert, und Lucilla spürte, daß alle Scheu und Angst mit einem Male, sobald Sally im Zuge war, abfielen und daß sie sich überglücklich fühlte, weil sie seine Folie sein durfte.

«Kein steinern Bollwerk kann der Liebe wehren,
Und Liebe wagt, was Liebe irgend kann.»

War dieses Kind die Richtige für ihn? Die ewige Frage, die jeden, der Leben gespendet hat, bewegt, war am heutigen Abend in Lucilla sehr deutlich. Ja, um ihre Enkelkinder, David und Sally, stand es gut. Dafür dankte sie Gott, und nun gedachte sie des Sohnes und der Tochter, die links und rechts von ihr saßen. Impulsiv streckte sie die Hand aus und ergriff Georges Hand. Er wandte sich ihr zu und lächelte, und sie erblickte ein neues Glück in seinen Augen. Alles, was er zu geben hatte, das hatte er Nadine längst gegeben; alles, was Liebe vermochte, um sie glücklich zu machen, hatte er getan. Hatte sie ihn endlich in ihr Herz aufgenommen? Zum ersten Mal, seit Romeo die Bühne betreten hatte, um der jungen Julia seine Liebe zu gestehen, wagte Lucilla, die Frau an ihrer Seite anzublicken. Den ganzen Abend lang hatten jene andern Worte Romeos sie verfolgt, die nicht in der Balkonszene gesprochen wurden:

‹Liebt' ich wohl je? Nein, schwör es ab, Gesicht!
Du sahst bis jetzt noch wahre Schönheit nicht.›

Nadine erwiderte ihren Blick mit einem ruhigen Lächeln. Ihr Gesicht wirkte im Feuerschein matt und müde, aber so friedevoll, wie Lucilla es noch nie gesehen hatte, und Lucilla wußte, daß Nadine an diesem Weihnachtstage endlich George in ihr Herz aufgenommen hatte. So stand es denn auch um diese beiden gut.

Hilary saß neben Nadine; er war ein glücklicher Mensch. Und Margaret neben George sah müde, aber glücklich aus. Wenn sie einmal ins Dorf gezogen waren, dann sollte sie auch nicht mehr müde aussehen. Und ihre fünf Enkelkinder, Georges Kinder – sie sah sich um, konnte sie aber nicht erblicken – Gott segne sie, sie mußten sich wahrscheinlich auf irgendeine kleine Vorstellung vorbereiten. Auch um sie stand es gut. Sie war nie so zufrieden mit ihrem lieben Ben gewesen wie gerade jetzt. Er hatte sich während dieses Winters gekräftigt und das nervöse Zaudern verloren, das ihr Sorgen gemacht hatte. Er hatte ein neues Selbstvertrauen gewonnen, eine Zuversicht, die er wohl diesem guten Mann schuldete – wo steckte er übrigens? – John Adair, dem Vater ihrer Sally.

Sally! Sie scheute ein wenig davor zurück, die Elemente ihrer großen Neigung zu diesem Kind näher zu prüfen. Sie liebte das Mädchen um seiner selbst willen, aber in dieser Liebe gab es auch ein Element selbstsüchtiger Dankbarkeit. Damerosehay, ihr geliebtes Heim, und David, ihr teuerstes Enkelkind, waren ihr in der letzten Zeit doch ein wenig zu belastend geworden. Sie war froh, daß sie beiden ihre tiefe Liebe bewahren, aber die Verantwortung für beide auf Sally übertragen konnte. Sally war dieser Aufgabe gewachsen. Wieder flutete ihre Stimme herab und beruhigte Lucilla über diesen Punkt.

«Ohn' Grenzen ist mein Geben wie das Meer,
Und meine Lieb' so tief. Je mehr ich gebe,
Je mehr hab' ich, denn beides ist unendlich.»

In einem Gefühl unsäglicher Dankbarkeit schloß Lucilla die Augen. Ihr war, als bliebe nun nichts mehr zu wünschen übrig. Der liebliche Rhythmus der Stimmen, die einander antworteten, floß dahin wie Musik, aber Worte aus einem andern Drama ihres geliebten Shakespeare sangen in ihrer Seele:

‹ . . . Gält' es, jetzt zu sterben,
So wär's mir höchste Wonne; denn ich fürchte,
So volles Maß der Freude füllt mein Herz,
Daß nie ein andres Glück mir, diesem gleich,
Im Schoß der Zukunft harrt.›

Nun war es beinahe zu Ende. Zum letztenmal sprach das Mädchen:

«Gut' Nacht, gut' Nacht! So süß ist Trennungswehe,
Ich rief' wohl gute Nacht, bis ich den Morgen sähe.»

Und zum letztenmal antwortete ihr der Mann:

«Schlaf wohn' auf deinem Aug', Fried' in der Brust!
O wär' ich Fried' und Schlaf und ruht' in solcher Lust.»

3

Ben hatte die Tür des Wohnzimmers geräuschlos geöffnet, und Romeo verschwand in der Dunkelheit. Julia war die Treppe hinaufgegangen, und der Balkon blieb leer. Minutenlang hatte man das Gefühl eines fast unerträglichen Verlusts, und dann wurden die Lichter angezündet, und alles lachte und schwatzte und gratulierte Lucilla zu dem Erfolg ihrer Familie, und abermals wurde der hausgemachte Kuchen herumgereicht.

«Bist du nicht müde, Mutter?» fragte Nadine.

«Eine angenehme Müdigkeit», erwiderte Lucilla. «Ich glaube nicht, daß ich je in meinem Leben so glücklich gewesen bin.» Sie streckte die Hand aus und legte sie auf das Knie ihrer Schwiegertochter. «Nadine, Liebling, du hast alles getan, was ich von dir erhofft habe, und du bist mein geliebtes Kind.»

«Ich bin froh darüber, daß du mit mir zufrieden bist», sagte Nadine demütig, und doch mit einer Spur von Ironie.

George war um Lucillas Müdigkeit besorgt und schob ihr ein schrecklich hartes Samtkissen hinter den Rücken. «Jetzt kommt das Stück der Kinder», sagte er, «und dann sind Malony und Annie-Laurie an der Reihe, und dann dürfte es fertig sein.»

«Mutter!» rief Margaret unglücklich. «Du hast ja keinen Schemel, und die Zugluft unter der Tür ist schrecklich. Hilary, hast du Mutters Schemel im Wagen gelassen?»

«Nur keine Aufregung, Kind», bat Lucilla. «Bleib, wo du bist, Hilary. Man löscht gerade die Lichter aus.»

Es wurde dunkel, und Nadine entfernte geschickt das harte Kissen hinter Lucillas Rücken und schob es ihr unter die Füße. «Mein geliebtes Kind», wiederholte Lucilla.

Die Wohnzimmertür öffnete sich wieder, und ein schlanker junger Mann in gestreiften Beinkleidern und gestreiftem Mantel erschien, vor dem Gesicht eine Dachsmaske. Doch die Anmut und Leichtigkeit seiner Bewegung, die an David erinnerten, wenn ihnen auch Davids Sicherheit fehlte, verrieten Ben, noch bevor er die Dachsmaske lüftete, wie eine Kapuze über den Kopf stülpte und sein braunes Gesicht sehen ließ. Er hatte eine Panflöte in der einen Hand und eine lange weiße Rolle in der andern und verbeugte sich höflich, bevor er sich vor dem Weihnachtsbaum niederließ und aus seiner Rolle zu lesen begann.

Lucillas Herz schwoll vor Stolz. Es war ihm nicht die leiseste Spur von

Lampenfieber anzumerken, und seine Stimme war klar und melodisch, als er jetzt die Legende vom Ritterwald in den einfachen, liebenswürdigen Versen zu lesen begann, die er – das wußte sie wohl – selbst verfaßt hatte.

Sie beobachtete ihren Sohn und ihre Schwiegertochter. Niemals hatte Nadine ihren Erstgeborenen richtig eingeschätzt, niemals seinen Wert erkannt, meinte sie, ihn, der vielleicht die Frucht von seiner Mutter erster und einziger williger Hingabe an die Liebe ihres Gatten war. Mit Befriedigung sah Lucilla, daß Nadine den Kopf beinahe überheblich hoch trug und ein zärtliches Lächeln ihre Lippen kräuselte. So ist es recht, dachte Lucilla; in gewissem Sinn wird er ihr David zu ersetzen vermögen. Georges Mund stand offen, und er fuhr sich verdutzt mit der Hand über das dichte graue Haar. Wieviel besser er jetzt aussah! Auch an ihm hatte, wie an Ben, das ‹Gnadenkraut› Wunder gewirkt. Es hat ihn aufgerüttelt, den lieben, guten Menschen, dachte Lucilla, es hat ihm gutgetan. Und sie sah, daß Hilary ihr zulächelte, und sein Lächeln war wie ein Echo ihres eigenen Entzückens. Er hatte früher einmal Ben unterrichtet und dessen Wesen immer richtig erkannt.

Bens Geschichte begann mit der Gründung der großen Abtei jenseits des Flusses durch König Johann, der damit seine Sünden büßen wollte; dann erzählte er, wie die Mönche fünfundvierzig Jahre lang an dem Bau Fronarbeit geleistet hatten, bis endlich das stolze Haus beendet war und sie nun ihr Werk als Geistliche und Arbeiter aufnehmen und weiterführen konnten. Doch König Heinrich VIII. unseligen Andenkens vertrieb sie.

Bevor dieses Übel aber über sie hereinbrach, lebte in dem Kloster ein Laienbruder, ein Handwerker und echter Künstler, ein Mann von heiterem Gemüt, warmherzig und freigebig und von Güte für alle Geschöpfe Gottes beseelt. Wie es einem Mann von solchen Gaben entsprach, wurde er von dem Abt zum Wirt der Pilgerherberge, der *Maison Dieu*, eingesetzt, wo die Pilger, die zum Besuch der Abtei herbeiströmten, untergebracht und verpflegt wurden – das gleiche Haus, darin man heute versammelt war.

Er war ein echter Gastfreund, dieser Bruder, der alle, die da kamen, herzlich willkommen hieß, ihnen Wärme und Geborgenheit bot und ihrer mit zärtlicher Sorge pflegte. Die Nahrung mochte bescheiden gewesen sein, denn so groß war die Liebe des Bruders für alle lebendigen Dinge, daß er nicht erlaubte, auf die Geschöpfe in Wald und Feld Jagd zu machen, um die Gier des Menschen zu befriedigen, doch es gab Brot in Fülle, gebacken aus dem Korn, das die Mönche auf ihren ausgedehnten Feldern ernteten, und Wein von eigenen Reben und Milch und Butter und Sahne von eigenen Kühen. Die Schlafstätten waren hart und die Möbel einfach, doch wenn es draußen fror und stürmte, so loderte ein Feuer im Kamin der großen Halle, und die Augen der Pilger verweilten mit Genuß auf all dem Schönen, das sie erblickten, wohin sie auch schauten; denn die Fresken und die Skulpturen von der Hand ihres Wirtes waren lieblicher als Wandteppiche und seidene Behänge.

Und groß war dieser Mann auch in Weisheit und Rat, und geschickt in der Behandlung kranker Leiber ebensowohl wie kranker Seelen und Herzen, und wer auch nur kurze Zeit zu der Herde unter seinem Dach gehörte, der konnte ihn ein Leben lang nicht mehr vergessen.

Doch es genügte diesem Bruder nicht, den Menschengeschöpfen seine Liebe zu spenden. Auch die Tiere auf Erden und in der Luft waren Gottes Kinder, und auch für sie errichtete er eine *Maison Dieu* draußen im Walde. Hier fütterte er sie an kalten Wintertagen, das Rotwild und die Hasen, die Dachse, die Füchse und die Vögel. So groß war seine Macht über sie, daß sie in den Grenzen der Freistatt, die er ihnen geschaffen, stets in Frieden miteinander lebten, und sie waren so zahm, daß sie zu ihm kamen, wenn sie wund oder krank waren, auf daß er sie pflege und heile.

Ein Tier vor allem war sein besonderer Freund, ein großer weißer Hirsch, der ihn immer durch die Wälder begleitete und der von so unvergleichlicher Schönheit war, daß es Menschen gab, die ihn für ein überirdisches Wesen hielten. Von dem Tode dieses Mannes ist uns kein Bericht erhalten, noch von dem Tode des Hirsches. Der Leib des einen mag in der Umfriedung der Abtei Ruhe gefunden haben, der Leib des andern, wenn er von dieser Erde war, in den Wäldern. Doch ihre Geister lebten weiter. Noch immer fand sich in diesem Haus Willkomm und Geborgenheit und Heilung für Seele und Leib. Noch immer fanden in den Wäldern die Tiere ihre Freistatt. Noch immer zeigte sich hier und dort, verschwommen, ein Anblick von höchster Schönheit, um den Geist der Menschen und das Herz der Kinder zu erfreuen.

Kein Zuschauer wußte genau, an welchem Punkt von Bens Erzählung man des Mannes gewahr wurde, der an der Gabelung der Treppe stand, einer bärtigen, kräftigen Erscheinung in der rauhen Kutte der Zisterziensermönche. Seine Arme waren zum Willkomm gebreitet, und der Kopf unter der Kapuze hob sich jetzt deutlich von dem Licht der erhellten Skulptur des weißen Hirsches in der Nische ab. Zuerst sah ihn einer, dann ein anderer, und als alle Augen sich ehrfürchtig auf ihn richteten, hielt Ben in seiner Erzählung inne, schaute nach der Eingangstür, die sich jetzt geheimnisvoll öffnete, und dann folgte sein Blick dem Zug unsichtbarer Pilger durch die Halle und die Treppe hinauf zu ihrem Wirt. Das war so eindrucksvoll, daß das Publikum diese Pilger leibhaftig wandeln zu sehen vermeinte, als wären es Schauspieler aus Fleisch und Blut. Man glaubte ihre Schritte zu hören, ihre Stimmen zu vernehmen, und zu sehen, wie ihre Füße eifrig die ausgetretenen Stufen der Treppe hinaufstiegen.

Dann schloß sich die Tür geräuschlos, und Ben las nun von den Tieren, die gleichfalls ihre Freistatt hatten, und da öffnete sich die Tür des Wohnzimmers, und zwei kleine Tiere kamen hereingelaufen, Wasserratte und Maulwurf, in weichem Pelz, mit braunen Augen, die durch die Masken blitzten, hinter denen die Gesichter verborgen waren. Sie liefen auf allen vieren, aber Maulwurf hob den linken Hinterfuß, den er sich verletzt hatte, und Ratte blieb stehen und strich sich mit der Pfote kläglich über ein Auge, das anscheinend erkrankt war. Sie liefen die Treppe hinauf zu dem Bruder, und er öffnete ihnen die Arme, verband Maulwurfs Fuß und heilte das Auge der Ratte.

Ein prächtiger, aber ungemein bösartig dreinschauender Fuchs war das nächste Tier, dessen Gestalt verriet, daß Tommy in dem Pelz steckte. Auf halbem Weg über die Bühne blieb er stehen, ächzte und hielt sich den Bauch, den er sichtlich mit einer gestohlenen Gans überfüllt hatte. Da lachte das ganze Piblikum, und dieses Lachen fand bei dem großen Mann dort oben Echo, sein Gelächter schallte dem armen Fuchs entgegen, der den Kopf drollig hängen ließ und die Treppe hinauf schlich, um aus einer mächtigen braunen Schale ein Heilmittel zu empfangen. Ihm folgte ein süßes Häslein mit zerrissenem Ohr; es war Caroline, gefolgt von Mary und dem Kater Smith. Die beiden Tiere waren für alle Fälle mit grünen Bändern an das Häslein gefesselt, doch der Geist der Dinge schien in sie gefahren zu sein, denn sie waren es, die das Häslein die Treppe hinaufzogen und nicht umgekehrt. Ihr Auftritt war für Ben das Zeichen, seine Erzählung zu beenden, die Pansflöte hervorzuholen, eine süße Melodie zu spielen und dann das Lied zu singen, das Annie-Laurie für diese Gelegenheit verfaßt hatte; und die Tiere stimmten mit ihren klaren, hohen Stimmen ein, begleitet von des Laienbruders polterndem Baß.

Singt Heil dem Mond und dem Sternenzelt,
Dem Fluß, dem Wald und dem Strand
Den Fischen und Vögeln und allem Getier
Und dem Gras am Baches Rand,
Doch allem zuvor der Christrose schön
Und dem Baum von Kerzen umbrannt.

Singt Heil dem Boden, singt Heil der Wand,
Singt Heil dem Kamin und dem Dach,
Singt Heil der gastlich geöffneten Tür
Und der Herdglut – o haltet sie wach! –
Doch zuvor dem Frieden, dem gütigen Sinn
Und der Freude im Herzgemach.

Singt Heil der Familie, singt Heil dem Gesind,
Singt Heil dem gastlichen Freund,

Den Gästen, die hier versammelt sind,
Auch jenen, die längst schon beweint,
Doch zuvor der Liebe von Gastfreund und Gast,
Die sie für immer vereint.

Singt Heil dem Herrn, dessen Güte für uns
Diese herrliche Welt gemacht,
Singt Heil der Liebe, dem Wissen, dem Mut
Und der Schöpfung Wunder und Pracht,
Doch vor allem dem Kind, das sein irdisch Los
Auf sich nahm in heiliger Nacht.

Während der letzten Strophe ließ sich ein Glockenklingen vernehmen, und die Kinder stiegen die Treppe hinunter und wiederholten die erste Strophe. Als sie die Bühne erreicht hatten, teilte sich die Gruppe, und eine Elfengestalt in Silber und Grün schwebte hervor. Es war Annie-Laurie in weitem Tanzkleid aus tannengrünem Stoff mit silbernem Reif bestreut. Die Glocken waren am Gürtel befestigt, und im Haar trug sie einen Kranz von Christrosen. Malony als Weihnachtsmann erschien gleichzeitig in der Wohnzimmertür, und David spielte unsichtbar auf dem Klavier die Melodie des Tanzes. Die Kinder versammelten sich unter dem Weihnachtsbaum und summten mit.

Annie-Lauries Tanz war, wie David gesagt hatte, unvergeßlich. Die possierlichen Sprünge des Weihnachtsmanns, die Kinder in den Tierkostümen und der glänzend beleuchtete Baum bildeten den seltsamen Hintergrund, vor dem ihre liebliche Zartheit dahinwehte wie Distelwolle vor den hellen Farben eines Sommertags. Und diese Distelwolle war es, die aller Aufmerksamkeit auf sich zog und wie mit einem Zauber fesselte.

Hilary beobachtete sie mit einer Spannung, der nichts entging. Wie rührend vermochte Annie-Laurie im Tanz ihrer Persönlichkeit, ihrem kindhaften Wesen, ihrer Aufrichtigkeit und Zärtlichkeit, selbst ihrer Angst Ausdruck zu verleihen! In ihrer Unbefangenheit und grenzenlosen Hingabe an das, was sie tat, war sie wie ein Kind, und ihre einfachen Gesten waren hell und vollkommen wie das Licht selbst. Das sanfte Klingen ihrer Glöckchen, die Andeutung eines Lächelns auf ihren Lippen, die Arme, die sie hin und wieder grüßend dem Weihnachtsbaum entgegen hob, das alles bevölkerte die Schatten mit unsichtbaren Kindern. Und dann und wann pirouettierte sie schwebend seitwärts, als hätte ein rauher Windstoß die Distelwolle erfaßt und gezaust; da streckte sie die Hand nach dem Weihnachtsmann aus, und er brachte sie mit einer Schwingung wieder in die Mitte der Bühne.

Wie eine aufzüngelnde Flamme hatte David gesagt. Ja, sie war wie eine jener Flammen auf dem Baum hinter ihr, so hell und zart und vergänglich und doch mit der gleichen Kraft begabt, den Menschen eine Weile lang aus dem Schlamm zu erheben. Hilary hatte immer gefunden, es sei unmöglich, eine Kerzenflamme zu sehen und traurig zu bleiben. Ihre Form, schmalen Händen gleich, die sich in frommem Gebet falten, der zitternde und doch so hoffnungsvolle Kampf gegen das Dunkel, das zarte warme Glühen! Kein Wunder, daß die Mutter Kirche zu allen Zeiten solch eine Vorliebe für brennende Kerzen gehabt hat.

Tanze weiter, Annie-Laurie! Wortlos rief Hilary es ihr zu. Nicht einhalten! Nicht einhalten! Doch sie hatte jetzt eingehalten. Mit einem letzten Klingen von Feenglocken war die Distelwolle zu Boden geschwebt. Und nun streckte sie die Hände nach einem unsichtbaren Feuer aus und sang das Glockenlied, und die Kinder begleiteten sie ganz leise. Immer leiser wurde die Begleitung, und die Kinder verzogen sich geräuschlos, geführt vom Weihnachtsmann. Zuletzt blieb Annie-Laurie allein und sang ihre letzte Strophe, während der Bruder noch immer auf der Treppe stand. Zu der Musik ihrer Glöckchen schwebte sie noch einmal über die Bühne und dann die Treppe hinauf zu ihm, und er beugte sich zu ihr und hob sie zart auf, als wäre sie der Geist aller Freude. Und dann erlosch die Lampe in der Nische, und nur der Weihnachtsbaum erhellte noch den Raum.

4

Nun folgte das Abendessen in der Küche, das stehend verzehrt wurde; die Spannung löste sich in lärmender Heiterkeit. Denn Annie-Lauries Kunst hatte die Zuschauer ziemlich weit in die Höhe gehoben, und nun kehrten sie geräuschvoll zur Erde zurück. Auch das Abendessen, ein Ergebnis der Kunst von Nadine und Annie-Laurie – auf ihre Art keines geringeren Lobes würdig – und etlicher kräftiger Griffe Tante Roses unter den Ladentisch ihres Neffen, war beinahe vorkriegsmäßig. Die Gäste aßen und tranken, bedient von den Schauspielern, die ihre Kostüme noch nicht abgelegt hatten, aber nach einiger Zeit zwang ein Gefühl für Schicklichkeit die Gäste, ein Ende zu machen, so widerwillig sie sich auch entschlossen, nach Hause zu gehen. Seit Jahren, erklärten sie, habe es solch ein Fest nicht gegeben; und manche setzten leise und vollkommen aufrichtig hinzu, daß sie sich seit Jahren nicht mehr so wohl, so glücklich, so hoffnungsfroh gefühlt hätten; auch nicht so geborgen. Und das lag nicht nur an der Familie – es lag am Hause. Irgend etwas war an dem Hause . . .

Doch sie mußten Abschied nehmen. Pilgerfahrten waren heutzutage leider nicht mehr die gemächlichen Reisen der guten alten Zeit; sie gingen rasch zu Ende. Einer nach dem andern sagten sie Dank und Lebwohl, gingen in die Nacht hinaus und fuhren langsam heim. Aber sie wandten sich immer wieder nach dem Licht um, das noch aus Tür und Fenstern strömte.

Familie und Gesinde blieben allein, setzten sich um das Feuer, aßen und tranken, was noch übrig war, und wünschten einander Glück zu dem glorreichen Verlauf des Abends.

»Es hat gelohnt», sagte Nadine, Mary auf ihrem Schoß, erschöpft, aber glücklich. «Ich bin doch froh, daß wir es gemacht haben, George.» Und sie gähnte und lehnte sich ganz unverhohlen an ihn. Eine Hand lag in seinen Händen, die andere ruhte auf der Schulter Bens, der zu ihren Füßen saß.

«Alles in allem freue ich mich, daß wir ins ‹Gnadenkraut› gezogen sind», sagte Tommy mit vollem Mund, denn er teilte eben die letzte Wurst mit dem Kater Smith.

«Alles», murmelte Caroline, die ihr Hasenkostüm abgelegt hatte und schläfrig an Georges anderer Schulter lehnte, «hat großartig geklappt.»

«Ja, Liebling, das hat es», sagte Lucilla, die Sallys Hand hielt. «Und ich werde noch ein Glas Sherry trinken, bevor ich heimfahre.»

«Mutter!» mahnte Margaret, die sich an Hilary lehnte. «Das ist schon dein zweites! Du wirst dir den Magen verderben!»

«Wann habe ich mir je an Sherry den Magen verdorben?» fragte Lucilla entrüstet. «Mach dir nur keine Sorgen, Liebling! Bis an den Rand, David!»

Jetzt war noch genau ein halber Zoll Sherry in der Karaffe übrig, und David brachte ihn Annie-Laurie, die Hand in Hand mit Malony auf der Bank am Feuer saß. Jill und Tante Rose saßen auf der andern Bank, und jede hielt einen schlafenden Zwilling im Arm. Es war eigentümlich, aber alle schienen ihre Zurückhaltung aufgegeben zu haben. David sah sich im Kreis um und stellte fest, daß er, Tommy und der Kater Smith die einzigen waren, die sich an niemanden anlehnten, noch irgend jemandes Hand in der ihren hielten; Tommy und der Kater Smith, weil sie mit Essen beschäftigt waren, und er selbst, weil Sally von ihrem Vater und Lucilla völlig mit Beschlag belegt war. Er setzte sich neben Annie-Laurie und nahm freundlich ihre Hand. «Wie steht's?» flüsterte er. «Ist's nicht wiedergekommen?»

Sie sah ihn fragend an.

«Das Verlangen nach der Bühne», fuhr David leise fort. «Bei mir ist es wieder da. Noch vor wenigen Tagen hatte ich das Gefühl, ich könnte nie mehr jenseits der Rampe stehen. Heute abend wußte ich, daß es der einzige Ort ist, wo ich wirklich sein muß. Abgesehen natürlich von meinem Heim, bei Sally. Aber wir gehören dorthin, Sie und ich und Malony.» Noch immer hielt er ihre Hand, und sein fester Griff gab ihr, wie unlängst Sallys Umarmung, deutlich zu verstehen, wie stark und zuverlässig die Freundschaft der beiden sein würde, wenn sie sich in Zukunft darauf stützen wollte. Und David konnte Malonys leidenschaftliche Ermutigung spüren. «Sollen wir drei nicht zur Bühne zurückkehren?»

«Ja», sagte Annie-Laurie.

Malony ließ einen tiefen Seufzer der Erleichterung hören und griff nach dem letzten Stück Fleischpastete.

Die Uhr schlug eine sehr späte Stunde. «Die Kinder sollten längst im Bett sein», sagte Lucilla mit einem Blick auf die Zwillinge. «Und ich auch. Ich bin mit meinem Sherry fertig. Meine Lieben, das ist wahrhaftig eine wundervolle Weihnachtsfeier gewesen. Etwas Himmlisches! Eine Gabe für uns alle. Was uns auch zustoßen mag, wir werden diesen Abend nie vergessen. Hilary, mein Lieber, wo hast du denn meinen Mantel hingetan? Sally, Liebling, du fährst mit uns nach Hause, nicht wahr? Nadine, liebes Kind, gute Nacht. Dieses ‹Gnadenkraut› ist ein unvergleichliches Heim, und es sollte mich gar nicht wundern, wenn es die Krönung und den Stolz deines Lebens bedeuten würde, hier Hausfrau zu sein. Gute Nacht, George, mein guter Junge. Es ist furchtbar nett von dir, Margaret, daß du mir diesen reizenden Shawl um die Schultern legst, aber er gehört mir nicht. Gute Nacht, Ben, mein Herzenskind, gute Nacht, Tommy. Gute Nacht, Caroline. Jill, was sind Sie doch für ein Segen! Und Sie auch, Tante Rose! Annie-Laurie, ich bin sehr glücklich, daß ich noch erleben durfte, Sie tanzen zu sehen . . . gute Nacht . . . gute Nacht . . .»

Sie redete ununterbrochen, während die Bewohner von Damerosehay sich fertig machten, denn sie wollte allen den schweren Abschied von diesem wunderbaren Tag erleichtern . . . Gut' Nacht, gut' Nacht, so süß ist Trennungswehe . . . Sie küßte die geröteten, glückstrahlenden Gesichter ihrer jüngeren Enkelkinder und ging zwischen den beiden älteren, David und Sally, in die Nacht hinaus. Dankbar seufzend ließ sie sich zwischen ihrem treuen Hilary und der guten Margaret auf dem Rücksitz des Wagens nieder. Vorn saßen David und Sally, und Lucilla war glücklich, wenn sie ihren Blick auf die beiden richtete.

Als sie nun unter den Weihnachtssternen dahinfuhren, dachte sie an die beiden alten Häuser, an Damerosehay und an das ‹Gnadenkraut›. Die Frau aus dem Dorf, die im Hause aushalf, war mit ihrer Tochter in Damerosehay geblieben, um sich um Pooh-Bah und Bastard zu kümmern. Wenn sie jetzt heimkamen, würden sie im Wohnzimmer ein freundliches Feuer finden, die Lampen würden brennen, und vor dem Kamin die beiden alten Hunde dösen. Das Haus würde sie willkommen heißen und bei sich aufnehmen, und nachdem sie noch ein wenig vor dem Kamin geschwatzt hatten, würden sie zu Bett gehen und, noch immer unter dem Zauber des frohen Tages, tief und glücklich schlafen, umfangen vom Frieden von Damerosehay. Und auch im ‹Gnadenkraut› würden die Lichter, eines nach dem andern, erlöschen, und die Schläfer würden Ruhe finden. Doch die Häuser würden nicht schlafen. Lucilla war es, als müßten sie einander durch die Nacht hindurch und über die stillen Felder hinweg grüßen. Jedes hatte seine lange, lebendige Geschichte, der Saft stieg im Holz des alten Baumes auf, um die neuen Äste zu nähren. Und morgen war ein neuer Tag und ein schwerer dazu. Doch der Saft stieg aus unerschöpflichen Tiefen, und immer wieder wurde es Frühling.

Elizabeth Goudge

Das Gasthaus am Fluß
Roman (4085)

Das Herz der Familie
Roman (4147)

Das Mädchen vom Meer
Roman (4296)

Der grüne Delphin
Roman (4472)

Das Testament des Mr. Adam
Roman (5673)

Enzianhügel
Roman (5786)

Die weiße Hexe
Ein historischer Roman aus dem England des 17. Jahrhunderts (5822)

Das Erbe der Miss Lindsay
(5955)

Die Stadt der Glocken
(12222)

Unter den Türmen von Oxford
Roman (12342)

rororo

C 989/7

Paul Gallico

Meine Freundin Jennie
Roman (499)

Ein Kleid von Dior
Roman (640)

Der geschmuggelte Henry
Roman (703)

Thomasina oder Die rote Lori
Roman (750)

Ferien mit Patricia
Roman (796)

Die Affen von Gibraltar
Roman (883)

Immer diese Gespenster
Fast ein Kriminalroman (897)

Waren Sie auch bei der Krönung?
Zwei heitere Geschichten zu einem festlichen Ereignis (1097)

Jahrmarkt der Unsterblichkeit
Roman (1364)

Freund mit Rolls-Royce
Roman (1387)

Julian und die Seifenblasen
Roman (4173)

Mrs. Harris fliegt nach Moskau
Roman (4239)

ro
ro
ro

C 53/24

GEORGETTE HEYER

Die drei Ehen der Grand Sophy
(2001)

Der Page und die Herzogin
(2002)

Venetia und der Wüstling
(2003)

Penelope und der Dandy
(2004)

Die widerspenstige Witwe
(2005)

Frühlingsluft
(2006)

Serena und das Ungeheuer
(2007)

Lord «Sherry»
(2008)

Ehevertrag
(2009)

Liebe unverzollt
(2010)

Barbara und die Schlacht von Waterloo
(2011)

Der schweigsame Gentleman
(2012)

Heiratsmarkt
(2013)

Die Liebesschule
(2014)

Ein Mädchen ohne Mitgift
(2015)

Eskapaden
(2016)

Findelkind
(2017)

Herzdame
(2018)

ro
ro
ro

C 2187/1

Lesefutter

John Barth
Der Tabakhändler (5621)

Barbara von Bellingen
Die Tochter des Feuers (5478)

Eberhard Cyran
Der König (5638)

Fanny Deschamps
Deutsch von Uli Aumüller und Grete Osterwald.
Jeanne in den Gärten
528 Seiten. Gebunden und als rororo 5700
Jeanne über den Meeren
560 Seiten. Gebunden und als rororo 5876

Robert S. Elegant
Deutsch von Margaret Carroux.
Die Dynastie
790 Seiten. Gebunden und als rororo 5000
Mandschu
607 Seiten. Gebunden und als rororo 5484
Mandarin
720 Seiten. Gebunden und als rororo 5760

Pauline Gedge
Die Herrin vom Nil
rororo 5360
Pharao
Deutsch von Margaret Carroux und Ulla H. de Herrera.
576 Seiten. Gebunden (Wunderlich Verlag) und als rororo 12335

C 2271/3

Lesefutter

Charlotte Link
Die schöne Helena (5490)
Wenn die Liebe nicht endet
512 Seiten. Gebunden
(Wunderlich Verlag)

Graham Masterton
Jungfernfahrt
Deutsch von Mechthild Sandberg.
576 Seiten. Gebunden
(Wunderlich Verlag)

Margaret Mitchell
Vom Winde verweht (1027)

Josef Nyáry
Ich, Aras habe erlebt . . . (5420)

Diane Pearson
Deutsch von Margaret Carroux.
Csárdás
rororo 5601
Der Sommer der Barschinskys
512 Seiten. Gebunden
(Wunderlich Verlag)

Mario Puzo
Der Pate (1442)
Mamma Lucia (1528)

Irving Stone
Vincent van Gogh (1099)

Nancy Zaroulis
Und sie nannten das Dunkel licht
rororo 5467

rororo

C 2271/3 a